U0868744

岳麓書社

读名著　选岳麓

中国古典小说普及文库

八仙全传

[清] 无垢道人 著

岳麓书社·长沙

鐵拐李

鍾離權

何仙姑

韓湘子

出版说明

如今我们所称的八仙，即钟离权、吕洞宾、蓝采和、韩湘子、张果老、李铁拐、曹国舅、何仙姑，若溯其源，其实各有出处，且在流传的过程中，各仙故事面貌也不尽相同。浦江清先生曾考镜源流，认为八仙之中：张果老，最早见于唐史，后因宋人说话，敷衍其神仙事迹，故列八仙；韩湘子，晚唐传韩愈之侄能以奇术种牡丹，宋人附会至《左迁至蓝关示侄孙湘》诗而成韩湘仙绩，后人再加传奇以入八仙；蓝采和，最早为沈汾《续仙传》所载，为南唐乞索道人，有乘云登仙之事，北宋及金时有其画像，极为生动，故为后世画者采入八仙；何仙姑，宋仁宗时永州道姑，能言祸福，后人混谈前代吕公度赵仙姑故事，言被吕洞宾点化而成仙；吕洞宾，北宋盛传以为真仙，宋人诗话笔记中也多有谈及，道教全真道尊其为纯阳祖师，后有《纯阳帝君神化妙通纪》《吕祖志》等书专记其灵迹，并依托其名大量伪造诗文；钟离权，与吕洞宾同时为民间所传，民间有其诗书及金丹论集，后世尊为祖师；曹国舅，为宋曹皇后之弟，美仪度，得御赐金带，掌献寿事宜；李铁拐，北宋时有刘跛子及跛仙轶事，南宋刘松年又作《拐仙图》，后人因其形貌别致采入八仙画。

故，多为唐人的八仙在南宋时便已在民间流传，入元之后，随着全真教的兴盛，八仙戏俨然已成为神仙道化剧中的剧目，如《吕洞宾三醉岳阳楼》《韩湘子三度韩退之》《韩湘子三赴牡丹亭》《吕洞宾度铁拐李岳》《汉钟离度脱蓝采和》等皆述八仙之事。但此时，八仙人物尚未固定，马致远《吕洞宾三醉岳阳楼》中的八仙有徐神翁而无何仙姑，《吕洞宾度铁拐李岳》中有张四郎而无何仙姑。明代前期杂剧多沿元作，八仙故事如谷子敬《吕洞宾三度城南柳》，贾仲明《铁拐李金童玉女》，为藩王身份的朱有燉作《瑶池会八仙庆寿》《吕洞宾花月神仙会》。传奇中叙八仙故事的，以汤显祖《邯郸记》为代表，不仅艺术成就高，而且我们现今认定的八仙人物在其中全部亮相。可见，所谓的钟、吕、蓝、韩、张、李、曹、何的八仙组合在明中叶已固定下来。这样，随着八仙故事的传播，以他们为题材的长篇小说在明中后期相继出现，其中以八仙集体为主人公的便有明万历年间吴元泰的《东游记》。该书问世之后流传颇广，启发诸多相关小说的创作，清末无垢道人的《八仙得道传》便是以其为底本创作出的另一部以八仙集体为题材的小说。

无垢道人，四川人，幼孤失学，流落成都，后学道青云观。云游四海后，寓居北京。同治七年(1868)，他要出游海外，临行之际将《八仙得道传》托付友人，书以振兴道教正统为目的，希望用人人所闻的八仙故事动人信仰、启人修道。《八仙得道传》，共计一百回，以二龙治水传说为引子，之后以时间顺序叙述八仙得道经过，其中以李铁拐为明线，以蛟龙精为暗线串联情节，最后以“八仙过海，二龙归天”呼应开头。因而，虽是以《东游记》为底本，但《八仙得道传》一变《东游记》杂乱、松散、堆砌的种种弊端，环环相扣，曲折动人，可谓八仙题材小说中的最佳之作。

此次出版的《八仙全传》以无垢道人的《八仙得道传》为底本，更换其名，加以点校，力图呈现最佳读本，满足读者需求。

原　序

余少孤失学，流落成都，幸遇志元师于清云观中，教以宗义，授以大道，相从二十有八年，始乃略识玄理，渐通性命之学。而志师云游西土凡数十年，不得一相值，每念教迪之恩，未尝一日去怀。至咸丰二年，遵志师命，游览江山之胜，自蜀中首途，历南北十余省，所以强骸肌、增胆识也。后乃税驾京尘，拟稍留数载，将作口外之游。不意四方贤哲，谬采虚声，千里问道者，实有其人。质钝学肤，何足以为人师，而感于诸君子殷拳之意，又何能自释于怀？爰就志师所数诲启沃，与夫数年游历省悟所及，著书若干卷，以供入门之助。犹今儒家所谓启蒙之学。浅陋粗鄙，不足当大雅一粲耳。

各书既成，复念道统失绪，于今为甚。后之学者，容有数典而忘祖者，是道家之忧，亦吾身之责也。故就志祖以来，迄于近代诸仙祖得道始末，与夫修道情形，著为《八仙得道传》一书。为便利初学起见，特仿稗乘体裁，用寻常方言记载。良以道统衰落，道流多不通文义，此作既为通俗，求其广博，固无取于高深也。惟是仓卒成书，校雠未竣，又有海外之行，考据容有未审，舛错在所难免。钝乖纠谬，以俟后之君子。

同治七年无垢道人自序于京西白云观

目 录

第一回　借龙丹仙人助孝子　起贪念恶吏索神珠

列公听者，从来说“神仙本是凡人做，只怕凡人心不坚”。可见仙凡二途，原是一个来头。既有凡人，怎见得没有凡人修成的神仙？列公不信，让著书人说点证据出来，给大家研究研究如何？自来神仙甚多，而神仙中最为世人所共知共闻、人人敬仰的，尤莫如八洞神仙，今人大概简称他们为八仙。著书人自幼好道，曾经读过很多不轻见的秘籍、海上奇书，肚子中着实收藏了许多神仙的故事。怎奈人事太生疏了，说将出来未必动人信仰。还是摭举八仙得道始末和种种事实显迹，来谈论一下。此等事迹或为妇孺所详，或有古迹可凭，显见著书人不是撒谎儿哄人罢。

说那八洞神仙的修真得道，始于何时，经历多少年代，包含若干事情，正是一部二十四史不晓从何说起。经作书人很费一番苦心，才觅到一个小小端绪。列公们可曾听得古今传说，有个什么二龙治水的故事儿么？这事说来好如平淡无奇，不道经作书人仔细考察的结果，竟和这八仙历史有些小小关系。按照事从脚跟起的规矩，要说八仙之事，竟不能不借重这两位龙君作开场的引子。

原来这两条龙，一在天之西，一在海之南。当那太古之时，南赡部州西方一带，都是很大的泽国。其地称为灌口，是玉帝外甥二郎神所封之地，所以称灌口二郎。如今四川地方有一个县份，名叫灌县，就是这个出典了。那时二郎神镇守灌口一带，时显灵异。附近水陆居民无不虔诚奉祀，神庙中香火，不消说是盛极了的。谁知那水国之中，向来有条老龙。因惧二郎神威，终年不敢出头，只在海中潜身修练，得寿万千年，已成不坏之身。二郎神神通极广，只消慧眼一观，神机默运，这海底海面之事，没有一件瞒得他耳目。也因此龙苦修已久，既不敢出来害人，何苦和他作对？所以一径装个马虎，不去理会他。

这日也是合当有事，那岸上有个孝子，姓平名和，自小便没了父亲，只剩寡母王氏守节抚孤，把他养成一个勇健儿郎。偏偏因王氏作工过度，把一双眼睛都弄瞎了。平和千方百计，求神拜佛的想要治好母亲的眼，可总没有效果。不觉大怒道："我娘这样好人，为何得此惨报！可见天是靠不住的，神佛是没有灵感的。"这样一来便把一个好好的孝子，激成一种愤懑躁烈的脾气。不过王氏病已难治，尽他儿子如何发急，兀自没有用处。这平和恼过多时，也竟无计可施，只有刻苦劳动，挣了钱钞奉养这位慈母。王氏虽然瞎了眼睛，却得儿子如此孝顺，心中也就宽慰了不少。常常听得儿子怨天尤人那种不平的说话，兀自恳恳切切训诫他。平和因此稍知敛迹，每天除了工作养母之外，绝不敢多跑一步路，多说一句话。王氏益发喜悦，便对平和说道："儿呀，我虽瞎了双眼，有你这样儿子，本来用不着我自己出去赚钱，就没了眼睛也害不着什么。"平和道："娘休这般说，孝顺父母都是应分之事，像娘一生忠厚贞节，还得这等毛病，那是不应分的。儿子要能上天入地，无论如何，必要查明这个原因，弄些仙药，治好娘的眼睛才肯干休。"王氏只当他是一句孩子说话，也便一笑置之。

不道平和一面勤力做工，一面仍是到处访问可有医治瞽目的法子。这天因家中柴草已尽，一早入山，砍了些枯枝背在肩上，慢慢下山回来。行至半山中间，忽见一个道人，相貌清奇，神情飘逸，行动之间似有一种祥光瑞气裹住他的身子。平和料他有些来历，慌忙丢下柴，上前唱个肥喏，问道："仙长何来？"那道人笑道："我不是仙人，只能替人医治病痛，算个走方的医生罢了。"平和听说，心中一动，忙问："不知仙师可能医治多年的瞽目？"那道人笑道："百病都治，只除了瞎子不医。"平和听了，不觉"呸"了一声，拾起柴枝，架在肩上要走。道人笑道："你这孩子，怎恁般性急？"平和道："我家只有一个老娘，我娘身体都好，就只双目失明，偏你这道人百症皆治，不医瞎子，分明好像有意和我作对一般，我还和你讲什么来！"道人又笑道："我虽不医瞎眼，可知还有一个专医瞎眼的先生，我不举荐与你，你去何处去寻？"平和见说有这等医生，忙又丢下柴，向道人打躬说道："小子实因出来久了，怕老娘盼望，所以急于回去，方才言语失检，道长休怪。道长出家人，慈悲为本，既有这等医生，千乞告诉小子，好去上门请他。果能医好我娘，一则是仙长阴功，二则小子必要重谢仙长呢。”道人点头笑道：“你一个穷人，一天到晚挣钱养娘，还不得宽裕，怎说谢我的话。倒是‘出家人慈悲为本’这话，却有些道理。也罢，你我在此相逢，多少有点前缘，贫道也敬你母子节孝，指示你一个去处罢。离这山三十五里大水之中，有条孽龙，修炼甚久，每天子午二时，一定昂头水面，吸取日月精华。口中吐红珠一粒，光照水面，闪烁晶莹，乃是他炼成的丹。你可前去伏在水边，等他吐珠之时，念一句‘唵哩吽哩吽’的咒语，用手一招，此珠必飞至汝手，可急藏回家中，挂之堂前。凭你爱甚要甚，只须向珠默祝，都可应念而至。至于你母眼病，只须一触珠光，便能回复从前光明，包他一辈子不再眼瞎。”平和已知道者必是仙人，听了这话，拜伏于地。道人笑着扶他起来说道：“不必多礼，牢记咒语，必可得手。老龙见珠落你手，必来抢夺，彼时有我在暗中帮你，不致误事，放胆去罢。”说毕一阵风起，那道人化阵金光，瞬息不见。

平和大为惊异，忙又望空叩谢，肩柴而归。因恐母亲胆小，却不对他说知，候到晚上三鼓响尽，独自一人出了后门，如飞赶到道人指示的所在。找了一个芦苇丛中，把身子蜷伏起来，连呼吸也不敢透，只呆呆地望着水中。直至子时光景，果见一阵红光从水底直透水面，惊得那些鱼虾之类纷纷逃开。那红光升上水面有一丈多高，向着月光一上一下、一高一低地升沉着。同时似有一种白如银、淡如烟的稀雾，围住红光。平和哪有工夫去瞧那水面的龙身，一见红珠，喜得几乎跳将起来，慌忙镇定神思，默念一句“唵哩吽哩吽”。一面伸手向红珠一招，一霎时间觉得那红光向眼前直飞过来，几乎连眼睛都睁不开了。平和更顾不得死活，拼命价伸出两手，想要围住红光探取红珠。更不料红光渐少渐稀，自己手中却似握住一物，仔细一瞧，不是那粒晶莹闪烁光芒四射的红珠是什么？

平和这一喜更是非同小可，待要起身出苇丛，忽地一阵狂风向这芦苇深处卷将过来。一霎时天昏地暗日月无光，耳中只听得轰隆之声，宛如雷鸣一般，只在平和顶门上盘旋下来。吓得个平和握珠伏地，只叫：“仙师救命！仙师救命！”猛可里听得空中有人喝道：“孽龙不得无礼，听我法旨！我乃九天缥缈真人，怜汝修炼多年不成正果，又念平和孝心格天，特借汝丹救彼母亲，兼立功行，普济世人。你失丹之后躯壳不保，生魂可仍在此间，切不可离开一步。三年之后他应逢灾难，彼时魂托汝身。汝两合身为一，自有一番功果，你和平和各得其所，正是一举两得。此时不必相仇。”说罢风定雷止，依然一轮皎月悬挂太空，照耀得万顷烟波光明皎洁。只见红珠出现之处，水面出现了一个老龙头，望空点了几点，躲下水去，一点声形都不见了。

平和也慌慌忙忙恭恭敬敬地叩了几个头，爬出芦苇，挟珠归家，却已东方发白，红日高升。他娘正在床上摸摸索索在披衣起身哩。平和不敢惊动，仍和平日一般走进他娘房内，刚叫了一声，他娘忽然把眼睁了一睁道：“孩儿，你手中捏的什么？这般红红的，真是好看。”平和见娘已能见物，惊喜之极，却不及禀明原因，先把红珠取出，向娘面前一晃。他娘猛可地立起身来，大声说道：“我的儿，你从哪里弄来这个宝贝？我一见此物，两眼大明，竟比年轻时候还来得爽利明澈咧！”说时伸手问平和要这珠子。平和忙说：“娘，且莫性急，这宝贝可不是这么玩法。待孩儿想个法子，将它悬挂起来，娘可时时看它，包你一辈子眼目清明，再不会生出病来。”他娘依言，跟着平和一直走至中堂，看那平和把珠子用线络好，挂在中间，便有一团红光照彻内外。从此以后不但王氏眼病若失，母子俩身体精神都觉得十分爽健，十分快活。而且这珠子真可称得为如意珠儿，无论需要什么东西，只要对他默默地祷祝一遍，这需要的东西自然会发现在屋子里，真是取之不完，用之不尽。家中得此有力的扶助，母子们衣食一切，都用不着忧虑的了。

偏这平和性情奇怪，家中虽有此宝，他却一天不肯偷闲，仍和日常一般勤苦做工，风雨寒暑概不休息。一天王氏对他说道：“儿呀，这如今侥天之幸，你我衣食无亏，生活有着。你的年纪不小，也该留心访寻一位有才有貌的姑娘，早早完了婚姻之事，好教我了却一件大愿。”平和听了，答道：“母亲慈命，孩儿敬当遵从。怎奈孩儿自蒙仙人赐珠治愈母亲目疾之后，曾许下一个大愿，要立下五百功行，才敢讲婚姻之事。如今看看过了一个多月了，也曾出入留心，并没甚事可容孩儿施展的，这便怎样？”王氏见说，猛可地醒悟道：“孩儿，这也不难，想仙家至宝原为济世之用。我儿既然得之，还该公之于人，不但自己积德，也替那位仙师和老龙爷立些功行。”一句话还没说完，喜得平和直跳起来道：“毕竟是娘的见识高，孩儿怎么竟想不着。如今孩儿就去做个走方的医生。凡人有难治之症，只用红珠一照，包他却病延年。再有贫苦人家衣食不敷的，孩儿还可默祷红珠，把些银米与他。恁的时，不上一年，敢则立了千把件好事了。”王氏连说：“很好，我儿见义勇为，不可怠慢。既已想着，即日就去试办试办。看行得行不得。”平和笑道：“宝贝是不认人的，既能治母亲之病，自然也能治别人之病。既然照应我娘儿，怎见得不能救别人的困苦呢。”王氏笑道：“恁地时却不是好？”

于是平和也不去做工了，天天挟着红珠往来游行。凡是有病的人，经他把珠光一照，病人得了宝气无不痊愈。先是专替近村之人医治，后来大家传说开去，竟有远道之人不远千里的前来治病。平和一心济人，不但不取银钱，就是送来礼物不能推辞的，也只分送给村中贫乏人家。还有些诚实规矩的人，因时运不济弄得生活艰窘的，便向红珠求点银米送他。如此一来不消三年工夫，这平和大善士的名气，早闹得远近皆知。而且平和性情爽直，从不晓得撒谎欺人，人家问他怎的一旦学得恁般本领，他也总不相瞒，老老实实地告诉他们。因此便惹动一个人的注意。

这人非他，便是灌口地方的长官，姓毛名虎，闻得自己治下有此异事，便想传那平和去一问，若是果有此宝，当以官长势力，问他要这珠子。想定主意，就和他妻子胡氏商量。胡氏喜道：“若得此宝，可先着他治好我女儿的病，宁可多花些银子，问他买了来；若是一味用强，恐惹百姓议论。”毛虎依言，打发两个差人下乡来传平和。平和问起原因，差人说是本官小姐患的痴迷之症，听说府中有治病神珠，特请先生携去，治好小姐之病，自有重报。平和禀辞母亲，就要前去。王氏听得官中相召，不觉皱眉道：“孩儿，这官场之事不是容易干的，此去务要小心在意。”平和应声晓得，跟了差人同到衙门。

毛虎听说请到了神珠医生,心中大悦,亲自出来以礼相待,动问得珠缘由和此珠功效。平和从头直禀告过了。毛虎闻言,也还似信非信的,便请他进去医治小姐之病。平和相随入内,见那小姐面白如纸,目定神迷,分明是妖鬼附身。平和取出神珠向他一晃。这珠原是灵物,那些山精野鬼怎能挡得这等灵光,但听“阿呀”一声,这小姐向后就倒。平和收了灵珠,小姐又蹶然而起,见父母都在一边,不觉大哭道:“爹娘啊,孩儿好苦也!”毛虎夫妻都喜欢得说不出话来,齐向平和拜道:“小女自得此病,已有半年不省人事,就是家中亲人也不大认识。今蒙先生神物一照,立时清醒,先生真是我家恩人也。”平和忙着谦逊。这小姐自言春间在后园玩耍,忽然一阵腥风,触鼻而晕,以后所作所为全没主意,也不晓什么道理。平和道:“这不消说,是一种什么妖精附小姐贵体,来享人间福食也。”

毛虎把平和邀出厅外,酒筵款待。席间动问平和可肯将此珠出卖?平和笑道:“小民虽得此珠,却从不能算做自己的。将来期限一满,少不得仍由仙师收回,还给老龙。小民果然不得擅卖。就是老爷得去也不能久长,何必多此一举呢。”毛虎只当他是推托的话,再三恳商。平和究是孩子心性,怫然而起道:“小民得此神珠,先为医治家母眼症,后来才替别人治病。左右不过借此立点功德,从来也不曾得过人家一点好处。若是放在老爷府中,老爷哪有这闲空时间替人治病,却不辜负此珠?老爷是大贵之人,穿的吃的、使的用的哪一件儿不得遂心?就得此物,亦不过将来珍藏起来,究竟有甚用处?却不耽误了小民行道的功德!似这等损人不利己的事情,我劝老爷少做为是。”毛虎听了,不觉大动肝火,便命许多差人:“将平和捉住,搜出他的珠子,免他妖言惑众,弄出不轨之事!”平和见差人上前来捉,心中大怒,立刻离席而起,伸起右足,就踢翻了一人,又一拳打倒了一人。众差发声喊,各执兵器一拥而上。平和恐怕有失,取珠在手大呼道:“老爷不必动怒。众位哥也不用厮打,听小人一言。”毛虎只当他愿意献珠,忙命众人且慢动手,看他有什么话。

只见平和从容禀道:“老爷是小民的官长,老爷有命,小人怎敢违背。怎奈此珠委实不是小人所能久占。小民若擅献老爷,将来仙人责备，老龙索取，小民也逃不过一死。还不免负一个监守不慎的罪名。若是忤了老爷之意，也不能出得衙门。总是一死，小民宁愿死在老爷贵衙之内。死后有知，还能求谅于仙师。老爷不信，请看小民立刻把此珠吞下肚去。小民当然不能活命，就是一时不死，任凭老爷刀斩斧砍，小民不敢有怨言！”说罢张开口，把颗大如李子红如丹霞的红珠塞进去，一仰颈，“咽”的一声滑入腹中。毛虎忙命众人快抢，却已来不及了。只见平和颜色大变，面如金纸，眼若铜铃，向外直冲出去。毛虎不敢拦阻，由他出了衙门，一口气赶回家中，见了他娘，伏地大哭道：“我那苦命的娘啊，孩儿如今不能再侍奉你了！”王氏大惊问故，平和只说得一句“红珠已入腹内”。王氏不等他说完已吓得面如土色。匆忙之中，不择言语，只说：“怎么好！珠是龙丹，丹入儿腹，是要变龙的呀！”一语未完，猛可的狂风大起，乌云四合，王氏只觉眼前金光万道，神眩目迷，半空中似有龙鸣之声。定睛一看，果见一条金龙，蜿蜒上下。再瞧平和，已不知哪里去了。不知平和化龙以后有何怪事，却看下回分解。

第二回 两点龙泪洒成望娘滩 一柄仙剑刺破篾龙眼

却说二郎神心血忽潮,已知平和化龙之事。又见一道冤气弥漫太空,料道平和吃这官长的亏,心思报仇息恨。万一龙身一转,这灌口地方二千里内完全可成大海。忙命黄巾力士护法神兵,速把孽龙打下深潭,切莫伤他性命。力士神兵奉了法旨,起在空中,正见那龙怒目张眉,尚在平家屋顶之上,连连下望,似乎恋恋不舍的光景。刚想施展法力,早有缥缈真人驾云而至,向力士笑道:"列位不消费心,小道和此物却有一段因果,请列位把这事交给我办。回去复旨罢。"力士们见是真人前来,不敢有违,躬身退去。

缥缈真人把那龙带到水面,念念有词,喝一声:"水底老龙,你的化身到了,还不出来,更待何时!"言毕,一阵大风起于海面,深水之中又飞起一条同样的龙,却是有形无体的一个影子。两龙相遇,宛如旧识。真人揪住龙影,向半空的龙头连拍三下,一霎时龙影全消,两龙合一。真人吩咐道:"从今潜修五十年,可登天庭受敕封。如有胡为暴行,我必以剑斩汝!"那龙恭受法旨,点头道谢。刚待下水,心中兀自不舍他娘,禁不住回顾三次,滴下两滴龙泪,泪洒之处,顿时变成海滩。至今灌口地方,还有这滩的遗址,千古相传,称为望娘滩,就是这个出典。

闲言慢提,再说缥缈真人把一桩公案办了,驾云而起,想归他的洞府去。云头刚起,忽见一朵彩云冉冉而至。迎面一看,原来是师兄火龙真人。二仙停住云头相见,火龙问道:"师兄何来?"缥缈笑道:"就为那孽龙之事。才得了结,想回衡山洞府去等候师兄,办好龙案一同缴旨去。如今你的事情怎么样了?"火龙笑道:"你办的是人化龙,究竟通达灵性,容易打发。我办的是绳龙,和你音同字不同,差一点儿,却多费许多手脚。如今正要前去东海,干这公案咧。"缥缈也笑道:"正该快点去办,不久下界大遭水劫,治水圣人快要出世,将来水陆界划清楚，就是这两孽龙出头之日了。若再迟延，误了他们功果，可不是你我之罪！祖师面上怎么交待得过。”火龙大笑道：“你这野道，几时学来这套风凉话儿？你把轻而易为的事情办好，却来我面上打这官话，真是岂有此理！”说得缥缈真人也大笑起来。二仙举手而别。这火龙真人便向东南，直至东海岸上，办他的公事去。

若说这件公事的起源，却和上文所说那条孽龙差不多的时候。原来火龙真人所说的绳龙，就出在东海之西钱塘江内。如今的浙江省中部地方，有一处浅浅的水滩，横在钱塘江上下游之中，今人都称七里泷，水浅流急，行船不易；有时逢着大风，驶行便比较容易。所以历来有两句传说，叫做“无风七里，有风七十里”。这话凡是钱江的船户和两岸居民，谁不知道？这是后来的话。若在上古时候，却不叫七里泷，称为伏龙潭。这个取义不消说，就因本书所说绳龙曾在此间潜伏的缘故了。再说绳龙之称，不过是火龙真人一句戏言，其实这个绳字还似是而非。按其实乃是一条绝粗绝大的篾缆，受日光之锻炼，时而受月华之沉浸，历年既久，竟出一种转世的生物、有机之灵体。正是日月无意栽培他，他却得了天地自然之陶成，居然也成了一种龙体，浑身鳞甲和口鼻须髯无不完全，只差未曾把眼目修炼出来。所以升沉出入，虽然活灵活现是一条生龙，却究竟苦于张不开眼，瞧不见花花世界芸芸众生，每天饥下来时，只瞎冲瞎撞价摸点水产物类充腹。因他庞然大物，修炼有素，那些普通鱼虾之类，怎能和他一抗，每逢这瞎龙张口之时，少不得大批儿送到他的肚子里去。一年到头，给他残杀的生物自然数说不尽。可喜他早通灵性，夙种善根，除了饱食鱼虾之外，从没吞舟伤船和噬食生人之事。不过身子太大，偶一转侧，就免不了作浪兴风。有时因瞎眼之故，瞧不见世上人物，碰到舟船过此，略一现形，也尽够吓破人类的魂胆，这是无可如何之事。

瞎龙虽无心闯祸，而受害之人也很不在少数。也不晓是哪一时代、什么年月，这位火龙真人曾有两位在朝作宰的和真人舟行过滩，正遇这龙出现，一霎时天地黑暗，日月失明，那真人的坐船也随着颠簸起来。真人怒道：“这是什么孽畜，擅敢在此作祟！”当唤两岸土地问话，土地们便把实在情形和这龙的来头性情告诉真人。真人笑道：

“一条烂绳怎敢如此无礼!”那两位宰官就问:“可有法子治他?”真人点头道:“小小畜类,何足当我一剑。只惜他修炼多年,又没什么坏事,所以踌躇至再,不忍除他。”宰官都道:“此等畜生有甚好心,现在他没有眼睛,干不出什么歹事。等他修成眼目,便如虎生双翅,凡人安能抵御? 就是法师再要收拾他时,也没今天这么容易了。”真人叹道:“罪状未形,恶果未显,怎忍擅开杀戒。”那宰官最有爱民之心,一闻此事,再也放不过他。忙说:“仙师既不肯开杀戒,我二人却是朝廷大吏,理应为民除害,请借法师宝剑一用。纵有天愆,某等愿共任之,与法师无干如何?”真人笑道:“大人们为国为民,有何大愆。既如此说,贫道就将佩剑奉借。”说时取出寸许长一柄小剑,迎风一晃,一化为二,指着说道:“这是雌剑,这是雄剑。闻土地说,这龙修成雌体,须用雌剑方能斩他。大人切勿弄错。”宰官却把双剑一起接在手中,仔细端详了一回,见那雌剑虽只寸把长短,却是光焰闪烁,冷气逼人。近面一照,不觉打个寒噤,笑道:“龙大剑小,也能适用么?”真人大笑道:“大人莫小觑此剑,贫道从玄女学得天遁剑法,此剑又经三千年的锻炼,能小能大,能隐能现,随心所欲,无不如志。平时不用就要小的无可再小,亦无不可。如今既要用他,大人爱他怎样长,就得怎样长;要他如何短,他就如何短。掷去如矢,其疾如风,锋尖所及,千万里不为远,百步内不为近。是真仙家奇宝,岂世上所用凡火锻炼之顽铁所能比拟么?”

宰官大喜,正想寻觅瞎龙所在,蓦地那龙又是一个转动,船身一阵大荡。那真人坐在船尾,神色不变,指指点点地说那龙头所在。那持剑的宰官却早慌得手足无措,马上把真人嘱咐的话忘记得干干净净,伸手一掷,把雄剑丢了下去。但见一道青光向龙头驰去。真人慌叫:“错了错了,怎么用了雄剑!”一语未了,那剑已回至宰官手中。一霎时风浪越大,水面上探出一个硕大无朋的龙头,在那云雾迷离中向真人等连连点了十几个头,方才轻轻转回身向远处隐入水中,不可复见。这一来把两位宰官吓得惊疑失措,神智不清,半晌半晌说不出一句话来。只见那真人叹息一声道:“数之所定,人力真不可回。想此畜潜身水底,修炼多年,以一烂绳修到如此地步,却又生成善根,不敢肆恶，这都是很难得的事情。宜受天心眷注。虽有小小口腹之过，究竟情有可原。方才贫道不肯除他，也就是体好生之德，怜向道之忱，绝非世人煦煦孑孑的小仁小义可比。怎奈二公不依，必欲为民除害。谁知仓卒之中颠倒雌雄，错用吾剑，害之适以爱之，杀之正以全之。本来此物百骸都备，独少眼目。若要修成两眼，至少还要五百年功行。今得此剑一刺，戳破两个窟窿，正好成为一对眼睛。倒不是大小玉成了他五百年苦功么？”二宰听说，呆呆相向，不知所云。那真人把剑收回，入手就并合为一。

此时浪静风平，日色当午，真是光头最足热力顶盛的时候。真人把剑向着日光一照，笑道：“此畜也着实可恶，我成全了他，他却污了我的宝贝！”说罢向阳一吹，那剑发出万丈金光，耀得人眼花缭乱。再凝神，真人只剩一双空手，不晓把宝剑藏在什么地方去了。宰官定了定神，方问：“法师，怎知此剑替他刺成双目？况且一击而中，自然只有一眼，怎又说是两个窟窿？”真人笑道：“阴阳相感而生万物，若两阴两阳同性相遇，往往反以致害。此物既修成雌体，大人反用阳剑去刺他。阳气所至，凡有所接，即相感而生。大人之剑刚刚掷在他头额，岂非替他造成修炼未成的双目么？再则剑刺物，往往洞穿身体，一边进去，却从那一面出来。一出一进岂非两个窟窿？皆数有前定，故能机缘巧合。想此物命不该绝，且应享后福，所以得此巧遇。就连贫道与二位大人今日之游，也是专替他刺眼而来。岂不奇怪呢！”两宰都道：“如此说来，将来他要害世祸人，反成你我之罪了！法师可好设法再施神术，趁早剪除了他，免得流毒之间，自增罪状。”真人大笑道：“这更不必了。两位大人不见那龙入水之时，向你我连连点头么？这就是十分感谢、虔诚施礼之意。你我既受了他的顶礼，怎能无端相仇？况且此物出身极贱，偏能具此烈性、有此福缘，可见不是作恶之辈。将来之事，倒也不必过虑。再说一句狂妄的话，假如此物修成全体，反肆暴行，你我自然免不得处分。事已至此，也叫做命中所遭，要逃也逃不去的，只能到了那时再作道理。断不能在他修道之时，忽而成全于他，忽又加害于他。似此反复颠倒之事，断非仙家所宜。要知违天不祥，背理不顺；不顺不祥，灾必及身。倒不是惧那区区孽畜，不敢和他计较也。”两宰听说，默默不语。真人又道：“话虽如此，贫道为防他作恶，励他上进之故，可施点小法力，令他知儆知感，于他本身也并非无益呢。”

说时向水底一招，那条巨龙又慢慢地腾身而上，饶是十分谨慎，十分矜持，兀自把水面晃得和波潮上下一般。看他昂起头，朝真人点头为礼。真人正色吩咐道：“你是一条篾缆，修成龙体，又得贫道一剑成眼，省却许多功行，你的福缘可算不浅。从今为始，你该加倍精进，勿怠勿懈，更不得多害生灵，祸及行旅。现今双目已成，只须三月功夫便可完全发光。且系我仙剑所开，光耀比众不同。近观能察秋毫，远望可及千里。那真是千载难逢、可遇难求的机会。你若自甘满足，不知上进，岂不可惜，不但证果无期，尤恐获罪上天，负你多年功行。再若自恃些小技能，为非作歹，那么性命既难保全，死后当打入九幽地狱，累劫不得超生。我如今为勉你上进，助你成道起见，离此百里之内，设下一重刀闸，不仅是你，以后在此江内，凡以生物修道者都要钻过此闸，方可脱离尘俗，上登仙界。如不能钻过，休想轻试。因此闸底盖中间只留一缝，其细如绳，非把法身化得细逾丝线，决难过去。而且一触此闸，底盖猝阖，立刻身首异处。这是最危险可怕的关隘。并非贫道有意和你等为难，一则见成道之难，而后显出功成之可贵；二则有此一关，凡修持未至者，不敢自己满足，却可常以自儆；三则有此法力，便与神仙无殊，将来证果之后，不致被人轻侮。你看此法如何？”那龙连连顿首，现出万分心服的样子来。真人喝一声：“去罢！”那龙又把头点上几点，倏然而逝。真人做了此事，别了两宰自回洞府。

仙家日月比众不同，转眼之间又过了七八十年，却才缥缈真人在灌口点化平和成全老龙之时。缥缈真人和火龙真人同出老君祖师门下，他俩成全两龙原出无意，却早被老君知道。算准东、西两龙该在两位真人手下成道。成道之后，大有一番际遇。因此吩咐他们，各把他们自己种下的因缘速去收成结果。凡是物类成仙，必须先转人身。缥缈既用两魂合一之法，成全了灌口老龙。火龙也要设法着那条篾龙也去凡人肚子里一转。因此别了缥缈真人，急急忙忙驾云前来。

直至七里泷，知道篾龙开眼以后，整整苦修了七八十年。先时还不免吃些生物果腹，后来习得导气辟食之功，每天只觅些水中苇草之类吞入肚中，便可不觉饥饿。而且把个身子修炼得能大能小、可粗可细，端的成为一条得道通玄的神龙。火龙真人如何不喜！施个召龙诀把他唤上水面。那龙一见真人，也是悲喜交集的样子，将自己身子绕成了绝大圈儿，周围抱住真人，却把龙头对准真人面上，颠头不已。真人少不得有一番嘉奖，带着他渡过那龙闸，那龙果然化成细如发、短如蚓的身子，战战兢兢向龙闸中间一钻，那闸是仙人设立的机关，若有生物过去，上下两锋猛可地切合拢来，但听水中一阵龙鸣，两岸山谷一齐震动。未知此龙性命如何，且看下回分解。

第三回　试道心特设迎龙闸　解凡体投入孝女怀

却说火龙真人带了那条篾缆修成的祥龙，着他遵照前谕，须要把法身变化得极细极微，钻过那预先设就的闸口。钻得过方算修道成功，钻不过时不但前功尽弃，还把一条性命冤送尖锋之下。这是一桩最危险的事情，不过是火龙真人借以试察修道生物的胆量，总是勉励他们勤奋用功的意思。那篾缆成龙，道行皆满，当时一钻而过，并无毫发之伤，果然是他神通广大，胆壮心坚，就使本领未成，真人又安能忍心致之于死呢。

火龙真人立在云端，见篾龙过闸，心中大悦。忙伸手一招，龙便一跃而上。真人吩咐道："难为你苦修数百年，功行做到八九成光景，如今该去转一转人身，方可升天膺敕，位列仙班也。"那龙不住价叩头。真人双手绾住龙头，向他颔下一按，探得龙珠在手。又把袍袖一展，将他这笨质之躯直推入他的老巢伏龙潭去。口中念移山之咒运来一座大山，将龙身压成泥粉。从此以后，这深及万丈的伏龙潭，便化成一座高山，年深月久，山势倾斜，迤入江面，山中砂石飞入江中，近山一带便成浅滩，这便是如今所称的七里泷。现时近处土人，还能说出这陵谷沧桑的掌故，不过时代太久，传说不同，说来亦人人各异罢了。

再说龙躯被压，龙的祥魂兀自张开大口，向着真人手托的龙珠，盘绕真人身上。真人手托龙珠，身挈大龙，宛然就是那条大龙的引魂之幡，眼见龙躯已压山下，不期抚掌而笑。猛一低头，见那龙魂兀自不住地回首深潭，真人立即伸手在他泥丸中一拍，厉声道："你还舍不得你那丑陋霉腐的篾缆儿么！"那龙魂听了，慌忙随定真人，以口向真人掌上噙住宝珠，蜿蜿蜒蜒隐隐约约地游行了三百多里，却才天色发光。乡下人家起身得早，真人降住云头，指那河畔浣衣女子说道："孽畜！不见那河边姑娘么？此女年已及笄，是这里一个孝女。

我今将你送在他的腹中，使他感而成孕，和祖师投胎玉女一般，一则不污他的法身，二则显得汝的出身比众不同，也算你苦修一场。机缘到来，我再来度你，好生去罢。”

说罢，举起龙珠向那女子掷去。蓦地半空中起个霹雳，一阵金光直奔入女子口中。那女子大惊大骇，不觉“啊呀”一声，晕于河边，真人走近身去，附耳叫道：“胡秀春听着，念尔纯孝，送此祥龙为尔女子，好生养育，将来自有好处。”那秀春昏瞀中听得吩咐，点头而醒。醒时一片红日正照面前。眼前许多村人都麇集河边，纷纷议论那平空鸣雷之事。见秀姑手持衣物呆呆坐着，忙都赶来问他可曾听见雷声？秀春满心惶惑，听了这等说话，一时回答不出。众人也见他神色有异，都道了不得，一定给大雷惊迷了，快快送他回去罢。于是上来几个妇女，将秀春搀的搀扶的扶，拉拉扯扯地送到他的家中。他爹胡老儿、娘胡沈氏正因秀春浣衣未回，兼之听得雷声陡起，怕他受惊，刚正商量着要去河边找他。今见众人送他回来，不觉又惊又感。秀春到了家门，神志也就回复了，因恐爹娘惊心，倒也装做没事人儿一般，反向众人道谢。又对爹妈说：“方才雷声一震，似有万道金光奔入女儿腹中，女儿就吓昏了。幸得姐姐妹妹们将我带回，女儿此刻才定心了些。爹爹和娘都不必忧心。”胡老夫妻见他能言会说，和平时一般无二，这才把心头一块石头放落地上。忙邀众人入内，逊坐请茶。大家又议论了一回无故动雷必有奇兆等语，说了一回，各自散去。

这秀春却不把仙人嘱咐的话告诉二老。自从那日为始，腹中时时觉得震动，似有甚物件放在里面一般。心中兀自慌张，料道仙人之言必无舛错，我爹妈正盼得个孩子，我因此誓不嫁人，以女代子，这也不过安慰亲情而已。究竟女孩儿家，怎能传接香火。等得此生完毕，我爹妈血脉也就此干净完结，总之不是正办。今据仙人之言，似乎不嫁丈夫也可成孕，恁的时却不是好。虽说生的仍是女孩，到他长大起来嫁到好女婿，亦可传宗接代，祖宗血脉不至自我而断，岂非两全之事。只是别人不知底细，我又不能将此中真相对人说说，将来生下孩子，四邻八舍议论必多，那时正教我百口也辩不明了，却不羞死了人！他天天如此思索，险些儿把一寸芳心揉得粉碎。看看过了五六月，他那肚子竟日渐膨胀起来。秀春急得走投无路,出入两难,早不觉忧思成病,饮食不进,面黄肌瘦,四肢无力。种种病象也和孕妇差不多儿。这时胡老夫妇也有些觉得了。因秀春日间在家工作,晚上又跟他娘一床儿睡,当然不得有暧昧事情。夫妻俩因又疑他得了什么胀病。那沈氏也尝背着人仔细问他,秀春只说从那天打雷之后起的毛病,还不敢说出仙人的话。

直至十月满足,腹部彭亨,大家都断定他必是喜兆。除了他父母深信他决无事外,此外亲友邻舍人家的说话就不大好听了。秀春也有所闻,羞的连自己大门都不敢跨出一步。看看到了分娩期近,秀春也知此事再也隐瞒不住,方才把仙人嘱咐的话一五一十禀告沈氏,沈氏见说,不觉惊喜交集,忙去告知老胡。老胡是读书人,却知老君投胎玉女之事,便点头说道:“天下奇事原多,果如秀儿所言,多分这个孩儿还是大有根基的人。而且玉女生老君祖师是从胁下而出。我儿若也如此,却从哪里去找这等稳婆呢?”沈氏也欢喜道:“果是仙人降胎,定有仙人前来照应,还怕什么来着。倒是女儿年轻怕羞,不夫而孕,又是世上罕有之事,凭你说得天花乱坠,谁肯相信我们?将来秀春怎能见得人面?!”老胡也道:“这正是无可如何之事!现在只有你我先把这个原因对认得的人谈谈。我家向来不得罪人,人家也不得没证没据坏我秀儿的声名。”沈氏称是。于是老夫妻们对着人,便把此事讲说开去。不上几天,已传得全村人皆知。众人有相信的,有不相信的,总因事不干己,也没有工夫去查考他们的真假,就是疑那秀春的人,因找不到奸夫姓名,也不敢胡乱批评,不过人人心中总有这段怀疑罢了。

这天却是秀春临盆之日,寻常产妇肚子疼起来时,总觉得有什么东西往下坠去一般。只秀春却是痛向上面,似乎有甚物件由腹而上,向胸口顶住似的。老胡夫妻只好把村中有些经验的老稳婆请来,问他上顶之故。稳婆也说不出什么道理来,只说小姐得的仙胎,或者比众有些不同,也未可知。老胡究竟懂事一点,想那稳婆连这点奇产的理由都不晓得,分明不能收生。万一真个从胁而下,却从哪里去找这么一个大窟窿来呢?把这话对沈氏说了,沈氏益发忧惶。这秀春阵痛越紧，从早晨直到午刻，只觉那东西已顶过胸口，还在不住地上顶。这阵子却真亏他，捱得了咬牙切齿、目眩神昏，险些要晕厥的样子。胡老夫妇只急得求神拜佛，对天设下香案，虔心通诚请那位送胎的仙人快快救命。正在闹得起劲，忽闻外面有人敲着铜板，高叫专接难产，专治怪胎。胡氏听了大喜道："我儿正患怪胎，偏有这人自称专治怪胎，岂非奇巧之事。想是我女孝心格天，天遣仙人来救护他的。"沈氏也喜，忙着出去一看，原来是既跛且黑的老年道姑，敲敲叫叫的已去有几十步远。沈氏没命地追上前去，哀求仙姑救命："仙姑救我女儿的命去来。"道姑问道："可是平常难产或是怀个怪胎？要是平常产，如什么坐臀而出、托莲花生等等，不干不净的，我方外人不愿承揽。若是什么怪胎，倒可以助他一手。"沈氏忙道："正是怪胎，正是怪胎，是极奇极怪的怪胎。师父快快前去，再迟就没了命了！"道姑笑道："生男育女，瓜熟蒂落，何必急得这个样子。也罢，贫道今日恰从下江到此，还没曾做过一注生意，巧巧的就遇到了你们这等怪胎。大家也算有缘，我就和你去来。"于是一跛一拐地回身就走。沈氏恐他走不起身，意思中想去搀他一下。哪知道姑走得虽慢，沈氏拼命价追赶，兀自相差几步。到了沈氏家门，也不用人指点，竟自大摇大摆的拐了进去。

沈氏随后赶到，才知道姑真是异人。正要告诉他"女儿痛过半天万分难忍"的话。谁知道姑不甚爱听，只说快领我去见令爱来。沈氏将他领入房去，刚到门口，但听里面秀春大叫一声："痛死我也！"沈氏听这一声，早已魂胆消裂，也顾不得道姑，自己跌进房去，捧住秀春一瞧，只见他双眼上翻，两足挺直，分明一缕幽魂已经透出躯壳。沈氏不由大哭大叫起来。满口子只叫："秀春我的儿，怎么丢了我走了！啊呀！我的儿哟！你死得好苦哪！"他这一阵哭不打紧，早把外边的老胡和亲戚邻舍一齐拥了进来，反把个道姑挤在后面，不得上前。老胡正在伤心，猛见道姑对着尸体只是冷笑。老胡怒道："你这道姑好没良心，人家死了正在伤心，你还在此喜笑，可也有些人心么？"道姑厉声冷笑道："你们请了我来，又不曾请教到什么，把我冷落在此，却自愿乱哭你们的死人。这等举动还不可笑么？"老胡未曾回言,沈氏却突然觉悟将来,忙着丢了秀春,跳下床来,分开众人走到道姑面前,直挺挺跪了下去。只晓得磕头哀呼,却说不出一句话来。老胡见老婆如此,只得也上来哀求。道姑大笑道:“请起请起,不要如此多礼。贫道既到此间,刚才已经说过,和小姐算得有缘。如今他命在俄顷,怎能袖手不救。”即命取到一碗净水,向那秀春尸身上喷上一口,口中喝道:“兀那顽龙还不出世,却待何时!”一语未了,秀春目动口开,手足皆动。老胡夫妻大喜道:“女儿有了救了。”众人也都称怪事。谁知秀春坐起身来,一个恶心,“哇”的一声吐出一个肉球跌在地上。其声又脆又清,好似金质一般。先时不过弹丸大小,道姑又喷一口水,把肉球喷得胀大十倍。正诧异间,只听“砉然”一声,好如天崩地裂一般,一霎时肉球破裂为二,里面跳出一个唇红齿白面目玲珑的女孩子,口中噙着一粒小如芥子、光彩闪烁的小珠。那道姑疾忙上前把小珠取出,向自己口中一塞,一仰脖子,把珠咽下肚去。老胡夫妻和众人都看得呆了。

正在纷扰,不期床上产妇已在那里大嚷肚子饿了,快弄饭来我吃。沈氏这时喜欢之极,几乎忘了秀春,听了这话忙又上去问他:“可觉有什么难过?”秀春摇头道:“一点不觉怎样,只是肚饿得慌。娘快给我弄饭去。”沈氏忙道:“产后虚弱,怎么能够吃饭?”秀春未答。只听道姑叫道:“不要紧,不要紧,肚子饿了自然得吃饭才饱。不但小姐,连贫道也正要讨口喜酒喝哩。”沈氏见道姑这般说了,自然放心,一面托人煮饭,一面要收拾那个剖开的肉球。道姑忙止住道:“这东西你们碰他不得,让贫道替你找个地方安置他罢。”说罢抬头一瞧,见床边有一个木制的米桶,吩咐将米倾出,却将那两半肉球捧了起来,双手一合,仍旧变为一个圆形的东西,拼合一处,正如无缝天衣,瞧不出一些痕迹。又从自己口中吐出三寸长短的金针,向肉球刺七下,刺成七孔,将去丢在木桶内。笑说:“这个东西将来大有用处,无论要甚东西,只消孩子一取马上可得。须得好好保存。”说罢,看得沈氏将孩子包扎好了,放在秀春枕边,这才一齐出外坐定。

老胡动问道姑宝庵何处,法名是哪两字?道姑笑道:“出家人呼牛呼马,一由人便,本来用不着什么名字的。施主爱叫我什么就是什么,横竖无缘难会,有缘是终于离不开的。至于住的地方更没一定,若有定处倒和施主一样,在家纳福就是了,何必早东暮西地奔波来去呢?"老胡见他说话大有玄理,不由肃然生了敬意,因问:"小女不夫而孕,以口降胎,又系卵生,不知吉凶如何?还祈明示。"道姑大笑道:"我又不是仙人,怎知这些道理!但想施主存心长厚,小姐又系纯孝之女,老天爷何等慈悲,难道送个坏家伙来倾陷你的财产、破坏你的家风么?"老胡只得称谢。

不一时沈氏请人帮忙,送出一桌素酒,请道姑随便用些。那道姑也不客气,杯到酒干,饭来肚送,吃得四大皆空,道声谢出门急走。老胡夫妻慌忙相送,一出门外便不见道姑踪迹,也不晓他哪里去了。沈氏埋怨丈夫,这道姑是仙人,怎不留他多坐一回,也好让我问他几句。老胡笑道:"仙人怎能在你家中久溷。你看他一出大门转眼就不见了,可见他是急于要去。留他中什么用,想来我们这孩子虽系女儿,倒是有真造化的,定比人家男子还强。所以有些怪异的来历,又得仙人前来接生。你我只要听了仙人吩咐,好生教养此孩,自然后福无穷。何必和仙人胡缠呢。"沈氏便不再说。老夫妻俩和秀春真把孩子珍爱得和掌上明珠一般。

这孩子也怪,一月之后就能说话。老胡替他取名飞龙。亲自教他识字读书,不上十岁已读得一肚皮学问。老胡因自己年老,将他送在本村一个私塾先生处附读。小同学七八人有男有女,一般都七八岁上下,不但和他天资悬隔,而人品性情亦处处显分高下。人家见得样样事情比不上他,心中不免嫉妒。兼之先生又称赞飞龙品学俱优,远非他人所及,因此越发惹人忌恨,常常联络起来欺侮飞龙。飞龙坚守母训,只以学业为重,此外各事无不尽让人家,所以数年之间都相安无事。

一天,也合当有事,飞龙课艺早完,静坐书案,等候先生放课。忽有一个同学因不解题,求他代做几句。飞龙怕先生知道,不敢允许。那生明欺飞龙懦弱,先是骂他本人,及见飞龙牢不回口,索性骂起他娘秀春。说飞龙有母无父,母又未嫁而孕,显然是私生之女,怎配在塾读书!飞龙是个极孝顺知礼的人,怎能因自己之事连累母亲受辱,当时虽不答口，等得散学之后，便哭告先生说不能再来受业了。先生大惊问故，飞龙总不答口，回到家中对着祖父母、母亲一言不发，尽自痛哭。老胡吓得惊疑不定，忙问："孩儿，又是谁欺侮你了？快告诉我俩，一定替你出气。"飞龙摇头道："两位大人不用多疑，这是说不得的事情，孙女虽死也不愿说。但从今以后，这个塾中，孙女是一定不去了的。"老胡见问不出头绪，正在惶惑，恰巧先生来了，也问起这事，大家弄得如在云雾之中。因飞龙立意不再入塾，也只好暂时由他。数月之后，才由他的同学传说出来，是如此这么回事情。而且那毁蔑飞龙的同学，见飞龙请假回去再也不进书房，益发信口胡訾，硬说秀春真有外遇，并随意捏个张三李四的姓名，说是秀春奸夫，这飞龙便是一个私生孩子。因为事情漏泄，他母女都见不得人，所以书都不来读了。如此信口乱说，自然也有许多人信以为真，不多几时，这话又传到老胡夫妻耳中。沈氏于便中对秀春说了，秀春不觉两泪交流，默然不语。未知后事如何，却看下回分解。

第四回　受谤言不夫而孕　明心迹别女投河

却说秀春听母亲那般说了，不由一阵伤心，泪如雨下。从此日起，他便不言不笑，饮食少进。每天把双眉蹙起，额头上显出一条条的皱纹来。瞧这情形，分明有什么重大心事，不能言宣的样子。数月之后，身子越发瘦损，兴致也完全消灭了。虽是活在世上和常人一般无二，却是失魂落魄、奄奄无欢的情形，简直叫不相干的人见了，也替他难过。此时他的父母也觉得他这情状有异，夫妻俩只得苦苦开导解劝。无奈秀春既不说出伤心之事，又不说出得病之原。任你横劝竖说，他也不过当时一笑，阳为顺从，口称遵命，实在他的心事一点也没有转回，兀是照旧生他的病。更不料祸不单行，秀春一家既因秀春有病，大家没了兴致，偏偏那年疫疠盛行，村中死亡枕藉，秀春的父母也就在那时相继去世。秀春母女少不得哭泣尽哀，买棺盛殓。

等到丧事完了，秀春忽然把飞龙叫去，对他说道："我儿，你可知道你娘是没有嫁人的么？你可知道这身子从何而来？"再追上去说："你娘为什么不嫁人？既不嫁人，为什么无端生你？又把你抚养到这么长大呢？"飞龙自闻同学欺侮说话，也着实打听本身的来历和伊娘不嫁而产的故事。怎奈乡人好奇，而爱述怪异。明明一无可怪之事，到了他们口中也要装点得千奇百怪。若是真有怪事，更少不得添枝带叶的加上许多材料上去。往往说的真相全非，去题千里。而且张甲是那般说，李乙又这般讲。双方说来，竟似驴唇不对马嘴。把个飞龙弄得和戏词上说的什么"不问还好，一问就越发糊涂了"。他又不敢请问生母和两位祖大人，只得天天闷在心头，想遇机会总可问得出来。如果母亲并没不端之事，确系不夫而孕，便要找那个侮辱他的同学严行交涉，替母亲争回这个贞洁的名誉，要回自己失的体面。这都是他心中隐藏的念头，别人是看不出来的。这时忽然见母亲问到这件疑案，慌忙跪了下去，磕头下泪道："娘，怎么今天问起这个话来？孩儿要能够明白此中原委时，也早有法子使我娘不那样愁眉泪眼地过日子了！”

飞龙这句话却说得正是得体。既没有使他娘失却身分之处，也且把自己久要明白而未敢启齿的委曲完全托了出来。不道他娘听了这话，放声大恸起来，由着爱女跪在面前，也不去拉他一拉，只是惨然说道：“无知的畜生，连你自己也不晓得你这身体是哪里来的，可教我做娘的怎样能够知道呢?!”说罢又是一阵哽咽，却仍旧由着飞龙跪在地上。飞龙见此情形，自然更不敢起来，也不能插一句下去，半晌半晌，才见他娘在口袋中挖出一张纸儿，向地面上一掷，大声说道：“你要知道你出世之事，尽在这张纸上。我要不为你这孽畜，从前也不得听许多闲话，白在这世上受无穷的冤苦。今后若再不给你一个交待，又怕你白活在人世，受我做娘的受不了的冤苦。所以趁如今我的爹妈都已下去，我对上的责任既了，对你的肩仔也要宽舒一下。从此你既可以做个清白纯洁之人，我做娘的也可早完孽债，免得再在世上受罪。”说罢头也不回，掩袖归房而去。

这飞龙正捧着那张纸头仔细跪读，却才明白自己的出身来历和他娘不夫而孕的原因，并这十余年含辛茹苦蒙受冤谤的情状。最后还有几句诀别之词，合到方才母亲所说那种语气，显见有一死明志之心。先时瞧着出了神并没注意到他娘行动，及至读完那篇东西，心中十分悲惶痛苦，眼中泪雨点点洒在纸上。由不得抬头一瞧，才见他娘已不在座上，不知何时走开去了。飞龙这一急真是非同小可，连方才洒出的眼泪也几乎缩进去了。哪里有他娘踪迹？急得他屋前屋后到处乱找，兀自没有影子。又想，一眨眼的工夫，无论如何走不到甚远的去处，要便是投了河罢？谅来一下子工夫也不会淹没下去。于是急急忙忙赶到河边一望，却才看见河埠上丢有一信，外写“飞龙我儿亲启”。飞龙不顾死活，扯开一看，只见上面写道：

我若早死，汝不得生；我再不死，汝亦不能为人。昔年孕汝，即在此埠；今日别汝，亦在此埠。若不相舍，可先在此招我魂灵，一二日后我尸上升，可葬我于高山之上。家中贫极，无物可变，忆昔仙人谆嘱，如有急需，可从汝顽壳求之。以心力事父母、养吾儿,十余年茹苦含辛,幸已过去。既无急需,未尝往视。今知尔为难,即以相告。尔之顽壳,在我床后米桶中。汝有仙根,必成大器。我女流,见识无多,不足以教汝,汝勉之,我不缕缕,此付龙儿知之。

末署“母氏秀春绝笔”。飞龙瞻望大水,水波不兴,万籁沉寂,只有打探热闹之人,却早挤满一岸。飞龙读完遗言,恸哭而晕。幸得众邻人将他扶回家内。飞龙醒了回来,仍要去找寻母尸,邻友人等只得各持器械,跟着他再到河畔,大家帮他探觅。有用绳子向水底测量深浅的,有用竿子向各处探摸的,也有善泅之人在四处水面上浮游一周,察有无尸身。但是结果却一无所得。

飞龙大哭,忽然纵身入水,亲自去探摸。一时众人都发声喊,大嚷:“龙姑去不得,你是不会游水的,不怕淹下去么!”哪知飞龙原是真龙化身,身虽成人,性却未变。一入大水,不但不觉气闷,反觉身心舒泰,比在陆上更来得爽快。而且双目清明,即至极深之处,一草一虫都能瞧得仔细。看他沉入水底到处找觅,只吓得岸上人个个摇头,人人叹息,说好好一个孝顺的孩子,这番可没了命也!大家正在呆看动静无法挽救之时,忽见水面上起阵波浪,夹着许多白色泡沫,接着有无数鱼虾龟蟹之类随着波浪飞一般向下头卷去。这是因龙为水族之王,飞龙一入水中,这批小动物怎能安居故土,一见了他,不由都吓得魂胆飞越,拼命奔逃去了。众人正在诧异,才见飞龙双手托着一个尸体,蹿出水面,向这边岸上游将过来。众人见了,又都替他喜慰。都道:“毕竟孝女是有神灵照应的,他这从不识水的人,竟能从水底找得母亲尸身,不有神助,行么?”大家一面议论,一面欢欣鼓舞在岸上吆吆喝喝的。等得飞龙浮到岸边,大家一齐帮忙,替他捞起尸体。飞龙自己也跳上岸来,伏在尸体上大哭不休。众人劝止了他,又都帮他将尸身扶了起去。不料那尸腹之下还系着一块很大的东西,仔细一看,原来是块大石,大家这才明白他怀必死之志,又怕身体一时不得没顶,所以借这石头的重量,方才容容易易地沉了下去。众人又都叹息说:“看不出这位姊姊如此性烈!”慌忙把石头又解下了。飞龙背上肩,七八人左右抬扶着搬回家内。

少不得要买棺成殓和一切用度。飞龙将他娘遗书给众人看了，领着他们同到娘床后那米桶内一瞧，果然亮晶晶一个圆球，只一面裂有七个孔洞。众邻人有知道的，也有曾经目见的，都说："不错不错，从前仙人临去确有这句吩咐的话，况有令堂遗言，龙姑可暗暗通诚求得仙人照应，必有应验。"众人正说得起劲，回头见那飞龙目注圆球，宛如出神一般，不晓他想甚心事。大家将他一推，方才醒悟转来，反笑了一笑道："这是我自己的东西，何用通诚。"说罢略不犹豫，伸一指向球缝一探，那洞便立时放大，可容一指插入。飞龙把手放进去时，果然探出一锭银子。再一探，又得了些素衣孝服，以及香烛鞋帽之类，凡是居丧应用之物，除了棺木要用银子去买，此外竟完全都得了。众人见了，一个个称奇道怪，都说从今后龙姑可以不必忧穷了，有这稀世之宝，就要造所王宫也容易的。飞龙此时也有些悟道之意，听了这等话一点也不觉开心。只请人帮忙快快把棺木买来，成殓了母亲，他却把棺柩殡在中堂，天天伴着宿夜。每饭必祭，每祭必哭。等过了七天，飞龙在灵前拜祝道："孩儿要替母亲报仇，前去寻觅仇人！母亲阴灵不远，须要照顾孩儿则个。"祝罢而起，向那圆球中探得利刃一把，出了大门径奔那造谣言的同学家中，声言报仇。谁知那家却是本地富户，因听得秀春投河之后，飞龙时时宣称要刺杀仇人，因此先期预备，特出重金聘得勇士两人，出入相随，不离跬步。这时听说飞龙到来，便嘱两勇士和他交手。可怜飞龙虽有宿根，究竟此生未曾习武，单只一点孝心，不顾一切毅然而来，若论真实本领，哪里敌得两个勇士？略一交手，便被他们戳伤两处。幸而一人颇有天良，不肯下十分辣手，见他已经受伤，忙把伙计止住，说道："我们受人之禄，只要保得他不吃人亏就是了。这位小姊是真孝女，你我断断伤他不得。害了他必得天谴。"那人也明白了，倒好言劝慰了飞龙几句，瞒了东家，将他送回家去，又送一包伤药给他调治。此事毕竟被他们东家知道，回去就受了一场训斥，立时请他们走路，另外雇人守护。

这飞龙回到家中，伏在灵柩上，痛哭了一日夜，不觉神昏力疲，支持不定，倒在柩旁，宛如入梦。忽觉耳中有人唤道："胡飞龙，你的师尊到了，还不起来迎接法驾。"飞龙心中正想拜求名师学些武术，好再去行刺。听了这话,宛如自己原有师父一般。慌忙睁眼一瞧,只见满屋中香烟缭绕,有四个童子、八个青衣、十六个黄巾力士,此外并有一班仙乐,琤瑽悠扬,异常动听。大家围拥着一位仙人,手持宝剑,足下生莲,神气十分庄严。飞龙猛记起这仙师,真个好似会过面儿,可又记不起来。却不管这些,竟自匐匍膝行,走近仙人脚边,叩头出血,涕泣有声,只叫:“仙师救我! 师尊救我!”那仙人命他起来,含笑问道:“你从何处见我来? 可能记得?”飞龙又忆了多时,半晌回答不出。仙人微微叹口气道:“相离不久,哪来如许魔障!”说罢命童子取出一面小圆镜子,着他自己照来。

飞龙附伏地上,战战兢兢双手接过那镜,照了一回,却从七里泷群舟失事,人畜器具沉没水中,只剩一条篾缆,修道成龙起,直至火龙真人送他投生,化为道姑替他收生,取去口中小珠为止。一幕一幕,完全映现出来。飞龙看完镜子,恍然大悟,叩头不已。真人口中吐出一件东西,喝道:“还稀罕你这玩艺,还了你罢!”飞龙只见那东西光圆莹润,大如绿豆,却是一粒极好的神珠。飞龙心中明白,就是自己前生修炼的丹,慌忙接在手中,立时放入口内,“咽”的一声咽了下去。真人吩咐道:“再去瞧瞧你的顽壳,可在哪里?”飞龙进去一看,说也奇怪,那挺大的圆球,早不晓哪里去了。跑了出来禀告去了,兀自怔怔地如有所思。真人“咄”了一声道:“有了真的,还稀罕那假的作什么。”飞龙心中益发彻底澄清。真人大喜,嘱道:“你从今便已功成行满,人仙两界尽你游行。不久还有玉帝敕旨,和西方老龙配成夫妻,一同受职,诞育子孙,统辖四海。我又虑你法术太少,诚恐惹得众仙讪笑,今授你五行遁法和三十六般变化,以及召神遣将驱鬼役妖诸法。你便可出冥入幽,登天下地,周游四大部洲,往来三山五岳,任意逍遥,无拦无阻。等你膺受敕命,再来引你去朝参玉帝、元始和老君祖师、各大金仙,还有你师叔缥缈真人,就是西海老龙的师父。他今亦去传授老龙许多法术,将来你俩总是夫妻,若本事不济,不但配不上人家,连我这脸子也输给你师叔了。你须好好练习,用心习上,休负我一片栽成之意、期望之心。”飞龙再拜道:“弟子受师尊天地之恩,再造之德,怎敢自习不上,辜负了师尊玉成之恩呢!”火龙真人笑道:“你晓得了,就好了。你我相遇,总是有缘。倒不是感激不感激、玉成不玉成那些话头。总而言之,你能自爱就是爱我,爱我之道,莫大于自爱,也莫大于自重。你能明白这个道理,吾无忧矣。”飞龙叩首受教,真人上坐瞑目不语,众侍从也都肃静无声。

这一夜,近百里人家,家家望见胡家屋上有五色彩云,从半空直达屋内,且有一种异香吸入鼻官,令人神气为之清爽,精神为之振奋。那近村人家都早知胡家孩子是仙人下凡,有许多奇情异迹播传出来,倒还不甚惊奇,只有距离较远、关系毫无的人家,闻见这等情景,不由一个个大惊小怪,议论纷纷。有那好事之人,竟会不辞跋涉赶来探看。也有信仙慕道之人料到必有神仙下界,才有这等瑞气祥光,不免发生一种求度之心,也都赶来瞧个实在。一夜之间,四方赶聚之人不下数百,整整闹到五鼓将近,人人都亲见那些彩云异香发自胡宅,不由都到门缝中东张西望,甚至有爬上高枝向室中窥探的。最可怪人人所见,个个不同,有些确见仙人上坐讲道,众弟子列坐听经的;有说室中寂无人响,天井内有许多狮象虎豹巡逻守卫的;又有说望见一条大龙伏在神仙足畔,听受传道的。诸如此类,议论不一,其实这些人所见甚是不错,不过各人根基不同,缘分也互有深浅,因之所见有远近内外之殊罢了。欲知这一夜中真人施何法力,飞龙如何受教,容待下回分解。

第五回　钱塘江龙游传古迹　东海岸徒弟觅师尊

却说火龙真人是老君祖师的大弟子，上界数一数二的大罗金仙，此番专为传教度飞龙了结宿愿而来。所以和以前几次降世情形不同。先时只单身独自，或现本相，或化人身，来去悠然不落迹象。此番却带了侍从仙官，召来狮象虎豹，并有本地山神土地为护卫之官，本宅的灶君门神供奔走之役，真个气象庄严，神情端肃。先将飞龙来历指明，到了半夜子时开始传授飞龙许多道术，着他前去报仇，只许伤身，不许杀人。事毕之后即去东海练习仙法，等候西方老龙到来，一同应召上天。真人直至五鼓将尽，方又踏莲而起，冉冉彩云，悠扬仙乐，簇拥着仙官仙吏，齐向半空而去。后面却是一条大龙张牙舞爪摇尾摆头，紧紧相随，似乎恭送的样子。直至真人法驾杳然，彩云渐散，那龙方才飞回胡宅。这便是飞龙现出的原身。

飞龙自吞服本身丹丸以后，不但力大无朋，而且化龙化人，为仙为神，俱可随时变化。从这次恭送真人为始，以后也曾现过好几次原身，所以近处地方也都悉见悉知，并都晓得即是胡家女孩子的原身，因此就在胡家所在之地，取名龙游。如今还称为龙游县，就是这个出典了。那飞龙自受真人传授仙法，他本是夙根极好、聪明绝顶的人，当时都已领会，而且把一应诀咒也都记得清清楚楚。等得真人去后，又恐怕日久失忆，先在家中静悄悄地默念了几天，料道不得遗忘，方才预备料理俗世未完之事。第一是生母因那个轻薄同学一言之辱，竟至自杀明志，此仇不能不报。仙人既允伤残他的身体，此事便可先办。要知此时的飞龙已不是三日前文弱无能的孩子可比。休说那家仅仅用了几个武人专门守护，就再请上万马千军，也都不在他眼内。他却不愿作那惊骇世俗之事，仍是一个孩子的身容，再去那家讨战。两个武人都被他三拳两脚打得鼻坍嘴歪，爬不起身。待要往内闯进去，早有许多家人各持棍棒刀枪，一齐拥上，将飞龙围在垓心。飞龙不觉大笑,猛见他那同学跟在一个道人后面,瑟瑟缩缩地走了出来。原来他们新近得知胡家有降仙之异,深怕飞龙学得道术再来寻他,不是一二勇力之辈所能抵抗,因此托了朋友前去城内聘得一位道人。据说是一位游戏人间的散仙。他自称为不愚道人。

那大仙受了那家的礼聘,料道胡家不过一家平常百姓,哪里请得天仙下降,更不信胡家孩子倒是真龙化身,多分什么妖精假冒神仙,吓骗乡愚的,便也绝不顾虑,一口允许,前来替他降妖除怪。当飞龙打倒两个武人之时,刚正他也到了,一家子喜欢不尽,忙着请他先来一看这飞龙究竟可是真龙化身。道人欣然允诺,拉了飞龙的同学出至前厅,果见一个眉清目秀温文尔雅的女孩子,正在那里耀武扬威,看他空拳赤手打得一班家人走投无路,喊痛叫天。道人见了不觉皱皱眉头,量定飞龙有些本领,便想先下手为强,口中念念有词,喝声疾,半空中突起一个迅雷,早有七八条小龙向飞龙身上直扑下来。飞龙生平没有和人动过斗争,更没曾施过什么道法,又兼这道人趁他不防,放冷箭似的这么顽他一下,飞龙果然措手不及,连他师父传授的遁法变法一时也来不及施用,竟给那七八条小龙儿打翻在地。道人大喜,再把手中一粒弹子祭起,喝声:“宝贝快取他脑袋!”一语未毕,突有一道黑光奔飞龙头上。说时还迟,那时更快,这飞龙身虽倒地,心却明白,见那黑光飞来,心中一急,蓦觉泥丸一跃,口中涌出龙丹,往空直上。顿时天昏地暗,雷震风狂,黑暗之中却有万道金光耀人眼目。原来他真身被龙丹引出,所以风雷立至,天地昏黑。那些耀眼的金光却是他身上的片片鳞甲。真身一现,不但小小黑气散作一股青烟,就连那七八条小龙也都吓得显出本来面目,原来却是几根烂草绳儿。飞龙此际心中完全明白,神情越发镇定,见了这些草绳,不觉笑得龙躯乱颤,自己想道:“只道人有首领,龙有祖师,却不道烂草绳儿还有徒子徒孙哩。他把这些东西来吓我篾龙,真可说太不自量了。”哪知他这一笑一颤却闯下了一场大祸!

原来他那法身本是极大的身躯,虽是他的神通可大可小,但因施术未惯,匆忙中哪里顾得这么周到。不知不觉,把全个龙身显了出来。凭他房屋再大些儿尚且不能够一动一弹,幸喜身在天井,可以把大半个身子撺向高处，还不怎样害人。比及纵向一笑，全躯颤舞，这才坏了事儿！但听“豁喇喇”一阵响，是龙头一扭把几十间民房撞成平地，忙把尾巴一缩，又是“呼鲁鲁”一阵响，又把他那仇家的百十间房子也变成瓦砾之场。还有宅前宅后、庄内庄外的树木同时都被震倒了许多。至于坍屋之下的人民，更是可想而知，大批儿压得和肉酱一般，越发不成模样了。飞龙才晓得闯下大祸，慌忙收回龙丹，变成小孩原身，回顾地上，只觉湿漉漉的，原来不知何时已变成一片汪洋的水滩，水势潺潺向东流去。飞龙忙又跳在空中，运用神光四面一望，方知此水竟已通达钱塘江，成为小小江湾。后来地方百姓所称为闹龙港者，便是此地。

那时的飞龙却无暇再顾这些，只得匆匆忙忙离了水滩回到自己家中。兀自神魂不定，心胆动摇，回想了一转，忽然凭着母亲灵柩大恸起来。只道得遇仙师从此可望出头，哪知小小疏忽，惹下如此大祸，连累不少良民。师尊是大罗金仙，事事能够前知，将来降罪起来，如何当得起呢？哭了一回，猛然转念，现在仇是报了，祸是闯了，罪是受定的了。追悔痛哭也是无用。想我第二件大事便是母亲窀穸之事。我此番惹祸都因母亲而起，难道还忍教母亲灵柩永远停顿在此，将来自身受灾，却教谁来安葬他呢？想到这里，不觉叹口气道：“命苦之人，横直是弄不好的，事已如此，自身之事却莫管他，竟把母亲安葬好了再遵师命去东海恭候定罪去罢。”于是跪下去对着灵柩又哭拜一阵，他此时也不去烦动别人了，捏起召神诀，请来许多天丁力士，将灵柩扛到一座高山之上。因自己现去东海，把灵柩的方向朝东安放。更请本山土地们帮忙，不上一个时辰，就堆起一座极高的坟墓，从别处移来百十枝松柏，将坟墓周围绕得密丛丛的，气势十分旺盛。于今龙游西北有座峻岭号称飞龙的，即因秀春葬地得名。

再说飞龙异想天开，见得大事都了，便要遵师命前去东海。因念自己闯下这等大祸，虽说事出无心，但回想本身从箧缆得道，经历两世，从没闹过这等大事，死伤如许人口。此去祸福死生尚未可必，而眼前又不能不和母亲坟墓暂告分别，心中不由得万分凄楚。忽然想到此去离东海不过数百里之遥，承师父教授地行之术，此后化成龙体不能在空中任意往还，以致灾及田庐再遭天谴，不如地行赴海，所过之处开成一条地沟，此后如要拜墓便可从地中往来，人不知鬼不觉的，也不得惊骇世俗害己殃人，岂非大妙之事？想到这里不觉十分欢喜。正想试着钻入地底，忽又转念水面之事我所熟悉，地中之事别有土地专司。我今侵犯他的地界，不可不先对各方土地情商一声，免得再惹是非。于是捏诀念咒召来山中土地，告知此意。土地们面面相向，都有为难之色。飞龙怒道："只通一条走路，又不碍着什么，怎便如此无情？"土地们见他发怒，都慌道："上神不要错会我等意思，委因各处各地，气有厚薄，味有浓淡，田有肥瘠，质有松实，此皆上天注定，福人能得福地，苦人只得些劣土。怎经得上神凭地一钻，却不把好坏的土地弄成一脉贯通，此后分不出等第高下还不打紧，不免把世上善恶祸福灾祥吉凶弄得七颠八倒，有违上天赏罚之公、报应之理。将来查究起来，小神们位卑职小，如何担当得起！"

飞龙听了，知语语有理，句句皆真。怎奈自己朝墓心切，好容易想出这个主意，自谓计出万全，再无不妥，也决没比此更好的法子。着实踌躇了一回，又对土地们说："列位所言虽不错，但据我想来，善人得福恶人逢殃，那是报应一定之理，岂能因我这一搅就玩得个颠来倒去？就是地脉沟通，经我法身一过，必有伏泉，将来人民取水也容易些，难道算不得将功折罪么？我意已定，列位可以帮忙，大家都出点力帮助一下，将来如有机缘定当重报。要是不能相助，我便独立进行，料想不到一天也可通出大海了。"土地们又苦劝了一回，飞龙哪肯听从，挥去土地，尽管尽力钻地。果然神仙妙术不比寻常，看他化成一条不大不小的法身，从岭头母坟入地，一路捏诀而进，先是由高而下，次乃由西而东，真个不消一天，已把一条地脉沟通，直连东洋大海。飞龙不胜之喜，从此潜身东海修炼符诀，每逢念到亡母，便从海口而进，沿着所通地道，不消片刻，即可直达墓前。后人因这条地脉是飞龙所开，大家称为龙脉。后来这条龙脉虽仍被许真人封住，但是故事流传，沿而成典，今人考究风水的动不动讲什么龙脉头，就从此事发出来。其实按之事实，并不相符，也只算一种附会之词罢了。

再提飞龙潜身东海练功待罪，看看又过了十多个年头，也不见师尊前来，也不曾有什么治罪的消息。心中兀自半忧半喜。他从入海之后因坚守火龙真人的教训专心用功，绝不干预外事，海中也有许多灵通识性的动物，知道来了一条道德高明的神龙，有心怀妒忌时思暗害的，究因本领不济，先后被飞龙做翻了好几个。也有真心企慕想要拜在他的门下，学些道德的，飞龙总以自己道术并不高明，兼之未得师尊允许，无论如何不敢擅收徒弟。弄得后来，大家知他不易接近，也不敢和他胡缠，飞龙也落得清闲自在，静心息虑作他玄功。

他既如此专一刻苦，进步自然极速，虽只十余年工夫，亏他把火龙真人传给他的修持大道和种种法术练习得纯熟无间。这时他的本领只除天上金仙，未必能够抗衡。至于各地各洞的地仙散仙，以及各处各山的妖魔鬼怪，最高的不过和他齐驱并驾罢了。他又把两根顶长龙髯，练成两柄宝剑，平时藏于鼻内，一到用时可以随意化长化短，取人妖性命于千里之外。又把龙丹用三味真火锻炼，可以放火吸水，吞雾起云，并能摄取别人法宝，晶光一显，任什么奇珍异宝宛如磁石引铁，立时吸将过来。他把二宝炼成十分得意，记得师尊曾言师叔缥缈真人也在西方传授老龙法力，这龙却是雄体。听师尊所言，似乎我和他还有夫妻之分，将来见面之下，不知谁优谁劣。我会修成道法，炼得重宝，谅不至丢我师尊的面子，却不知师尊何以至今未来，难道他已知我违命闯祸，因此不要我这个徒弟了么？若果如此，我便再用几百年苦功，也不能位列仙班膺受敕命，白白地瞧那西方老龙昂首天外，得意一时，不但可羞可惭，就是气也气得死了！这样转念了多时，不觉又万分慌张起来，原想化个人身前去师尊洞府，询问端的。但师尊临行并没有叫我前去的话，万一我去了他倒又来了，岂不会被他责恼么！这飞龙转辗思虑无计可出。这天沉闷之中，忽然想道："何不化个道姑去岸上走走，也许得些师尊并西海老龙的消息，强如闷在海中，弄得出头无日。"想定主意，立刻跳上岸来，变成一个年少道姑，手提拂尘，肩背宝剑，摇摇摆摆地走到一个闹市地方。见那往来行人甚是挨挤，总不过是一般买卖的商人和入市买物的乡下农夫。飞龙在龙游时也看得惯了，都没怎么注目，信足所之，不觉走到郊外。

时正暮春光景，山花红得如火一般映着细软的碧草、翠青的松柏，风景真觉可爱。飞龙走上山去，便在一块大石上坐下，玩赏了一回天然景色。忽见山下两个行人，一老一少一先一后地走着，望下去也似世外装束，飞龙便不由注目起来。他的身目本已炼得极远极灵，先就看清楚了那老少道人都是神光奕奕、举止潇洒，知非平常俗道所能，已满心诧异。一会儿听那老道吩咐道："徒弟，前去已是淮城，你且在那边等我，我去会同你师伯再来找你。你的性子不好，万事可要忍耐。切莫拿出那粗蛮的脾气来，万一又闯大祸，我可再没脸子替你求情。而且闯祸越多魔难越深，将来一再历劫，也是你自己受罪，别人可替你不了。你明白么？"那年轻的显出很恭谨的样子，说道："师父放心自去，弟子再不敢闯祸了。"那老道才张口一笑。飞龙正想看他往哪里走，不道一眨眼儿就只剩了小道一人，老道的声容都不见了。

飞龙大惊道："这老道人本领道法不在我师尊之下，我既有缘遇见，得上去结识结识他们，说不定他们也晓得我师尊消息。"想着慌忙使个缩地法，只三步就到了小道面前。小道见了飞龙如此情形，却也不觉愕然。问道："你这人打哪里来的，怎么我才没见你来处啊？"飞龙笑道："这有什么稀奇，方才望见令师才是真有道法的高人，小弟实在景仰得很。特地过来请问一声，并要请教小哥高姓大名，贵乡何处？"飞龙问完了话，总当说得如此客气，小道一定肯和他交结了。哪知小道并不打话，只不住地向他上下打量，打量得飞龙好笑起来，不觉失口道："你这小哥，大概不大出来结交朋友，所以连外面交友的道理都不大懂得。"一句话早把小道说得急了，大呼道："你是哪里来的小妖精？也不问问我的年纪，比你曾祖老太、头代祖先还大个十倍百倍咧！怎就称我小哥！我因守住师戒，万分忍耐，不肯和你计较。你竟不知死活，当面唐突起我来，看还是谁有理、谁没理？"飞龙见说，不觉笑得打跌。要知何事好笑，请看下回分解。

第六回　争意气二龙抢珠　闹上界玉帝求贤

却说飞龙见那道童不过十几岁光景，便喊他一声小哥，自谓客气极了。不料因此大触道童之怒，竟说他的年龄做得飞龙头代祖宗，这一来倒把飞龙说得怔了一怔，忽然大笑起来道："你这话才是替我说的。那真一些不错，你打量我还不配做你的头代祖太太呢么？哈哈，这真可笑极了。"飞龙这话原打算自己从篾缆修成人身，再变成龙体，至少也有一二千年，的确比到普通人类委实长个十七八辈，不为过分。谁知那道童却大不为然，也和飞龙一般，禁不住呼呼狂笑说："天下原来真有这等不知长幼、不识进退的狂妄女子，不要慌，吃我一戟！试试你老祖宗的法宝看！"说时早已掣戟在手，向飞龙劈面刺去。飞龙见道童攻来，当然不得再让，只得抽剑应敌。两人就在这山脚下大路旁对战起来。才一交手，双方都觉得对面的家伙有点分量。彼此不由吃一大惊，大家不敢轻敌，都施出全力，拼命刺击。一来一往，战有二十几个回合。却把道童杀的性起，纵身一跃起在半空，喝声："兀那小妖，瞧祖宗的宝贝来也！"飞龙一看，原来是一粒红珠在空中滑碌碌滚着，一霎时便有万道红光，向飞龙身上扑下，把飞龙一个身子围在红光之内。飞龙只觉浑身如火烧一般，渐烧渐热，渐不可当，不由心中大怒，喝道："好小子！怎敢寻你祖太太开心，你有宝难道别人就没宝么！"一面喝一面也把口中珠喷出。立时满天金光，将红光敌住，二光相斗，弄得半空中全是金红之光，闪闪烁烁来来往往。

这时虽当正午，那强烈的阳光早被二光掩住，一点都现不出来，倒吓得许多百姓惊疑骇怕，大家关起门躲在家中，不敢出头。这飞龙和道童相持有个把时辰之久，兀是不分胜负，心中不晓得那红珠是什么东西，居然和自己的龙丹有同样的力量呢？想道："不如用个法术将他这珠子抢到手中，一则可以除那道童，二则自己的龙丹有了配对，却也好玩得很。"想着，便暗中念动真言，伸手向红珠一招，果不其然,红珠应咒而至,落在自己手中,红光亦渐渐散了。飞龙正在大悦,忽觉自己所发的金光也变成游丝一缕,渐不可见,不禁吓一大跳。抬头一望,可不是!他这龙丹也已到了道童手中。好笑二人却似双方交换了一颗珠子。虽说胜负不分,但物各有主,别人不能使用。他俩都把自己之物换了别人的东西,须知这是本人精气魂魄炼成之宝。在他们本人,可以说人即是丹,丹即是人,大小变化,指挥如意。若换了别人,怎有这等效力!这时二人才都懊恨起来。

又是道童先发火性,只见他摇身一变,变成一只大龙,头尾相去可三十多里,两只眼睛乌溜溜向着飞龙,一张血盆似的大口奋然向飞龙扑下。飞龙这才看出那道童原来也是同道,便扭身入地,从道童身边钻出地面,原来也是一条极大的真龙。两龙相见,互相盘旋,只把大块青天弄得忽明忽暗,雾散云飞。吓得那下界众生家家闭户焚香,人人磕头礼拜。这一场双龙恶斗,各把自己修炼的大丹失去。世上相传叫做二龙抢珠,就是这段故事。

那双龙苦战一天,兀自拼命相持,不肯罢手。不道越打越上,已经打到中界,看看要到天上。正值玉帝升座灵霄,和许多仙官谈论天曹公事,先见金、红二光直冲霄汉,已觉十分奇怪,后来二光渐散,忽有一股腥臭触入鼻官,更觉怀疑。便问众仙道:"这是什么光头,为甚又有那种臭味?朕为一天之主,统治三界真仙,怎有这等妖气上冲宝殿?卿等可快去查明下落,速行奏报,以便遣将诛戮!"当有太白金星李长庚出班俯伏,口称愿去查明妖人,即行奏陈。玉帝允可。李长庚奉了玉旨出了南天门,推开云头,向下一望,见那两条孽龙苦苦相拼,都打得鳞飞甲裂,头破血淋,想是都打得昏了,不向下面降落,反逐步上升,赶赶闹闹,一直到了南天门外。李长庚按剑高喝:"孽畜不得无礼,抬头瞧瞧这是什么地方,容得你们如此撒野?还不快退下去!"二龙听了,不觉都吃了一惊,各自住手一望,见是一位老道,立在云端大声叱责。二龙本来不曾上过天庭,虽见云霄之中隐现琼楼玉宇,都只认作什么国王所居,并不十分惊惧。因见长庚说话无礼,都大怒道:"老奴才,怎敢无礼骂人!我们自打自,与你何干,要你管这些闲帐作什么!好得很,你既口出狂言,我俩却先收拾了你这驴头，再来比较胜负！”两龙也不等长庚分辩，齐向南天门飞舞而来，把个李长庚吓得回身飞跑，忙至宝殿，奏称：“下界有两条妖龙造反，如今杀上宝殿来也！请陛下快快发兵防守！”玉帝大惊道：“什么妖龙，怎么一向也不听人说起？如今该宣谁前去除妖？”

一语未了，猛听得殿前一阵风响，两条不知死活的孽龙真的闹将上来，口中齐呼：“快把老头献出，饶你一国性命；若是不然，我们作起法来，一时三刻淹死你们全国！”玉帝听了，慌问：“妖龙已至，快宣把守天门各将挡住关口，一面召朕甥二郎速带天兵前来降妖。”李长庚忙又奉旨到灌口去召二郎。这时有邓、辛、张、陶四将，各执兵器来打二龙。二龙大怒，使出浑身神力，头撞殿廷、尾击天门，身子一扭早把四将摔出几千百里。慌得玉帝和许多仙官赶紧退入后殿。但听得天崩地塌的一声，两龙早把一座殿角打得坍将下来，把殿上许多陈设的器具打得七坍八倒、四分五裂。那两龙口口声声仍要找那老头出去送死。玉帝不觉龙颜震怒道：“朕忝为天上之主，统辖三界文武万仙，如今妖龙造反，竟敢打上宝殿，毁损殿廷，也不见一人和朕分忧，岂不愧死羞死！”一句话说得一班侍从仙官，一个个面红口噤，相向无言。此时外面两龙越闹越凶，竟要飞入后殿。当有玉帝左右的八大仙官出至殿前，高唤道：“兀那两龙，你等出身何处？如何得道？因甚事由反上天庭？快请一一讲明。须知此间乃是通明殿上，玉帝所居，岂容尔等如此妄为。今玉帝有旨，怜尔等修行非易，若肯悔过伏罪，还可原谅一二，如再狂妄执迷，只怕天兵一至，骸骨成灰，却不枉费了千年功行。”二龙听说，这才知道是天曹灵府，此祸闯得真不小。没奈何口吐人言，一同陈说此番如何闹起，如何相打。因愤老儿无端责辱，心有不甘，重复齐心合力，要把老儿捉来，将他沉于东海之中，饱鱼虾的肚子。不道老儿一进此地，就不见出来，心中大怒，闹出事端，可并不知是玉帝殿上。如今都已知罪，不敢再有妄为，还求大仙代求玉帝恕以不知，赦其大罪。但却不肯说出自己出身、修道年代、潜修地方。

仙官听见，把心放宽，回来奏闻玉帝。玉帝道：“凡修道之人必有师父，两畜师父何人，可再去问明，朕却找他们师父来，治以应得之罪。”八仙官再来传谕时，不道两龙已知得罪于天，不敢再留，已逃至下界去了。玉帝方才重行出殿，召见各级仙官，正商议善后和剿捕之事，却有李长庚带来灌口二郎率领全体兵将前来听命，并面奏：“微臣治下也有老龙成妖，日前忽然施用妖术移来土山一座，将灌口海面压住，改水为陆，夺天地造化之功。正拟发兵擒拿，恰被事先脱逃。现奉明诏逮捕孽龙，不知是否是灌口之妖？”玉帝见说，自有一番慰问，即着率领本部天兵下界讨逆。二郎奉旨去讫，玉帝见那殿角倾圮，廷柱歪斜，许多器械都是九洲四海之宝，被他们糟得不成模样，不由心中不悦。对那李长庚问道：“朕为诸天之主，乃万仙领袖。天廷之中多少才能出众法术精通之士，如何被这两妖横行无忌，如入无人之境！难道满朝仙吏竟都没有赶得上两个小妖的么？如此情形，往后下界畜生，稍有本领都可任性横行，目无法纪；甚至朕这通明宝殿也有一天被妖人魔鬼拆毁净尽，片瓦不存。这还成个什么样子！这三界之上也用不着朕这有名无实的玉帝了。卿等看有什么法子可以保得玉宇澄清，天廷安晏，其各抒怀抱，直言无隐。”

李长庚出班奏道：“久治则乱，乱则劫生。治乱安危皆有定数。微臣前在八景宫听老君和元始论劫，曾言今年通明殿上有小小灾变。微臣切思上帝领袖万仙，主持劫运，纵有灾变，何能惹及通明，因此窃笑两位仙长所言之迂，疑事所必无，不复置念。不料如今却有此妖龙之祸，果应二仙之语，可见劫运之理，虽大圣神仙，明知其故，而不能避免。臣又闻老君预言，下界不久有洪水大灾，人畜淹没数在亿万以上，幸有应运圣人业已降生人世，不久当应下界圣主之命，出任首辅，将来即任治水之事。而时水陆两界，从新厘订界限。陆上之事自有人君治理，水中之事须得两条有术有才的龙神，方能治制得下，已派他大弟子火龙、缥缈二真人收度两条真龙，潜伏水底，待时膺召。又说，两龙一雌一雄，还有姻缘之分，将来匹配夫妻，诞育龙种，以为东南西北大小内外各海之主，辅助人君，受命上天，保得四海平安，妖精匿迹，虫鱼之类各遂其生。这事非常重大。所说莫非就是这两个怪畜，所以有此本领。要是世间凡龙，休说道行毫无，只怕一个顽壳还到不了中上两界咧。微臣想道，要知此事端的，只须前去请教老君主师,必能晓得明白也。”玉帝道:“话虽如此,想那两龙既为老君弟子所度,待诏治水,正该恭谨小心,预备膺敕才是,怎敢如此妄为?即使劫数前定,而二龙负如此大罪,如何还能再予录用,岂不令天下群仙笑朕赏罚不明么?”长庚又奏道:“老君为众仙之祖,火龙、缥缈两真人为上界金仙,他们必知此中因果。微臣即去请问明白,却再奏闻。”玉帝准禀,着速前去。又道:“治乱安危,虽关劫运;而登录贤才,终是帝王应分之事。朕观左右辅弼之臣多非应变之才,此后拟培植人才,任用贤士,卿当为朕代询老君,可有此等才德仙人,请他保举上来以备干城之选。即使一时不得其人,却应如何培养栽成之处,亦请他悉心指点。”

李长庚衔命出殿,驾云至八景宫下落之头,见那宫殿情形又和通明殿上不同。幽静非常,庄严无比。宫外奇花异草怪鸟彩禽,不一而足,玩之不尽。长庚因奉有玉旨,不敢贪看景物,一步步向宫门急行而前。才到宫前,早有白鹤童子迎住笑道:“祖师早晓得你这老道一定要来的。”长庚骂道:“孽畜不得无礼,快去通报,说我求见祖师爷。”童子见长庚骂他孽畜,便扭住头笑道:“我把你这不要脸的老东西,你才骂了人家孽畜,吃了大亏,只辨得东逃西躲,几乎连累玉帝不得安闲,又敢来这里骂人哩!好好,你有面子来,你自己进去见我祖师,用不着我这孽畜替你通报。”说罢赌气儿坐在岩石上,撮口呼鸟。一声甫起,百鸟齐来,红的绿的、白的黑的、大大小小、雌雌雄雄飞下一大群,拥住童子围成一个大栲栳儿,童子动一动,众鸟也跟着他往来围绕。那童子自顾寻他的开心,再不来理那李长庚。长庚看了一回,不觉好笑道:“你瞧,这孩子如此没道理,如今正要用得着他的时候,少不得赔他个礼儿。回来见了祖师,却再和他说话。”因即上前一步,陪笑说道:“老弟,笑是笑,玩是玩,正经还是正经。你可知道我此番前来为了甚事?乃是玉帝有旨,着我来请教祖师的。等会误了旨意,不但我一身受罪,祖师要晓得了,老弟面上也许不大好看。好兄弟,快快替我通禀去罢。莫再取笑了。”童子听说,“呸”了一声道:“你别拿你的玉帝来吓人,我这里只晓得祖师,凭你比天还大的面子,要见祖师还得卖我一个情分儿。我要不通报啊,哪怕玉帝亲来，也见不到祖师，休说你这老头了。”长庚笑道：“你这孩子，越发胡说了。你如此慢客，祖师知道了，难道不会责打么？但如今总算我来求你，我也没工夫和你多缠，就赔你一个罪如何！”说时真个向童子打了一躬，童子才大笑起来说：“也没见你这家伙恁地不中用，一吓就吓成这个样子。看你可怜儿的，就替你通禀一声罢。”

说时立起身举手一挥，群鸟四散，他便一跳一跃地进去了。好一会又出来向长庚一招手儿道：“老头来罢，祖师着你进去呢。”长庚整一整衣襟，恭而且谨地跟随童子走到里边，见了老君拜将下去。老君命他起来，笑道：“你不是来查两条孽龙的事情么？”长庚叩头而起，传过玉帝旨意。老君又笑道：“说起这两个孽龙，却是我派人将他收度起来的。初得人身，便列仙班，原是我的特殊恩典。不过野性未驯，礼仪不习，而且未登天府，也竟不知灵霄宝殿是什么所在。凑巧你口舌之间触了他们怒气，所以闹出这一场大祸。虽然如此，也总是数有前定，玉帝该在此时要受一场闲气，遭一重虚惊，也算小小一桩劫数。事已过去，不必再说，现在却正要用着他们建功之时，暂时可且由他。至于他们罪孽，将来仍不免有一种报应，此时不必预言。你可回去上复玉帝罢。”

长庚又叩问：“玉帝因两龙闹事，天府诸仙竟无人收伏得住，为此圣心不怡，拟请祖师简派门下有德行神通的大仙，前去襄助天政，保卫天庭。此事可能行得？”老君笑道：“我门下诸仙各有职事，且和玉帝无缘，怎能做得他的辅弼？但玉帝身边甚少道德才能之士，也不是事。我早替他算定，该于三千年内，连收八大金仙，其中有已经出世的，不过未成人体，以后须得我陆续派人收度，成其正果。尔等也须随时随事听我指使，或居天府，或在凡间，扶助他们陆续成道。也是尔等极大的功果呢。”长庚叩头称谢，拜别老君，自回天宫复旨去了。未知后事如何，却看下回分解。

第七回　说分上名师救高徒　提往事老鼠化蝙蝠

却说二郎神带了许多天兵天将追赶两龙，过了上界、中界，一直赶到下界，按定云头，运开慧眼向下一望，才瞧见两龙已入东海，正要躲下水底。二郎神忙使个定水诀向下一指，水合海冰，宛如铜浇铁铸一般。两龙不得下去，抬头一望，方知是哪位神将施的法力。两龙一齐大怒，各现人身，手挺宝剑腾空而上，直攻二郎。二郎不慌不忙，展开画戟，力敌二龙。战有三十回合，二龙渐渐支持不定，飞龙先现原身，向东飞逃，那龙也跟着逃来。二郎哪肯相舍，率领兵将苦苦追随。看看相去不远，二郎袖出两枚神弹，一手提一枚，撒手向二龙打去，道声："着！"两条金光落在两龙头上。但听"轰"的一声，两个龙头早就着了一下，打得他们火星四冒、头脑疼痛，几乎跌下云端。二郎诧异道："我这神弹，无论打妖打人，弹一着顶，没有不死的。怎这两龙竟能受得住我这一弹，想来他们修炼已久，有些道行，所以支撑得住。如今索性用飞剑斩他，看他们可能抵挡得住？"想着便把口一张，突有一道白光飞向两龙脑部，这便是二郎修炼的宝剑。果然这东西十分厉害，白光一现，半空中顿然冷气嗖嗖，寒风凛凛。光起处，两龙兀自打了个寒噤，看看这一下有些捱不住了。说时还迟，那时却要快过万倍。那剑光刚近龙身，猛听得"砉然"一声，满天中忽然起一层红光，把二郎的剑光逼退二十多里。同时听得红光中有人喊道："二郎且慢，这两个畜生罪犯天条，将来自有报应。现在却有用他们之处，二郎请慢费心。"

一言未毕，二郎面前早站定两位仙人。二郎慌忙收住剑光，举手为礼道："火龙、缥缈两位真人从哪里来？怎见得两畜不该今天丧身？"火龙真人笑道："来说是非者，即是是非人。二郎还没晓得我俩和两畜大有缘分。缥缈师弟为了那孽畜，已在贵治灌口来回好几次了。"二郎恍然道："哦，这畜生正是灌口地方那妖龙么？听说有一个什么仙人度他出世,不晓就是缥缈道兄。那你们也忒爱煞管闲事。你俩可知他们在灌口敝治,移山盖海的事情么?可知他们大闹天宫惊动玉帝之事么?如今玉帝大怒,派小弟前来捉去治罪,两位怎得讨情?"缥缈、火龙都笑道:"两畜虽然大胆,从来未上天庭,怎识通明之路。这事我俩也已知道,是那李长庚闯的穷祸。本来灵府尊严怎容得畜类如此放肆,一则也是定数使然,二则将来自有报应。这时却不消多说,横竖一切都由敝祖师作主。就是玉帝面上也有他老人家代为解释,决不教尊神为难就是了。"二郎又道:"还有敝治海水被他填成平地。此水有关民食,且为制盐之用。如此失去了一大半,却不害死许多人民!"缥缈真人笑道:"那更容易,下界不久有极大水灾,治水圣人已经出世。将来贫道必请他设法,把剩下的海水加深一倍,以深补狭,水量不差什么。那填平之地,却可成为民田,也未尝没有好处罢?"二郎笑道:"既然如此,我便收兵回天缴旨去罢。两位道兄和祖师万不能言而无信,倒害我受罪呢!"二仙笑道:"笑话笑话,尊神看得我们师徒这般靠不住么?"二郎大笑收兵而去。

二仙降下云头,相对一笑道:"有了这两怪物,你我倒多出一重责任来。"火龙真人笑道:"我那敝徒倒还好,性子也不十分暴躁,究竟雌性的东西比雄性的要好些儿。我却问你,你既把令徒带到东海,就该静静地等我到来,把他们阴阳配合,送入海中就是,因甚又把他丢在海边,弄得两畜各不相认,闹出如此大事来。师弟,这是你的责任咧。"缥缈真人笑道:"师兄,你才是没良心的。我倒是好心去望你,顺便把令徒在钱塘江中不守规矩违背师训的事情通知你一声,怎么你倒反责备起我来了?"火龙真人又笑道:"好说好说,你连自己的徒弟还管不过来,在灌口地方闹出那等大事,还有闲工夫替我留心这些事情咧。"缥缈真人倒叹息了一声道:"提起这事,倒也着实令人可怜。我那敝徒是人之灵、龙之丹混合而成的,性情十分质直,又十分孝顺。从前我俩曾在西方云端一见,那时候我已将他禁在海底,着他潜修功行。谁知他孝心不泯,每年到了他娘的生日,他必变一生人,前去拜寿。后来他娘死了,他又前往哭祭,又将他娘尸身安葬在灌口西南山麓下,按时逢节都去拜墓祭扫。这原是他的孝心。我就知道他擅离水底，也不忍去责备他。谁知不上几时，竟因此闯出一件大祸。师兄才说敝徒灌口闹事，想来必定知道这事的内容了么?”火龙真人摇头道:“我不过听得这么说，究竟怎样一桩事情，实在不曾清楚，你何妨对我谈谈呢。”

缥缈真人喟然道:“若以天数而论，敝徒灌口之事和令徒钱江之事，何尝不是前定之数。数既前定，就是玉帝之尊受这两畜闲气，尚且奈何不得，何况你我，更何况他人呢。师兄不听祖师说，将有八大金仙于三千年内陆续出世成道，为玉帝辅弼之臣。其中有早已出世而尚未成人的，是开辟以来一个大老鼠。不晓从何因缘，此鼠不比凡鼠，出世以来从不损坏人家器物，偏能朝斗拜星，精修勤炼。虽系小小动物，已成不坏之身，一直过了四五千年。正当三皇治世之时，那地方水灾为患，人畜田户漂没无数。这老鼠也从中原被漂到西土，就是现今灌口地方。因他修道已久，法身坚实，虽在洪波巨浪之中吹流三四千里，居然还保存得一条性命。灌口本是一块很低的陆地。自从那次水灾，积水成潴，汪洋千里，从此便成了一个内海。当大水初到之时，有一处村庄大小人口共有二千余，他们都扶老携幼向高处避难。经过一个地方，两面高起，中间有三丈多宽的一条河，平时蓄水甚深，此时更不必说。无论何人不能涉水而过。幸得本来有座独木的小桥，还可以借此对渡过去。不料人多桥腐，大家又争渡起来，用力稍重，但听‘刮’的一声，这小桥折而为二，有许多争先之人都跌入水中，霎时逐浪而去，不知所往。那时水势越盛，险象越深，岸上众人处在进退维谷的地步，一片嚎哭之声，震动天地。

“其时那个老鼠也夹在人中，希望跟随大众渡水逃命。见桥断人啼，情形非常可惨，也是他善根深厚，竟把自己的危险忘了，只想如何可以救得许多人渡河逃命。想了一回忽然给他想出一个方法。只见他飞行登那断桥，向着折处走去，望了望那桥身并未完全断落，中间还稍稍有些连着，不过沉没水中，断然渡不得人就完了。不道那老鼠身巨力大，端详仔细，便奋勇泅水。几步儿爬上那边半座断桥，一下子工夫就给他到达对岸。老鼠上了岸，兀自回头，向这边众人吱吱嗻嗻地喊了一阵，似乎安慰大众不必灰心，我必设法相救的意思。众人见这么一个大老鼠沿断桥先已渡过,心中已都奇怪,不过大家救死不遑,谁还理会这些。后来见他一阵叫喊,才觉有些纳罕。有那些老成的人在对河高叫道:‘鼠哥鼠哥,恭喜你已脱险,可怜我们这许多人,竟没法子过得此河。鼠哥已先登彼岸,不晓得可能想个法子搭救我们么?我们若能渡河得了性命,大家都要替你造个祠堂,虔心供奉,答谢你的大德咧。’说便这样说,其实说话的人心中也不过认为是一种无聊之思,哪能作得来准。谁知老鼠听了此言,重复回身,连连点了几个头,表示完全领会的意思。众人见了,才更奇怪起来,都道:‘看这大老鼠,真个有些道理。横竖都是等死的人,姑且站着,看他怎样施为。’那鼠点了几个头,就如飞而去。也不晓他在什么地方得来一根很长的树干,用牙齿咬着,拖入水中,仍沿那座断桥衔了过来。众人才知他真个前来相救,一片欢呼感谢之声震动山谷。但是光只一根木头仍是无济于事。看他向众人又点点头,仍旧泅过对岸,又向众人喊叫了几声,照头先一般飞驰而去。过有片刻,果然又拖来一木,和先前那根木头长短不差什么。仍用旧法衔过河去。此时众人已知其意,大家齐心协力,都来帮助他先把两木拖住,就在原有桥桩设法系紧,老鼠也在那边岸上施展神力,用嘴一钻,就钻成两个大洞,把两木之端塞进洞内,这样便变成一座两条木头架成的桥梁。众人扶扶扯扯的一个个走过桥去。走有几个时辰,方才走完。刚巧上流头大水冲至,接连几个大浪把老鼠滚了开去,一霎时漂流数百里外,直把一个好义急公的老鼠淹得上气不接下气。因他究竟是个小小动物,屡经困乏,气力早完,哪里再能支持,不觉两眼翻白,浑身疲软动弹不得,好容易给他绺住一枝大树,拼命挣扎,上了树巅,不道一个头昏,立脚不住,骨碌碌一阵又翻下水去,一直堕入百丈深潭之内。这老鼠便神志消失,宛是死去一般。

“也不晓过有多少时候,只见自己身子瘫在一块大岩石上,旁边立着一个道童,向他微笑道:‘畜生醒来了,还不拜谢恩师去!’老鼠心中明白,必定是哪一位仙人搭救他,才能从如此深水中提到高山上来。听得道童一说,心中愈加明白,忙着爬起身来先向道童顿顿头。道童向他招手儿笑道:‘跟我见恩师去。’老鼠跟他爬去,过有几箭之路,便到了一个山洞。这小洞中却有一位老仙在此修真养道。老鼠跟随道童到了里面,参拜了那位老神仙,心中想是感激极了,两只鼠眼中忽然流出眼泪来。老神仙安慰他道:‘你虽异类,得天独厚,所以有此善根,修那么大的功行。因此我着力士救你上山,现在距你淹死河中,已有一百二十五天了。’老鼠听了,不觉吐了吐舌头。那老仙又道:‘我可怜你修炼数千年,不但未成正果,连人体都不能变化,这都是你出身太低,无缘得见真仙的缘故。如今你已是再造之身,不必再去做钻头泥土的生活。可就在我这洞府当一个守卫童儿,让你慢慢的得点真诀,传些法术,就可脱胎换骨,先成人道。不消一二千年,即可转成仙体也。’老鼠受命,接连顿了千百个头。那老神仙笑道:‘你既在此执役,也须把你那原形变换变换,方不被师弟兄们轻视于你。你在水中多时,可也觉肚子饿了。童儿来,带他去后山,那枝桃树上新成熟的桃子,摘下两枚给他充饥。然后带来见我罢。’

“童儿遵命,将他领到山后,果有许多果树。中间一枝大桃树,结下许多果实。童儿笑道:‘你这身子很巧,便自己上去拣那顶红的两个,吃在肚中就下来罢,可别贪嘴多吃,明儿吃坏了肠子泻了肚子,可不与我相干。’老鼠依言,真个猱升树端,拣那红而且肥的两桃子吃在肚中。正要下来,猛可的觉得双肋发痒,便用前爪左右爬搔了一阵。哪知越搔越痒,痒到不可开交,同时还觉得痒处似有什么东西要从身内钻出来一般。老鼠慌了手脚,赶着想爬下树来请教童子,猛的从痒处伸出两张翅膀,一扇一扇的好不轻快,而且浑身力量似乎都聚焦在这翅膀上面。这老鼠毕竟聪明,已经悟出他老师替他换形之意,不由心中大喜,便试着把双翅一展,果然得到空气的助力轻飘飘地飞下地来。倒把童子唬了一跳,笑道:‘你这鼠子,怎么变成恁般的形景了?’于是又带了他回到洞府。那神仙一见老鼠化成飞虫,不觉哈哈大笑,便替他改个名字,叫做蝙蝠。”

缥缈真人说到这里,火龙真人点头笑道:“这件事情,我也有些晓得。直到如今,这老鼠一族中就有化成蝙蝠的,便是他这一派了。”缥缈笑道:“原来你也有些晓得,从此这蝙蝠便永远跟着那位老神仙,听道受教,虔诚习学,转瞬又过了六七百年,居然也能人言,也能变化各种飞虫走兽，但还不能化人罢了。师兄，你可知道这位老神仙是谁咧？”火龙真人点头道：“听说是文美真人收了一个什么老鼠做徒弟，想来自然是他了。”缥缈笑道：“谁说不是呢，他是元始大弟子，本来专爱收这些异类为徒，从前也曾因此惹出许多是非，经我们祖师劝导了好几次，后来小心得多了。”火龙笑道：“我们才说令徒闹事的话，怎么你又弄到什么老鼠蝙蝠身上去，难道这些东西也和令徒有甚轇轕么？”缥缈道：“这个自然，不因他们有些关系，我怎么无端牵扯上去呢？这便是俗话说的事从脚跟起这句话了。”

火龙真人又道：“你才说什么这小小蝙蝠，将来还有一番绝大的遭遇，究竟是怎生一回事儿？我却不知道。”缥缈真人道：“你我虽能知过去未来之事，其实最远不过百年。百年之外，就不大断得准定了。只有祖师和元始天尊他俩才能识未来不测之机、过去无穷之事。他曾说将来有八位上仙，辅佐玉帝。你我这一班儿只有提携点度，使他们出世成仙，是应负责任。至于登庸天府，位列朝班，却一点也不在其内。又说那出世最早的是一个小鼠子，他的寿数比我辈都长，不过成仙证道，却还经个三五千年。照此说来，岂非就是那蝙蝠么？这话说得很久，仙班中知道的人很多，偏你就会不晓得？这也可怪之至了。”不知火龙真人还有何言，却看下回分解。

第八回　老蛟登岸毁福德　月老下海作龙媒

却说火龙真人听说蝙蝠是将来辅佐玉帝的八仙之一，不觉点头说道："原来如此，我却真个没有晓得。"缥缈笑道："如此却再对你说老龙闹祸的事情。原来蝙蝠得了文美真人教化，说他有功于灌口人民，可得他们千年的香火，将来便可早转人身，前途远大，并替他召来灌口大小土地，着他们传谕灌口百姓，替他立庙奉祀，以表崇报功德之意，兼了却一重善因结果。灌口百姓得了土地指示，果然家家户户踊跃输将，替这蝙蝠造了一个庙宇，地方虽然不大，体制却也庄严。而且百姓们因是奉了土地之命立此庙，对于蝙蝠异常尊重，大家称他为福德正神。这是因福、蝠同音，即可表示敬意，并希望他永久赐福之心。到了后来，灌口一带千里之内，逢有喜庆之事，或是遇到年节，家家都悬起一轴五蝠或九蝠之图，取个广纳多福的意思。

"据闻，这东西虽然小小动物，倒也颇通灵性。凡是虔心祀奉他的，也能显些报应给他们瞧。因此庙中香火也越觉旺盛起来。这蝙蝠受得人间香火久了，居然也能变化人形示现乡间。不过历时不久，或七天或十天，仍要变回本相。他是兢兢业业谨慎小心的东西，不敢轻易离寺，恐惹出是非，致干天神谴责。谁知劫数已定该要遭殃的，就万无幸免之理。这蝙蝠不知怎样和我这敝徒忽然认识起来。大家全是重义尚德的人物，自然非常投契，非常和睦。这老龙每逢上岸谒他娘坟墓，必去蝙蝠庙中谈心。蝙蝠虽不能下水，有时也化个人形，独赴海滩叫着平和的名字，这老龙便出来和他一同游玩。大家往来得十分莫逆。

"本来这也是平常之事，原没多大关系。不料海中另有一条蛟龙，修炼年月虽在老龙之后，学的妖法却并不在老龙之下。这蛟龙闻得小弟前去度化老龙，不久又成正果，心中已是不平。一天化了人身，行过那蝙蝠庙内，进去瞻望一回，见庙中只塑一个绝大飞禽，他也不晓得这是什么来历，却错疑了是西方如来顶上的孔雀，忙了上去行了个礼，出来问了土人，才知道是个老鼠变化的蝙蝠，并问明他们立庙的原因。这一来几乎把他气个半死，立时捏诀召神，把当方许多土地一起喊来，责问他们：'为什么把小小虫豸弄得如此大模大样的受百姓人家的香火？今儿我错认了是如来顶上的孔雀，还朝他行个大礼，叵耐那畜生竟敢高坐堂皇，连客气话也不说一句，这真可恶极了！我老蛟与天地同寿，修成无上道法，除了能够管我的二郎神和我所崇仰的几位仙佛，几时曾向那不相干的下流神仙说过一句软话？不料今儿竟吃亏在他这小畜生面前，这还了得！如今长话短说，我就限你们于三天之内将此庙拆毁，把这小畜生撵出境内，万事全休；如敢违命，我先打断了你们的腿子，再取一把火烧了他那鼠窠儿！'土地们见老蛟如此发怒，又明知蝙蝠来头不小，真是两面为难的事情，一时面面相觑，回答不出。老蛟怒道：'你们一言不发，难道看得我老蛟道力不及一个小小老鼠？难道怕了老鼠就不怕我老蛟么！好好！既你们这样轻视我，我也说不得要对不住你们了！'说时气冲冲地取出一把三尖两刃刀，乃是他身上须髯所炼。刀一出鞘，就有万道寒光直逼人面。那老蛟举刃横眉，大有用武之意。吓得土地们战战兢兢缩做一堆，大家满口子喊大王爷息怒，容土地们细陈情形。老蛟横刀怒声道：'快讲！快讲！'土地们见他不可理喻，大家商量一回，其中有个灵便些的想道：'龙为水中之王，水中百物都受他的指挥。闻这蝙蝠和灌口的老龙极好，不如借这老龙声势，唬他一唬，看他如何对付？'于是含笑说道：'大王不必动威，谅这蝙蝠岂是大王对手，土地们平时受他驱使也甚不服气，不过他的祖师文美真人是大有法力的上仙，近来他又和灌口龙王非常交好，来来去去甚为莫逆。土地们本待遵命拆卸他的庙宇，赶他回山，等得文美真人知道了，有大王替我等作主，土地们也不说惧怕的话。倒是灌口龙神近在咫尺，闻他朋友吃亏，必然前来相助。他是水族之王，势力最大，万一发怒起来，只消把法身一动便能倒海移山，连阴阳两界不得安全。那时土地们果然该死，只是大王和当地人民也不免吃他的亏，这却如何是好？'这几句话在土地一面自谓说得非常圆滑，哪知刚巧触了老蛟之怒，听完了话，气得他厉声怪叫起来。这一声喊就非同小可，连灌口那座高山都震了一震。唬得土地儿大批遁入土中不敢伸出头来。这老蛟也不再找他们，拼着一口恶气径来庙中，把那蝙蝠神像打个稀烂乌糟，随后把一座庙宇也拆成瓦砾场。

“从来说无巧不成书，偏偏这时蝙蝠又去海口瞧他好朋友去，他俩都化成道人模样，在岸上有花有木的去处闲步散心。正讲得有趣的当儿，那蝙蝠忽然平空地打了一个寒噤，接着有些头眩脑昏的样子，一霎时身心震荡得好不自在，便对老龙说：‘道兄，小弟此刻身子极不舒服，一颗心好似出了腔子似的，非常不安。不要我那小庙中出了什么事情！’老龙听了，笑道：‘师兄真是多疑胆小，别说师兄心慈德厚，地方人民谁不虔心礼拜，就说妖魔鬼怪妒忌师兄的果都有，谁不知道师兄和小弟交情莫逆，这一带地方又谁不知小弟的威名，得罪了师兄就是得罪了小弟一般，小弟肯干休他么？想来现在天气不正，师兄一时受了什么时气也是有的。我们修道的人死生两字尚且制治我们不得，何况小小毛病，等一下子怕不就好了。师兄千万不要这般多心，倒不像我们修道人志气行径了。’蝙蝠听了说道：‘不瞒道兄说，小弟奉师尊命来受此地香火，当时师尊亲口吩咐，原不过千年的期间。如今算来也差不多了，因此连日心绪不宁，防有什么意外之事。小弟原不像世上迷恋禄位的那种贪夫，况且香烟虽满，正好回山依随师尊，再用些性命上功夫，庶几早日可转人身，成大道。眼前这些虚荣一点用不着贪恋的。怕只怕千年谨慎禁不得一刻大意，万一庙中侍从之役闹些什么祸事来，岂非罪归于主，这是第一件大事。二则小弟此去必和道兄暂时分手。彼此相爱正切，一旦违别，于心也觉不安，这又是一件事情。方才好好地走路，无缘无故我这身子忽然打了一个寒噤，这是从来没有的事。从前遭洪水之灾从中原流到此地，几千里之遥，也没有过这等景象。若说毛病，更是你我修道有得之人，断断不会有的。想来这当中一定有些道理，只恨我们道力太浅，不能预知其事罢了。我想时候也不早了，小弟暂别道兄，且回去瞧瞧是怎样情形，要是真个没有什么，明天却再过来报告道兄如何？’老龙见他如此说了，只得点头应允，心中却还很笑他的胆怯。

“正在愁思,忽见几个土地匆匆忙忙地跑了过来,齐向二人行了一个礼儿,一面向蝙蝠说道:‘尊神知道庙中的变故么?’一言未尽唬得蝙蝠目瞪口呆,连老龙也吃一大惊,忙问:‘你怎么讲?他庙中来了什么妖人么?再不或是他的侍从辈在外闯祸,可是么?’土地们这才把前后事情一一禀告他们。老龙怒极道:‘可恶的妖畜,他竟不晓得我老平的厉害么?好得很,师兄暂且躲过一边,看老平来收拾此妖,一则为师兄出气,二则免他在此扰害闾阎,三则也教他认识老平的本领力量,看他再敢狂言不敢了?’那蝙蝠原是非常守分的东西,况且明知香火将满,迟早必要回山。况有这个机会正好借此收场,回去向师尊缴旨,何必苦和人家作对。哪知老龙却不是这等见解。他原是一个躁烈非常的汉子,吩咐蝙蝠几句,再不等他回答,立刻显出原形,腾起天空,略一转动,早已到了那福德寺内。可巧老蛟打完偶像,怒气未息,还在那里指天画地价对众大骂,说话中间还句句带着老龙。老龙愤不可遏,就从半空中大喝一声:‘兀那妖怪,休得无礼!你平爷爷在此!’老蛟却不预备老龙此时就会赶到,心中也不期一惊,慌忙显出本相,纵起云头,挺三角两刃刀和老龙杀将起来。这龙身子庞大,把头一撞,力如压顶的泰山;将尾一摇,势如拔木的风雨。那蛟身手敏捷,上下腾挪起落,而神鬼胆战;左右纵跃回环,而天地含愁。双方势均力敌,战够多时,不分上下,惹得老龙性起,忽然吐出灵丹,化成万个火球,围绕老蛟。老蛟本是水底猛兽,生平最惯用水,一见火势,便想用水相克,却不知老龙之丹乃日月精气所成,吐的是老龙本身三味真火,岂是平常水力所能消灭?老蛟用尽气力搬来半海之水,希望灭去神丹,结果反如火上浇油,越加助了火威,却白白地害了无数人民和许多田舍。老蛟情知抵敌不住,便化条小鳅隐身波浪之中,没入深潭之下。老龙找了多时,找他不到,不觉火性大作,亏他不假思索使出一个蛮法,竟从远处运来几座大山,倾入海中想把海水填平,不怕那蛟不被压死!”

缥缈真人说到这里,火龙真人不觉大笑起来,说道:“原来令徒真是个心粗胆大的呆龙。他也不想想,假如把灌口填成陆地,老蛟果然压死,他自己呢?难道把老窠都丢了?难道他就算得准定填海之后,你这位老师刚好前去带他到东海来,所以连自己的窠儿也不要了么?”缥缈真人笑道:“所以才称他是蛮法呆力啊！他这么一搅,果然把老蛟压在海底,但他也几乎弄得性命不保。本来这地方是二郎的治下,上、中、下三界事情统归他一人治理。此时已得了蛟、龙相争,水淹居民的消息。忙着带了大兵前来弹压,不道来迟了一步,海水大半已被老龙填平。二郎大怒道:‘毒蛟惹害,压死也不为过,如今老龙所犯的罪不比毒蛟更大了么?这事要不严究,将来沧海桑田随时变化,连我也没有主权了。’便下令:‘搜查老龙,擒来见我!’也是老龙命不该死,一闻二郎兵到,早就逃出境界,却给我救来这里。谁知一眨眼的工夫,竟又弄出这等天大祸事,真正从哪儿说起啊!”

火龙真人笑着说道:“所以说,我俩可算得同病相怜。祖师把这个苦差事交在我俩手中,偏偏这两个孽畜都是这般撒野的性格,他们自己闯祸,将来的报应也是他们自己去承当,那可谓自作自受。不过你我枉作老师,竟连两个徒弟都不能制伏,给师弟兄们知道也是不好意思呀。”缥缈真人笑着也把那篾龙闯祸详情问了一遍,火龙真人一一告诉了他。因又笑说:“本来他们违背师命,应该严行惩戒,才见得我门下视律谨严,无奈现在正是用得着他们的时候,只好先行唬吓他们一番,着他们辅佐世主,将功折罪。”缥缈真人笑道:“如今下界君王动不动讲什么权术不权术,你我神仙应该以礼待人,以诚格物,怎么也用起这等诈术来?”火龙真人笑道:“这叫做一种从权的办法,不如此哪能使得两畜俯首帖耳小小心心地去供职呢?”缥缈真人大笑道:“什么从权不从权,我只晓得不诚不能格物,不得已弄些虚花儿,撒谎欺人罢了。”火龙真人笑道:“就算如此,你我身为师傅,到这无可如何的时候,少不得只好权宜一次了。”

二仙说罢相向大笑,不一时行到海面上。火龙真人捏一个召龙诀,那胡飞龙仍化成一个女郎应召出海,一见师尊,不由愧悔交集,拜伏于地,泪如雨下。缥缈真人也把平和召来,两师按剑坐在水面上,海波起处,都成朵朵金莲,拥住二仙,形状十分庄严。两龙俯伏海面,自知有罪不敢抬头。二师喝道:“你俩知罪么?”飞龙兀自涕泣不敢开口,平和毕竟倔强些,昂起头来诉说蛟龙肆虐情事,缥缈真人挥手说:“我怕不省得？还用你讲!”唬得平和重复低头,不敢再言。因对火龙真人叹道:“论他们存心,倒也不能说是怎歹怎恶,不过所作之事都有过分的地方。这就要算他们的大罪。况且还有大闹天宫之事。方才要不是我俩赶到,只怕你们性命早完了！你们自恃些小法术,以为世上天下没有比你们更强的了,定知九洲万国、三界海岛,多少有才有德之士,哪一位不强过你们。自负法力而傲视他人者,久后终必死于法术之下。须知法术这东西,却是给你们作自己防卫之具,或用以济世救人,不是教你们凌辱别人干纪犯上的。从前我俩度化你们之时,是怎样叮嘱来着？怎一违师面就都干出这等大祸来？这要照仙家视律说来,你俩还得负一个目无长上、不遵师命、任性胡为的罪名儿。你俩自己说罢,现在见了我们,该受甚等处分?”飞龙究竟忠厚,除了叩头请罪之外,再不敢多说一句。

火龙真人又笑问平和:“你的意思如何?”平和却正色说道:“师伯、师傅,要不是你爱我俩,而今也不来相救了;既然救得我们,可见我俩还不至杀身之罪。如何处分,两位师尊自有权衡,横竖总为我俩前程设想,我们就是死,也都感激师尊的。这就完了。”这几句倒说得十分得体,把个仁慈的火龙真人先说得好笑起来。缥缈真人也笑了笑道:“你们既都知罪,可能从此小心习上,勤谨奉公,再不任性胡为么?”两龙叩头道:“承师尊天高地厚之恩,我俩再敢恃法妄为,情愿死于师尊飞剑之下。”两师听了便一齐起来,对着他们的面,把他们出身都说了一遍。两龙各站自己师尊的身边,唯唯听命。二师教他们先行了师兄弟相见之礼。正待再说后来之事,忽见东北方一朵彩云冉冉而至。二仙抬头一看,笑道:“那是月下老人,来此作甚?”一语未了,月老云头降落海面,和二位相见。未知此老到来做什么,却看下回分解。

第九回　邀天眷实授龙王　博庭欢假制螺肉

却说月老下落云头，和缥缈、火龙二仙相见。二仙动问道："道友来此何干？"月老笑道："贫道百务不管，专理上中下三天，海内外各洲的婚姻大事。现在两位的高徒合有婚姻之分，二公怎不请我吃一杯喜酒？"二仙才知道他的来意，都笑道："原来如此，倒劳动大驾了。但小徒辈都是龙种，难道他们婚姻之事也归道友管理么？"月老笑道："那个自然，贫道只掌一切姻缘，却不分仙佛人物。"说时袖出一本册子，掀将开来给二仙看道："两位请瞧，这不是两位令徒的姓名么。"二仙看了一回，果见册内载明：平和、胡飞龙原系龙种，后转人身，合于某年某月某日成为夫妻。二仙阅讫，月老收了册子，二仙即唤两徒见过月老，着他们行个大礼。月老笑容可掬地连说不敢不敢。又道："将来二位职为水族之王，司四海之事，而且诞育龙种，分司各海，前程正在远大。况且彼此不相统辖，只算朋友，怎敢当此大礼。"二仙笑道："将来之事将来再说，现在你是大冰，怎不谢媒？"月老无奈，受了一礼。月老着二人拜过天地并两位师傅，然后行交拜之礼，便算成了一段良缘。火龙真人笑着说道："小徒辈得订良缘，种种费道友精神，水酒一卮是最薄的敬意，怎奈他们不日受职，尚未朝见仙凡两位皇帝，也不曾备有宫室，竟连这最低的敬意也不能申达，这却真是很难为情的。怎么样呢？"月老笑道："这事本该做老师的代替他们布置。今既这么说了，暂容记下这顿喜宴，等将来贵徒们荣膺敕命，再到他们新宫中带贺荣任，加倍叨宴罢。"说得二仙大笑，月老说事情很忙，不便多留，告辞自去。

二仙相对笑道："这老儿倒也说得俏皮，你我既为老师，也该送他们一点什么东西为好。"平和听了大笑道："师尊赏我们的，自然是极贵重的东西。现在徒弟们虽成夫妇，尚无家室，不如暂留师尊这里，等徒弟们得了寸进，将来有了家室，一总领赏罢。"二师笑道："这话倒也近理。且等玉旨下来，我俩替你弄一所宫殿去罢。”平和等急忙叩谢，二师吩咐道：“现时北方一带已发大水，人间帝室号为虞舜，乃是一位极有仁德的圣主。他因洪水为灾，昼夜忧劳，已命他的忠臣夏禹、伯益等，专管治水之事。你俩该去帮助他们，分司治海之责。我们来时已由祖师代请天庭，发下敕命。想不久就有玉旨到来，你俩谢恩之后，不妨先行就任，然后由我们带去和夏禹等一会，以后方可分别水陆，各司其事也。”

二仙正在说话时，忽见半空中音乐之声，大家抬头一看，果见无数仙官乘云驾雾从半空中下来。二仙慌忙率领两徒俯伏海面。仙官到来，仍在离海十余丈的空中，宣读玉旨。大意说仙凡路隔，水陆殊途。今下界洪水为灾，兽妖肆毒。已有凡间帝王简派贤臣，专司其事。至水族百务，应由朕派遣人才，协助凡间君主，双方并进，庶水患可弭，妖兽匿迹，而百万人民亦得安居乐业。今元始、老君二位仙祖保举平和、胡飞龙堪当此任。尔二臣虽有前愆，暂勿究治。敕封平和为四海龙王，胡飞龙为王妃，并加覃恩，准尔等子孙将来分司大小各海，并为龙王，永永勿替。尔等务宜革面洗心，图报天恩，即立功行，复盖前罪，有厚望焉等语。

二师接过诰书，又率二徒望空稽首。送过仙吏，二徒又上来叩谢师恩。二师嘱咐道：“我等修道至今，职居金仙，却还不曾得到你俩这等体面。须念自己甚等出身、有何道行能邀如此殊荣。从此时时勉励，刻刻当心。不要因一时意气误了天下苍生，不要自恃高位藐视一切。常存仁爱之心，力戒骄矜之气，修德立功，前愆可盖，即后福无疆，凛之勉之，毋忘此训。”二徒稽首受教。二师又道：“如今该是你们朝参王阙之时，我俩可以带你上天，却不能代替你们说话。你们又是曾经犯法的人，奏对之顷，须要力求大方，不越礼节。不要因前事而生惭怖之心，不得以恃宠而稍现骄矜之态，须知天威咫尺，荣辱得失所关匪浅，怎能不十分留神呢。”二徒又唯唯遵谕。二师带着他俩先至兖州地方火龙真人的鹤鸣洞，换上朝衣，手持玉笏，打扮得浑身焕发神采非常。二师相顾而笑道：“看这两个家伙，倒也有些架子。还不晓他们能否内外如一、表里相称哩。”缥缈真人又把一应朝仪先教他们习练了一回。二人究是都有夙根,又且功行也圆满了,自然一说就会。二人好不欢喜,这才带了他们上天而去。到了南天门上,有四天将率领天兵在此守关。二师说明来意,四天将躬身请进。即有李长庚前来迎接,和火龙、缥缈两仙相见欢然,各道一番契阔。火龙真人又替两徒道上次冒犯的歉忱。缥缈真人笑令他们当面谢罪。慌得长庚一手扶着一人,哈哈大笑道:"两位道兄如此生分,那些过去之事何必再挂齿颊。况且不知不罪,上帝已恩赦前非,新封王位,贫道还敢稍存芥蒂么?"

大家谦让了一阵,师徒们跟随长庚直登金阙。长庚进去代禀,有旨着师徒们朝见。火龙、缥缈又切嘱了两徒几句。双方各整衣冠执笏当胸兢兢业业地趋步入朝。见玉帝高坐殿廷,两旁大小仙官侍立两班,师徒四众一齐口称圣寿无疆,跪伏殿陛。玉帝传旨温慰火龙、缥缈二真人,又勉励了平和夫妻几句。师徒都叩谢如仪。退朝之后,有许多仙官前来和二真人叙旧。二真人又命两徒一一拜见,勾留片刻,因要朝参元始、老君并各位帝君、各处金仙,不敢久羁,方才告别而退。仍出南天门,先至昆仑山元始天尊处,后至八景宫老君祖师处。老君赏了平和夫妻每人一套兖龙袍服,又赐平和宝剑一把,赐飞龙神针一枝,皆能取妖魔性命于千百里外,而使用随心变化不测。二徒大喜叩谢。老君对缥缈说:"灌口一地从陆而海,由海而陆,沧桑之数皆有前定。移山倒海事情果属鲁莽,究竟也不是平和之罪。但该处陆多水少,而且距海太远,得咸不易。你可去凡间会同世主,用法造盐井一所,并在盐井旁设下一座火山,以便民人取用。顺便还有一人该在那时得度,到了那里自能知道。我不久也还下界走一趟,了结一重俗缘。此外你们东华师兄恐亦不免要下凡一走。但总在中原水平之后,如今却还早咧。"又对火龙真人说:"你在钱塘江中设下一闸可防许多妖魔,却也很好。不过将来还有本领极高的蛟龙,能够穿闸而过。此妖一出,害人必多,你得时时留心,能够设法镇住了他,免得涂炭生灵,也是一件极大功绩。"两真人受命讫,见老君没甚说话,也不敢多渎圣听,带了两徒叩辞出宫。又至各处走了一遍,两徒倒得了许多珍异赏赐。

到东华帝君处，帝君和两真人交情最好，特设盛筵留师徒欢宴。席间帝君问起凡间之事，两真人大略谈了几句。帝君叹道："我从海外得道即登仙界，常恨不能一睹中国文物之盛，将来得有机缘，也想下去游玩一番。两位道兄以为如何？"两真人听了，不觉愕然，大吃一惊，忙问："天府是各界顶高尚尊贵所在，帝君已荣任天职，怎么又作游凡之想？从来圣人无戏言，言出圣口，不践不止。还请帝君留意为幸。"帝君仍不明白，不期脱口说道："这有何难，自来仙佛颇多游戏红尘的，孤家就去不得么？"二真人见他执迷如此，不敢再劝，也不敢多说，恐他再说出不祥的话来，彼此以目示意，告醉覆杯叩辞而退。途中互谈帝君如何动凡心，怪不得祖师先有东华下凡之言。因思修道到此地步尚且不免贪心惑志，何况其他，这真是吾辈非常可怕之事。说到这里，大家叹息了一回。那飞龙才言道："请问师尊，方才祖师也说不久下凡一走，可见出入三界是神仙常有之事。何以师尊对于东华师伯，又替他这样忧虑呢？"二师都道："你们哪里知道，祖师是万国九州五岳三山群仙之祖，无论怎样魔劫坏不得他的法身，迷不得他的道心。他要下凡，自然有他自己的未完因果，去去就回，一点用不着别人替他担心的。至于东华师伯，虽然道德不浅，却如何比得上祖师。从前玉帝因见下界有七宝树光耀九天，偶动贪心，便指出一魂堕凡历劫。心志一迷，几乎不得归天。幸得辅助的神仙太多，大家随时随地保护他指点他，方得劫满归真。如今的真武大帝，即玉帝下凡的一魂所成。像玉帝那样根基尚且动不得一点贪嗔，说不得一句戏言，何况东华帝君，更何况不及帝君的呢！"二徒听说，都竦然道："弟子出身卑贱，闻道且浅，向来目空一切，不知天高地厚。如今听了师尊法谕，竟觉本身毫无才能一般。从今以后益发要自己检束身心，免堕轮回之劫。"两师欢喜道："尔等能够如此克己，将来的前程正自不可限量，就说劫数所定该受折磨，但何尝不可修德立功，转回气运呢？"二徒唯唯遵命。师徒四众拜完了上界各帝君仙神，方才回到下界。

这时虞舜建都之地在现今山西地方，其时所称为中国的，其实只有黄河南北岸的一部分儿，至于长江上下游都算南蛮之邦，不入版图之内。那黄河流域全是低平之地，因黄河溃溢，四面八方的泛流还有比较稍小的水，如济水、淮河等，因受河水流溢的影响，本身水量顿增，容受不住，一齐溢出，弄得全个中原完全变成泽国。人民不能安居，少不得向高处奔逃。偏偏那些地方又多狮虎豹狼等等猛兽，见人便噬，人民不死于水便死于兽。那时的百姓也不晓得造下什么弥天大孽，无端遭此亘古罕有的大劫。幸得舜帝知人善任，把治水之责付诸夏禹和伯益二人。他俩奉了帝命，因水势太大，一时颇难着手，便共同商议出一张榜文，征求治水意见。火龙真人、缥缈真人凑巧带了平和夫妻前来见驾，路过此间，便先去请见禹、益二人，献了疏浚之策。又将平和夫妻奉玉旨为大海龙王，相助平水兼理水族事务种种前事告诉了他们。二人不胜欣悦，带他们朝见舜帝，代陈来意。舜帝自有一番嘉奖，也和玉帝一般加封王、妃位号。于是两真人才把平和夫妻送入大海之中。

火龙真人亲游南海，探得大批水晶，施用妙法替他们造起一座王宫，水波不入，内外通明。这便是世上相传的水晶宫。缥缈真人替他们运来各种陈设器皿之类，一一安置停当。不上几时，居然布置得一座非常富丽的龙宫。龙王夫妇感入骨髓。除了稽首感谢之外，也没甚话可说。两师笑谕道："你夫妻出身低下，竟能致此高位，一则尔等积功所致，二则也是机缘巧合，适有这场水灾，连祖师和玉帝也非常重视你们，我俩才能各尽心力教导栽成，并替你们弄成这样一个好所在。要知此皆帝师覃恩所以然者。也是嘱望你夫妻不负此恩，竭尽心力，助凡间天子了结此场劫数。此后水陆界限完全清楚，不如从前那样混沌一片，常常弄成灾患。所有海中之事既归你俩专责，更小心谨慎，黾勉从公。数十年后，尔等子孙出世长成，便可分别远近要害委派各处江湖河泊供职。此辈皆受尔夫妻监督。如有差误，尔夫妻也不能免责也。"龙王和王妃都竦息听命。二师见诸事已妥，自去八景宫复命。从此龙王夫妇果然小心在意，夙夜匪懈地辅助禹、益，导来的水一起收入海中，其有海族蛟龙鼋鼍之类流入中原毒害生灵者，龙王便派遣手下练就的将卒前去收伏，仍旧撵回海中。禹、益人本是大大的忠良，对于治水一面完全照两真人所献计策，或疏或导，或浚或开，对于兽患，一方由伯益率领丁壮，预备火器焚山搜捕，杀毙无算，这都是人力所能的事情。至于海面上的工程，却亏龙王夫妇协力帮助才得完全成功。人民乐业，从新厘定疆界，分划州界，成立一种简单的地方制度，这些事情全载《禹贡》一书。因和本书没大关系，概从缺略，如今单说一桩小事情，和此次水灾有些微关系的。

那时河南嵩山下有一户贫苦人家，母子、夫妇一家三口，向来务农为生。姓孙名杰，母亲王氏，娶妻刘氏。王氏因中年丧夫，抚孤成立，从寡居之日为始，断荤茹斋借以明志。这时因洪水为灾，阖家逃去山中。王氏年高受不起辛苦悲劳，兼得了湿气之症，内外交攻，染成重病。及至水退之后，回到故家，见家中什物器具漂流净尽，心中大为难过，病势日渐沉重。乡下地方本来不易觅医，而且水灾之后家计愈艰，医药之费万难筹措。只好看他天天的凶险起来。孙杰夫妻除了衣不解带日夜伏侍之外，哪里还有什么办法。这天王氏大限将届，回光返照，神志忽然清醒了些，要点东西来吃。夫妻大喜，只道沉疴可起，动问老人家爱吃什么。谁知王氏这样不要那样不喜，单单要吃那田螺。这是因为大水之后，家中不知从哪里流来一个大田螺。刘氏看这田螺大得奇怪，弄点清水把他养了起来，曾给王氏瞧见，所以此时想要拿来尝尝这种新鲜味儿。依孙杰的意思，只要母亲爱吃，管他荤素，请他吃了再讲。刘氏却知这是婆婆的乱命，他吃了几十年的长斋，无端为这田螺开荤，万一吃下肚去忽然懊悔起来，仍要添出毛病。而且吃素之人一旦无端开荤，也是非常罪过的事情。于是由他想个法子，特去外面找来几个田螺壳，用滚水洗得干干净净，一点气味都没有了，却拿面筋干等物捣之成酱，做成田螺肉模样，嵌入田螺壳中，哄那王氏，只说遵命烧了田螺请他尝新。王氏果然欢欢喜喜吃了几个，也并不知道是人工制成的假货。吃了之后，又过了一天，他的寿数已到，就此一命呜呼。孙杰夫妻哀毁骨立，不消细说，拼当所有，办完丧葬之事。

刘氏因婆婆临终爱吃田螺，所以见到那个大田螺就伤心到了不得。孙杰便把这田螺送去水中放生。后来刘氏也得病去世，临死之时，含泪对丈夫道：“我随你二十年，替你养亲持家，自问并没失德，只不曾替你生下一男半女。我家境况又如此贫苦,我死之后你哪有银钱再娶!这孙氏血脉,岂不由你而断!这是我死不瞑目的事情。”说毕而死。从此孙杰一家只剩他一人,也不能再做田工,每日只在村中有钱人家帮佣作工维持一身生活。那个地方凡替人作佣的大抵只供中饭,早晚两餐仍须回家自食。这孙杰又要作工,又要自己煮饭,往往弄得两难兼顾。而且家中门户没人照管,一切都觉得非常不便。欲想另娶一妇,苦于力量不及,每每想起他妻临终的话,不由心如刀剜。如此过了半年光景。这日因是他妻生日,前去坟头哭奠。回得家来,远远望见家中炊烟忽起,心中大疑。急急赶回一瞧,只见饭熟茶沸专等他来受用。再寻那烧火之人,却是杳无踪迹,越发疑惑起来。恰好肚子大饿,也不管三七二十一,先把现成茶饭受用过了。天天照旧出去作工,每天回来依然饭熟于釜、茶沸于炉,只不见烧茶煮饭之人;而且门户窗牖都锁得好好的,一点没有开动的形景。

这一下子可把个孙杰弄得又惊又怕,又十二分奇怪。先时还不敢告诉人家,只每天下工比往常略早一刻,想要出其不意跑回家中看他一个究竟。谁知那人好像有先见之明,不等他回来,总先走了。孙杰扑了好几个空。一天索性请个假,仍旧一早出门,到了夜饭时分,却去邻舍人家借了一个梯子,爬上墙头,向自己厨屋内一望。那知不望犹可,这一望险些把他的三魂七魄唬出躯壳。原来他已瞧见替他煮饭的是一个丰容盛鬋的绝世美人。这可真是万分稀罕之事。若问究是何人,连孙杰本人还不大明白。作书人只好说一句下回分解罢了。

第十回　鳏鱼惊艳　田螺报恩

却说孙杰望见这样一个美人，无缘无故天天替他煮饭烧茶，心中真是万分纳罕，立在梯子上面不由说出“咦”的一声来。这一声不打紧，却早被室中美人知道有人窥觑。但见他一阵慌张，登时形影俱无。孙杰下了梯子，开门入室，一锅子的饭还煮得半生不熟。而且自己前一天看过，家中存米最多吃得三四天，此时米桶中忽然满满地装足了一桶的白米。另外还多了些盐肉鸡鱼之类，一起放在柜内。孙杰只得先把那饭烧熟了，吃了一饱。因菜米俱有，便向东家请假三天，足不出门的老等那美人前来。谁知此时的美人知他不去作工，便不替他煮夜饭了，反在他清晨酣睡之时替他煮好一餐早饭。而且带来许多时鲜小菜，烹饪得十分可口。孙杰几次想起大早等候美人，偏偏这几天十分好睡，每至清晨尤其睡得人事不省，酣适非常。一连多日仍是见不到美人一面。但有一事更使他喜欢的，美人知他不去作工，怕他没钱使用，还替他弄来许多白银，足可用得几年。孙杰惊喜之极，便想拿这些银子开一家小小店铺，免得常年作那帮佣生涯。

主意已定，便去向那东家辞职。东家问他因甚不干，孙杰是忠厚人，不会说谎，只得把实情诉说出来。那东家是一个六十多岁积世的老人，存心倒好，闻他有此异遇，便说：“你所遇的或是什么仙人，一定你做过什么好事，救过他的性命，他才来报答你的。”孙杰道：“小人穷得要死，哪有力量作甚好事。”东家笑道：“好事不必要有钱才能做，你既想不起来，暂且不必管他。但天上神仙未必会得你好处，或许是花木鸟兽之精曾经得你救援，前来报德也未可料。若果如此，你可预备锅焦一片，搓成小团子，候得他来就突然将他抱住，把锅焦塞入他口中，逼他咽下，便与生人一般无二，就可问明原因，和他成亲，将来好处不可限量咧。”孙杰领教而归，便整整地坐候一宵，假寐待晓。天色黎明就悄悄地掩入厨房，果见美人背着身子正在那里切菜。

孙杰依照东家嘱咐,突然上前用力抱住,同时伸出一只右手将预备的锅焦塞入他口中,等他汩然一声咽下肚去,刚想放手,忽听那美人开口道:“郎君且请放手,妾已受烟火,不能再遁,容慢慢禀告郎君罢。”

孙杰情知不是诳言,便把双手一放。美人回转脸,含愧带羞的向孙杰深深裣衽。孙杰也长揖还礼,却也觉得不好意思,只得搭讪着说道:“请问娘子和小子素昧平生,小子一介穷人,也没有好处到娘子身上,因甚这样错爱?小子心切不安,今幸得睹尊容,万望明白见告。”美人微笑道:“妾有苦衷,甚不愿郎君知道妾的事情,不知是什么人饶舌教郎君这等恶计。但郎君所愿知道者,即妾所不敢禀告者。深恐郎君不知妾事而苦苦相诘;一知妾事又将畏妾如蝎,而不敢相见。结果必使妾欲报大恩而不可再得,甚或因此惹起郎君疑惧,反而因好成恶,如何是好呢?!”孙杰听了,慨然道:“娘子太过言重。小子虽是乡村穷汉,自问颇还有些肝胆。娘子如此见待,必因小子何处何时略有微劳,小子委实记不起来。娘子必不肯说,小子倒要疑心娘子不要认错了什么人,白白的费了一番心力,倒不能使真正施恩之人稍受报答,小人命穷如此,反而无功受禄,不但没有好处,必定要折减寿算,该活六十岁的只怕不到五十岁就要死了。娘子请想,小子还敢再受娘子恩典么?”美人听说,倒笑了一笑道:“总是孙官人长厚老实,听你这番谈吐,原来也是一位调皮朋友。不瞒郎君说,贱妾心中何尝不想早点对郎君说明,总因幽明异路,恐惹物议,兼恐郎君不谅苦衷,反不能遂妾报恩之志。所以一味隐藏,冀使郎君受我数年奉养,然后知妾必非害君之人,彼时方可直陈颠末,使君恍然大悟。不料未及匝月,就被君捉住,莫非你我真是有缘之人么?”说到这话,不期面上微微一红。

孙杰却喜得眉宇皆春,张开一张大口,只是合不拢来,因又正色道:“娘子千万不要如此多心,小子刚才已经说过,处境虽穷,肝胆尚有,爽爽快快地说一句,即使娘子真是妖魔鬼怪,既称小子曾有微功,特来图报,这话虽然当不起,却可以断定娘子必非为害我而来。我孙杰又不是土偶木人,难道连个好意歹心也辨不出来么?”美人见说,又低垂粉颈,略作沉吟,方抬起头,毅然一笑道:“郎君看我是人是鬼？还是什么妖魔魍魉山魈树精？”孙杰听了，不假思索，也笑道：“娘子天人，便非神仙，也决乎胜过凡人。若说鬼怪，世上果然都有，只怕化不到娘子这等人才，也未必有娘子这般仁心。”美人听了，不觉一笑道：“郎君真会说话，外人偏都说你不善讲话，这也奇了。”孙杰笑道：“或者这便是所说福至心灵罢了。”美人又笑了笑道：“妾身确乎不是人类。仙人太高，贱妾怎敢冒充；妖鬼太凶，贱妾又犯不着影戤他们。郎君回记一记，当尊夫人在日，可曾救过一件东西的性命么？尊夫人临终之顷，又曾有什么遗恨之语？郎君仔细一想，不妨先猜一猜，猜得不对贱妾再当奉告。”孙杰忆了一回，只记得刘氏以未有生育为恨。至于救命之说兀自想不起来。

美人点头叹道：“惟其如此，愈见君夫妇盛德仁心、施恩不望报之君子也。妾姓罗名圆，家居淮水之滨，洪水时为大浪卷至府中。水退之时，匆匆不及离府，承尊夫人抚养珍惜，不啻骨肉。后来令堂病中乱命，几至妾不保性命；又蒙尊夫人设计周全觅得替代，方保微生。后来又承贤夫妇送出府中，俾得自遂其生。此德此恩没齿难报。不料尊夫人如此贤德竟不永年，贱妾备闻易箦之语，便生报德之心。为因生非人类，又且羞于自媒，所以先操妇职，续识君容，拟至数年后得君信爱再容自陈。何意未及一月，便得与君相聚，岂非大幸之事。事已至此，还望君勿以非类见轻，俾得随侍左右，为君操执井臼之役，妾虽不才，或不致以生活累君，更不忍使君为妾故稍蒙不利。君堂堂丈夫，当能鉴妾微忱，深信妾无他意罢。”孙杰听完了，才悟到是那天放走的田螺。先还不免稍有惊愕，及听他言语清朗，情致缠绵；又想他数日来侍奉之殷勤，相待之厚，心中便只有感激而无疑念。因即起身拜谢道：“娘子天人，何必这般客气。曩日之事全出无心，本来算不得什么。娘子如此存心，小子也不便多说什么。只愁本人穷贱粗鄙，怎配得上娘子的天生丽质？就说生活所需，虽然娘子不要小子预备什么，小子却越觉愧惶无地。怎么样呢？”罗圆笑道：“既承见爱，不加疑猜，彼此便是自己人了，还客气点什么。但有一事务求俯允。”孙杰忙道：“既为夫妇，彼此一体，有什么不能答应的事情。”罗圆赧然道：“说来也没甚大关系。就因妾身道行太浅，虽能变化人身，未能脱离躯壳。须俟二十年后，所受烟火既多，又得君精血灌溉，方能渐渐丢撇顽壳，化成人体。君可于明夜子时亲到西面河边，将妾顽躯捧来，放在大缸中浸以清水，一月一换水，并须放在隐密之处，千万不能使别人知道，这是顶顶要紧的事情。郎君可能应允否?”孙杰大笑道:“我当是什么大事，原来如此一回事儿，也值得那般客气?”说得罗圆也笑了。

这天罗圆替孙杰做完一切事情，仍自回去。到了晚上，孙杰恐怕误事，坐待到子时，忙忙去西面河干一找，果见自己和刘氏所放的大田螺还在岸边，欢欢喜喜地抱了回来。照他嘱咐的说话，一一布置妥帖，方去睡觉。一到天亮，便闻厨屋内有人讲话之声，心中大疑。起身一看，原来罗圆又带来两个小丫鬟儿，正在指挥他们弄茶弄水，煮饭做菜。一见孙杰起来，罗圆先谢了他提挈之恩，又命两个丫鬟前来叩见。并说:“这两个孩子年纪不大，也很做得事情。”二婢一齐拜过孙杰。孙杰益发大喜，从此罗圆便长住孙家和孙杰成了夫妇。孙杰家中本来一无所有，此时却逐渐兴盛起来。不但柴米衣服完全不用忧虑，其他起居服用都舒适非常，比平常有钱人家还来得写意。

孙杰也不去替人帮佣了，在市上开了一个米面铺子。经营筹划交易买卖，全凭罗圆一言。往往别人失败的生意，到他手中偏能转为胜利，不上三年便成了富厚之家。这孙杰生性仁慈慷慨，喜欢施与。无论识与不识，凡有急难相求，没有个不帮忙的。幸而罗圆神通广大，替他陆续不断地运来银子，可供周济贫穷;要是不然，只怕天大家私也早给他花费完了。此时远近乡镇地方，几乎无不知有孙杰夫妇。他们大伙儿把孙杰唤做孙善人，把罗圆称为活观音。夫妻俩倒处得非常适意、非常快活，只有一桩事情不称他们的心。

原因刘氏临死，心心念念以孙家血统为虑。后来罗氏报恩，身事孙杰，也说重在替他生男育女，接续香烟。谁知种种事情都能满意，只有这最紧要的问题却是无法解决。看看过了十余年，兀自音信毫无。孙杰急得要死，常常愁眉苦脸，伤心叹气，对罗氏道:“我自问存心不坏，济难扶危不敢言功，也可算得不愧寸心。难道老天爷就连儿子也不给一个？也不晓得什么事情伤了阴德，竟使我落得这等下场。”罗氏只有再三劝慰，说他年纪不大，精力未衰，得子迟早总有定数；立心好善，天必赐福，怎见得定没子嗣呢。孙杰听了，只好今年盼明年，明岁望后年，这样地盼望下去。果不其然，这天道报施，毕竟不差厘毫。像孙杰这样的仁慈，岂有绝嗣之理。造化老人早注定替他预备了一个很好的佳儿，专等时机一到，就着仙官仙吏护送与他。看官们要知天爷爷替他预备的是哪一位佳儿，等的是什么时机，作书人一时却还舍不得发表，留待下回分解罢。

第十一回　迁怒迷人蛟龙泄恨　当场出丑法师收妖

却说本书上文缥缈真人对火龙真人曾说过一件老鼠化蝙蝠,在西岐山上替文美真人守卫洞府;后来又因他有功于灌口的人民,着他去那里受些香火。真人原替他算定这香火期间,只有一千年相近。哪知不到千年,就被那条蛟龙一搅,搅坏了他的寺院。那蝙蝠最是忠厚安分,因千年香火为期已近,再也不生触望。回至山中,拜谒师傅文美真人,备陈前事。真人神机默运良久良久,方叹一声道:“似你出身异类,又为动物中顶顶卑下之物,居然能够有这般成就,自是可取。在人家说来还以为你修炼得如此久远,这一点成就便不算十分难得。但从开辟以来,以绝小动物修道成人,日后还有绝大前程,怕除你之外,未必更有第二人,似乎天公于你不算薄待。我因甚无端讲这几句话给你听呢?因为你的出身太卑,前程太大,这是非常难得之事。大凡事之非分而得者,必多意外的磨折,磨折越深,成功越大,亦更见成功可贵。若是随随便便读得几句道书,炼得几年坐功,就能成仙得道,世上众生只怕人人都要去学仙人了。都能轻易成仙,仙与人又有何殊?即不见仙之可贵,而仙之为仙也真个没有道理,我辈又何用如此苦修勤炼呢?”

蝙蝠稽首道:“弟子明白了。弟子虽出身异类,为动物中最下贱卑微之物,但从师尊收留门下,又受了千载香火,虽不敢说如何成就,也算得了几分人性。从今为始,弟子大概将由畜生道转入于人道。在别人生而为人,根行本来极佳;弟子却不敢妄自尊大,自拟于人类之数。无论人生所不能受的磨难艰苦,弟子愿意去捱。捱得过,是师尊玉成之德,也是弟子非分之荣;捱不过,也只好自怨命苦,枉费了万载修持,这也是无可奈何之事,弟子决决不敢稍有怨悔之心。弟子愚拙心肠,但知顺天敬师,其他都非所问,望师尊怜而教之。”真人听了,不觉辗然而笑道:“倒不料你有恁般决心,这样毅力,真可算物类中杰出之才，反常之事。大凡反常者，不败亡必大贵。如你之才之命，败亡二字可决其必不至此，将来成功真不可以限量。如今便是你所说的人禽交界的关键，我便要牒送地府转轮殿上，烦他们送你转凡入世，择一善良人家前去投胎。你须立定宗旨，明心见性，勿为利欲所诱，勿为财色所迷。见义必为，视恶如仇；诸善力行，百邪远避。如此力行勿懈，机会到来，自另有人度你出世。即使人事牵缠，稍稍挫折，总都是命宫所遭，切勿灰心短气、自隳前功。要知修道时的磨折，都非真正的苦难，乃是修道人啊！”“弟子都理会得，弟子已经说过，修道顺命，不计成败，何况师尊又明明训示弟子还有那种造化呢。”真人大悦，马上修起牒文。待要申送入地府，只见蝙蝠又跪下道：“还有一言请问师尊。方才师尊说将来机会到来，自另有人前来脱度弟子。难道说师尊就未必能来拯拔弟子么？弟子承师尊训诲提携，恩同天地，还要另去拜师父么？这就使弟子万分的不解了。”文美真人听他说到这句，不觉慨然道：“师徒相逢都是一种缘分。缘尽则散，事理之常，本来不必介意，何况你我关系还不致从此而止。不过度你之人的确不属于我，而亦和我本人无异。因为彼此都是师兄弟，同出一教门下，在我原没丝毫得失，在你却又多得一位道德极高的师父。要知道，这也是你胜过常人的一种福分啊。”蝙蝠听了悲喜交集，看着真人修好一道牒文，派个力士送去地府。当有冥王查看册籍，说有河南孙杰积德累功，救人无数，现在尚无子女，可着蝙蝠前去投胎。立时修了回文，仍着力士赍回。真人又着力士送蝙蝠冥中，由冥王交轮回司亲送蝙蝠下凡。

刚巧孙杰妻怀孕十月，夜间梦见一位官吏送来一只黑色飞禽，对他说道：“你夫妻行善多年，感动天心，冥王派某亲送仙禽为尔男子。此物本是仙种，前程远大，不可限量。尔等宜好好看视，不要轻觑了他。”说毕把飞禽一放，那鸟投入怀中。一惊而醒，立刻觉得肚子生疼。那消半个时辰，呱呱坠地，却是一个面白唇红眉清目秀的佳儿。夫妻俩这一喜也就非同小可，而且照梦中所见景况，可见此儿不是寻常之辈，必系绝有根器之人，心中愈觉慰悦。因他是神仙所赐，取名仙赐。

光阴易过，转眼儿仙赐已过十岁。孙杰夫妇便请个有名的先生教他读书。仙赐是天赐聪明，不消说是一目数行、闻一知十的了。读到十四岁上，已把古今史册和许多名人典籍装满了一肚子。一时传说开去，远近地方都知孙家孩子是天生的仙种，生有奇才。早有州官凤氏闻名来聘。孙杰因仙赐尚在童稚，不肯放他出去，在州官面前再三恳辞。不料州官和仙赐谈了一回，已知他是真有才学的人，必欲请去帮忙。因对孙杰笑道："老先生还把公子当作小孩子么？他年纪是小，可是才学渊深，决不是寻常成年长者可比。此去相助下官，掌司案牍，必能造福地方，为民除害。等过一二年，下官还要保举入朝，方可展布他的奇才哩。"孙杰没奈何，和妻子商量过了，只得答应州官，着仙赐跟去伺候长官。州官大喜，和仙赐一同回任。凡是地方一应重要政事，都咨询仙赐然后施行。仙赐感他相知之意，也遇事尽心，言无不尽。不上一年，州政为之一新，人民无不感诵，州官更是喜悦。后来果然把仙赐举为大夫之职。

那时仙赐还不满二十岁，少年英俊，朝野称扬。便有许多达官贵人生有女儿的，都挽人说媒，愿附婚姻。仙赐少年老成，既然身列朝班，时时只以国事为念，又因自己年轻，并不把此事放在心上，对于说媒之人，概以未敢擅专须请命于父母为辞。后来有个上大夫伯皋因深爱仙赐，一定要把自己次女许配于他。仙赐仍诿在父母身上。伯皋竟自上门亲见孙杰夫妇，面求允婚。孙杰夫妇也久闻伯皋两位小姐都有才德，既然如此附就，焉有推却之理，自然一口允许下来，仙赐也不敢再说甚的。当下双方议定准来年三月中迎娶。

不料这年冬间，伯皋的次女名叫蕙儿的，因在花园中看家人摘取腊梅，猛见篱外有个少年男子隔着篱笆空隙尽向内望。蕙儿心中不悦，便想回宅。正待举步，猛觉得眼前一阵青光，耀得他双目缭乱，立时神志不清，扑在地上。幸得左右扶侍的仆女丫头将他拉起来，大声呼喊。那蕙姑竟似发了疯狂一般，口口声声只要望园外奔去。也不晓他哪里来的气力，三四个妇女拼命地拉不住他，一阵忙乱，早惊动里面众人。伯皋正好下朝，闻此异事，急忙和夫人古氏、长女菊姑一同带了全班男女佣人赶到花园。正见蕙姑和一班人怒目相持，弄得婢妇们筋疲力尽;蕙姑自己也是衣衫扯破,头发散乱,很不成个模样。兼之两目直视,口喷唾沫,满口子里乱嚷乱叫胡言怪语,见了父母也不知羞惧,仍旧挣扎着要出园去。古氏见此情形,十分伤心,急得上前抱住蕙姑连哭连叫的只说:“我的儿,你怎么了?这不要了娘的命么!”伯皋知他必是遇了邪祟,便也不问青红皂白,走近身去举手就打了他几个耳刮子。大喝道:“什么妖人敢在此地作祟,也不打听打听我伯大夫世代忠良,与人无过,对天无诈,上界神仙未尝轻视于我,何况小小妖魔,敢如此无礼?再不速去,我必请命仙凡两界帝君,处你严刑,那时你可悔之太晚了。”这话一出,果然蕙姑不似头先那样胡闹了。看他一言不发,拔步就行,大众跟了他进了宅门,径回自己卧房,仍旧不言不语,直挺挺地坐在床上,神色之间兀自是一副邪气。伯皋夫妇也无可如何,只得请了许多著名的医生替他诊脉。有说邪入心经,恐成狂易的。有说痰迷心窍,痰清即愈。有说得大致相合的,有说得完全相反的。伯皋请他们每人开了一个方子,所用的药也都有同有异,不晓得谁是谁非,谁用得,谁用不得。蕙姑却只是冷笑,总不说话。古氏主张拜祷天地,把许多方子摆在一起,请伯皋虔诚叩祝。祝毕,随便抽取一张,算是一个望天打卦之意。伯皋委实也想不出更好的办法,只得照他这个办法选出一张药方来,急忙差人买了药,煎好了着蕙姑喝下去。

蕙姑接了药大笑一声,忽然变作男子口音,大声道:“你们真是混账!世上庸医开的方子哪怕千剂万剂,怎能治得小姐的病。不信可请请懂得脉理的医生来,着他细细诊上一诊,他这脉气可是有病的样子?可知你们请来的全是一班酒囊饭袋,只有骗钱杀人的本领,其实连脉都诊不出来,还要混充名医,岂非笑话奇谈!”说时早把一碗热腾腾的药倾在身边一个面盆内。明明一小碗药,给他这一倾就倾满了面盆,高出一个顶来,顶峰尖削,渐下渐大,接于盆口,宛然成个塔形,众人都为之骇然。伯皋气愤不过,恨恨地说道:“我伯皋虽无好处及人,自问无大过恶,为甚这等邪魔偏会找到我来!”说时不觉泪下。古氏更哭得凄凄切切,哽咽万状。

才见蕙姑仍作男子声气,反笑嘻嘻地劝道:“两位老人家不用悲怨,像伯大夫那种狂言,我是不高兴和他多说,如今见你俩说得可怜,少不得把我的实情告诉你们罢。我本西海龙神。在灌口地方,那处有文美真人的徒弟,乃是一个蝙蝠虫儿,奉他师尊之命在灌口受人香烟供奉。我因他专和灌口老龙交好,目中没有我这真龙,不合一时性起,拆毁了他的庙宇。但他也不该唤出老龙和我为难,将我压在海底不得翻身出头。后来老龙又冒了我的牌子去受上帝敕命,封为四海龙王。我因被压海底,竟不能和他作对。今幸老龙师父缥缈真人奉了老君祖师之命前来灌口,会同灌口二郎神办理老龙移山填海一案,将原有海水改成一个绝大盐井,盐井之旁又设下一个火井,以供西方众生煮盐之用。刚刚那火井底下就是我被压之地。他们动工之时,略一疏忽,才被我得间脱逃。打听那蝙蝠现在投生孙家为子,如今又做了你家女婿,官居上大夫之职。正要寻他报仇,不道路过你家花园,遇到你们令爱,我就知道必是孙家小子的老婆,怪他生得如此美貌,偏那仇人竟有福分消受。我心中又是一气,因此和你女儿开个玩笑。你们要知机的,赶快退了这头亲事,我便专去找那小子,不要和你们为难。须知那小子是我切齿冤家,早晚必死在我手。你女儿嫁了过去也是一个寡妇,还不如趁早离开为妙。我这举动半是报仇,一半也正是有益于你。你可明白么?"

伯皋听了,怒道:"胡说!你和蝙蝠为难,已经打毁了他的庙宇,他却没有向你问罪。你虽吃了苦楚,乃是老龙之过,与蝙蝠何干?你虽异类,既能变化人身,可知也有道术,也讲理性。你自己想想,这等畏强欺弱的勾当,便给你报了仇,泄了恨,又有什么体面呢?"蕙姑听了这话,忽把台子一拍,大怒道:"好小子!我是善意相劝,你敢笑我怕强欺弱!那老龙和蝙蝠迟早自有被我报复之日,你要活上一百年的,不怕亲眼儿瞧不见,现在却不必谈。只你这女儿即要许与孙家小子,还不如嫁我老龙。论身分他是一个小小官儿,我却尊为神龙。论本领道法他是一个凡间孩子,自然比不上我这修炼万年的法身。论将来好处,嫁了我做老婆,我必度他成仙,连你丈人丈母也有些好处。别的不说,将来几丸不死金丹是靠得住的。那穷小子他有什么能为,有什么好处?你们夫妻都是明白人,却再商量,别误了女儿的终身和自己的命运啊。”伯皋怒道：“你既夸说自己是神龙，神龙的行为可是这般不讲礼法的么？可是这样强要人家有夫之女么？我想你一定是什么海中鱼虾龟鳖之类，修成妖法前来惑世害人。如你这等无法无天的行为，只怕天也不许你的。我阳间虽不能制你的妖法，天下许多神人，难道也许你如此狂妄胡为毒害良民么?!”那妖见伯皋说穿他的底子，越发恼怒，从此敲桌打凳、持刀弄杖，闹得比先更凶，弄得伯府上下个个心惊，人人不安。

古氏先还苦求，后来被他闹不过了，只得去请了一位法官姓丁叫丁得全的来府收妖。那丁法师手持七星宝剑，身披八卦道袍，一面孔的神仙气象，登坛发符，指东划西地闹了一阵，蓦地把令牌连拍三下，口中念念有词，喝一声：“太上老君急急如律令！”一语未完，忽然一阵黑风向台上直扑法官身边。丁法官慌得把令牌丢在坛下，急举宝剑乱飞乱舞，宛如发狂一般。坛下众人只当他力战妖精，还暗暗佩服他真个有些儿道行。谁知丁法官舞了一回剑，不但黑气未散，而且把自己一张仙气相的法脸染得黑漆漆的，简直和鬼一般丑。坛下众人见了，又是好笑又觉可怕。不期大家发声喊说：“丁法官怎么变成个黑人了！”丁法官哪里听见，还在那里发疯般乱跳乱舞，只跳得他满头满脸汗下如雨。看他由疯狂而挣扎，由挣扎而疲软，看看实在支持不住了，苦的是一张嘴儿，噤得说不出一句话来，就连那句骗饭秘诀什么“急急如律令”也叫不出来。此时众人才知他不是收妖，实是已给妖人收拾得够受的了。伯皋系仁德之人，心中大为难过，只得和古夫人俩再三恳求，那妖仍附在蕙姑身上，毕竟逼着伯皋夫妇尊他一声上仙，并允他从此再不得罪他，并不得再请什么法官来捣鬼。

伯皋夫妇一一答应，方才瞧见丁法官大喊一声：“上仙饶命！小道知罪了！”一言甫毕，身扑坛上。众人急忙上去看时，那丁法官僵卧如死，只剩一丝游气若断若续的轻轻呼吸着。伯皋心中真有说不出的懊恨，立刻命人拆了坛子，着人把丁法官背到外面，弄了开水给他喝了。那法官原没什么毛病，不过是跳舞太用劲了，不觉把些仙法使尽，元气大伤，力尽筋疲，所以有此委顿之相。休息多时，已能起坐，因见伯皋在旁，忽然垂泪道：“大人呀，小道为替大人收妖，十分尽力。偏偏那妖人力大无穷,幸亏小道道法不浅,仰赖大人洪福,已将他双足斩断。小道想取他性命,因念天地有好生之德,小道曾奉师命不好轻开杀戒,所以将他放走,但不许他再来缠绕。从此大人可以放心释念了。只苦的是小道一身替大人受了这场辛苦,倒有几个月做不得法事咧!”一面说一面把那张黑脸一绉一绉的,映着两颗半红半白的乌珠,闪闪烁烁,叫人看得可怕之至。伯皋生性憨厚,见他已经累到如此,怎忍再去戳穿他的牛皮。偏偏那班下人听了这等说话,见他如此形景,一个个忍不住哈哈大笑起来。丁法官却才有些明白,不觉黑脸之中又微微泛起一点红光。一个家人出去拿了一面小镜子给他,笑道:“丁法官,却慢讨功劳,先把自己的尊容瞧过一遍再说。”丁法官还不晓自己面色变黑的缘故,持镜一照,不觉大吓一跳,一骨碌跳下床来,大嚷道:“众位快来!众位快来,兀那妖精正躲在镜子中间呢!”这一句话却惹得伯皋也忍不住笑得弯腰屈背,指着送镜的家人半晌说不出话来。未知法师嚷的什么,却看下回分解。

第十二回　文美化身驱妖孽　仙赐被摄入御园

却说丁法师揽镜自照，见镜子里面映出一个黑脸红眼的东西，他可万想不到就是自己的幻形，一时脱口说道："啊呀，这妖精还藏在镜中呢！"一句惹得众人哈哈大笑起来。伯皋究竟是忠厚长者，恐他下不来台，忙喝住下人，着他们赶紧弄水来给法师洗脸。谁知那层黑色竟似生漆一般，胶在面皮上剥都剥不下来。有个尖嘴的下人立在一旁，冷冷地笑道："这才是那妖精照应了丁法师呢，要是不然，像法师这样坍台，那细皮白肉的脸子上有个不显出红色来么？"伯皋忙喝道："不许胡说，忙去夫人那里拿十两银子来，送这法师回去罢。"法师却也真亏了这一层黑脸，索性老一老面皮等银子到手，方才趑趑趄趄地叩谢而去。

这却慢提，再说伯皋见法师的力量又治不下妖精，心中越觉烦恨。又怕外人知道，传到孙杰父子耳中面子上也不大好看。正在万分为难的当儿，忽然，一天下朝回来经过一条闹市，见许多人拥着一个道人七张八嘴地说什么哩。伯皋心中一动，吩咐停车，自己步行挤入人群看了一回，方知那道人善能变幻生物，颠倒四时，把一个大桃子种入泥中，一会儿生根出枝开花结果，便生出许多桃子来。这时已交冬初，正不晓他从何而来，他却一个个摘将下来分与观众吃了，人人都道非常鲜美。又把一束稻草栽成一枝兰花，芳香幽雅；又用一瓣菜叶种出一朵牡丹，富丽鲜妍。总之全是真的花果，绝不是那种遮人耳目的幻法。伯皋不觉也看得呆了。那道人变完戏法，天色快晚，众人都随意丢些银钱给他。道人笑了笑，用手一招，那些银钱都从地上飞起，落他掌握之中，笑对大众道："承诸位感情，赐我许多银钱，只恨出家人早绝尘缘，得此毫无用处。如今替诸位做些好事，收去俵散穷苦人家罢。"说着又举目一望，见众人中有许多衣衫褴褛鸠形鹄面之人，便道："各位大概都是苦人，贫道都来俵送一分。"众人要看他如何分法，谁知道人说完了话预备走路，再不拿出钱来，大家都笑他撒谎。道人笑道："请你们各自掏掏腰包看。"那些穷人一听此言，争先挖自己的腰包，果然每人挖出一分银钱。大家认得，分明就是方才送给道人的钱，不晓他用甚法儿送到各人身边去的。众人才知道真是神仙下凡。

就中只有伯皋更为留意，看得道人走了，自己紧紧随往，一直追到三四里路。看看人烟稀少，是个荒野之区，那道人忽然回转头来，含笑问道："贵人远随不易，很对不起了。现在天色已黑，尊随们还在那里牢等，还不快回去呢？"伯皋见问，忙着向他施礼道："上仙何以认得弟子？弟子实因有些小事未敢启齿奉求，所以追随法驾，欲待认明仙居洞府，容日专诚叩谒。不道上仙已经识破弟子行藏，弟子怎敢再秘。还求上仙稍停鸾骖，弟子散陈颠末何如？"那道人笑着摇手道："你不用讲，贫道完全晓得了。你那府中新近来一妖人，专和令千金作祟，可是么？"伯皋惊拜道："上仙有先知之明。敢问上仙，弟子生平未尝作恶为非，也没敢欺罔天地，得罪神明，怎会有此妖孽？那妖究是什么东西？可有法子治他？望上仙一一明示。"那道人笑说："妖人不是早已告诉你们了么，那全是他的真实供状，倒没有什么虚言。不过这厮原是灌口一个蛟精，他却混充神龙。再则缥缈真人奉老君祖师法旨，会同二郎神办理移山填海一案，似他这样道德焉有不知老蛟被压所在，怎能轻轻易易地被他脱逃。总因这畜生死期未至，又且不该受老龙镇压，所以将他放出，这是实在情事。这畜生说什么乘人不备逃出来，那全是他一派胡言罢了。"伯皋见他说得如亲见一般，愈加惊佩万分，不觉跪了下去，叩头道："仙师真是明见万里，弟子被这妖精弄得一家七颠八倒。仙师既然知道如此详细，想必和弟子一家都是有缘。还求仙师替弟子作主，除此妖氛，弟子一家衔感不尽，并乞仙师示法号仙乡。"道人笑道："看你忠厚老实，原来却会说着这些调皮话。怎见得我和你们一家有缘呢？也罢也罢，来说是非者便是是非人。我既对你说了这一番话，这或许就是你说的有缘。我也少不得替你去瞧瞧来。"伯皋大喜，又叩问仙师姓氏仙居，道人笑道："妖人本领那么厉害，知道我胜得胜不得？若是弄不过他，何必把姓名告诉你丢我自己的脸呢。”伯皋忙笑答：“仙师太谦虚了，弟子虽然下愚，焉有连邪正两途都辨不清楚之理。”因他不肯说，也只得罢了。

那道人折回身和伯皋重返原地。可煞奇怪，伯皋先时跟他觉得走过有三四里之遥，经过许多时候。此时跟着他回来，只一转眼儿已回至原处，明知是仙家缩地之术，也不敢多问。那道人也不要他引路，看着伯皋打发车夫回去，他俩便手挽手儿向前紧行了几步。从此到伯皋家更近更快，只一瞬间已到了家中。伯皋恭恭敬敬请道人在书室暂时坐定，自己忙忙进去对夫人们说知其事。夫人慌道：“老爷这回要小心些，别再弄得像那个丁法师一般，回来得罪了他可不是玩。”伯皋只得说一句：“这位确乎是天上真仙，决不得差错的。”一语未了，猛见蕙姑悍然而入，指着伯皋夫妇厉声痛骂道：“好好！你们倒会捣鬼，刚才弄了什么法师来，闹得我心中不快活，还看你讨饶得可怜才放过了你们；怎敢一再无礼，又弄出什么仙人来！我倒要看看那位仙人是什么东西变的，卖多少钱一只！他的本领比前那位丁法师如何！现在还请你俩先试试我的手段。”说着张口一嘘，满地满屋烟雾迷蒙，对面不能相见。伯皋夫妻只听得他说：“你们这等贱骨头儿，只配一个个替我死在大水之中。”夫妻俩未及答言，忽然平地水起，自数寸至一尺、二尺、三尺，一眨眼的工夫，水深已可没膝，水中还有许多鱼精虾怪丑恶狰狞地争着攫人。一霎时室内外人声沸扬，鸡犬不宁。伯皋夫妻对坐床上，只有坐以待毙。看看万分危急的当儿，忽然震天价一声响亮，宛如平空起了个霹雳。霹雳过处，顿时烟雾全消，光明倍加。伯皋睁目一看，不禁大喜道：“上仙相救，我一家有了命也。”夫人也已看见一位道人手举拂尘立在水面上，水不沾濡，衣履干燥，好似立在地上一般。那道人念念有词，举手一挥，那些水势立退。退的时候，比水起时更快；还有那些丑怪的妖精也消灭得无形无踪。道人笑着对伯皋说：“妖人已去，女公子可以无忧。妖人所恨原是令婿，此去必至孙家逞凶。贫道耽留不得，须速前去救援一番才好。”伯皋夫妻慌忙跪地叩谢，不料眼前忽起一道金光，早不见了道人影子，夫妻俩惧惊讶不已。

道人别了伯皋，驾云而起，直至孙杰家。刚想下落，因未见妖气，知蛟精一定未到，我这么下去岂不先惹人疑。于是沉吟了片刻，抬头一望，见正东方一个大花园内似有一阵黑气。慌忙迎了上去。才见一个女人和一个官员在花园东首一个空无一人的院落内对坐谈话。道人慧眼一照，已知这女子正是蛟精，官员却便是蝙蝠传世的孙仙赐。却不曾晓得这是什么地方，仙赐因何在此。这妖精怎能知道仙赐在此，却赶在我面前先来对付他呢？好个道人，他便摇身一变，变成一个小小蚂蚁，下落在房子中间。

才见那孙仙赐也似受了迷惑一般，被那妖人抱在怀中亲嘴弄舌、丑态百出。那妖人道："好哥哥，你就跟我同去修仙了道去罢，再迟一回，你那对头就要寻上门来找你来了。"仙赐听了，也不说什么，只呆呆地傻笑。那妖抬头四望，见没有生人，就想挟那仙赐逃出门去。不道生人虽然没有，那地上的蚂蚁忽然一跃而起，马上变成个道人模样，笑嘻嘻地向他们一拦，说道："慢来慢来，要去咱们一块儿去。有那么好地方，怎不挈带贫道同去玩玩。"那妖一见道人，早已拼命地丢下仙赐，夺门而去。道人也不追赶，只在门口大声道："兀那蛟妖听了，你也是有根基的灵物，赶紧回头，大道有望；若再执迷自误，我贫道虽不破杀戒，将来自有收拾你的人。到了雷霆压顶，悔之太晚了。"说完了话，见那蛟驾着黑云向东海方面逃去。

里面的孙仙赐却已回复本性，呆呆地立在室内，回想方才情形，如梦如寐恍恍惚惚，到底是怎生一回事？正在百思不解，及见道人进来，方才叩拜于地说道："弟子方才被什么妖人迷住，弄得身不由己、神志不清，大概是仙师预知弟子受难，前来施救，敢请仙师赐示法名，并求解释顷间之事，弟子不胜感幸。"道人坐下来，向那仙赐叹口气说道："才别不久，你就连自己师父都不认得了，红尘迷性一至于此，岂不可叹可悲。告诉你罢，我便是你前生师父文美真人是了。你是一个蝙蝠小虫，如今初次转世为人，你的根器不同平常，苦的是出身太卑，将来虽能成道，随时随地都免不了磨折危难。至于今天所遇，乃是前生冤仇，如此这般事情。此妖不该死于我手，况今恶贯未盈，天条未及，所以放他逃去。将来恐仍须和你作对，你得早早自定主意，见性明心，方不为世情所拘、外物所诱。将来如有急难之事，我自打发人救应你去。你也不必预先忧怖，有阻向道之功。吾言已尽，即今就要别过你了。”

那仙赐受了这番训诲，才知自己前生之事，并知眼前点醒拯救之人即是自己前生的师尊。不觉跪下去叩头流泪道：“弟子承师尊天高地厚之恩，怎敢自不习上有负师尊的教训。自今别了师尊，便当回家别亲，弃官远走，前去穷山深谷修炼性命之学。万望师尊先把入门第一步功夫和修持口诀先传给弟子，弟子方可日渐精进，不致误入歧途。”文美真人点头道：“你还有俗缘未了，一时三刻就要出家怕未必办得到。到了机会来时，自然会逼得你非走不可，现在却不消急。至你立志坚决，勇猛向上，却是深可嘉许。我今便传你一些方法和口诀，依此勤炼到三年之后，便可断除烟火，强长筋力，就于将来修道上也不无好处呢。”孙仙赐再跪拜而起。真人把方法和口诀传给了他，说声“后会有期，努力向上”，便化道金光瞬息不见。仙赐跪拜送行，等得金光散净，方敢爬起身来。却还不晓得自己现在什么地方，怎么这半天工夫也不见个人进来。况且房屋精美，陈设富丽，绝不像是寻常人家。正待起身出来，忽见外面有个绝大的花园，花园里面树林深处，隐隐有几处红墙黄瓦伟大庄严的宫殿。仙赐这才明白，原来是给妖人摄到皇城中御花园来了。

仙赐不觉唬得目定口呆。这时虞舜早已倦勤，礼让夏禹为帝。夏禹虽亦出身民间，并非定有家天下之心。但以在官人员，无缘无故会跑到御花园去，这总是一件骇人闻听的事情；万一查问起来，仙赐职为大夫，又不便将妖人摄来那种无影无踪的说话去搪塞人家。仙赐这时真急得走投无路，心中又怪师尊，既能救我于妖人之手，怎不把我带出园去。呆想多时，知道站在这里终非长久之计，不如找出路溜了出去，要是不被人碰到，这事也就完了；万一碰到什么人，也只好到了那时再作计较。想定主意，不敢迟疑，拔脚就走。可恨那花园虽不甚大，也有数十里方圆，而且方向不明，路径不熟，走了多时，反走到园林深处。看看天色向晚，园中看守之人都归各人住处，纷纷进园而来,仙赐愈加慌张。正在着急,忽见前面有个女子,在那假山石后向他招手道:“孙大人迷了路了。”仙赐见那女人竟知道自己姓氏官职,又且在此御园之内。正不知这是什么人,这人究存的好心或是歹意?一时应又不得,不应又不得,不由格外着忙起来。未知这女子究是何人,却看下回分解。

第十三回 试心田少年立志 全孝道三姊善言

却说女子见仙赐有些畏畏缩缩地不敢上前，倒笑了一笑，自己迎上几步说道："公子原来如此胆怯，难道把我这弱女儿当作什么虎狼妖怪么？"仙赐见他仪态温柔，姿容美丽，料到不是坏人，亦陪笑诉苦，请他指示一条出路。那女子笑道："我也不是这边的人，因管花木的老儿是我的外祖父，常常领我进这园来游玩，把园中出入的路径都认熟了，因见公子徘徊歧路，意态彷徨，知道一定是迷了路途不得出去。我从前原也住在公子邻近，公子每次出入府门我总看见，所以能够认识。既是相逢熟人，怎能不指点你一下？不料公子不认得我，反疑我是什么歹人，怀了什么恶意，岂不可笑！"仙赐见他如此说了，这才恍然道："原来娘子还是我的高邻，恕我眼拙，见面不能认识，可笑可愧。如今求娘子指我一条路径，使得早早出园回家，心感不尽。"女子笑道："你倒也是一个妙人，听说是老邻居就会求人指教，却不曾问人家一个姓张姓李，你这贵公子阔官吏的气派可也不算小了。"

仙赐听了，果然十分惶愧，忙着陪笑儿说道："正是，还没请教娘子高姓，是我一时情急，不及动问，真个得罪了。"女子笑着点头道："这才有些道理。我姓胡，人人叫我胡三姊儿，并没什么名字。你爱叫我就称我一声三姊儿得啦。"仙赐听了，便把"胡三姊"三字默默地念了一遍，心中却疑惑，以为好人家闺秀怎么有如此不怕羞不拘礼的，想这女子一定不是什么好东西。又想道："管他这么多，横竖我只求他指条明路，出得这道园门就是了，何必瞎费些心机。"正待再说，只见女子又笑道："公子转什么想头哩，我又猜中了你的主意了。一定是说我这女子，这般直直落落爽爽气气的，不像官宦人家的小姐姑娘。可是么？公子，你真是不见世面的人。本来世上能有几人做官，除了做官的人家，凡是务农工作、赶买卖的人家，哪里像你们那么考究，什么道礼不道礼。休说公子今日走不出这道园门，就是公子要想见一见这位旧邻人，只怕也是休想。正因我出身不高，只讲事实不重虚文，所以从前能够认识你的尊容，今儿无意相逢又能指你路径啊。”仙赐听了他是不会说假话的人，只有一味的唯唯称是。

此时女子已送仙赐一大段山路，仙赐站定脚致辞道：“方才说过，但求娘子指点一言，小子自会寻得出路，不敢劳你远送的。”胡三姊儿大笑道：“你们官宦人家就是这等气派儿，我瞧不惯。不过送你几步路子罢咧，也有许多客气说话的？老实告诉你，这园子路径不算十分曲折，但陌生的人光靠几句指点，却无论如何休想顺顺利利地走出门去。你不见前面有三条岔路可通外面，但是远近难易相差得十分厉害，而且弯中有弯，岔外有岔。不是步步伴送，简直说不明白，有些地方连我自己也说不出来，只走到那边自然会得明白，不送你出去行么？”仙赐听了这番说话，却着实有些踌躇；因为时候不早，寡女孤男同在这人迹稀少之地，谈谈说说地一同走着，外观未免不雅。万一给皇宫中人瞧见了，越发把女子也害他受个不白之冤。涉想及此，觉得此事十分冒险，越想越怕起来。但见女子昂着头儿挺着胸儿，大踏步儿在前急行。那神情大有类乎英俊的男儿，绝不像闺阁气派。心中又着实有些怕他，只得吊着胆子低下头跟着他急急行来，再不敢和他多说话，免得打草惊蛇，惹人起疑。偏那胡三姊不像知他这些苦衷，走过一程一定回转头，和他谈说几句。仙赐真是万分无奈，又不能说你我该避嫌的话，只有咬定牙关，有问方答，答完就罢，决不轻启一言。

好容易出得园门，一路之上居然不曾见到一人，仙赐一个心方才落地。心中自然万分感激那女子，正想开口致谢，不料胡三姊又料知其意，先笑道：“公子，你出了大门，打算就用不着人家了，也不会请我到府中坐坐，喝杯茶吃些点心？那是绝少的化费，却才显出公子一家尽是知礼有道的官宦人家哪。”仙赐格外想不到他会说出这等怪话来，照他本心，是得愿意请他同去稍伸一点谢意；无奈此去还须行经一条街市，路上瞧见的人一定更多，像这一男一女先后同行成个什么样儿！但他是忠厚的人儿，一点不会敷衍人家，立时之间要他想出一句谎言回复人家,不但问心难安,而且也无能措辞。看那女子却又是熟门熟路,老老实实地赶在仙赐前面去从容带路。幸得此时再不和仙赐说话了,路上行人可就不甚疑心他俩是同行同道的,仙赐心中稍许安了一些。

不一时到了府门。仙赐的父母正因仙赐一夜未归急得要命,此时忽见爱子已回,又带了个不相识的女子同来,不觉又喜又惊又疑又怪。仙赐只得把已往情节约略说了一遍。又指着三姊说道:“不亏这位三姊搭救,儿子今天断断不能出园,还不晓要闯出多大的祸事来咧。”孙杰夫妇方知端的,忙请进三姊,双双称谢。三姊方才拜见二老。一家欢笑,开心到了不得。那仙赐从此为始,把功名富贵家人儿女的念头,完全看得淡如烟云,一心一意只想摆脱俗尘,早登仙界,有时也把这层意思先告诉父母。罗园是有根器之人,并且晓得仙赐是神仙所赐,当然不能久于尘世,但求他早日了道,做父母的更有绝大好处,所以听了这话,并不十分反对。只有孙杰却不是这么想法。从前因为没有儿子,急得上天入地求神拜佛,侥幸得了这个佳儿子,照世俗的眼光,自然希望他传宗接代、耀祖光宗,谁指望他家室未成,忽然发生出世的念头,那么他夫妻俩近二十年的一腔热望、满腹欢欣,不是全付流水了么! 他既如此存心,对于仙赐的主张根本不能相容,父子俩为这事情倒稍稍存了一些芥蒂。

那仙赐立志坚定,凭他父亲如何压制,决难变易初衷。在孙杰即抱定除非自己身死,撒手不管他们的事,此外的日子还在本人主持的范围以内,决决不许仙赐自由自在地做出那种越轨的行动。这其中第一发生的大事情,最为当父子相持不下的就是仙赐的婚姻问题。一方既坚决不娶,一方却急于速成。中间最最为难的就是那位罗圆夫人了。同时为这问题牵引出来的更有一桩小小趣史。原来那救出仙赐的胡三姊,自从送回仙赐,得他父母的欢心,请他不时来玩玩,从此胡三姊便天天来孙家,和仙赐谈得非常亲热。三姊相貌既好,人又聪明,无论什么事情,不待仙赐开口,已经替他做得非常妥帖;而且不避嫌疑不辞劳苦,凡是仙赐身上的事他没有一件不干,没有一件不做得完善。在仙赐本是一个质直无伪的人,因感他前恩,自然好好对待；而从孙杰夫妇看来，却又各有见解。孙杰见仙赐不愿娶妇，偏善和三姊谈笑，只当他是不愿伯皋之女想娶三姊为妻，特托修道以示意。那么对于伯皋家虽无言可说，究竟可以止他出家之念。因此于不幸之中还认为是一件大幸之事。他既存着这种念头，不但不恨三姊的轻佻，反有意促成二人的交好，常常用双关语挑逗三姊。三姊对此也似解似昧，一味和他敷衍。至罗圆心中却早瞧透儿子不是那种好色贪淫的人，而认三姊贪慕荣华有心自媒，因此十分鄙薄他，也用冷言冷语讥笑他、打动他，望他知难而退。偏三姊十分厚皮，管他怎样讥讪，还是天天过来和仙赐缠个不清。仙赐对他却始终是不即不离的神气，倒弄得孙杰糊里糊涂莫名其妙起来。这天他实在忍不住了，竟瞒着罗圆把三姊请去，问他可愿意做自己媳妇子？三姊一口答应。孙杰大喜，把仙赐屡次要求出家、近更天天关门闭户地做什么炼气工夫，"老汉只此一子，实在不愿他丢了现成富贵却去访道求仙，因此拜求三姊好好劝导劝导他。看他和三姊情爱最深，也最听三姊的话，三姊又肯委屈作我家媳妇，那是最好的事。只要从此能使仙赐回心转意，老汉自有方法和伯亲家那边商量退婚的办法，将来也决不委屈三姊的。"三姊听了这话，倒也面不红心不跳，从从容容地说道："贱妾仰慕公子人才，又承公子不弃，极愿充公子姬侍，替大人劝导公子。至于伯大夫的女公子订亲在先，如何可以退婚。待贱妾劝好公子，得他心回意转，然后迎娶未迟。"孙杰听了更加喜悦，从此暗暗留心他们的举动。日复一日，见三姊仍无什么动作，仙赐照旧做炼气的日课，心中兀自奇怪。正想再催三姊一次，打算如何措词，负着双手在廊下踱来走去的。过有个把时辰，灯光之下忽见三姊趋入仙赐房中了。孙杰见三姊深夜到来，并不打量他从哪里进来，只当今晚好事可成，心中大为宽慰。他便蹑手蹑脚地立近他们窗口，窃听他们如何举动。等了一回没甚声息，忍不住用舌尖舔湿纸窗向内一望，不觉又笑又气。

原来仙赐正坐在一个蒲团上闭目静气地做他的功课，三姊却立在一旁做出种种顽皮的样子，忽而屈体俯身，忽而纵来跃去，只在仙赐左右前后不离方寸的地方。好笑那仙赐先是一无所见，自顾做他的课程；一会儿课程完了睁开了眼睛一瞧，恰巧三姊学着童子拜观音的神气蹲在他面前，却仰起了头朝他微笑，神情非常妩媚，非常妖冶。窗外的孙杰不觉点点头，自言自语道："这才有些意思。"两眼怔怔地瞧着仙赐如何对付。只见他睁大眼珠向那三姊微微"喟"了一声，并没露出惊惶的样子，只慢慢地问个一声："怎么三姊你又来了？"三姊见问，越发把身子一挪，挪近寸许，一张可喜可嗔的面孔差不多已贴住仙赐的腰下，却笑嘻嘻答道："怎么说我不该来么？"仙赐又摇摇头，正容说道："来是应该来，就不该在这个时候来。三姊聪明规矩，难道连个男女嫌疑也不晓得避忌么？"三姊听了越发把身子扭得软飏飏地发出一种荡人心魄的娇声，说道："怎么尽说呆话！人生世上无非为了寻快乐，百岁光阴，瞬息即过，不趁年轻时候寻点开心事干干，到老来就有这种兴致没那副精神，也只落得个同草木同腐，有谁说你一声规矩呢？好公子，莫再痴迷了，须知良宵难得，好事难逢！你我萍水相逢渐成莫逆，本非偶然之事，一定有些前缘在内。公子如此拘迂，岂不辜负我一片好心！"仙赐听说，也不动怒，也不惊惶，仍旧行所无事地兀坐蒲团，摇摇头说道："三姊感情我已心领，越是领你感情，越不敢害三姊为不贞不洁的淫奔之女。所谓人各有志，不能相强，时候不早，三姊久留无益，万一闹得里百人众知道，三姊体面须不好看相。"仙赐说了一句，又低下头默不出声。

这时窗外的孙杰不期急得要命，恨不得跟进房去吩咐儿子说是我要他如此干的，你可不能违拗我啊！想了一回，又恨了一回，再看看窗内，只见三姊叹了一声，忽然拿出妇女们看家的本领，一霎时两泪交流凄然欲绝，呜呜咽咽地说道："我非下贱之人，今日之事也非蓄意淫奔。公子把惊动众人这话来吓我，可知我也是受人之托奉命而来，便见老大人的面也没甚过失的。这话却休提他，再请教公子说的'人各有志'这四字是怎么解法？"仙赐笑道："三姊不用和我辩口，三姊这般聪明人，难道还不晓得我连原配未娶的妻子不要了，那都是为什么？难道还能和三姊有甚苟且之事么？"三姊听了，不觉哈哈大笑道："原来公子说的是什么求仙访道那句话儿，那真可笑极了。莫说世上未必有真仙人，即使确有其人其事，像公子这样娇嫩之体、柔弱之身，怎受得修仙之苦。这还就你本身而说。还有你老大人，从有你这个儿子，教养抚育，不晓费多少心血，无非为的想你早娶早生，传宗接代，使他老人家也得早点享那抱孙之乐，那是何等热切真挚的情义。公子便要出家，至少也得两位老人百年之后，丧葬完毕，自己再有一两个孩子，孙氏的香烟可望绵续。那时才可问心无愧，欢喜上天入地，遨八方，游四海，成神作仙，自在逍遥，一切都由你自己作主，是哪个敢说你半个不字？若如现在情形，公子的心事和老大人的心事完全处在反背的地位。我还听人说，公子决定出家，老大人便和你老命相拼，请问公子你可忍心做这杀父的事情么？”三姊说到这句，略略顿了顿，朝仙赐看了一眼。仙赐神情稍许一变，也似乎有点惊心的光景。窗外的孙杰却喜欢得几乎喊起好来。

又听三姊再逼紧一步，问道：“公子怎不说话？难道我这样透彻的话，公子还不相信么？”仙赐此时面色又回了过来，仍和常时一般，仰天大笑：“这才叫人各有志啊！”三姊听了，不觉愕然良久，方道：“公子还说这话，可见是一点没有回心。公子，我再告诉你一句话。似你果然是大有根基的人，可也知我胡三姊眼前道行大可作得你的师父么？哈哈！前面有仙不肯拜，反口口声声要入山投林，弃别父母，远求不可必得的神，真个可算得愚昧之极了！”仙赐见说，倒也猛然一惊，不觉又仰起头来朝他注视几眼。三姊笑道：“我知公子一定不信我有什么道行。但这不是可以胡说的事情，公子要怎么试验都得，不过试出之后，公子能认得我是仙人，就该拜我为师，一切事情听我吩咐，公子可能依得？”仙赐正色道：“三姊莫说戏言，若说三姊真是仙人，仙人自有名山洞府，可做的事情太多，为什么有工夫天天和我这个凡俗之夫缠在一处呢？”三姊又笑又叹，说道：“所以你这个人哪，真要算得聪明人中的笨人。说句老实话，我正是为了你的前程而来啊。夫凡成仙之人果以童身为贵，但也尽有娶妻生子仍不害其修道的。倒是那种专顾自身忘了父母深恩的不孝之徒，却为神仙所最恨。就令十世童身千年功行，毕竟还是不成气候。公子见理最明，读书顶多，可听说自古以来有个不孝父母的神仙么？”

孙杰在窗外立得足都酸了，听了这几句话，觉得非常明白畅快，心中大悦，连辛苦都忘记了，怔怔切切地再向内偷看。只见仙赐睁开两眼，向三姊打量多时，仍然紧闭双目，不则一声。三姊见他如此坚决，倒不知不觉点了点头，忽然转为怒容，也不管三七二一，上前拉了他一把，把个仙赐提开蒲团，宛如老鹰攫小鸡一般，仙赐却竟连一点抗拒力量都没有。却也万料不到的日常会面的胡三姊竟是一位孔武多力的女英雄。心中一骇，忙说："三姊不要动手动脚，我孙仙赐啊，也决不是受人利用威胁，容易变节的人。三姊便要杀了我，我也没有悔心的。"三姊见说，真个张口一呼，吐出一把小小宝剑来，迎风一晃，便变长十多倍，寒光闪闪，令人股栗。三姊手持剑柄向仙赐一指，说道："软说不成只索硬做。限你一刻时答我，你若知趣，马上和我成婚，我将平生习练的仙法都传授与你，一般可以成仙；要是不然，这剑锋可不认你是公子贵人哪！"仙赐见他有此绝技，方知三姊是世上剑客一流人。但既为剑客怎又如此下贱，心中好生委决不下。那窗外的孙杰却已唬得索洛洛抖战不止。初时早想推门进去替儿子说句好话，后来见三姊限他一刻时，便想再看他个最后的答复。又知三姊如此爱惜仙赐，决不致轻伤他的身命，倒把胆子又放大了些。再听仙赐慨然道："原来三姊真是剑仙，弟子倒失敬了。但弟子曾在师尊面前设过誓、受过训，此生不敢接近女色，如有违背，师尊的剑光只怕比三姊的宝剑更利害些。他只一闻消息，那怕万里之外，剑光一至，俄顷可以杀身。弟子与其失身而死于师尊之手，还不如保此可贵之体，受你三姊一剑，九泉之下得逢师尊，或者他老人家念我坚心苦志，总会替我想个方法超度我的。那时我也决不敢抱怨三姊的呀！"

三姊见他如此坚决，却也转怒为喜，忽然后退三步，收剑入口，轻轻一笑，说道："原来真是奇人。实不相瞒，方才种种，都是我有心试测你的道心。你年纪轻，道力浅，竟有这样胆气那般决心，将来前程真不可量。我倒失敬了。"仙赐听说，这才一块石头落了地，含笑拜谢道："三姊果是上仙，弟子不才无识，刚才言语无状，开罪太多，万望三姊恕我。"三姊笑道："话虽如此，你和伯小姐一段姻缘乃是上天注定，要避也避不了。你要相信我的话，这段俗缘倒是了得越快越好。"仙赐还没答言，那窗外的孙杰却被三姊弄得如在五里云雾中。未知胡三姊什么意见，却听下回分解。

第十四回　夫妻双修道　骨肉生异心

却说胡三姊不晓用什么方法，把孙仙赐劝导了一回，居然说得孙仙赐自己愿意娶妇了。孙杰夫妇也知这是三姊劝说之功，自然都感激他。谁知孙杰本以嗣续为忧，不忍教儿子出家，如今仙赐答应暂不出家，那罗圆夫人忽然老蚌产珠，又得了一个儿子。临分娩的前夜，梦见一条似龙非龙似蛟非蛟的东西奔入腹中，醒来之后就嚷肚子疼。孙杰也替他预先请好稳婆，常住府中，等候生产。稳婆知道夫人临盆在即，稍稍用些手术，一霎时间瓜熟蒂落，居然又是一雄。夫妻俩一番开心自不必说，尤其那位立志出家的孙仙赐，见接续香烟得有替人，更多比他爹妈来得欢喜。到了晚上，三姊又来，仙赐欣然把得了兄弟的话告诉他。三姊笑了笑，说道："事情倒是该喜的，但是你却慢欢喜，知道你这兄弟可能和你一般孝友忠诚么？"仙赐怫然道："三姊太会取笑了，怎见得我这兄弟一定不是好人呢？"三姊只笑了笑，更不说什么。

到了次年，把伯小姐迎娶过门。成婚之夕，小夫妻俩整整地坐谈了一夜。以后彼此相敬爱，厮亲厮热，宛若一对同胞兄妹似的，总不见他们有甚狎亵的举动。孙杰夫妇免不得格外留意。又因三姊自那天显出异迹之后，罗圆知道他不是常人，就托他再向仙赐劝导，务要早谐鱼水之欢，得遂抱孙之乐。三姊笑道："先时你们只要大公子不要出家，现在有了二公子倒又想大公子早生贵子，这可不是良心不平么？"夫妻俩都笑道："次儿年纪还小哩，他几时方能成家？眼前有了媳妇怎不盼他开花结果咧！"三姊笑道："这是他们闺阃之事，别人怕说不上话。既承重托，容便时再来饶舌几句。大公子要肯听了，那是最好；万一不听，两位老人家可不要怪我。"说毕一笑而去。正在厅门，就见仙赐昂然而去，见了三姊，伸手一拦，请他到自己房中坐地。三姊见伯小姐不在，因问："你这位新奶奶呢？"仙赐道："大概到上头去了。三姊匆匆往哪儿去?”三姊笑道:“我倒是专诚来拜你夫妇来咧。”因把罗圆拜托的话说了出来,笑道:“我劝公子不如将就一点,做个人间的快活人儿也就完了。何必要离乡背井受苦含辛求那不可必得的神仙呢。况且你既娶了这位新奶奶,人家正在青春,难道也教他跟你受这孤单独自的凄凉生活么?你也未免太忍心了!”

仙赐大笑道:“三姊又来试察我来了。我要贪图人世富贵,何必和爹爹那般争执?就是娶妻之事,也是三姊你再三开导我。还说‘伯小姐不是俗人,决非贪恋淫欲之人。现在虽是你的妻子,将来正可作得你的道侣’。我因信了你这说话,知道你是真仙,一定不会哄人,所以大着胆子把他娶了过来。”三姊不等说完,又笑道:“娶了过来便怎么样?人家小姐可逼你什么来?可会要你实行那夫妻勾当?”仙赐听说,微微把脸儿一红笑道:“原说三姊是不骗我的,所以我才敢诸事信托你呀。”三姊笑道:“既如此,你就该句句服我教训才是。如今我要你快快和新奶奶生个小宝宝出来,让我好去见两位老人家销差。你可能答应我么?”仙赐大笑道:“三姊真是趣人,专会寻我开心。现在要说这话,别说弟子万万不敢承命,就是内人方面也断断不会答应你。不信你们都是女子,什么可以讲得,你倒不妨便中探问探问,看他如何回答好么?”三姊笑道:“你倒会放刁,知道你和新夫人已有约言,大家要做天上神仙不为人间爱侣,我就说穿了舌皮,也抵不过你嘴唇儿一迸,你却教我去碰这个钉子儿。你这个人哪,也可算厉害极了。”仙赐点头道:“这话三姐却说得不错。伯小姐委实是大有根基的人,他从听了弟子一番劝说,立刻心地透明,近来天天跟着我早夜不倦地用功。别说三姊方才不过是句戏言,就是真个要替我父母作说客,只有碰他钉子的分儿。我可断言事情是决无效力的。”三姊笑着说道:“这才是了。我算定你得这位兄弟就是你命宫一重魔劫。但是不经这场魔劫,你就十分信道,可不易跳出这个家室的圈儿。因为你爹是决不许你出家的。你要是违背了他,真个会闹出性命之忧,你便成了神仙,这‘不孝’二字的罪名你可受得住?况且从古至今,从没听见世上有个不孝的神仙呀?这其间却少不得你那位令弟替你造一个机会,使你上可以尽孝,下可以全己。在他决不是什么善心，在你却实实在在得了他的好处。这是天机，不能乱说。我今才对你讲个大概，你只消放在心里，日后自见应验。本来这话连你，我也不敢告诉，也因料得定你不会变心的了，所以随便对你谈这么一二句，你却不必再告诉你那夫人了。”仙赐点头称是。

过了几天，孙杰见了三姊，又提起这话，三姊随便敷衍了几句也就罢了。从此仙赐照旧出去做官，回家来事亲爱妻抚抱幼弟，倒也竭尽天伦之乐。

谁知他这兄弟蛟儿却和他性情不同，气味各异。转瞬之间，蛟儿已有十二岁了。他聪智亦奇。说他愚笨，他却事事狡猾，专能在父母面前挑是说非，把兄嫂俩说得全无人气；而且一言一动，都显出非常诚恳的样子，令人能信他是个忠厚人儿。说他聪明，他却不明好歹，不辨是非，明明兄嫂待他非常仁厚，他却专和兄嫂作对。此时胡三姊已不大到孙家走动，一年之中至多来三五次，传授仙赐夫妇一些口诀，考验他俩的进境如何。仙赐是纯诚孝友君子，伯小姐也是宽仁孝贤之女，明明吃了兄弟的大亏，在父母翁姑面前得不到一句好言，甚至兄弟之间待遇优劣显然不同，他们也决没怨言。只怪文美师尊曾允随时派人指点修持门径，何以至今杳无音讯。仙赐也曾再三动问三姊，三姊只说仙人决不谎人，你只好好用功，静静等候就是了，何必那般性急等语劝他，仙赐也只好罢了。

一天正逢罗圆寿辰，仙赐知道母亲出身，特特地买了许多田螺放生。不料给蛟儿看见了，也去买了些田螺叫人炒熟了送给罗圆说：“大哥因母亲生日，特意做这碗田螺给母亲上寿。”一句话正中罗圆心病，气得几乎说不出话来。蛟儿怕他见了仙赐不免直言责骂，事情就要对穿，忙说：“娘且忍住怒气，孩儿听说大嫂还有一种恶计，要弄得娘见不得人。如今孩儿正在查察他要怎样摆布，已经有些头绪。且等我查明白了给他瞧个证据，然后再问他一个忤逆的罪名，谅他也不得抵赖了。”罗圆夫妇久已中了蛟儿离间之计，这时已深恶仙赐夫妇，一面对于蛟儿说话句句信从，见他这般说法，自然一口应允。可怜仙赐夫妻做梦也想不到自己生身父母嫡亲翁姑会恁般疑忌他们。而且蛟儿用心太险，一方竭力挑拨，一面还止住父母不可发表，弄得仙赐夫妇连话都不能分辩一句。夫妻俩亦只有相对愁叹而已。那蛟儿年纪虽小,却在外面交接许多方外术士,学得几种魇魔的方法。这时又值伯皋有病,仙赐夫妻同去省亲,一住三天,伯皋病已临危,夫妻俩只得多住几天。蛟儿趁这机会弄了许多魇咒的东西,上写父母生年月日,用银针戳住,打开嫂子房门把这些东西塞在床下席底,或各处污秽地方。自己便作起法来,弄得孙杰、罗圆一样的心痛脑涨口吐鲜血。据蛟儿说这必是有人弄什么幻术暗害父母。孙杰先是不信,请了个道人看视,也说是中了魇术。孙杰怒道:“我夫妻一生好善,从不晓得刻薄人家。谁敢如此狠毒?”蛟儿也故作迟疑道:“正是,我家都是忠厚好人,有甚冤家作对?就说自己人罢,只有兄嫂俩,因父母不太喜欢他们,常有怨言,但何致下此毒手?但用魇魔之术一定要用本人生辰八字,外人又怎能知道?就是家中佣人也未必弄得清楚呀!”一句话打动了罗圆。妇道人家本是最信这等事情,趁着仙赐夫妇不在家中,带了蛟儿去他们房中内一找,果然找出许多用邪术的证据来。罗圆这一怒更比上次不同,就是孙杰,因证据确凿,也深信必是仙赐夫妻所为,立刻用火焚化,他俩的毛病也便好了。

孙杰盛怒之下,就着蛟儿亲去伯家召回仙赐,要治他忤逆不孝之罪。蛟儿忙阻止道:“父亲要告他忤逆,大不该把证据毁灭,现在没凭没据空口白话,还告他什么?况且他现为大夫,官官相护,一定之理,这官司包定是你必败的。若是装个不晓,仍将他们留在家中,他们知道恶计已泄,心中不安,必要另生邪谋,我们防不胜防。不如派人送些东西给大哥,说是什么人送来,母亲记得大哥,特地送与他吃,却在里面放下毒药,先把他害死了。嫂嫂一个女人能有多大本领,等回家之后,再想法摆布他,岂不大妙。”孙杰夫妇盛怒头上,也竟不曾三思,就着蛟儿亲去送一包点心与仙赐。仙赐说要分些给岳父母和姨弟辈,蛟儿忙说:“母亲只赐哥哥吃光这些东西,分给别人总是不够,哥哥自己不吃倒辜负母亲慈爱之心。”仙赐想想这话,却也不错,便胡乱吃了些,余下的仍由蛟儿带了回去。

不道到了晚上,仙赐忽然心疼欲裂,口吐狂血,宛转呼号,翻来滚去价闹个不可开交。伯皋夫妇和一家人都急得要命。伯皋病在危急，经此一逼，先道一声失陪，双足一挺归天去了。伯小姐送过了父亲的终，看看仙赐神色大变，一条性命也只在俄顷之间，只得丢了已死的父亲，把未死的丈夫送回家去。两家相距本来也有十多里路，一时三刻哪里能够赶到。才行一半路程，忽听仙赐大喊一声，竟也追随他的丈人，一道灵魂奔向鬼门关去。伯小姐才痛父死，又悲夫亡，心中一急，“哇”的一声，也吐一口鲜血，顿时神魂出舍，迷迷糊糊的不省人事。可怜一对夫妻未证大道，同赴阴曹。不知二人死后有何异事，且看下回分解。

第十五回 千载老狐说明因果 少年公子斩断俗缘

却说仙赐夫妻行至半路，双双毙命，那班护送的人夫，个个急得无法可施。忽然一阵狂风四处卷来，一霎时天昏地黑，日色无光，满街上砂石乱飞，烟迷雾满，路上行人对面不能相见。伯家护送人夫，也只得找个地方暂时躲避，却把两个死人丢在车内。一直过了个把时辰，风声稍止，云散天清，众人忙至车前看那两位死人，说也奇怪，只剩一辆空车，哪里有甚尸体。众人这一吓更比方才来得厉害，没奈何只得拉住地方上人作个见证，分头向伯、孙两府禀报。伯夫人失了爱婿爱女，一阵悲伤自不必说，就是孙杰夫妇，虽因蛟儿挑拨痛恨仙赐夫妻，此时闻得他们皆身死途中，尸体不见，究竟父子天性，孙杰先悲哭了一回，罗圆也哀泣不已。只有蛟儿十分称心，还说："母亲不必伤心，他俩如此死法，可见天道不爽，越发显出他们的居心狠毒来了。要是不然，为什么死了一个，一个也会同死；死了之后连骸骨都不得回家呢？这等不孝之人，死了正好，爹妈还悲伤则甚。"老夫妇俩听了这话，也觉大有道理，流了一回眼泪也就罢了。

丢下这边，先说孙仙赐中毒身亡，一道幽魂迷迷糊糊地随风吹送，不晓吹过多少地方，耳中忽听有人喝道："孙仙赐游魂安在！"仙赐吓了一大跳，不由心神一定，自己恍悟是已死之人，慌忙睁目一瞧，只见眼前有个女子，道姑打扮，手执拂尘，笑容满面地在他身上一拍道："老友，别来无恙，还认得胡三姊么？"仙赐游魂这一喜，也就不同小可，忙说："三姊从那里来？怎么好久不来我家走走，如今弟子受了兄弟暗算，已经蒙冤身死，应了三姊从前那句说话。三姊既在这里遇见弟子，还望大发慈悲援救则个。"三姊笑道："不为救你，我却在此则甚。不必多说，快随我来。我带你去一个好地方，再慢慢把此中因果告诉你听。"仙赐似喜似悲，不知不觉跟了三姊，一个身子好似风吹败叶一般，轻飘飘地一点作不得主。好在左右不离三姊，总不飘到别处去。一会儿到了一个山峰之上,那处有石屋三间。三姊走了进去,仙赐也跟随入内,向三姊下拜道:"弟子一向愚蒙,昔日对名师总不知道敬礼皈依。如今游魂飘泊四海无家,还恳三姊念数年相随之情,俯赐收录,列入弟子之班,不胜幸甚。"

三姊笑道:"不敢不敢。公子不必如此谦卑,且请坐地,让我把此中因果原委一一奉告。公子可晓得我是什么人啊?"仙赐一面就坐,一面愕然凝视,不知所对。三姊叹道:"公子真可谓一世聪明,一时懵懂者也。我和公子非亲非故,怎有这般大工夫管你许多闲帐。公子但请追记师尊文美真人在御花园内嘱咐的言语,便知我和公子的关系原非直接交情,却是奉命而来,一切事情有所秉承的啊。"仙赐恍然大悟道:"照此说来,三姊毕竟是师尊派来照应弟子的了,可是么?"三姊大笑说:"如今你才明白了么?我本是西山老狐,从前误入邪道,屡有不轨之行,曾两遭雷火之劫。后来一次却得令师真人恩庇,得免惨劫。我便在令师面前设下重誓,从此革面洗心,虔修大道,恳请令师收在门下。无奈真人一念之慈,救了我的性命;比及我要拜师,他又虑我恶性难移,积习不改,万一再有不法行为,未免连累于他。因此躇躇良久,不肯答应。后来被我缠绕不过,方才允许我在百年之内替他供奔走、应使令,做些小事情。如果立志精纯一无差错,方能收我为徒。他那第一件差使就是派我到你那边,随时指点与你,一半也含些试察性质,要是你稍有变心或是有甚越轨行为,我回去报告师尊就要用飞剑斩你,雷火诛你。"三姊说到这里,仙赐不觉打了一个寒噤,肃然正容道:"幸而弟子还没有变心,要是那年上了三姊的当,此时不但见不得师尊的面,只怕那时更见不到三姊了。"三姊大笑,又道:"后来再三考察,再三试验,深信你真是精诚专一、毫无杂念的君子,因此我又把许多紧要口诀传授与你,又将你的结局预先对你透露些儿,也是望你格外奋力,不惮危难、百折不回之意啊。"仙赐听了,起身向上拜了八大拜,叩谢过恩师,然后再向三姊拜谢。三姊笑而避开道:"不敢当不敢当。你虽得我指点照料,我亦借你立些小小功果,将来有词以对师尊,你要这样多礼,我也要向你拜谢成全之德了。"

三姊说完了话，和仙赐相对坐了，又问道："公子可晓得令弟为甚和你如此作对呢？"仙赐惘然道："正是。弟子自问于兄弟还不致十分疏淡，不晓他因甚如此见嫉。"三姊叹道："这就是我所说的因果之理了。你可晓得令弟是什么东西转世的？"仙赐听了这话，沉吟多时，忽然顿足道："咳！我明白了。怪不得母亲临分娩时梦见似龙非龙、似蛟非蛟的一个大兽投怀而生兄弟。当时父亲说照梦中形状，若非龙蛟必是海蛟。所以取这蛟儿的名字。可惜我们都笨得太凶，明明听得有此怪梦，又有我父无意中取下这个名字，分明已经点出这事的因果，我却一些也想不出来，岂非怪事？"三姊笑道："若是人的聪明能够想得到时，倒不成为天道了。"

仙赐嘿然良久道："照此说来，我那兄弟他也不是来做孙家的子孙，简直专为报仇而来。但不知报仇之后能否弃邪归正，奉养我的父母呢？"说到这句，不觉潸然泪下。三姊听了，冷冷地一笑，说道："那有这等好事。你是仁孝之人，受了这等冤害，还念念不忘你的父母，只此一念便胜许多功行。但恨你那令尊堂，重要生性太糊涂了。现在信了令弟之话，害你一命，不久他俩仍要吃令弟的亏，决没有好结果。为期不远，你等着瞧罢。"仙赐流泪道："我父母半世劬劳，不但后嗣轻虚，而且结果还坏于儿子之手，岂不可悲！三姊既承师尊之命，前来救拔弟子，可否瞧在弟子分上，也把我的父母救了出来，弟子更当心感无涯了。"三姊"呸"了一声，笑道："你又说糊涂话了。劫数所定，人力岂能挽回，若说你父母，已有你这等佳儿，何致后世虚轻。你以为自己出了家不能生育就算绝了后代？大凡人类所以要有子孙，为的是防止自己老死之后，没人传接血脉之故。要是能够长生不死，天地同寿，何必要什么子孙呢？人生所以贵能成仙了道者，便为此也。"

仙赐又道："我父是个出名的好人。就是母亲虽然出身异类，向来不做歹事，只知扶助父亲苦为善事，何以偏有这等劫数呢？"三姊道："这话难说得很，照因果报应的道理说来，往往有合数生之事，显出一世的结局。人人只就其人之本生言行来评判现世的结果，自然差以毫厘，谬以千里了。你父母虽今生都是好人，却不晓得他们前生做人是什么样子。不说你父亲,专从你母亲而论,我确晓得做田螺精时杀害生物不知其数。并且诱引人家少年男子采元阳补精气,幸而修成一些法力,能够变人变物、化大化小,自然采补之功定不在少。然而这些损人利己之事,岂天道所能许可。如此作为如可成仙,天上的神仙竟成万恶渊薮了。有是理乎?当时我虽修成人身,行为大致相仿。两遭雷劫,正是天降刑戮的实据。所谓法是法,道是道,法虽成而道不顺,结果必致先害人而后自害。我是作恶未多,幸蒙师尊慈悲拯拔,才得死中逃生,弃邪归正。如你母亲以修成法术,善能变化之体,怎能落在庸夫之手,几乎性命不保?老实说,这也便是老天示罚的一种方法。所谓假手于人,以彰天讨也。幸而碰到你父和先母都是仁孝之人,也似我逢师尊一般,得脱万劫不变的大难。那时你母亲就该快快觉悟,修道立功,以求补过才好。可是数十年来也不过做了一个无功无过平平常常的女子,却不曾见他有甚好事做出来给人瞧,就他自己也不曾修一天道、持一天斋。最后误信劣子,毒毙佳儿,在你纵无怨恨之心,在主持正义的天爷爷,却也定作一件大罪,少不得终要并案罚办。这等都是一种报应之理。其事晦,人所不能知;其理极微,人所想不到。光是一生行事的外表而谈,如何作得来准哩?"

仙赐见说母亲受罪,一半是为了自己之事,不觉又惶愧又悲痛,失声一呼,哀哀欲绝起来。三姊叹道:"公子真孝子、真好人,怪不得师尊如此重视于你。但师尊早知今日之事,也并知将来之事。曾说你母亲将来仍须赖你而度脱。你也大有报恩的机会。现在却须赶紧用功,勤修道法,他事一概不得费心;就是你父母之事,虽然从你孝道而起,既已说明将来结果,你就该放开怀抱干你自己的正经。若仍和在家一般,天天定省,日日追陪,何必又要出家呢?师尊又说,你的希望很大,而魔劫也多。此番修行与前生又大不相同。前生是由畜生道而转入人道,如今则由人身而转为仙体。身份愈高,修持越苦,将来造化也就越大。你要明白此理,好好上进,切勿再为俗尘所累,方不负了师尊期望之心。"仙赐听了,顿首受教。忽又记起自己的妻子来,因笑对三姊说:"弟子决非贪恋夫妻之情,委因此女贤德,从前也蒙三姊指教许为可造之才。如今却不知他可回到府中没有，将来能否恳求三姊随时再去指示些修行之理，也使他得些小成，也就不枉了三姊玉成之德。”三姊听了大笑道：“才说你好，你倒又放刁起来。明明自己丢不下老婆，偏把一副担子放到我肩上来。我偏不管这些，也不望他成就什么。你爱玉成他，等你成仙证道之后自己去度他出世罢。”仙赐知三姊素性好玩，忙也笑求道：“三姊不要尽玩，三姊是何等慈悲为怀，岂有为德不卒、半途中止之理。本来我这奉托也是一种过虑之谈，难怪三姊不开心。如今我再不敢求三姊怎么样了，但请三姊把他的现况对我说一句儿，也就罢了。”三姊笑了笑，才把蕙姑已死的话告诉仙赐。仙赐一听这话，早又泪如雨下，呜咽有声起来。口口声声只叫：“我害了他！我害了他！”三姊立在一旁怔怔地望着他哭完了，自己忽然一阵狂笑，戟指儿向仙赐说道：“真多情人，真有义气。我见你哭得可怜，说不得担点儿干系替你回去医治了他，带到这里来仍旧和你做夫妻好么？”仙赐受了这场讪笑，不期面红过耳，方才淌出来的鼻涕眼泪也都吓进去了。一句话也不敢说，只呆呆地瞧住三姊发怔。

三姊见他如此忠厚，倒也不忍再取笑他了，因告诉他说：“伯小姐人品性情不但凡人中不易多见，就在仙品中也是上等之才。他的成功将来不在你下，现在已另有你的一位师妹度了他去，收他为徒。他的前生本是玉帝殿上一个司花仙女，因玉帝万寿，群仙庆祝，不晓为甚原因和一个司香仙吏大闹口舌，以致触忤宸衷，一起谪贬十世。须经十世轮回，不迷本性，方可回转天曹，另加升赏。至他和你的关系却在下凡之时，你也正从冥府前来，途中巧遇仙女，同时你那对头老蛟知你不久下凡，特地赶先一步探听你下凡消息。因他生得美貌，老蛟不合戏侮了几句，仙女正此窘迫，得你赶上，大动义愤，邀同护送的冥卒打退老蛟救出仙女，仙女十分感激，曾有图报之言，因此结下这层婚姻。这都不是偶然之事。如今他恩已报过，你也对得住他，这一段夙帐已算完全了结，此后你也不必再去牵惹他，反遭自己的魔障，师尊知道了又成一场训斥。你要切记才好。”仙赐听了，憬然叩谢。三姊便替仙赐把那三间石室收拾一过，着他在洞中修真，本身仍回西岐复命文美真人去了。

仙家光阴本来过得极快,一眨眼间,凡间又过了四五年,仙赐道心极坚,又有根基,用起功来自比他人更易进步。此时已能断绝烟火、彻悟心性。文美真人每年又派三姊前去教他几种召神遣将和防身护体之法。仙赐一一领会。这天正在危坐养气,忽听耳边有人说道:“田螺精遭难,还不快报恩去!”仙赐猛地惊醒,睁眼一看,原来又是胡三姊来也。不知田螺精有甚危难,却看下回分解。

第十六回 孝子下海访螺母 狐仙入宫谒龙王

却说仙赐见胡三姊到来，慌忙起身迎接。三姊笑道："成日说报亲恩，如今你母亲已被令弟淹入淮水，你父亲也于去年因气恼令弟而死，你倒不想回去瞧瞧么？"仙赐见说，惨然下泪道："弟子自受师戒，六根清净，万尘不染，有时于寂静之中偶一念及者，仍只有家中两位大人。但坚守三姊之戒并奉师尊教训，除了专心一志地炼气敬心，他事概不置念，也更不敢擅离修道之地，致召外来魔障。此中形情和弟子心曲，常在师尊和三姊洞见之中。今承三姊指示，家中遭此惨变，父母均受横祸，弟子决不为贪恋红尘有甚丢不下家室的念头。独对父母之难，恨不能插翅飞去省视一番，一颗心才放得下去。"三姊笑道："那蛟投生凡人，专为和你作对。自你走后，他又投入邪教，习得妖法，常变化原身，兴妖作怪。你母亲不是一无道行的人，还经不起他一句咒语。'向从何处来，还归何处去'，可怜做了几十年凡人，到头来仍是一粒田螺。而且冤被咒禁，出入不得自由。你虽学道多年，稍知道术，若要和他抵抗，正是以卵敌石，必败无疑。你便要去，也得先有一个制胜蛟精的办法才好。"

仙赐却不答此问，先要晓得父母如何被害之事。三姊道："天地之间正、邪二气各有相当声势，正有正派，邪有邪党。自常理论，邪不能胜正。偶遇劫数到来，正人君子往往不能自全，邪气乘机倾陷，亦未尝不能败正。如今那个蛟精虽然行为不正，既入那种教门，也自有他那一批党羽，如鼋鼍龟鳖之类，也能随时随事前来指点他、照应他，使他不昧本真，仍归妖道。而且他们志在炼法，不知大道。法易道难，道本而法为末。修道者必不言法而法无不备，但成功既大，修持自难。习法者法虽成而去道仍远，一遇道而法无不破。但当修道之时与使法者相比，往往反受制于法。并非不胜法。因法可零星学习，道行整个修敬。学道未成犹之未学，未学之人焉能抵抗妖法呢？如今你我所学的是仙家真正金丹大道,内中奥旨,万非一般轻狂小妖所能梦见。不过在这修道未成立时,却还不能不畏他几分妖法的厉害罢了。”

仙赐恍然道:“弟子明白了,那蛟儿一定得了那批同道的提挈指点,已能使用妖法,所以家母不能制治,反被咒禁。至于父亲又更是毫无道行之人,自然更不是他对手了。”三姊点头道:“你父因蛟精喜交匪类,无恶不作,训戒了几句,反被他推了一跤。年老之人经受不住,不止一日,伤重而死。这是去年冬天的事情。你父死后,你母因系有术之体,仍和年轻的一般丰韵,便被这妖精垂涎,想干那逆伦之事,被你母咬伤手指。母子情感大坏。蛟儿不知从哪学来的法子,将你母顽壳取了出来,陈在中堂,等得你母出来,口念两句咒语是:‘笃笃笃,老娘田螺壳。进进进,老娘田螺精。老螺老螺快现原形,再不现形剑下归阴!’念完这几句,说也真奇,你那母亲忽然不见,原来已被收入田螺壳中,仍做他的田螺去了。好狠心的恶蛟,把田螺蓄在池内,照他原意还想烹食田螺。不道天真有灵感,顿时一阵大雨,把田螺飘出池,氽入淮河。这一来也把蛟儿吓了一跳,不敢再动烹食之念,只用符箓将他沉入淮河,一千年内不准他有出头之日。如今你那母亲好道正在受苦咧。”

仙赐见说,痛哭道:“我父母有甚罪孽,落得如此惨报!请问三姊,我孙仙赐还能和父母见面不能?”三姊正色道:“怎么不能?不瞒你说,现今就是师尊法旨命我带你同入水见你母亲,要是不然,我怎么无端跑来和你说这一大篇议论咧?”仙赐又问:“见了母亲之后,凭仗师尊神灵,三姊法力,一定可以救得母亲出险了?”三姊摇头道:“那也没这么容易。师尊曾说,你母亲从前作孽不小,今日该有此报。不过幸而有你这个儿子替他帮忙不少。师尊着我传给你母亲一种修炼之法,径把他那顽体炼得能大能小,大到化螺壳为海中洞府,可容千人道场,和海中龙王为友,方算完成道行,脱离畜道,这才是因祸得福的好结果。但师尊说道,他和螺精毫无关系,所以如此援手,一切都是为你。你须于成道之后周游天下,立就三千功行,代你母亲报答天恩。但须迟升天界一千年,并要重入轮回,再为凡人。不过根器越厚，成仙也更容易了。你能答应，这样方能传给你母亲大法；要是不然，师尊也不便为这毫没缘分的妖精如此劳心。你的意思怎样？”仙赐涕泣叩头道：“只要救得母亲，孙仙赐情愿永作救人度世的游仙，就不得升天也无怨意，何况只要一千年呢。只是还有一说，我父亲现在阴曹，将来可否由三姊带我去一见？”三姊道：“你父宅心仁厚，此世为人，没做甚恶事。这次不幸受气而亡，当是前生的孽债。孽债已了，自然托生福地，再享厚禄，你倒不必再惦记他了。”仙赐道：“话虽如此，但是我的心上总想见一见亡父的面，益发可以放心一点。”

三姊沉吟道：“这样罢，师尊现在只派我送你前去见母，却没曾要我带你走阴间的路子。我现在替你定下一个绝好的主意，因为我听师尊说过，令尊是好人却无仙缘，应得十五世降生富厚良善之家。等你千年行满，我必替你代求师尊仍去做他的儿子，使你们于千年之后仍为父子，岂非千秋佳话。而且你也省去一桩心事了。好不好哩？”仙赐这才大喜拜谢。又问那蛟儿结果如何，三姊摇头道：“此人本是妖种，已入邪教，将来罪恶贯盈，自有人去收拾他，何用你我费心。”仙赐道：“象他这样杀兄害父镇咒生母，难道不算罪大恶极么？这等人还不加罪于他，留在世上再害别人，岂非天道太宽？”

三姊道：“这话说起来又是一大篇道理。现在可以约略和你谈谈。我不是刚才说过，劫数所定不但人力难回，连天道也是无可如何。好像天有四时昼夜，气候有寒暑风雨。照人类思想，最好有晴无雨，有温和无寒热，有长昼无永夜。然而生克来除都有定数，虽玉皇上帝、元始天尊、老君祖师和西方如来佛子，也不能丝毫勉强，何况人生之微有甚能力可以混合阴阳呢。如今所说的劫数也就是这么个道理。比诸尘世就是治乱两事，世不能长治而无乱，即可知天道不能正而无邪。现在你我见的蛟精如此凶狠残忍，以为杀不可恕，岂知天理之间此等万恶妖魔正不知多多少少。其生也原于劫数，其行事也未尝没有一种因果的道在内。而如令堂之事，双方都算不得什么正气的东西，彼此相倾相陷，不过同蛮触蜗角之争，胜败存亡没有理由可言。现因你的关系，竟劳师尊如此费神；要是不然，谁有那么大的闲工夫去理会这些呢?”仙赐听了,不觉又愧又感,方才跟随三姊出了洞门。

三姊用手一指,半空中飞来两朵白云,冉冉落在面前。三姊笑指其一说道:“你可登这上头。”他自己也上了云头,回首见仙赐立在云端似有些颤颤的光景,因笑道:“成日只望升天,升天不腾云行么?怎么上了云头又不得劲起来?”仙赐笑道:“三姊道行高深,看得云去雾来只是一件小事。像我是求之不得,一旦得之不觉受宠若惊起来了。”三姊大笑,两人一同腾起,三姊嘱他放大了胆,不必害怕,自己只和他厮并儿驾行。途中仙赐求他指点驾云之诀,三姊笑道:“公子所学在道,道成则万法皆成,他皆末技。不如我积恶如山,功行毫无,现虽弃邪皈正,只能和变幻戏法一般学些小小防身本领,将来公子成就,还非我辈所及。这不是我的虚言,师尊也曾说过,我们同门数人,没有一个赶得上公子的呢。”仙赐听了,心中大为不安道:“三姊因甚如此奖誉,倒使我非常难堪。”三姊笑了笑,也不分辩,因说:“这驾云之法看似没甚高低,其实大有出入。似你学业渐精,将来难免邪魔侵袭。这等普通法术倒也不能不先学些儿。但大道未成,肉体未化,笨浊之躯如何上得云头,这就不能不用一种咒语。待你成功之后,心在云外人在云中,爱去哪里,祥云自生脚下,不但用不着像我方才那样招手,尤其用不着念甚咒语儿了。”仙赐领会称是。三姊就在云端把驾云的秘诀传授与他。

仙赐一一领会,因又笑问道:“这咒语可是无论何人都能腾空升天么?”三姊笑道:“又说呆话了,仙凡路隔,真正仙人岂能无缘无故地把这等秘咒胡乱传与凡夫俗子?此外只有一种邪教,他手下门徒大概物多人少,这批东西什么都有,多是妖魔鬼怪不守正规的。他们有一种驾云咒语却和我们不同,就是我未随师尊以前,所往还结识的无非都属此辈。因此也学得他们驾云之咒,还有其他变化遁幻之术。凡正道所有者,邪教儿无一不能,若论所以施用之法,却没有一事相同的。可见邪教中也自有他们的来历和根基,不能轻视他们哩。”仙赐点头称领教,又道:“大概世上顶快之事,再没比腾云更快了么?”三姊道:“腾云也有快缓。像今日你我这等行程,因你初上云头,恐致头晕,兼之便于谈天,所以走得最慢。不过比到凡人行路不晓要快几千万倍了。其实腾云还不能算顶快。顶快的腾云每天才能游遍四海九州。从前玄女娘娘炼五色宝剑,能使剑与神合,神之所至剑亦随之。所谓剑者亦无非如世人所用之顽铁,徒忖为杀人利器而已。又以炼得从剑生光,继且成有光无剑的地步。光之所至即剑之所至,大约一刹那间可由极南之处飞到极北地方。他的效用除斩暴除妖之外,兼可传递消息。心剑即会剑光之中便可显出心中之事,或心中拟好书字亦可借光播送到万里外。到此地剑光固称大成,用剑之人亦因剑而仙;剑历劫而不坏,人经万代而常存。如今世上存有红白青黑四派,各有祖师,各收门徒,声望势派并不在我辈仙家之下。只可惜青黑二派不知何时落入物类之手,听说是两头猿猴为教主,专和红白二派为难。幸红白二派剑术究比青黑高深,所以不成大患。这也犹我方才说的正邪两教如阴阳并立不能偏废。要之总是这个道理罢了。”

仙赐听了,不觉骇然,良久道:“总道行云最速,不道更有比云游更快如许的。请问三姊,剑仙有绝技,我教中难道竟不能和他们比抗么?”三姊笑道:“哪有此理。我教是仙术正宗,几位祖师道高天厚地,无往不利。大凡世界中事,事机未见,他已在千百年前预先知道。即你所言快慢而论,凭你九州之大、五岳之高、四海之深,祖师心到事集,何用借力剑光。那全是大道之用,岂其他法力可比。不过以法力论,自然要推剑光最快。我还听得师尊说,五千年后人类进步,有许多仙法将要流传人间。那时祖师将请玄女施法把剑光化成电力,能使千万里外一霎时间,双方通语或传答书信,这是祖师对师尊们说的。我们望有造化,能修成不坏之身,五千年间也不过转眼工夫,你我都没有瞧不见的呢。”仙赐听了点头领悟。

正听得津津有味,忽然三姊在他肩上一拍:“就到了淮河了。我们刚才是从海南飞来,约摸走了一千多里了。你可试着念一回云诀,看是怎样。”仙赐依言,默念一遍,果然云头渐低,降落淮河岸上。仙赐欢喜之余,因念母亲在此受罪,蓦地又掉下泪来。三姊也不理会,用手向水中一指,只见波涛汹涌之间现出一条平坦大道。三姊带了仙赐沿道而行。走有半个时辰，三姊说："前面金碧辉煌一座宫殿就是你老友所居的水晶宫，我们此番先得拜访一次，方可托他照料一切。"仙赐知他说的是前生之事，所言老友即师尊所说之龙王平和。因笑说："既是老友，理应拜访。况且还要请他帮忙呢。"三姊当先躦行几步，到了水晶宫外，早有巡海夜叉前来挡住去路。三姊说明来意，又指仙赐说道："这位便是大王的老友。"夜叉们一听此言，不敢怠慢，忙向他们行了一个礼，然后撞起宫门口那口报事大钟。钟声三响，里面出来水族官员，如鳜大夫、鲤军师之类，一一向二人通过姓名，邀入宾舍坐地。不一回，里面传说大王请见两位老友。三姊带定仙赐跟随几位水吏肃谨而登。那平和大王却已知道仙赐即灌口蝙蝠转凡，特地降座相迎。三姊和仙赐要行大礼，平大王大笑说："彼此昔为老友，今又不相统属，何敢当此大礼。二位如此客气倒显得生分了。"二人只得遵命，大家行个便礼。

龙王退入后宫，吩咐备筵治酒款待上宾。真个是龙宫富厚不比凡间，一刹那间肴核毕陈、佳珍罗列。龙王下坐相陪，动问仙赐别后情事。仙赐从灌口凌侮老蛟起，文美真人转送投生，又被老蛟转世陷害等事逐一诉说，说得那位义侠勇武的龙王，龙髯戟张，龙发冲冠，拍案顿足，厉声怪叫，立刻传令出去要派手下十万水兵前去各处水府搜查老蛟，处以重辟，替老友报仇雪恨。胡三姊忙起立笑阻道："大王却慢动怒，谅此小妖，何足劳大王神兵。将来罪恶贯盈，自有天刑处治，现在还未至其时，恐动众劳师，未必搜捕得到，还请大王暂息雷霆为妙。"龙王怒道："照你这等说法，此辈妖人还有什么一定寿数不成？"三姊正容道："妖人虽不必有定算，而上天却有一定数运。世上暴君乱臣、世外的妖精鬼怪都是应劫而生。劫数未终，人力所不能治。劫数既到，便不攻而自灭，何劳大王费神呢。"龙王听了意思总觉不快。仙赐也再三陈请，竭力劝说。龙王把长髯一捞，嘘嘘一笑道："也罢，既两位都这么说，寡人也何必定要与他为难。不过和孙君多年老友，今日见他被人凌侮竟不能相助一臂，问心殊觉不安耳。"

二人又忙说了许多好话，把龙王的盛气给说平了，方才开怀畅饮。三姊便把仙赐前来寻母的话说了出来。龙王忙道："这个容易，二位何必亲去，寡人就替他们派人寻找了来，救他出险，母子再相会岂不大妙。"三姊笑道："大王盛意非常心感，但螺精被毒蛟用妖咒镇压，不能自由，况且螺精灾孽正多，该遭此劫。家师曾言要千年劫满，着他于千年中修炼法身，更在那顽壳内延请高人作七昼夜道场，方可脱离灾晦。如今却只好由他吃些苦楚。眼前虽苦，其实正是他修道良机。况有敝师父传授仙诀，将来成就未可限量。若此时将他救出，反于修持有碍，爱之反以害之了。不过现在大王治下，这千载长期，难保不再有妖人侵袭，使他不能专心修道，却是可虑。因此特带这孙公子来访谒大王，请谕知淮河正神随时设法保护。孙公子就感恩不尽了。"龙王听了，满口子笑应道："这些小事，何用尊嘱。"立时请来左右丞相和二人相见。龙王当面吩咐二丞相把这事办好，又特派鳜大夫亲率八名巡海夜叉护送二人前去。二人不胜心感，出席拜谢。龙王慌忙拉住，大笑道："二公怎如此多礼，像我生长山野，性情粗鲁，就没那么多礼节儿。"说毕大家一笑。

席散之后二人辞过龙王，跟着鳜大夫和八名夜叉都离了水晶宫，向淮河入海处来。未知母子相见情形如何，却看下回分解。

第十七回　孙仙赐海中见母　张果老转世成丹

却说胡三姊带同仙赐并会同龙王派去的鳜大夫及巡海夜叉等，到了淮海交界所在。夜叉们禀说："此地水界就名淮海村，东边归淮神治管，这西面都是大海，现在是我们大王北派的海神管辖。请问大仙要去拜访的朋友住在哪一方面。"三姊一听这话，忙朝仙赐使个眼色，对夜叉们说道："承大王盛情，委托诸位护送前来，如今已到了地头。那边地方小，不便惊动列位，还是先请回去销差，我们自会去找。"夜叉们巴不得这一声，一齐问鳜大夫怎么办。鳜大夫也不愿再去，于是半推半就地客气一回，方才告别而去。这时三姊笑对仙赐说："那班小儿只当我们来拜甚上客，不道是一个被人锁禁的田螺。这批东西全是势利儿，何必惹他们笑呢。"

仙赐称是。二人仍用分水诀找到淮水之底，果见一大田螺埋在土中，只剩一个口子可以稍稍伸出头来，略略呼吸，并等那游过的小虫接些来吃。仙赐情知就是他生身之母，心中一痛，不觉痛哭起来。三姊忙道："莫哭莫哭，我来替你通报一声，也教你母亲可以认得你这儿子。"仙赐依言，俯下身去把浮在泥面的螺壳抱住。且听三姊喊道："罗圆罗圆，你驱逐的逆子仙赐儿前来找你来了。"那田螺把头伸出一大段来，向水面瞧了瞧，看那情形，似乎已明白了这件事情的样子，一回儿螺颈触住仙赐的头，便似粘着似的好久不动，也不肯离开，照这光景自然是表示非常亲昵的意思。仙赐也把头贴住螺肉，放声悲恸。

良久良久，三姊方替他说明过去的情事，并致师尊之意，劝他这千年惨劫借此可以修身立命，造成不坏之身。又道："总因你前生造孽太多，如今该受酷报。但因你儿子之故，使你可成正道，未尝不是不幸之幸。今将修炼口诀传授与你，似你天资聪明，只要日夜用功，不过三百年后就能身离顽壳，符咒之力不能拘束于你。但还是不能离这水底,须再过五百年,功行已有八九成,休说妖魔外道不能害你。你可就在海底居住,借你顽壳作为洞府,一千年后功行圆满,那时方能和你儿子会面。还当聘请高明有道之士作一绝大道场,超度受你毒害的许多魔鬼,从此孽帐可清,前途顺利,再没什么意外的了。”田螺精听了,用力点了点头,以示叩谢之意。三姊又把咒语传给予他。

诸事已毕,三姊说:“此处不宜久留,我们就回去罢。”仙赐只得遵命,又和田螺亲热了一回,说了许多劝勉的话,方和三姊一同回身,出了水面。三姊说:“你的大事已了,赶快回天台去做你自己的功课去罢。”仙赐称是。三姊着他念起驾云的咒,双双腾起半空,向南推进。一下子工夫,早已到了天台,回到洞府之地。三姊告辞而去,临别时郑郑重重地吩咐道:“公子,今后你的责任越发重大,你既立志救母,须把母亲救出苦海,方算做完你的大事。但这都是你的功行,今生虽然辛苦,来生仍有相当的好处。你在五百年内专做自己的功夫,五百年后虽不成仙,也很有些法力了。便该出去各处巡游,遇苦救苦,逢难济难。做满预限的功行,师尊自会送你转世下凡。那次转身之后,只要本心不昧,数十年即可登仙成道了也。”仙赐一一领诺,只问:“功行满足也可不再堕凡么!”三姊道:“那怕不行罢。你不听说,从前玉帝为了一层贪念,指出一魂下凡历劫,功行将满,本可立时升天,为因一念仁慈不肯舍弃他的儿子,因此又转一世。后来数世,都因六根不净,功败垂成。直至最后一次百念成灰,性灵通彻,一点没有什么挂恋的了,方才重升仙界,封为真武大帝。以玉帝之尊,那样深厚的根基,兀自转不得一点凡念,何况平常之人,何况你我出身畜道,初登人境的人。若照寻常规矩,似你一现尘志,立刻便入轮回,那时道心未定,道行不深,再过一生,仍不能脱离尘网,便再经十世人世,也保不住恁好结局。虽说将来终有成功之日,可是人欲易袭,危险太大,还不如先吃些辛苦,等到功行大成,却去经过一次轮回,什么都不易侵袭,也免了许多危险,岂非一劳永逸么?公子须知这也不是偶然之事,总是师尊替你深思远虑设法周全,才能这等通融办理啊。”

仙赐听了,更加感激得死心塌地,至死靡他,不觉痛哭失声道:

"师尊为弟子如此用心,正不知将来如何报答得来。"三姊安慰他道:"你既知道师尊待你的苦心,就可晓得师尊希望你的至意。你我做弟子的,只要不负师尊期望,就算对得住师尊了。还用得着你我的报答么!"仙赐含泪称是。又问:"三姊如今去那儿?"三姊笑道:"且去西岐山见过师尊复旨,再等后命。大概你的事情也还未了,怕还有用得着我的去处么!"仙赐道:"那个自然,我是三姊一手提携照拂的人,我的功行一天不成,三姊的心事也一天不了。那是一定之理。"三姊笑道:"不是这么讲法,旁的事情我不知道,但知千年后还要替你去找个道友,好做你母亲道场的法师。这是我早已晓得的了。"仙赐也不再问,送他出了洞门。因他是代替师尊训植自己的人,不能再以普通同门之礼相待,也照恭送老师之礼,跪送得不见踪影方才回洞。

三姊到了西岐,参见文美真人,真人喜他办事小心,便从那日为始,收为弟子,并替他起个法名叫通慧。通慧叩谢过了,仍在文美真人身边供应使令。真人着他每隔数十年必去天台一走,查看仙赐功行。五百年后真人亲降天台,授仙赐炼气烧丹的大道,并得天书两卷,内载五行遁法及一切变化运用、召将遣神、收妖伏怪的法术。凡百年而习成,真人始命他周游各地,广立功行,为本生立脚跟,即为来世结善缘。凡又数百年而道行完成。真人慧心默运,已知孙杰投生十余世,过一千余年,历夏商二代,现已降在洛阳张姓人家。富室,年方四十,尚无子嗣,即命仙赐下凡为他儿子,以偿千年前一段宿愿。

这张姓男子,名叫天成,所生一子,单名一个果字。那张果前生即孙仙赐,因宿根深厚,生而能言,灵慧异常。十岁上头得文美真人派通慧女道冠前去指点于他,张果立时醒悟。那天成一生好善,十余世享用不绝。自得张果为子,满心喜悦。通慧怕他将来阻挠张果修道,又想他一生功行食根千年,再不回头,未免越趋越卑,终有堕入苦海一日。因于指示张果之便,带着点醒几句。张天成知前生因果,又见通慧云行雾走,法力无边,深信世上真有神仙,神仙也是凡人所做,不但深喜儿子有仙根,兼想到自己身上,深怕福缘一满,转世受苦,也便立下一个修道之心,常把此意向通慧谈起。通慧喜道:"居士得仙人为子,前生原有仙缘。再能本身信道,成就必定可观。”也指授他些修养的口诀,父子俩齐心一意,共兴道念。天成又把一分家财俵散于穷苦之人,等他的妻子即张果生母去世之后,张果得通慧指示,着他会同天成前去淮水了结田螺精这重公案。此时张果年纪虽轻,前生立下的功夫好似从小儿读过的书本,大起来略加温习即可应用。不比他爹是初学仙诀,全没功夫的人,一切全仗指导。父子俩和通慧约好在淮海村中相会。通慧又替他们去谢龙王千年来照拂之恩。因为后五百年来罗圆法力不小,常常出至海中游行,见水中生物受危之时,也尽量扶助一下。曾有一次淮河中有一批客商出洋营运,才出海口忽遇飓风,全船二十余人口致没顶。罗圆恰好出游,眼见此事,急忙用自己躯壳顶住船底,背负大船出险,救得二十多条性命。不道本身却因这番露脸,适为老蛟的同道妖人所见,使一条钢鞭猛追。罗圆看看被他追上,那妖举鞭向罗圆顶上打下。说时本迟那时却快,一面妖人的钢鞭大下,一面早有救助罗圆的海中神将闻讯赶来,举混金杵挡住。一阵血战,打退妖人,罗圆方得回至海底。后来罗圆修道垂成,把顽壳做成一所海底洞府,那近处一带数百里内,见有一种彩光,熠熠辉煌,许多妖人都当海中出了奇宝,纷纷来袭。又幸龙王先期替他戒备,派来三千神兵守住淮海村口,方得无事。这等故旧之情也算不可多得。

这时通慧到了水晶宫中,见过龙王。龙王已知他的来意,忙先替他道了辛苦。通慧笑道:“贫道是专忱替大王老龙道谢来的,怎么大王倒先替我道乏起来呢!”龙王也大笑道:“彼此都是扶助老友,怎能言谢。闻得罗圆遵尊师法旨,在他新建洞府中建起道场,不知法师是哪一位?”通慧道:“这事敝师在五百年前早已算定,该是一位姓李的跛脚道人主持坛事。这人和大王的贵老友也还有些直接间接的缘法。那跛仙的前生原是玉帝殿上司香吏,因为口舌不慎,在万寿筵上和一位司花的女官说了一句笑语,两人都罚堕轮回十世。那司花仙女第一次降生就做贵老友仙赐的夫人,也便是如今启建道场的罗圆夫人的媳妇。转到现在,这被谪两仙都经了十世轮回,这次限满。他们都不昧本性,修成正果便可回转天曹,另有荣令,决不止仍为原职。

因天心最仁,前次降罚是格于天律无可如何,迨见他们十世为人都还忠厚贤孝,圣心大为嘉悯,因此料定他俩成就必不在小。并闻现在的仙女生在江南何氏,出世未久。现在的香吏却生在河南李氏,据闻为老君祖师的同族上人。祖师从盘古以来,常常转世为人。近百年来又转生于苦县地方,收得弟子文始真人。恰值司香吏十世降生之时,祖师即派文始前去指点照拂,因此李仙成道颇速,为自来修道的人所未有的奇缘。祖师并已亲收为徒,留在他自己门下。此公前程真不可限量咧。我所说的这张果和孙仙赐有些间接仙缘,就从仙赐的夫人司花仙女而来。"龙王点头笑道:"是了,这花仙等九世降生之事,寡人完全知道,也还替他效过一些微劳呢。"通慧却没暇问他这事,仍接着说道:"这虽算不得什么,但仙家规矩,凡是两方有些小关系即称为缘。因此这跛仙和现在的张果,也可称得薄有前缘了。"龙王笑而称是,又说:"田螺壳内做道场,倒是千古未有之奇闻。毕竟仙家妙用比众不同,盛会如此,想来令师文美真人和许多仙官仙吏都是要到的。那时寡人也要躬亲前往,参与这个稀世难逢的盛典呢。但不知有定期了没有?"通慧道:"日期尚没定准,大概今天他们自己人议妥之后,再由我去聘请法师前来,就可开场。那时大王就是不得空闲,我们也一定要来强邀的。"说罢,大家都笑起来。

通慧说完了话,别过龙王,赶到淮海村中,只见那村情形大不相同。从前是一片荒凉,鱼虾不到的地方,如今却因田螺壳放光,各处水族中凡有一些小道行的,闻此异事,都不远千万里之遥赶来观光。同时便有惯于经营的水族商贾,也乘机前来开设一些买卖场儿。不下十年,这荒凉满目的淮海村,竟变成了贸易兴盛的大海市。通慧见这光景,不觉点头赞赏,一时到了那罗圆顽壳所成的洞府。他那洞府仍照螺壳原形建造。进口处是一座大圆门,入内屈折蜿蜒,回旋到底,方是一座小小后门。门式亦是圆形,洞中宽敞非常,定可容得数千人的起居。罗圆已完全成为人体,自己住在中间一屋。屋分三间,两旁却有走廊可通到后。至于洞中器皿什物,虽非十分富丽,也觉清雅别致。通慧想道:"照此情形,也很可迎请众仙的了。"正在一处一处地参观,早被洞中伺应人役瞧见,飞报进去。里面罗夫人在前,天成父子随后,一起迎了出来。

列公要知田螺壳内如何做道场,跛脚仙究竟是何人,和老君祖师什么事情,却因事情太怪,情节过长,一时三刻实在讲说不尽。只好抹桌另起从头写来,方才有头有绪,秩序井然。列公们耐心等着,莫瞎骂作书人卖关子罢。

第十八回　金山成古迹　报德在来生

上回书中说到田螺壳内做道场那件庄严别致的趣史，那位通慧女道曾说过，这道场的主坛法师是一位姓李的跛足仙人。如今要将这跛足的历史出身，和他成功证道、济难救世的事迹铺叙出来。却还要连带着将和他有缘的何仙女并带叙一番。

列公们可曾知道中国地理上有一座孤悬江中的名山么？那山叫做金山。这金山并非天然生成的山，当去今数千年前，不但不是高出平地的山，简直连平常的土地也没有，总不过是扬子江中流一片汪洋之水而已。直至周代中叶，这江水岸上有个很大的村子，村中有位半读半耕隐居不仕的君子，叫马上原。他有一个女儿，生得德容兼备，人人喊为马大姑娘。姑娘十八岁上嫁与同村一位姓古的书生，是个一贫如洗的寒士，而且还有一位凶悍不堪的后母于氏。大姑娘嫁了过去，姑媳之间先还不见怎样，后来于氏见邻舍亲戚家都和大姑亲昵，反把自己疏淡起来。他也不想人家所以相疏之故是因自己脾气狠毒，不比大姑那般平和，反疑大姑在外人面前说他短长，双方情谊便从此发生裂痕。那于氏又是天生的一肚子成见，成见一定，无论怎样都挽不回转。虽经大姑力修孝道，冀图稍回严姑的怨意，无奈于氏又说："他故意藏奸，特地做出这些样子给外人看，其实他的心里正藏着尖刀，恨不得刺死我呢！"大姑受不了这等冤枉，也不敢对丈夫说。那古书生也是一位知书达理的孝子，明知母妻失和，不但不敢批评母亲的不是，有时对妻子面上也不肯说句慰励的话，若见大姑愁眉苦脸的样子，反责他不该摆出烦恼面孔，失堂上欢心。因此大姑的日子越觉不易捱过。

姑媳的感情既恶，那夹在当中的儿子自然最更其为难。好好一个家庭，这大小失欢之故，弄得满屋子充满了愁云惨雾。一年复一年，不知不觉地过了六七个年头。于氏待那大姑越弄越凶，他凶狠的手段也愈出愈奇。总而言之叫做一言难尽。作书人原不难将他那许多千奇百怪的坏处一桩一件都记录下来,何奈本书不是专谈家庭的性质,对于古家的事,不过是一种附举的记载,自然越简越好,越不惹人讨厌。

话已说明,一言表过。那古生因感伤自己无能,不能调融家庭,况又明知自己妻子是一位贤德之妇,论情论理,他既整日受后母的无理打骂,难道本人还忍心推波助澜地再去凌践于他?而在于氏方面除了亲自拿出手段凌逼大姑之外,还要昼夜不停地叱责儿子,说他不帮助为娘责打老婆,就是逆母宠妻,少不得还要送他一个忤逆的大罪!可怜小夫妻俩,此时真被这位老人家逼得走投无路,行退两难。古生先时何尝不是助母责妻,此时见母亲手段越凶,妻子身上几乎被他打得没有一块好皮肉。恻隐之心谁人没有,何况自己同床共枕之人,心中岂有不疼的么?偏母亲还要加自己以忤逆之名,这等日子教他如何捱得。也是天不绝人,放他一条活路。此时古生家除了这位母亲大人的甘旨之奉餐齐备之外,小夫妻俩却常常有一顿没一顿,吃了中饭,没夜饭。一到冬令,母亲身上是无论如何不肯给他受些微寒冷,他俩却都弄得衣不蔽体,瑟缩相对,着实不成个模样。饥寒至此,再加那炊苦之事,刑杖之威,越教弄得夫妻们鸠形鹄面,宛如饿鬼道中出来的冤魂一般。古生早知这种日月万难久支,自己夫妻年纪还轻,吃些苦头还不要紧;后母望六之年,万一弄到少米无衣的当儿,教他怎生支撑。因此早早托亲求友在外找些事情做做。一则得禄可以养亲,二则也免得许多烦恼。这话他先对大姑说过,大姑心怜丈夫为己受累,也甚愿意他早离乡井。古生此时越发决定去到外面碰碰机会。

到了这时,果然有个朋友替他荐去一个商人处,辅助贸易出入之事。那时候的商贾本不为世所重,分明把人格贬低了两三级儿。但这时的古书生哪里还顾得这么多,只要正正当当的事情可以赡得家,养得母妻,所说仰事俯畜可告无怍,那管他什么事情的高下,因此别了母妻,欣然出发。就知道的前一宵,夫妻俩相向无言地枯坐了一夜,都觉万语千言句句要说,却字字说不出口,似这般呆坐天明,两人都不觉伤心肠断，泪如雨下。古书生只说了一声："一切全都晓得了，你只该尽礼尽孝，旁的都不必说，也不许说，想来你也决决不肯说的。既恁的时，我们就此可以告别，等我少有出息，再来瞧你罢。"那大姑却更不会讲，只辨得唯唯遵命，点头领教。两口子含着两肚皮的眼泪，硬生生分手而别。古书生本是很有作为的人才，人品又生得高尚规矩，弃儒就商又算大才小用，自然游刃有余。一去半年，大得东家信用，陆续把所得薪水寄回家中。

姑媳们自他走后，日子越发困苦。难得马大姑真能妇兼子职，格外的恪尽孝敬，却亏他千方百计去弄来银钱奉养于氏。不料于氏因他能够弄钱，反说他定有外遇，要其不然，怎么一个妇道人家，倒有出去弄钱的本领呢？这话进了大姑耳朵，真比六七年所受全部凌毒还要厉害十倍。一时愤急攻心，晕绝良久。那于氏也不去理他，还说他装死吓人。偏这大姑晕去一会果然又醒了转来。于氏益发觉得自己料度不诬，便说："这贱人如此诡谋，以后便算他真个死了，我也不去管他的事。"大姑怨恨之余，愿拼一死明志，但是转念一想："宁他不慈，我不能失孝于他；况且丈夫临行之时是怎样嘱咐我来，要是随便轻生，却教何人替他奉养这位年衰的老母。"因此又把万难忍受的冤气，硬硬忍了下去。双方又敷衍了几时。

古书生寄来的银子到了，于氏自然一例收纳下来，只顾享他自己的清福，再也不问大姑的生死。并因自己有了银子，足支生活，更用不着大姑，觉得这可厌的媳妇留在身边，总是多了一个眼中之钉，越发思量要撵他出去，便到处让人将他转卖给人，或妾或婢都无不可。且不索重价，只要他快快出门。可怜大姑日处闺中，哪知他有这种狠毒手段呢。

此时却有同村一个恶霸，叫做活老虎的，素闻大姑才色兼全，久存不良之念，只恨大姑贞洁自持，无机可乘。听了这个消息，不胜之喜，慌忙着人前去接洽，讲好身价银子，即日照兑，约于后天迎娶过门。到了次日，于氏忽然把大姑喊去，温言和色地说了许多好话。大姑正在诧异，于氏就说："往年因你公公患病，曾在河神庙中许下愿心。后来你公公去世，我也忘了还愿。不道昨儿夜里得了一梦，梦见河神派人前来责我失信。我说许下的心愿哪敢忘记,实因自己年老力衰,行动不便,所以耽延至今。那人便说,既如此,可着你媳妇代你一走也是一样的。我醒来之后,梦境历历在目,一点没有遗忘。可见此事是千真万确,一点不假的了。好媳妇儿,我知道你也不大惯出门的,但如今为了一家之事,你也可说不得替我走这一趟。将来你丈夫回来也一定感念你咧。”大姑从嫁夫以来,从没有经过这样的恩宠。况且尊姑之命,从来也不曾回过一句半句。今日之下,为这小小事情,居然如此降尊克己起来,岂非大怪。他心中这般想着,面子上却只有唯唯遵命。回到自己房里思索了多时,也想不出一点道理来。

到了次日早上,只得草草地打扮了一回。于氏来说,外面的车子来了,媳妇快快上车罢。大姑益发惊骇起来,不觉问了一句:“婆婆,怎么又雇了车子,媳妇虽然荏弱,这七八里路程难道会走不动,又多费婆婆的银钱呢?”于氏笑道:“不是这么讲法,你这一去极快要半天工夫才得回来,丢我一人在家冷清清的却是难受。有这车儿代步,似乎可以快些。好在现时你丈夫寄来钱来,足够家用,区区车马之费,也还不甚要紧。媳妇你别多缠,快快前去,早早回来,免得我长久盼望。”大姑已知此去必有什么诡计,凶多吉少可以断言,但总想不到他用的什么计策,打的什么主意。好在本人早就抵拼一死,除死之外谅没甚大事,索性做出欢天喜地的样子。别了于氏,出了大门,见车马之外许多人夫,心中益发明白,并不料定此事的内容。事已如此,不管三七二十一,上车便行。

走三四里路,车子转了弯,不是向河神那条路子了。大姑此时心有所悟,掀开帘子对人夫们说:“且把车子稍停,我有一言动问。”众人信言,马夫挽住缰绳,车子便停下。大姑不动声色,笑容问道:“列位可是我婆婆请来送我上河神庙去的么?”众人听了,都现出奇怪的样子来说道:“我们是两市镇刘大人家前来迎接娘子的,怎么娘子你自己还不知道么?”那为首的一人点头说道:“这事我有些懂了,大概小娘子不愿嫁这刘大人,是你婆婆硬逼你嫁他的,可是么?”大姑未答。众人争问那人,何以见得。那人笑道:“这也是极易明白的事情。阿婆作主,奉命改嫁的人是极正大之事,何用如此鬼鬼祟祟。再则我不怕小娘子生气，家中苦到如此地步，河神庙相去不远，何必如此铺排，这却是令姑无可如何的一个漏洞。那时小娘子要动问一句，这事早穿绷了。尊姑又早防到，所以先对我说，小娘子倘有什么言语或是问你们什么呢，你只随便应他一声，不必和他多说。大概就是预防泄漏之意。谁知小娘子坦然上车，一句话也没有，恁般粗心，无怪要上人家的当了。”大姑哪有工夫和他分辩，这时他的心中真如十七八只小鹿横冲直撞，也不晓这滋味是苦是酸是辣。半晌只把剪水的秋波坚凝不释，呆呆地坐在车子中不晓要怎么才好。车夫们见他没甚吩咐，胡哨一声重又上路。

大姑呆想多时，见车子急行向前，明知自己没法使他们后退，便算退回家去，知道阿姑断断不能相容；若说回到母家，他父母又早已去世，并没兄弟姐妹之亲，只有一个堂房妹子，本来也不是好人，也许此番之事阿姑还和他联络办理，都是意中之事。如此想，觉得后退果属万难，也万无后退之地。若是前去再嫁他人，自己的贞洁、丈夫的颜面都丢干净了，这岂是我马大姑所做的事情？若是到了刘家，那刘某就是远近有名的老虎，他肯放过我么？既是行退两难，说不得只有死的一条路子还比较来得便宜。想到这里，不觉把上下牙齿咬得刮剌剌一阵乱响，立时横了心肠，专向那寻死的路上转念头，要快快找一个自尽的方法，免得进了人家的门，再生另外的枝节。正在苦思的当儿，车子又停了下来，说是换船过江，刘家迎亲的大船已泊在江岸等候。大姑一听此言，喜不可支。接着船中上来两个喜娘，掀帘请新娘下车。大姑定了主见，大大方方地下了车，扶住喜娘的肩头走到江岸。两个喜娘一边一人搀他登船。刚上船舷，突然力张两手把两个喜娘推堕船中，自己疾忙向江中一跳，但听“扑通”一声，一阵浪花拥着一位贞节女子卷赴清流而去。这边众人见新娘投江，自有一番救援。可想大江之中浪大水深，哪里援救得及，白白地鸟乱了一阵，一个个扫兴而归，回去见那活老虎销差。活老虎刚正张开大口预备饱餐的当儿，忽然失了这块鲜肉，少不得有一场懊恼，算他晦气。那批迎亲的人白受那老虎一阵打骂而已。这却别提。

单说大姑投江以后，趁着波涛之势向下头氽去。其时恰有一个道人,年已百有余岁,须眉皓白,精神却颇矍铄,因事过江,自己掌舵慢慢驶行。瞥然瞧见上流淌来女子,还不知他的生死。这道人一念慈悲,便要救他起来。无奈他是一个终身不近女子的人,自幼至老不曾和任何女子沾一沾手足、碰一碰皮肤。现年长如许,很不愿为这女子而破他终身戒行。要是坚决不碰他的身体,却用甚法救他?水势湍急,这救人的机会真个转瞬即逝。道人略一沉吟,只得毅然说道:“宁可丢了我这戒行,断不能见死不救。”于是移船近身,伸一篙点住大姑之体,再蹲下去用力把他拖了过来。谁知大姑溺水太久,返魂无望,早已香消玉碎了。道人想:“事已至此,既不能救生,这尸体也该拉他起来携至岸上,好好瘗葬才是正理。”想着便用尽平生气力将尸身拖上船来。不料那尸腹淹胀,骨骼浮肿,刚刚拖得一半,猛听“刮”的一声,把尸身一只腿子扭断,接着忽然几个巨浪把道人的船也打翻了。道人既要挣扎,势不能再顾尸体,结果道人因自己稍识水性,逃出性命。那大姑尸体却始终漂流开去,不知所之。这道人上得岸来,自思本为救人,反把人家的尸残,不但惨酷已极,而且大违自己百余年修道立戒的本衷,自念有生迄今没干过这等恶事,如今忽于垂死之时闯此弥天大祸,良心内讼,昼夜不安,不觉成疯痴之症,不上数月就奄奄而死。

那大姑灵魂却有江神收管,送至水晶宫中。龙王敬他节孝,十分优礼,并为说明前生之事。大姑心下恍然,龙王又笑道:“你还有个同道中人,和你同谪同罪,如此这般一回事情。只要过得此生,来世与你同时谪满修道皈真。此人生作一个道人,虚忱修行,戒律极严,如今百有零岁。因为救你之故将你尸身伤残,他懊恨悲悔,不久亦就去世了。”大姑听了,倒伤感起来道:“为臣妾一人苦命之故,已经害了别人。不道身死之后,还要带累好人遭殃,岂不可痛!”龙王道:“这也是他命该如此。虽说因你而病,病而死,究竟与你无干,不过他于无心中犯此伤残尸体之罪,来生恐要成点废疾。好在于他性命功行没关系罢了。”大姑听了,益发心中不忍。龙王劝说了一回,也就罢了。过了几时,那古书生因营业得利满载归来,凑巧他后母于氏于前几天去世。古书生哀毁之余,并至各亲友处查得妻子殉节之事,心中万分悲痛，竟将所得各种金宝尽数沉于江中，即传闻妻子投水处。古书生本人便弃家学道，不知所终。

后这事传入水晶宫，龙王请出大姑对他说明原委，因道："贤夫妇节烈孝义，神鬼共钦。尊夫既已出家，前程不可限量。夫人不日当由寡人牒送冥府，再转人生，千年功行，至此即可圆满。寡人念贤夫妻贤德苦情，已着江神就夫人尽节之处，凭借尊夫所掷金宝之气，捐出水面若干亩，涌出一座孤独江面的岛山，供后人凭吊矜式之地。"世人有知此山成功的原因，便都称他为金山。数千年来越积越高，地面也越广，至今尚为中国名胜之地，这都是后话，不用再述。

单说大姑之魂得龙王牒送投生，因不忘那座金山，转世为人，即在金山脚下何姓人家。堕地能言，神灵不昧，呱呱在抱，即不进荤腥。稍长便立志修道。他父何杰、母刘氏都是忠厚善人，深信仙佛，见女儿如此虔心，也甚愿成他之志，不去拦他。转瞬过了十余年，那姑娘乳名兰仙，因在家修持没有多大进步，求告爹妈想要离家远游，访求仙人传受大道。何杰夫妇对于这层，倒也有些不大愿意。因他俩年过四十，只生此女，若是任其远离膝下，不但放不下心，自己也过嫌寂寞。曾把此意和兰仙商量，希望再有子女时方能放他出门。那时兰仙年纪也稍大一点，万事可以老练些儿。兰仙尚未应诺，正在相持，忽有一个姓李的年轻道人上门拜访。何杰惊异起来，问女儿何处认得这个道人。兰仙莫名其妙。父子俩双双出去相会，只见那道人风神秀逸，骨相清奇，飘飘然有神仙之概。兰仙一见道人，似乎在哪里见过似的。道人见了兰仙亦很现出奇异的神情。看他走上前向父女行了个礼。二人急忙还礼，动问道人仙乡法号。道人一面就坐一面笑说："姓李名玄，是河南地方人，和女公子夙世有缘，转世堕地时念女公子前生之事，特来一会，以了夙愿。"即将前因后果说毕而去。

单道大姑生魂，因不忘金山和为他受害之道人，投生金山脚下何姓人家为女。呱呱堕地，便通性灵，能说话；从小不进荤腥，不着锦，立誓不嫁。七岁上有玄女化身道婆，降凡指点，那姑娘生有宿慧，自然认得玄女是真仙下凡，虔心求教。但他念念不忘前生之事，务要寻得那道人投胎之处，等他先成神仙，自己方肯超凡证道。玄女赞叹道:“此数也,不可勉强。但你所说的老道,我却已知他投生河南李姓人家,将来合为老君祖师弟子。既你立志等他,且待他成道以后,我再着他前来会你。”于是传以许多炼气、养心、导引、辟谷的口诀;并教几样防身法术,如隐身、飞剑之类。姑娘一一领受。玄女叮嘱几句,自行归天。这姑娘便专心一志在家修持,专候那李仙到来,自己也可脱度。看官记清,这便是八仙中的何仙姑和跛仙李玄有些许关系,先将他的事情记载一番,如今再说跛仙本身之事。

那时洛阳地方,有一家官宦之家姓李名奇,夫人尤氏。单生一子取名李玄。降生之时,夫人梦一道人授怀。醒来之时,满室都是异香,呱呱者即已堕地。夫妻俩知道此子有些来历,十分宠爱。不知道李玄生性奇特,不愿为官做宰,只求出家修道。及常对父母谈说前生之事,说自己本是一老道,一生好善,未作一丝歹事。不料转界临终之时,曾因救一女子,将他尸体伤残,这是第一痛心之事,至今耿耿于怀。孩儿得道之后,是必首先寻到这位女子,要在他面前忏悔一下,方能成仙了道。这等说话,李奇当他是疯语,一味叱责,不许他这般胡言。夫人却相信仙道,知道他必有来头,反好言安慰着他。李玄总不放在心上。

转瞬过了十多年,忽有太白金星受那老君祖师委托驾云而来,降落李府,吓得李奇夫妇和一家人跪地焚香叩首迎接。太白含笑慰道:“大人、夫人请弗多礼,贫道与公子有缘,特来相见,请大人着公子出门一叙。”李奇一听此言,深怕儿子被远方老仙带去,心中大为踌躇。谁知夫人心直,忙命人到塾中唤到李玄。李玄一见太白,恍如旧识,低下头拜了八拜。太白携他的小手笑道:“一别千年,还能记得贫道么?”说着在他颈项上连拍三下,李玄又顿醒悟九世之前的事,慌忙跪地叩头,口称“师父快救弟子超脱苦海”。太白冷笑道:“天下没有这样容易的神仙,神仙这般容易,都与凡人无殊了。”李玄听了,恍然大悟,只说一声:“师父带我一带,弟子拼受灾殃,甘弃红尘,无论如何决不懊悔。”李奇见儿子这般说法,心中大惧,忙想止住他时,太白把袍袖一举,顿时满屋金光,对面不能相见。金光过后,太白和李玄都不知去向。未知李玄何往,却看下回分解。

第十九回　为修仙不辞险阻　因求道反遇妖魔

却说李玄被太白金星用一阵金光带出墙外，摄至一处地方，身子方才着地，开眼一看，咦！原来是自己从未到过的所在。那太白金星早不知何处去了。只剩自己一人立在一个人烟热闹的市街中间。定了定神，知道太白带他至此，必有作用。眼前虽茫无所归，将来必有个着落。于是把胆子放大，信步行去。问了一声才知已至华山之阴，去洛阳家中有数百多里了。李玄知是仙家妙用，不胜惊讶。惊喜自幼儿就闻华山尊仙祖师李老君也有洞府在彼，今儿仙人将我摄至此地，必是指我访仙途径，免我到处瞎撞之意。想到这层不由望空额手，以表谢忱。一回儿忽觉浑身炎郁，热汗侵淫，心中十分奇怪。难道此地的天气反比中原更热？况且自己才离洛阳，在家之时还非棉不暖，华阴相距不遥，如何天时大变？

正思念咧，忽见前面来个老人，向自己上下打量了一回，笑嘻嘻问道："小哥如此炎夏天气，还穿这些棉衣，难道身体不太适意？你瞧老汉年纪倒比小哥痴长几倍子咧，也不过穿的一身单衣。这和小哥相比，就差得太远了。"李玄这才明白现在是大暑天气。不消说那位太白金仙，不但术能缩地，也且法可灭时，正是神仙妙道可夺天地造化之工。为之嗟叹不已。一回儿又想时序变迁，虽按月按季，逐渐而成寒暑、分冬夏，究其实在也不过一霎时间，人生斯世，上寿百年，从百年回想孩童，又何尝不过转瞬。深想至此，不胜感喟。因不便将此中缘由告诉人听，只得含糊敷衍了几句，便急急忙忙辞了老人。又怕衣服不合时令，未免惹人注目，也且炎热难当，却不敢再走闹市，只拣僻静阴凉地方走去。此时心中第一大事就想赶紧预备一套夏衣，方好行动无碍。性喜肚子并不觉饿，索性向那荒野地方走去。

行够多时，去市已远，先把外面的棉衣除下提在手中，走起路来也觉轻便省力。看看日色昏黄，晚烟四起，很想找个宿头住过一宵，顺便探听华山路径,急切却不见人家。正为难咧,忽见一牧牛小童,手持短笛身骑牛背,吹吹唱唱地向前面山林深处行来。李玄喜道:“既有牧童必有村庄,却容打问一声。”因即迎面上去客客气气地称他一声牧哥,那牧童并不下骑,笑问道:“你这位哥往哪里去,从何处来? 问我什么话?”李玄把自己意思说了;问他哪处可以投宿。牧童听说,笑嘻嘻地说道:“你瞧罢,这四面全是山野,哪有村庄,只我一家就在山后,是替人家看守林木的。我爹又养了这匹牛,天天着我骑了出来喂点草料,你要没地方去,就同我回去住过一夜,明早动身却也便当。”李玄大喜道:“倒看不出牧哥有些义气。”牧童跳下牛来,双手挽住缰绳,说道:“小哥,我们同走罢。”李玄再三道谢,跟着牧童沿山穿林曲屈行去。途中动问牧哥上姓,牧哥说:“姓王,人人喊我王小二,我爹叫王大官儿。他如今老了,也不大出来,但有远方过客前来投宿,他是很喜欢的。”李玄更喜得所。不一时已经到了山后,果见小小茅庐临溪而建,远远望见一个中年以上的男子,倚门而立。牧童说道:“就是我的爹爹了。”李玄慌忙紧行几步,上前唱个喏。牧童就代他说明投宿之故。王大官欢喜道:“你是一位公子,难得到此,真是贵客。”喝令牧童快把牛放好,替公子接过衣服,自己却携了李玄的手进至草堂,吩咐儿子泡上茶来。那王小二笑嘻嘻地捧着衣服说道:“怪不得爹爹说他是一位公子,你瞧,你这一身衣服多么考究。我们乡村地方头等财主人家,有这么好打扮么?”李玄才知道父子们称他公子的缘故。因笑说:“多承老丈小哥费心,小哥如喜欢这套衣服,我就奉送与你。”那王大官儿连忙摇手道:“这可使不得,休说无功不能受赏,我老儿在此数十年从来不用华美之物。小户人家过于安享,不但折福,亦易肇祸,小二替公子收拾好了,别脏了他的,就去泡茶煮饭,莫在此罗嗦了。”小二先是喜欢,比及他爹这么说了,便把嘴一瘪,轻轻笑道:“我就知道你这老儿脾气是不肯要人家的。”说罢一笑而去。

李玄听了这话却是一笑一惊。惊的是山野老人有此见解。笑的是小二一派天真令人可爱。正在思虑,大官动问他的行径。李玄见他诚实,不肯相瞒,老老实实地告诉了他,且问华山路径。大官听说,全没惊奇之色，倒点头笑道："这也可喜，公子小小年纪有此志量，要不是前生有点根底，怎样到如此地步。若说我这华山长亘三千余里，有九九八十一高峰，三十六洞府，历来相传每洞都有神仙，只北部最高的观日峰，南方有紫霞洞，乃是当年老君炼丹之处，如今老君亦常常来此。我们山中采樵的人往往碰到一位老道人，和他谈说古今之事，他说的都是前朝后代的事情，问人家的却都是近来的世景。谈久了他拿些梨枣桃杏之类分给人吃。这些人吃得到的下山之时连脚步都轻健了十倍，而且一辈子没有病痛，年纪亦活的比平常高些。因此大家传说他是仙人。又有人说他是神仙的祖师——老君。这话传说有一百多年。后来有那信仙慕道之人，不远千里而来，上山寻访。有一去不回的，有去而复返的。那一去不回的，有的说已遇老君度他出去。有些人不信修仙如此容易，因又传说是被虎狼毒虫拖去吃了。这都是没凭没据的话，究竟谁真谁假可就不晓得了。那一去而回的人，不用说是到了高山无路可通，甚或遇到危险之事中途意怯，就此折回，那就没甚稀奇了。不说别处，像我老儿住在这个山僻之地，常年少有行人，但是二十年来也碰见了两三个访仙之人，有回来的有不回来的。因为老儿这地方却是上华山必经之路，上山之人必要经过我处，所以这等人倒是常有看见的。如今公子舍家远游，又得真仙摄引，必是与仙有缘，此去一定可见祖师。小老儿自小也曾遇一异人，给我十粒金丸，据说可抵挡饥寒，防御毒气邪攻。老儿上山入村，一辈子不曾碰些邪毒，多少就是这些东西的好处。后来陆续送人，也快完了，就只剩了两粒。公子既要上山，这等危害不可不防，这两粒就一起拿了去罢。"李玄听了，大喜下拜，又说："这仙丹既恁大灵验，小子拜领一丸已够防身，不宜全取，留下一粒为老丈济世救人之用，可不是好。"

王大官听了欢喜道："往常老儿送丹与人，这批人总是要索无厌，似乎好充饥耐寒一般。虽是小事，显见有己无人，贪心不死。似这等人，哪有仙缘。今闻公子高论，只此数言，已见仁人之心。可信此去必定有成，老儿却在山下崇听好音了。"说时将出一粒丸药付与李玄。李玄慌忙接在手中，仔细一看，见那丸色如金黄，润若渥丹，小如芥子，重逾铜钱，端的稀世之珍。不觉喜逐颜开，谢之又谢。将来藏好了。小二送上茶来，李玄喝了一口，再问上山路径。大官道："上山甚易，仙径难寻。公子有缘之人，出路有路，何必多虑。"李玄再拜受教。大官笑曰："公子如此客气，老儿山野之夫，有何好处，敢劳公子言谢。"李玄正色道："人无分文野，以明理为尚。老丈所言句句可为科律，小子谨铭肺腑，终身不敢忘。岂一谢可以了事呢？"大官也喜。李玄在他家住了一宿，次晨起身，烦大官将衣服去换得钱财，买了一件单夹，另做了许多干粮。一切停当，时已傍晚，李玄便欲动身。大官父子苦留再宿一宵，明晨就道，上山下坡也觉便利些儿。李玄笑道："真仙在上，即宜往谒，山行非一二日可毕，终有露宿之日，争此一夜中什么用！"大官见他意坚，只得作罢，命小二亲送他一程，示他入山路径方回。

李玄求道心坚，按程行去，先还平坦，后渐高峻。每日都是晓行夜止，遇有山洞，即便止宿，饿来吃点干粮，渴时吸饮溪泉，也曾遇些山精野兽，都被他预先避过。也曾行至高峰绝岭，终被他攀援而登。行程不止一日，此时入山愈深登峰越峻，回视山下，无一可见；上视高峰，可入云霄，茫茫不知其所届。所备干粮，也只敷数天之用，李玄也不在意，兀自鼓勇前进，毫无怯志。这日薄暮行至山岭重复冈峦错杂之处，李玄迷了去路，不知何适为是。正在彷徨之际，陡觉一阵臭味触入鼻中，令人欲呕。风过处，忽从林后钻出个道人，白须白发，神态肃然。李玄大惊道："一路行来，多日不见人，如何有此道长？前闻大官说，老君师祖常常变幻化凡人，和一般樵人打话。今观此人，飘飘然有神仙气概。况在这深山之中，凡人怎能到此，必为神仙无疑。"忙把衣履一整，端步而前，向那道长一躬到地，含泪禀道："弟子李玄，从洛阳家中，得遇仙师指引，从南而北，登山求师，一路上不惮风尘，不辞辛苦，今幸遇仙师，也是弟子一点虔心不落虚空。万望仙师大施慈悲，收录弟子，使得悟道正果，早脱尘网，弟子不胜悚惶感祷之至。"

那道长听了这话，又见他这般情形，不觉哈哈一笑，说道："你是李玄么？我在此等你久了。你既有此诚心，不惮险阻，前来访道，可见是大有缘法之人，我可收你为徒，传你金丹大道。"李玄听了，不胜欢喜，忙又叩了几个头，立起身来。道人吩咐："你今跟我到洞府去，我自教你修持之法。"李玄忙应了几个是，方才恭恭敬敬跟了道人绕过一座冈子，走过一层山坡，才见有处深林遮住去路。道人指道："过此深林，前面有一平地，下面有洞府三间，即我修真之地。"李玄抬头一望，果然望见林尽处有块广场，道人趱行几步，绕出林子走完广场，折下山坡，又是一片胜景。

但见松竹交枝，奇花遍地，阵阵幽香，中人欲醉。那道人把李玄带进洞府，自己当中坐下，李玄进去又拜了八拜。但见道人喊一声："小幺儿们在哪里？"就有许多披毛带发，似人非人的东西，大大小小不下七八十头，一齐进洞展拜。李玄看了，兀自惊异，只见道人笑容满面说道："你既修道，必求登天。像你虽有缘，未脱凡体，似这等尘浊之躯，不但上不得天见不得帝，就要腾云驾雾也要千难万难。"李玄拜道："弟子自知根行浅薄，所以冒危历险挨冻受饥求拜师尊，冀求脱胎换骨入圣超凡。幸遇老师垂怜拯救，也不枉了弟子一片虔诚，万望师尊指示迷途，不胜幸甚。"道人道："脱胎换骨，这话谈何容易。若遇没中用的仙人，敢道教你千万年，还你仍是一个李玄，如今幸而遇见贫道，总算你的福命。我这里有个巧妙简便法门，只消半天工夫，就能把你凡胎肉骨换个干净。你可愿意？"李玄见说，不期又惊又喜，疾忙拜求道："弟子为此而来，求道得道是大幸事，怎么不愿？"那道人又笑道："既恁地时却好。小幺们可快去弄好锅子，把你新来这位师兄洗刷干净，入锅蒸烂，加些葱蒜香料，待贫道将他吃在肚内，屙出屎来，便是他的魂灵；再加修炼，便成大道。"小幺们听了，忙来拖扯李玄。这一来可把李玄吓得一佛出世二祖涅槃。忙问："师尊，这是何意？！"道人喝道："你要脱胎换骨，不恁地时怎生换脱得来！"李玄还要分辩，小幺们那容他多说，早已一拥而前，将他拉出洞府，扛猪也似的抬到洞后，有一所绝大的厨房，上面挂着许多人腿人头，兽尾禽身，又有一座大灶。小幺们把李玄浑身上下剥净，一个便去挑水，一个便去生火，几个看住李玄，防他逃逸。

李玄到此才悔上了大当。想仙人洞府何等清高，怎有许多不伦不类的怪物。就是那道人说话举动也粗俗卑鄙，哪像得道全真。再记得遇见这道人之先，明明闻着一种异臭，多分就是这道人身上来的。自己太不小心，误当他是仙师，投入樊笼，真是自寻死路。可怜一片诚心，几次历险，结果只把个身子送给妖人当点心。回想起来，不觉伤心泪下。那小幺们见他哭泣，反围住了他，拍手拍足的欢欣鼓舞。这李玄伤心之极，猛一转念，自来修道之人，初次从师，必须经过几番试察，以验其人是否可以修仙。如今已到这华山之中，仙师在望，仙境非遥，哪得有些妖魔胆敢现形作祟！不要是那位神仙老师设此机关，在那里试察我的胆量和向道的毅力吧。若果如此，我倒不要为了小小危险显出那种荏弱畏葸之态。况且事已至此，就算真有不幸，难道凭我两道眼泪就能挽回这等妖魔鬼怪的狠心毒肠么！想到这里便把牙关一紧，挺着身子，专待入锅。

不一时听得小幺们嚷说："水沸了，快把这东西放下锅去。"于是七八个小幺，吆吆喝喝地又把李玄扛起。李玄这时已拼一死以显自己诚意，不但毫无畏意，还望快快落锅，早脱尘世。果有仙眷，必能默相此身，倘得转世为人，修道毕竟较易。觉得眼前危险，未始不是下世修道之助。因此面含笑容，由着他们扛抬起来。到油锅旁边，小幺们身子太短，用力举起李玄，刚刚和锅面相平，兀自放不下去。李玄笑道："你们这班笨东西，这一点小小法子还想不出来，白白给你们消受许多人肉兽身，可不冤枉。"

小幺们听说都万分诧异起来道："却是奇怪，这人刚才吓得那么样子，此刻又说起这等狂话来，一下子工夫胆子大得恁利害，倒是罕见的事情。"一个小幺说道："你这先生左右逃不过我们大王的口，既你这等说法，想必另有高明的法子可以省我们一点力气，何妨借助一臂，也免得我辈为难，你先生也可早早归天，省得逗留此地多受惊吓，却不是一举两得么？"李玄大笑道："小鬼倒会调皮，也罢，我却真个愿意早早归天，就便宜你们省些力气罢。"回身向众小幺道："你们将我放了，我自己爬上锅沿跳下锅去罢。"小幺们料到他不能脱身，一个个喜笑颜开说："看不出这先生又聪明又勇敢，倒是一位漂亮人儿。"李玄也不理会，脱了身一跃上锅，向下就跳，但听"滃然"一声，沸水四溅。不知李玄性命如何，却看下回分解。

第二十回　老祖下凡救世　李玄脱险成仙

却说太上老君祖师者，乃是天之精，地之魄，为群仙之祖，世俗称为老子。自混沌初开之时，修成不坏之身，为要完满功行，救度有缘，所以累世降生人间。至夏商之交，派出缥缈、火龙二位大弟子办好海中龙王一案之后，即分仙神气寄胎于玄妙玉女，降诞于楚之苦县赖乡曲仁里，从母左腋而出，生于大李林下。生来白头，面上亦微作黄白色，额有参天纹，生而能言，手指李林对玉女说道："母亲，我出身此下，当以此为我姓。"玉女喜诺，又替他取名耳，字伯阳，又名老聃。老君神灵不昧，道行愈深，常为人降妖除怪救苦济难。至周初，出仕为守柱史。至武王一统天下，委为柱下史。至成王时仍为原官，遨游西极天竺等国。康王时，还归于周。至康王末造，忽对他家人说："我自盘古以前，混沌之始，合天精地魄而成人生。以后历次降生，专为济度世人。近百年来因商纣失败，周室代兴，神仙合当遭劫，我也隐居山林，不预人事。现在合计入世已近五百年。西方有人待我脱度，我当出关一行，度了此人，即行上天去也。"言讫，闭目默坐，家人上前抚之，气已息灭，身体冰冷，只得把他葬了。

其实老子并不曾死，当家人安葬老子之日，正老子骑牛出关之时。老子到了函谷关，只见一个官吏带着十余从人，伏谒道左，自称关尹喜恭迎圣驾。老子下牛笑问："大夫何事相敬?"尹喜笑道："久闻老师乃天生圣人，尹喜不才，颇知占气之术。近占天气，知师驾将于今日此时过关，特赶来恭迎，万望师座勿弃驽骀，录入弟子之班，不胜欣幸。"老子笑道："子真有缘人也。起来，我便跟了你去。授你长生之诀、修道之门。"尹喜大悦，恭恭敬敬地把老子迎入关内，居中坐定，重新拜谒。老子叹道："我入世五百年，未见向道之忱如你者。今当以大道授你，好自修持，前程不可量也。"于是袖出所著《道德经》五千言交与尹喜，吩咐道："修丹炼气，自有法门；至于根本之学，还在明心见性，摒欲绝缘，此是神仙立命之源，具见此经。你莫轻忽视之，反至愆尤。”尹喜九叩首受命。老子又说：“我不能久在此间，不日便当去昆仑山上修视洞府。”尹喜涕泣道：“才见慈容，焉忍遽别！”老子道：“修道人首戒情字，你能修真即如在我身边一般，何必时时相见。”尹喜又说：“愿弃家相从，赴汤蹈火都所不避。”老子道：“我游于天地之表，不如寻常之人有一定地方；舍乎冥冥之间，不如凡人之栖宿安身；出入于四维，往来于八极，冥冥茫茫，无涯无际。你受道日浅，未能通神，安能以血肉之躯追随左右呢。”

尹喜又问：“此别何时再得相见？”老子道：“我先去昆仑一行，再至海上。尚有一段俗缘，须至西域一走。因蜀中有一青羊肆，往年我至那边，见主人十分仁德，尚无子嗣，我心中一时不忍，随口说句戏言，许他再积五百功行，当送一子与他。今肆主夫妇都已一百二十余岁，神明不衰，积功四百八十余。我当亲往转胎为子。大约二十年后，此老夫妇应当得子，更五年你可亲到蜀中访我。”说罢向外一指，即有彩云一朵冉冉而下，附于老子足下。老子身登其上，所骑青牛也站在云端。老子面放五明，身现金光，洞然十方，冉冉丹空，五色祥光，烛照远迩。尹喜叩头拜送，目断云霄，泣涕而起。从此虔诵《道德经》，参悟其旨，并通治国之道，要在与民清静无扰，使人不知善恶，不顾兴亡，自然无为，以致郅治。行之数年，其效大著，因就所见闻，编成《西升记》三十六章。又于三年之间修炼金丹，更编《关尹子》一书。书成而丹亦成，恰好二十五年。

尹喜牢记老子所嘱，弃官舍宅，亲至西蜀，访寻青羊肆。并没人晓得，一连数天，尚无消息。尹喜料定老子断无戏言，因耐心守候。一天闲行郊外，忽见一小童牵一青羊，彳亍而来。尹喜大喜道：“仙师传谕，每含玄机，既有青羊，必有征兆。”因即上前为礼：“请问童子，此羊何来，牵去何用？”童子笑道：“说也好笑，我家老爷夫人年逾百廿，生得一子才五岁，最爱这头青羊。数天前羊忽不见，公子十分不悦。老爷因此派人四处寻找，今才找得牵回家去，免得公子懊恼。”尹喜听说，和老子临别所嘱一一符合，不觉大喜，忙说：“敢烦小哥寄一信与公子，说有故人尹喜求见。”童子听了，朝尹喜打量一回，笑道："我家公子今年才五岁，哪里跑出这么一位老朋友来？"尹喜笑道："岂但老友，简直还是师生咧。"童子又笑道："公子不曾上学，也没见你这位先生自己送上门去。"尹喜笑道："不是这么说，你家公子是我的师父。我便是你家公子的门生。你要不信可去公子面前说一声尹喜求见，看他怎么说法，你却再来见我。"童子似信不信地带了尹喜回到家中，把青羊交与公子。公子大喜。童子又把遇见尹喜，自称是公子学生，前来求见，岂非笑话？一句话说得家人都笑起来。谁知公子一听此言，立刻振衣而起，庄容说道："不差，是有这人，快召他进来见我。"家人见了这副情景，十分疑惑。公子一迭声催那童子快去。童子只得出来，将话对尹喜说了道："公子着你进去，他这性子很怪，你莫惹了他的，连累我们受气。"尹喜笑道："我理会得。"一步一拜进至内院。

那公子一见尹喜，立刻足现莲花，身裹彩云之中，变成十丈金身，光明如日，芬芳四射，阖家大为惊骇。尹喜见了，已匍伏座下，口称弟子叩见师尊。那公子温颜命起，回头见父母家人惊骇之状，因笑说："我老君也，太微是宅，真一为身。因五十年前曾许降生，特来了此夙因。今俗缘已了，父母姊妹并一应家人均得随我升天，万劫不坏。"家人闻言，罗拜阶下。老子只命尹喜扶起父母，坐受众礼已毕，方对尹喜说："前次你要跟我云游，我因你修身未固，俗缘未了，且初受经诀，未克成功，若匆匆随行，不但血肉之躯禁受不得，兼恐分汝身心，误汝学业。如今看你炼气保形，已造真妙，面有神光，心结紫络，表金名于玄图，系玉札于柴房，气参太微，解形合真，足征你修道之勤，用心之苦。再将我《道德经》并你自作两书流传人世，亦有功劳。今日在此相见，即当咨请玉帝崇你位号，封你天职。"尹喜叩头有声。老子喝命起立一旁，即以口诀召到三界众真、诸天帝君、十方神王以及各洞各山神仙散道，齐集庭上。俄顷之间，诸神仙都驾彩云、驾神兽陆续来至，各执香花，稽首参拜。一时香烟缭绕，花雨缤纷，仿佛开一诸天盛会。

老子端坐莲座，面敕五老上帝、四极监真，授尹喜以玉册金文，号文始先生，位无上真人，居二十四天之上，统八万真仙，飞腾虚空，参传龙驾。奉旨跪而受命。老子温谢,诸仙陆续散去。老子带同尹喜挈同全家白日飞升,皆成仙体。老子自和尹喜仍回昆仑山八景宫。老子自得文始先生为徒,却似人身添了一臂,凡有神仙事务都着他代理。一天正在宫中和文始对弈,忽停手不下,凝眸有思。文始问其故,老子笑道:“你可知道我的坐骑现在哪里去了?”文始笑道:“正是,几天都没曾见他。”老子叹道:“劫数所关,虽神仙之力不能挽回。这孽畜下凡多日,在凡间已有好几年了。现在华山中嗜兽噬人,伤残无数。不久又有我道中人要遭此厄,此人将来在我门下成就甚大,和汝不相上下。你可于明日午时去走一遭来,救取此人,带他来宫。”文始请问此人姓名,老子道:“其人姓李名玄,乃天宫司香吏,得罪下凡,谪堕十世,今已届满。幸他性灵不昧,有太白星挈他出家,着他亲上华山受跋涉危险之苦。你到那里便知分晓。”文始领命要走。老子吩咐把驾牛的童子也带去,可助你一臂之力。得了手就着他先行骑了回来。文始便去喊那管牛童子,原来就是在蜀中寻找青羊的童儿,如今却替老子管这牲口。

老子一见童子,就斥他道:“你管的什么事情,恁地不当心?被他逃了下去,损害人畜。如今又有一个应当成道的人受他毒害,万一着了他手,你的罪过还当得起么!”说得童子一句也不敢辩,伏地请罪。文始替他讲了个情,老子又命起去,可随真人下凡,收此孽畜回来,将功折罪。童儿方谢谢文始,方才跟了文始,驾起云头直至华山降落。

文始纵目一望,见西南妖雾迷离中,却有一线红光透出霄汉,便对童子说:“随我降妖去来,你须小心,不可大意。”童子应诺连声,重又驾云到了李玄受难的洞府。才要降落,文始先运慧眼一瞧,只见众小幺把李玄簇拥起来,上了锅沿,李玄向着锅子纵身一跳。在这间不容发的当儿,文始疾忙用手一挥,从北海中移来一大冰块推入锅中,却比李玄身子先一步落锅,沸水着冰,冰融水冷,李玄浸在锅中恰好不寒不热,正配给他洗澡。李玄兀自奇怪,却益发相信果是仙人借此考验他的。事既如此,乐得躲在锅中,慢慢再图出头。这里文始带着童子降落洞前,移步入洞。那道人正在等候煮熟李玄,预备下酒。抬头见文始和童子进来，心中着慌，忙要躲避。文始已从袖中取出老子驱牛的鞭子，向他身上打去。喝声："孽畜，还不现形，更待何时！"那道人就地一滚，依然变成青牛。却挺起双角来触文始。文始用手一指，那牛便如泰山压顶一般，连气都伸不出来，休想移动分毫，只得伏在地上垂泪。文始笑道："这孽畜也敢如此大胆，可知你主人为你发火哩！童子还不牵了回去，他这身子怎经得这般大力镇压，万一压伤了他，回去可见不得师父之面。"童子因他受斥，也恨极了他，走上前猛力踢了他几脚，骂道："我把你这不知死活的畜生！你在这里惬意，却害得我几乎受刑！"文始笑劝道："罢了，他这回子也压得够了，你也饶了他罢。"童子便替他穿了鼻，上了缰，牵在手中，喝一声："起！"文始也收了法，由他牵出洞外，腾云先去。文始仗剑在洞前洞后查勘一回，把所有小幺赶散了。再至大厨房内驱散那几个管理水火的小幺，方才救出李玄。

李玄出了锅子，一见文始道容瑞气，俨然天上金仙，和才见的妖道大不相同，情知便是试察自己的真仙。不觉拜伏于地，叩头不止。文始笑道："你是我的师弟，不必行此大礼，快到前面，穿了衣服随我上昆仑去来。"李玄依言，出了这杀人厨房，又得到衣服穿在身上，再来叩谢文始，请问上仙法号。文始把自己位分出身和此番奉旨相救的话，一一对他说了。李玄才知道却是老子青牛作怪，又喜一点道心竟能感动祖师，收为徒弟，心中感激万分，忙又朝天叩拜了一番，却问文始此去昆仑多远。文始笑道："若说凡人步行，大概是够跑个五六十年哩。"李玄吐出了舌头，不敢作声。只见文始说声走罢，用手一指，空中飞来两朵红云，手携李玄，同登其上。李玄初次登云，兀自吓得颤兢兢地。文始笑说："你多远的华山，都跑了多日，连妖道煮人的油锅都去尝试过了。怎么遇到这等去处却又怕将起来？"说得李玄也失笑了。

一时驾起云头，但觉呼呼风响，俯视下界，景物都如飞一般向后退去。有无数的高山峻岭，有许多的长江巨川，有几百处闹市，又有千万的深林。正在观赏之时，文始吩咐他不要尽向下瞧，你这血肉之躯禁不起头眩的，仔细回来见了祖师不能行礼。李玄大惧，慌忙把两只眼睛闭住，一任他云推风送。哪消饮饭工夫，耳中听得文始喝止，忙又睁目一看，原来两人都落在高山之上，是一片清幽胜景。文始笑道："师弟，这便是昆仑山最高峰，祖师的洞府就在前面。你瞧那边不是有两个童子迎面而来，想是祖师派来迎接你我的。"李玄跟定文始，正其瞻视，整其衣冠，规行矩步地赶上几步，果见两童携手而来，笑道："大师兄回来了，祖师着我俩在此等候。"文始笑道："烦师弟进去通禀，说我带了李玄候见。"童子进去不多时，又出来招呼说："祖师命你们进去。"文始带定李玄趋跄入宫。李玄此时一秉虔诚，目不旁视，也不晓得过了多少琼楼玉宇、金殿银阶，才到了祖师大殿。文始命李玄在门口稍立，自己先进去禀明收伏青牛情形和带李玄参见的话。老子笑容温慰，便命传见李玄。文始又出来带李玄入内俯伏殿陛，口称"弟子李玄见驾，恭祝祖师圣寿无疆。"老子传谕赐坐。李玄拜罢而起，却还不敢就坐。文始笑道："祖师命坐，师弟不宜过谦。"李玄只得坐了。老子看那李玄时，心中却也欢喜。未知甚事欢喜，却看下回分解。

第二十一回　日观峰收妖为仆　紫霞洞女怪劫经

却说老子看那李玄神采俊逸、眉宇清扬，心中却是欢喜。因着他坐了，问道："李玄你虽知前世之事，未必记得怎样清楚罢?"李玄道："弟子愚昧，未解今生，安知前世。万望祖师指示。"老子点首，命童子持一碗净水来，老子亲手画符，令李玄拿去看来。李玄捧在手中看了一回，便见天宫之上群仙列饮，司香吏和司花仙女因嬉笑获愆，玉帝降罚十世下凡情形，心中顿时明澈，奉还净水，又向老子叩谢过了。

老子微笑道："如今可明白了，你前生有此根基，今生悟道独早。却有金星挈引，霎时之间，就到了我这门中。自来成道之人，未有如此迅速。一则也是你福禄不浅；二则因你曾为仙吏，职位虽卑，根器究比别人不同。而且十世为人，未有过失，独得天心怜悯；三则你身堕尘网，偏能不染一尘，端的具有夙根，非偶然也。但修道之功浩如烟海，茫不知所穷。你今才算进门第一步，登堂入室言之尚远。此后功行全在自为。虽有福命，不能一蹴而就也。"李玄再拜受教，因言："弟子山野鄙夫，林泉末品，前生既获愆尤，今世岂敢忘自勉。况蒙祖师开天地之恩，指迷入觉，诚不自意有此福缘。正当刻励矜持，怎能再行玩愒自误前程，兼负祖师栽培之德、金星挈引之恩呢。"老子颔之以首，因垂教道："至道之精，方方冥冥；至道之极，昏昏默默。无道无所，抱神以静。必静必清，毋劳尔形。毋播尔精，毋狎尔性。息虑营营，乃可再生。"李玄跪受法训，心花顿开，尘情冰释。

老子因说："修道之人，要多游山水，以涤心胸，多立功行，以坚善果。兹先授吐纳之诀，导引之方，并玄门《道经》三卷。上中两卷能呼风雨、驾云雾、召神兵、致雷电，下卷能穷变化之奇、识未来之事。自今为始，汝可独往华山，彼处有我修真洞府，在日观峰紫霞洞，惟现有甚妖魔甚众。付汝宝剑一柄,用之则长,卷之极细,放之可达万里,收之便在眼前,除却上界神仙,无能当此剑锋。你得此可以除妖保身,免受灾害。”随把用剑口诀付与李玄,并《道经》三卷一并交付了他。李玄跪在地上,一一谨记。老子吩咐童子去后洞取道袍一件、道冠一顶并丝绦鞋袜之类,一应完全,着李玄即时改装。李玄穿戴已毕,神情越觉飘逸。老子笑道:“倒也宛然一位散仙了。你就去罢,我还着你文始师兄送你归洞,三年之后须把功夫用完再来见我。”于是李玄顿首遵命,文始带他出洞,仍然驾云送到华山紫霞洞内。

文始临别,李玄拜请指教。文始道:“为道之要,祖师已完全指示,师弟聪明,业已领悟。其他仙术尽在经典,苦求自得。愚兄只能奉赠些小玩意儿为贤弟进洞志庆。”因取出小镜一面道:“悬此于门,则晶莹照澈,昏夜无殊白昼,且妖人鬼怪不易近身。”又传授定身之法:“如逢妖人侵袭,如无甚道行者,施此之法,便呆住不动。”李玄大喜拜受。文始又道:“贤弟初次入山,一切行动还仗人帮扶。愚兄再送仆役二人以供驱使。”李玄怪道:“荒山之中,何处得人?”文始笑道:“你打量这个地方凡人能上得来么?贤弟所以和平时一般,一因你根器不同,具有仙骨;二因你上山之时,得王大官赠你金丸,所以能耐饥受冻,不觉困苦。此丸原系仙人制造,借手王大官济助道流,不是寻常药物可比。不信,你入山口多日,再从昆仑往来,在人世上已过了好几年了,怎么不见饥寒之苦,不是这药的效力了?不过药力有限,经过这多日子,也快消失了,贤弟今后也还不能完全脱离烟火。我今觅取近山妖魔中稍有仙缘者,召来二人扶持老弟,并可稍供指挥。老弟心有所需,在华山左右千百里内,他们自能取到也。”李玄正因未绝烟火,深恐株守古洞饥饿难当,听了这话,不期欣喜溢量。

文始带了李玄走出洞外,捏诀召来本山土地,问道:“附近一带可有甚妖怪?”只见一个老土地躬身答道:“此间自老君祖师去后,这山前山后被一班妖人搅得不成世界。最凶狠的是一个兔精、一个雉怪。那兔精时常幻化男人下山迷惑女子,吸其铅红;那雉精时常变一女子下山引诱男子,取其元阳。这几年来,害人正不在少哩!”文始怒道:“此是我祖师修真之地,怎容此等畜类如此胡闹!”土地垂泪道:“不但山下凡人,就是土地们在此,也被他们扰得够了!”文始温谕道:“我今收此雉、兔二怪与我这师弟服役。此外一应妖魔,有我师弟在此,不久也能逐渐剪除。他初来此地苦志修道,如有什么意外不测之处,你们都要协力扶持,照应与他,到他功行圆成,你等亦有劳绩。”土地们叩谢而去。

李玄见了,不胜歆羡。文始笑道:“修道人替天行道,三界神仙也都有救人济世之职。果能宅心正大,举动光明,确系有益于人无害于理,他们自当恭听指挥。符诀一到,立时前来,这不算什么稀奇。若稍有私念,或有甚不正之事,便不易召致他们;即使奉法而来,其心不愿,如遇大法力者,还可挥剑相抗。即使幸免,而将来恶贯满盈,难逃天诛也。”李玄竦然受教。文始笑道:“这些诀门,祖师经内都全,贤弟聪明过人,不消一月便可学得几种。今既贤弟歆羡,我便先把这召神之诀传授与你,亦可作防身卫道之助。”李玄大喜,拜领,默志于心。文始又切嘱道:“召神遣将不是儿戏,非至紧要之时,不可轻用。如遇神将来时,尤宜谦恭端肃,稍涉轻亵,天愆随之。须知我辈与神祇同是代天行道,救世济人。他们奉召而来,并非我辈地位比他们高,乃是各行其职,各尽其功。你若轻亵视之,就不遭天愆,下次也休想去请教他们了。”李玄凛然道:“师兄金言,谨铭肺腑。”文始笑道:“恁地方好,我和你降妖去来。”李玄道:“可惜方才没问那土地,那妖不知在什么地方。”文始笑道:“那算什么事,我们修炼慧眼作什么用的?上次你在老牛锅子里有谁引我来着。”

李玄方跟他出了洞门,文始指着面前一带竹木和地上的残叶枯枝说道:“得这两个家伙来收拾收拾,也好才像个神仙修真的洞府,似这般七零八落不干不净的像个什么样子。”李玄听了,十分心感。文始携了李玄走上山峰,运慧眼四面一望,指着东北一处说道:“师弟瞧见么?那里有一种半黑半青的气氛,必是妖人匿迹之处。”李玄却不甚瞧得清楚,不过经他说穿了,看去这地方气象似乎有些不同罢了。文始吩咐他:“带好宝剑,步步跟住了我。”两人驾云而起,一霎时已到了妖气所在。降落云头,却是一个大山沟。山沟后面有一座大洞，洞外恰好有许多小妖在那里打筋斗儿，见了二人，都吓了一跳。有的呆呆注视，有的如飞进洞，报告妖精。文始指着妖人说道："少顷妖人便出来也。"一语未了，只见一男一女带了许多小妖叫叫喝喝地走出洞来。二妖一见文始兄弟，那男妖便说："贤妹恭喜，却是你的口食来了。"女妖喜孜孜地上前，举手为礼道："二位道长从哪里来？"文始笑道："特来救你们来了。"二妖见说，不觉大笑起来道："这道人出言好生狂妄，他们既到这里，连自己还救不过来，怎说救我们呢？"男妖猛一抬头，见李玄剑光闪闪，不觉打个寒噤，便对女妖悄悄说一句。女妖点头，一声令下，早见千百小妖一拥而上，把二人团团围住。文始大笑，和李玄各出宝剑，举手一挥，却是奇怪，剑光起处，这千百小妖早都头断骨折，一个个倒在地上。二妖大怒，也都掣出兵器来战二人。文始着李玄退后一步，自己仗剑而前，独战二妖。

二妖怎生抵敌得住，向西败下阵去。文始驾云相追，二妖忙各张口一喷，但见一阵青烟迷得对面不能相见，而奇臭难当，把个李玄晕倒在地。文始大怒，喝一声妖人怎得无礼！张口一呼，青烟尽散，臭气毫无。文始念念有词喝声："疾！"蓦地里起个青天霹雳，早有雷公电母立在半空躬身请令。文始举手道："现有兔、雉二妖在此作祟，贫道敢烦尊神施力着他速显原形，但请勿伤其命，贫道还有用他去处。"雷电二神口称遵法旨，于是打起一个大雷，向二妖头上打下。二妖只觉轰轰雷声在顶门上左右盘绕，欲下不下，只吓得魂消魄散，伏在地上只叫："大仙饶命！"文始喝道："孽畜！速现原形，听我法旨！"二妖就地一滚，一变白兔，一变雉鸡。文始问道："兀那妖魔，还肯受我驱遣么？"二妖哀声泣告："但乞饶命，情愿追随大仙执鞭随镫，如有反悔，天诛地灭。"文始退去雷电，命道："尔等日观峰紫霞洞内伏侍我这师弟，尔等须要小心在意，恭谨从命。我这师弟乃是天仙降凡，如今受祖师训戒，在此修持，不久可成正果，那时尔等也有造化，功行非浅也。"二妖欢喜叩谢，文始着他们仍化人形，前来看视李玄。

李玄受毒颇深，兀是昏迷不醒。文始吹口气喝声："师弟起来，愚兄已替你收得两位纪纲也。"李玄霎时苏醒过来，大喜拜谢。文始又道："吾弟可替他们取个名儿便可呼唤。"李玄道："就请师兄赐名。"文始沉吟道："这雉精能飞行半空，翱翔海上，可取名飞飞儿；这兔精能上坡下山，升树登峰，可取名颠颠儿。"李玄和二妖都谢过文始，文始又送他们回洞，吩咐二妖："好生伺奉，如有变心，我在昆仑山上立刻知道，便以掌心雷殛你们，马上骸骨成灰。"二妖竦然领命。文始又勖勉李玄几句，说声"三年后昆仑山相见"，两脚一登，便见一道金光向天而起，霎时不知所往。慌得二妖俯伏在地，都道："今日幸遇金仙！"李玄道："从此你俩都要洗心革面，好好跟我修持。我也选择祖师所赐秘籍中道法，随时指授一二，将来我得有成功，不忘尔等好处。"飞飞、颠颠益发喜悦。从此李玄在洞早夜用功，二妖替他下山取物，上山煮饭，洒扫洞府，应承使令，一点不敢懈怠。谁知李玄所诵《玄经》夜发奇光，光照四远，即有许多妖魔疑有重宝，思来袭取。

这日李玄正在用功，忽见洞外走进一个女子，身穿素服，泪流满面，大叫法师救命！李玄定神一看，却认不得他是什么路道，想这深山之中，寻常不能到此，便疑为妖人化身。又思妖人必有特别的情形，这女子却如此娟好，又不忍妄相猜疑。因问："小娘子从哪里来，有何冤苦不去告官求府，却来这荒山之中找寻贫道，有何益处？"那女子泣道："小女子是山后东村王家集人。丈夫去世已过百日，小女子心不忍嫁。因为翁姑贫苦，将我卖与一家财主人家。成婚之夕，小女子坚不从顺，那财主要将小女子处死，小女子只有黉夜逃走。无奈这后山一带都是财主的势力所及的地方，小女子不敢逃去，只得望山上逃来。不道越走越高，不知不觉到了此地。如今进退两难，又惧饱虎狼之腹。正在万分无奈，幸遇法师在此修道，若蒙不弃，收留洞府当一名佣妇使唤，实乃万千之幸。"李玄大惊道："小娘子怎说此话？我贫道过的是人世不堪苦的日子，住的是常人难居的苦地方。现在虽还用饭，不久就要断绝烟火，如何容养得小娘子。况且我这里也无大事故，就有些小事情都得两个徒弟应承了去，哪里再用凡人承值。小娘子下山，别在这里罗唣了。"那女子见说，痛哭道："修道人最重仁义，小女子也为看重名节，遭此患难。法师若不相救，小女子左右不过一死，与其死在恶人手里，倒不如死于法师面前好得多了。”

李玄听了心中兀自不忍，想道：“这女子如此凄切，看来守贞是真，我若不救，难道真个坐视其死？若救他，只得和飞飞们商量送过他山后去，离他这住处千百里，也就不怕那恶人寻到了。”想到这里，只得吩咐道：“小娘子起来，我贫道在此修身立命，还恐来不及呢，怎能再受人间闲事。但见小娘子委实贞节可钦，又且说得如此可怜，贫道心中又万分放不下。没得法，只好破一破例。就着我徒弟们送你到那边山下，你去找一家善良人家做个帮佣，也好暂图生活。你意下如何？”那女子喜谢道：“若得如此，法师却真是小女子救命恩人了。”说罢，又要下拜。李玄慌忙避开，便说：“小娘子切莫多礼，反使贫道不安。我就即刻着人送你去罢。”那女子慌道：“今日天晚，这山路多崎岖，随时随处还有虎豹毒虫，万一有个好歹，却不是法师救人害人？”李玄摇头道：“依你之意要怎么样？”小女子道：“小女子别无他心，但求住过一夜，明晨早行，就感恩不浅了。”李玄忙道：“这个断使不得，我这里并没女客住处。况且荒山古洞，寡女孤男亦当避此嫌疑。小娘子为保全名节遭此患难，若因一宿之故，反而伤及清名，在小娘子亦非得计也。”那女子又道：“不要紧，法师不是说有两个徒弟么？就把令徒的房间腾出来给我坐这一夜，彼此隔房别户，就有嫌疑，天神共鉴，又怕什么是非。”李玄听他这样说了，越发为难起来道：“正是，我倒又耽起一件心事来了。我这敝徒并非人类，乃是兔、雉二精修炼而成人身。那雉精还是女身，兔精却是男体。贫道仗的祖师法力新收在门，不知道他们野性是否能驯？万一见了小娘子青春美色，有些不正行为，贫道越发担待不起。小娘子不用狐疑，我即刻叫那雉徒送你下山，小徒虽然异类，也还有点法术，寻常禽兽休想近他的身，有他保你同行，你还怕什么来？”

那女子见李玄执心不肯，兀自立着不走。却用媚术来勾引李玄，嫣然一笑，骚相毕露，立时做出万分风情，向李玄身上捱来。口中说道：“法师，你真这般狠心，舍得奴深夜冒险走这长途路么？”这一来，吓得李玄无处躲避，洞中大呼：“飞飞、颠颠何在，速来救我！”一言甫出，那女子勃然大怒说：“好李玄，你真是不识抬举的痴人；我好意温存于你，你倒喊人来捉我。也罢，我也不犯和你为难，只攫了你那什么《玄经》去。你要回心转意，我便和你做个天长地久的夫妻；要是不然，就先烧了你这经卷。我住在山后白玉洞，白玉夫人就是我。你要找我就到那边来。”说罢一手攫了石桌上的《玄经》，一手推翻李玄，一阵妖风出洞而走。比及飞飞、颠颠赶到和李玄一同出寻时，已是踪影全无了。未知经卷能否璧还，却看下回分解。

第二十二回　成功参老祖　得道省双亲

却说李玄正在室内静用元功，被一女子用计劫去经卷，不觉吓得目瞪口呆；随与飞飞等出洞观望，一点踪影都不见了。李玄顿足叹息，泪下如雨。颠颠道：“妖人已去，急也无用，还是赶紧想法追问经卷是正经。”飞飞想了想，问道：“请问法师，这妖人他可说起住在什么地方？”一句话提醒了李玄，忙道：“不错，他临走时曾说，住在山后白玉洞，他就是什么白玉夫人。你们在此多年，可曾听说有这么一个妖洞、这样一个妖精？”飞飞摇头道：“此山洞府，大小不计其数，小的们虽然久居于此，却也不知其详。”李玄猛然记起来道：“师兄曾教我召神之法，何不请本山土地来请教一声，便知端的。”飞飞、颠颠催他快快召请，李玄依言捏诀，果见那老土地立在面前，笑容满面地先向李玄道谢收取二妖之功。飞飞等立在一边，不觉面红过耳；那土地抬头见了他俩，也颇局促不安。李玄道：“此一时彼一时，已往之事，谈他则甚，如今都成一家人，却先商量取经要紧。”

因问土地：“可知山中有个白玉洞？”土地回说：“白玉洞离此却远，但不归小神所管，以故不知详情。今闻得那洞中也有妖人作祟，吞吃行人；和这两位是同道中人。”飞飞见说，伸手在他光头上凿了两下，笑骂道：“你这老儿，忒会欺人，摆着我师尊在此，你就敢轻薄我们，明儿看我再作妖精，不打了你这地窟，也不算好汉。”吓得土地诺诺连声说：“小神不过一句戏言，还敢得罪两位不成？”李玄叱道：“既入正道，何得又起邪心，不怕应了誓言，看师兄掌心雷殛你！”飞飞笑道：“也不过和这老伴寻个开心，那里就这般不好了。”李玄道：“就是说笑，也要有个分寸，这等逾规越矩的话是不许说的。”飞飞只得遵诺。李玄谢过土地，打发他去了，随又带同二人到了后山，把那里土地召来一问。

只见那土地满面枯槁，形神憔悴，也和初见这边土地一样情形。

李玄问起白玉夫人，土地禀道："离此三十里有一山洞，洞后产白玉，所以得名。那洞有一妖人，吃人侮神，作恶多端，乃是当年老君祖师的青牛和本山一只野牛交合而生，生来无物可食，就在这洞后寻找一种嫩质白玉当作粮食。食玉既多更通灵性，随幻化人形，其肤娇嫩，浑身上下都是玉色，连他穿的衣服也上下一白，完全不带杂色。他自称白玉夫人，常去山下迷惑美貌童子，摄回山洞采其元精；精竭身衰将来吃在肚中，弄得山下行人稀少，居民远避。小神香火都绝，困苦不堪。今奉法旨，想必是天遣法师前来收复此妖，不但人民之幸，小神辈也托庇不浅。"颠颠暗语飞飞："想不到这妖竟是同道，怪不得那土地取笑我们。"飞飞叱道："既如此，你就和他认了亲戚去来。"李玄心中正烦，听他们这般戏谑，便斥道："又胡说了，这妖抢去经卷，我们三人都有罪谴，还不赶紧设法夺回，反在这里互相取笑，全不像仙家体统、道门规矩。"二人听了，才不敢说。

李玄又问土地："这妖可有什么本领？"土地道："本领也不甚厉害，不过能驾云唤雨，扑取人物；再一把三尖两刃刀使得绝熟，平常人休想打过他，此外就不见有什么能为了。"李玄谢了土地，打发他去了，对二人说道："原来这妖也算牛精，你二人都有战阵工夫，可先去和他见一阵来，我却在这高峰上远远瞭望；如你俩战不过他，我就飞剑助你。"飞飞道："既如此，法师就赏他一剑也罢，为甚多费手足？"李玄道："我岂不知？只因此物修持多年才得这些道行，我这宝剑乃祖师亲授，一剑飞出神仙难当，量这妖魔怎能抵挡；即剑不伤他性命，也枉负他千载功夫。我意如能好好收回经卷，再用善言化导，全他一条生命，成他终身道果，那是最好的方法；万一他倔强不服，苦苦相争，乃是他自己求死，我也只好开一开杀戒，为此山除去一害。想天地好生之德，仙术兵器都不得已而用之，苟可保全，岂宜逞凶。尔等生性凶残作孽太多，既入我门，还该时时存此心肠，以赎前愆，将来成就自不可量。"二人听了，心中大为感动，都欢欢喜喜地听命而去，到了白玉洞前，大呼："什么白玉夫人，出来见我！"

白玉夫人得了宝籍正在欢喜，忽手下小妖报称："有一男一女在外呼叱，指名要请夫人相见。"夫人笑道："想是那李玄的两个徒弟来了，待我出去会他一会。”于是结束停当，手持三尖两刃刀出至洞外，喝问：“你俩可是那穷道人的徒弟么？”二人答道：“然也，既知我们，可好生送还经卷，万事皆休；若有一字支吾，休怪无情！”那夫人哈哈笑道：“不过是一只兔子、一只雉鸡，有多大本领，敢出这等狂言！”二人也大怒道：“你别挖苦人，可自己照照镜子，脱了牛形不成？”那夫人一听此言，这才怒不可遏，仗手中刀直奔二人，二人也各掣兵器抵住。战有五十回合，二人竟不是他的对手，待要败下阵去。李玄立在山顶，早已望见，忙拔剑念咒，瞥见金光起处，剑已脱手飞出。李玄心中还想保住他生命，兀自思道，最好拣他不致命处斩他一剑。哪知这剑是通灵性的，心之所欲剑即随之，李玄念头未完，那剑已径至妖人足下，砍去一条牛腿，现出原形，乃是一只纯白无疵的白牛，躺在地下哀声呼号。李玄先去洞中取回经卷，才回至前面问那牛：“你可知道我不杀你的意思么？”那牛只是磕头，李玄心中十分不忍，因说：“照你这等行为，真是杀有余辜。我今念你修练千年，亦非易事。经我宝剑，决无不死之理，特地砍伤一腿，以保你的生命。你要是肯改过的，可随我回洞跟我两个徒弟砍柴汲水，做点小事情。你既爱我经，也算有缘，我必和两徒一样看待，随时指教你一点；你若执迷不悟，看我仙剑在手，即取汝性命易如反掌也。”白牛号泣应令，就地滚了一滚，化成跛足美人，跟着李玄和飞、颠俩一同回至紫霞洞。

从此李玄用功愈勤，防范越谨，吩咐三人日夜分班在洞门口站守，无论人妖，不奉法旨，一概不许进门。过了几月，已能断绝烟火，每天只由三人在山中采些果类充饥，形神转觉清癯。一年之间，读完两卷，已能呼风唤雨、驾云召雾，无不如意。这时山中妖魔来者愈众，都被他降的降、诛的诛，倒替山中除了不少大害。直读完下卷，竟能出幽入冥，变化无穷，兼知过去未来之事，已成超凡入圣之功，虽天上罗汉金仙亦不过是。等到三年期满，吩咐飞飞等留守洞府，自己驾云来昆仑山八景宫朝参老君。老君早已知道，就着文始先生率领十代门徒在外相迎。李玄上前相见，众仙齐贺成功，李玄不胜谦退。当由众仙带见老君，大蒙优奖。李玄再请教益，老子谕道：“为道日损，损之又损，以至无为。游心欲淡，浩气欲善，与物自然无私焉。”李玄稽首受教。老子又命道："凡神仙者，以养性保心为主，而辅以法术，养保心性以成自己不坏之身，修练法术以为济人度人之用。你虽修练有成，究竟功行不足，我在三年前即命你多游山水，如今正可做此一步功夫，顺便做些功德。倘遇有缘之人，不妨收为门徒，皆于你身有益。再过十年，仍来此见我可也。"李玄遵旨而退，和一般师兄如文始真人、广成子、赤精子、燃灯道人等等一班叙谈心曲，众仙便在后山设筵相庆。席间啖不尽仙酒仙肴，说不尽珍羞美味。况值李玄炼功初成，主宾概尽欢娱。

文始先生笑对李玄说："贤弟，似你这等修道，真可算得自有神们以来第一容易的人了。你可想想，自你出家至今，统共不过多少日子，就有这等成就，比到我辈真有迟速难易之判了。"燃灯道人和广成子都道："这是个人缘法和福命，真是勉强不得的。"赤精子笑道："其实像我们这几人修道成仙已算快极的了，不料道李玄弟又比我辈高出十倍。真可歆羡。"李玄生性谦冲，见众师兄这般称奖，心切不安，只得再三称谢说："都是祖师的恩泽和诸兄教导之功。"文始因说："祖师曾说吾弟前生本系仙子，又能立志向上，感动玉帝，成就此生，又不昧性灵，自幼入道，所以福泽较厚，成就不难；吾弟在这三年中用力又十分勤谨，所以有此意外成功。我辈又有什么好处。"李玄忙道："不亏师兄赐我两个侍役，小弟敢则早已冻馁到不堪设想了，安有今日的地位。"说毕，众仙皆笑。

过了三天，李玄辞别老子和众师兄，回至紫霞洞中，吩咐三童小心守住洞府，勤力修炼，三童都叩头受命。李玄方才放心，再下凡界。这次不比以前，他是得道之人，一切便利。因思出家之先曾对父母说过，一有成就，即当回家省视。此次正可乘机一行，一则修定省之私，二则看看故乡情形如何。驾云而起，那消半日工夫，已到洛阳城内，步行回家。他父李奇、母尤氏年已老迈，身子衰弱，终年养病在家，不出大门。这时忽闻家人报称有一道人求见，李奇失子多年，再想不到亲儿归来，但因目见真仙，再也不敢轻视方外人，每有远方道士求见，无不礼待。此时虽在病中，可兀自一秉谦诚，吩咐请进。这李玄一见父亲如此衰老，兀自悲感，慌忙赶上几步，抱住父亲跪在地下，叩头道:“不孝儿李玄参拜父亲。”李奇出自意外,大为惊异,慌忙扶着他起来,忙问:“你真是我儿李玄么?怎么又得回来?”说时朝李玄仔细一看,见他丰神宕逸,益发比前好看得多,却才认出真是爱子李玄,心中这一喜也就非同小可。他也没工夫再问他什么话,只把他拉起来,大叫:“快请夫人出来,出家的玄儿回来了也!”里面夫人听了这话,也喜欢得眼泪鼻涕一齐滚了出来。本来行动皆难,此时却不用人扶,竟自三脚两步赶到前堂。李玄已扑了上去,叫声:“母亲在上,不孝儿叩见!”夫人却不说话,先朝李玄打量了一回,又朝李奇看看,问道:“老爷,这是怎么说起,赶则你我都在梦中么?”李奇笑道:“胡说,青天白日,什么梦不梦的。”李玄也笑道:“母亲不用多疑,我是玄儿,回来了。”夫人才弄得痛哭起来。一时许多家人都来叩见小主人,道贺老爷夫人。

夫人和李奇抢着要问李玄过去的事情。李玄先把大略情形告诉一番。老夫妻都大喜道:“如此说,我儿有志竟成,竟已成了仙了。可怜我老夫妇打从你出门之后,终朝思念,几乎想出大病。现在年纪越高身子越衰,打量此生总见不到你。哪知今儿又得重逢,真乃千万之喜,也是家门之幸。”李玄禀道:“自别父母,心中也常挂念。总因学道心坚,不敢稍分道念,也不敢背师命私来探望。今幸成就颇速,复得拜见慈颜,私心颇慰。”因见父母颓唐,忙从身边取出丹药两丸,说道:“此药是儿在华山时按照祖师经文制成,有起死回生之功、返老还童之力。”即命取来净水一盂,请两老各进一丸。李奇夫妻大悦,和水吞下,果然仙家妙药,功用异常,丸下顿时觉得眼目清凉,身轻体健。一霎时白发转黑,百病全消。二人都喜道:“亏得你立志出家,果然炼成大道,连我两老都得到好处。”李玄道:“这不算什么,从前祖师升天,拔宅成仙。孩儿如今才通仙道,功行不及万一。此番奉命下山,广立功德,但愿早成正果,授职金仙,那时定能奉迎双亲一同登天也。”两老见说愈发喜悦。

尤夫人究是女流之见,因儿子初次归家,定要留他住上一年半载,方许出门。李玄再三禀陈:“祖师法旨,不能违背,好在儿已修得仙法,往后常可回来。母亲不必坚留。”夫人只是不允。过了一夜,夫人早起，命人请公子用点，谁知到了书房，不见李玄踪影。只见一封禀帖墨汁淋漓、金光闪烁。李奇拆来一看，却是李玄陈说不能不去之苦衷和将来重会的时日，因恐母亲不舍，已借土遁出府，并请父母努力加餐等语。李奇把此意说给夫人听了，也只好罢休。

这李玄出了府门，因闻江南庐山风景清幽、钱塘西湖山水绮丽，都想去游玩一番，先驾云头到了庐山。那时正当周末战国时代，江南一带算是蛮夷之地。李玄一到庐山，见形势清奇，北方无此好山，不觉点头叹道："将来地气当有一大转移，北方虽多英雄，人民智识一定不及南方。"游赏多日，方到西湖，山清水秀，更胜匡庐。留恋多日，忽于湖边遇一孩童，临湖涕泣似将投水。李玄忙着留心看他怎样动作。只见那孩子哭了一回大呼道："老天老天，我杨仁生为男儿不能救一老母，枉生天地间，不如自尽为宜！"说毕纵身一跃，跳下湖去。李玄才知他是个孝子，见他跳湖，自己早有准备，用手向湖一指，这一湖清水顿时变了一个样子。欲知湖水怎能变样，此孩能否不死，却看下回分解。

第二十三回 投清流孝子殉慈母 施大法仙人拯危难

却说李玄见孩子自说杨仁因不能救母,自投清流,用手一指湖水皆凝。杨仁跳入湖中,宛如履在平地,不但未遭没顶,衣服鞋袜也毫不沾濡。杨仁大惊,四面一望,只见一道人立在前面,向自己微笑不已。杨仁心知此道必非常人,但自己志在必死,亦不暇为礼,只高声嚷道:“是你这位道长弄的玄虚么?可恨极了。我自不愿生此世上,走到这条绝路上去,却与你出家人何干?弄这玩意儿寻我苦人的开心!”说罢号天啕地痛哭不休。李玄笑嘻嘻地走了过去,把杨仁衣服一扯,杨仁吃了一大惊道:“你拉我则甚?”一语未毕,李玄笑道:“你再睁眼瞧瞧,这是什么地方?”杨仁听说,不期睁大眼睛四处一望,咦!说也奇怪,明明自己在湖上寻死,怎么一眨眼间却到了一个从未到过的地方:朱门碧瓦,明窗净几,宛然王者之居。四顾无人,只他和李玄两个。李玄兀自朝着自己孜孜憨笑哩。

杨仁才知李玄果真是真仙,疾忙拜了下去,大呼师父救命,师父救命!李玄笑道:“你这人好胡闹,大凡人生世上,自己总要有个主意。你方才不是拼命投湖,我贫道一念之慈,救了你的性命,你还怨我多事;怎么一下子又求我救命起来,这不成了自相矛盾么?”杨仁俯伏在地,苦苦哀泣道:“先时因不能救母,一时想不过来,迫得自尽,虽蒙仙师指授,兀自想不明白。今见仙师实是上界真仙,一定能救我母;我母得救,小子亦可不死。所以变了念头,恳求师父,万望师父垂怜。”李玄笑道:“你真会缠,自己保全了性命还要救你的娘,我贫道哪里管得许多闲帐。”杨仁大哭道:“师父不救我母却救弟子则甚,还是让弟子去死在湖中去得干净!”李玄大笑道:“你便死了可救得你母?”一句话倒问住了杨仁,一时回不出,想了想方才拜道:“弟子知道仙师必有救我母亲本领,但求大发慈悲,速施援手。弟子一死原不足惜,但求老母脱险,虽将弟子碎尸扬灰却也愿意。”李玄欢喜道："你可是真心么？"杨仁赌咒道："若有些微虚假，愿受天地诛殛，万劫不得为人。"李玄笑道："这便是了。我要去救你娘，正少一味药儿作引子。"杨仁道："请问师尊，家母并不患病，因甚要用药物？如要药引，却须哪里去采？"李玄笑道："不管是病非病，横竖要我救命。这药引是必不可少的。要说这药要去市场采办，就化千两黄金，未必有人肯卖，只凭一点诚心可就不费分文而得。"那杨仁却也聪明，想了一回，说道："我说个哑谜儿，给师父猜。"李玄道："妙得很，你却说来。"杨仁道："师父，这药引儿不能外求，却是远在千里，近在眼前。"

李玄大笑道："好聪明人儿，这话准给你猜透了也。来来来，我俩就此动身救你母亲去来。"杨仁愕然道："师父已知弟子的家楹了么？"李玄笑道："你再看看这是什么所在。"杨仁抬头一看，不觉吓得目瞪口呆。拜倒于地，口中说道："师父真天神也。"李玄笑着，将他搀了起来，说道："且莫多礼，你既知我不是常人，也不请教我姓甚名谁，世上哪有你这等野人，请人帮忙却不知人家是什么来头。"杨仁听了不觉举起一对小小拳头，在自己额上狠狠打了两下，说道："师父，你看我这东西不糊涂得要死么，几次三番都要请教师父道号法名，却总没有说到，真个变成师父所说的野人了。"李玄笑道："不必怨悔，如今很来的及。告诉你罢，我姓李，俗名一个玄字，太上老君李耳便是我的祖师。因见你有此孝心，立意要救你出险；出险之后，并要度你出世，你可愿意么？"李玄说时，探着杨仁面色，只见他先是喜悦，入后渐转为忧容。李玄怒道："我这样成全于你，你还不知足么？难道还不及跳在湖中做个人不知鬼不识的溺水鬼么？"

杨仁含泪禀道："不瞒师尊，弟子家事，师尊谅必尽知。弟子幼读经书，颇识礼义，知人生百行以孝为先。方才实因家母被劫，势力不侔，知道无可如何，才出于自尽之途。若家母得救而弟子却随师尊出家，为弟子本身计，正不知是哪世修来的福命；却把个老母丢在乡下，一则危险可虑，二则缺少甘旨之养，不为饿莩也作冻鬼。此弟子更以不敢自全而心有不足也。忤犯师尊，罪该万死，还乞师尊大开鸿慈之路，俾弟子有以两全，则万分之幸也。"李玄大笑道："人说人心不知足，果然，果然。我却问你，譬如你方才身死湖心，或真应了你的誓言,非挫骨扬灰不能救母,那么你救出来令堂之后,又有何人代你奉养呢?”杨仁见说,只呆呆地流泪,半晌说不上话来。李玄“呸”了一声,笑道:“不用女孩子腔了,快跟我来见你母亲去。”

杨仁才知道,以前种种都是李玄试探他的说话。再拜而起,却问:“师父,现在到哪儿去?小子才见上面这块横匾,晓得此地就是中山王府,就是劫我家母的中山王府。那王府总管牛静就住在王府后面,他便是强劫家母的人了。却怪师父怎能把我带进里面来,既到此地,师父正好行事,又把弟子带去哪里?”李玄喝道:“不必多问,你却把眼睛闭了,我自有妙用。”杨仁依言,闭上双目。不一时,李玄喝声:“开!”杨仁把眼睛睁得大大的,四面一看,却早换了一地方。眼前捆着一个中年妇人,躺在地下,声声嘶唤的是:“我那杨仁儿,怎知你娘在此受罪啊!”杨仁一听这话,不期五内如焚,也顾不得李玄吩咐,大哭大喊地抱住他娘,母子俩都疑是梦中相见。杨仁定了定神,见李玄已不在了,不觉慌起来道:“咦!师父哪里去了?”他娘问道:“我儿怎得进来,你几时又有什么师父了?”杨仁才把上项说话诉说了一遍。他娘大喜道:“仙人不得弄人,要既允你搭救我们,自然不致失信。怪不得方才那班看守的人,一个个都像见鬼似的跌出门去,原来都是仙师的法术哩。”因即举手向空叩求仙师恩典。杨仁也跪在地上,叩头如捣蒜一般,只叫:“师父快来,师父快来!”一言甫出,李玄已在面前,笑道:“你们急什么,答应救你们出去的。只是这个牛静十分可恶,我要玩他一玩。令堂女流不便久居于此,可请先走一步。你却在此替做个药引儿,我命你怎样你就怎样,不得违我法旨,你可办得到么?”杨仁未答,他娘先叩头道:“仙师垂恩救我母子,真是再造深恩。我儿快答应仙师,要你怎样,你就怎样去干。违了师命即是违了我母命,算不得我的孝子。”杨仁苦着脸说道:“孩儿怎敢不遵师命,但不知师父救出我娘,却把他安置到什么地方去?”李玄挥手道:“不必多言,立刻教你母子团圆不好么?”

说罢向他娘身上一拂,绑着的绳索纷纷而断。又一拂,身上所受鞭伤完全平复,疤痕毫无。李玄召来黄巾力士:“速把这位娘子送去西湖深处一个道观内安置,不得有误。”黄巾力士躬身受命,驮起这娘子，一阵风去得踪影全无。李玄吩咐杨仁如此如此："到危急时，我自在你身边隐身保护，决不教你吃亏。"杨仁见母亲脱险，胆气已壮，便一一允诺。李玄又举手一指，把杨仁化成他娘一般捆在地上，一会儿那班看守的人也都进来，个个称奇道异，宛如做梦一般。有的说方才不晓是什么妖风，吹得我们昏头搭脑；有的说这地方死人太多了，多分是冤鬼作祟，明儿禀明总管，须要请个羽士来收拾收拾。七嘴八舌纷纷辩论。杨仁听在耳中，兀自好笑。

一回儿人说奶奶来了，又是来劝这位美人么？说时一位中年以上的妇人摇摇摆摆地进来，问说："新来的美人在哪里？总管爷十分多情，心中爱他爱到了不得，刚才虽是责罚了他一下，事后懊悔得了不得咧。你们瞧呀，这不是他要我送来止疼医伤的丸药，着我来伺候他吃哩。"说时已经走到杨仁身边，杨仁故意哼哼唧唧喊个不了。那奶奶见杨仁绑得和粽子一般，忙喝众人："怎么这等不明道理，这时候还把夫人捆着，不怕绑坏了身子，明儿总管爷降罪下来，有谁担当得下！"众人诺诺连声，慌忙七手八脚把杨仁的绳索解下。那奶奶装出十分媚态敷衍杨仁，又把拿来的药丸亲自送给他吞下，才把总管爷如何相爱如何有情，舌绽莲花地说得有声有色。杨仁先自不语，后来便说："就要我依顺也须好好相劝，怎么一言不合就把我打成这个样子。既然据你说总管现在悔悟，我也感他忱意，可以顺从于他。但要对他说明，我虽是民间寡妇，亦是大家出身，他要娶我，须祭告天地，并请王爷主婚。将来他要中道捐弃，我可找王爷替我出头。"那奶奶听了，满口应允说："这事一定可以办到。王爷和总管虽有尊卑之分，却如兄弟之亲。总管爷说的话儿，王爷从来也不曾回驳半句，何况这等小事，王爷好意思不给面子么？娘子放心，统交在我身上。"说罢欣然而去。回头又大声切嘱众人："好生伺候夫人，他明儿便成了你我的主人了。谁敢轻慢了他，仔细总管爷得知，谁也没有第二个脑袋儿！"说罢高一步低一步地去了。

又过了餐饭时候，这奶奶再来复命说："王爷那边已由总管爷自己恳请，一定过来观礼。今日正值黄道吉日，晚上就要成亲。"杨仁也没说话。于是奶奶亲自动手率领一班妇女，替杨仁插戴冠服，大家笑孜孜地专等吉时一到,就把杨仁簇拥出去和主人成亲。杨仁胸有成竹,心无所患,爽爽快快地由着他们抱着,脚不落地一窝风到了大厅之上。偷眼一瞧,只见风烛双辉,灯红彩绿,满厅上下人来人往,一个个喜气扬扬,都准备着花烛了,大家就要放开肚子,叨那总管爷一杯喜酒。这时那位总管爷也由中山王爷和一众宾朋陪了出来,和杨仁并排儿立在那张红氍毹上,宛如串什么把戏一般。但听傧相高唱吉时已到,请新贵人新娘子交拜天地。就在这一声中,李玄隐在杨仁身边,伸手在他顶上一拍,喝一声:“时机已到,莫替你娘代顶一个恶名,还不快快动手!”杨仁经他这一拍,顿觉胆气大增,勇力十倍,伸开双手向左右一拦,就把两旁的宾客家人一古脑儿打了下去,一个个立足不住,直向后退。最可怜那位酒色淘虚的新郎,和杨仁厮并立着,受这拦推之力亦最重,一着杨仁的手,觉得和泰山压顶一般,向前一趴,跌了一个狗吃屎,口吐鲜血,动弹不得。一众家人见新人动蛮,大家发声喊一齐拥上,叉耙棍搅地围住新人,只喊莫放走了妖妇。

杨仁大喝一声,现了原形,却是一个十余岁的童子,赤手空拳抵抗众人,无论什么兵器碰着他的身体没个不损缺的。杨仁的拳头碰着别人,却个个受不了,不是着伤,便是跌跤。杨仁一眼望见那中山王还立在上首,兀自大叫:“怪事,怪事,反了反了。”李玄暗暗吩咐如此如此,可退众贼。杨仁一跃而上,把中山王一把捉小鸡似的,拿来向地上一掼,掼得他发了一百二十个昏章。中山王大叫:“不干我事,不干我事!”杨仁重把他提起来数说道:“你为一国之主,纵容家奴强抢民间守贞孀妇,还敢替他主婚,还不算大罪么?”中山王忙道:“这事原委,孤并不曾知道,只晓得他纳一女子为妾,可不曾晓得他作此犯法之事。如今请壮士释手,容孤亲来鞫问,办他一个大罪好么?”杨仁笑道:“既如此,却费你的心了。”李玄现出身来,把袍袖一拂,满厅上一阵金光,四面不能相见。他俩即趁此驾起云头,高呼:“中山王听了,我上界真仙,专在凡间察访善恶,你既知过,恕你无罪。牛静那厮,定不能饶!你可从重处治,将他的家产查明,分别俵赐被他祸害的人家,也是你一桩功德。如敢隐庇,莫怪无情。我在空中三天内等候回信。”说毕,驾云而去。

中山王慌忙率领大众俯伏恭送，说道："原来是真仙下降，责罚牛静这厮，断不能宽恕；宽恕了他，连孤也要受天罚了。"当时召来校尉，把牛静送入狱中，讯明罪恶，斩首市曹。并出布告，有那受祸之人，准其前来说明事由。将牛静聚敛之材，一律俵散。了了这重公案不提。

这边李玄带了杨仁同至杨母所在的道观中，母子相见，宛如死别重逢，泪下如雨。杨仁究竟是孩子心肠，想起方才处分牛静事，不觉拍足打掌，欢呼大笑。杨母怒道："畜生！恁般无礼！我仰仗仙力幸脱虎口，如今痛定思痛，伤心还来不及。我在这里垂泪，你偏如此欢笑，这是什么规矩？况且师尊在此，也不随我拜谢，尽顾自己胡闹，不该活活打死么！"杨仁受责，慌忙伏地谢罪。又说："孩儿怎敢胡闹，因思恩师处分那班小人，实在有趣，回想起来，越觉好笑。"杨母怒道："有甚好笑，还不随我叩谢仙师去来。"杨仁慌又爬起，跟在他娘身后，向那李玄一齐跪了下去。李玄慌忙回身避开。杨母泣道："我母子若非仙师所救，这时敢则都到了鬼门关了，还能在世为人么！光这一拜，怎能报得万一！我们回去必定供起仙师神位，早夕叩拜，才表得母子一点诚心。"李玄听了，面红过耳，支支吾吾地说道："夫人千万不要如此！出家之人，遇难必救，有善必施。今日之事，总是令郎一点孝心所为，我贫道万万不敢居功。只有一言奉告，方才已对令郎说过，贫道因见他年纪轻轻，具此孝心，根基亦不坏；再见他一身仙骨，全不着半点尘浊。此等人为官作吏，大不相宜，最好跟我贫道作个徒弟，不出廿年，成就必有可观。那时夫人无论见得到见不到，总之都有好处。方才令郎口虽允诺，心中却以夫人为念。但仙家以忠孝为本，决无阻人断绝母子之理，就是夫人日常生活，贫道也有法子接济，总不令夫人半点吃苦。夫人，此乃贫道一点婆心，不知夫人可肯放心，暂时和令郎分手么？"夫人听了沉吟多时，说出一番话来。未知如何说法，且看下回分解。

第二十四回　李仙人施术儆淫暴　杨孝子感德入玄门

却说杨母对李玄说道："仙师好意栽培小儿，我母子岂不知感，就是亡夫地下有知，一定也知感仰。只是有一件为难之处，却不敢不对仙师陈明。想那牛静乃是中山王府总管，平时最得王爷信用，所以敢如此妄为。此次虽仗仙法大力，救得母子出险，但恐仙师去后，那厮必要设法报仇。虽然小儿未必能够救我，有了他在身边，似乎胆子也壮了些儿。"夫人说到这句，李玄大笑道："夫人且请放下一百二十八个心，那牛贼已经被我和令郎弄得七颠八倒，多分中山王不久就要处他死刑，还把他侵夺拐骗而得的百万家私，俵给许多受害人家。即便说夫人不贪这意外之财，也不想收回损失之费，但也决计不会受他的播弄，这是贫道可以担保得定的。夫人不信，请仔细问问令郎。他方才所以那般喜笑，就为了这些缘故了。"那杨母见说，本没有什么不信之处，但要明白个中真相，因便叱问杨仁："该你说话的时候你又不说了。"杨仁道："不是孩儿不说，因仙师和母亲说话，哪有孩儿插嘴的道理，如今正要告禀母亲来了。"

李玄见他们如此规矩，不觉暗点头想道："他们母子在这危难之中，不废长幼之礼，委实大不容易。"因也含笑说道："公子快快把我们所干的事告禀令堂，我们说完了话，就定下一个进退之计。贫道烟云山水，到处为家，也不能久居此地。"杨仁方才把上项事情说了一遍。说完了话，杨母也只微微一笑，又说："仙家妙用，毕竟不同，此辈贪淫之徒，原该予以重惩，要是不然，世上既没王法，又无天道，真将不成世界了。请问仙师，孩儿得随仙师去，自是万千之幸。就是未亡人，虽只此子，也不肯稍事姑息，耽误他的学业，埋没他的性灵。但舐犊之私，贤者不免，小儿此去，不知何日再得回来？"李玄道："夫人慧心卓识，当知饮啄聚散，皆有分定。譬如贫道，本在北极修道，如何来到此地，才得税驾，即遇令郎？纵令预先约定，也未必相逢太巧。

那么令郎公子便有千百条性命，只怕也早完了。惟其数之所定，令郎该有此厄，又该贫道来救，所以千里之遥，山水之隔，相逢陌路，成此一段因缘。此岂偶然之故，自然有一种道理在内。这种道理就是道家所称的定数。儒家所称‘莫为之而为者天也’，就是这么一个讲法了。”夫人听了，心下恍然，不期凄然说道：“依仙师语意，大概未亡人与小儿此别，未必有再见之期么？”李玄听说，还未答话，杨仁忽然痛苦哭道：“既如此说，孩子情愿事奉母亲，终身追陪膝下。果有仙缘，亦待母亲百年之后再说。此时请仙师原谅，暂给弟子几十年假期。”杨氏听杨仁这般说法，又见他如此凄惶，兀自挥泪不禁，但却不则一声，静待李玄指示。

李玄叹息道：“夫人此言，又未免不达了。人生本来做梦一般，想本人生死尚不能自知，何况母子夫妻的会合分离哪有一定之理。譬如眼前你我三人今天无端相见，在那未见之前，夫人心中可曾想到某年月日有个李玄前来相会？我李玄算是修道有成，能知未来之事，但也决不无缘无故想到今年今月此日此时会得遇夫人母子。会既无定，分也何常？散不可料，聚更难测。所以在夫人母子孤苦相依，当此临别顷，自有许多牵恋。所谓明知后事难知，而情不自禁，不期然而然的有此种种系恋、种种测度，亦人情之常，而常人所断不可免者。至如贫道定心于虚无之中，侧身于杳渺之境，连自身有无，正不及自知，何况旁观之人，自然更难清楚。奉劝贤夫人，令郎天资不可枉有，人生光阴尤不可虚度。既已见得大道可求，神仙非诞，宜当机立断，割爱成全。贫道虽不敢妄泄天机，已许令郎二十年后学成归家，尚可与夫人相见。彼时令郎造就不凡，而夫人母子相聚之期，反能天长地久永不睽违，不比眼前数十年相依相随好得千万倍么？贫道出家人不敢多事，更不肯强人所难，所以苦口婆心相劝者，无非怜敬夫人母子节孝之风，因而发为宏愿，甚望借母子高风示天道报施，以为世人规范，虽千百年后都得所劝勉，此亦夫人母子的功行。贫道不过尽我修道人应为之事、应尽之职罢了。贫道言尽于此，是否从速，即待一决；万一夫人决不相舍，此亦人情，原无不合，贫道立刻告辞。只怕将来再要寻到贫道时，却不免望洋徒叹、懊悔嫌迟了。

夫人听了，决然而起，裣衽下拜道：“仙师之言，金石之言也；仙师之心，天地之心也。未亡人妇流浅见，几至开罪贻误小儿。今承开示，心下洞明，即今便着小儿随去。小儿在仙师身边，一定比在未亡人身边更好，未亡人也万分放心。一言既出，此心无违。休说二十年，即便五六十年七八十年，小儿修持不力，学道无成，即是大不孝的逆子。纵令归来，誓不相见。”李玄听了，大为钦服。杨母即令儿叩拜老师。杨仁还在依恋，杨母正色责勉，杨仁不敢违背，向李玄拜了八拜。李玄亲送杨母回家，咒石成金，资他用度，画地作城，以防宵小侵犯。又取秃笔绘厉鬼数十，如遇危难，可悬之室中，口呼“李法师传谕，保护我家”，此辈即能现形退贼也。杨母拜谢领命。后来有地方无赖见杨母衣食无亏，疑有蓄积，纠众往劫，入门呼啸。杨母急取画挂上，依法试验。众人但见无数厉鬼，持刀执矛前来拒敌，吓得众贼没命奔逃。谁知李玄画地为城，能入不能出，经杨母惊起邻里，悉行捉获。因不欲多事，善言慰遣，从此再没小人敢相侵袭。直至十年后，李玄察见杨仁修道心虔，而夫人年迈日夜思子，方由李玄格外施恩命杨仁下山迎夫人去北方，每年准相见一次，以遂母子孝慈之心。这是后话。

那李玄带了杨仁从钱塘北上，渡江而至齐鲁之间，为杨仁觅得洞府一处，在泰山之麓，名无崖洞。传以呼吸出纳之法，命他先作养心运气的功夫。因他初次修行，也如曩年文始先生护庇自己一般，除了施法保护之外，特从华山召来白玉夫人替他执役。又因夫人之名过于僭妄，就替他改名玉儿。每过三年必来泰山考验杨仁功夫，随时有所指授。这杨仁质地虽好，怎能比得李玄生有仙根，修持十年之久，才断绝烟火，并通驾云召神之术。据李玄说，比较平常修道之人进境已算绝快了。

如今却不谈杨仁事，再说李玄自得杨仁之后，仍在南北各地以及海上各岛到处遨游。十年之间做了许多济人利物除暴安良之事。看十年满期，记得祖师约言，便先回华山紫霞洞打了一转。原来这次李玄下凡，只是只身巡游，却把飞飞颠颠俩都留在洞府修道。飞飞等因感李玄教导之恩，益发不敢自弃，几年之中进步大有可观，已能脱换皮骨,永远离了禽兽身形,成为不老长生的地仙。闲来时也体李玄之心,凡这山前山后有那妖魔鬼怪耨耘人间,便出力降除,居然立了许多功行。还有洞府一带也收拾得清幽雅致。种得许多仙花仙果,养得许多仙鸟仙禽,比李玄在日更觉得整齐清幽。端的成为天上的仙乡、金仙的洞府。

李玄到了洞中,见此情形,心中兀自欢喜;又查二人功行学业色色进步,不觉喜形于色。二人伏拜座下。伸手命起,二人退立两旁。李玄道:“我从那年下山,遵祖师法旨,游玩人间,几年之间,虽没甚大好处,也收了一个有根器的弟子,立下几件济世利物的功德。自愧成就毕竟太少,难见祖师之面。今汝等不得吾命,自能做出许多好事,其智识善行在我之上矣。我初入洞府,见汝等山前山后洞内洞外,收拾得十分雅洁,已知尔等大有作为。不是我心爱这些外物,恰喜有此一端,便可窥见尔等习炼之勤,用功之专。小事尚然,大事更可想见。比及一经查考,果然不出所料,真是我第一喜悦之事。尔等能如此精进,休说原有根底,即令初次学道,亦必早成正觉也。”飞飞、颠颠慌忙跪下,说道:“皆赖恩师指教提携,弟子们以禽兽之身,得此功夫,正始愿所不及;又蒙师尊如此奖饰,越发令弟子等满心感惭。”李玄点头道:“尔等已成人道,不讳当年出身,便见克己功夫。起来起来,我再授汝修养心性的要诀。此诀不比寻常,亦不是普通法术,乃是神仙修心养命最上工夫,一旦修炼成功,真可与天地同寿;再加多立功德,数百年后亦可和天上诸仙并驱齐驾,虽灵霄宝殿、三岛蓬莱,皆可容汝往还了。”二人喜极泪下,叩谢者再。李玄又道:“我今番不能久居于此,明儿便须往昆仑山八景宫,朝谒祖师,以遵当年法旨。你等十分要好,一切不烦叮嘱,只在此加紧用功可也。又我新收之徒杨仁,已派玉儿前去泰山伺候;但他功夫太浅,你俩于三年之内,前往省视两次,兼要试察他是否坚心修持、刻苦用功,回来报告于我,自有处分。更兼杨仁根器甚好,孝感动天,感动必速,我也急于提拔他。此番朝过祖师,尚拟亲往教导也。”二人唯唯遵命。

到了次日,李玄端坐洞府。到了午时光景,忽听空中仙乐嘹亮,便起立道:“此是祖师派来迎取我也。”整衣出洞,果见朵朵彩云自天飞降，内有青衣童子手持拂尘，控鹤以待。李玄忙着打一稽首道："李玄有何能为，敢劳祖师如此优礼?"童子道："祖师和许多师兄专候师兄前去，可请速驾。"李玄叩个头，上了鹤背，腾空而起。仙乐彩云渐远，渐不可见。飞飞、颠颠不胜歆羡，相顾说道："修仙人得能至此地步，也不枉了一场辛苦也。"

不表二人私谈，却言李玄到八景宫外，降落云头，跨下鹤背，恭候祖师传宣。两童笑道："师兄直恁多礼，祖师已派我等相迎，只要进去朝参便了，何必又要传宣。"李玄低声道："愚不比师弟们，是难得到此的，怎敢冒失。"童子们方一笑而去。不一时便又出来说："祖师请师兄进去。"李玄重新把衣冠来整，缓行偻步地循墙而入，见那老子端坐大殿之中莲座之上。旁立数位神仙，见李玄到来，一个个躬身致礼。李玄朝上先拜了八大拜，方敢和诸仙相见。老子笑道："难为你十年之内，也很做了些实在功夫，如今可得做完你应做的事情，也有前生债，也有今世缘。债要偿，人缘也要结束。"说罢仰天微笑，瞑目而坐。李玄不解其情，才想请教，老君忽然启眸道："你父母待汝脱度，不趁这机会赶快去办，倒害他们多捱尘世的苦味，也是你的罪过啊。"李玄稽首称是。老君又道："你就去罢，等你度出父母再来见我。"李玄遵旨而退。未知李玄如何点化父母，却看下回分解。

第二十五回　说偈语老君示因果　遭火劫李玄失法身

却说李玄奉老君法旨，回家点化父母，同登仙界。李奇夫妻原本都有善根，李奇又是朝中一位忠直之臣，大凡忠臣孝子，存心最正，去仙最近；又得李玄奉献丹药，已把尘浊之气换去大半。此时神清志远，经李玄一言点醒，夫妻俩立时大悟，都把一切尘缘丢得干干净净，双双入山做道。再过五十年后，经李玄度为地仙，这是李奇夫妻结局，书中不再另表。

李玄把父母之事办完，方才想到第二件心事，回去请命祖师。老君不等他开口，就笑道："你父母已受汝点化，皈正修道，恰是可喜。你今可再将生来夙愿偿还明白，那时还有人请你去主持一个道场。那道场的主人虽不属我门下，也是道门子弟，久后你俩还有共事之缘，你须加意看承才好。"李玄叩头道："敢问祖师，弟子的夙愿向哪处去偿？"老君道："我有一偈你可记清：辟谷不解谷，车轻路亦熟；欲得旧形骸，正逢新面目。"又道："来从是非场，去向是非地。你要见的那人，人家还为你坚守在家，须等见过了，你方能出家修道咧。"李玄听了，恍然明白，拜别老君，驾云光至无崖洞。杨仁跪接进洞，李玄将他近来功课考查了一回，觉得进步很快，心中甚喜，便嘉奖了几句，因吩咐道："我从祖师处新得魂游之术，过得七天，顽壳即可丢弃，你便用火烧毁吾体，不必迟疑。因魂恋躯壳，归来之时仍要与顽体合一，将来升天之时，又多一番手脚，不如趁早焚化为妙。但未满七天，切勿妄烧，恐吾魂体未能遂分，归来之时魂无可托，必成游魂也。"杨仁唯唯遵命。

李玄僵卧床上，默念咒语，魂已出窍，尽向江南而去。登金山之上，望了一回江境，心胸大为豁朗。一路游行到了金山之麓，打听得何家姑娘许多修仙异事，喜道："我的夙愿在此可了也。"于是上门求见。那何兰仙姑娘在家修行已有二十多年。这日夜间，梦玄女前来指示说："你要等的人姓李名玄，乃老君之徒，现已得道在你之先。他也立愿要眼见你出家访道，方肯成他本人正果。这人明日午时可到，你好好等着他罢。我去了。"说毕不见。兰仙一惊而寤，回忆梦境，历历如真。次晨一早，对父母说了。父母也道："仙人示梦，决无舛错，我儿须得诚心，等着这位仙人相顾。"兰仙称是。到了午时，果然李玄到了。兰仙又惊又喜，换了一件新道袍，手执拂尘，翩然而出，和李玄相对稽首。兰仙先含笑说道："昨梦玄女娘娘示兆，说仙长今午必到，衲子恭候多时了。"李玄含笑道："不敢不敢，贫道与仙姑十世同谪，可算方外世交，前生之事，时切疚心。今幸仙姑转世皈真，不昧真灵，将来金仙有望，证果可以立待，贫道不胜欣慕之至。"兰仙笑道："仙长如此过奖，令衲何以克当！衲生来好道，得玄女娘娘指示，略识门径，但因誓愿甚坚，必欲目睹仙长得道升天之日，方是本身修真皈命之时。今见仙长仪神灵奕，又闻玄女面谈仙长已拜祖师门下，前程远大未可限量，真使我欣喜过望了。"李玄听了，不禁肃然起立，再三感谢。于是两人对谈了几天修持的功夫和入门的秘诀，较从前玄女所授的又深进一层，兰仙喜谢不尽。不觉过了五六天，李玄劝兰仙，便该趁此机会，即行出家，多游名山大川，访求名师益友，以坚筋骨、去俗缘，即为成道立功的基础。兰仙稽首领教。

到了这日暮刻，兰仙向父母叩拜养育之恩并述出家之意。父母正欲拉住她时，李玄只把袍袖一举，兰仙即见有一大圆洞门，里面宫室花木，轩敞华美，皆世人所未见。兰仙心头一亮，涌身进门。他那父母只见面前凭空添出一道城墙，和李玄衣服的颜色一般无二，兰仙却被隔在墙门外面，耳中明明听得兰仙在城外高叫"爹妈保重，女儿去也"两语，却瞧不见他人在何处。一会儿墙已撤去，仍是自己家中，李玄和兰仙都不知哪里去了。兰仙父母知李玄特来点度女儿，自是无可如何。好在这几年间，他们又生了几个孩子，也不把兰仙放在心上，由她去修道，这却不表。

单说李玄把兰仙带出门外，亦不再和他相见，一阵云将他送到江南衡山之巅，有一处天然的石洞。兰仙在他袖中躲了一回，忽听耳畔有人呼道："何仙姑，何仙姑，这里是你修道之所，用功十年，自有高人前来救拔于你。好生用心，万勿始勤终怠，致于天谴，遭横祸。注意注意，吾去了！"兰仙睁目一看，原来已到了一座大山之上，妙在山中情形和李玄袖中景物十分相似。因叹仙家作用之妙，不禁羡慕交集。从此何仙姑便在这衡山石室中独身修行。他在这五年中已能摒除烟火，每天只在山中寻些果实来吃，有时居然十天半月不吃一些东西，也不觉怎么饥渴。更过了些时，又得玄女亲身下凡，将他收在门下录为弟子，传授了一部《玉虚秘籍》，何仙姑的进步便格外迅速起来。这是后话，将另作交代。

这时却紧紧要把李玄之事从头提起。他自度出何仙姑回至泰山，一来一去刚刚六天。李玄在途中只觉心弦震动，似乎有甚心事一般。原来神仙最怕动心，心一动必有甚事情发生，也有因一念之微，竟酿巨祸遭天谴的。李玄这时虽也能够前知，但非经过推算，未必就能明了。此时便在空中站住，收振心神，默默运算，可煞作怪，平时事无大小，一算而知的，这时觉有些模模糊糊的不甚弄得明白，似乎他本身有甚祸事一般，又似没甚妨碍的光景。正是俗话说的事不关心，关心者乱。李玄因事属切身，心思先已纷扰，自然神魂不能归一，此也一定之理，除几位天仙领袖谁也不能跳出这个圈儿。佛家以"无入我相"为最上功夫，亦正为此啊。李玄既然一时推算不清，却蓦地记起祖师临别的说话并那四句偈言来，虽仍是猜详不出，但祖师说得非常平和，谅没大事。于是他把心神镇定，亟亟驾云而回。那知一进洞府，就觉情形有异：不但杨仁不见，连自己的顽躯，也不晓何处去了。坐了下来，重推算一回，这才明白过来。

原来杨仁当李玄去后，真个战战兢兢小小心心地守视李玄躯体，不敢走动一步。看看过了六天，再过半天便是李玄嘱咐焚化之日了，正在加倍小心的时候，忽然来了一个乡人冲入洞府。杨仁却认得是自己邻人周小官儿，从小和杨仁一同读书玩耍的，这时却好久不见了。杨仁一见小官大为惊异，但是仍旧守住李玄躯壳不稍动弹，也不起立，只急急动问他因何来此，可有什么要事。小官喘息略定，才说出杨仁的母亲病在垂危，专盼杨仁回去一见。小官却是杨母托他前来。读者大概还能记得那杨仁自到泰山,曾奉李玄之命,念他们子孝母慈,准将他母亲迁移泰安地方,距碧霞洞只一百多里。那周小官经商南北,每次北来,总到杨母处请安,从前也曾到过碧霞洞。此时凑巧他又到了杨家,见杨母病重思子,所以不辞跋涉,亲自上山劝那杨仁回家。杨仁听了这话,不觉又惊又痛又是着急。若待回去,恐负了师尊的委嘱,误了他修道大事;要不回去,恐迟至明天,未必送得着老母。事在两难,不知要怎样才好,对着小官只是痴痴发怔,半晌半晌一句话也说不出来。小官催他道:"杨兄怎样呀?令堂老伯母拼着一口气,专等吾兄回去一诀,怎么守住一个尸体做起呆来?万一迟了一些时,老伯母已经归天,等不及和你诀别,岂非终天大恨,追悔不及么!"杨仁这才含泪说道:"不瞒周兄说,这躺着的是小弟的师尊。他也没有死——乃是如此这般一回事情。如今只差一天,我的责任方可完了,怎能走得脱身咧?"周小官听了大笑道:"怪不得伯母说你这人天天学道,学得有些痴气。一个已死的人你还守住他怎的?从古以来也不曾听说死去六天还能回魂的。就算你师父是有道行的,他既限你七天,你已替他坚守到六天半了,再过半刻就要算是七天。难道有这么巧事,六天不回来,就会在这片刻时间刚巧回来?那不成有心开你玩笑么!依我之见,尊师之事,你已替他做到九成九了,差这一些,不见得就会受责。而令堂之事却刚刚在这一刻儿是母子相见的最后时期,权衡轻重,就分出个缓急先后来了。"杨仁踌躇道:"照你说,却把师父的法体如何安排呢?"小官笑道:"那还不易处么,师父怎么吩咐你的,你就替他怎么办了,不很妥了么。"杨仁道:"万一师父早不来,迟不归,偏偏凑巧就在这时来。我做了他的门人,受过他天高地厚之恩,丝毫不曾报答,反把他的身体毁灭使他魂魄无依,那时我粉身碎骨也挽回不及了。这又怎么样呢?"

杨仁说完了话,伏在李玄身上大哭起来。手之所触,觉李玄法身冷得如冰块一般,浑身无一点热气,不觉吃了一吓,对周小官说知此事。小官又大声道:"那你可以醒醒了罢,人死六天身子要腐坏了,你还望他回转来么?若说你师父是真神仙,神仙焉有死得那么容易,而且神仙最考究的是尸解升天,那顽躯是本来不要了的,你就将他烧去又有什么大害。万一尊师还丢不得这顽壳，那也算不得什么神仙了。好兄弟，事不宜迟，老伯母马上要咽气了，想他拼出垂尽的精神捱死等你，你怎么尽顾着你的师父，却不念生你的母亲呢！”杨仁听了，伤心大恸，更不暇深思细想，立刻起身向师父身躯跪了下去，叩了无数的头，哀哀痛哭了一场。周小官帮着他把李玄身体搬了下来，扛出洞府，借草作褥取火焚化。一霎时，烈焰腾空，有一种芬芳之气四远都闻得着。山林百鸟嗅着这味相率飞集，咿呀啁嚓声声相和，宛如替李玄歌了一章《薤露》之诗。一回儿把李玄身体烧完了，杨仁又跪地哀哭，力尽声嘶，兀自不肯起身。周小官忙把他拉起，扶入洞中，略略洗了个脸，也不暇收拾东西，匆匆忙忙跟着小官一同下山。

此时杨仁虽未能腾云驾雾，而自修道以来精骨强健，身躯结实，走起路来宛如飞驰一般。杨仁自己并不觉快，周小官已赶得汗流气促，几次三番唤他相等。无奈腿快的人往往不耐等人，况且此时杨仁心急如火，哪里能够延捱片刻。等了他几次，方才商量出一个主意，着小官缓缓地走，自己却要先行赶去。这时已近黄昏，他在市集买了一个火把，预定半夜以前要赶到家中。小官只得由他。

杨仁离开小官，索性加足腿力，拼命前进。乡村地方，天黑就睡，竟没有人瞧见这样一位飞腿将军。杨仁一气儿赶了七八十里，果然二鼓过后，家门在望。杨仁心中不觉又急又慰，幸的是幸已到家，可见母亲的面；急的是母亲生死未卜，深怕见了面不能说话，仍和不见一般，岂不可痛！心里这般想，两脚跑得越快，一回儿进了家门。他的母亲刚正等候不及，痰已涌上，即待闭气的当儿，杨仁上前捧住，顿脚捶胸地大喊大哭。一阵胡闹，方把他娘魂灵又喊了回来，睁开双眼朝他瞧了一眼，一张枯柴也似的脸上不觉露出一丝笑意，似乎十分安慰和愉快的情形，苦的是仍不能说一句话。但见他努力把头一抬，一口气接不上来，顿时双足一挺，归天去了。

杨仁这般悲苦，比山中焚化师尊还要厉害。而且自己年轻出家，对于一切俗套礼节丝毫不懂，只好伏在尸身，呼天抢地价哭个不休。直到半夜过后，天色快黎明了，那周小官方才赶到，这才帮他招集人夫，办起丧事来。可惜这等礼制不但杨仁不懂，连作书的自命是个俗不可耐的俗家,也还不甚明白。再则今古时代不同,今日社会上所用的丧礼,未必即古时所采的规矩。与其假充内行惹人笑话,还不如藏拙一点为妙。不但恁地,就在书中情节上,读者诸公亦急于要晓得李玄失去法体以后如何还魂,那里还有心思归到这等小小丧礼呢,趁早表过不提。欲知李玄如何还魂,却待下回分解。

第二十六回　借体附魂化成铁拐　背师丧母哭倒仙徒

却说李玄回到泰山，只见洞门大开，人影毫无，连自己顽躯也不知何处去了。轮指一算已知端的。原来李玄此时已知躯壳必被杨仁先期焚化，心中绝不猜疑。并知半途之上，心动神驰的缘故。因而回忆老君偈语，心下恍然，神情镇定。推算情事也便十分准确。但还未能解到新面目那句偈语，莫非本人还有还体之望么？呆了一会，兀自不甚了解。他初时恼恨那杨仁，虽急乎省母，也不该违背师训，把个师父的魂魄弄得游荡飘零，无所依恃。后来又算得杨仁之母已死，杨仁虽然急急赶回仍不能说句话，叨个遗训。仙人存心，毕竟比常人不同，李玄涉念至此，不但忘了自己的痛苦危险，忽然替杨仁抱起无穷的冤苦来。又一转念道："这不是我害了他咧！要是我不干这神游的玩儿，他可以不用守我躯体，又省许多手脚和工夫，他母子未必没说话的机会。如今却弄得他们见如不见，都因我小小玩意而起，岂不罪过！"

因忆所习道经当中，原有起死回生之法，吾若能够立时赶去，只要他尸身不腐，还可使他重生十年八载，也便盖了我的愆尤，岂非大妙。所恨者自己功行未至解尸之期，又不能肉体登仙。没个顽壳作个附托魂灵之用，日久年深魂魄渐要消散，那时性命不保，安能修道！想到这里，不觉踌躇起来。过了片刻，毅然说道："这是我的福命，生死存亡都有天定，何必这般蒙心，不成修仙人行径了。倒是搭救杨母刻不容缓。倘使可救不救，不又加我一重罪案么。"

想定主意，蹶然起立出至洞外，驾起云头，正要向南行进。忽见东北角上一道祥云，疾如流矢，突然，接住李玄云头。李玄睁目一瞧，不觉大喜道："文始师兄哪里来，可知小弟之事么？"文始真人笑道："不为你这前生孽债，我哪有功夫赶来瞧你。"李玄大惊道："请问师兄，小弟前生只有金山一事耿耿于心，现奉师尊法旨已将何家姑娘度到衡山,如何还有孽债呢?”文始真人倒叹息一声道:“世上只有修道之人成功最大,人品亦最高,且与天地同寿、日月并存,有无穷的享受。但亦惟其如此,而责任之重、处世之难,亦比无论哪一种人来得厉害。你才说度出何家女子自谓孽帐已完,殊不知这不过完成你良心上一种责任,还有无意中种的一段孽债,怎么倒不记得了?”李玄听了还是惘然。文始又叹息道:“不怪你想不起来,因为你原出于无心,怎么还能够记得。你对于你的前生有两件事情,都是因好成恶,连你本人也不及察觉,或者虽经觉悟而认为毫无关系的。一是你从小立誓不近女子,百年来不曾碰着妇女们一毫一发。偏于百年之后,无端和一已死女子有些亲近之缘。二则你救那女子没有成功,反将他腿骨折断;幸而他根基真厚,又得宠于龙王赐他丹丸,此生方不成残废。要是换个常人,前生得的什么病而死,下次转生仍不脱的那种毛病,虽说他是死后断腿,也和断腿而死一样结果,万一如此,岂非你的罪过。师弟,你莫说仙家做事处处慈悲,小小无心之过未必定遭大谴,怎知越是仙家,越发欠不得一些债务。如你今日之事即专以还债发生。祖师早已替你算定,后有此场厄运。名是厄运,其实即是还债。此债不还,证道无期。所以此番厄运,倒不是你的不幸,简直是一件可喜可贺的事情咧。”李玄听了,不觉如醉如痴,竦然惊惧。文始笑而慰之。

李玄因问:“事已如此,师兄必有救我之法。”文始大笑道:“怎能没有法子,若是像你这等慈悲之过,竟至无法还生,天公哪有这等苛刑。不过老弟本是一个英俊美貌的少年,今后却不免要变成一副狼狈龌龊的神情。而且还有一条腿子不能健全,这便是你还债的一种法子呀。你瞧我手中持的是什么,那不是送给老弟的一根拐杖么?这便是替你预备跛脚之后用以助力的。老弟你别把这戋戋赠品当作不值什么,考究起来却很有点来历呢。”李玄此时听得有些出神,接过那根杖半句也不开口。只听文始真人又笑道:“此杖乃是开辟之先,王母园中第一次蟠桃大会,有采桃女子,手足不慎,误把树枝攀断了一节,王母把此树枝赠与祖师。虽是一根桃枝,却能识晴雨知寒暑,又能当兵器使用,寻常妖魔鬼怪禁不起这一拐儿的。我初入师门，不知其用。请教祖师，祖师说明来历，就将来赐与愚兄。如今恰好作得老弟随身法宝。所谓物各有缘，此物赠与老弟又算最得其用了。”李玄这才明白过来，慌忙稽首道谢。文始笑着将他拉起，又说：“老弟不用客气，快跟我来寻你的化身儿去。”李玄依言，手提拐杖跟他按落云头，立在一块荒地上。文始指着那边树下，有黑魆魆的一件东西说道：“老弟，那便是你的替身了。”

二仙便携手而行，一同走上前去。李玄急先到树下定睛一瞧，原来是个又黑又丑、一只脚儿长一只脚儿短的死叫花子。李玄不觉一吓，又俯下身子按了按，却已冷得和冰块一般，分明死得很久了。李玄见自己的替身如此肮脏难看，心中也觉不快。文始随后赶到，见他发怔不言，不期哈哈大笑道：“身为神仙，也还要考究好相貌儿么？”李玄沉吟道：“师兄不是这么讲法。神仙以道法为宗，游天地之外，自然用不着怎么美貌怎么清秀。可是像这死丐的形景忒煞难看，将来功行有成，少不得要追随师兄们会会诸天金仙、三界真神，人人都是濯濯丰神，只小弟弄得如此一副狼狈相，休说人家嫌我龌龊，就是小弟自己也不免自惭形秽呀！好师兄，可能想个法儿把这死丐丢开，容小弟另外找个稍许清俊些的死人做替身，不知行是行不得？”文始大笑道：“师弟，不是我说你太不懂事。你也是修成得道之士，讲出的话来竟不像个内行人说的。你可知道仙家最重的是缘字，缘之所结谁也分拆不开。就像今儿，愚兄和你这番讲话，何尝不因有缘，才会不知不觉弄在一处；要是不然，你便要请我，也是无从请起咧。”李玄不等他说完，不觉苦脸一笑道：“师兄高论，小弟何尝不懂，但不知此丐和小弟有什么不解之缘呢？”

文始点点头道：“这个当然不是偶然之事。因你前世为人之时，此丐曾经替你保全一条性命，照理你该报过他的厚恩，才能出家修道。为你根器不同常人，此生谪期已满，不久转生天曹，不便再蹈人世做那报恩酬德的勾当，所以于他死后着你附魂他的身体，使他魂虽消而体不死，也可算得报过他救命之恩了。这倒真是一举两得之事。况且天数注定，应该如此。你怎能嫌人家肮脏，另外找人去呢？还有一层，所贵乎仙人者，如能脱却凡体随心变化，莫说丑的可以变俊，坏的可以变好，就要以男变女，以老变少，也无办不到之理。以你现在未到尸解之期，暂时不能不借此丐尸身以便往还人世；等得功行圆满，时机到来，便是再俊美百倍的容体，你还用得着他吗?”李玄听说，心下彻底明了，不觉连连点了几个头，又问：“将来尸解之后，大概可以不用这个丑体了罢?”文始道：“那又不然，你既借他的尸体而为人，无论成道前后，总得以他这身容为主体，不过随时随地不能禁止你变化罢了。”

李玄听完了话，朝文始稽首谢教，说一声去也，魂入尸体。尸体蹶然而起，手提文始所赠拐杖，恰好长矮称体。李玄扶着拐杖又向文始行礼下去。文始慌忙拉住，着李玄走几步儿瞧瞧。李玄依言一步一拐地走了几步。文始见他这付恶形，禁不住要笑出来。李玄走到一道河边，向着河水照了一照这个身体，心中兀自有些不快活的样子。文始又慰他道：“自来真人不肯露相，祖师每次下凡，也常常幻化一种丑恶之态，方能试察凡人敬礼之心真假虚实。如今你就算是一种幻形，有何不妙。你要去救那杨母，事不宜迟，就快去罢。但杨母寿数不算永，虽经你法力还生，也不过延寿一纪。还须吩咐杨仁多做好事方能抵补得过，否则不但杨仁前程有碍，连你也不免少有天谴咧!”

李玄受教，别过文始，自己驾云而起。再一周视本身，觉黑如铁铸，浑身不见一点白肉。李玄自己也失笑起来道：“这死丐原来是黑种国内生长的。吾今既为黑人，索性起个别号，连附我的姓称为铁拐李罢。”又把文始赠他的桃杖一看，见颜色嫩黄，宛如新杖，因笑道：“身子这黑漆漆的，光这条拐杖要他美观则甚。”于是张口一喷，那拐杖也变为乌黑，与他皮肤一般颜色，这才点头自笑道：“要这样子才显得我这铁拐两字，是名实相副咧。”于是快快地降落在泰安地方，径投杨仁家中。谁知杨仁刚和周小官俩打做一堆，两不相舍。杨母尸体已停放棺木板上，家中冷清清的除了他俩之外，就只小官拉来帮助的乡下人儿。那铁拐先生不晓他们为甚相打，先在外面瞧了一回才知二人不是争恼，原因杨仁送不着他娘的终，没曾听得一句遗训；一面还失信于恩师李玄，将他法身先期焚化，对于恩师是不忠，对于母亲是不孝。因此自觉不能成人，无面目立于天地之间，等着棺材买到，诸事粗了，便把入殓出殡一切大事托付周小官，自己就要拔剑自刎于柩前，以谢天上的恩师、泉下的亡母。周小官自然不能任他自尽的，见他掣剑在手，慌忙不顾生死，飞向前用力攀住他的肩膊，使他剑不能下。杨仁放声大恸，口口声声自责不忠不孝，无颜生存。小官竭力拖劝，兀自不能挽回。

铁拐先生见了，倒不觉频频点头，自己慰悦道："他这自尽固然愚不可及，但从此可以瞧透他的心胸志趣，越是自谓不忠不孝，越可见他忠孝过人之处。真不愧做我铁拐先生的门生，更不枉我提拔救度他一番。"于是一跛一倚地迈步而入，向二人一举手问道："二位因甚如此争执？"小官把上项事情说了一遍，杨仁还想自尽，铁拐先生笑道："杨君，这才是你大大的不是了。岂不闻死生有命，不可强求。人子事亲，生能尽孝，死若能尽礼，如此亦是大孝，哪里再有别的孝道呢。若说令师之事，其咎虽不可逭，究竟事出两难，令师决不责你失信，这于忠字的道理也很说得过去了。既忠且孝，为人已足，若必以自尽为补过，恐过不能补，反令尊师怀疚于天曹、令堂痛心于泉下，厥罪太大，不知杨君何以自解？"小官见一个黑麻而跛的乞丐说出如此一番大道理的议论，不期又惊又喜，连连称是。杨仁却被他说得垂头不语，悄然叹息，更没心情查问来人的来历。呆了片刻，忽然伏在柩旁，放声大哭起来。那小官却不再劝说，忙向李玄招呼了一声，问他贵姓大名。李玄微微一笑，说出一番话来，才把个杨仁说得喜逐颜开、悲哀尽去。未知李玄如何说法，却看下回分解。

第二十七回　施仙法杨母重生　膺聘请李仙下海

却道铁拐先生见小官动问姓氏,因亦不再隐讳,直趋杨母柩边,大呼:“杨仁孩子,怎不认我师尊么?”杨仁正哭得发昏,一听此言,倒吓得眼泪鼻涕一齐滚下肚子,睁开双眼,上上下下打量那李玄。连周小官也十分诧异,走上几步,问道:“怎么说?老兄是我这杨敝友的师父么?敝友自幼出家从的一位先生姓李,单名一个玄字,却不曾有第二位先生。请教老兄,何以又说是杨敝友的师尊呢?”杨仁停悲含泪,也向李玄点点头,说道:“真个小弟生平就只一位李师父,委实不知与老兄有甚师弟之谊,此中必有原因,敢乞赐教。”铁拐先生见说,不觉又笑又叹,因喝道:“我便是你的师父李玄,你说不认识我,这也不怪,本来谁教你把我的身体先期焚化了去,弄得游魂失依,歧路彷徨。要不是我有些道行,连这一副怪丑的身躯还借用不得咧!”

杨仁一听此言,显然真是李玄声气,况且说的情形又十分确切,才信真是师尊到了,慌忙一骨碌跪了下去,磕头如捣蒜一般,满口子自称该死,乞师尊治罪。周小官也跟着跪下。铁拐先生忙伸两手将二人扶起来,说道:“方才已经说过,你这过失由于孝亲而起,未尝不可原谅;何况此中也还有些定数,就不是你先期焚化,我这顽壳也是保不住的。这个道理容我慢慢说给你听。至于你为了守我身体误了送死大事,这又是我害你的了。”杨仁听了,心中万分不安。铁拐先生又道:“你母寿数本来只这一点,从前你跟我出家之时,我不是也有过一番开导之语,隐隐约约的你大概还记得起来,如今我怜你纯孝之心,又兼为我之事使你不得送终,我又非常抱歉。我今可以用些法力使你母亲起死还生,再活十二年,然后归天。但在这十二年中,你要多做好事,广立阴功,方不致折你自身的福命,我也不致有违天行事的处分。你看如何?”杨仁听说母亲可以回生,早已喜欢得无可无不可,疾忙爬下地去,朝铁拐先生叩了无数响头,险些把额角都磕破了,口中只叫:“师尊如此开恩,弟子粉身碎骨,也要广行善事,以报天高地厚之恩。”

铁拐先生也不用什么药,也不念什么咒,走向前朝尸身吹了口气,喝一声:“起来罢!”说也奇怪,那尸身忽然坐了起来,口中叫一声:“闷死我也!”杨仁喜欢得上前抱住,才咽下去的眼泪鼻涕又都笑了出来。杨母睁眼一瞧,见儿子和一个黑丐立在身边,不觉又惊又苦,泪流满面地说道:“我儿,你怎么这时候才来?记得我已到了阴间,忽然一阵清风将我吹了回来,难道是你救我的么?”杨仁忙道:“母亲,我师父在此,是他老人家用的仙法救母亲回生的。”杨母听说,亟要下柩叩拜。杨仁忙道:“母亲才还生,辛苦不得。容儿子代谢罢。”谁知杨母此时精神百倍,比没病时更来得健壮,也不用杨仁搀扶,自己跨下柩来,母子二人齐向铁拐先生拜倒。先生大笑道:“贤母子不要如此,我出家人救人济世都是分内之事,不当多受人家叩谢。”因命杨仁:“快扶令堂进去休养休养。我既干了这逆天之事,全仗你自己多做好事。十二年中你且不必回山,凭仗你的本领常去外面走走,等十二年后我自来引度你也。”说罢化阵清风升入半天。下面杨家母子和周小官自有一场拜送,不用细表。

铁拐先生回到八景宫,众仙看他变化得恁副怪相,一个个忍俊不禁。大家和他取笑了一回,弄得铁拐先生越发不好意思。须臾老君升座,铁拐先生稽首殿下。老君笑道:“似这副形景才好。凡人秽在心,汝独丑在貌。将来周游四方部洲、三界五岳,平常人就很难识得你这丑形怪状的大罗金仙。你就可借此考察人家向道的诚伪虚实,岂不大妙。”铁拐先生听了,心中大乐,稽首禀称:“弟子原也这么想,又承文始师兄赐弟子拐杖,弟子将他变为铁色,就取个别署叫铁拐李,不晓得可用不可用?”老君点头道:“很好,很好。那铁拐头上还可挂个葫芦。”回头命童子去后面摘个葫芦儿来。童子遵命去了一回儿,取来一个大葫芦儿。老君接在手中,赐与铁拐。铁拐先生敬谨捧住,请教祖师这葫芦妙处何在。老君道:“葫芦是从树上采下,原非什么罕物,但经我一番炼制,已把他的质地变个样子。平常的葫芦里边有的是子和实,这葫芦却装满了仙家的至宝,你要降妖除怪,这东西能生炎火、发大水,火烈时可以比一座火焰山,水大时可抵全个的东洋大海。除了上界天仙,谁能挡得住他。你要用在救苦济人,只把盖子揭去,要药有药,要钱有钱。有时错过宿头,还能藏得许多人作个临时的客店。”老君说到这里。众仙不觉失笑起来。老君笑道:“你等打量这葫芦容不得一个人吗?这真可谓坐井观天了。”

因命李玄把葫芦放下,口子朝外,着他闭上两眼向口子大步走去,走过三步方许开眼。铁拐先生遵旨,把两只眼睛闭得牢牢的。放开大步走了三步,方才张眼一看,原来身子早在葫芦之内,外面许多道友和祖师一个也不见了。再走几步,里面越发开朗,仔细看去,却是一所圆形的大房子,房屋里面有台子床铺、陈设器皿,一应俱全。再进一层,又是一所更大的圆屋,凡是人生应用之物,穿的吃的看的玩的几乎没有一件不备。更妙的是铁拐先生才想到这广大的几层房子还该有几个工人洒扫收拾,兼司厨灶烹洗之事,岂不更像一家住宅了么?一念甫起,眼前便有许多青衣打扮的人垂手侍之,另有两个绝美的婢子,一人捧茶,一人持巾,姗姗而前,含笑叫声主人用茶。铁拐先生不期哈哈大笑起来,自思我这位祖师恁地会要,可惜我一修道之人哪里用得着如此舒适。瓮牖绳床,荜门圭窦,足可安身适体。现在成个黑叫化子,用不着么衣服。至于吃之一字,更属修道人可有可无,却不白白辜负我祖师一片深恩。正想到这里,那所高堂大厦和许多珍贵器皿、男女用人都不知去向。那两层的圆屋剥落残损,破旧不堪,至于室中器具,更是非常简单,非常粗恶。和方才所见贫富情况,恰恰处在相反地位。铁拐先生点头暗叹道:“出家人倒要如此,此心才得安闲。祖师真是一位仙祖,毕竟知道我的志趣。”又想道:“方才几位师弟兄听了祖师法旨,似大家都在怀疑,极该将他们邀了进来大家玩赏一天,一则可以增长大家的见识,二则会同群仙在此开个葫芦盛会岂不妙哉。”他一面想一面仍向后面走去。更进一层,那房子比前二进尤大,最后是一道大圆墙壁隔住。大概是葫芦的终点和外面分疆划界的所在了。因他志甘淡泊,室中布置也是非常简陋质朴。

铁拐看了一回,仍循原道退至中屋,不道那间大院子内已挤满了许多师兄弟,一见铁拐,群起道贺。众仙自言:“亲见你进了葫芦口就不见了，正在议论，祖师忽言，你铁拐师弟正在里面惦记你们，可以大家进去瞧瞧，看他有什么好东西款客，因此我们也陆续进来。正在找你这位主人翁时，不道你又从后面出来。怪不得祖师说我辈坐井观天，原来这小葫芦真藏得几千人呢。”铁拐见过众仙，更喜这时的屋内又恢复了先时富丽精美的旧观。铁拐先生忙着招呼诸仙坐地，即有青衣童婢川流不息地送茶送点，十分殷勤，妙在不用铁拐先生吩咐，只消念头一转，立刻就做得妥妥当当的，世上用人哪有这般聪明。诸仙十分欣羡，都向铁拐道贺他得此至宝。这时文始先生也在坐中笑说：“我等随祖师这么久了，倒不曾知道老人家会弄这等玩意儿。师弟才来不久，有此异数，可见祖师特别垂青。没有前缘，哪能如此。”铁拐先生笑谢道：“虽是祖师厚恩，也亏师兄提拔教诲，和诸兄汲引扶植之功。我李玄只有心香一瓣，谨祝诸兄福寿绵长而已。”众仙都笑道：“此真前缘有定，我辈何功之有。倒是初次登堂观光你这葫芦仙府，竟不曾带得些贺礼来，心中怪抱歉的。”铁拐先生笑谢说：“断不敢当。将来觅得修真之地，如有所需，定向诸兄乞讨，现在却先寄在诸兄那里罢。”说罢大家一笑。文始先生说要参观全部葫芦仙府，铁拐先生引着他们又至后面一走，后面却无门可通，仍绕从前面口小处一齐出来，回头瞧那葫芦，可不仍是数寸长、寸许圆的一件阿物哩。于是众仙跟着铁拐先生大伙儿欢喜赞叹颂谢不绝。

老君笑道：“这个玩意儿算不得什么大道。尔等大惊奇了，可算小见之至。”众仙默然内怍。老君命铁拐先生当时把葫芦系在杖头。文始真人忙道：“这个容弟子再来送师弟一根绦子。”老君笑而颔首。文始真人卸了仙冠，拔下一根寸许长头发，伸手一拉，长可及丈，一释手儿，又缩成原形，替铁拐把葫芦系在杖端，发光闪烁，宛如金质，而软如棉、细如丝、韧如牛筋，拔扯不断。铁拐先生忙又拜谢过了。老君吩咐道：“上次我曾吩咐你要下海走遭，到了紧要关头，连我和你各师兄许都要去走一趟来。这事虽不甚大，却有魔教教主想要乘机和吾教为难，因此不得不慎。若说此事起原，乃是元始天尊的徒弟文美真人始终都有关系。你今回去，可便在泰山你徒弟所居洞府等候。大约一二天内自有人前来请你，这人便是文美徒弟，内中情形他能告诉你的。”铁拐先生一一应诺。老君又道：“其实这件事情倒是你新近点度出世何兰仙的责任。因主事和他有些前缘，照例该他去主持才是。为他尚在虚修，不能以此等杂务分他的心，这件事便弄到你身上来。算你代兰仙立了这件功德就是了。”铁拐先生忙道：“何姑娘的事情弟子理应代劳，就有微劳也归于他，弟子决不敢妄贪他人之功以为己力。乞祖师垂察。”老君含笑点点头，说道：“出家人但求有益于人，不必成功自我，更不定执人我之见、有彼此之分。争功与谦退，皆非也。况今主事之人不久亦应成道，久后和你总属同事同门，互相辅助，理所当然，本来也不必强分彼此也。”

铁拐稽首领旨，回至泰山玉崖洞内，当以法牒召飞飞、颠颠前来听候调遣。未及日暮，二人同到，参谒先生。铁拐把别后各事告诉他们，二人都欢喜赞颂。铁拐又说玉儿逃走下山之事，二人都忿然道：“请师尊指明地方，弟子等前去捉来治罪。”铁拐先生笑了笑，说道：“此物野心不驯，原不能点度成会，那是我热心太过的毛病。既已走了，我料他暂时不敢为害民间，却等将来有了罪状，再去办他不迟。”二人应诺。铁拐因言：“明日必有人来请我下山，去海中办一大事，尔等可守候门外，迎接他进来。”二人依言，次日都在洞门外远远瞭望。到了午时刚过，忽听空中“豁然”一声，宛如大鸟经过。二人吃了一惊，抬头一望，早见一女冠自空下堕，立在面前。二人情知是来接师尊来的，因忙举手为礼，问道：“仙姑可是海中来的？请求法号，容得通禀。”女冠喜道：“尊师真乃有道真仙，原来早知我要前来恭请的。贫尼法名通慧，乃尊师师兄文美真人之徒，与两位道友都算同门。而尊师和敝师文美真人一出老君祖师门下，一出元始天尊门下，也算同学。大家都是一家人咧。”飞飞忙含笑招呼，颠颠忙入内禀报。

铁拐先生因初次得道，全赖诸同门提携之德，他又生性谦和，向来不肯过分自尊；特偕飞飞亲自接了出来。通慧一见铁拐，知道便是本师所说的跛仙，慌忙趋前伏拜于地，口称：“师叔在上，弟子通慧拜见。”铁拐还了半个礼，笑吟吟请他入内，施礼坐定。通慧先把罗圆夫人修道成功奉师命启过道场，特请师叔屈驾主持坛务说了。铁拐自然应诺,顺便请通慧将罗圆前事略说一番,通慧一一告知。铁拐先生才明白了前因后果,并知祖师言将来同门同事之人必是通慧所说的张果,立刻便预先存下一种亲热之心。通慧又说:"罗圆夫人已奉师命改名觉先,现在专候法驾前往,便要启请各山道友、各界大仙并海中龙王夫妇参与盛会,还恳请师叔早日启程。"铁拐先生忙说:"出家人除了救人助人还有甚的事情,既承宠召,自应陪同师姊即刻动身去也。"

通慧大喜,便和铁拐起身,携了飞、颠二人起自云端。淮海村却在泰山之南,一行四众都向南进发。行至中途,忽然一阵黑风向四人后面吹来。铁拐、通慧情知有异,回头一瞧,只见乌云里面有几个道人,嘻然而来。通慧暗暗对铁拐说道:"师叔,来者必是妖人！弟子闻敝师说,此番觉先成道启建道场,必有仇人前来倾陷破败,大家都要小心。今观这四人满面妖气,又和我等同一方向而行,必是往淮海村去的。我和师叔不妨慢慢进行,等得他们到来,探问个究竟,再定对付方法。师叔以为如何?"铁拐先生点头道:"正该如此。"于是把云步放缓,专等后面四人赶来相见。未知四人是否妖邪,且看下回分解。

第二十八回　螺仙奉旨建道场　蚌精开腹延群妖

却说铁拐先生和通慧、颠、飞等一行四众，等得后面四道赶到，大家把云步停住。但见后面四道衣饰不一，长短不齐，都是面貌凶恶、身躯伟大之徒，一望而知不是正路仙人。铁拐先向他们举手为礼，四人也含笑还礼，请问铁拐仙乡法号。铁拐先生说了，回问四人。那中间披红色道袍好像是个领袖模样的答道："贫道等皆海外炼气士，自尧舜以来得道至今，因贪图清闲未升天曹。贫道名凌虚子。"指右首绿袍者说是通玄子，又指后面紫袍、青袍者说是冥冥子、空空子，"闻得淮海村文美真人门下有个田螺精修成法身，要在他田螺壳内启建道场，此乃海中盛会，千古难逢。特行约伴，前去一观。"通慧听了，朝铁拐先生暗暗以目示意。铁拐先生阳为不知一般，替通慧等三人介绍了一遍，但不说通慧是文美门下。又说也是听得螺壳内道场的名气，前去参与的。八人并在一处，推开云路急急遄行。那消片刻工夫，已到淮河岸上。铁拐先生因未知四道法力，请他们先行。凌虚子因铁拐人物猥恶，本来存心轻视，也便傲然点点头，对三道说："我们先走一步罢。"于是捏着避水诀从汪洋巨浪中开出一条大路，四道也不招呼铁拐等人，大踏步头也不回地去了。

通慧、飞飞愤然道："这道人没礼，我们如此谦逊，他们竟敢目中无人，如此傲慢！况他们既是邪教，此去必没好事，与其日后遭他们毒手，不如趁他们不防，赶上去用师尊飞剑斩了他们，不更省事便当么！"铁拐大笑道："贤弟们学道多年，还是这样性急，却与他们的傲慢无礼同一不合了。我此去系奉祖师法旨，前去主持道场，责任重大，对于外教邪魔，自得设法防备。即至万不得已之时，还有祖师和许多师兄辈前来救援，何必于人家观礼之先，作此先发制人的卑劣行为。纵能必胜，亦已无名；万一挫败，何面目再见祖师并外方友人。即使胜负互见，旗鼓相当，未免误时偾事，也不免受祖师斥责。古人所谓小事不忍必有大害者是也。贤弟辈紧记今日之言,以后凡遇横逆之事,皆当存此念头,万勿轻举妄动,自致罪戾。必至被逼受侮到那无可如何的地步,也须审察彼我情势,可战则战,不可战则退避三舍,毋宁忍一时之辱作明哲保身之举,但求刻志孟晋、百年之后,安知不能洗息耻辱?若因一朝小忿,遽抱性命拼,却又成匹夫之勇,非修道人本等了。"通慧听了,非常心折,连连称谢。

颠、飞二人却还觉本师忒煞示辱,愤愤之气仍未能消。通慧笑着替铁拐安慰他们。铁拐笑道:"他俩秉性刚强,见义勇为,正是天赐侠肠,我所以爱赏他们,即因此等地方最易近道也。但过刚者必折,不于此等处用功,枉负数年养气之功了。师姊且勿相劝,大概他们学养未到,劝也无用。再过数年,定能把火气退尽。那时就不用我说,也能晓得忍中乐趣咧。"飞飞、颠颠听了,心气却就平了下去,都笑道:"师尊是向来这般爱护人的,我辈却总有些替他不伏气儿。今承师尊明诲,只有回去格外用些功,或者能把这意气放平,倒也省了许多是非。"铁拐先生大悦道:"尔等能说这话,能这样的存心,可见眼前学问已不比从前。我方才所说,倒变成浅测之谈了。"三人皆大笑。

那铁拐先生更不用念什么咒,捏什么诀,只把手中铁杖一指,即有一条晶莹光滑的平坦大路现在眼前,从岸边直达淮海村觉先洞府的头门。铁拐当先,三人后随,向这路上走去。最奇的是望不到头的一条远路,哪消餐饭工夫,都已达到洞口。回首瞧那条路,已不知哪里去了。通慧十分歆服,颠、飞俩只喜得手舞足蹈起来。铁拐又向通慧说道:"师姊可知他四位道友傲慢得那么样了,怕此时还在半途之中,须再过片时才得到此咧。"通慧点头道:"那个自然,分水诀行水道,虽亦不是邪法,却如何比得师叔的大道哩。"铁拐笑道:"还有用水遁之法比这更快。但颠、飞二人不能相从耳。"通慧称是。因自己熟门熟路便做领导在先引路,把师徒三人带进至第二层时,张果父子并觉先本人都迎了出来,一见铁拐,全体行下礼去。铁拐也稽首相还。随后通慧又着众人和飞飞、颠颠相见,大家相逊就坐。

觉先深谢铁拐先生跋涉之劳。先生笑道:"彼此总是有缘之人,况又同门同道,些小之事,何足挂齿。”张果见铁拐仙骨神姿,虽然皮色丑黑,而一种清气,正从此益发透显得格外精神。自己好生欣羡,便坐在铁拐身边,请问修持养心的大道。铁拐早知此人即是祖师所言与本人将来同事之人,也是格外敬重,当把自己所知所闻凡可增益他的学识的,都为之尽量指导。张果因铁拐和本师文美真人是平辈,便以师叔相称,二人格外觉得亲热起来。谈了一回,主人觉先命人献上山海珍奇的果点,并自酿百花美酒款待铁拐,逊之上位。铁拐客气一阵,也不再辞。此外通慧、张果父子等也都按次就坐。飞、颠俩列坐铁拐左右肩下。

席间飞飞谈起云中所见四道必非端人,早晚定来滋扰,不可不防。觉先因言:“闻得老蛟投身南海,新近拜在截教门下,自己又收了许多门徒,闻得我和张果在此,已决前来搅散我的道场。好在我这里也有许多高人救援,就在水晶宫中,龙王夫妇和太子敖广、敖顺都有万夫之勇、惊人之技,若知恶蛟作祟,必要起兵相助。如许正当神仙,难道还弄不过一般兽类妖精么?”说罢不觉大笑。铁拐正色道:“道兄却不宜十分托大,四海五湖那处没有能人?我辈修道未久,本领有限,安敢轻量天下人士。就是我们祖师,身为道教之主,是上中下三界神仙的领袖,却还不肯说句满话呢。何况你我毫末道行,安能藐视他人,口出狂言?属在同道,敢贡药石,伏望道兄采纳。”通慧、张果听了,忙说:“师叔之言,真是金石,非道高学广者,不但不肯说也不能说。我辈倒叨了教训了。”

觉先自知失言,好生惭愧,也忙起立谢教。铁拐先生见他们都如此服善,心中大悦,忙也举杯称贺道:“我教宗旨在利世,不在自利;在真实,不在夸言。自古以来,从无大言欺世的神仙,自来的神仙,决没矜夸法术轻视同道者。某学浅才短功德毫无,适间所言,无非互相勖勉、互相规劝之意。过承诸兄奖饰推崇,反使弟惶愧不安了。”众人都道:“师叔太谦虚了,对于小辈似可不必。”铁拐又谦了几句,方对飞飞说:“你说的那四人么?我已看准他们都是兽妖,此来不知是何主见,有甚本领,现住哪里?尔等便时可即出去打听一下,前来报我知道。果有相害之心,也好早作提防。”飞、颠俩躬身应诺,当下散了席。

觉先替铁拐师徒预备了一间精致云房，在最后一进内，通慧引导进去。铁拐见室中铺设非常优美，十分不安道："一个出家人，山林岩壑古寺荒庵到处都是家宅，怎能住得这般舒适，太费主人的心了。"通慧笑道："师叔直如此克己。师叔是得道之身，应和我辈不同，现在天上多少仙人，哪一位不是极好洞府，偏师叔还是这般刻苦。"铁拐忙道："李某不过略知法术，若说真正大道，才得了些些皮毛而已，安能僭拟上界金仙？望道友以后不要说这等话，增我愧恧。"通慧不敢再说，谈了一回，辞别出房。铁拐先生仍独坐运用玄功。飞飞等却奉旨出去调查那四个妖道去了。

铁拐先生坐到天光，他俩仍未回来。先生陡觉心血微微一潮，猛可地悟道："了不得！飞飞等被妖人擒了去也。"他也不对人说，慢慢踱了几步，定下一个主意，伸手向室后一指。那宅子后面一层灰色的大墙垣正是那田螺壳最后一层，经他一指，砉然出现一扇大门，铁拐先生携拐杖，杖挂葫芦，缓步出了门。又听"呀然"一声，双门齐扃，痕迹毫无。于是顺着水势，走向淮海村下流去。见有一处绝大腰圆之屋，两扇大门是一对蚌壳半开半掩的。原来是截门教下一个大蚌修成妖精。他本领不在觉先之下，也能以壳为宫室。一进门就是大块广场，广场之后有平列的室宇数百间。此番闻得田螺壳内做道场的盛会，因听过老蛟之言，说老君门下许多徒子徒孙自负都是人体修成，轻视彼教；更可恨的是觉先妖妇，明明是个螺精，张果又是蝙蝠，居然依附他们，也敢讥笑彼教全是畜生！因此公愤，聚集无数妖精魔怪前来淮海，预备和这边群仙见个雌雄，分个上下。那蚌精原住海中，他便自告奋勇舍这躯壳供大众寄寓之地，并建议在他壳内摆下一座擂台，专等觉先这边众仙前去比试道法。

这天通慧聘得铁拐师徒到了螺壳，同时凌虚子等四妖也应老蛟之请到了蚌腹。那老蛟却已先期到来。当天由蚌精作东道主人，开个欢迎大会，所用肴酌全是附近海中特产。凌虚子饮酒中间笑说："主人家把自己家内的生物宴请吾辈，今日之宴，亦可称为海宴。"座众为之抚掌。通玄子也笑道："蚌师今天以东道主人尽东道之谊，所用又系全东家的同族，真可算是大义灭亲，我辈委实心感不尽。但恐将来山中有事，我们要请蚌公去山上游玩，却没有这许多同族可供欣赏，那却是深可惭愧的事情呢。”老蛟同来另有许多妖魔，中有吼空居士、独角大师、牛魔尊人、神狮大王等一班儿，乃是山中兽类，虎豹牛鹰等物，与凌虚、通玄一象一熊同为兽中狠物，性子本是野蛮，如今学成一点法术，越发无恶不作起来。当下狮牛俩都笑而说道：“凌通二公何其谦也，我山中出产最多，较之海族不相上下，难道就不如蚌公的体面么？”通玄子笑道：“不是这么说法，山中同族虽多，岂不闻兔死狐悲，物伤其类。以山中诸领袖跑到海中领受蚌公的海宴，心中尚且深不安，何况自残同类，以恣外界的口腹，这等事情我山中最下等的动物也知断断不行，何况你我呢。”

众妖听了，越发鼓掌称扬。只有主人蚌将军低头默默大有愁容。老蛟恐他存了意见，不利于自己，忙着用言支吾开去。通玄子也颇自悔莽撞失言，急向蚌将军谢罪。蚌将军也只得暗怒于心，不言不语。大家正在为难之际，忽然有小妖报称：“有两个生人一男一女前来门外窥探，一见小的们就避了开去，一下子工夫却又来了。小的们恐是那边奸细，不敢不报。”一言未了，老蛟猛可地起身喝一声：“拿我的枪来！”凌虚、通玄俩正在没意思儿，急想避开这里，忙把老蛟按住，笑说：“小辈远来未有寸功，这等小妖，量没多大本领，用不着道兄亲身出手。这场头功，由我俩报效了罢。”老蛟依言。二妖各执兵器赶出门来。席上，众妖因心中记念，也各执器械，出去压阵。凌虚、通玄一出门口，果见男女俩在门外探头探脑似乎窥甚秘密一般，远远一望，不是别人，正是云中所遇的飞飞、颠颠二人。二妖大笑道：“原来是你这两个狗头，前来送死么？怪道云中相见你俩那付鬼头贼脑的情形。可知你俩活得有些不耐烦了，赶紧要找条阴曹地府的去路么？好得很，有胆气的快快上来。你不上来我们也要拿你作贽见之礼。”说罢，一个持枪一个挥刀，直攻飞、颠二人。他俩见凌、通二妖步步进逼，心中也是大怒，忙使手中兵器上前敌住。大战百余回合，不分胜负。那边通玄子就说：“容贫道来奉送他们一件宝贝。”说时从怀中取出一个小小瓶儿，瓶口向着敌人，念一声“摩雷呼鲁彻”，对阵飞、颠二人，只觉一个寒噤，两道灵魂一齐出窍，直飞入通玄子瓶中。剩下两个躯壳即由小妖们扛抬入门，丢在一间小屋之内。

于是大家齐向二妖贺功。二妖都笑说："今天便宜了那个跛道，要是他来时，放到此时也进了摄魂瓶中了。"老蛟听了，猛然省悟道："那跛道人么，这人倒有些来历的。他俗家姓李名玄，着实有些本领，老君很欢喜他，收为新徒。此人若来，真要当心一点。"独角、牛魔二妖见说，怒道："你怎么这样畏葸，未见大敌，先存怯志，这不是长他人志气，灭自己威风么？"老蛟听了，面红耳赤，说道："我不过这么说，也是指望你们当心一点，免被人家暗算之意，何尝是畏惧他们。要是这般胆怯，我还是躲在南海修真养心好了。何必迢迢千里，惊师动众地前来寻事呢？"众妖正在解劝，忽见通玄子笑道："大家莫闹，我这宝瓶装人魂魄，一进此中，就昏昏如死，不过一个时辰魂消魄散，便和身体不能亲近，连鬼都做不成的。怎么今日收得两妖，关闭多时，似乎还在里面讲论什么，难道这厮们的魂魄比众不同，格外坚固耐用么？"众妖一听此言，不由大家称奇道异起来。通玄把那瓶塞入耳中，吩咐大众莫响，自己静静心心地听了一回，不觉哈哈大笑道："怪哉，怪哉，这两个妖精真有些儿本领，他俩死在临头，还在那里唱山歌儿耍子咧。"众妖一听，大家哄堂起来，问他们唱的什么山歌儿？通玄子笑了一回才说出这山歌来。未知飞飞等性命如何，且看下回分解。

第二十九回 摄魂瓶难藏仙体 葫芦洞惯弄妖精

却说飞飞、颠颠俩,被通玄子摄魂瓶装去魂魄,那通玄子本是秋天林上短命之虫寒蝉儿,就是俗称知了的。寻常知了生命最短,独独这个知了不晓以何因缘,给他活过了整整两个年头。大凡人物之性,总是不知厌足的,知了儿照例不过几个月的寿限,活过几月谁也不生觖望。独有这个知了秉德特厚,居然打破短命的关头,活了两年,还不曾奄化。于是他便认定知了儿未尝不可益寿延年。既能活到两岁,必能活到二十、二百以至两千岁、二万岁,而永永不死,当然不是绝对难能之事。苦在知识太浅、身分太卑,既不能寻仙访道,又无从求教请益。想到今年活过至多再过一年,难道还要过三年五载?既是一两年后仍旧非死不可,然则与当年便死的知了,也正没甚多大分别。想至伤心,天天蹲在一林梢头,昼夜痛哭。知了本是最廉最介之物,向来以风露为养命之源。这知了既感到长生之难,又念到短命之苦,索性连三年五载的寿算也不想活下去了。看他每天如此啼哭,竟连风露都吸不进肚。哭过多日,看看要垂毙了;也是他该有这部长生运道,当他哀哭临命之时,恰逢一个仙人经过其下,听他哭诉之声,不觉恻然动念,便把他喊了下来。那知了已剩一息奄奄,不能开口。仙人大为不忍,立刻口吐法水喷入知了腹中。知了得此仙水,顿觉浑身精神无比,睁目一瞧,见是一位老仙笑吟吟地将他本身托在掌中,问什么话咧。他的性灵自然比众不同,况经过如此长寿,论入世的知识也比寻常秋蝉长得十倍,情知老仙救他性命,心中如何不感,便在他掌中跳来跳去的,把头俯下去在掌心里接连拜了几下。

在下不是物类,虽不知他这些作用是否和人们稽首一般的礼教,但照常时情形而论,分明是他对仙人表示感谢的意思。那仙人也便笑而点头说道:"难为你小小动物有知识,又怜你立志向上,无由请益。竟传你一个吸取日精采收月华之法,弄几样变化之术,一一传授与你。你要真有志气,有福命的,可能好好用功,苦苦修持,包你由廿年、百年,而至千万年,与天地山川同其寿命。怕只怕你一得人身,稍有寸进,就想多管闲事,瞎争体面,连你廉介的本性都磨灭了去。那么你的本领适为你召祸之机、取侮之媒。即使活到三五百年,仍旧还归一死。死后或者还要入地狱、受苦刑也未可知。利害成败全在你本身修持如何,我也不能永远保护你也。”知了又把头点点,受了仙人大法。从此以后,知了真个要好,果如仙人所言,苦修勤炼。经历一百余年,竟不知世上有短命的知了,而且能够变化禽兽,昂翔天外,飞驰山林。至百五十年后,仙人又来说,他再过一百五十年,可以幻化人形,然后方能转成人身,重修大道。这知了此时已能人言,进步比前更速。果然三百年后转了一次人身,到了觉先做道场时候,他却被老蛟引入截门教,跟着许多妖精前来淮海村,以为打破螺精乃是修仙绝大功德。欣欣得意地初次上阵,就用他炼制的摄魂瓶儿吸了飞、颠二人的魂魄。

这瓶原是他为知了时,在乡间采了个小葫芦儿,用他本身精液炼成,大小才同中指这么光景。据他说,可收到千万生魂,也可谓厉害极了。那葫芦质本极薄,所以又能听见里面说话。当下通玄子听了一会,听得飞飞、颠颠俩在内说道:“不晓是个什么怪东西,竟把我俩都藏了起来。别的无妨,倒怕闷死了人怎样咧。”一回儿两人又商量道:“怕什么,师尊是未卜先知的,见我俩过时不回,必能知我俩遭人毒手。他这一来,那批妖人还有命么?”二人说到这里,便开心起来,胡乱唱几句山歌儿解闷。不道尽被通玄子听入耳中。

通玄子把此言出告知众妖,众妖都哈哈大笑起来。正开心哩,通玄子忽如面上着了一记巴掌,“拍”的一声,大家都听得清清楚楚。通玄子面孔也红了半边,而且痛得不可开交。慌忙立起身四面乱找,众妖也忙做一堆。正不知这一巴掌从何处飞来。谁知一阵纷乱,通玄子竟不见他那宝贝瓶儿。赶紧查看,飞飞、颠颠二人也不晓什么时候走了去了。把个通玄子慌得目瞪口呆。老蛟却气得须张眼赤。冥冥子却笑道:“没有别人,一定是那个跛足贼儿隐身来此,将一记巴掌奉送通玄道兄,趁着我们胡乱可不偷了瓶和那两个东西走了!”老蛟叹道:“这跛鬼原来真有些小本领,我们倒不能十分轻觑他咧。”他手下吼空居士道:“你们却须提防那厮变化多端,身形俱隐。不要还在这里,我们再捱他一下耳光,可犯不上算。”众妖听了,无不耸然。老蛟奋然道:“他能隐形,难道我就不能变化?明儿看我也去他那什么田螺壳里,闹他个流水落花,以泄今日之恨。”众妖也都怂恿道:“大王有此法力,而受侮于跛足道人,未免太丢我教脸子。明儿之行,万不可缓。”老蛟欣然称是。只见通玄沉吟道:“别的罢了,最可恨那厮竟偷了我们的法宝去,却用什么方法可以取得回来?”冥冥子、凌虚子都笑道:“闻得此瓶非道兄亲念秘咒不能打开。那么跛道得去也无所用。他要放在田螺壳内,将来总有方法可以取得回来,何必急在一时呢?”通玄子顿足道:“道兄们只知此瓶非贫道本人不能启,却不知这跛妖既能救去擒来两妖,显将瓶中魂魄放出,魂归妖体方能脱逃。要是不然如何两妖会同时不见了呢?跛道既能放出瓶中之魂,可见必有开瓶之法。即使他不能开瓶,也许有法将瓶子打碎。那就把我多年修炼的法宝完全弄坏了。岂不又痛又惜哩!”说罢放声大恸起来。

众妖忙抢着解劝了一回,凌虚、空空愤然道:“跛贼初次会阵,便使用偷窃之术,可见不是正道。他既不仁我也不义。道友放心,今晚我二人各持法宝前去螺壳察看跛贼动静和二妖是否回魂。看过明白,如能下手,当时可替道兄报仇泄恨,也教他们开不成什么盛会,做不成什么道场。那时方显得我教神通,不是那辈后生小子所能抵敌哩。”众妖听说,益发喜悦,老蛟急忙斟上两杯奉敬二妖,祝他们旗开得胜,马到成功。二妖一饮而尽,欣然起身别了众妖,出了蚌壳径投田螺壳去。

二妖亦能变化,凌虚子变成个蚊子,空空变化了个蚂蚁,偷偷掩掩地进了觉先洞府,直至最后一层内,果见铁拐先生端坐中间一个大蒲墩上,却不见飞、颠二人。凌虚找到空空,悄悄商议道:“看这情形,二妖毕竟还未回魂,跛贼虽得了瓶子和两个尸身,却还不能救活他们咧。”空空笑道:“我们通玄道兄却可吐一口气,这跛贼只算是损人不利已罢了。”凌虚子又笑道:“现是什么时候,你还酸溜溜地掉文，这和方才瓶儿内两妖唱山歌有甚分别？”空空笑道：“怎能和他们比斗，那是被擒的俘虏，我们都是自由自在之身，怎么拉到一块儿去，也不嫌个忌讳。”凌虚子笑道：“罢罢，别在斗嘴，你瞧跛贼头上出现红光，毕竟是大有道德之人，若要和他对阵交锋，只怕我们众人谁也不是他的对手，不如趁他不知不觉，将你的梅花毒针，针死了他，可不省了许多手脚。”空空子点头道：“小弟也是这么想。你瞧我这宝贝来也。”一语未了，忽听耳旁有人说道：“原来你这妖物也还有甚宝贝，何不取出来大家赏玩赏玩。”二妖听了，慌忙睁开大眼四处乱找，哪有什么人影，凌虚子慌道：“了不得这厮真有本事，我怕弄他不过，回去罢。”一言甫毕，耳中又听得笑道：“太客气了，你俩要回蚌壳，还得把你们的什么宝贝留下，替那摄魂瓶子做个伴儿不好么？”二妖益发大骇，再瞧瞧铁拐先生，仍是坐在那里，一动也不曾动过。凌虚子道：“道兄，我们这一来错了，那厮必定隐在那边用身外身法，暗暗跟随你我来的。也不晓在你身上也不知在我腹下。他要作恶起来，我们见不得他，他却见得我们。这是吃亏定了。”空空子道：“我这蚂蚁儿行动迂缓，况且着地而行，那厮未必依附得上。大概还在你这蚊子身上罢？”凌虚子道：“不然，我这身子上下飞行动弹不定，他未必能够附身。”

二妖正在辩论，忽听又有人说道：“笨虫，你俩变得虽小，可知还有比你俩更小的东西，难道依附不得么？”二妖越发慌张。凌虚子便向空问道：“你这厮究竟变个什么东西？现在什么地方呀？”却听他回答道：“不敢，我是化成两个蠓虫，一在道兄身上，一在空空道友腹下哩。”二妖一听此言，吓得魂不附体，现出人形，撒腿就跑。跑了几步，回头瞧瞧，铁拐先生仍在兀坐原处，丝毫不曾移动。二妖跑了半天，自疑已出螺壳，相向庆贺。一个说：“道兄，今儿还算侥幸，险些跑不出他妈的田螺壳儿。”一个也说：“这里一片空场，不晓是什么所在。先头来时却不见有这么一处大地方。”一个说道：“管他呢，横竖总可找得一条路子，我们快回去罢。”正说着咧，忽听耳中又有人喊道：“你俩真不懂事，跑来跑去一古脑儿不曾走出我这葫芦门口，我倒给你俩闹得头疼了。”二妖听说，这才大慌起来，忙哀求道：“上仙，我俩给你捉弄得够了,求你高抬贵手,放我们回去罢。”却听耳中又说道:“那个不难,只把你们各位的什么宝贝留在这里,我就放你们出去。”二妖再三哀告,倒弄得耳中人大怒起来,厉声道:“我倒好意放你们去,你们竟敢贪心不足,连你那小小玩艺儿也看得如此郑重。如今就把你俩处死,看你们还有本事可惜法宝么!”二妖听了,只得跪在地下磕头礼拜地苦求一阵。求了半天,忽然眼前一亮,睁目一瞧,只见面前涌出一碑,碑上写着一行大字道:“截门教下凌虚子、空空子之墓。”二妖吓得做声不得,再看碑的后面果然是一座大坟墓。墓门开处,有两个夜叉各持兵器向二妖招手。二妖骇极,不觉相抱而哭。还算凌虚子聪明,首先向天哀告,愿意把所有法宝——摇魂幡、五色石子,并精铁炼成的一柄斩仙剑一并留下,只求饶恕一条性命。空空子也自愿把梅花针和莲叶帕奉献。二妖拜罢,愁眉苦脸地把所有的宝贝一起献出交与夜叉。夜叉又逼他们说明了用法,还要试验一过方才肯放他们。

二妖也一一诉说清楚,真个逐件试验了一回,方听半空中起了个大霹雳,吓得二妖互相搂抱,啼哭哀呼:“大仙既允饶命,如何又用电火相殛!”哪知霹雳虽大,却不近身。一下子工夫,面前碑墓夜叉一应俱消。却另有一块界石,上面刻着小字道:“由此东行,陆路可通蚌壳,计程十万五千里;如向南走,水路只有三千里,但须经诛妖闸、滚妖坝、碎妖滩、坠妖桥云云。”二妖见了又慌起来,不觉仰天大哭道:“上仙已垂恩赦容小妖回去,若照此路程,旱道要经好几年,水路要经无数险。小妖们功力浅薄,如何出得这个关口!左右仍是一死,与其受饥捱饿遭危历险死在路途之上,还不如死在大仙身边好得多了。”说罢跪下叩头,叩得满头脸都淌出血来,才听耳中人说道:“这小妖们却也可怜,既你这般苦求,我也不为已甚,快把眼睛睁开瞧瞧是什么地方。”二妖大喜开眼一看,奇怪,那里是什么广场,何尝有什么碑石,原来走到来的地方来了。二妖一惊喜,又和以前许多感念不同。不知他俩究竟到了什么地方,请看下回分解。

第三十回　偿夙债螺壳作道场　攻异己蚌腹摆擂台

却说凌虚、空空二妖，为了行刺铁拐先生，化身蚊、蚁，前去螺宫，不料行刺未成，反被铁拐先生运用之力，将二妖装入葫芦，收了他们苦心苦志炼成的几件法宝，如数捐纳下来。又吓唬了他们一阵。等得二妖叩头出血，方才收回葫芦，赶出二妖，一阵仙风把他们吹到蚌壳门内。二妖睁目一瞧，这才又惊又喜，又是恐惧。原来铁拐先生性格最为仁慈，自己既没受他们暗算，还是乘机点醒，使他们痛悟前非，投入正教，也未尝不是一件大大的好事。无奈二妖执迷不悟，除了一味哀求之外，竟没有一言求度。铁拐先生才知：畜真没福命，于是仍把他们送回原处。

二妖欣幸之余，不觉争向空拜谢再生之险，方才狼狈仓惶步入内堂。老蛟等十余妖人都已等得十分心焦，一见二人如此情形，不由都吃一大惊。冥冥子先说道："瞧这光景，分明是吃了大亏来了！"通玄子心中却只记念他那宝瓶，忙问："两兄回来了，可曾找到摄魂瓶儿？那擒住的两妖究竟可在不在，生死如何？"凌虚子忙以手示意，说道："不用说了，今儿才算吃了一次从没吃过的大亏。你们瞧，不是我俩的法宝都给卸了去了！"空空子把上项情事大略诉说了一遍，说的大众目瞪口呆，面面相觑，做声不得。老蛟怒道："万不料二位又去吃这么一个亏！那跛贼居然如此猖獗，待我再去请教主老爷前来，必要剪除了他方无后患。"众妖见说，无不大喜称拜。老蛟刚要动身，忽听外面仙乐嘹亮，鹤唳长空。老蛟大疑道："又是什么仙人来帮他们么？若果如此，我们真真非请教主前来不可了。"一言未了，小妖禀报有三位老爷和一位夫人前来请见，已在门口等候了。老蛟心中大喜，料到必是自己这边的道友来此助阵的，于是偕同众妖迎了出去。原来是截教门下第一大弟子孙虎、牛勃、胡海山三仙和一个白氏女仙，因闻田螺壳内做道场，两教人物都汇集于此，恐自己教下有失，特地奉了教主之命前来照料的。

老蛟大喜,和众妖大礼参拜过了,孙虎问起相持状况和那边道场确期,老蛟把凌虚等三妖失利情形禀报过了。又说:“道场原定今天,闻因有许多事,同道未到,已改期旬日,大概本月二十以内必要开设了。”牛勃闻得凌虚子等如此受祸,心中大怒,说:“老君门下怎敢欺侮我教,我们既已到来,明儿就去前面大空地上搭上一座擂台,着他们一个一个前来送死。如没人打得擂台,就将他那螺壳打碎,把什么罗圆夫人给撵上岸去,不准在淮海村附近五百里停留片刻。道兄们以为如何?”孙虎笑道:“铁拐虽有些道行,统共这几年工夫,能有多大本领,今知我们前来,必定要去另请高人入海相助。我们一面派人通知他们前来打擂,一面还该由我们亲去那紧要去处守住隘口。如遇这厮出海去时,一定是上山去请救兵,我们不妨先将他捉来,替凌虚等三位道友报仇。”众妖见说,一个个喜上眉梢,一致称颂。当下蚌壳内又大开欢迎筵席。一面派个小妖前去螺壳下书。

觉先接书和通慧、张果一同来见铁拐先生,呈上书来。先生笑道:“海底打擂倒也是一件奇闻。可惜又有许多同道之士不免遭此一劫,却是可怜可痛。”二人已知其意,因亦默默不语。通慧问:“先生可要去请几位仙师援救咧?”先生笑道:“不用请救,我们的救兵现在已在路了。”不一时果然文始、缥缈、广成、云中等真人先生和文美真人一齐都已到来。铁拐和觉先并众仙一同出去,迎接入内。文始笑对铁拐说道:“祖师闻你很会调度,又且慈善为怀,很称赞你哩。”铁拐惶恐道:“又承祖师眷注,真令我感入骨髓,没世不忘。就是诸位道友师兄都为助我而来,尤其令人感动。但在宫中曾奉祖师面谕,说到要紧关头他老人家自己还会亲来指点呢。这话不知可要实现?”众仙皆道:“这是你的特别缘法,能得祖师逾格栽培,有谁赶得上呢?”说时张果也来叩见文美真人。真人考查了他的道行,见他满脸道气,一身仙骨,甚是喜悦,因点头叹道:“仙缘二字真是解释不来。像你出身太小,得我这样提拔,现在风波尽去,亦可一心修道。至多不过数百年必可成道。在物类道中比较起来,已算上好的福分了。然而比到你铁拐师叔,幸福的深浅,仙缘的厚薄,又不可同语了。”众仙听说，都为嗟叹。张果道：“弟子只求成功，不问快慢迟速。横竖缘浅福薄之人一般都会成仙，至多不过用千百年苦功而已，既摒人世荣华出家修道，吃些苦楚都属分中之事。弟子虽愚，却还不肯妄自菲薄咧。”文美见他这般说了，不觉欣然道：“你能如此立志、如此存心，修仙成佛都是容易之事，不足忧也。”文始等群仙和铁拐先生都一致称扬嘉奖，倒把张果弄得非常不安起来。

一回儿通慧也出来叩见文美，自陈来迟之故，乃因带同觉先等布置道场，乞师尊宽恕。文美笑道：“你有正事，自该办好了再来见我，我怎能责备你呢。”通慧谢过，和张果俩并坐下首。文美、文始两真人都笑对缥缈、火龙真人说道：“两位道兄法驾至此，怎不见两位高足前来伺候？况且此地是他们夫妻该管，这东道之谊不给他们负责么？”两真人听了笑道：“我们匆匆来此，又没教人通知给水晶宫去，他们自然不会晓得我俩已到此。但他们夫妻倒是一对忠孝戆直之人，一二天内闻得我们来此，是必来参谒的。”

一语未了，忽听外面一阵风雨之声，接着又是一阵波涛之声，声势非常汹涌。众仙不知其故，铁拐先生还防到蚌壳众妖前来胡闹。只文美微笑道：“我知道，这准是缥缈、火龙两兄的高足来也。”一语方完，果然有本洞侍婢引着龙王夫妇前来先向缥缈、火龙二真人叩了头。二真人忙着他们见过列位师叔伯、师兄弟，在这当中，惟有通慧和龙王最稔。此外张果虽和他是千百年前老友，但在此时却自觉浅陋，转以尊长之礼见龙王、王妃。一阵酬酢，却也十分热闹。当下龙王见说南海新来大蚌，也看此处的样，将蚌壳改做宫殿，并邀四处八方的妖精设下擂台，来和这边上仙为难，“寡人原早想驱逐他们，不准在此胡闹，争奈听得此中也很有能人，截教主通天道人还要亲来替他们一班徒弟张目。自分道法有限，不能和他抵抗，好在这里已有许多天仙在此，妖魔不难荡平。因此暂作装个马虎，看他们怎生和这边为难。”文始真人笑道：“我等既已来此，须做不得清脱人儿。明儿大家同去瞧瞧，看他们怎生一个局面，还有什么能人高士在内，如何早早弄清楚了，也好请我们李师弟早完坛务，大家都可各回天曹，免得久羁海底，打扰龙王。”

众仙都含笑称是。龙王夫妇却万分惶愧，都说："列位上仙辱临，真是海世恭幸之事。小王等欢迎不暇，怎生说出打扰的话来。"火龙真人笑道："正是，此地是你夫妇的治下，这个东道之谊你们倒真是应尽的。"龙王立起含笑答称："这个自然，本要请各位师叔兄弟们前去宫中一游，想来道场不完，是一定不能脱身，小王也不敢做此虚人情儿。至于一应供膳之类已由宫中完全备就，派官员专送前来了。"众仙忙都称谢。缥缈真人大笑道："列位道兄弟不必如此客气，想龙王夫妇平时玉食万方，享用之丰为天下所罕有。我辈难得到此，就小小扰他一次打甚要紧。"云中子、广成子听了，同笑道："原来是你们两位老师眼浅嘴馋，想敲令徒一点竹杠，却不犯把我们都拉在里面呀。"一句话说得大家都失笑起来。说话当中，果见龙宫派来员役设上盛筵，每仙一席。龙王夫妇恭而有礼地请他们一一就坐。夫妇俩亲自执壶，在下首同坐一席相陪。众仙到此，也不便客气，各自坐定。龙王夫妇分别斟酒，一时肴馐罗列，佳果杂陈，说不尽富贵气象，道不完百珍异味。男女主人殷勤劝爵，诸仙也皆无拘无束开怀畅饮。这一席由上午吃起，直至下午后始散。龙王夫妇因有公务，告辞回去。

文始真人忽觉心中一动，便向铁拐笑道："师弟，那妖人也真浅见，他们防你去请救兵，已派人在宫中等你。我们如今便可顽他一顽。"铁拐笑问："计将安出？"文始笑道："你是坛主，不便离此地，容我和文美道兄化作你们师徒模样，被他们捉去。到来日大打擂台，我等却于中取事，为一鼓歼灭之计，岂不便利。"众仙听了，抚掌称妙。铁拐先生一听"师徒"二字，忽然记起一件要事来，忙说："正要请教师兄等，敝徒飞飞、颠颠如此这般被妖人捉去，装魂瓶内。现在瓶虽取到，却无法开启，如何是好？"文始真人笑道："这一定是什么通玄子的法宝，那东西是一个知了儿，巧逢我们大师兄云鼎真人，怜他志诚，传授他一点道法。不料他活得不耐烦儿，竟是不明邪正，来和这边挑战。大概这厮命也差不多了，你且拿出瓶来，容我一瞧如何开法，却再研究。"铁拐先生依言，从怀中取出摄魂瓶来。文始托在手中，众仙也都过来观看。文始念念有词，口吐金气，直奔瓶口。口门顿裂，两道灵魂归还原体。里面飞、颠二人不觉喊声："呵呀！"爬了起来。闻得上仙垂救，慌忙出来拜谢。于是文美真人便化成铁拐形状，文始真人却化一为二变做飞、颠俩，三身齐起云中，四面一望，果见各处都有妖人把守。文美、文始奋力向前，却和他们战了一回，力气不佳，便被擒去。众妖喜欢不尽，簇拥三人一同回到蚌壳。

二仙远望蚌壳上头，隐隐似有紫色彩云周围笼罩，不觉失惊道："原来他们教主通天老儿到了。我们这化身法如何瞒得过他的眼睛，倒不要弄巧成拙才好。"一言未毕，已被拥入蚌营。二仙此时原可脱身遁走，因要打听内中消息，姑且进去再说，于是由这些妖人推推搡搡地到了第二层大院子内。果有一座擂台当中设着，台上聚集许多妖仙，却是雅俗不一、美丑各殊。中间端坐着一位白发白须鼻方耳长的老道士，二仙却认得是通天教主，也不晓他是什么时候到的。正筹思脱身之计，忽见通天教主微睁双目，照两边几个大弟子笑了笑道："你看老子门下一班徒子孙儿，竟是这般不识趣，倒晓得我在这里，还敢用化身法儿来试。"众徒禀问："这三个东西不是铁拐师徒么？"通天冷笑一声，说道："把这一对糊涂小子牵上来。他们是会变化、通土遁的。可将我这符箓拿去贴在他们的脑袋上头，就逃走不去了。"大弟子孙虎、牛勃领下符箓，下得台来。文美朝文始眨眨眼儿，文美会意，说声走罢，两足一顿，已借土遁出了蚌壳，径回本营。倒把通天师徒气得要命。

到了次日，文始、文美、缥缈、火龙四真人和广成子、云中子、铁拐先生师徒、通慧、张果、觉先等一行十余位仙人前去蚌壳。这边通天教主仍如昨日一般，高坐台上，未曾起身。文始真人高叫道："通天师叔，我教和师叔一派，虽非同道，都属方外之士，有道之身。我们这位觉先道友因前生孽重，今世教他作几天道场，超度冤魂，也是深合情理之事。却不知何处开罪师叔，竟劳法驾亲莅，如临大敌，这是什么缘故啊？"通天未答，旁边闪出牛勃、孙虎二将，大喝道："文始、文美不得胡言。尔等既知同为方外修道之士，便该互相尊敬，互相亲近才是，怎么尔等又尽在外面诋毁我教不是人类，难道文美所收门生就都是人类么？须知上天好生，人物一例，尊卑贵贱，视乎各人的修持，何得以出身相给？我教素主宽大，不与尔等为难，不料罗圆小妖不自度量，有与蛟兄为难之意。蛟兄从前虽是他的儿子，现在事隔千年，人也换了好几代了，何必更修这等宿仇？因此我祖师大发慈悲，前来救援于他。你们要识相的，可赶紧回去本山，把罗婢交予我等发落，万事全休。要是不然，只怕尔等今天乘兴而来，不免要丧命而返了！”文始听了，却大笑道：“听你所言，好像因我辈不当你们人类看待，所以有了夙怨；刚巧碰着那老蛟前去诉苦，你们师徒便趁此机会前来报仇，是不是呢？今且不论你们所闻是否真实，但就老蛟而论，此畜种种忤逆、种种背理，就他不来找我，我们也少不得找到他，也好替百姓们除去一害。谁知他却自己寻上我们的事来，可知他气数已到，数千年修炼之功，就要化为乌有。道友们还要迢迢万里助他行逆，真可谓不知天道，不明大义。贫道们窃为道友等不取啊。”牛勃等听说，都大怒起来。未知牛勃等如何动怒，却看下回分解。

第三十一回　蚌宫斗法　葫芦藏仙

却说蚌壳中设下擂台，通天教主发令，见牛勃和这边众仙斗口不过，因说："谁有那么大的工夫和他们斗口，如今我们摆下这擂台，就着他们上来比量比量。比量得过，我们便卷旗息鼓，回去本山；要是不然，就照我的前言，不准那些田螺、蝙蝠在此耀武扬威，得一个个替我滚到天外去，再也不许回到中土来！"说毕，教主便下台去了。这边凌虚、通玄、空空三子都已失却法宝，不能再逞威严。只冥冥子尚不服气，要替三位道友报仇，因首先登台大呼道："教门下哪一位上来和贫道见个高低？"一言未了，有通慧女仙一跃而上，通过姓名，各抱宝剑，在台上对打一阵，未见胜负，冥冥子手中暗放法宝，回身却走。趁通慧赶上去时，猛喝一声："妖妇！有祖师法宝来了！"通慧抬头一望，只见冥冥子手中一粒红光，直向自己脑门打来。原来冥冥子乃是萤火虫修成，所发红光即其本身之火。凡人遇到，片刻可以全身焦烂。通慧早有提防，袖出宝扇一柄，向火势连扇三下，这火虽不能回烧冥冥子，却也不得过这边来。通慧笑道："你这小虫，真所谓萤火之光，也敢出来唬人？瞧你祖婆婆的火罢！"说毕口吐一丸，飞奔冥冥子，乃是狐身之丹。丹着冥冥子身，蓦地周身发火，烈焰满台，烧得冥冥子化了原身，却是一个绝大的蚊子。从火星中飞舞，飞下台去，真烧得焦头烂额翅残骨损，奄奄一息地退入本阵去了。老蛟见冥冥子如此丢丑，心中大怒，立刻冒火而上。只轻轻吐了一口唾沫，便把满台都装在汪洋大海之中，吓得通慧心慌意急，拖泥带水地逃回本阵。

当有文美真人魂赴龙宫，着龙王夫妇赶紧收住海水，不准妖人借用。龙王禀道："那老蛟虽然是邪法，但其本性属水，尽其本领，亦能翻江倒海，并非弟子借用也。"文美没法，回至蚌壳，却好铁拐先生随后到来，问知缘由。这时水势越大，渐向这边淹来。幸各仙俱有避水之法，水至身边，便豁然分裂，并不有微些损害。铁拐笑了笑，说道：“这非得我的葫芦来盛他一瓯子不可。”慌忙开了葫芦，念念有词，但见汹涌洪波一齐流向葫芦之中。老蛟大怒，尽发南海之水，来淹群仙。谁知水势越大，流入葫芦也越快，葫芦之外一点不见水渍。但听文始大喝道：“兀那畜生，真不知死活！你把一面海水收完，岂不害尽那方百万生灵，也不怕罪犯天条，火焚雷殛么！”老蛟猛然惊醒，又见如此大水，完全害不了敌人，也只得捏个退水诀把水势止定。铁拐先生举起葫芦，向台上笑道：“你便退了水，可知那边水浅数寸仍不免波累生灵么？”老蛟听了，无言可说，快快下台而去。

当有孙虎站在台前高喊：“谁和贫道比玩一回？”广成子笑对云中子说：“这孙虎乃是一个虎妖，他有一串骷髅珠，迎风一晃，道行浅薄者不免魂胆消裂。道兄有定神珠可以破他。但此怪剑法武艺都好，交手时也要防备些儿。”云中子仗剑上台，各通姓名，双方奋力大战起来。云中子虽是道行高深之人，当着孙虎双锤，也觉有些斤量似的。不觉笑道：“毕竟是个恶虎，倒有些气力。”孙虎听了，越发大怒，使起双锤向云中子劈头劈脸盖将下来。云中子身灵手敏，哪会着他的道儿。台下的人明明瞧见孙虎的锤已着云中子身上，但云中子并不受伤，一忽儿绕在孙虎后面，一回儿又闪过他的背后，反弄的孙虎有力无使处，只急得满头满脸都是大汗。不觉气愤之极，蓦地取出一串骷髅，大大小小倒有七八十枚，全是他平日所吃之人将来炼成此宝。迎着云中子骨碌碌一阵响，向云中子连摇几摇。饶是云中子法力极大，也不觉打个寒战，幸他早已预防，手托定神珠照住骷髅串。孙虎睁目一看，只见宝珠放光有一丈大小，光中映出许多厉鬼，一个个披头散发血流满面，形状好不怕人。那都是这批骷髅的本身，对着孙虎咬牙切齿齐向他身上扑来。孙虎大叫一声，吓倒在地。广成子在台下高叫：“云中道兄，快快动手，此畜食人最多，恶贯已满，断断不可轻恕。”一言未毕，云中子早已一剑对准孙虎小腹刺去。台上但闻一声虎吼，有似天崩地裂之状，孙虎已死于非命。台下躺着一只死虎，一只爪中还拖着他那惊人的法宝骷髅串。云中子挑在手中才待下台，猛听背后一声狂喊道：“贼道休走，和俺顽一回去。”

云中子回头一看,原来是一个牛头马面龙身虎尾的怪物,乃是通天教主的坐骑龙虎混。手持一面铙,向云中子夹头夹脸的打来。云中子见他生得如此丑怪,又且来得太猛,便退后三步,笑道:“真倒楣,青天白日出现这等恶怪来。你也不拿镜子照照,自己连一个畜生都修得三不像四不成,还有面孔在人前现世!”一句话说急了龙虎混,气得他大吼一声,满鼻孔喷出两道烟雾,其臭如粪,其腥如蛇。云中子一个恶心,恰好身在台边,就身不由己撞下台来,却得广成子救去。文始真人皱眉道:“修道人什么都不怕,只怕秽恶;此物腥恶如此,谁能禁受得住。如用水淹火烧,一则恐腥臭愈甚,二则因其龙体,又恐他通得水性,却用什么法子来治他?”文美真人笑道:“道兄怎么怕起这样一个怪物儿来,岂不惹人笑谈。”文始真人道:“何尝说怕他,是说这等下下等的畜生,犯不着把神仙之体沾染他的腥臭啊!你不瞧见云中道友已吃了他一个大亏了。”文美真人想了想道:“有了。我们所怕者是他的腥臭。腥臭之物未尝不怕绝香之气。铁拐师兄的葫芦内有祖师亲制的百合浓香,不妨着他去试一试瞧。”文始依言,就请铁拐先生上台。

铁拐一手持拐杖,一手持葫芦,一跛一拐地上得擂台。可笑那龙虎混不自知其丑得可怜,反笑铁拐生得难看,铁拐先生哪有心思理会,只把葫芦盖子揭开,念念有词,顿时一派浓香漫溢四远。龙虎混万想不到有这么一件东西可以抵挡他的腥臭,顿时一阵昏迷,晕于台上。通天教主因是自己的坐骑,急忙捏诀划策召来许多神将守住龙虎混。铁拐怒道:“截教乃是邪魔外道。尔等神将何故也听他命令?”神将摇身答道:“不瞒法师,我辈只知服从符咒,不问其人如何。今既法师之命,谅来不得有误。末将等谨告辞去也。”铁拐先生再三道谢,神将等便都去了。铁拐先生深虑通天教主别出花样,也不等神将上天,慌忙一剑把龙虎混斩成两段。只见这怪身上喷出一种绿色的血,腥臭之气比方才鼻中冲出的更要厉害。铁拐先生却早防到,飞剑一下就先逃下台来。谁知剑受腥秽,虽已立功,只在台上飞绕不得下来。可巧那阵中独角大狮持刀上台,猛不防被剑光一闪斩去半只角儿。台下众仙不期大笑说:“从此独角去了一半,只成半角大狮了。”独角大狮又愤又怒，见那剑还在飞舞，只不得高起，便使出宝刀等那飞剑近身，咯地就是一刀，刀剑相遇，有声铮然，万道火星向台上四处散开，幸而铁拐先生又念了咒把剑收了回去。见那剑受秽处宛如遇了锈一般，并且还有余臭，一阵阵惹人发呕。铁拐先生不觉大恨，说道：“倒要费我几日光阴再行修炼才得。”众仙笑道：“你不过吃了这点小亏，那怪的性命可都送到你手，还有他的主人，失了这个坐骑，不知如何懊恼呢。”一言未毕，果见通天教主和独角大狮齐立台口。教主大怒道：“贼妖道怎敢如此无礼，损我的坐骑！我本顾念同是修道之人，还想留个面子给你们，保存你们的性命。你们既如此猖獗，可莫怪我要下辣手给你们瞧了！”说时更不怠慢，看他伸张双手，抱成一个大栲栳儿，口中念念有词，喝一声：“疾！”一霎时半空中天昏地暗，一丝光明都没有了。

这通天教主最凶最辣的道法名曰诛仙网。双手高举即作一张大网之形，口中念咒，其网便合。虽然无形无质，却是无论哪个神仙妖怪一入其中，休想越雷池一步。中国史上相传周文王有划地为牢之说，大概和这差不多儿，但划地作牢只能圈禁人犯，不能致之死地；惟这诛仙网儿却厉害得很，入网之仙浑身如受针刺索绑，渐绑渐紧，越刺越疼。凭你再狠些儿，不上十二个时辰都要化为水。通天教主把众仙关禁网内，又怕内中不乏高明之士，防有万一之虞，即命蚌精将壳缝合住，贴上通天教主的符箓，免得他们逃遁。他本身却恐老君亲来相救，特率几个大弟子在蚌壳外面云端中守候着。只要过了十二时辰，等得众仙都变血水，便算完全胜利，便要打碎田螺壳撵逐罗圆等，自己却老实不客气回他天南云峰岭去了。

按下通天教主这边，却说诛仙网中群仙受灾，文始等四真人都猜不出通天教主用的什么法术。也曾设过种种方法，希图遁出这张怪网，怎奈此网并无真物，完全是通天教主本身筋胳炼成。说有就有，说无便无；越是无物，越发地没从破坏。倒弄得众仙，一筹莫展起来。捱过多时，大家觉得身上有索子绑缚似的。一回儿又似遍身针刺一般。道行高深的几位还不觉怎样，只通慧、张果、颠颠、飞飞等数人却紧疼得不可开交，一味作哀号嘶唤，恨不即死。众仙越发焦急，铁拐先生忽然记起老君说话来,因高声劝告许多道友:“须要忍苦须臾,切莫示弱给敌人看。祖师早已料定有此一劫,曾允亲来解救。大约不久可到,须要耐心恭候。”通慧等听了都啼哭道:“师叔道行高深,受不着这等苦楚,却不晓得我们疼得难受哩。”一句话说得铁拐又惶愧又焦急。正在为难,忽听文美真人说道:“铁拐师兄,你那葫芦中别有天地,大可作避难之地。何妨取来一试。那宝贝是祖师亲炼的奇宝,想妖法虽凶,断不能行到这当中去。”众仙听了,都大喜道:“是极好极好,快快拿出来一用。”

铁拐先生把葫芦盖子揭去,众仙顿觉一缕光明从葫芦口中射出。大家抢着都向光亮处进去。人数本来不多,一下子全都进去。只觉越走越亮,地方也越大。再进一层后面陈设器具,外面田宅山河,无一不备。大家住在三间茅屋内,果然和外面一般舒适,单只不晓得可否能从葫芦出险。大家聚讼一回,铁拐先生却断言:“此中只可暂时容身,一出葫芦便是通天教主的罗网,如何可以出险?”众仙听了,大为失望,好在受伤的诸人一入葫芦,不但免去针刺索绑之苦,而且所受伤痕一概平复,也都不异平时。大众也颇安心,只坚守候老君前来搭救而已。

不晓过了多少时候,忽听外面似有说话声音,大家谛耳一听,好似通天教主的声气,在那里怪声怪语地说道:“我这大法从来没有不灵,也曾杀过许多妖异,就是各洞金仙,也都望而生畏。怎么这班人过了时候还不见一点血水?再则这些东西怎么又都不见了呢?这是什么道理?”不一时,又一人说道:“祖师瞧,这葫芦儿是那跛足贼妖的法宝,那里面可藏几千人儿。难道这班贼道都躲到里面去了么?”又听通天教主说道:“这也可虑,好在他们无论如何总不能逃到葫芦外面来。待我用三昧真火连这葫芦一并焚毁了去,看他们还有什么方法。”众仙在内听了,铁拐笑道:“他要用火来烧我这葫芦,真可算得愚不可及。我这葫芦岂是乡下农人种出来的,可以用火焚刀割。要是这样不济时,里面还有许多作用么?”通慧笑问:“外面烧起火来,别的可以不怕,只恐内中天气不免要炎热一点呢。”张果笑道:“本来这里气候太冷,有他代送火炉,还不舒适有趣么。”众仙听了哄然大笑。又听外面说道:“我们听听里面有人声,这班东西真个躲在葫芦中呢。”里面众仙听外面这般说了,又相向大笑,都道:“这倒好顽儿哩,他们做了蚌中之妖,我们却变成葫芦中的仙人。似这样相持下去,还不知蚌壳被葫芦挤破呢?葫芦给蚌壳挤扁咧?”未知葫芦外面的妖人又有什么妙语,却看下回分解。

第三十二回　斗法术闷葫芦打破　生意见蚌壳精归降

却说葫芦中众仙听得葫芦外面妖人说话,都觉得非常好玩,转把自己的危险都忘记了。过了片时,忽觉得葫芦中的空气一变,果如张果所言,有点炎热起来,但也并不觉得难受。文始真人笑道:“张果怕冷,得此热气调济,真该舒服些儿。但怕再热下去不免先把你们烤干,怎生是好?”通慧笑道:“不打紧,弟子料通天教主的三昧真火力量也不过如此。但也还算是他老人家一教之主,道力不比寻常,所以有些效验。要是差一点儿,只怕张师兄要他加热,还未必能够如愿以偿呢。师伯们不信,再听听外面人说什么话。”大家见说,都静心帖耳听了一回,却听是通天教主的声气,恨恨地道:“这批贼道,倒真个耐得住么?像我这样三昧之火都烧不死他们,可见这班东西也都有些功夫咧。”一句话说得众仙起哄狂笑起来。又听通天教主对什么人说道:“你们快听听瞧,这批贼道还在里面哈哈大笑呢。”又一妖说道:“这家伙儿质地不厚,所以咱们在外面说话,他们都听得出;要是不然,俺们又怎能听得他们的笑声呢?”说罢,又是一妖作诧异之声,说道:“这也实在奇怪,葫芦如此之薄,祖师三昧真火何等厉害,怎么烧不死他的?而且连葫芦也完好如新,一点没有毁伤痕迹,可不是怪事么!”几句话说得里面众仙益发耐不住要笑出来。飞飞、颠颠本来生性粗直,早耐不住,大声叱道:“那妖人连这个道理都不明白,还敢混充什么神仙!神仙两字真给你们骂苦了。告诉你们罢,我们可真是天上金仙,但你们祖师的什么三毛火、五毛火烧了半天,一古脑儿伤不得我们师尊的法宝,还想伤害我们仙体,真与做梦无异了。”一句话传到外面,倒把通天教主以下大小妖精,真个吓得一跳。

当下有白氏小妖,原系蛇精修成的,因蛇色全白,所以自称白娘子。白娘子对通天教主说道:“启禀祖师,葫芦是老子园中之物,又经他亲自锻炼,自然烧他不坏。葫芦不坏,贼道们怎么能死。依弟子之见,不如带了这东西大家回山,将祖师符咒镇压他们在灵峰山下,使他们千年万载不得出头,就是不死,也和死了一样。一面烧把火,把那田螺壳焚毁,我们已算完全胜利,何必在此地多留时日。明儿老君来了,还有一场血战,虽然不怕他们,却也犯不上算。祖师以为如何?”

此话一入葫芦众仙之耳,颠颠先跳起来向通慧、张果说道:“兄弟们听见么?这白氏小淫妖儿想出来的计策确比其他妖儿厉害得多。万一通天教主听了他的计策,将我们锁禁山中,这一辈子还有出头之日么?”通慧正笑他虑得太深,却见铁拐先生喝道:“不许胡说!你知道点什么。我已算定祖师必来搭救我们脱险,只在两个时辰之内。大家耐性儿再等一下吧。”飞、颠等听了,也是惊喜参半。却听外面通天教主果然赞许白娘子的主张,吩咐白娘子带小妖三十名前去捣毁田螺壳,撵逐罗圆等人。事情一了,可即来灵峰山见我,不得有误。又命吼空居士、牛魔王等再去海面巡风,如有那边的贼道过来,可即前来报告。又命老蛟做个断后,防龙王夫妇等追赶,可与抵敌一下,却许败不必胜。一路向灵峰山败来,看他们可能追至本山。分派已毕,通天教主便命凌虚子、通玄子等捧持葫芦。谁知这等分派办法,里面众仙也都一一听清,几位上仙都已断定祖师必来相救,不久定可脱灾,心中非常泰然。其他道行较差的,见他们如此镇定,也便安心乐意,不生畏惧之念。此时忽然觉得所住的房子又似乎稍有摇动。文始真人笑道:“看光景那两个什么子子、什么子子的奉了他们师父法旨,在那里捧弄我们的临时寓所哩。”因与文美等四真人共使个重身法,把葫芦压得结结实实,比泰山还来得沉重。凌虚子等哪里还碰得动,拼命地推了几下,宛如蜻蜓摇石柱,一动也不动。

到底是通天教主还来得厉害,一见如此情形,忙笑喝道:“他们使了重身法咧。凭你们这点小小力气中什么用!”说罢念念有词,拔出宝剑,向葫芦一指,便把山岳般的重力完全解去。他那大弟子胡山海上来轻轻一提,把葫芦提了起来,翻来覆去地翻腾了一下,倒把里面众仙翻得接连打了几个筋斗。文始真人勃然大怒道:“可恶妖狗们,敢恁般无礼么!”即请铁拐先生施术把葫芦尽量放大。铁拐先生接连念了七八个大字,那葫芦大得比一间房屋还大,吓得个胡山海连忙丢下。铁拐先生又接连念:“高、高、高!”葫芦又高得比一座山还高。一下子工夫越高越大,越大越高,大到无限度,高也到无限度。看看这个蚌壳真要给挤破了。蚌壳内众妖只压的压,撞的撞,一霎时弄得走投无路,哭声震天。通天教主却顾不及这批妖人,慌忙使个咒,要把那诛仙网儿收紧。谁知葫芦力量不下于网,外面的压迫力和里面的扩大力勉强只成平手。可怜一座蚌宫,已被葫芦塞得满满的。蚌内一切物件俱被损坏净尽。小妖数百完全压死,稍有法力的妖人也多被压伤撞坏,动弹不得,伏地呼号。通天教主忙取丹药先替他们医好了伤痛,然后使出手段,把一座蚌宫也照铁拐先生的葫芦一样快快放大起来。却笑对众妖道:“你们放心罢,凭那跛贼如何厉害,他有本事把葫芦放大得遮日蔽天,我还有手段把这个蚌壳的壳儿扩到天外去,他们要想利用这点小术冲突蚌壳,真是做梦哩!”放了一回,看了葫芦渐又缩小下去,又笑道:“大概这批笨贼也知道幻术无灵,不再来骗人了也。”众妖都大喜,称颂教主的道法无边。

通天教主正要说什么咧,忽然蚌壳外面震天的一声大响,通天教主不觉失色道:“这是老君的掌心雷,难道这老道真个亲来和我作对么?”一语未了,接连又是轰轰的两声。通天教主顿足道:“罢了,我不该派他们去巡什么风。那吼空、牛魔二徒法力有限,怎能挡得住这等雷火,这番一定断送了他们性命也。还不知白娘子到了螺壳又是如何景象。不晓何能逃得此劫?”说时,默运神思,推算眼前之事。因即点头说道:“还好还好,白娘子倒也逃出水面,有个渔人将他捉去,但不久另有人买去放生,此物将来倒还有些造化,不必管他。最可惜的便是牛、吼俩,白白送命,岂不可怜。”一语未了,又听蚌壳轰然大震,却便打破了几处地方。那老蚌含泪忍悲跪在教主面前,叩求救命。

通天教主此时又羞又怒,又是发急,见老蚌如此狼狈情形,越发触起他的火性,喝一声:“畜类无知,胡缠什么!该你不死的你便寻死也寻不到;要是该死呢,苦苦哀求中什么用!”说毕一足踢开老蚌,自己仗剑而出。正遇老君祖师骑青牛执拂尘,前后左右只有四个垂髫童儿，并没带多少兵将。一见通天教主，便呵呵笑道：“道兄身为一教之主，如何不明顺逆之理？那觉先以异类而成正果，现奉他的师命，聘来道德法师做几天道场，超度从前受害孤魂，这都是极好的事情。老蛟曾为他的儿子，既将生母逼害，已经忤逆之至了；事隔千年还要前来寻仇，这等理由，如何说得过去。你既身为教主，做他们的祖师，对于此等非礼之事，早该训斥拦阻，才是正理，怎么听了这厮的谗说，便贸贸然兴师动众前来滋事，结果害了你那自己的徒子徒孙不算外，还不晓伤残多少生灵。这不都是你的罪过么？现在我已到了这里，为念同属方外，又怜你万年功行、主教身分，不忍加诛于你。你瞧我单骑前来不带一兵一将，就可知我周全之意。快快听我说话，回山忏悔去罢；要是不然，你也自己思量思量。你的道行法术还不能对付我门下弟子，怎能当我的一击？预备怎样打斗，我总凭你吩咐。我决不先为首的。”

通天教主被老君这场斥责，禁不住满面绯红，怒发如雷地大吼道：“李耳，你别逞能！你那门下平日太没面目待我教徒，使我徒弟们难堪，趁此机会前来见个高下。现在你那一班高等弟子已入我的网中，旦暮化为脓血，怎见得我便不如你等。你既不带兵将，我也只得一身和你赌斗。谁要人帮助的不算一教之主。”老君笑道：“你打量我那几个弟子都已入你的网么？真可谓胡言瞎说，你且回头瞧瞧，背后都是些什么人！”通天教主听了，不由转身一望，果不其然刚才收入网内的一班道教门人，一个个欣欣喜喜行所无事地立在那边观阵。也不晓得老君用的什么法力，这批人甚时出来的。通天教主不觉又惊又恐，回身大喝：“李耳！别欺人太甚，看我用剑光取汝首领。”说毕张口一喷，突有千百道青色之光飞驰而出，立刻变成千百把利剑，围住老子四处攒击。老子呵呵大笑，举手中拂尘轻轻一拂，那些剑光宛如尘沙一般纷纷散开。通天教主见不是路，慌忙张口收回。正在这时，老君大喝一声：“通天教主！也试试我这刀光如何！”一言甫出，万道金光突然飞出，也变成万把匕首，围攻通天教主。通天教主急把身子一摇，变成一只鹞子冲天而起，猛向老君头上扑下。老君佯做不知，行所无事的顶门中出现一朵彩莲护住身体。鹞子不得下来,却触怒了老君几个高徒。

文始真人大喝道:"通天教主,太不顾脸面,只闻禽兽修成人体,没听见身为教主反学兽禽,暗中伤人。似你这等行为,我祖师岂能亲身和你比量。你且睁大了眼睛瞧贫道法宝罢。"通天教主身在空中盘旋不已,听了此言,大为恚愤,因要看他用甚样法宝,不由睁目一瞧。不道文始真人一面说话,一面早已袖发神弩,直向教主双目射去。通天教主出自不料,竟被他射中一乌珠,血流满面,疼不可支。幸得身边带有仙丹,疾忙向南飞逃,一面出药敷上,痛苦立止,只一只眼睛却被文始射瞎。因文始神弩系在老君丹炉内炼的金精所制,再加符箓之力,若是普通妖人,谁也禁受不住,幸而通天教主修成万劫不死之身,才只伤得一眼。通天教主吃了这一场大亏,心中何能甘,便从南方绕回东北,仍想归到蚌壳,再召各处徒弟前来复仇。不道蚌精因先受师兄们轻侮,后受教主斥责,怀恨在心,竟已通款于广成子等,将壳中收藏的一班妖魔如数缚献于老君;只剩老蛟见机得早,先行逃脱,却巧在云路中和教主相逢。老蛟哭拜云端,诉说蚌婢反复之事。通天教主仰天大叹一声,自知不能再战,带了老蛟回灵峰山去了。

这一场两教斗法,老君门下全亏铁拐先生葫芦藏身,免得杀身之厄,又收战胜之功。这便是葫芦的妙用。世俗相传有打不破的闷葫芦,就从此事而出。又说葫芦里面卖的什么药,也是力赞葫芦的功用,甚言其中种种神秘,有非局外人所能知悉者也。从古相传,至今已达数千年还有这句传说。我辈生晚,不及见几位上界金仙的真容圣迹,只凭着这两句古语也可想见这葫芦的玄妙。却因葫芦之玄妙,并可摹想上界天仙的道法无边了。这是空话,不宜多说。诸公且请稍坐,容在下休息片时,再把何仙得道、钟离出世、孟姜女肉化银鱼、玄珠子造化浙江潮等奇闻怪事一一续写出来罢。

第三十三回 大户竟被妖戏虐 土地演说鬼打墙

却说何仙姑自从别过李铁拐,单身独居在衡山石室中,整整修炼了一百多年。玄女闻他专心一志,刻苦勤修,复亲自降临,授他大道。仙姑得此教训,陡觉知识更晋,进步也越见迅速。玄女临行时又传他召神遣将之法,如有危险或急难之事,可传他们前来护卫。谁知本山土地是一老年女神,因见仙姑容颜绝美,修持极勤,况又同为女子,愈加来得亲热。从此便常常至石室中访问仙姑。大家谈论些天曹地府的故事、金丹妙道的至理。每逢土地有不解之处,仙姑必择可以传授者指示一些,把个土地太太弄得心悦诚服、五体投地。仙姑因是女身,虽在深山之中,不收一个徒弟,前时很有附近山洞中男女妖精常来骚扰,都被仙姑用法驱逐。其中也有服他道行,愿供驱遣者,仙姑概以善言慰遣。自结识了土地太太,他却有两名鬼卒伺应公私事务,每逢仙姑有事,土地必着两鬼代为奔走。仙姑倒也甚感他的厚意。

这天,仙姑正值晚课完了,出洞玩月。独立山峰一块大石上,昂头四顾,意豁神清。蓦听得山后一阵风响,霎时天昏地暗,月色无光。仙姑大惊道:“这风好似猛虎,难道是外面新来的?要不然,何以一向不曾听得,也且不闻土地谈起呢?”于是拔出佩剑,向山前后观望了一回,却不见一些动静。仙姑心中十分疑讶。他是心细的人,既有所疑,那肯丢手;况且存心救人,深恐猛兽袭害山下居民,自己枉自修仙求道,安能见危不救。于是一步步走下山岗,欲究声所从来。一路寻觅过去,不道行未半里,又听得呜呜之声发于身后。仙姑不觉又停步细听,那怪声却又听不见了。只听后面有人说道:“大姑在此作什么,可为那孽畜的事情么?”仙姑猛然一惊,回头一瞧,不是他的好友土地婆婆还有哪个?

仙姑忙笑着说:“好土地,你管的什么职司,山中有此怪物,也不想个法子快快剪除了去,留他在此害人么?”土地笑道:“原来大姑还不晓得这件事情。你可知道这是什么兽类,是否和平常虎豹豺狼一样的东西?小神虽有守土之责,原没除妖之才,当然管不了他。就以大姑而论,虽然学得三分仙法,存着十分宏愿,但想剪除这怪兽时,却也还差个三五百年的气候哩。”说罢又连连向仙姑行礼,笑说:“说着玩呢,千万不要动怒。”仙姑倒笑起来道:“你这老婆子倒会放刁,什么怪不怪的,大家都是世外之人,都存救世之心,谁有本领谁就尽力去干;本领不济大家商量着做,终不成坐观孽畜害人,大家装个没事人儿就算了么?什么责任不责任,见怪不见怪,那全是笑话。现在却丢过一边,得了空大家说笑去罢。如今却先请教土地,这孽畜究竟是什么种类,怎有那般本领?照你所说,那不成为畜类,简直成了个法力高强的妖精了,怎么一向也不听你说起呢?”土地见他这般热心,不觉十分敬佩,忙携了仙姑的手,一同走进山坳中土地庙内。鬼卒上来献茶,坐地,仙姑又问这事。

土地太息道:“大姑哪里晓得,此山周围千余里,本来只有些不大为害的野兽,如狐獾狼兔之类,连虎豹都很少看见,更不用说什么妖精了。谁知近三天内来了一只神牛,色青角亮,善能变化,发声呼号,巨如虎啸,山岳为之震动,飞鸟闻而远翔。自前天晚上到这山中,昨儿一天不见回山。今儿午后就有山下吴大户家人前来庙中烧香求签,说是吴大户的娘子忽然被妖精迷住,并将吴大户用妖风扑去,不知性命存亡等说话。我就派鬼卒速去调查,回来报告说,那晚大户正和娘子侍妾等大开家宴,忽然一阵怪风,灯火尽灭,家人妇女吓得走投无路,都向后宅逃遁。吴大户究是男人,胆气稍大,喝命家人赶紧再点灯来,收拾器具。不料家人点上灯火,忽然院中有同样面貌一般服色的两个吴大户正在那里扭作一团。一个说这是妖人假冒,喊家人快来驱逐;一个也照样说是妖人幻化自己声容,希图作祟,着家人赶紧撵打!可怜一家男女,一个个吓得作声不得,瞪目相看,谁也分辨不出哪一位是真东人,哪一个是妖精幻变的假东人。一真一假,斗够多时,大家都说辛苦得很,要进去休息休息。这一来可更糟了,大户虽有许多姬人和一位娘子,谁愿意陪这妖人睡觉?大家公议只有不管真假,暂时一概不陪,庶可保其贞节。不道此言一出,又是一阵怪风,满庭灯火又是完全吹息。黑暗中但闻妖人大呼:'众位娘子不用害怕,我不惯和女人同睡。今天却去,让尊夫和你们作乐开心,明天再来找他罢。'众人听了都开心到了不得,以为妖精是有道法的,自然不得贪色。他说回去,一定不得有假,家中留下的自然是真正的吴大户了,于是等得风势一定,再把灯火点上,果然只剩下一个吴大户垂头丧气,像个十分疲乏的样子坐在室中。众人问他可觉得怎么难过?他只摇摇头,说辛苦辛苦,想睡觉去,旁的没有其他话说。众人见他神情有异,有几人便非常怀疑,疑惑这大户仍是假的,那真大户不知被妖人摄去何处,现在生死难知的。但多数却相信这人必是真大户。神色虽变,这是实在辛苦之故。结果那怀疑者既不敢明言所疑,不疑的更不消说。大家扶他到娘子房中睡下。大户的娘子本是忠厚之人,自然也无疑虑,服侍这大户睡下。到了半夜时分,阿呀呀坏了,原来那大户凶淫异常。这些事情小神当着大姑的面,我不便说。只晓得大户许多妻妾竟有大半吃了这大户的苦头。想来大户平日决不如此,因此给他们看出弊窦儿来。大家都道这大户定是妖物。众人吃了亏却还不敢说,顶要紧的先要晓得那真大户究竟被他弄甚邪术,摄到什么地方,可有性命之忧?因此大家等他午睡之时,哭哭啼啼地开了一场会议。最后才着人前来庙中求神替他们作主,并要调查他们的主人的下落和妖物的来头、驱除的方法。可怜小神尸位本山,平时只知守法奉公,做些应做的事情,能干的职事,几曾学过伏怪降妖的本事来。受了他们的请求,当时又不好回报他们我不管这些事情,那岂不更害他们伤心。因此一面敷衍着给了一张通用的签经,一面就派鬼卒在调查。鬼卒回来之时,经过山后一个千人坑,那是异乡人弃尸之地,发现有一人如醉如痴昏昏迷迷地躺在树下。那地方本多狐鬼,阴气极重,平日很少人行的。我那鬼卒却也灵敏,想道:'这个地方怎能随便休息,而且此人衣服又极考究,不像乡间种作之辈。'当时就料定必是妖人摄去的真正吴大户。于是找到一个野鬼打听了一声。据说'此人去的时候,正是昨晚二次起那怪风之后,来此已有大半天了。看他像个活人,但不能说话,也不见他动作行走。要说是吾道中新进之辈,却又阳气未绝,在他身旁百步之内似有些热气。我们竟不能走近身去。想这人一定是有大身分大势力的贵人。若是平常百姓，就是气血刚强完全醒寤，也没有这种盛气。'照这等说话，可见这人必为吴大户真身无疑。因为大户为人颇称好义，在这山前后一百多庄子内，都奉他为首领。凡是村中大事，别人不能解决的，只要他说一句，无论何人不能不服。他的身分也俨然和一个小小国王相差不多，这也可称得大大的贵人了。而且这许多村庄中全是务农工作的平民百姓，除了吴大户谁又配得上贵人两字呢。因此鬼卒既断定他是吴大户，小神我也深信不疑，说他是真正的吴大户。刚想等到晚上示个梦兆给大户妻妾们，忽然又接到本郡城隍爷的谕札，说本山现有牛神从西方来，查系一位大仙坐骑，不久必有仙人前来收伏。此物六根未净，野性不驯，既至凡间，必为民害。着我等一百多位土地齐齐留心，遇到神牛所至之地，即通知各该管地方人民，大家小心防卫，免受凌辱之患、生命之忧等语。我得了此谕，愈觉恍然。但还奇怪以城隍之灵，何以能知神牛作祟而不知神牛之主究竟何仙、居何洞府。难道他老人家也有所忌讳而不便言明么？"

土地说到这里，仙姑道："大概城隍正直封神，也不过和尊神一样有守土安民之责，无降妖伏怪之才。至于推算未来之事，明察变化之机，那是上界金仙的大道，平常神仙的确未必有此道行。况且天上神仙甚多，一时也实实不易察查。以我之见，像这城隍爷他能知道这些，已经很不容易了。至如你我，连眼前这些小事情还判断不清咧。"土地又点头说："一点不错，一点不错。我本胸有定见，又奉到这道法旨，立即亲自出庙，会同本山各土地、大众公议一个通知人民的办法。散会之后，方去吴大户家示梦。从吴家出来，又特地到那千人坑，瞧那真吴大户兀自昏迷不醒，独倚树根，像是熟睡的光景。我恐再有什么野兽害他性命，特把带去的一个鬼卒留在那里，替他尽个保卫之责。好在他既一味昏沉，那饥寒两字倒可不用耽心。等明天一早，吴家众梦皆同，自然会去迎接他的。那时我的责任也算尽了，我的良心也可安了。"

仙姑听了沉吟道："鬼卒不怕猛兽，猛兽也见不到鬼卒，幽明异路，如何能够保护这人呢？"土地笑道："这层却亏你想到，我当时也早见如此，所以派这鬼卒保护去。正因他身为鬼物，和千人坑中许多狐鬼、兔鬼、野鬼、冤鬼全属同道。果有意外之事，他们就不能抵御兽类，却可联合起来用他们的鬼计较、鬼法术，齐心协力，大家起来把兽类双眼严密遮蔽，使他神志不清，赶来跑去，仍旧赶不到大户身边，走不出鬼界的范围。这就叫做鬼打墙者是也。”说时不觉大笑。何仙姑也听得粲然解颐道：“原来鬼打墙之说是真有其事，却不晓这墙又如何打法。今儿听你一说，我才明白了。但闻鬼打墙者，必定是那被遮蔽之人阴重阳衰，本身奄奄一息，尸居余气用得这个法子。若遇强壮盛气之人，不但没有效力，要是碰到内行的人，用齿咬碎舌尖喷血一洒，血着鬼体，其烫如火，非常难受。甚至有因此而消灭其鬼体、散失其鬼魂者。这话可是真么？”

土地道：“如何不真。你不听鬼卒说那批野鬼还不敢近吴大户之身，是因惧他盛气么。这是指人类而言。若兽类心灵血气远不及人，凭他如何强壮，都非鬼物所畏。再有我派去的鬼卒，他在我庙中服役多年，也似凡人供职衙门一般。他那知识手段比平常人要狠得几分儿。有他在彼，调拨指挥，纵不能抵抗妖精，以守大户肉身，却是绰手有余。这倒不必替人家担忧的。我所疑惑的，城隍爷既说必有仙人前来收妖除怪，如何事隔两天，还不见降临？不说别的，现在吴大户一家人就被这东西害得够了。万一今天没仙人临凡，明儿大户回去家中，一条性命稳稳要送在妖物手中。这倒是我很担心的事情。此时我也正想到你洞府中瞧瞧你，大家磋商一个办法，不道你倒悄悄地走了来了。如今说不得，你既是立心要救人患难，可巧又是我范围以内的事情，你更该出力帮忙一下，才见得你的慈心义气哩。”仙姑笑道：“你虽说得神牛那么厉害，以我想来，只怕有些言过其实。趁吴大户尚未回家，我便跟你同去瞧瞧，如可除得这东西，就顺便收拾了他；万一这厮真有本领，我们弄不过他，未尝不可知难而退，不致遭他毒手。不知尊神以为如何？”土地欣然说：“应得奉陪。”仙姑因说：“救人如救火，越快越好，既然要去，立刻就走，不必再在这里延挨时刻了。”

土地依言跟定仙姑一同驾起云头，霎时之间已至吴大户家。土地指给他看说:“下面黑雾层层,并且有些臊气,这地方就是吴宅。那老牛正在这里逞凶呢。”仙姑向下一望,果然有层极浓的黑气罩住一处大宅,一阵阵的臊味儿触入鼻子,几乎发呕。忙从身边取出一个药瓶,倒了些药来和土地一同吸入鼻中,便不觉什么气味了。仙姑对土地说:“尊神在此观望,我去探一阵来。”土地吩咐小心,仙姑应声晓得,一跃而下,落在吴家院落。就听得内室笙歌鼓乐之音,并男女嬉笑亵狎一时并作,度入仙姑耳中。仙姑知道老牛在此行乐,心中大怒,大着胆子仗着宝剑走进院内。正见一个假吴大户左右两手拥着两个裸体女子,在那里饮酒作要,形景十分猥亵。此外十余女子也都一丝不挂地往来应承,虽则假为欢笑,面上却显然露出愁苦愤怒的神情。仙姑见了越发怒火如焚,正想乘他不备,一剑砍去,不道假吴大户早已瞧见,忽然哈哈大笑,推开女子,赤身露体地追将出来,连叫美人何来?快陪咱喝杯酒去。急得个仙姑面红耳赤,一剑飞去,更没工夫瞧他死活,翻身就逃。不料这东西真个厉害,避过剑光,口中吐出一阵青烟。仙姑刚把身子腾空,正被青烟所触,只觉一股腥味,中人即晕,一个倒栽葱掉下地来。假吴大户又哈哈大笑,着人“扶这美人进去,咱要和她开心咧”,未知仙姑性命如何,却看下回分解。

第三十四回 裸群女神牛肆毒 放铁砂仙法有灵

却说何仙姑被妖人吐出黑烟，一阵头晕，从云端坠于地下，一霎时人事几乎不省。幸他究是修炼之体，当时虽然禁受不住，俨然和死去一般。后经妖人吆喝，众人将他搀扶起身，一转动，周身血脉得以运行，立刻便回复了神思。睁目一看，见妖人立在一边，督率许多女子，就是方才所看那批赤身裸体、愁眉苦脸之辈将自己身子抬起来往后面走去。仙姑只求离开那个裸体妖人，生死一切暂且置之度外。当下见抬他的人有相对弹泪的、有窃窃怨语的。所说的话因发声极轻不甚听得清楚，但可揣知确是忿恨妖人，咒他速死的意思。仙姑不觉暗暗伤心道："这批女人倒都是有廉耻的，这也难得了。"看他们抬过堂屋后面，妖人并不跟来，心中宽慰了一大半。忙含笑对众人说："众位姊妹不用害怕，不必忧虑。我是来救你们来的，不道遭此毒手。你们的主人现被妖人摄在三百里外一个千人坑中，有土地派鬼卒守护，不得吃亏。"众人听了，不觉一齐吃惊。有那胆大些的问他究是什么人，因甚前来相救，怎知家主在千人坑中，怎生能和土地谈天。仙姑只把自己来历说了一句，忽听外面妖人呼叱之声由远而近，众人慌忙把仙姑抬入一间精致小房内，将他丢在一张榻上。因恐妖人进来，大家夺门而去，只把仙姑一人剩下，再没人理会。

仙姑恐妖人再来缠绕，趁着室中无人，赶紧一跃下床，见房子外面有个小小天井，便用力穿牖而出，就在天井中升起云中。找那土地时却已不见，慌忙赶去庙中，向下一望，只见那土地婆婆正对着一个鬼卒带哭带说的在那神座之下讲说自己被难之事。仙姑心中十分感动，忙按下云头大呼道："土地太太不要替古人担忧，你那好友何大姑娘回来了也。"那土地听说，又见仙姑已娉娉婷婷机机伶伶地立在面前，不觉转悲为喜说道："你好人哪！把人家急得要死，你倒写写意意地还向人家说笑咧。"仙姑忙笑谢他眷顾之情，随把经过情形报告与他。土地听了，不觉吐舌道："你也忒会闯祸，我原关照过你，那妖不比寻常树精木怪，着实有点法力，不是你我所能轻敌。既城隍爷这么示谕，自然必有仙人来救大户一家。偏你这般性急，硬要前去试干一下，可知毕竟吃了亏了。"仙姑笑了笑说道："修道人志在济世，哪里管得许多。如今城隍说的仙人不知何时可到，而眼前那位吴大户却不免有性命之忧。我的主见还是要去设法把他迁个稳妥秘密所在，使妖人寻他不得，才免得危险；要是不然，那妖知我逃脱，势必疑我去救那大户，大户一条性命不是害在我的手内么。"土地道："那也不必一定，你既走了，那妖自顾寻乐要紧，怎见得定去找那吴大户呢?"仙姑笑道："但愿如此才好啊。我的意思是，宁可小心一些，免得救人害人，反增我的罪孽。你有守土之责不能轻离汛地，我是一无责任的人，即刻就要去看望一下。不管那妖在否，务必将大户移至别处方好。"土地阻拦不住，只得由他自去。

仙姑起至半空，催云急进。那消片刻，已到那个千人坑，即有奉命看守大户的鬼卒迎住，急急忙忙地禀称："刚才妖人来过，已将大户取去，大姑若早来一步就会得着他了。"仙姑不觉跌足一叹，问妖人往那方去，可曾瞧清？鬼卒说是向东北方向去的。仙姑吩咐鬼卒回去，自己便驾云向东北方赶去。赶过两座山头，已见前面有一团黑气，隐隐约约地随风吹向前方。仙姑知道必是妖人，因他行动迂缓，原想赶在他身后挥剑刺死了他，免得多费手脚。忽又转想，妖人必是挟大户同走，所以如此迂慢。我这一剑伤了妖人，岂不将大户丢下地去，一条性命仍是不保？说不得只好努力追上，大呼："妖人休走，留下吴大户去。"妖人回头一望，不觉喜欢道："原来又是你这丫头。头先被你逃走，使我大不开心，此刻怎又自己送上门来。"他一面说一面降在一座大山顶上，把大户一丢，向空中招手叫道："好妹子呀！快来见你哥哥么。"仙姑大怒，飞至山巅，掣剑直取妖人。妖人拔佩刀迎住，刀来剑往，剑去刀迎，战有数十回合。

那妖性急起来，就地一滚，现出原形，乃是一只硕大无朋的青牛，抱住两只牛角猛触仙姑。仙姑知道厉害，急想逃走；那牛灵便无比，伸一腿飞踢仙姑。仙姑纵有道术，哪经得神牛功行胜他十倍，捱这一腿，便觉站立不定，翻倒在地。那牛又变做吴大户模样，笑嘻嘻说道："好妹子哪，你别怕，我爱你的相儿娇、肉儿白，咱今带你回去大家耍子儿，过这开心无忧的日子。你要顺从了咱，才知道不辱没你咧。"说时用力把仙姑掮起，他也不再顾那吴大户，背起仙姑腾云而起。仙姑心中明白，苦的是受这一踢，气力垂尽，幸得佩剑在身，想拣他要害之处奋力刺他一下。比及仔细一瞧，这才叫苦起来，原来那牛浑身上下皮质极厚，以指弹之作金石声，情知宝剑之力未必能够伤他。看来此番真吃定了他的亏了。心中一急，由不得拼出全身力气，揪那牛角拔他牛毛，再用双足向那牛尻狠踢。哪知牛力真大，牛皮真厚，竟似毫无知觉一般。尽管背着仙姑缓缓而行，口中还不住地唱些不干不净的村歌儿。仙姑闹了一回，自觉再不能和他抵敌，一时香汗淫淫，芳心怵怵，只在思量个自尽的法儿。想了一回，不觉凄然下泪，暗叫一声："玄女师尊，铁拐师兄！承你等盛意，指示修道门径，谁指望道行未成，微命先捐。两位师父可能晓得你那苦命弟子在此受难么？"想了一回又痛哭一阵，看看到了吴大户家，便欲拔剑自刎。蓦然回想道："不可不可。曾听人说，一个人自寻死路是最没中用的东西。非至死在临头，何必轻于尝试。好在宗旨坚定，拚却一死，何事不可为？便要走这条绝路，也可缓得须臾，且再看他如何对付我。"想到这里，妖人已到院中，亲把仙姑送进房去，丢在一张床上，喊起一班裸体女子前来看守，吩咐道："这是我心爱的美人，你们好好看管，要是再被逃走，尔等就休想活命。"说毕喜笑而去。

女子们见仙姑又被劫回，一个个泪承双膛，对他说道："我们是该死的，弄到如此地步，这也不必说了。你这位姊姊，既已逃出性命，怎又落他手中，也和我们一样地受那妖人凌藉，岂不可痛！"仙姑正想脱身之计，听了这话，也不及和他们诉说。谁知妖人去不多时，又早跳进房来，却把浑身上下剥得一丝不挂，三脚两步走近床沿笑道："咱俩该来快活一下了。"仙姑这一急非同小可，疾忙推开那几个裸女，跳下床来，拔剑在手，攻那妖人。妖人手无寸铁，张口一喷，那股可怕的青烟又来了。仙姑和许多女子皆晕绝于地。

仙姑灵性还不甚惑，见那妖人仍幻人形，笑容满面来剥他衣服。

看看把衣带都解开了,仙姑苦在心头,浑身发软,毫无抵抗之力,只有流泪干急的分儿。正在万分危急的当儿,忽听半空中惊天动地的一个大霹雳,震得那坚固巍大的大厦前后上下四围都岌岌摇动起来。这一来才唬得妖人大叫一声,急忙忙逃了出去。仙姑却被雷声震醒,看那班女子却仍是昏昏沉沉如死如痴。仙姑知道这雷不是凭空而至,必定有些道理在内,很想急于出去。但他心中慈善,眼见一班女子如此受辱,自己不见则已,既然见在眼内,怎能弃之而走。可恨青烟厉害,一时三刻未必能够还魂转来,自己又没法子可解救他们。正踌躇哩,蓦然一阵金光闪入院内,满院子金光,眼睛都被迷住,良久才张得开来。却见一位仙女脚踏红莲站在当中,旁边许多侍女,一个个美秀清华,簇拥着仙女向那仙姑笑呼道:"兰仙还不快走,难道不怕妖人挫辱么?"

仙姑俯伏在地,叩谢救命之德,并问仙乡法号。仙女忙命侍女辈拉起,笑道:"你我同门,只合平辈相待,何敢当此大礼。"因对仙姑说是九天上元夫人,也是玄女弟子,和仙姑只算同学。奉师命知老君祖师青牛被童子放出,跑下凡界,在此肆毒。师尊已知弟子一念仁慈,不量德力,妄思越分行为,其罪当恕,而此心可嘉。因此命我前来相救,并传你除妖之法,着你以后专心用功,不必多与外事,免得魔生劫重,自取大咎。此番恕你初次,不加罪谴。师妹可即叩谢师恩。"仙姑听了不觉悚然内怍,跪下去向空叩谢过了,夫人把袖子一拂,众裸女皆如梦醒,纷纷而起,向着夫人和仙姑侍女发怔,不知是怎生回事儿。仙姑正想再对他们说几句儿,夫人伸手把他一拉,满屋中金光一起,一转眼时早已出了院子,到了山上。

原来仙姑洞府即在面前,夫人带一班侍女着仙姑先行进了洞府。仙姑万分感激,再三称谢。夫人笑而止之,说道:"彼此同道姊妹,况是师尊之命,何足言谢。"仙姑问起妖牛来头,夫人叹道:"这也是一桩小小劫数,无可奈何的事情。这原是老君祖师坐骑,派定一个童子监守。从前你铁拐道友未成仙道,也曾吃过这东西的亏。后来是文始先生亲去收取上山,才脱了铁拐之厄。彼时老君因童子疏忽,曾拟将他治罪,得众师弟兄力求而免。不料此番祖师因海中螺丝壳内大作道场，魔教中人乘机与我教为难，众师兄已将邪魔打败；不料魔教祖师亲来海底设下擂台一座，口出狂言，将师兄用符咒禁住，不得脱身。幸得祖师亲临，方能解围。祖师在海中五天，因用不着坐骑，将青牛留在宫中。不料守牛童子和另外几个童子骑牛赛跑，因牛行迂缓，愤然鞭了他一下。那牛怀恨在心，趁童子疲倦时候睡在草地上，他就脱难而逃，再投凡界。这事发生已有三天，下界自然有几个月了。须知那牛一下凡间，四处乱闯，已在各地闹了许多事情，被东华帝君、真武大帝得知，派人驱逐将来，方至此地。因吴大户前生是屠牛的，此生又爱吃牛肉，所以受祸之烈也比别家更甚。如今老君已把童子谪贬人间，另派妥当老成的童子前来收领神牛，大概不久也快到了。再师尊说，大凡修仙人以多立功德为培重根基惟一无二的法门。你此番之事，虽近于不自度量，究竟如此存心不得有错。命你收伏此物之后，可先学些护身本领，待十年后可即去山下走走，做些有益人民的事情。到时师尊自然还有嘱咐的话。你只小心用功，等候他的法旨就是了。”仙姑一一应诺。

夫人因取出一粒小如芥子的铁沙说：“师尊命你将此沙携去与神牛见阵，乘机将此物抛入土中，自有奇验。当心当心，不要误事！我也不同你去，只在此处等你罢。”仙姑拜受了铁沙，却思不出如何用法。如此小小东西，怎能收伏那头强悍而伟大的神牛！因夫人更不再说，也不敢多言，怀闷在心，别了夫人，就腾云而去，仍至吴大户家。未落云头，就听得一片呼号哀泣之声。拨云下望，只见院中许多柱子上绑着那班裸女。那妖人正在手持器械逐人挫打哩。情知必为本人逃脱，妖人疑是他们私放，所以严刑究治。心中大为不忍，疾忙下落云头，立在院外，手按宝剑大呼：“孽兽安得无礼！看剑罢！”一剑飞去，妖人已有准备，因手无兵器，即持庭中一个大石墩相迎，墩被剑削分而为二，一半坠地一半仍在妖手。妖人大愤，正想施展妖法，仙姑手中沙忽然飞出，落于地上。仙姑出于意外叫声“啊呀！”忙要去拾，低头一看，不过平地上长出一片沙泥，越长越多，越深越广，一霎时间把妖人双足陷入沙中，急得呼喊如雷，左足才起，右足又陷，右足未拔，左足陷得更深。

仙姑方知仙家之宝有如此妙用。于是站立空中仗剑指定妖人喝道:“兀那神牛,你是老君祖师坐骑,休说寻常畜类没你那么福分,就是人间富贵王侯,要学你的长生自在,也只徒形梦想。你一动物,弄到如此地位,一则祖师高厚天恩,另眼看觑;二则也是你自己根基深厚,又有那么久远的功行。这是何等烦难之事!你正该逐步上进,再求高升,不难致身仙人。怎么自甘下流,一再逃落凡间,贻害人民!如今祖师为你不肖,已将管你的童子谪降凡尘,你的心中何安?照你这等行为,头先那个大雷就可将你击死。你晓得那雷是怎样打起来的?乃是玄女仙尊派上元夫人前来救我,顺便发雷儆你。总因你是祖师坐骑,大家都不肯绝手相害;要是不然,你便有一百条性命也早完结了。你明白了么?”妖人至此才知道抵抗不过,不觉怒愤全消,桀骜尽去。立在沙中,只是下泪哀求,语语认罪,恳求大仙饶恕。仙姑把手一指,说一句“止”,那沙便不再升高。妖人半个身子却已埋在里边,再也动弹不得。

这原是仙姑怜悯神牛,胡乱试着止定的。因想此沙似乎通得人性,既能随心而起,定能遵命而止。果然一试就效,不觉心中大悦。因又说道:“不说别的,只讲眼前的事情,我这粒神沙就可以活埋你三年五载,看你可还有自全之法?如今暂留你的性命,也不是怜你哀求之苦,仍是瞧在祖师分上。你要晓得你这一身,离了祖师,到处都有杀身之患。若能洗心革面,从此安分守己,将来前程不可限量。利害从违在你自决。你既通得灵性,能够变化,一定识得顺逆,懂得好歹,你快自己去想想罢。我要走了,委屈你暂在土中多立一回。好在这几天你也享足了福分,吃饱了肉食,就在此多立几天还不要紧。大概不多几时,你那新主人就来带你回去了。”

说毕又看那批女人因先被绑在柱上,吊得高高的,都得不入沙中。仙姑用手一拂,各人绳索皆去。仙姑带着他们同到后房,令他们穿上衣服,把上项情事并自己来历一一告诉他们,着他们都望空拜谢玄女和上元夫人垂救之恩。诸女拜过了,又都谢仙姑,仙姑笑而止之,因言:“大户现在某处山中,即刻就着土地设法送回,不必记念。此次虽吃些亏,幸无性命之忧。至于受祸之根,因他多吃牛肉而起,以后最好能少杀生物，自有无量功德也。”说毕告辞而起，耳中只听神牛哀号之声，仙姑不觉泪下，太息道：“来时听得女子们哭泣，此时却又听得他哀呼。眼前报应捷于影响。世人不悟，恣为强梁，岂不可叹！”行至途中，见西方一朵白云护着一个牧童打扮的，如飞而来。情知必是老君派来收取神牛之人。停步一望，果见他落在大户院中。仙姑才放了心，回去本洞。未知仙姑怎样送回吴大户，却看下回分解。

第三十五回　何仙姑奉旨入世　赵公子纠众调情

却说何仙姑回洞,把收伏神牛之事报告上元夫人。夫人笑道:“恭喜之至,此虽小事,也算师妹初次出山第一件功劳也。”仙姑笑谢道:“不是师尊和姊姊垂救,一条性命老早归到地府去了,还有什么功劳可言吗?”说罢相与一笑。

仙姑因先去土地庙着土地派鬼卒们送回吴大户,又给一丸丹药,令交大户吞服,可以还魂健体。土地领了法旨,自去遵办。仙姑又回洞府,方从夫人受了许多防身之法。他是绝顶聪明之人,一说便会,一会便已记得。夫人大喜道:“贤妹如此灵悟,了道之期不远也。愚姊谨在天曹恭候指日高升。”仙姑感激拜谢。夫人命侍女去吴家收回铁沙,因见仙姑再三赞扬这粒铁沙,慨然奉赠道:“此后如遇强悍妖精,即可用此物制他。”仙姑越发大喜,便问此沙何名。夫人道:“论这沙质,说来不值一笑,真正就是那寻常所见的铁沙。不过经我一番炼制,才有那些小小变化。其实真没什么价值的。”仙姑笑道:“仙家至宝尽有不值一文的,若都如师姊所言,计货评价,那都变成旧货摊上的物品了。”夫人也微微一笑,于是叮嘱了几句说话,告辞而别。

仙姑送过夫人,仍在洞中修道,先把夫人所传各种法术练习得熟而又熟。转眼之间,又过了十年光景,玄女果然带同上元夫人等几个弟子降临石室,又传了他许多变化之法。仙姑都能领会。玄女吩咐:“可即下山一行,现在是秦朝天下。秦皇嬴政十分残暴,不久群雄纷起,四海骚扰,帝位将归刘氏,真命天子已出在沛县。尔师兄李铁拐、张果等都已奉师命下山,救人苦难,点化有缘之人;并有一人谪降尘世,亦将修成正果。你此番下山,都可相会。还有许多事情该在你手中成就的,总该用心办理,不得大意,也不用胆怯。这是你自己功果前程,所关重大,你要格外当心才好。”仙姑一一领旨。

玄女又赐他丹砂十粒，功能回生起死；玉瓶一枚，可以装人魂魄；金针一枚，立化成千万，刺人眼目。又坚嘱道："三件法宝，惟丹砂是救人仙丹，如遇有缘之人病在危急，或身受重伤，或死已三日，但须身体不烂，只消半粒下去，立能还魂却病，伤痕全愈；再进半丸，可以回复康健。但也不是人人可以赠送，须知人之寿算都有一定。除了大阴德大功行的善男女，一点不能展缓。所谓阎王注定三更死，决不相留到五更也。我说这话，并非专指丹砂而言，也是教你行德救人，先考察那人是否当救，救了他能否不违天意？亦见善行二字并非容易之事啊！要不然天下之大，每天都要死去几人，你纵有万分慈悲之心，岂能人人授受使他益寿延年。再则何处去找这许多起死回生的丹砂呢？"仙姑听了，觉得此话却为平时意想未到，也知玄女垂训之意：因本人心太热、性太慈，往往有不问事实的是非利害，但凭一时悲悯之怀，不惜牺牲自己幸福搭救人家。即如上次吴大户家之事，前据上元夫人劝戒之言，正是一个例子。玄女此训，自然还是对症所下的药，不过借丹砂之用处隐约示戒罢了。当时上元夫人侍立一旁，听到这几句时，不觉对着仙姑抿嘴一笑。

仙姑益发深信玄女之言有为而发，因即稽首有声，默默恻恻地说道："师尊法谕弟子，安敢违忘，此番下山，自当格外小心在念，时时刻刻把法旨放在心头。不但为非作歹之坏事万万不敢胡为，就是济人利物的好事，弟子也务要审慎再三。弟子功行浅薄，虽不能断定谁当助谁不当助，谁应救谁不应救，但以一己良知为准，参以天理人情，处以不即不离、不亢不卑的办法，敢则师尊也一定可以嘉许弟子的。"玄女见他如此诚挚，不觉喜笑道："如此很好，我的公事太忙，不能时时下凡指点，但遇紧要关头，我必未卜先知。如须指正之处，定着你师兄辈前来指导于你，你倒可以不用担忧了。"说罢，又承上而言道："头先所说那丹砂之用，宗旨只在救人。救人不得其当，虽然违天有咎，究竟天人最仁，凡遇为善之事，纵有处分，决不甚重。若所赐瓶、针二物，那是完全害人杀人的东西，不管事之是非，当你施用之时，自己必先有杀人害人，惟怕人不能受你杀害的念头，那是一定之理，此等念头决不成为恶念。我修道之人本以救世济难为本，若因安良之故不得不先除暴，在事虽然有功，在你自己良心上还是不能不先引咎自责，何况举动偶乖，杀害过当，甚或伤残正正当当的君子，那么负罪之大，更不消说。真是为善不能相抵的事情。一旦身婴天谴，就是我也不能相救。你看可怕不可怕呢？所以这等东西可以不用，总以深藏为是。如至万不得已，或是你不害人人必害你，彼此相持，生死存亡间不容发的当儿，那就没有别的办法，只好拿来一用。然而心中还要时时存着得放手且放手，宜解冤莫结怨的主见。能留一分余地，也未尝不是你的积德。如遇有道之士或妖精中已成气候不少苦功之辈，更须念他修成此等地步不是易事，如可成全，不但不许杀害，还当苦口婆心导之于正；或者就收在身边做自己的徒弟，未为不可。但有一言交待，收徒传道更是非常危险之事。徒弟行为的好歹，存心的邪正，都得你师父负责任，不是胡乱干得的。这层更该深切注意才是啊！”一番话说得仙姑心惊神变，拜伏于地说：“弟子年幼学浅，作事全无经验，承师尊鸿慈高厚恺切指导，才知修道门中除却本身苦行，还有许多危险可怕之事。真使弟子战兢戒惧，益发不敢胡说乱为、自取罪戾了。”

玄女即令起来，笑而慰之，说道：“修道人第一要有大胆，胆小之人，恶固不为，善亦难成。吾辈立身天地外，须把天地间应做之事，尽量放到自己肩胛上去，一涉畏葸，便成懦夫，反不是修道人行径了。总而言之，处事要慎重，逢到使用法术之时，尤其要十分小心，决不是教你畏葸怕事之意。似你这样聪明，此中道理还有什么不懂。不过我的意思为你初次下山，不但没有当过大事，实在连人世上许多小事，其中不少机械变诈的，你没曾阅历，如何能够完全勘透。稍一疏忽，上当不轻，所以一再告戒于你，也是格外慎重特别小心之意。你既懂得此理，还望能够施之行事，不要口中说得好，心里想得好，到做起来时，完全忘了这关系，那就吃亏太大了。”玄女说一句，仙姑应一句。说完了，仙姑又恭恭谨谨地叩了几个头。玄女便带着众仙和侍女走了。

仙姑因和土地交情很好，数年来也多承他的关切照料，特地亲自上门道别。土地听说仙姑就要远行，十分依恋。仙姑安慰了一番，方才携了玄女所赠的宝贝，一身道姑打扮，浑身上下一色全白，越显得清雅高洁，绝非人间凡艳可比。他回到洞中，用符咒锁住洞府，然后驾云而起。因师尊说，现在的皇帝叫什么嬴政的，残暴不仁，虐害百姓，心中想去瞧瞧，究竟是怎生一个夤赖的皇帝，看那被虐的人民中可有有缘之人，能得救度几位，也是一件功德。想定主意，便捏诀召来一位土地，问皇帝建都所在，路径怎样，如何走去。恰巧来的是一个积世有识的老土地，很能知道些前朝后代兴亡递嬗的故事儿。见仙姑这般请教，居然不惮辞费地和他讲了一大篇。仙姑觉得闻所未闻，倒也听得有味。土地又把前去咸阳的路径方向详详细细地告诉了他。仙姑再三道谢，别过土地，一阵快云赶到咸阳，拣那人烟繁盛之处，按下云头。又怕惹人注目，却先化作一个小小飞虫，飞下平地。趁人不见，方化原身。

这时天刚正午，却是初春天气，天色晴和，不寒不热，正是人生行乐最好的时候，也是百业开始的当儿。仙姑在那京城大街之上往往来来走了几趟，见那店铺中人和路上卖物买物为公为私各色来去人等，没有一个不是面含愁苦，眉结不开，好似都有什么心事似的。仙姑叹道："闻说君明臣良百姓安乐，如今既有暴君，人民自然遭殃，还能开心得出么？"于是走至一个僻静去处，找到一座寺观，却起造得十分考究。那是秦始皇因要求仙访道，特地造下许多道院，以求见好于神仙的意思。仙姑走到里面，当有一位老道出来招呼，仙姑说明借宿之意。老道见他如此美貌，禁不住上下打量了一番，似乎有些怀疑的光景。仙姑笑道："道长尽瞧贫道则甚？难道疑我不是好人么？"老道忙陪笑说："不是这么说法，实因道友年轻美貌，正该在人世中享受大福的时候，为什么无端走上这条方外的路子来？小道并非多管闲帐，此中却有些原因在内，不敢不在道友面前先行陈明，免得将来遭怪。"仙姑诧异道："人各有志，不能相强。照道长高见，难道说年轻有色的女子就注定该去享那人间福分，不能出家修道了么？只怕天下没有这个理儿。"老道笑说道："原来道友还没明白小道的意思。道友既至敝观，想来没曾用饭，就请先到客座内进些点心，容小道将为难苦衷缓缓奉告，道友才知小道不敢相留者实是一番好意了啊。”仙姑心中十分纳闷，只得跟定了他，一同走到后面一间小小客房内。

老道自说此地叫清虚观，本人是观中掌院。观中有法师十余位，其中不无深通道法之人。更有一位姓费名长房的，乃是真正天仙之徒，法力尤其高妙，远非他人可比。这十余位法师，都住在观中，受官中的供养。这观建造不到三年，前两年原极平安。不道今年正月初上，忽有赵公公的公子，托恃他的老子势力，知道观中都有大家闺秀前来拈香，常常带领一班青皮光棍无赖少年，以求仙访道为由，见有美貌女子，不问什么出身，一声暗号，众人动手就抢。也有尾随出观看他回至何处，再行设计劫取的。总之是好姑娘除非见不到眼，一经碰到，没有不着他的道儿的。那些姑娘有怕死贪荣的，少不得顺从了他，当时也可得他些好处。过了数天，另得新人，也就丢掉脑后去了。有那大家闺媛名门淑女不肯随便失身的，往往被他打得体无完肤，甚至累及一家长幼不得平安。这等事情，这月把工夫已出了有六七件了。小道因见道友如此美丽，真和天上仙人一般，况在青春妙龄，以小道目光看来，以前几位受害的小姐姑娘总没一个比得上道友的。他们尚且不免，何况道友。再我说句不怕得罪的话，那赵公子，就是当今皇帝身边赵公公称为站着的宰相讳高的公子。如今世上人谁有他那么大的势派么？人家多少贵小姐阔奶奶都上了当了，道友是出家之人，和小道辈一般，哪里说得上势派二字。所以我替道友想来，住在此间别的倒不致委屈，只怕赵公子到来之时，道友修真之体贞洁之身，未必有法自全。岂不可怕，岂不可惜！道友还请三思而行。小道行年九十，一生不说谎言，道友还请勿疑。”

仙姑听了，倒也感他厚意，但自己正要调查秦朝君臣狼狈作怪事情，以便随时可以救人拯难。既有这等坏人，正苦寻不到，岂肯舍之而走。因又笑谢道：“道长盛情，人非草木，宁不知感，哪有颠倒见疑之理。但不瞒道长，贫道幼遇异人传授些小道法，虽不能怎样欺侮人家，至于自全生命，保卫身体的力量，自信还有几分把握。道长但请指定一间小小房子，给我暂时歇足。赵公子来时，要是避得过时，可不正好。万一为他所见，贫道自有法子使他知难而退也。决决不愿轻开战衅，损伤他的毫发肌肤，致累贵观和道长为难。”老道见说，愕然半晌，又不住地打量他几下，忽然欣喜起来道：“我观道友满面秀气，不是常人所能；况且恁般美色，小道九十多岁的人，今日才算初见，颇疑凡间无此容颜。今听道友所言，莫非正是天上真仙下凡，游戏人间么？果若如此，休说赵公子乳臭之辈，不足害怕，就今秦……”说到这个“秦”字，忽然噤住了口，不说下去，忙向四面一望，见没有什么人，方才把舌头一吐，自己“呸”了一声，笑道：“现在是什么时世，这是什么地方，年纪活到九十多还这般爱多嘴舌！明儿惹出祸来，倒怕这眼前的真仙未必肯来相救呢。”说罢又是嗤的一笑，那张鸡皮墨黑的老面皮蓦地由黑而青，由青而紫，显出一种非常妖媚的样子。侧着身向仙姑笑道：“道友可是的么？”

仙姑见他忽而多言，忽而自责，忽又转出这么一副腔调。真忍不住咯咯大笑起来。因他不肯再说，情知京师之内钳口极严，官中必有明密侦查，入人于罪，所以使人怕得这个样儿，因想起古书“防民之口，甚于防川”两句，不觉为之太息。于是老道也不再和他胡缠，当时唤起一个打杂的，着他送仙姑到西首偏房内安歇；又告诉仙姑，倘要什么使用的东西，尽管向这打杂的要去。仙姑再三感谢，随着打杂的出了客房，向西而行。一面走一面却在忆得道人所说有道行的法师不知是哪几位，究有什么本领。果有高深道术，自己大可前去一会，请教几句，也算此行一桩很好的机遇。正在想得出神，蓦听得后面一阵男子嘻哈追逐之声，不禁回头一看，啊呀呀！坏了坏了！

原来这班人正是老道所言赵公子和他身边的一群走狗，此时刚好来观。一进大门，就有几个凑趣讨好的道人，将观中新到一个绝色女冠相貌如何的艳丽，身材如何的整齐，皮肉如何白洁，头发如何乌黑，真个是天上少有人世无双的人才，“比到公子这么久所得的几位美人真要胜过不知多少倍儿。现在由老道人陪往客座中去，公子快去，必能相见。”公子听了，喜欢得跳了几跳，忙着飞也似赶到客座。正值老道送出仙姑，在那里督率一班用人收拾客房咧。公子一进门，不见所闻的美人。走狗中有一名魏应琴的，不等公子开口，赶上两步，将老道道冠一撮，随又在他道衣领子一拖，喝道：“兀那老东西，你把咱们公子爷的天仙美女弄到什么地方去了?”老道正在指挥用人心不外驰的时候,经他这一来,早唬的把鞠躬如也的身子往上就是一跳,急回头,见是公子等一班儿,慌忙陪出一面孔笑脸,打个躬,唱个大肥喏儿,躬身回对道:“公子们可问的方才来观的那位女道友么?”公子等见他那副形景,一个个拍手欢笑,听他这句回问,公子便忍住笑,说道:“一点不错,方才不是你招进来的么?有那样好东西也不寄个信给你公子去,还等亲来查考,你又把他藏在什么地方去了?这不该活活打死么!”老道把舌头一吐,笑道:“公子倒说的好轻姿话儿,老道九十多岁的人了,两只腿哪里还肯替我这穷心办事,原打算把他留在观中,将他房间布置好了再行进府禀报去呢。谁想公子有这么大的洪福,用不着老道放屁,早就得了耳报神的报告,马上赶了来了。如此神速的手段,教我这个奄奄一息的老废物怎能来得及咧!”一番话倒把公子说得大笑起来,忙命魏应琴:“快放了手,这位道长是好人,不要和他恶玩笑。这么大年纪了,那禁得你这一吓?明儿吓出毛病来,一场人命官司,我公子是不来管你的。”众篾片听了,大家哄然一笑,只把个老魏说得撅起了两片尖嘴子,自己咕哝了一阵,也就罢了。于是老道又派起一人,陪同公子和几位大爷快去找那新来的神仙美人去。公子一听神仙美人四字,不觉又失笑道:“看你这老货,活到恁大年纪,还是那般骚动儿。”说罢也不再理会老道,带定众人随着派去的人一窝风赶了出来,向西追那何仙姑。

仙姑一则有所思,二则也要瞧瞧观中景物,也且万料不到这个时候刚巧会碰着这位冤家太岁。正在一步步闲游过去,但听忽哨一声,众走狗一拥而上,在仙姑前后左右绕个楞楞儿,团团围住。仙姑虽有道法有胆识,对此突如其来的横暴,倒也不免为之一吓。未知仙姑如何受窘,请看下回分解。

第三十六回　辱仙姬公子受侮　护义子权阉求君

却说何仙姑被赵公子手下一班走狗篾片团团簇住，大呼：“仙人请留步！我家公子奉请一谈。”仙姑已知就里，便把身子立定，不慌不忙含笑问道：“列位都是哪里来的？你家公子何人？我贫道乃是方外之人，向来学道深山，从不与外人往还通问，却不知公子何事见召？”说时赵公子也便赶上，拦开众人，劈头劈脸对准仙姑就是一揖到地。仙姑只得微笑还礼。但听公子说道：“久慕仙姊芳姿国色，如此妙年，正是享福的时候，因甚遁到道士观中去？和那批野道混在一堆，好似一块美玉白埋在狗粪里面，岂不可惜。”仙姑听了，笑得几乎打跌，忍了忍才说：“依公子之见应该怎样儿才好呢？”公子笑道：“仙姊原来还不晓得我的意思么？我非别人，乃当今皇帝身边赵公公的公子是也。”仙姑不等他说完，忙笑道：“怎么皇帝身边还有什么公公，不是皇帝的叔祖么？”赵公子听说，不觉把脸一红，笑答道：“这些事情仙姊本来不大懂得，我只说简洁一点。我家现在是京师内外最有势力最是富贵的人家。凡是人生穿的吃的住的玩的，我们府中要算第一考究，除了皇帝家之外，就没人赶得上了。我的主见，想仙姊如此姿容，真和天上神仙一般，荒山野户果然不是藏娇之地。就是这等道士观中，也断断不能委屈你这娇贵之躯。”仙姑不等他说毕，又接下去说道：“是了，我懂得你的意思了。照你这么说法，大概要卖弄你家的体面，再说像我这样的美人，是应该移居在你府中去，才算不委屈了我的容貌，可是不是啊？”

公子见说，不觉喜欢得手舞足蹈起来，忙满口子答应道：“一点不错，一点不错。仙姊神仙般的人物，除了我家那样的园林大厦，如何配得上你的住宅。此外凡是穿的锦绣绫罗，吃的山珍海肴，哪一件不是预备得完完全全，凭你张口儿说个要字，立时立刻就可以送到面前，尽你受用。这等气象，除了我家，哪里还去找第二家呢？然而除了仙姊，谁也不配享这等福分儿。仙姊是聪明人，请想还是住在道士观中和这批不三不四的野道同居好呢？还是跟我公子回去享那富贵安荣的日子好呢？”仙姑不暇思虑，立刻喜笑道：“你家真有那些好处，你便不请我，我也要自己寻上去。何况还有你这么公子咧，又是什么皇帝身边的公公咧。那种大面子的人来请我，我要不去玩几天来，真个太对不住自己了哇。”说时回转身向公子招招手儿，说道：“走呀！”公子见他这般似真似假又似奚落的说话，又见他这副洒洒落落的情状，事事语语都出自己意料之外，真有点认不清他的道路，也不晓他究竟是顺从呢，还是抗拒。好在他强煞总是个弱女子，自己部属众多，房屋高大，到了府中，还怕他插翅飞去不成？见他不住招手，也便跟了上去。

仙姑笑指众人说：“这都是些什么东西呀？我见了他们，心中就有些不耐烦儿，就着他们等在这儿不行么？”公子听了，略一踌躇。哪知众人经仙姑一指，一个个都大瞪着眼立住了脚，一步也不得移动了。公子却没曾看得出来，只说：“这班人都是保卫你我的，为什么讨厌他们呢？”仙姑更不答应，只在他肩胛上轻轻一拍，说声走罢，便身不由主的反跟在他的后面，乖乖地急行出门。到了观中大院落内，有一班道士们正在议论：“道姑遇到公子要是识趣点，倒可做得一位现成小夫人儿；要是和他倔强，他这一条性命就转十次轮回，未见得有人替他伸冤喊屈咧。”又有人说：“女孩子家哪个不贪风流，爱富贵，这道姑也不晓是吃了什么大亏才出了家的。可知心中正不愿意咧，既有这等机缘，还用得着搭腔摆架了么？”

仙姑刚和公子出来，一句句听在耳中，不觉十分好笑。正想用些小小法术将那刻薄的人惩戒他一下，忽然迎面进来一个道人，见仙姑捏指念咒似在作法光景，道人微微一笑，张开一张大口向仙姑所指之人微吹一口气，仙姑法力完全失却效力。仙姑大骇，忙向道人施了一礼。道人一面还礼，一面先说道：“道友为甚和这班无知无识的蠢人作对，修道人大度为怀，何处容不得人？看在贫道分上，饶了他们也罢。”仙姑待要把此中原因告诉道人，只因赵公子带在后面，举动甚不便利，只得向道人点点头儿，说句容日后再奉告。说毕就走。

赵公子也似痴似迷脚不离地地跟在后面。但听道人在院中拍手大笑道:“好好好!这东西今天也碰到了对头,这场亏却吃得不小也。”仙姑听了,越发惊奇,不由回转头向道人笑一笑,这就是佩他道行之高,望他相助之意。道人也点点头,含笑不语。仙姑出了道观,把赵公子推到前面去,喝道:“你不引路,把我推在前面,替你开道么?”赵公子更不开口,走上前,急急忙忙向自己府中行去。两边相差原有许多路,仙姑一面走一面却觉两脚非常轻松,虚飘飘地宛如腾云一般,经过之处,一眨眼儿就不见了。仙姑大惊道:“这不是仙家缩地之法么?我师尊和几位师姊都有这个本领,他们远在万里之外,自然不会来帮我,难道又是那道人弄的玄虚不成?好在看那道人满面正气,决不是助纣为虐的无赖术士,受他一些助力,也未尝不可。”想到这里,早到了赵府大门。赵公子头也不回向内直冲进去。有那守门兵丁人役一齐站立起来。仙姑也跟着进去。众人见公子并不招呼这道姑,疑他们不是同来的。但素知公子的脾气不好,万一是公子招这女道进来,那么定把阻拦的人打个臭死。因此不出一言,由他们一层层进了许多大院落。直至里面一间敞厅,乃是赵高会客之所。仙姑又伸手将公子一扯,说声止,公子即不走了。同时即有外面进来的人夫和里边出来的女仆们,大伙儿把公子团团围住,动问公子怎不进上房去;回头见了仙姑,又大家啧啧赞美,说是公子迎得一位天仙回来也。可煞作怪,那公子总是一句不说,呆呆地向仙姑站着,口涎四溢,目光翻白,宛然中了什么邪祟一般。这许多男女才看出情景有些不大对路,大家都向那仙姑呆看,究竟不晓是怎生回事儿。

只见仙姑对众人笑道:“你们大概不认识我罢?我是一个出家修道的人,生平不晓得怎么叫做享福,也从不想到富贵荣华,这个衣食美是什么一种好滋味儿。不道你们这一位公子他倒瞧得起我来了,说要请我到你们家来享什么天下少二,地下无双,吃的穿的住的玩的那么多的大福分儿。我要不答应他么,料想你们那位公子他肯答应我哩?再我也变了不识抬举的人了。因此我便听了他的说话,老实不客气从那清虚观一直到这里。满想公子快快把他应许我的那些福气拿出来给我瞧瞧,也教我这个永不享福的人尝尝这等没尝过的味道，我赶着要到华山去找一个道友咧，须不能多耽搁我的时候。谁想他一路而来，老是这副傻样儿，既不招呼也不说话，弄得我好难为情，又不好丢了他这主人独自逃回的。没奈何，老一老脸皮跟到这里。可笑这位傻家伙还是这般泥塑木雕似的。你们瞧呀，那不是他那副鬼样儿！简直和死了的猪狗差不多。也不晓他把那么多允我的许多福分儿，什么时候才会送给我哩？终不成他这么一个公子，答应了人家的送礼，没曾转背就赖得干干净净么？”

说罢向众人一味价讪笑，众人有乖觉的，已知道仙姑必有什么法力，一定是公子得罪了他，使个什么法儿将他迷住了魂，自己再跟来报仇的。大家正在窃窃私议，外面忽然奔来一人，跑得满身都是大汗。众人一见，原来是府中一位裨将，常时也从公子出入奔走，做此没溜儿的事情。这天恰巧因事请假，没曾同去清虚观，此时得了一个消息，说公子带去的人都被一个女道士用法钉在观中，说话行动一概不能，而且那女道还把公子押到府中去了。为此特地赶来报信。一到厅上，见了那副情形，忙指着仙姑大声对众说道：“众位还不去禀报老大人，赶紧捉这妖妇，公子着了他的道儿了！”于是把所闻情事一一诉说出来。众人当中有几个伶俐女子，忙先到里面报信去了。仙姑只装没事人儿在那厅上踱来踱去。听得裨将报告，也只微微含笑，朝他点点头儿。裨将本是粗人，为要立功讨好，便攘臂捏拳大叫：“众位兄弟来啊！大家把这妖人捉住，见了老大人也是一个面子。”

众人听他这般说法，又见仙姑不言不动，疑他没甚本领。于是人人争先，个个奋勇，一齐上前围攻仙姑。仙姑大笑一声，把手中拂子四面一绕，众人但见前后四旁尽是赵公子，一个个朝他们摇手儿，找那仙姑时，却只闻笑声，不见人影。大家怕伤了公子身体，自然不敢轻易动手，却一个个气得乱呼乱跳，也不晓得这许多公子中可有一个真的在内，万一真公子果在其中，这一阵乱打，岂不将公子打死。大家只得停手观望。

一会儿人报大人回府了！众人亟亟向外迎了出去。一下子许多男妇又簇拥着一个年高身大、面白无须的老头子，嚷嚷闹闹地走了进来。仙姑手儿一指，把那大群公子赶了上去，自己隐着身子喝一声跪,这班公子便一齐拜伏在地。仙姑又喝道:“怎不喊爷爷?”那班公子一齐喊起爷来。一霎时但闻爷爷之声震动院宇,宛如战场之上千军万马喊杀之声。这一来不但那个赵大人赵高弄得又惊又怖,又是为难;此外男妇人等却忍不住哈哈大笑起来。赵高不能奈何仙姑,又辨不出公子真假,于是恼羞成怒,把一肚子愧愤完全迁移在这许多下人身上,对着他们混账王八地大骂一阵。可怜这批人,原为讨好而来,好没讨成,反受一阵唾骂,也算倒足了楣了。此时厅上下已经黑压压地跪满了许多赵公子,加以这批凑趣的人夹在中间,弄得一座大厅挤挨不堪。赵高想要觅条稍空的路子走进室去,不道他所至之处,刚刚举步,马上又多出一个公子来挡住去路,也就跪而不起。赵高走了十多条路,立刻又添出十多个赵公子跟着。头先那班公子照样跪着。赵高真吓得没了法子,想了想,忽然想了一个主意,赶着往后退去,出了大厅,好在回来的轿马未散,马上坐进轿子赶进朝去。到了宫门,他本是太监头儿,又最得皇帝宠信,自然可以直撞进去,一点没有阻拦。询得皇帝现行西宫皇后处,他就赶了过去,向皇帝长跪不起,叩头不已,泪下如雨,只叫:“万岁救命!万岁快救臣一家性命!”

始皇帝正和西宫在那里谈论古今神仙之事,因说:“朕贵为天子,统治瀛寰,怎么朕的福气还不及一个神仙?神仙尚能长生,朕虽位比他们高贵,到了大限临头,仍旧不免撒手归天。想起自己半生戎马,削平患难,真是一件大不容易之事。若是享受贵人就要归天,岂非最最可惜可痛的事情么?”西宫因问:“上次陛下派徐福带了童男女浮海至蓬莱求那长生之方,如何未见回来?”始皇摇头道:“徐福倒是一个忠诚老实的人,朕所以把这件大事命他去办,谅来终不误事的。不过海中情况不比陆上,日子长短原不能预先计算。因为海中风雨最多,浪潮时起,到了那些日子就不能开航,只好停泊岸边,等得天晴风止方可鼓棹。现是秋天时候,天时最不正确,这等耽延在所难免。况且蓬莱地在何方,向来只凭书中记载,却不听见有谁去过。这次徐福回禀,限他五年为期,必定替朕求得仙丹仙药。期间似乎长些,究竟这等创举不是容易之事,但求真有丹药,迟些却也无妨。”

西宫还未说话,却好赵高冲进宫来,那么一番举动,倒把帝、后俩都吓了一跳。问他:“有甚难为之事,快快禀来。朕必替你作主。”赵高哭道:“臣蒙万岁、娘娘宠信过甚,哪里还有什么为难。不料今天下朝回去,臣家忽来一女妖,将臣义子和一班侍从之人——如此这般一番挫辱。这真是臣生平未曾吃过的大亏。而且身为大臣,国家体制有关,若是辇毂之下府门之内,妖人敢于如此凌蔑欺侮,那不但是欺臣一人,简直把国家法令、朝廷威严都瞧得不值一文了。臣再三思维,人君为四海之主,有统辖阴阳三界之权。必得万岁怜臣无辜受辱,垂念法令的尊严,御驾亲临臣第,虽有妖人,必合敛迹。臣一家幸甚,而天下人民亦同受万岁之赐了。”赵高禀完,偷看皇帝御容,哪知始皇不但没露惊怖之色,反而呵呵大笑,说出一句匪夷所思的说话来。欲知是何说话,且看下回分解。

第三十七回 谏暴君仙姑发善念 擒大豹小孩奋双拳

却说始皇,听说赵高发现妖人,他倒不惊而喜,忙说:“卿且起来。朕想,辇毂之下、京城之内,朕躬密迩在此,那有这么大胆的妖人,敢于白昼发现。这必是卿家甚人得罪真仙,累他下降府中,稍示惩创之意是真的。朕今正在寻仙求道,既有真仙在此,料想不弃朕躬,也许他有心见朕,无缘阶进,故意在朕亲近大臣之家显示灵异,以便朕亲往晤谈,也未可知。”赵高听始皇如此说法,真是出于意外。但他是何等机警之人,既皇帝这般成见,怎能挽回得转。况且借此引进仙人,自己不为无功。于是立刻换过一副神情,叩头说道:“臣实愚蒙,一时被仙人捉弄的神昏颠倒,误当他是妖异。如今想来,以陛下威武神圣,御驾所在之地,妖人一至京中,立刻有百神驱逐,那里能够容身得住。照此看来,臣家所见,必是真仙无疑。不是陛下天纵聪明,怎能立时想到这层道理。如今就请陛下驾临臣第,召见这位仙人,使仙人知道陛下求道的真诚,也好早传金丹大道、长生妙药。臣请先回,对那仙人说了,一同接驾如何?”始皇大悦道:“卿言正合朕意,快请回第,朕即刻就至也。”赵高于是转怒为喜,转忧为乐,欣欣得意的再回家中。

谁知仙姑因赵家无人作主,由他一人在大厅上,和这批家人妇女混在一处,料道没甚道理。便想把公子责戒一场,即时出府,回他借寓的清虚观去。这才收法力,一霎时间,许多假公子消灭的无影无踪,只剩一个真公子,已是回复了性灵。一见仙姑和家下众人,好似做了一场大梦。回忆适间之事,完全清楚,只苦当时动不得手,说不出话。如今得了自由,方知仙姑不是寻常女子,真是天仙转世,一时却不晓该怎样才好。只见仙姑用手一招,公子便身不自主的跑了过去,直挺挺跪在地上。仙姑方正色叱责道:“汝养父不过一市井小人,有何才德。只因奸诈乖巧,把皇帝奉承上了,以一太监身份,弄得如此显赫,就该小心守分,知足克己,才是道理。怎么倚恃宠荣,恣为不肖,上面蒙蔽天子,下面侵压公卿,人民膏血被他吮得枯竭不堪,还敢引诱天子,肆行虐政。似他这等行为,天理难容,灭绝不远。你做他儿子,不思干些好事,替他消点罪孽,反敢恃势横行,奸诱良家妇女,害得人家荡产杀身。论起罪名,也就不在你父之下。今儿幸遇我贫道,小小有些能力,侥幸未遭你的毒手,要是差些儿的,此时敢则早在森罗殿上,作那含冤之鬼了。照他这等行事,就是立刻赏你一剑,替京内许多受害人家吐一口气儿。但贫道奉师尊法旨,不许轻易杀人。再看你父子,恶贯虽盈而恶运未毕,须要再过几年,等你罪犯弥天之时,自有显赫伟大的报应。告诉你父,大家等着瞧罢。"

赵公子听了这番训斥,心中极是明白,但他向来只会害人,从来不曾吃过人家一些小亏,更不晓得什么叫做认罪,什么叫做悔过。受了仙姑这场剀切开导的训诲,只辨得睁开双目,露出一派凶光,恶狠狠注目仙姑。仙姑不觉微微叹了口气,对两边众人说道:"你瞧瞧你那公子,这是什么神情。要不是遇见了我,此刻只怕也该着落你们身上,非要取我性命不可了。可惜我把许多好言赏赐与他,他竟一句也听不入耳,我也再不耐烦对他多说了。但他不遇我则已,既犯在我手中,我断不许他再出去糟蹋人家女子,也不高兴为他这无用的小子轻开我的杀戒。你们瞧罢,我这一指点法,要使他周身气血脉络不能和平常那样自在运行,至少使他得个萎发言废之疾。休说不能出去作恶,就是行动一步,也得费他浑身精力,这便成为一个废物了。"

众人听了,大家方慌将起来,罗跪仙姑面前,一齐叩头有声,替公子代求宽恕。仙姑笑道:"我很知道,方才我说了那番好话,他要能够悔悟,便是入道之门,不但可以免罪,就要修炼成仙,都只在此一念。现在见他既无悔悟之情,反有怒恨之色,可见是个怙恶不悛的东西,留他一条性命,已是万分情面,怎能再容他出去害人。"说时,伸出一指,在赵公子上身穴道处一指,但听赵公子"呵呀"一声,向后便倒,躺在地上哼哼不已。众人大惊大骇,慌忙要扶他时,仙姑笑道:"尔等即着两人,将他背了进去,他没有行动的气力了。"

一语未了,忽听外面传说:"大人回来了!"仙姑倒有些奇怪起来,“怎么赵高那厮还有胆子见我?”索兴高坐大厅,等他走了进来,看他再有什么话说。却想不到,赵高一见仙姑,马上长跪在地,膝行而前,高叫:“仙人恕罪,下官委实不知仙人下降,适间多有得罪。又闻小儿不受教训,蒙赐惩治,下官只有万分感谢。适已禀闻当今天子,着下官传旨,前来请仙人暂留法驾,乘舆即刻前来和仙人相见也。”仙姑听了这番说话,倒被他弄得摸不着头脑起来。但他既以礼来,自己倒不能再行倨慢,只得含笑摆手说:“请起、请起。令郎不受教训,贫道不忍人民受祸,稍示惩罚,只使他不能作恶,将来也免得贻累大人一家。至于皇帝降临,贫道万不敢当,还请大人代为转陈皇帝,果有求道真心,贫道自当进宫朝见。贫道便非上界金仙,也略知修仙之道,定当面禀详情,勿敢隐闷。若外慕修道之名,内存淫欲之念,即使上朝仙祖,面见玉帝,也难得长生之效;何况贫道毫没功行,又有甚法儿可以代他用力呢。”说罢,又笑对赵高说:“为我谨谢皇帝,贫道告辞。”袖袍一扬,满厅都是红光,阵阵异香,令人闻而肃然,心地为之一爽。

赵高正在查问儿子病状,恰值始皇驾到,只得出去跪接入内,即将仙姑转嘱之言,转禀了一遍。始皇不禁抚然道:“仙人要问朕有无真诚,他又不别而行,朕又何从向他表白呢。”赵高禀道:“照仙人语气,似乎深感圣恩,自会进宫进见。万岁只安居深宫,等候他下降之时,再叩求神仙之道,想来没有不行的。”始皇听了,只得问了几句仙人下降的情形。赵高随把儿子得病情状,面禀了一遍。

始皇回到宫中,闻皇后以下嫔妃人等,大家聚集在御花园内,便命两个太监跟着,也到园中。一个小太监忙先进园禀知,皇后率一班嫔妃跪迎。始皇到了门内,笑携皇后之手,笑问:“怎么一下子都到这地方来?”皇后禀道:“正要禀万岁。刚才空中发现朵朵彩云,中间立着一位仙女,方外打扮,手执拂子,丢下一方白绫,落在花园之内,因此大家都来瞧看。”随把那方白绫双手呈与始皇。始皇接来一看,只见上面写道:“养心莫善于寡欲,求道莫先于爱民。”末署一个“何”字。始皇见了,不觉嗤的一笑,说:“这便是赵家那个女道士了。既是仙人,怎说这等说话。”皇后也笑道:“这等腐儒之谈,上次坑埋的数百先生,那一个不曾说几句儿,谁要他来多说。”始皇听了,猛然记起一事来,说道:“前闻诸臣禀称,凡山海河泊,都有仙神管掌,惟黄河之神最有道法,应用白璧牲帛致祭,必能保朕圣寿万年。当时就派大臣,代朕前去祭祷,至今也不见回来。昨儿又有一个方士,自说能呼唤风雨雷霆,召遣鬼使神兵。本定今天召他入朝面试,不料事情太多,又混忘了。明儿务要把这两事查个明白才好。”皇后等都禀称:“神仙自然一定是有的,但也有稍知道法并没有多大本领的人,闻说天子好道,为求富贵起见,自炫才技,其实与大道无关,这等人万岁倒也不可不防。”始皇点头笑说:“御妻之言是也,朕也常常防到此辈欺罔,所以必要面试一次,方肯相信咧。”皇后等齐称万岁圣明,始皇心中欢喜,便命太监们传旨,设席御花园湖心亭上,和后妃等饮酒取乐,这却不提。

却道何仙姑出了赵家,用隐身法候在赵家左近。等了一会,见始皇果然御驾亲临,心中不无感动。因思人有善念,天必从之。始皇虽有暴行,究是天下之主。如能立时悔悟前非,与民更始,一转手间,可造无量福德,挽回命运,也非难事。他既有此番诚心待我,我倒不可不尽尽我自己的本心,前去劝谏他几句。想定主意,方用白绫写了那两句,乘云入宫,故现出原身,从宫中丢下那块写就的绫子。这也无非希望宫中人赞颂惊奇,确信神仙之理。等始皇回宫,大家必将此事禀陈,益发容易坚他信仰仙道之心。这原是他怀着的一番苦衷,谁知始皇竟目为迂腐,置之不睬,确也是仙姑始料所不及咧。

那仙姑丢下绫子,即刻回至那个道观,瞧那赵公子一班从人,却一个也不见了。因笑道:“这不消说,又是那位道长干的玩艺儿。我正急要找他,如今却请教那老道去。”想着,正要举步,谁知老道迎面而来。一见仙姑,就嚷道:“道友你害了人也,我是那样对你说,劝你别找住处,你不信,偏偏又碰到那位赵公子。你是有道行的人,随便施点小玩艺儿,弄得他一家人七颠八倒,却不替我们想想,在他这等大势力之下,如何逃得过他的掌心。刚才已经派了兵来,把我们一位刘大法师拿走,还不晓怎样定罪咧。这也不必说了,横竖你也管不了这么多的事。但从今为始,观中绝不再留过路道侣,只好委屈道友,另外寻找寓处去罢。”

仙姑听了，不觉又惊又怒。又见他如此决绝，不便再和他纠缠，因说：“刘法师也是有道法的人，怎么会吃这厮的亏。至于贫道，本用不着一定住处，要走就走，何来累及你们。只要请教一言，刚才押那赵公子出去之时，有一位道长和贫道略一招呼，因要事在身，未及细细请教。敢问道长，这位可就是费法师么，他可也住在观中，还是另有家室？”道人回道：“费法师住在西街，离此甚近。他是极有名望的高人，你要去找他，随便那里一问便知。”说罢，说一声对不住，失陪，头也不回的去了，由那仙姑独自立着，也没人去理他。仙姑又是好气，却也又有些好笑，只是彳亍而出。

到了一条市上，问了一声，果然有人指引他到那西街费长房家。问了一声，长房家有一个孩子，开门出来。一见仙姑，便“呸”了一声，自己笑起来道：“我爹顶恨什么出家人，我叔父天天被一个拐子道人迷得昏头搭脑，如今又有个女道士来找他，正也好笑极了。”说毕，把门一关，由你喊破喉咙，再也没人理你。仙姑不觉失笑起来道：“一到京师，就被人逐出了两次，可见这天子脚边，实在是坏人多，好人少。”说罢，只得回转身到一个冷僻无人的地方，打坐了一夜。

到了次日天明，眼睛一睁，就至溪边掬了些泉水洗洗眼睛。正在打算如何再去找那长房，共商救那刘法师的法子，兼要请教他些道法，却苦他家不肯接待，这该如何办法。想到这里，不期坐在溪畔一块浣衣石上发了回怔。蓦听得一阵怪风，起于西边山后，山上树木肃肃作响，树上的虫鸟一齐打个胡哨，呼噜噜，咿呀呀，一阵乱啼，四散飞开。俯听泉水，淙淙作响，卷起无数绉纹，把许多大小鱼虾卷得身不由主，上上下下，滚来翻去的闹了一回。仙姑不禁点头太息道：“虫鸟鱼虾安居山水之间，有何不法之事，偏受罡风之厄。闻得当今天子，多行不义；赵高等一批小人，又多方导之为恶，弄得四海鼎沸，人民转徙流离，不知死所，和才见的鱼鸟之类有何分别。”涉想至此，顿生一种悲悯之心。自恨道行太浅，不能除暴安良，救尽天下千万苦人，消弥人间无数烦恨。

正出神咧，蓦然又起一阵大风，比方才这阵更骤，势也更猛。一时树声、水声、虫鸟啼声，以及石卷沙飞之声，声声相应，混成片片惨状之声。仙姑见风来无端，袖卜一课，不觉大恨道："山中必有大虎豹。"一语未了，复听得轰然一声，起于山上，比平常雷声更形猛烈。仙姑掣剑在手，离了涧边，一步步绕过溪畔，要想走上山去。刚达半途，早见一只斑斓巨豹从山中奔将出来。那豹一面跑，一面还时时回看，似乎怕人追袭的样子。仙姑惊奇道："如此大兽，难道还有人去追他。"一言未毕，眼前又发现一件怪事。原来那豹后面果有一人飞步追来，而这人的年纪，望去至多不过八九岁的样儿，看他赤手空拳，奋勇而来，势如疾风。口中高叫："兀那孽畜，还敢逃走，难道你小爷就放你了么！"这一来，把个仙姑惊得目瞪口呆，莫名其妙起来。不知小孩如何能够打豹，结果胜负如何，却看下回分解。

第三十八回 好身手制伏猛兽 真功夫感悟神童

却说仙姑见追赶巨豹之人,乃是一个十岁未满的孩子,不觉惊骇之至。原想赶上去助他一剑,免致枉送性命。不料那豹一见孩子追上,大吼一声,向山下跑来,仙姑才料定此事确有奇异。那孩子不是仙神化身,必系大有来历之人。既然如此,豹子决不能伤他毫末。索性迎上前去,向那豹对面拦住,使手中剑向豹子喉间刺去。豹子正逃得发昏,万不料前面有人拦截,抬头一看,勃然大怒,就向仙姑扑下。仙姑身灵眼锐,慌忙把头一低,身子向下一挫,已在那豹肚子下面,正想刺他腹部。豹子也似解他的意思,立刻向上一纵,起在空中,有一丈多高,避过仙姑的剑。

只此一刺一避,刹那之间,后面孩子赶到,趁着豹子腾踔之势,伸出一只小手,向空中一托,扯住了一条豹腿。那豹先见仙姑的剑,还不怎样惧怯,及孩子这么一扯,倒似万分痛苦一般,又大吼一声,只得甩过头来吞孩子。豹子口大,孩子头小,仙姑不觉"阿呀"一声,待要上前救护,不道孩子竟不避开,反顺着势儿把个小头向豹子口中送,中间相去,不过几寸之隔。把个仙姑愈加急得要死,慌忙举手中剑,迎着豹子,向他眼珠刺去。但是孩子手法身段,比他这剑步来得更快,仙姑的剑刚近豹眼,豹子略略后退一些,同时孩子已跃过豹头,翻个身在那豹子背上玩个到竖蜻蜓的把式,两脚底朝天,双手却揿住豹背,揿得豹子伏伏帖帖地一动也不得动,宛如一座大山压身上一般,口中呼呼地尽自喘气,现出非常乏力的情状来。

仙姑才又明白,孩子真有收伏猛兽的力量。自己执有宝剑,屡刺不中,枉自还是修道有术之人,心中顿生愧恧,忙把宝剑插入鞘中。待要和孩子说话,忽见孩子翻过身来,骑在豹子的背上,指着仙姑笑道:"你这位姊姊倒生得一片好心,可惜你枉有宝剑,连大虫身上的毛也削不得一根。这种兵器只配杀杀猫狗,剖剖鱼鳖;再不然拿去削削篾片，斩斩草茅，倒也有些用途。若要收拾这样的大虫，只怕连姊姊你这窈窕的身子，一并送入大虫肚中，我敢包他用不着皱一皱眉头、揉揉肚子哩。”仙姑见孩子这般轻薄，又是内愧，又不好和他怎样。但惜他这般天才，大可造就，若不乘机儆戒他一下，将来越发目中无人，必致弄成无恶不作的元凶大憝，不但白白弃了一副好材料，而且有贻害人民之患，正是可惜可虑的事情。

想到这里，不觉把双眉一蹙，心生一计，因笑了笑，对孩子说道："小哥哥，你的力气果然不小，但是总不能用气力，万一没有这点蛮力，只怕老早被这大虫做点心，此刻敢已变成小虫屙出的粪秽了。所以照贫道看来，这还算不得十分了得的本领。”孩子经这一激，不禁大怒起来，骑在豹背，骈着两个小指头儿骂道："你这贱人，能有多大本领，敢出这种狂言。从来打兽之人，自然都靠气力。气力大到我这样子，赤手空拳，比你用剑之人还厉害百倍，难道还算不得本领。倒是你这挺着宝剑，削不得一根豹毛的人，算得有本领吗？”仙姑笑道："不是这么说法。我说用力打兽，兽便给打死了，只有一勇之夫。万一来了大批兽队，不怕你气力再好点，也免不得顾此失彼，以致送入兽腹，无可挽救。依贫道愚见，用剑用力，果然不甚便利；好是连赤手空拳都不要用他，却要使得千百猛兽俯首帖耳，受你的指挥。命令要他不动，他便气都不敢出；要他动时，他便足都不能停，那岂不比用气力更平安稳妥，而且还可利用他们驮东西、代脚步么。”

孩子听了，坐在豹上笑得几乎跌下豹来，大声笑道："我先当你是个活人，才把规规矩矩的话对你说说，还喊你一声姊姊。如今看起来，你也不是什么活人，简直是个专说死话的鬼东西罢了。”仙姑笑道："怎见得我是鬼东西？”孩子又大笑道："你要是个活人，怎么专一捣鬼。你打量我是孩子哩，可知我年虽小，人却乖，怎肯听你这等胡言瞎道的。”仙姑笑道："怎见得我是胡言瞎道？”孩子笑道："你要当面做将出来给我看，我才相信你这说话是真。但我又怕你那法子不曾试验，你那一条性命，先葬在活坟里面，岂非自讨苦吃，还惹得我见笑哩。”仙姑笑道："你这孩子真顽皮，说的话儿全不讲些理性。什么活坟哩，讨苦吃咧，年轻轻地嘴头恁不忠厚。”孩子听了，不觉又懊恼起来，大声叱道："胡说，我倒真是好心，怎么说我不忠厚！你要收不住豹子，豹子一定会吞你下去，你这身子，岂非葬埋在豹子肚中。豹子吃了你这苗条瘦小的身体，不见得就会胀死，或者格外得些补益，反而肥健起来；那么你这葬身之地，岂非就是活坟。再说豹子好好给我收伏，与你有甚相干，偏你又会想出这等花样来，有心去撩拨他。分明是俗语说的老虎口中夺食吃，又叫做空手捋虎须，你想这个还有命么？所以这便叫做自讨苦吃。你这个女子，看你倒像个在行聪明人儿，怎么说个话儿，全不懂个好歹是非。你要再这般瞎说，可莫怪我要拿你和这豹子一样看待，那时可别怪人粗鲁。"说时仰天大笑，把个身子摆得像风吹杨柳一般。

大凡人类生存在世上，这哭笑两字，总是不可免的。但两事当中，对于身体的康强与否，刚成一个反比例子。照卫生家医学家的论调，说那多哭的人，叫做忧能伤人，哀能毁体；对于善笑之人，说是笑可忘忧，喜能爽神。可见笑之于哭，对于我人的关系了。然而凡事都要有个一定的范围和限度，哭笑既是全不能免，我们又不能一天到晚尽是张口大笑，不许皱眉哀哭，那么身体上岂非太不舒适了么。原来这哭笑两者，也和平常事情一般，总都有个相当的范围。哭不过分，于身体上也不是一定有甚害处，笑而过当，也未尝不会弄出毛病来，这是很显明的道理，用不着再作注解的。

单说那打豹的孩子，气力诚然太大，然而无论如何，只有这一点年纪，知识上究竟差一点儿。古人说："履虎尾、蹈春冰"都是非常危险之事。何况豹子猛烈大过老虎，你既骑在豹背，怎得不时时当心，刻刻留意，防他有个反动行为。谁料这孩子因和仙姑斗口，斗忘了神，一阵大笑，浑身骨节为之放松，已合到俗语骨头轻的那句话儿。所谓笑不得当，其害却甚于哭，也是孩子该遭一场危险。当他大笑之时，骨节一松，那久受压伏不敢动的恶豹，顿时觉到身上的重力减轻了十倍，这正是他脱离羁缚的机会儿到了，他使用出全力向上一掀，把孩子抛下地来。孩子当先前打豹之时，本是万分留神，一点不敢松懈，所以能够成此伏豹之功。这时却因大笑之后，骨轻已甚，一时之间，竟不能回复他的实力。况且经此一抛，一跌，又未免受惊受伤，神情意态更不免加上一层慌张，有此三层原因，挣扎之际，也当然比平常要迂缓一些。同时那豹子却因占居了上风，且从失败之后忽转胜利，精神愈觉抖擞，见孩子已被抛跌，如何敢稍存怠慢！但见他疾如鹰隼地旋转身，直向孩子身上扑下。说时还不甚急，那时更快得百倍，当那孩子挣扎未起之时，豹子的双蹄已直扑孩子身上，好像要以孩子压他的方法还治孩子一般，也将孩子用身压住，不怕他逃到那里，然后才能张开那血盆大口，慢吞吞地细尝他的异味。

列公们莫说，作书人不是豹子，怎知豹子心理？须知天下事，往往有见一知二，凭事测理的。照彼时豹子对付孩子的情状看来，实实在在似乎有这等意思。不过小子向来虚心，无论何事，不敢凭一己臆断，妄作肯定之语。所以在发表豹子心理之前，特地冠以“好像”两字。“好像”云者，即表明我这观测，尚在是非之间而已，未敢断为必然也。唉，话太多了，理由纵然充足，读书人又要说我恶作剧，蹈那小说家促狭弄人的丑习：故意在这万分紧急的当儿，插这等没紧要的空话，这究和作书人名誉有关，还是就此为止，再说那豹子搏人的故事吧。

当下豹子在上、孩子在下，好似一个可以开阖启闭的机关，专待上下两方，“砣嚓”一声，合个榫儿，这人兽双方的胜败生死，就此下了判决，再没挽救余地。因为豹身太重，孩子太小，孩子压那豹，完全凭借天生膂力；豹子要压那孩子，只消随随便便在孩子身上一躺，便不待张口吞吃，可以保险孩子身体非成齑粉不可。当时实在形势，已到这等地步。在这相扑相抵一刹那间，但听得“啊呀呀”一声怪叫，可怜好好一个天生巨力、绝顶乖巧的孩子，一个小小身躯，已和豹子下腹接近。头腹相触，凭那孩子胆气再壮个十倍，不怕他不惊极惨呼，魂胆俱丧，不知不觉身子往前一扑，面朝地，背向豹腹，倒仆于地。同时豹子也施出全力，向下一卧，并将四足轧紧，免得孩子逃走。这时候孩子就有十条小性命，也免不了要到活坟中去走一遭来。

在这万分急的当儿，不但读书人个个要替那孩子捏一把汗，就是作书人写到这里，心中也何尝不替他战兢兢地担着一百二十分的小心啊。然而作书人究是胸有把握的人，比读者多了一层预知术。因为孩子在书中,是个重要人才,无论如何危险,那里就会短命而亡。当那几乎短命之时,自然有那意外的救星,替他旋转这凶恶的环境。不说别的,单就何仙姑一人而言,他虽未都成仙,究竟是富有道法之人。为想玉成孩子,而反害他短命,仙姑又将何以自解。列公该应牢牢紧记,当孩子自豹背被抛,以至被压了腹下,总不过一霎时间。在此一霎时中,那对他说话之何仙姑,却始终还在他的身边,未曾离开一步。一见孩子抛下,他那受惊的程度,实在比身历危难的孩子更形厉害。幸他转机很快,知道用力不如用法,连忙念念有词,捏起一个定身诀来,喝声:"孽畜还不丢开!"就从这一声里,引出一声号呼。原来豹子被仙姑道法定住了身子,虽将孩子困住,兀自动弹不得。

孩子见豹子不动,认为自己逃命报仇的机会又到。看他还不狠么,一面从豹腹爬出,顺手就将豹子站定的前腿用力一拉,只要自己出了豹子腹下,又可转败为胜,顿时意气胆力全都恢复。便思先折断了豹腿,以为制胜之计。谁知豹子受仙姑法术,身不能动,而浑身骨肉却坚硬得和钢铁一般。孩子用尽气力,只把腿子稍许推动了一些,豹子浑如不觉,也不喊一声疼。孩子爬了出来,却向豹周身打量了一回。见那豹伏伏帖帖地立在一处,双目闪闪,如电如炬,向着仙姑呆呆注视,宛如人家畜的驯犬一般。孩子才有些惊异起来,对着仙姑厉声喝道:"兀那道姑,这可是你教他妆这死样的?"仙姑笑而点头说道:"不教他妆这死样儿,你还有命呢,这时敢则老早爬到他那活坟中去了。"

孩子受这讥笑,却不动怒,忽然走近仙姑身边,笑嘻嘻地问道:"姊姊,你要真有这等本领呢,我就请你到我家去,我家有大房子、大花园,好玩得很,我就拜你做师傅,请你指教我这伏豹打虎的法门好不好呢?"仙姑听了,心中暗暗点头,这孩子能够服理,却是可造就人才,因也笑道:"你还不相信么,只凭我这一着儿,再叫这畜牲蹲在地上,给你做个坐骑,送你回家,你看怎样。"孩子大喜道:"好师父,快请发个命令,着他蹲下去罢。"仙姑并不说话,只伸一食指,向豹子喝声"疾",豹子果然蹲下地来。孩子喜极称妙,便也不顾什么,一跃而上,骑在豹子的背上,却伸出一对小拳头,在豹子周身捶了十多下,骂道:“你这亡人,几乎害得我性命都丢了。”豹子受打,却如毫不觉得一般。仙姑笑道:“这东西现在还被我的道法束缚,魂灵不在身上,你就杀了他的脑袋,包他觉不出一些痛楚咧。”孩子方才住手,因问:“师傅不同我回去么?”仙姑笑道:“你家在什么地方,家中还有什么人,你可一一告我明白,我才肯跟你去咧。”孩子忙道:“姊姊不用多问,我家离此最近,就在这山后后湖地方。我姓钟离,名权,我爹叫钟离俊,他如今老得很,不会出来打兽,有时走得远些,还要我姊姊扶住了他。我还有一个祖母,他的年纪比爹爹还大。”说到这句,仙姑不觉好笑起来。未知孩子更有何言,仙姑是否同去,却看下回分解。

第三十九回　酒坛能装铁拐　葫芦闷住仙姑

却说钟离权对仙姑说道,他祖母比爹年纪更大,不觉失笑起来道:“你这孩子,说说又说出孩子话来。自然祖母比你爹更大,好似你比你爹要小,这还用得说么。”钟离权也笑起来道:“我姊姊名叫大姑娘,他今年十二岁了,我却只有九岁。我还有个大哥哥,听爹说是被老虎衔去的,因此我爹恨极了虎豹。他在十年前还是一位大好老咧,这四近山中的野兽,死在他手下的不知多少。后来生了姊姊和我两个,他更把所有全身的本事都教与我们。他老人家自己,却因前年到一个地方,被许多虎豹围起来,打了一夜,虽然得了性命,他一身的气力都使完了。到了天亮时候,有人看见他卧在地上,口吐白沫,身子软迷迷地做不得主。幸得还能讲话,求到人家,将他背了回家。从此以后,他就不能入山,也更不和这些野兽作对了。”

仙姑听了,不觉点头太息道:“孩子你瞧罢,你爹那般英雄,那样人才,因逞自己勇力,专杀虎豹,结果还被虎豹所伤,此身成为残废。可见人生世上,有这几分力气,最好是不要用以害人杀物;留着气力,作些有益于世,或保卫自己自身之用,才是个正当道理啊。”孩子道:“姊姊你的话对的。我爹先时恨不得马上派我姊弟入山,杀完四山虎豹。后来自己得了毛病,就不大肯叫我们做这些勾当了。他说的话儿,可不就和姊姊你才说的是一般道理么。我相信爹这教训,也就相信姊姊你教给我的都是好话了。”仙姑听了,益发欣悦,便说:“天时不早,你家中一定等你回去吃饭,你快带我同去。我一定把收伏虎豹豺狼的法子传授与你,从此以后,也好少和禽兽为难,免致多残生命。而且我这法儿,不但可以制伏禽兽,如不善良之人,要有横暴行为,或为害地方,或与你作对,你也不必和他对打,只消默默地念一遍咒语,就能令对面之人失去抵拒之力。孩子你瞧这法子好么?”

孩子听说,欢喜得手舞足蹈,连叫几声:“好姊姊,你真是我的师傅。我爹和祖母都说要替我聘一位有本领的师傅,谁知今天就遇着了。师傅请先,我们一同回去罢。这豹子呢,丢了他,我有些舍不得。师傅用些法力,牵了他回去,听我爹爹发落罢。”仙姑因要收伏钟离权,度他出世,不能事事拂他意思,失小孩子家的欢心。因笑说:“你走罢,我自带他跟了我们去。”于是又戟手一指,豹子倔然而起,垂头贴耳地跟住二人,一同走过山后。钟离权用手指道:“那边有个大竹林,竹林后面又有两株大樟树,沿河岸上那一所房子,就是我们住家了。”仙姑正在顺着他的小手远远望去,谁知那所房屋还没曾瞧清,却先察见一件非常可怪的事情。

只见竹林前面,对着二人所走这边,有一个口小腹大的酒坛子,自己能够行动,口朝上,底在下,狼狼犺犺的向仙姑等远远迎来。仙姑大惊道:“孩子你瞧,那是个什么东西,怎么自己会动的,但又不见生脚,那是什么缘故啊?”钟离权望了一望,笑道:“哦,这东西么,那是一个人呀。师傅原来没瞧见,这坛口上有个人头伸出在那里,这人就算得京城中一个最怪的怪人儿,师傅怎的不认识他么。”仙姑这时也已望见那坛口上面,果然有个人头伸在外面,心中不觉大疑,因问:“孩子可知这怪人是那处人氏,到此有几时了?”孩子道:“这人没家没室,他就住在这个坛子里面。有时把坛子丢在路上,人却出去三天两天,常常不归;有时带着坛子走路,好如人和坛子相连分拆不开的样子,师傅才瞧见他带坛而行就是了。这人不大和常人说话,也不见他上街买物、回家吃饭。而且坛口小,人体大,也不晓他如何能够进出无碍。他不说姓名,人家也不能认识他,只知他是一个乌黑子、硬绷绷的一个跛子,手中常捏着一根拐杖儿,他自己就称为铁拐先生,人家也便喊他一声铁拐先生。师傅你说罢,这铁拐先生怎么算得他的姓名呢?”

仙姑见说,着实沉吟了一回,望见铁拐先生来的相近,慌忙领了钟离权迎上几步,向坛口伸出的黑头儿,行个礼儿,招呼道:“先生在那里来,待往那里去?贫道何……”说到一个“何”字,铁拐先生把个黑头在坛口连点三点。头与坛触,有声轰然,引得钟离哈哈大笑起来。铁拐先生对何仙姑说:“你莫说,说他则甚,打量我和你一般不生眼珠子么,连个两代的老伴侣都会认不得呢。”仙姑听了,愕然不解其旨。铁拐先生却又向钟离笑道:“孩子,你笑什么?告诉你罢,不是我这坛子,经不起我这几点;除了我这铁头,也休想碰得坛子发出这阵声音来。”钟离听了,把两只小眼睛儿张得大大的、圆圆的,瞧住铁拐先生发怔。铁拐先生笑道:“你别糊涂,莫胆怯,你就施展出你那打豹的气力,把这坛子连叩三下,看能够发声不会。”钟离见事情如此离奇,倒有些迟迟疑疑,不敢就动。铁拐先生笑对仙姑说道:“倒看你不出,这位令高徒,才受了你几句教训,就恁般小心起来。”仙姑和钟离听了此话,越发大惊失色,仙姑不觉深深为礼道:“知道先生乃天上金仙,游戏人间。贫道出家多年,愧少成就,久思就正有道,奈人海茫茫,未有所遇。今逢先生,定蒙指教,真三生大幸也。”

铁拐先生不等他说完,大笑道:“你倒会客气,我可给你麻烦死了。你既要就正于我,怎么把我这徒弟抢了去。”仙姑听了,茫然不知所谓,忙问:“仙师,此话怎讲?弟子和仙师初次见面,怎说弟子抢了仙师的徒弟去?”铁拐先生笑道:“这孩子不是叫钟离权么,那不是我的徒弟么。你虽和他有缘,怎比得我是请命祖师,特来作他保护教训之人来的,怎么你一见面就敢收他作徒弟呢?”仙姑见他事事先知,益发信他必是真仙,忙又下拜道:“师傅屈了弟子也。师傅道行这样高深,怎不知道师生之说,出于孩子口中,弟子并没敢答应他。不过见他具长大力,而出于小小孩童,心中不免有些惊奇,认为可以造就。后来见他一经屈伏,便那般服礼,心中愈加爱他,便想随他到家,指教他一些法力。这还是小事。弟子私心,实愿引他入道,莫将上好质性被人世物欲所迷。如能引入正路,将来再求名师,换以大道,不难造就成仙。区区之心,不过如此,圣明如仙师,决无不能谅察之理。今既得遇仙师,也是此子之幸。不但他,就是弟子,也愿列入门墙,追随仙驾,庶得早成正觉,脱离凡俗,不胜幸甚。”说罢又拜。

铁拐先生未及回言,那钟离权究是孩子心性,忙把仙姑一把拉住,说:“师傅且慢行礼,我们把这位师尊请到家中去,要是先生的道法真比师傅高,我和师傅一同拜他为师;要是不然,我还是拜师傅学些本事,莫上人家的当。”仙姑忙喝道:“不得胡说,这位师傅才是真正仙人，你那里看得出来。”铁拐先生哈哈大笑道：“哦，这孩子他竟忘了本来面目了。也罢，既你这么说，我是不显些小本领给你瞧，你便做了我的徒弟，心中也未必服我，还当我是什么拐子，故意给你当上。你有了那种疑心，修道决不进功，却不费我一片婆心？走走走，你们瞧呀，那不已经到了你们家么。”仙姑、钟离听了这话，大吃一惊，睁大了眼睛一看，咦，这真怪事，不但已到了钟离家，而且都已到了钟离家中的正屋内。钟离权父亲老俊和他姊姊大姑娘都坐在下首讲什么家常咧。一见三人突然而入，不觉都吓得直立起来。这仙姑却十分疑心这位铁拐先生，不要就是昨天送他到赵家，施行缩地法的那个费长房么。至于钟离权，年纪虽小，心地极明，他已晓得只此一端，真是天仙大法，远非仙姑收禽降兽的本领可比。心中一亮，马上跪在地上，向铁拐先生叩了几个响头，口称：“师傅在上，弟子钟离权拜见。方才言语造次，亵渎师傅，万望宽恕则个。”铁拐先生哈哈大笑。仙姑也万分喜慰，也要拜他为师，行个谒见之礼。

铁拐先生慌忙扶住，笑道：“使不得，我不是你的先生，你自有玄女为师，强我百倍，何用另外求师。况且你我是两世老友，只因修道早晚不同，成就的浅深稍差，但是将来成功，还是一样。今既在此相遇，可谓他乡逢故知，有甚赐教，知无不言，怎敢居于师位呢。”仙姑听说，兀是茫然，问道：“弟子无论如何，记不起何处与仙师会过面来。弟子自问记性不恶，实在不敢妄言曾经瞻谒金颜，望仙师明示。”铁拐先生笑着摇头道：“你们只知见人察貌，全是行下之学，怎能相通于神，不见而知，化形而辨？这本是你功夫欠缺之故，委也难怪。方才你又想到昨天用术助你之人，你便认为是我化身，这不能不算你想得灵敏，然而完全不是这么回事儿。须知你昨天所见之人，正是我新近欲度而未成者，其人姓费，名叫长房，昨天老道对你说的费法师，即是此人，怎么你又疑心是我咧。”仙姑见自己心事又被猜破，不觉面上微赤，心中愈觉佩服。但因他说的话儿事事前知，既说不能为师生，自然有个理由在内，却等他说出曾经相见之事，再作计较。不料铁拐先生只说了这几句，便掉转面孔，和老俊父母相见。此时老俊已得他儿子禀报上项情事，老俊也久闻都中新来怪人之事，今见铁拐先生有此大法，肯收儿子为徒，焉有不愿之理，也就扶着女儿、儿子肩头，想要跪拜下去。铁拐先生大笑道："你子既是我徒，你便是我东人。东人对于先生，只有奉献束脩之贽，万不敢当跪拜的大礼，请坐罢，我还要对令郎说说话儿。"老俊只得再三感谢，仍旧扶着女儿退坐下首。

铁拐先生指着说道："你这么个人，恁大年纪，走起路来还不及一个小孩子，岂不惭愧。"一句话说得一座哄然。钟离权忙又把老子打兽受伤之事说了一遍。铁拐先生笑道："我却不信，天下那有个人被兽伤的道理，只怕他这毛病，还是假装出来的。"钟离权见他一味滑稽，也笑起来道："爹，师傅说你是假病呢，姊姊把爹搀起，让师傅瞧瞧，才见得病的真假。"大姑娘依着，真个把他爹搀起，那知搀到一半，顿觉他爹身子轻得什么似的，一点不觉其重。大姑娘用过了气力，反把自己身子打了一个龙钟，几乎跌下地去。转是老俊伸出一只手儿，想去拉他，更不道这一拉，只用三分气力，已把大姑娘一个身子，捉小鸡似的提了起来，同时老俊自己也觉沉痛尽除，精力照旧，一时仙姑并父子三人都骇然称怪。老俊却已明白，是铁拐先生替他医治好的，忙着把身躯立正，立时回复了十年前老英雄气概，大声说道："我老汉因为舐犊情深，立志要杀尽近山虎豹，不料伤害过多，自身先受报应。年未老朽，身先残废，十年来身躯麻木，痛苦难言还是小事，每念天赋膂力，不能用以济世，反而恣为残忍。虽说虎豹也是害人之物，理该驱除，但上天生物，必有其理。天既生之，我偏要置之死地，而且杀害过多，大非仁人之心。每一念及，自觉枉负老天生才之心，天良内疚，比身体上的痛苦难堪十倍。今幸仙师降临，俯赐援救，十年沉痛一旦痊愈。大约也是老天念我过失虽多，心地不坏，如今受罪已满，所以假手仙师，恢复我的健康。从今以后，老汉有生之年，皆上苍额外所赐，而仙师亲手玉成。仙师既不受谢，老汉惟有臂牵儿女，努力为善，以期上答天庭，兼祝仙师仙寿无疆而已。"说罢，即命："权儿，快和你姊姊代我向仙师叩头道谢。"二人依言，向铁拐先生跪拜下去。

铁拐先生只得受了，因笑对老俊说："令郎既列贫道门下，贫道须得教他一些本领,方不负他拜师一场。还有这位仙姑,贫道和他是两世道友,邂逅相遇,也要盘桓几时。请老英雄替我们预备两间净室,一间作何道友寝处之所,一间为我师徒传授之室。至于贫道本人,有这坛子,足够终身睡起,却用不着再费手脚也。”老俊没口子答应说:“即刻就去收拾两间净室应用。”又道:“师尊尽在这坛子中,不大辛苦么?何妨出来散散步儿。”铁拐先生大笑道:“老英雄看得我这坛子不足容身么,让贫道作个小东,奉邀各位到我这敝寓玩一会来何如?”他一面说,一面已把个身子跨出坛口,向众人一摆手儿,说声请。于是仙姑当先,绝不犹疑的走到坛口。老俊等三人先是怀疑,及见仙姑已入坛口,霎时不见,于是鼓勇而前,走近坛口一望。铁拐先生举起袍袖一遮,三人但觉眼前略略一黑,原来身子已经入坛。遥见里面,别有天地。幽秀旷远,大异人间。前面仙姑和铁拐先生并立一处,朝他们招手儿咧。三人亟忙举步,赶上前去。只见一只巨豹伏在当路,三人不觉都吃了一惊。钟离权更是万分疑讶,因为他认得这豹,就是自己打伏曾经仙姑施法带回家中的那孽畜。自从跟随铁拐先生回家,因没工夫查问到豹子身上,还疑惑铁拐先生未把他带回,丢在半路也未可知,怎的却先到了他那坛子中去。当下把这话悄悄告诉他爹,老俊忙喝道:“不用多言,那自然是仙师的道法。他有变化路径远近、强夺天地造化的功夫,何在一些小事。”钟离权才不敢说。

三人一面讲话,一面已到了仙姑和铁拐先生的身边。铁拐先生笑问钟离权:“可瞧见你那豹子么,你莫小觑此畜,他还和你有些世谊咧。”一语未毕,不但父子三人大惑不解,就是仙姑也莫名奇妙起来。不知钟离权怎和畜类有甚世谊,请看下回分解。

第四十回　说前生人畜有世谊　破疑团新友即故知

却说仙姑和老俊父子听铁拐先生说，豹子和钟离权有些世谊，心中十分狐疑，忙问仙师：“怎见得这畜类也和人有世谊哩。”铁拐先生笑说：“立刻便知，不用细问。”众人不敢再问。一回儿，又经过许多地方，都是非常秀丽所在。眼中所见，有四时不谢之花，有冬夏和鸣之鸟，更有许多从未寓目的生物，都是生得绝齐整、绝秀雅。总之，全非人间所有的就是了。铁拐先生指着前面一顶小桥说：“那边有条流水，水中预备舟艇，我们到了那边，就坐个艇子，到那边一所房子里，这算是贫道的寒舍。已命人预备小酌，奉屈诸位小叙何如？”老俊和仙姑都万分心折感谢，钟离权和他姊大姑娘却喜得跳来跳去。钟离权便抱住铁拐先生的一条短腿，连叫：“我的师傅，我的好师傅，怎你就有这等好去处，我要能够跟随师傅，在此地过一辈子，也就够了。”铁拐先生笑着点头道：“那也不难，你只要修成了仙道，别说这小小玩艺儿，就要把全个天地收在你的口袋里去，都是容易的事情。”老俊忙喝道：“孩子别尽胡缠，等会惹得师尊讨厌，他就不要你了。”铁拐先生和何仙姑都笑止他道：“小孩子家，要恁地活泼才好。我们道家要考究个没有机心，像他现在的时候，正是全没机心的当儿。这在他们儒家，就叫赤子之心。孔圣人说，上古虞舜，无为而治，就用这个道理。我们祖师李老君作《道德经》三十卷，也最重无为。无为就是没有机心，机心一生，变诈便多，安能无为而治呢。所以修仙了道，也贵从小出家，通窍达玄，比成年之人容易得多了。”老俊这才不再说。

一行五众，已到桥边。见那桥虽不广阔，却建造的无根无缝，宛如天生成的一般。所用材料，也是光怪陆离，不知其名，并有珍奇瑰宝镶嵌装饰。钟离权立在桥上，用手去抚摸那桥柱，笑对他爹说：“这东西倒好玩儿。”一语未完，猛听铁拐先生喝一声：“这有什么好玩。玩物虽是小事,也能动心。心一动,就与修道有碍,还用得着出家么。”钟离权见说,不觉吓了一跳,忙即缩手敛容,正色对道:“师傅,弟子是向来不爱玩物的,此刻因是见所未见,不觉形于口齿,师傅原恕。”铁拐先生笑了笑说道:“刚才不是说过,修道要以不动心为本。心一动,则外魔生,终身无所成就了。你说见所未见,遂以为惊奇,这也不是修道人应为的,以后要并此戒去才好。”仙姑立在一边,点头叹服,抚着钟离权颈脖子,笑道:“这正是修道至言,好孩子,既要学道,第一要把这话牢牢记得,适至最后一步,须连记得这话都不许的。因为有心记得这话,也便是用心的一种啊。”铁拐先生听了,点头而笑,似有赞许之意。

大家下了预备的艇子,艇上有两个女人持桨伺候。五人下了艇,点开一桨,向下流头如飞而去。不一时到了铁拐先生所指的那所房子,铁拐先生说:“到了,大家上岸去罢。”两女把艇拢住,大小五人陆续上岸。见那所房子,虽然不甚广大,却建造的非常精美。其上下接榫之处,也如那桥一般,毫无拼凑痕迹。铁拐先生自己说是主人了,把四人邀入室内,即有男女仆役纷纷出来招呼。铁拐先生将他们导入一间精巧无比、陈设古雅的小小书室内。铁拐先生等他们坐定,即对钟离权说道:“你要晓得那豹子为什么和你有世谊呢,你来瞧罢。”钟离权笑道:“我总怀疑好好一个人,为甚和这等孽畜有什么世谊哩。”铁拐先生并不答言,袖中取出一个小葫芦,葫芦上面有个洞儿,可容两眼测望。铁拐先生说道:“孩子过来,瞧瞧这里面有点什么东西。”钟离权依言,就洞内窥。只见一座高山之上,有座宫殿,宫殿四周好似绝大花园,内中景物比方才坛内所见更为考究,并有多少仙人乘云驾雾,来往不定。这宫殿前面正殿之内,有一位老仙,面貌甚为熟稔,却记不起来,坐在正中。许多仙人旁立听训,铁拐先生也在其内。那老仙先把铁拐派下海去,不久自己也动身下海。临去时,吩咐一个童子,把他的青牛照料看守,着他小心在意。那知,童子等他去后,就自去园中和一班小童玩耍。一回儿又把那牛牵至园中,大家比赛为戏。那牛不听指挥,童子就打了他几下,触动牛性,竟自逃下凡去,闯出许多大祸。最奇怪的是先至一处,地形和自己所住乡村后面那座大山差不多儿。这牛不知怎生和一只豹子要起好来,时常同出同归,同睡同起,后来这豹就生了一头小豹,那牛便舍之而去。又到了一处,化成人身,诱引人家妇女,甚把女人的本夫摄去,他却幻成他们的丈夫,和这般女子饮酒取乐,因此激怒了一个修道的女子,前去和他为难。所异的这道姑的形状、装束,一切都是眼前同来的何仙姑的样子,这一来把个钟离权骇得几乎喊出声来。

铁拐先生见了,不觉微微一笑,问他见到了什么了。钟离权忽然抬起头,朝仙姑瞧瞧,又看看洞中的道姑,铁拐先生笑道:“敢则里面也有他么?”钟离权却不说什么,依旧向内细看。只见道姑弄不过那牛,幸得另有一位仙女前来救护,同时那牛的主人老仙人,也派来另外一个童子,将牛带回宫中。却把原来守牛童子贬入下界,投胎在一家人家。那孩子相貌身段,就完全是自己一个模型,丝毫没有分别,而且孩子的爹妈姊姊也完全就是自己的父母和姊姊大姑娘儿。钟离权这一惊,真是非同小可,由不得大叫一声,手中所捧葫芦险些丢下地去。老俊父女和仙姑也都大惊,忙问孩子瞧见什么了这般可怕。只有铁拐先生却微微展笑,一句话也不说。

钟离权把葫芦捧在手中,也不再看,也不说话,只不住的发怔。怔过多时,心中澈底大悟,忽然泪如雨下,哀声痛哭,伏在铁拐先生脚边,不肯起来。铁拐先生笑而扶起,安慰他道:“你可知道你自己的出身了么,你可明白你到人间来的原因么?”钟离权起立拭泪道:“弟子全明白了。弟子好好在天宫之中,自己不慎,闯下那种大祸,谪堕凡间,悔之何及。尚望仙师垂怜,赐予救拔,使弟子仍得回返天庭,于愿足矣。”铁拐先生笑道:“你去问问这位师傅,葫芦中所见情形,究竟可有此事。”钟离权真个把那道姑伏牛情形,问那何仙姑。仙姑听了,也为之诧愕不已。铁拐先生却命钟离权再向葫芦内瞧瞧,还有什么东西没有。钟离权道:“正是弟子还有一事,未曾明了。究竟那老牛生下的豹子,可就是今天所捉的孽畜?”铁拐先生笑道:“不是他,怎么能算是世谊。”说得钟离权笑将起来。

何仙姑听了这话,也似乎有些明白,忙问钟离权:“这豹子一定是你见我收伏的那牛所生了,可是么?”钟离权说:“正是这东西生的。”何仙姑便不再说。钟离权再拿起葫芦来瞧。以下的事情便是一头小豹,跟着母豹往来山中。母豹为人所杀,小豹独自出入,以至长大,常常择那肥兽而吃,却不见他吃过一人。钟离权看到这里,不觉自己说道,怪不得今天能够不死,这畜生既蒙我师尊带来,大概是有些造化哩。众人见他自言自语,大家也莫名其妙。

钟离权再往下看,便是自己成长的历史和今天打豹遇仙的情形,直至偕同仙姑率豹回家,途逢铁拐,摄回家中为止。葫芦中黑漆漆地,一点也瞧不出了。

铁拐先生即把葫芦取去,交与何仙姑,说道:“道友,你也瞧瞧。这中有些道理,可以告诉你一些故事儿。”仙姑接去,含笑向葫芦口内一望,原来也是他自己的事情。最使他惊异的,从李玄和他分别之后,忽然变为铁拐那段事情,也都一一显现出来。仙姑这才明白铁拐先生的来头。原来眼前的铁拐先生,就是从前的李玄。仙姑看清了铁拐先生的来历,方才回转头,向他笑道:“原来正是李师兄,怪不得你尽说什么两世深交的话。这等算起来,除了师兄,更没第二人。但你又变成恁般模样,叫我怎生认得出来哪。”铁拐先生不觉大笑。于是仙姑和钟离权各把葫芦中所见情事,告诉老俊父子。铁拐先生笑说:“既你们全明白了,留此没甚道理,回去罢。”一面说,一面举起手杖,向葫芦一击,但听得震天价一声响,众人都吃了一惊,定睛一看,大家还在钟离权堂上。回忆坛内所见情形,宛如一场怪梦。大家从新向铁拐先生拜谢指示之恩。铁拐先生便住在钟离家,和仙姑、钟离权早夕谈道。仙姑屡以救刘法师、寻费长房为请,铁拐只说且慢无妨。

到了三天之后,仙姑已不再问,铁拐先生忽对他笑道:“你要找的费长房,今天一定可以回来,你要见他是为的什么?”仙姑回道:“事情是没有什么,皆因上次被赵贼纠缠,他曾助我缩地法儿。事情虽小,其情可感,况且还有他的同道中人刘法师,被贼捉去,现在生死未卜,也要通知他一声。再说,这祸原因我一人而起,我若袖手不问,良心上怎说得过去。”铁拐点头笑道:“告诉你罢,长房缩地之法,也是我教给他的。我因看牛童儿被贬下凡,请命祖师,愿以同门之谊,前来凡间玉成他的道行。如能精进不懈,将来功行圆满,地位可与我辈相并,岂止一牧童而已。果能如此,真所谓失马安知非福,不幸之中,未尝无大幸者,全视他本身的修为如何而定。若说不习正道,甘趋凡俗,囿于七情,逞其六欲,戕贼性灵,昧于本来,那么,休说修道无成,至孽帐一满,恐有求生而不可能者,死后还当堕入畜道,不能再为人类,岂不可怕。我因想到这等险难,恐一旦失于照管,致血气未定的青年,被外魔物欲所诱引,再要引归正路,不知要多费几许气力,所以急急忙忙前来看他在这童子时期,是怎生情形;顺便也还有许多俗事,趁机理会一番。其中对于师妹之事,也是我关心之一。师妹来此之前,令师可曾提及愚兄么?"

仙姑答道:"却曾说及师兄,可以相见。但师尊只说李玄,没曾提到师兄改形易姓之事,所以觌面之间,竟不能相识,不是师兄的亮葫芦示现因果,至今还怕装在闷葫芦哩。"铁拐先生大笑,又道:"我到已久,察得钟离家孩子勇侠孝友,真是成仙妙才,心中欢喜。又料你不久可到,特地等你俩相见之后,再行相会。顺便又救了那条豹子。此物不但与钟离权有世谊,就是我也只比他长得一辈,大家都算是同门。我又查得他并没噬人害人之事,如他这野性,偏能具此好知识,这等可称反常。反常者不论人物,都是贵格。我所以特地把他装入我的葫芦,预备用些功夫,将他教炼提拔起来,将或充坐骑,或另外给他一条上进之路,也不枉他一番好心。"众人听了,都点头称叹。老俊也在一边,不觉太息道:"物类能不杀人,便有师尊来提携他;如我,虽然人类,偏有那种野心,杀毙野兽不可数计,将来还不晓要怎样受罪咧。"说罢,拊着他儿子背上,笑说:"好孩子,你要真能孝顺你爹,可赶紧修道,赶紧替你爹多多行点功德,也好赎赎以前所作的过恶之事。"

钟离权受了父训,正色说道:"爹爹放心罢,你儿子虽是小孩,志气却比大人要好些。既然立志出家,就是杀了我这头,刳了我的心,也是不怕,总要把这道修成了,才有面孔回来见爹。要是稍有懈怠,或立志不坚,半途而废,就请我师父用雷火将我轰死,决没怨言。"老俊见他说得如此斩截,倒不觉伤心感泣,洒下几点英雄之泪。铁拐先生却大笑道:“你能如此立志,还有个不能成功的事情么。但是你说小孩成人的话,却刚刚成了一句反话。从来只有保存赤子之心,以求神仙之道。反是成人之后,智识既富,外物的诱惑也日盛一日,倒成了证道的第一障碍。所以我就望你永远就是这么一个孩子心肠,即使成人以后,也不能变去这赤子之心,这样才能事半功倍。如你原有仙缘,有根底之人,又能如此专一,如此精进,包你不出五十年,就有一半以上的功行,那时你要回到家来,还能度你父亲做个地仙咧。”

钟离父子听说,不胜大喜。铁拐先生又道:“如今我还告诉你们,那王一之,他倒是无意中遇到我的。我见他资质很好,因要派他去干一件公事,所以先传他缩地之法。”

仙姑听到这里,才问:“不知师兄要他去办什么公事?”铁拐先生道:“你到这里两天,可也听得说秦皇君臣残暴的事情了。似他这等行事,论理不得善终。偏他心不知足,还要访求什么金丹大道。上次东巡泰山,我派弟子飞飞摄取他的白玺;这次他派人祭告黄河,我就着长房赶上去,送还他的白玺,并以四字警戒他,是‘亡秦者胡’。这胡可不是胡人之胡,另有天机,不便漏泄,不料他又误解其旨。现今胡人中惟匈奴最强,往来游牧于北方一带,他就派大将蒙恬,强派百姓出丁助饷,要从东海至西面昆仑山下,也有称为天山的,长亘四千多里,造起一条长城。因此弄得怨声四起,民不聊生。”铁拐先生说到这句,仙姑不觉点头叹息道:“原来有此虐政,怪不得初到京城,就见满城人民都疾首蹙额,有似绝大愁恨一般,想来一定就是这事了。”铁拐先生听了,点点头,说出一番话来。未知后事如何,却看下回分解。

第四十一回 为防胡暴君造长城 因迎客小孩遇怪物

却说铁拐先生对何仙姑说道:“当时我为这事,心中万分的不安。也曾魂朝昆仑,请命祖师,才知长城之功,害在一时,利及万世。也是秦政气数不久,天心厌弃,假他的手成此大功。在人民,受祸既烈,自是可怜;但不经这等大役,天下不能速乱,真主不能崛起,人民水火也难超脱;与其零星受罪,终究不免这一劫,何如移此一劫于筑城,劫完城成,暴君之恶贯满,人民之倒悬解,真是造化巧思,害人真以救人,有何不妙。我请了示,回至京城,长房又苦求度脱。我因见他一片诚心,就用个计策。正值朝廷到处拉夫的时候,就化个公差到他家中,替他送去一信,说长房已被拉去,以绝他们家人的念头。”仙姑听到这句,又笑起来道:“这就是了。怪不得我那天亲去访问,费家的人见了我,有那种古怪的情形,原来他们胆小,深怕再有祸患捱到别人身上,因此缩住了头,不敢出来招惹是非了。请问师兄,如今长房却在何处呢!”

铁拐先生说道:“现在长城已在开工,听说限期要完工的,所以需用丁夫,着实不少,大约几十万人是必不可少的。我因北方还有一个可怜的女子,嫁期在即,不知怎么被奸人瞧见,说他颜色美丽,禀知朝廷。那无道的昏皇,有旨纳为妃嫔。是女子守志不从,秦皇恨极了,便将他丈夫姓名挂入籍中,发去造城。可怜这人,又是一个文弱之体,如何能够担任这等苦工。况且秦皇有心和他作对,只因没有这个罪名可以杀他,所以发送了丁籍。要是有词可借,只怕老早就送了他的性命了。但是如此情形,这人的性命终究比别的壮丁来得危险。别人既有气力,能工作,又没人作对,将来完工之后,总可以回转家乡。至于此人,一则无力作苦,二则对头太大,到了那边,不消别的,只要工作不勤四字,就可以早打夜骂,致他于死有余了。好个有志气有才情的女子,他知丈夫此去并无生还之望;一面朝廷又天天着人劝诱,要他回心转意,丢下这发遣难回的丈夫,却做那富贵荣华的妃子。那女子已知丈夫之事无可挽救,却不能不作保全性命的方法,便假装愿意入宫的样子,只求亲送丈夫北方,以尽夫妻之义。那些劝说的官员代他禀问,这昏皇倒也允许了。女子为要取信于夫家起见,亲至丈夫家中,对着公姑丈夫等,请求即日和丈夫草草完姻,方可同行上路。一则长途无男女之嫌,二则免得人家疑他变心改节。他夫家感其贞节诚实,一切都应许了他。成婚之后,第二日就和丈夫一同上道。一路上因他将来是皇宫中人,少不得沿路有人监守保护。这女子也便摆出他未来皇妃的身份,处处回护他的丈夫。这一对夫妇,此时已在难中,我已算定,他们此去,都无生还之望。却有我们一个同道中人,心怜苦节,偏思逆天行事。此人现在幽州,正和宫中人相持不下,其实这总是无益之事。我既念道友不能不救,又感女子苦节孤衷,更不能不替他留些纪念在人间世上。再则也想把女子生魂收度,待他转世为人,如有仙缘,即可相机造就。这事我现又派长房前去办理,但恐他道力不足,办得不能妥善。且等时机到来,我当亲和师妹同去走一趟来。"

仙姑听了喜道:"世上有此等女子,我们能够救他度他,真是有幸,这要请求师兄,千万要把我带去,莫自身独去才好。"铁拐先生笑道:"这有什么关系,不但你可以去,阿权如愿去玩玩,也未尝不可同行啊。"钟离权听说自己可以同去,早喜得说不出话来了。

仙姑因问:"秦皇如此残暴,师兄这样的道术,倘能一剑了当,岂不为民除去一个大害头儿,何必零零碎碎、辛辛苦苦的做这等事情呢!"铁拐先生仰天大笑道:"师妹修道多年,难道连个劫数的道理都还不明白么。大凡劫数所在,休说免除不得,就要把劫数收小一点,期间缩短一些,也是断断办不到的。秦皇生性残忍,当然不作好事,然而这也不是他自己所能作得主的。老实说,他也不过是应劫而生,替劫数作个运行使者罢了。他以皇帝之尊,尚且不能自主,何况其他。"仙姑听了,恍然大悟。从此铁拐就专心教训钟离权,并将仙姑未达之处,一一加以指点。好在仙姑本有程度,钟离权又有宿缘,都是极易指教的,不上几天,都很得了些实在功夫。

这日,铁拐先生忽对二人说道:“费长房快来了,阿权去迎他一程。”钟离权听了,愕然道:“弟子不识长房,也且不知他从那处来,怎么接得着呢。”铁拐先生喝道:“有这么多的说话,我教你去,你只快去就是,还用得着多问么。”钟离权不敢再说,闷闷的出了家门。心中想道,听师父说长房是到北方去的,此番必从北方来,我向北迎上去才好。但是北来的路也多,不知他走的是那一条路,这可怎么好哟。迟疑了一回,忽然想道,师尊说话自有道理。不管他,我只望天打卦,就照现在所走的路子,向北一直走去就是了。他定了主意,更不怠慢,认定路径,迳向北方走去。

从午后走到晌晚,看看天色黑下来了,前面有座大山挡住去路。若要前进,须得越山而过。钟离权究是孩子心性,也没想到这山有多高,路有多远,光靠两脚替换着走,不晓要多少日子才能翻过这个山峰。而且身边又没带得干粮,饥饿起来,那里去找食物。还有随身兵器,也没拿着一件,万一遇见野兽,不能尽赖双拳抵抗。这许多困难问题,他可一桩没有想到,兀自鼓足了勇气,一步步走上山去。

走了多时,天色全黑。虽有月光,因风大云深,只有些微光,透出层云之中,连山上的树木也辨不清楚,更瞧不定东西南北的方向了。钟离权到此地位,才觉得有些不及,但他是一个硬极无比的小英雄,从出世以到现在,经过多少的危险困苦,可从没叫过一声苦,下过一点泪。这时又新拜了神仙师父,对于师父的信仰之心,非常坚定,无论处境如何危困,总认定师父不欺我。看他小小身子,独立荒山之中,仰首则星月黯淡,侧目则树密山深;更难堪是提耳远听,只闻狐嗥狼吠、怪鸟格磔之声,一声声送入耳中,而且还有一种从未听过的凄切尖厉之声。钟离权听了一回,倒嗤的笑起来道:曾听爹爹说,山中多冤鬼,都是被虎豹吃去的鬼魂。爹是看见过的,说那形状非常怪异怕人。只恨我跑的地方少,总没见过是怎生模样一件东西。今儿听见的,大概总是这一类东西,倒要看他一看,也好开开我的眼界。想到这里,不觉精神大振,本来肚子有点发饿,至此便什么都不觉得了,于是寻声而行。到了一个山坳去处,月光忽然大亮,皎魄之下,照见一个披发赤足,似人身体,却带圆形,似兽又系双足直立,正在那里对着月光叩拜不已。钟离权想道："这叫的大约必是此物无疑。他如此拜月，难道也想修什么丹，炼什么法么！却难为他这样丑东西，也想成什么仙人，岂不可笑。"想到可笑，口中便真个嗤的一声笑将出来。

这一声不打紧，却把那怪物吓得跳了几跳。钟离权因要看他再有什么举动，便把身子躲在一枝大可合抱的树后面。从树隙处望见那怪，四面乱找了一回，一时把面孔对着钟离权。此时月光也越明了，显然可见那怪的面孔，不但奇怪，而且万分可怕。原来这怪物明明是个人形，却长了一面孔的白毛，而且生着两粒碧绿的乌珠，向着这边瞧了几眼，连这胆大如山的钟离权也不禁打了一个寒噤。那怪物见寻找不出什么人来，便回转身，又去做他的功课。钟离权真会淘气，忽然想道："这怪物的乌珠如此奇异，要是将他挖出，回去送与姊姊，倒可镶一对耳环子玩。"如此一想，禁不住又是哈哈一笑。这一笑可坏了，那怪却已听得清楚，也更不张望，侧转身就向这边飞跃而来。他那行路，也和常人不同，只见一团黑茸茸的东西，被疾风卷送一般，一霎眼的功夫已越树而过，张开两只枯蜡般手膀，来抱钟离权。钟离权等他趋近，方才又认清他的尊容，竟是一脸的鲜血，一路洒将来，其臭难当，一个舌头拖有尺把长，宛似世俗所谓缢死鬼的形景。好个钟离权，本来有点寒噤噤地，比及见怪来犯，不觉大怒起来，大喝道："你是什么鬼东西，怎敢侵犯你小爷。"只此一喝，本身的胆子越壮，那怪却似遇到一阵旋风，身不由己的辟易了十多步远近。钟离权越发得意。看他多么从容，因嫌那怪身太脏，味太臭，不愿和他徒手相持，趁他退去之时，赶即折下一根树枝，不等那怪第二次卷来，自己先用树枝横扫将去。那怪已知抵敌不住，向着钟离权摇摇头，刮喇喇一声怪叫。可不是，和方才所闻是一般声音。

钟离权笑道："却是有幸，今儿才给我见个鬼也。"一语未完，那鬼已返身飞奔。谁知钟离权腿上功夫也比众不同，虽没缩地法那么快当，足够赶得上那鬼的卷滚。一霎时追过一个小小山头，看看相距非遥，便举起树枝向鬼的头部直打下去，但听"砉"的一声，这鬼化阵青烟，散得无影无踪，臭气也没有了。一下子功夫，忽又现出在前面树下,仍是先前那副形状,却见他跪在地上,向自己尽叫尽拜。

钟离权笑道:“你这三不像人、七不像鬼的怪东西,也晓得怕死么! 既你知道害怕,我也不必一定和你过不去,但是你可引我一条出路,我是要朝北走的,你能带我去,我便很感激你了。将来我得师父教训,能够成仙证道,必定来带挈你得点好处。”那怪似乎明白他的说话,忽然卷将过来,伏在钟离权身边,以首叩地,咯咯有声。一回儿爬起来,趁着风势向北卷去。钟离权就跟着他走。有半夜光景,那怪立定身,伸手北指三次,回转来又朝他叩头。钟离权笑道:“想是天快亮了,你是鬼物,不能见光,所以急要回去,可是么!”那怪又点点头。钟离权此时倒也十分可怜他了,因抚慰他道:“你去吧,我将来如有寸进,必不忘你今天指引之功。但你自己也要勉作个忠厚良善之鬼,不得惊害人民,滋扰行旅,这是最要紧的。还有一层,你这东西究竟是鬼是妖,你既不能说话,我也不能知道。不过须起一个名儿,将来我来找你,就在这山峰上,月光起时,连喊三声,你就出来见我,不得有误。误了事,是你自己不幸,与我无干。你我在此月夜荒山相逢,我就替你取名山月儿,你可牢牢记得,回去吧。我也要赶紧趱路前去,找个有人家地方讨口饭吃,饱一饱肚子,才好走路呢。”

那怪听了,忽然把他的衣服一拖。钟离权笑道:“难道你还替我预备了点心不成。”那怪听了,果然点了点头。钟离权大喜道:“既这样,好极了,你就赶快替我弄了来,我还在这里等你就是了。”那怪听了,如飞而去。钟离权笑道:“看这鬼东西,倒也有些意思。”于是独自在山中往来蹀躞了多时。看看天近黎明,月光躲入黑云里面,近山景物一些都瞧不出了,心中很替那怪发急。正在踌躇,忽听得刮喇喇一阵怪响,便笑道:“难为他赶了来了。”一语未完,忽觉旋风起于足下,低头一看,可不是黑魆魆毛茸茸一件东西伏在足边。钟离权问道:“朋友,你替我弄了点心来了可是么!”那怪仍是呱呱的喊了几声,一只毛茸茸的黑手举起一个东西,送到钟离权手中。原来是两个大麦饼,已经硬得不堪;另外一只手却拿着一竹罐的水。钟离权大喜道:“这真难为你了,可惜你我不通言语,要是不然,你可以告诉我这近处地方可有什么人家没有。”那怪只把头乱摇,把双手张得很开的，意思是说村庄虽有，却不在近处。钟离权也懂了他的作用，还想再问他几句，谁知那怪更不说话，扑翻身叩个头，飞也似的走了。

钟离权叹道："他是鬼物，怎么能见天光，我偏这般不知趣，已经得了他的好处，还要和他缠绕不休，万一误了他的时刻，岂非我的罪过！"看官，大凡人生的本领，总是有限制的。钟离权强煞不过是个小孩子家，走了一昼夜不曾休息，肚子又饥口又渴，自然也有些支持不住了。得了水和麦饼，早不觉心事浑忘，却自捡块大石块坐了下去，把那饼和水都消受了。看看天色尚未大亮，便笑道："被这黑鬼搅了我一夜，如今尚未黎明，且待休息片时再走吧。"说着把身子倒了下去，就在大石上呼呼睡着了。

大凡小孩子家睡兴最浓，一经熟眠，便推他打他，一时也不得就醒。钟离权这一觉，就足足睡到这天薄暮时分，天色又黑将下来了。这才一骨碌翻了个身，坐了起来，拿手擦了擦眼睛，抬头看看天色，不觉大惊道："怎么我就睡了一天么，这真太误事了。要是候不着那个费长房，回去怎见得师父的面。"想到这里，不觉发起怔来。正彷徨，忽然一阵狂风，霎时飞沙卷石，势不可挡。钟离权自小就和这班野兽厮混，深悉此中情况。见风起，立刻就知此风不比寻常，必有虎豹来侵。倒笑了笑道："这等畜生，也太晦气了些。要是早一个时辰，我还睡在这里，有十个身体也给咀嚼完了，偏要等到我起了身才来，这不是他活该遭瘟么。"说虽这般说，却不敢十分托大，忙把精神一振，随手握了一把碎石，预备等猛兽来时，乘其不备，先伤他的双目。这是他家祖传掷弹之法，百发百中的。钟离权向来胆大于身，区区虎豹，正不在他眼中，像这等先事戒备，还是破题儿第一遭。因他也自知身在客中，防有疏虞，不易收拾的缘故。谁知天下事甚难预料，越是你会小心，那意外之祸也就在这小心时候发生出来。钟离权等了许久，忽地听得背后呼的一声，急忙回头看时，一个小身体儿已被身后那东西驮了起来，腾云驾雾价凌空而去。未知性命如何，却看下回分解。

第四十二回 钟离遇神兽 帝君得高徒

却说钟离权正在小心戒备之际，万料不到来的东西，竟能悄没声儿从他身后暗袭，不等他发石相攻，已将他轻轻驮起，轰云掣电价腾空而起，一霎时飞入云雾之中。钟离权这才有些惊慌起来，但他还是不肯堕泪的硬脾气，越是处的危险，越要拼起一副从容潇洒的架子来。况且他新近拜仙人为师，见师父云来雾去的，十分自在，心中好不羡仰。他那小心窝里唯一希望，就是想学这腾云之法，连那长房缩地之术，犹觉过缓而不甚适用。此念蓄有多日，万想不到于此危急险难之时，先教他尝试这腾云的滋味儿。

这钟离权也真顽皮，他就立刻转出一个念头来。想道，此去凶多吉少，一条性命，横竖送在妖兽口中，好在他有这腾云之法，乐得在此身未死之前，着实领略一番空中飞行的风味。如此一想，他又深怕路径太近，一回儿就到了妖兽窟穴，忙在这东西头上拍了两下，说道："好朋友，我知道你很喜欢我咧，我就拼着把身子奉送与你，做一餐小点心儿。你也不怕我逃到天外去的，何苦飞腾得这般迅速，慢慢走着，让我也玩玩这空中景物，你也不得十分吃力，彼此都有便宜不好么?"当他说这话时，自己也很知道这是无聊之思。一面说，一面还急急忙忙瞧看这上下四旁的景况风物。只见上面是高不见顶，四围是云烟迷漫，有许多地方，像有些楼阁亭台，飞泉怪木，他心中就认为天上神仙之府。这时，倒不再欣羡他了。看到这里，才待俯视下界，同时把要求妖兽的话也刚好说完。只觉那兽似乎理会他的意思，容纳他的要求，立时把腾踔之势放得极缓极稳。钟离权又惊又喜，不觉又失笑起来道："怪不得我祖母常说，我这人直是逢凶化吉，遇到险处，必有好人扶助。照现在看来，不但好人扶助，连妖鬼禽兽也都和我有交情咧。"

这时他摆定了心，先自抚摩那兽的颈毛，谢谢他的雅爱，这才从从容容的俯视尘寰。只见经过之处,有赤地千里,寸草不生;有人烟繁密,林木荣森;有极高的山陵,有深长的河水。一回儿好似经过大海之上,只见上面是天,下面是水,水天浑映,不辨界划。身行其中,好似一个大圆盒子,把身子装在里面一般。海风起处,那将堕的夕阳和新生的淡月,一红一白,倒映海底,都被波浪掀卷,又似转轮一般,翻过一轮又是一轮,真天地之大观、世外之绝景。钟离权看至出神,小孩脾气又发作起来,坐在那兽身上,手舞足蹈的大声吆喝,竟把自己的危险和此去的痛苦,完全忘的干干净净。照他志愿,恨不能再和那兽相商,在此玩个十天半月,然后再把身子奉酬他的雅意,却才死而无怨。不知道那兽却没大的耐性,见他如此疯狂淘气,忽然发怒起来,只见他蹄一紧,腾身而上,入于冥蒙之中,弄得钟离权身觉寒冷,且除迷漫烟雾之外,不但海景不能再见,就想再看别的东西也是一无所有。

正在万分气闷,大骂亡人无情的当儿,猛抬头,见眼前涌现一座绝大城市,城市之中有许多巍峨宫殿,高耸云表。那兽竟把他驮入城中,直奔正中那座大殿而去。钟离权至此,方欣喜道:"近来倒常常碰见些神仙,不要这地方就是神仙之府,那兽倒是好意带我来玩的。要是不然,怎不把我早早吃入肚中或挟回他的妖窟,怎么倒送我到这个好所在来。只恨他走得太狠,方才行过许多闹市,竟不及考察那些仙市的情状,倒真个不犯算了。"心中正想着咧,蓦觉那兽向下一蹲,自己坐不住身,一跤翻下地来。睁目四顾,可不,已到了那所大殿上了。大殿的情形,在他眼中看来,横竖形容不出是那么一种格局、怎样的考究华美。总之,一句也说不上来,但能点头叹赏,认为非常有趣而阔大的地方。心中不住的感谢那个妖兽而已。

正徘徊间,就见有人出来,衣冠服饰,倒有些像凡间皇宫中人。因他是京中人,常常可以看见,所以认得这是宫殿,又晓得皇宫中的服饰。但这人的打扮却和皇宫中人又有大小宽窄之殊罢了。当下,那人走至殿廷,向钟离权一笑,招手儿说:"帝君召你进去,须要小心,不许顽皮,晓得么。"说罢,走近他的身边,轻轻拍了他几下说道:"这一路的颠腾,倒不怕辛苦么?"钟离权此时恍如置身梦境,不晓是怎生一回事儿,更不知这究竟是什么地方。但想,这驮来的妖兽,决是帝君所派前来迎接我的。既然如此,可知危险二字,是断乎没有的了。回头再瞧瞧那兽,原来是一头硕大无朋的吊睛白额虎,算是虎中顶厉害的一种,钟离权竟在他身上奔波了这一夜,回想起来,倒也有些惊讶。那人见钟离权立着瞧那老虎,便笑道:“你还打算仍旧请他送回去么?放心,放心,等会见过帝君,帝君自然有法子送你到家也。”钟离权见那人猜错了自己的心思,不觉噗哧一笑,倒也不再和他分说。跟了那人,走过几层宫殿,方到一处小小偏殿之上。只见一位装束尊严的人坐在上头,左右侍从不下十余人,分立两边,静悄悄没有些声息。钟离权也不晓得这是什么服制。但觉眼中所见衣冠体制,再没比这更华丽庄重的了。因此,他心中想道:“这一定就是帝君了。”于是小小心心跟了那人走近殿墀,那人先进去,似乎替他报名引见之意。

帝君手中正捏着黄面白心的书本儿,似乎翻什么事情的样子,一听此言,便含笑说:“宣进来吧。”那人下来,把钟离权拉上廷墀,命他向上跪拜。帝君传旨平身。钟离权起身,谢了恩。帝君着他近前,钟离权才瞧清了帝君,原来是位白面长髯、神情和蔼的正神,自己觉得胆子大了许多。帝君亲携他的小手,问他可是钟离权,师傅可是李玄,别名铁拐先生的。钟离权一一应对。帝君笑道:“可还知道你的前生是什么人,因甚贬谪下界为人?”钟离权对称:“日前承铁拐师尊指点,已约略明白了些。”帝君笑道:“你如今可愿意修道么?”钟离权一时不会答应,只抿嘴儿笑笑,又把一个小食指儿放在口中,却挺起两粒亮晶晶圆溜溜熠熠生光的小眼睛儿,骨碌碌一阵翻腾,朝那帝君尽瞧,那一副活泼玲珑天真烂漫的神气,真叫人可爱可喜,帝君和一班侍从仙官都喜笑起来。

帝君又谕道:“你是有仙缘之人,果能立志,比平常人事半而功可倍速,将来的成就可和你师尊一般地位,决不止和前生一样,专替你祖师管这坐骑的。你师尊想来也对你说过了。”钟离权仍只讪讪一笑,意思是不敢自信可到那般地位,又不甘自居于不堪造就之境。所以听了谕旨,始终还是对答不上。帝君已知其意,笑道:“你的意思我晓得了,这也见是你有志气,又不肯自夸,这便是入道之基。但你还要明白，你虽拜你师兄李铁拐为师，但这事还有舛差，一则辈分儿不合，二则照数你不该做铁拐徒弟，你自不晓得这个道理。铁拐既为仙人，也不精细思量，妄居师傅之称，这是他的不合。"钟离权听到这里，忽然辩说起来道："李师傅那般本领，怎么他不该做我的先生呢？"帝君笑道："这个道理，此时对你说了，你也不得明白。说个大意你听，大凡人仙都是一理。人生父子夫妻师弟友朋遇合之间，并非偶然而成，都逃不开一个缘分。如今你那位师尊，虽不能说是无缘，但只可做你教授本领、启迪知识的先生，至于正式度你出世，挈你升天，却另有一位数中注定的先生。论实在事情，先生还是铁拐，若论名义，却让那个先生来享个现成。这人非他，孩子你可认清，如今坐在你眼前的帝君，就是你将来出世升天、超度援引的先生哪。"钟离权听了，一时未谕其旨。那两旁传侍之从，却都催他赶紧磕头拜师。钟离权万分惶惑，跪在地上，却不肯马上磕头。他的心中是想："自己已经拜过先生，先生又是好好的现在自己家中，怎么又另外拜起师傅来。拜了这位师傅，知道家中那位李先生可能允许不能。而且照帝君说，传道讲学仍要请教李先生，那么今日之事，未免有些对不住李先生。万一他老人家要不答应起来呢，自己怎生解释得来？"

正在沉吟，只见帝君又降谕道："孩子不用迟疑，你那李师傅现是一时疏忽，少用了一番推算功夫。他要明白了这个关系，只怕自己也要退居师兄地位的。但是这事无论如何，与你的前程只有便宜，而无损害。你想，多一位师傅做个携引之人不好么。老实告诉你吧，你受祖师贬谪，是因牧牛不慎之故。而这事的原由，乃因祖师下海救援李铁拐。铁拐见你因他而受罪，心中怎么得安，况有同门之谊，如何不来指引。不但是他，凡是你祖师门下几代仙人，瞧在同门分上，将来都要特别看承你咧。但他们都只负着保护教导的责任，真正你的先生还是我帝君一位。你今可就拜了师，回去之后，你师尊一定也明白了。他明白之后，一定不肯再以师道自居，而你则不妨仍以师礼尊之。他自照旧的指教你修道的法门和种种应用的法术。到了你修道成功，将来自可度我上天也。"

帝君说到这句，他自己还不觉得，却把两旁许多仙吏，一个个吓得目瞪口呆，慌得一齐出班俯伏在地。帝君大惊问道："诸卿有甚事，乃如此作为？"当有诸仙领袖禀称："圣人无戏语，无失言。今帝君忽言将来须钟离权度帝君上天，臣等不敏，窃恐圣驾有蹈凡下界之忧也。"帝君想了一想，不禁跌足懊恨，因命："诸卿且起，听寡人一言。"诸仙吏都起立归班。帝君因太息了一声道："寡人常说，下界人心太坏，作孽太多，每思设法纠正，善为劝化。此等大事，设非亲身下凡，如何做得起来，可见寡人久有下界之愿。今既误出此言，当然不能翻悔。如今想来，大概寡人总和众生还有一度缘分，此乃数之所定，如何推得开来。寡人自开辟之初，得道升天，蒙玉帝提携，元始、老君两位的教训扶植，并荷西王母、玄女等几位领袖的保举，得与玉帝化身真武大帝处于同等地位，爵授帝君，荣膺重寄，受任数万年，愧无功德及人。难得有此异数，重下凡尘，查察如今的风土民情，立万万年的道德教化。寡人以为，此等事业，不下于老君的屡转凡胎，著经垂训，和孔子的立言投世，师表百代。岂是深居天府，久尸禄位的东华帝君所能比拟于万一呢。寡人业已定下主见，专等度了钟离权成仙之后，一准亲自下凡，再受他的超度。我和钟离互为师生，也是万年佳话咧，望诸卿勿再替寡人介介于怀也。"

众仙奉旨，一个个心悦诚服，齐齐叩拜道："不图帝君有此宏愿，此佛如来'我不入地狱，谁入地狱'的苦心，亦先圣'己饥己溺，一夫不获，是余之辜'的大德，岂小小功行所能同日而语。窃谓天上多一金仙，何如人间出一圣人。况限满功成，重归天位，玉帝必更深倚畀；况与帝君有何损失呢。此诚万代苍生之幸，亦帝君莫大功德，自非天纵圣哲，安能转祸为福，履患如夷。臣等愧列仙班，不能仰体圣心，妄深患虑，真井蛙之见也。"帝君忙说："诸卿皆积德累功，修身立命，自致神仙之位，安有不思济世救民之理。不过爱寡人之心太切，偶闻失言，不觉忧形于色耳。至于寡人之心，也不过鉴于近代人民，文胜于质，礼太多，情太薄，机械变诈，日甚一日。长此以往，非至人心尽化于禽兽，风俗日趋于浇薄，以造成亘古未有之大劫大难不止。寡人得天独厚，久居高位，无裨时艰，时深素餐之愧。得能下凡一行，尽力所能，可以挽回一些，未始不是补过之地。若如诸卿所言，以佛家如来、吾教李祖、儒教孔圣及古代圣王相比，寡人安敢相比。”当下诸仙又称颂了一番，钟离权尽听在耳中，亏他都解得明白，他才知道这就是东华帝君，心中大为惊畏。先时不肯随便拜师的，此刻却不待催促，连叩几个响头。帝君不觉大笑。诸仙官也笑道：“想来孩子也敬仰帝君圣德，不自觉其心诚悦服么。”

帝君因又谕道：“你李师傅有先知之德，今日之事，事事瞒不过他。但天机不可预泄，泄则罪不可逭！尔宜慎言，毋妄宣于众。”钟离权叩头领旨。帝君又道：“你可是奉李先生的法旨，去等候那北方来的费长房么？这人现已先到了你家，你今不必回去，可迳至幽州境内，等你师傅和何大姑娘、费长房一同到来，大家会齐，有一桩事情须待你们了结；而且还有你们同道中人，现在正受人监禁，也得赶紧把他救出来才好，去吧。”钟离权问道：“弟子到了幽州，教师傅们那处找我去哩？”帝君笑道：“你师傅这样法力，有个找人不到的道理么。告诉你一句老实话，你师傅派你去迎接费长房，实在是要借此试察你的肝胆心术。为你性质凶暴，屡杀猛兽，几乎把天下什么危险事情都不放在心下，所以这次叫你稍许受些惊恐，见些意外之事；又要试你有无仁爱之心，是否和从前一样脾气，一味好杀逞强，不惜物命，不顾利害。如今幸而你有耐心，几桩事情都算处分得不错；要是不然，此番遇那怪物之后，还有第二第三的危险可怕之事。是你李师傅算定费长房这时可以回来，正好帮你出险，所以派你去接长房，正是着长房来带你回去咧。”钟离权听了，恍然失笑起来。

帝君又道：“不过，对于山中妖鬼，略一奉承，就许他收留门下，预备自己有些进步，就要招他在身边，并允给什么好处与他。这虽也是一种孩子性格，但却过嫌狂妄。也不想想自己现处什么地位，一古脑儿学得几句咒语，连养命保生小小分内之事，统都没有学全，就想为人之师，超度别人，不但惹人笑谈，而且大易分心。心一分则学不能精，自身且不可保，安能顾到别人。我也不是专为昨宵之事，刻意指斥。这事出于偶逢，况是慈悲心肠，何忍苛责。所以不惮烦言者，是防你一点好为人师之心，将来一再乱收徒弟，擅将道法传与歹人，为祸之烈，可使天下大乱，血流成溪，尸其罪者，你自列在第一，而师傅及我辈亦应连带负责。正是非常可怕的事情,你倒不要看得稀松平淡啊。"钟离权听了,悚然道:"弟子年纪小,不知道这些利害,以后便真有本事,也不敢胡乱杀人了。就是所见那妖鬼,弟子虽已允他超度,也只好失信于他。这等东西,知道他性质如何,能否驯服习上。设或闹点事情出来,不但弟子本身受罪,连累两位师尊也要共负其责,岂非永远一件忧患咧。"帝君笑道:"人无信不立,你既切实答应人家,怎么转背儿就预备失言。好在此物虽然得你允许收录提拔,他却没有这么大的福气。你放心吧,这事害不到你的,你此后格外小心就是了。"

钟离权口称遵旨,因问:"这东西究竟是妖是鬼?"帝君道:"那是一千年前一个邪人,被真武大帝派遣手下黑虎下凡,将他吞吃。鬼魂不散,常在山中隐现。虽不能怎样害人,人若遇到他时,也少不得惊吓成病。现在常常出来拜受月华,感受既深,两目已能发光,而且能团结魂气,成为人形。再过百年,其丹已成,就没人提拔,也能成个小小气候。但此种东西,本质已是凶横,虽已修炼,仍恐其性难易,将来结果可以想见,你只好好留意着吧。"钟离权再拜受命,帝君又说:"你来此已久,不必多留在此。就着原来坐骑,送你去幽州吧。"钟离权拜求道:"那虎很不听话,求师尊赐一阵神风,送弟子前去吧。"帝君大笑道:"你别轻视那虎,他的年纪比你大过千倍,怎么你倒想去唤他咧。也罢,我知道你渴想尝试这腾云驾雾往来空中的滋味儿,看在师徒分上,就先传你驾云之术。此术不比寻常,初学要念什么咒语,用什么玄功;只要心之所至,双足就会腾空而起,一个时辰,最快可行十万里,可和你铁拐师尊并驾齐驱了。这等大法,本来不是初学之人所能传受,念你志纯趣正,存心仁厚,破格儿教会了你。你想着这等特遇殊荣,更该存心正大,多做有益之事才好。"

说罢,命钟离权过来,附他耳朵说了一句什么。钟离权莫名其妙,帝君喝道:"笨孩子,这便是传你的大法了,你怀疑些甚的。"钟离权心下恍然,试着念了一遍,立时觉得身子虚飘飘地凌空而起,把个钟离权喜欢得只会高叫:"好师尊,亲师尊!"站在空中手舞足蹈,宛如发疯一般,惹得帝君和一班仙吏都大笑起来。未知钟离权到了幽州以后,还有何事,请看下回分解。

第四十三回　见老妖钟离用计　保丈夫孟姜受灾

却说东华帝君，见钟离权如此欢喜，因顾左右仙吏笑道："这孩子如此活泼天真，真乃可爱。"旁边一位仙官禀称："钟离权不但天真，逢到正经大事，偏又能够老成持重，这等人将来决不负帝君玉成之德也。"帝君大悦，即令传旨："钟离权好生自爱，即此前去幽州，不必再下来了。"钟离权便在云中连连叩首，一纵身儿已过了数百里，回视宫殿院宇，早不知那儿去了。这时他心中的欢喜，真不可以言语形容。

赶了一程，又起了顽皮情兴。他想："幽州虽远，有了这驾云之法，横竖顷刻可到。我倒不如慢慢地按低云路，一路细细玩那下界景物，有何不可。"想到这里，自觉十分有理。于是把身子向下一低，离地只有数丈光景了。俯视地上人物非常清楚，地上之人也能望见一个小孩子，在半空中缓缓北行，好似被风云推送一般。有仰头远望的，有啧啧称奇的，所经之处，都引动了许多人交头接耳，纷纷议论。

行至一处，却是一个关隘所在。钟离权也不知这是什么地方，正想下去问问向幽州去的路径，去幽州还有多少路程，别过了地头。刚想下去，忽闻背后一阵呼呼声响，回头一看，只见两个道士打扮的催云而进，一路上嘻嘻哈哈的不知说些什么。只听后面一人说了句"费长房有甚本领，他的师傅听说是个跛足道人"。这句话进了钟离权耳朵，心中顿然一呆，忙着停住云步，想等他们到来再查勘一个明白。才一发怔，后面道人都已赶上，他们也都瞧见一个孩子在云中游行。两道互相商议了一回，忽然按住云头，和钟离权打起招呼起来。钟离权这才细细打量那两道，一个是雪白的面孔，短短的身材，年纪不过二三十岁光景；一个是棕色面孔，又生着一簇灰白色胡子，神情似乎十分奸刁，年纪倒有六十岁内外，是他先问钟离权："你这小哥贵姓，何处人氏，现在往那里去？"钟离权因听他们说那句话，明明是瞧不起长房和铁拐师尊,可见必是我们的对头。况看二人面颜,都不大像个正当的样子,越发不肯将真话告诉他们,因含笑说道:“我姓钟名离,河北人氏,现奉师尊之命去找一个师兄,嘱咐一件事情。”

二人忙问尊师是那一位,钟离权却不答话,先问两位道长法号仙乡。那白道人说是海外炼气士冷深,又指黑面者说,那是师兄炎道人,适从海上来,也要到幽州去,正好和小哥结伴同行。钟离权方说是东华帝君的门徒,因有师兄何大姑跟随铁拐同去幽州,我师傅说李铁拐不是好人,要我去召他回山,所以急急前往,不知两位师傅到幽州有甚事情。二道听了,不觉相向色喜。冷深便道:“原来小哥是帝君门人,果然青年多才,可敬之至。那李铁拐原不是什么正经人,他为什么拐了脚,是因为他惯偷人家妇女,碰到了一个对头将他捉住了,从屋顶上丢下地去,就把一只腿子给跌断了。这等人如何能够相与,怪不得帝君要召回令师兄,正是大有见地。我二人乃是魔教门下,得道上仙。此行也因李铁拐遣派费长房劫取现在帝皇送去填城的范杞良,并要谋夺范杞良之妻孟姜女。这事大违天命,铁拐罪当雷殛。秦皇得知消息,特行聘请我俩,前去诛灭铁拐。小哥既要到他那边去,这铁拐又是令师憎恶之人,何妨大家协助一臂,替我们作个内应。事成之后,不但秦皇要封赠有功,就是令师那边也有光彩,岂不大妙。”

钟离权听了,暗暗骂道:“我把你这一对孽畜妖道,我师傅何仇于你,如此胡言谤毁他。既要我作内应,就答应了他,将机就计,替我师傅诛这妖逆,有何不可。”一面想,一面笑答道:“这有什么不可,但是两位成功之后,莫把我丢在一边,自去讨封。这个当我是不上的。”二道大笑道:“小哥如此多心,封赠出于秦皇,又不要我们赔甚本钱,顶多不过替你说句话儿,难道还来欺你不成。”钟离权听了,喜笑道:“如此却好。两位现在秦朝做甚职官,因何得识秦皇,还乞详示。”那炎道人回说:“当今皇帝,乃是一位非常好道信仙的圣君,曾派大臣徐福入海求仙,却在大海之中逢到我们师兄弟老蛟,老蛟又带他去见我们教主通天祖师,祖师就着我俩和我们师叔幽溟子前赴京城,授他长生之道。适逢这事发生出来,秦皇就请我俩先去收灭妖人，再行回朝受爵咧。”

钟离权又问：“那徐福怎不上蓬莱去，那边仙人很多，为什么不去多请几位，想定徐福不认识蓬莱的路径，可是么？”二道笑道：“蓬莱的仙人，那里比得上我们教下人才众多，个个都是正道。不说别的，单讲现在皇帝，他是削平天下、统一六国的英雄豪杰，真命天子，他的见识还有个不高明的么。这次派徐福下海去，就没有要他去蓬莱，只叫他访求我教中人。可见两教自有邪正。无识之人不知内中详情，只晓得蓬莱是神仙所居，那知这全是一种道听途说、盲从瞎道罢了。”

钟离权听了，心中几乎冒出火来，照他本来性格，早已三脚两拳，把他们收拾了再讲。这时，却因屡受教训，把性子收得静静的，万事有个考量安排，不肯冒昧从事。再则见他们如此胡言，觉得非常好笑，也想再去考察他们一个究竟。于是忍了又忍，把一口恶气硬装在肚子里面去，反呵呵大笑道：“原来如此。像我，年纪轻，见识有限，怎晓得这等道理。那个徐福呢，如今可也回来了？”两道说：“这人很好，我们祖师很喜欢他，赏他一个海中的浮田，封他作一国之主，就着他带领原来带去的许多童男童女，前去开辟土地，繁殖子孙。他倒称孤道寡的，做他现成的皇帝去了。小哥将来跟我们立了大功，我们也可代求祖师，给你一块海上仙山，也好去做独立称雄的王爷哩。”

钟离权又是一阵大笑，因又问道：“两位既要我帮忙，还要请教前去是怎样情形？以前闹的是什么事情？怎么有个填城的范杞良？这人怎么又得费长房去劫他。那究竟是怎么一回事儿？”冷深笑道：“现在天子，因得了上天示儆，有‘亡秦者胡’的话。想现时顶强的胡人要算北方匈奴。于是征发天下男丁，沿中国边界筑起一条万里长城，派大将军蒙恬为总管。那孟姜女的丈夫也在征发之内。那孟姜女舍不得丈夫远行，吃这等苦楚，情愿陪同前往。好个圣明的皇帝，他见孟姜女才貌如仙，不禁动了怜惜之心，一路上又派人服侍这位孟姜女……”钟离权听至这里，心中万分好笑，便问：“皇帝既然圣明，又是那样爱惜孟姜女，倒不如直截了当免了范杞良的差役，使他们夫妻团圆，不强如多费人夫、虚糜粮饷派人护送他了。这事真乃颠倒之至，两位偏说皇帝圣明，倒有些解不过来。”

两道见说，不觉呆了一呆，一时回不出话来。那炎道人便说：“可不是，当初人人都是这样猜度，疑心皇帝忒喜多事。后来范杞良到了北方，蒙大将军的告示出来，说当今天子梦北方都土地禀称：万里长城工程浩大，须有一位土地神专司其事。现在范杞良人品端方，可司此职。此人阳寿已满，应将其身体塞入城堙。一面由阴阳两界帝王下诏封为土地，庶几职有专司，开工之日有他暗中效力，妖鬼禽兽不能阻挠，大功指日可成；否则阻力横生，风波必起，北城终无完工之日等语。并将冥中委派范杞良为长城土地的公文给皇帝看过。皇帝一惊而醒，查得范杞良即孟姜女的丈夫，心中原不忍他们夫妇分飞。怎奈此是国家大事，子孙帝王万世之基业。况且数已注定，冥中且先有谕旨委派，是范杞良终不免于一死。死而为神，在他也自愿为。就是孟姜女活在人世，得有一位为神的丈夫，将来终有一些好处。若因小小不忍，误了他的前程，反觉对他夫妻不住。因此，择日将范杞良捆住，祭告天地神祇，将他填入城堙。一面另有谕旨，着原送孟姜女的人员，仍好生护送他回京见驾。谁知这时忽然发生一件意外之事，有了什么文美真人的徒弟，叫张果的游行到此，路见不平，说蒙大将军不该把好好的人，无缘无故拿去填城，施些小小法术，蒙住了众人的眼光，把范杞良救出城堙。正要带他逃出幽州地界，同到南方暂避捕缉。因范杞良说道，要和他妻子同生同死，不肯丢了她独自逃去。于是又要设计偷劫孟姜女。孟姜女是有人员率同兵士保守的，一时不易下手，二人苟延了几天。京中得知信息，正值我们师叔到了，皇帝就请他去收伏张果，取回范杞良。师叔本领自然大过十倍，一到幽州，就给他查出张果、范杞良藏匿之地，一阵风把范杞良摄去，又用术迷住张果，监禁在大将军营中。这事发生之后，那费长房就到了。这人虽有些小道术，还不是我们师叔的对手。他到了幽州，打听张果被难，就用法混入军中，将他救出。正想再救范杞良时，幸被师叔觉察，一阵赶逐。张果自恃其能，便和师叔对抗，结果仍旧被擒；长房却仗着缩地法，一转眼儿不见了。师叔没了法子，只好由他逃去。事后才知他是李铁拐的门人，此去必邀他师父前来，因此也着我等前往助阵。今既会小哥,正是大大幸事。小哥如能趁着铁拐打坐之时,用剑刺死了他,那么可省一场干戈之厄,功德无量。否则等我们到时,作为内应,使他们措手不及,自易成擒,也是你的大功。小哥想想,是那一个法子好呢?”

钟离权想了想说道:“还是第一个法子简洁些,但铁拐是有道之人,寻常兵器如何能够杀他。”冷深忙道:“只要小哥愿干,我这里有一件法宝,乃是用金精炼就的。一个小小盒子,内藏诛仙飞剑十六把,盒子一启,十六剑一齐飞出,除了天上大罗金仙,休想逃得此厄。这东西名为混元诛仙盒,小哥果能尽力,我可奉借一用。最好使他不经意时,突然启盒,向他一招手儿就得,用法是极便利的。”钟离权笑道:“丈夫一言既出,那有反悔之理,请借宝贝一瞧可否。”二道见说,忽然以目互视,略作迟疑。炎道人便说:“现在云路之中,此宝不便拿出。且等到了幽州,见过师叔,再行奉借可也。”钟离权听了,也不再说话。

一回儿,二道说下面已是幽州地界。钟离权向下一瞧,见那地方并不十分热闹,远不及京师的繁华。于是跟随二道落下云头,先至他们所说蒙大将军营内。果有一个老道,带着两个道童出迎。两道口称师叔,行过礼,又叫钟离权拜见。钟离权心中好生不屑,又怕误了大事,只得照样行了个礼。二道对那老道说明原因,老道先向钟离权仔细盯了几眼,才点点头说:“好得很,你这孩子今年几岁,因甚拜于东华祖师门下?”钟离权心中又笑又气,说话却是乖觉,少不得随便扯个谎儿,哄得老道也相信了。即命他留在左右,听候调遣。等得大功告成,还要亲自带他去东海,教他道法,并替他禀明皇帝,讨个封赠咧。

钟离权叩谢而退。老道便把炎、冷二道召入内室,窃窃私议了一回,忽又召钟离权进去,老道问他究竟可有行刺李铁拐的胆量,钟离权答道:“有了诛仙之宝,弟子还惧什么;若要空手前去,弟子确是不敢。”老道笑了笑,点点头说道:“自然不能叫你空手去的。现在铁拐他们都已到了,已经和我们见过一阵,被我用毒火烧伤了那个姓何的妖女。我已料定他们不久必来劫取张果,当用埋伏之计,将他们围困起来。但这等计策，只能捉弄别人，怕未必能够捉拿铁拐。所以先派你前去走一走，倘能打听他们何日前来，你便快来报信。一面仍要回去和他们处得很好的，如能得便将他刺死，自然是顶好的事情。否则可跟随铁拐同来劫营，须要步步相随，刻刻不离。等他不留意时，即可突然取出法宝，伤他性命。这是一件大事，你要十分小心才好。万一误了事情，那时王法难容，仙律难恕，你的性命就危险了。你要自量，不能干的，就在此时赶快回复了我，免得日后懊悔。”钟离权听了，心中气得发出火来。但想：“妖道性命不久在我掌握，何必和他计较。”因即一口允诺道：“概听师祖法旨，弟子决不敢冒昧误事，有负师祖委嘱。”老道大悦，又称奖了一番，把冷深的宝盒交付了他，又再三嘱他慎重小心。

钟离权受命而去，老道派人送他出去，迳投西门外一家土地庙内李铁拐寓处去。未知钟离权见了铁拐先生之后，又有什么事情，却看下回分解。

第四十四回　幽州地师徒谈往事　东海中徐福立新邦

却说钟离权，见了铁拐先生，拜伏于地，叩首不已。铁拐先生忙着费长房将他拉起来，笑道："恭喜你，如今才得了真正的师傅了。是我冒失，妄居师位，心中很惶愧的，你却何罪之有？"钟离权见铁拐先生如此说法，益发觉得不安，只有面红耳赤、舌噤气结，情形非常难过。铁拐先生已知其意，不觉大笑道："你以为认了新的师傅，我这错认的师傅便和你割席分襟起来，断绝往来了么？须知你我原属同门，本来只是弟兄关系，论理你做兄弟的遇贬下凡，做兄长的有个不尽力维护照拂的么？我这次下山，虽还有旁的事情，可说一半儿都是为你。为你就是要点醒你，指教你，扶植提携你，使你不昧本来，早脱凡尘，早升天界。只要把这些事情办了，我为你的责任已完，何必斤斤于师生兄弟的名义之间。难道我做了先生，就肯管你的事；做了兄长，倒反弃你如遗，不问你的好歹进退了？更难道你要做我学生，才能得我指教提拔的好处；做了我的师弟，就不能领受我这番栽成之德了？就说世俗之见，动不动讲感德报恩；我们都是超出凡俗之人，休说讲不到这些事情，即使真要感激图报，也只要你能够明白我的苦心好意，勿自暴、勿自弃，努力修持，早归仙班，使我对你的责任也好早一日完了，我的一番苦心，也早早得个交代，这就是你报恩第一办法了。别说我咧，就论你新认的祖师，他有那样地位、那种道行，难道还希望你报答。所指望者，还不是我才说的几句话儿。可见为师为友为弟兄，实事和结果全是一样，你还介意些什么？"

这铁拐先生滔滔而谈，又恳切又诚笃，又于谦退之中，显有慰勉之意。两面坐着的仙姑和费长房，都感叹不已。钟离权却越发自觉兀自难安，额角上湿涔涔的流下两行愧汗来。铁拐先生却还在接续说下去道："话便如此，究竟名义上不能不正。从今为始，你该改口称我师兄，和大姑娘一般称法；我也改口叫你师弟。好在前生本来如此相称,如今只算得复回原状。”说毕大笑。谁知钟离权听到这里,忽然满面泪痕,走近铁拐身边,伏地大哭起来。这孩子出世以来,经过多少危险灾难,若说痛哭流涕,自有知识以来,怕还是第一次儿。铁拐等三人自然都理会其意。只见他哭了一回,大声说道:“师傅,弟子粗口夯舌,不会说话,师傅今天说的,自然有师傅的大道理;就是东华祖师,他也如此说法。但是事实尽管恁地,弟子心中却总觉非照旧称呼,心中万万不能安适。也不光是称呼,还要师傅待我仍和从前一样,弟子与师傅也与先时无别,如此弟子才得安心用功,领受师傅的教训,不负师尊的期望。要是不然,弟子敢信一定得不到一些益处,白费了两位师尊的苦心。还是赶紧回头归至家中,跟爹爹打禽兽去好得多了。弟子只会说这几句话儿,也不晓什么叫做客气,横竖这不是讲究客气的事情。弟子言尽于此,此外的话要说也不会说了,师尊要不答应我,索性也不必做我的师兄了,还望师傅原谅。”

铁拐先生见他说话虽然不文,却是十分恳切质直,越见他天真无伪的好处,一时又不好驳他的。正在为难,却有何仙姑、费长房二人看不过去,出席代求说:“师傅和师弟说的都有至理;不过师傅教他修道,还要慢慢的提拔照拂他,那是实在的事情,不比一句空论的话儿,可以敷衍了结的事情。既然如此,名义上当然更无愧怍。好在三教中,以一人而从师多人的,其例极多。所以说,圣人无常师,正指此理而言啊。如今师傅和权弟既各有意见,某等情愿作个居间之人,请用执中办理之法:师傅事事谦退,自然不肯再居师位,不妨照前生辈分,称他一声师弟。权弟呢,明明是从学弟子,更不妨尽以师礼相尊,一切都照原约,有何不可。”铁拐先生只得答应了,因笑道:“这孩子如此倔性,教我也没办法。好在东华帝君也能知我不是好为人师,目无前辈,故为僭妄之人,一定能够原谅我的。权弟如今可以起来了,还哭什么呢?”钟离权还觉不大妥当,又说:“既然师傅已经承认居于师礼,怎又以师弟称我,不但我不好答应,也怕给别人非笑,不说我做弟子的狂妄,反说师傅太过谦虚,这也不是道理呀。”铁拐先生笑道:“罢,罢,不用多缠了,横竖我随便喊你阿权、权儿都可以的,你也胡乱答应就完了。论理,仙家做事,要名正义当,不得如此马虎。但今日之事，不比寻常，也得稍稍通融些儿，这不完了事啦。”

钟离权方才起来。他还没有见过费长房，铁拐指给他们相见过了，方笑对他说：“我派你去接长房，实在是要试试你真正胆力。有胆有力，还不以为奇，须要出以仁厚，行以义侠，难为你都干得不背我心。还有一件小小过失，祖师已经指戒过了，不必再说。当时约略一算，算定你遇到妖鬼之后，一觉梦醒之时，即长房回来之际，两人当在山中遇到，所以着你去迎接长房。实既断准，你可以和长房一同归来耳。那知次日天暮时分，长房果到，而不见你同来，这才发生疑虑。重复默运玄功，细细一算，才又知道东华帝君又利用这个时机，派遣白虎将你迎去。究竟帝君道法高深，非我辈所能几及。但是一言之失，又种再世之缘，帝君也可谓自讨苦吃。而在你却不能不算是意想不到、万载难遇的奇缘大福。大概你追随祖师年代不少，祖师救人救世，立德立言，功盖宇宙，道侔帝天。你只是一童子身分，相从既久，劳绩自多，所以一经转世为人，反有那样的奇遇，要之仍是祖师的福荫，决非偶然之故，不可不明白的。”钟离权听了，自然完全明了。只见两位师傅事事都能不见而知，不闻而得，彼此相测，不差黍毫，不觉于惊骇之中，又添出十分开心的念头来。一霎时间，稚态又完全呈露出来。忽然跑近铁拐先生身边，似漆遇胶粘住了他的身上，笑得浑身乱颤，说道：“想不到你两位师尊，都有千里眼儿顺风耳的，在你俩身边做弟子，可是真不容易，稍许有些坏处，我们自还不曾明白，敢则你俩的什么掌心雷儿，已到了我们顶门儿上了。”说罢，又连连摇头咂舌的说道：“好厉害，好厉害，了不得，了不得。”几句话儿，说得铁拐等师徒三人哈哈大笑起来。

铁拐先生便一手拉住了他的发髻儿，一手拉住了他的小臂膀子，也笑着安慰他道：“孩子，你的见解不错，做人是要这般小心，修道更该格外谨持。但我要进一步教训你，修道在己不在人，畏罪怕责，不敢疏懈，不能说不是惧刑守法的君子。然而人品之中，已落下乘。好像用功修道，不是出于本心之所愿为，乃因畏惧罪责之故，不敢不如此做，那岂不成了有心逃塾、无计脱杖的顽皮童子么。”铁拐先生说到这里，钟离权又首先笑起来道：“我不过这么说罢了，谁又那般不习好呢。"铁拐先生和仙姑等又失笑起来。先生又道:"这是一层道理。还有一句话,也是你说错了的。神仙规律和人间法令一般,也有轻重之分,按罪名大小为准则。如你说动不动就用雷击,一个凡人能禁得几回雷火,难道为些小小事情,也处以这等极刑,那不比当今的昏皇更厉害了么。好孩子,我知道你才说的都是戏言,但戏言也要有个分寸,方不被人轻笑。如遇紧要关头,简直有一言之失,可以酿成弥天之祸的。你不见昨儿你那祖师的事情么,在他原早有此心,偶一失口,言如矢发,不可挽回。是其本根,仍在平日的心绪,不一定在于失言。但心藏于内,口发于外。藏于内者,尚可暂为延缓;一经出口,即成发动之机。到了时机成熟,虽有天帝之力,不能羁延片刻,岂不可危,岂不可惧。"这一番话,把钟离权说得半晌不敢做声。铁拐先生又嘱咐道:"阿权,这事乃是天机,不能漏泄,千万不得胡乱讲说,说出去是有犯天条的。"钟离权诺诺称是,何、费二人正想请问其事,至此也不敢再言。

铁拐先生又对钟离权笑道:"你在途中遇见的两妖,一是白狐精,就是年长的炎道人;还有那个冷深,却是一只兔子修成气候的。狐性多诈,兔性本刁,虽然能够变幻人形,有些道法,究竟不脱本性,所以一见了你,就想于中取事,将你来利用一下。他们岂不知东华祖师,是天上显爵金仙,和他们邪教绝对不相容。偏要混充正道,把你当个傀儡儿玩。还有那个老道,他们所称为师叔的,这却并非禽兽转胎,乃是一个当盗头儿的,其人名李壁虎,绰号就叫壁虎。因他骁勇绝伦,又能飞檐走壁,这人犯案极多,害人无算。后来忽然省悟前业,弃业出家,居然也被他修成现在的地位,算得通天教主派下大有能为之人。他们把秦皇派遣入海的徐福半路拦截起来,略施妖法,哄徐福信为真仙,便把皇帝的敕书交付他们。他们自来咸阳见驾,却把徐福等一行数十人,丢在一个海岛上。幸而遇到我师兄缥缈、火龙两真人,怜他们误入陷阱,穷无可归,方施大法力,替他们建立村子,运去五谷种子,并蚕子桑树等类,使他们可耕可织,从此也不必再回中国。日久繁殖起来,大可自成一国,传世勿替。一则,因那徐福心地颇佳,况为我教而去,虽然被诱上当,还该格外垂恩,以示我教博大仁慈之至意；二则，秦皇残忍成性，徐福请去的妖人，久后必露真相。真相一显，妖人不能立足，徐福必得欺君之罪。所以不令他回国者，也有一番回护保全之心。闻得此次，二位真人为他的事很费了一番心机，并还替他下海一趟，招呼龙王父子夫妇。因该岛形状既属狭斜，两岸一去，中间腹地所余有限，分明便去了全国的一半，因此特嘱他们格外照料，免被灾厄。惟海中风浪雨水，都有定量，该岛两岸的风浪减少，必将所减的数量移到距岸较远的大海中去。于是大海风波反比从前更大，以后中国船舶要到岛中去，却很冒大险了。火龙真人说得好，他道该岛孤悬海外，靠着仙法的栽成，自守其土，足够生活，万一受人侵略，只怕难以招架，得此天然风浪作个屏蔽，却算一个绝好的自卫之法。我们对于徐福原用不着如此出力帮忙，所以然者，也欲留些纪念于大海之中，借示我仙术之无边耳。”

铁拐讲述至此，何仙姑笑问：“如此大岛，以前难道没有居民？就靠徐福带去的数十童男童女，若要繁殖起来，倒也很不容易咧。”铁拐先生点头道：“听说岛中居民，还是上古时代的情形。将来繁殖丁口，自然以这班童子为本根。但因急求孳生之故，不免有婚姻太早的弊害。若照人生体气和生理而论，只怕不得强种。因此，两位真人又面嘱龙王，特派水府医官搜求海狗阳道，制成一种健身强种之药，交与徐福，分派给众童子服食。有此一法，将来留下的人种，反比别处来得结实，不过身体要比较矮一些儿，却正可用短小精悍四个字的评语，这也是仙家的妙用啊。除此以外，还有一层无可如何的事情，是婚姻配合不按中国古礼，无父母之命，无媒妁之言，双方慕悦即可任情苟合，更没什么人批斥他们的不当。而且一男同时可与数女为婚，一女亦可于一时爱悦几个男子。有今日相爱明日相绝的，彼此便可任意所欲，另揽可爱之人。或夫妇一死在前头，续娶、再醮，更属极正常的事情。总而言之，这地方人口太少，又与外界隔离，不易与他国通婚。当道之人，第一急务，在于速速殖种，凡是可以多生人口的，便什么都可以不问。肇端之始，原因如此，往后必致淫风大盛，无法收拾。所谓作法于凉，其弊犹贪；作法于贪，弊必更甚。犹之乎这个道理啊。”众人听了，无不点头叹息。铁拐先生又笑道：“你们瞧这批妖人,可算得荒谬么。光这徐福之事,我两位师兄不晓费了多少心血,才把他弄到这岛国去,辟起土地,芟除草莱,做起一个新国家来。他们竟能老着面皮,硬说又是他们的功劳,岂不可笑。”钟离权笑道:“正是这话,他们对弟子也是这样说的。”铁拐先生和费、何二人都哈哈大笑起来。

铁拐先生又道:“他们既敢贪他人之功,势必还要实行他们卑劣手段,非要害得徐福等子孙吃他们的亏不止,你们瞧着吧。”三人听了,都点头嗟叹。铁拐先生便问钟离权,可把他们给你的那个什么宝盒儿取出来,大家玩玩。钟离权笑道:“师尊事事前知,那批妖奴还存心暗算,真乃不知自量的东西。”一面说,一面早从怀中取出那个宝盒,授与铁拐先生。但他顽心太重,同时就急不及待把那盒子开了开来,但听“轰”的一声,众剑齐出,向铁拐先生师徒三人分头刺去,立时又听得“阿呀”一声,即有二人受剑扑地。未知扑者是谁,性命如何,却看下回分解。

第四十五回　法宝误用几惹大祸　金针发去立奏奇功

却说钟离权淘气性急,一面献出妖人所给的剑盒,一面就迫不及待的将盒子开了个口子,一霎时众剑齐放。费长房被伤腰股,立刻晕去。仙姑也伤了手膀,大叫一声,向后面跌下,幸得背后正立着钟离权,将他搀扶住了。只有铁拐先生神色不变,身上受剑七八处,却一些血痕也没有,也不觉得苦痛,好像一点不曾觉察似的。此时钟离权已惊骇失色,畏惧惭惶,几乎无地容身,慌忙伏在地上,叩头不已。面上吓得青转白,白变青,忽又现出血一般的红色。敢则他自己出世以来,从来未经过的第一惊怖之事。铁拐先生喝道:"还不起来,扶起你长房师兄。"钟离权这才战战兢兢地爬起身儿,将长房抱了起来。铁拐先生口中念念有词,喝一声"疾",手指着长房绕了三圆圈,但听长房"阿唷"一声,喊醒转来。仙姑本来已醒,却面如纸白,不住喊痛。铁拐先生笑对他说:"你藏着神丹做什么用,还不快快取来一用。"仙姑顿然醒悟,慌从口袋中取出玄女所赐丹丸。铁拐先生命二人各取一丸,半用开水吞下;半用口涎化开,搽于伤处。那消顿饭的工夫,创痕平服,痛楚毫无。大家见铁拐先生受伤最多,竟能一些不伤,真觉万分惊服羡慕。铁拐先生笑道:"这不算稀奇。所贵于仙人者,要在无人相无我相。无人相,故世无可畏之人;无我相,则世无害我之物。因为我都没有,尽你什么刀、什么剑,以至前日老妖所放的毒火萤儿,你们明明瞧见群集我身,反被我一阵寒光消得无踪无影。何师妹还不受其害,长房却也吃了他一个小亏,这都是有我无我的分别了啊。"

二人都感服称颂。因见钟离权直挺挺跪着,忙代求道:"他虽孩子心重,究属无心之过。好在承师尊道法、玄女神丹,弟子辈痛苦全消,还乞师尊赦而教之。"铁拐李先生命起来。钟离权先谢了师傅,再向二人陪话。铁拐先生少不得有一番训斥,又道:"如今却好将计就计，明儿即着你回去见那老妖，说我们受伤甚重，不能见阵，以安他们之心。他要肯来攻劫我们，那是更好的事情。再有老妖所用毒火，乃是收集万千萤火，用四海最毒之药、最凶之咒，制念而成。那天你费师兄受他之害，几乎性命不保，幸得我在旁边，倒出葫芦之水，淹灭其光，才得无事。我虽不被其害，却不能消灭他们的。你可——如此如此，将这东西偷来，算你将功赎罪吧。须要小心，莫再贪玩误事。”钟离权一一应命。

铁拐先生把那剑盒仍交与他，吩咐道：“此盒一经用过，却需再加一番咒语，方能再合重启。你可拿了回去，交还那炎道人，也好坚他们的信用。”那知钟离权听了这话，却有一些不大愿意起来。忽问道：“师傅，这东西害得弟子好苦，弟子正想留了他的，预备玩儿，就这么容易还与人家么。”铁拐先生大笑道：“你一个出家修道之人，如此贪爱人家东西，还成句什么话儿。老实对你说了吧，他们所有的宝物，早晚终归我们所有，你急点什么。”何仙姑也笑抚其背道：“师弟只顾前去立功，这等妖物，有甚稀罕，休说将来都归我们，就要照式另炼一件，在他们是非常烦难，在师尊只一举手而已，何足道也。”钟离权方欣然遵旨。

到了次日，便又回至蒙恬营内。老道和炎、冷二妖已都迎了出来，贺他立了大功。钟离权先还愕然，后来经冷深说明，才知他们当自己去后，因不大放心，特由冷、炎二妖亲去那边察探动静。后来听的启匣之声，又有一道剑光自室中透上云霄，二妖先自一惊。再经查考，方悉铁拐等三人都已受伤，虽不曾死，一时难望平复。以为钟离权立了此功，必当立刻回营。那知候了半天，毫没动静，大家猜解不出，只得怏怏而归。过了一宵，大家方才商议，适报钟离权到来，因此大家相贺，又问昨天不来之故。钟离权笑道：“我的手法非常灵妙，老实告诉你们，他们三妖至今还不晓是我弄的玄虚，只道是你们派人前去，伏在窗外飞剑相伤，那里会疑到我身上来。我还趁他们一个个痛晕之际，把剑和匣一起收了回来。你们不信，快来看，这宝贝不是都已用过了么。不过现在却不能再合起来了，那是什么道理呢？”老道和二妖听了，果然非常欢喜，忙说不要紧，这东西原只能用一次，二次要用,须得重念一遍咒语方行。冷深接了过去,口中胡捣了几句什么,果然这匣子又合了榫儿,和先前一般样子了。

当下钟离权献计道:“禀告三位师尊,现在铁拐等师徒三人,已被弟子刺伤,旦暮动弹不得。不如趁此机会,赶快去劫他们的住处,把三个妖道一起捉了来;或就师尊那毒火烧死他们,岂不大妙。”老道点头道:“你这计策正合吾意,我们准今晚前去吧。”又对钟离权说:“你还是仍回那边去。因铁拐那厮颇有道行,前次毒火不能害他,可见处置这人甚不容易。但我却料定此人本领虽大,若于无意之中,乘其不备而取之,必能伤他性命。为今之计,不如仍将剑匣拿去。等我们到时,铁拐正忙于应付前方,你却从后面暗暗害他,必无差池。”钟离权忙道:“那可不行,剑匣虽凶,却非铁拐所畏;毒火虽被铁拐避脱,但他们最怕的还是此宝。弟子在那边,亲听他们说到此物,连面上都是变色。而且再三告诫他们,如逢毒火发来,即须赶快各自逃生,可知他甚怕毒火。直至如今,他还没有防避毒火的法儿咧。不如请祖师将此物交与弟子,等得双方交手,他们正忙于应战,我却贴近他们身边,把毒火发出,将许多萤虫全都丢在要害之处,务要致命所在。他们便有彻天本领,终难逃此大厄也。”

老道听了,先时也颇沉吟。因自已所恃有此宝,万一有疏虞,为祸却是不小。但想此计真巧,非此真不能害死铁拐;况见钟离权年纪尽管小,做事却还老练,料道没甚差池,方才答应了他。把那个毒萤瓶儿,战战兢兢地付与钟离权,再三叮嘱他须要十二分的小心:若是此物有损,我的性命就去了一半了也。钟离权听了,心中又喜又好笑,又看得他可怜,恨不得说出正要你性命全送才好那句话。因竭力忍住笑,假装特别慎重的样子,领了瓶儿,别了三妖,回至铁拐先生处请功。

铁拐先生早已算定他这时立功回来,亲率何、费二人迎了出来。钟离权慌忙跪拜于地,说:“师父不要如此客气,使我当不起的。”铁拐先生笑道:“你能如此慎重,居然有办得大事之才,怎可不敬。我所以格外礼重你者,亦是望你将来处事,都要如此稳练老成,才不辜负我今日的一点敬意了啊。”钟离权一面和三人一同入内,一面笑道:“如此说,弟子越发不敢受尊师等敬意了。”说得三人都大笑起来。

铁拐先生命将萤瓶取出,笑道:“今夜他们必来袭我,长房可当冷妖,此物只有一个玉杵,能变化大小,凡人遇之,一杵可成齑粉,长房虽无功行,曾服我的易骨金丹,已与凡体不同,可持我宝剑抵挡他,只要打个平手,我自亲来救应。师妹可当那炎道人,此物不比冷深,功夫既深,他那剑匣你是领教过的,虽不能伤你性命,却也不可不防,你有玄女所赐戳目针,变化可至千万,足破此匣有余。等得妖狐一死,可速与长房同打那兔子。”二人领旨讫,铁拐先生忽然把葫芦揭开,探出一件法宝,笑对钟离权说:“我把毒萤藏起,却用法变出个假萤瓶来,再把你一化为二,假身持着假瓶在我身边,寸步不离,似乎待时放萤的样子,却将真身匿在室中,等我放出晶光宝珠——如此这般的当儿,你就从空际丢下,此宝可将老妖活埋土中,更无逃遁之法也。”钟离权接去一看,乃是一个烂泥团儿,不觉笑道:“师父,人人说我淘气,师父也常骂我顽皮,谁知师父也是爱玩的。别说这是一个烂泥块儿,当什么宝贝;就算是宝贝,丢在人家脑门上,顶多不过打起一个垒块,怎么说起活埋老妖的话来,岂不可笑。”几句话说得何仙姑、费长房都笑起来,说他真是个孩子见识,仙家法宝,岂能和平常事物等量齐观。铁拐先生却正色喝道:“不许多言,你就恁地能干,就知道这烂泥块子,只能打人起个垒块么!怎见这么个东西,就埋不了小小一个老妖么!”钟离权吓得不敢再问,只得领了泥团,忍笑怀疑,专等晚上试验。

到了黄昏过后,铁拐先生已把钟离权的身子和那萤火瓶儿变化妥当。刚刚就绪,忽听得空中一阵风响,便笑对三人说:“妖物都来了也。”三人忙抬头一望,只见三朵乌云从东而来,落在自己住的院内,果是三个妖道。铁拐先生便命何、费二人速速动手。那边老道见铁拐等三人并无伤痛,且已先有预备,倒吃了一大惊,还想不到是钟离权捣的鬼计。既已到此,本来不怕他们,即和二妖分头迎住,三人捉对儿厮杀。伪钟离权手捧假萤瓶,寸步不离的跟随铁拐先生,老道见了暗暗欢喜。三对儿刀剑枪杵,先比了一回武功,果然炎道人先战不过何仙姑，急急放出剑匣，被仙姑口吐万枚金针抵住飞剑。针剑相遇，有声铮然，剑光暗而针光亮，炎道人自觉眼都睁不开来。才待逃走，两只眼睛早被金针戳伤，又瞎又痛，在地下打个滚儿，现出原形，乃是一头白狐，口吐人言，哀求饶命。仙姑心中一软，很想赦他的命，不道万针齐下，众剑辟易，白狐浑身皆受针刺，立时死于非命。仙姑收了针剑，回身帮助长房。长房仙剑固凶，冷深的玉杵亦颇不弱，双方只打个平手，禁不住加入一个道法勇力样样较胜的何仙姑。况因炎道已死，冷深心中本怯了大半，一遇仙姑，马上拖了杵图遁。仙姑仍用金针吐向他的背心，但听一声大喊，即有鲜血一股自冷深身上冒出，险些污了二人的兵器。二人急忙收住，却见一只兔子死在地上。

老道和铁拐都用宝剑交战，战有七八十回合。老道见二妖已死，心中大慌，却怪钟离权捧着萤瓶，如何尽不发放。看看自己有些支不住了，便大呼："钟离权，怎么不动手放宝贝！"只见铁拐先生哈哈大笑道："你那害人的东西，怎能算得宝贝，且看我的真正宝贝吧。"说时，张口一吐，突有万道晶光逼住老道。晶光之中，拥的是一粒闪耀无比的宝珠。老道被罩住，浑身不得劲儿，也辨不清方向。正想借土遁逃去，此时真钟离权已跃上空中，把那泥团向老道顶上丢下，泥团一落地上，立即放开，把老道围在中间。老道还当是寻常地土，遁入其中，霎时身影俱不见了。钟离权忙从空中落下，大呼师傅，怎放这妖人走了。费长房杀了兔子，立在一边观阵，也顿足说："可惜，可惜！偏偏走了这个顶狠顶坏的贼道。"只何仙姑一人微微含笑，不则一声。铁拐先生笑道："我给你的宝贝咧？"钟离权惘然道："什么宝贝，是那泥团子么？不是方才已丢在老妖头上，一回儿散开了，同时老妖也就不知那里去了。"铁拐先生笑了笑，用手向钟离权丢下泥团处指了一指，忽然大片污泥四面卷拢了来，一眨眼的工夫，卷成一个滚圆的大泥团儿，泥团中间忽然钻出一个圆东西来，向他们哀号乞命。大家忙过去一瞧，这才大惊大笑起来。未知这是何物，因何在这泥团之中，却看下回分解。

第四十六回　泥团钻出脑袋　顽仙隐入耳朵

却说铁拐先生用手一指，把大片土泥卷成一个滚圆囫囵的泥团，好似一个大球。大球之上，忽又钻出黑魆魆毛茸茸的小球来。众人见了，无不大惊大异，争着往前一瞧，才看出是一个人。头长在泥团上面，自颈以下却都藏在土中。仔细一认，方认清是那助暴作祟的老道人，众人又益发的哄堂大噱起来。老道却还认得钟离权，口中哀求他向铁拐先生恳请，乞赦一死，以后不敢再作歹事，也不敢扶助秦皇，并愿代求蒙大将军，即将擒去的张果放出，以为赎罪之地。钟离权笑叱道："你这厮作恶多端，狂妄已甚，如今该是恶贯满盈、上天降罚的时候。我师尊要赦了你，岂不违了天意，自取其咎么。你说那张果，我尊师自有法子，立刻着他回来，何用你蝎蝎螫螫地鬼讨好儿，我们偏不领你这个情分儿。"

那老道知道已无生望，不觉仰天长叹了一声，大声呼道："我一生作恶多端，自知不容于天，所以弃家修道，历尽艰辛，吃尽苦楚，方才得了些小道行。不料误入旁门，又为魔教利用，至今害人比前为盗时更多，如此行为，如得长生不死，真个天道毫无了。好、好，既你们说是替天用刑，我也死而无怼，还请你们快快将我杀了，五百年后有缘相逢，那时再容请教吧。"铁拐先生太息道："人之将死，其言也善。我听了这人的话，心中几乎软了下来。倒是阿权所说，大足点醒我的迷惑。此辈生性凶顽，既已出家，还能迷却本真，可见是难望改悔之徒。你们不听他说的，五百年后还要来找我报仇呢。即此一言，又可证明此人专凭凶蛮，不讲道理。我可断定他五百年后，果能转世为人，还是一个未安本分的东西。既他自己请死，也不忍再给他零碎受罪，我就成全了他吧。"说时，用手一指，那个大混球儿又在地上滚了一回。再一摆定时，已不见了人头，只剩个囫囵圆溜的大泥球了。铁拐先生对众人叹道："这便是凶人作恶的下场，怙恶不悛，恃术害人，是上天所最疾,方外所共弃,所谓人人得而杀之者。我们看了此事,也大可为自己作个借镜了。”众人听了,都竦然称是。

铁拐先生对钟离权笑道:“你瞧见了么,这不是我那小小泥团,已把那么大的一个道人活埋在内了么。其实光是一个道人,真不值一埋。充我这泥团的范围和能力,就要装下千军万马,也不是难事呢。”钟离权大喜,大笑道:“师傅就把这泥团赐与弟子玩儿不行么。”铁拐先生笑道:“这是什么好玩的东西。似你现在,只重在赶紧用功,勤修大道,倒不必要这等杀人拒人的凶器。等你修道成功,这种法宝,又随时可以自炼,用不着人家赠送了。再者我这些东西,倒并不像妖人们怎样修炼得来,乃是跟着这无美不具、百物咸备的葫芦而来。这些东西,好似和葫芦有母子的关系,子离了母,即使暂时有效,日久终归无用。你要了去,中什么用咧。”钟离权见说,口不敢说,心中却总觉有些丢不下的。仙姑笑道:“师弟发急了,师兄请听我一言,师弟究是小孩子家,就要些什么法宝,也不算怎样玩物丧志,还是请师兄把这妖人留下的剑匣儿赏赐了他吧。”铁拐又笑了笑,即把那剑匣送与钟离权,却切实叮嘱道:“法宝非宝,实是凶器,用之不当,损人害己。你要记得这剑匣主人的死状,和他所以至死的原由,不但不敢乱用此宝,并不敢以此为可宝了。”钟离权俯首应命。当下铁拐先生对何仙姑说:“赶紧把张果去弄了出来,还把孟姜女的后事整办完了,我们也要分头走路了,尽留在此干什么?”仙姑奋然请行,说道:“妹子此来,一无功行,把这小事给我去办了吧。”铁拐先生笑道:“师妹太客气,你的辛苦也够了,打量要把许多事情都交你一人去办,才算你的功劳么。”一句话,说得大家一笑,铁拐先生因说:“现在蒙营内还有几个不成气候的小妖魔儿,这等东西修炼起来,也是患多益少。如见他们顽抗,不妨再开一回杀戒,索性除个干净,免留他日祸患。要是知难先遁,却也不必作过甚之举,使人家误认我教喜欢逞强好狠。”仙姑口称遵命。

此时他也新学会了缩地之法,相去本来不远,施用此法,那消片刻时间,已到了蒙恬营中。

其实天才子夜,满营中刁斗之声往来不绝。仙姑先已知道张果在后营木棚子内，被老道用术锁闭，外加咒封。他的道行本浅，自然无法脱身。仙姑一至木棚，正想念咒启封，忽见几团旋风向足畔绕住，滚来滚去的闹了一阵，只是不散。再望望别处，却一点风烟也没有，心中顿时明白，这便是师兄所言的小妖魔儿。虽不说是什么好东西，但他存心慈厚和祥，甚不愿再开杀戒。随即低头一瞧，方才认清楚了这几团黑风，乃是两三头猪精，一个小牛，还有一只似熊非熊、似狼非狼的东西。仙姑不觉又气又笑，又有些怜悯他们，随即按剑而立，喝一声："畜生们不得无礼，我奉上界真仙法旨，前来求取张果，你们祖师和两个师傅顽强抵抗，都已送了性命，谅尔等幺魔小丑，有甚本领，可以恃强抗命！我本不必和你们多说空话，只消一剑下去，便再有千百头猪牛，都可了却性命。所以苦心训戒者，还是想保全你们之意。你们要知趣的，可速归去。入山要深，入林要密，苦苦虔修，勿害人民，将来不怕无出头之日。要是不然，我这剑锋没眼，是不识情面的。可怜尔等已有多年功行，一旦完全送却，岂不可惜！"

仙姑此语，正是一片恻隐之心。哪知这批畜生，一听仙姑口口声声斥他们是猪牛畜类，又见仙姑骂他们祖等一点不留余地。本来这等东西，全是蛮野无知的笨畜，一经愤怒，再不能喻以道理。仙姑说完之后，满盼他们接受劝告，让出道路，使自己便于办事，也就罢了。更不料一不留神，忽然足下被许多硬而利的东西四处猛攻将来。幸他见机得快，身子又敏捷机伶，一受攻袭，立时涌身而起，站在半空中。向下俯视，只见这批畜生都已变了样子，一个个化成半人半兽的模样：有人头而畜体的；有畜头人身的；又有后面还是兽蹄，前爪化成人手，居然能够执干戈以逞兽欲的；至于头上双角，却无论人头兽头，无不备具，而且乍乍有光，犀利无比。要是寻常之人遇到他们，只消角儿一撞，没有不穿胸洞腹破头裂脑的。仙姑饶是有道之体，经他们这么一触，兀自觉得隐隐生疼，先还不解其故，此时认清是炼过的兽角，倒也吓得有些胆战。自己吐了吐舌头，叫声侥幸，今儿要不是逃得快，不但身体吃亏，回去那有面孔去见师兄和阿权这孩子呢。想了一回，忽又听得下面一阵吱吱喳喳的声气。原来这批东西修道多年，又经妖道们一番教训培植，除了略能变化之外，居然也在学习人言，不过生性太笨,学了几十年,还不过吱吱喳喳、似是而非的一些程度罢了。仙姑此时,正是又笑又气,却也再没心思去怜惜他们了。为了好奇心起,一时却不下手,侧着他聪明的耳朵,静静地听了多时,又替他们翻译了一回,才有些明白。原来他们正在议论仙姑所说的消息。有些说道,师傅们如此本领,那里来的什么鬼仙,就能一网打尽的,全给弄死了。一个说,话虽如此,我见祖师近来气色不好,有点晦黯的光景,只怕也不见得能够如何得利吧。又有一个说,若果师傅们都已不在,我们还该各自逃生,另外找个去处,寻几个好的女人,过些快活光阴,也不枉了修道一场。一个说,眼前那个女子,不晓是人是妖,看他经得起我们这一场触碰,又能腾云而去,一下不见了,可见是有本领的,我们怎么打得过他,还是快快逃生去吧。

仙姑听了,心中想到,原来这批笨妖还不见我站在这里,怪不得人家都说笨牛呆猪,那原是畜中最没出息的东西。偏他们又能知道找女子寻快活,真是好样不学,先学坏样。可见是断断饶恕他们不得。怪不得师兄没曾看见,就断准他们全不是好东西咧。想定主意,又道,畜类本事虽小,却一共有七八头之多,若下去和他们对打,一则费我手足,二则污我宝剑,三则恐被逃散,还是用金针戳他们眼睛,贯入他们脑袋,岂不省事快当。于是取出金针,望下丢去。一霎时金光炫耀,满地通明,但听得一阵吱喳阿唷之声。仙姑不忍道:“他们便不是好东西,我却何苦定要取他们性命。”当下收了针,掩住面孔,急忙落下地来。仍至木棚边,用退锁咒去了封,只见里面躺着个道人,仙姑忙问:“是张果师兄么?我何兰仙奉李师兄之命,前来救你。”说了两遍,那人并不答应,仙姑虽不认识张果,料道必无舛差。再近身去,运慧眼从暗中细瞧了一回,才知他已被老妖迷去了本性,自己又没有解救之法。只得解下一根绦子,在他身上拦腰一捆,拉了起来捆在自己身上,蹿出棚外。正要出门,恰恰遇见两个打更的,提着梆铃灯笼,后面还有一个将官,带着四个查夜兵士,各持兵器迎面而来。一见仙姑背人而趋,大家发声喊,围将起来。仙姑背着张果,无心和他们交手,正想脱身之法,忽见那批人好似中了邪祟一般,丢了兵器,互相揪打起来,却把大家要打的何仙姑丢在一边,没人理会于他。仙姑好生不解，因急于脱险，不愿再去看他们的胡闹，便走至空地上轻轻一蹿，早已跃入半空，再落下地来，已离大营十余里了。

仙姑背着张果，心中自笑，我是一个守贞修道的女冠，对于救人济世之事，原不必避什么嫌疑。但如此背将回去，不免要惹人笑谈。不如丢在门口，请师兄出来将他救活之后，送他进去，便与我无干了。正在带想带走之时，忽听得耳中有人说道："既要避嫌，为什么还去救人？要救人，就顾不得自己避嫌不避嫌。"仙姑一听此言，又不见人在何处，心中一骇，险些把背上的人掼下地来。便把双足一站，再向四面瞧看，仍没些子影踪，不觉"呸"了一声道："什么鬼物，敢来开我玩笑，一定是自己想昏了心，耳朵里发起糊涂来。不管他，还是走我自己的路吧。"正要走时，耳中又哈哈笑道："倒失敬了，你的本领原来鬼物都不敢和你开玩笑的，可知我这鬼物和寻常鬼物有些不同么。"仙姑越听越清楚，越是慌的没路子可走，想道："这真了不得，究是什么东西，有恁般大神通。身上又背着这个笨家伙，躲都没地方躲的。"想到这里，又听耳中狂笑道："我先躲在你的耳中，你就躲到什么地方，可不能把你这耳朵割在外面呀。"仙姑听了，不觉又急又怒，恨得他把张果掷在一块很密很厚的草地上，自己却站定身子，双手叉腰，厉声问道："你是何方妖人，如此作耍，我是有正经大事，要救一个人的性命去的。你尽和我胡缠，岂不误了我的大事。若是那位师兄们寻我开心，亦请明白相见，容便请教。"却听耳中又道："你好没来由，就要和我见面，怎么把救来的人胡乱掼在地下，万一给你掼伤了肢体，岂不是你的罪过呢。"仙姑听了，实在没了法子，只得再三恳道："好朋友，快别作难了，你再这样胡缠时，只怕那位张道友不死于掼，却要死于病了。"那人见说，这才哈哈一笑，现出身来，也是一个女道人，站在仙姑面前。口中说道："何道友大概认不得我么，和你同去见你铁拐师兄去来。"未知此人究是什么路道，却看下回分解。

第四十七回　仙狐戏弄何仙姑　暴兵脔割孟姜女

却说何仙姑被那女道弄得糊涂昏惘，不知是怎么一回事儿，也不晓他究是何人，因含笑请问道："道友必是那处见过我的，要是不然，怎么今天又能和我闹这一阵玩笑儿呢。"那女道方才笑道："你却把这位敝同门张道友仍旧背起，我们一路走一路谈。谈到了李师兄那里，我们的话可以讲完，你也可以知道我是什么人，更不必再以鬼物见疑了。"仙姑听了，心中甚是惭愧，只得依言把张果背起，让那道姑先行，自己随在后面。道姑也不客气，熟门熟路的，转弯抹角地缓缓走着，口中却才告诉何仙姑，是和张果同出文美真人门下，名叫通慧的便是，和令师兄铁拐先生曾有过那么一种关系，所以彼此都很熟稔。仙姑听了，心下恍然，因笑说："道友既出文美真人门下，和李师兄是什么辈份儿？"通慧笑着吐舌道："当你是忠厚人，一张嘴儿却来的紧俏。你说铁拐先生是我师叔，连你老人家也长我一辈子咧，我却不该如此无礼在你面前开玩笑，这话是么。"

仙姑本没此意，经他自己一说，反十分难为情起来。忙笑说道："道兄不要如此多心，我可没那么转弯使巧的心机。道兄神通广大，既能窥测人心，怎么看不出我的心事来么，为甚偏爱冤枉人。"通慧见说，又哈哈大笑道："算了吧，初次见面，玩得你也够了。老实说吧，我师傅门下最规矩老成的，要算你身上背的张果；最滑稽顽皮不安本分的，要推我这老狐狸精儿。我要是爱了这人，就不喜欢和他客气，一见面就会寻开心，淘闲气儿。我虽没曾见过你，却早深知你的历史，今儿一见了你，又非常的爱你，深怕你喜欢客套，蹈那俗人的陋习，不如先和你玩一下子，免得大家陌陌生生地，见了面还有许多做作。你看我这东西，不该大大训斥惩戒么。"

仙姑向来拘谨，所往来的也尽是谦谦一流，的确不曾见过这等放诞怪僻一味淘气的朋友。但因见他形态端正，神情洒逸，诙谐中仍没有些子轻薄相,心中倒很爱他的天真活泼;又深慕他的道行不凡,忙含笑说道:“神仙和西方佛家、东方孔圣不同,原不斤斤于礼节表面之间,和俗人一般定要许多做作。只恨生来笨拙,不能跳出尘世浮俗的圈子。今见道兄如此潇洒不羁,真不愧神仙正派。此后如蒙不弃,定当执贽受业,学些洒脱滑稽的手段,不识道兄可以收留我这愚拙的弟子么。”一席话把通慧说得捧腹揉腰,笑得连呼“阿唷”。仙姑笑道:“怎么样,难道说我是生来苦命,该一辈子受那尘网的羁束,连自己想要稍许活泼一点也不可教训么。”通慧笑道:“那里来的这许多俗语废话。老实说,你要拜我为师,就得先把这等可废的俗套,尽量收拾干净,丢到东洋大海中去,交给张道友的故人龙王,替你保守着,陈列水晶宫中,做一件古董玩儿,那么你这学生我方有造就的法子。要是舍不得这些俗套,那便进不得我的门墙,只好跟随西方佛、东方孔,做那世外的圣贤去吧。”几句话说得仙姑又笑起来,说道:“道兄别这么说得人酸溜溜的,我虽不能如你这样洒脱绝俗,却深信道兄这等气派行事,最能全我本真,适我天趣,不为一切尘网所桎梏。所以我认定修仙一道,以道兄这等性情行为,最为合宜。请问道兄,我这话不见得再是俗套,可以免送到水晶宫中去么。”

通慧又摇头大笑了一阵,也不说他的是非,却告诉他,自己是奉了文美真人之命,前来救取张果的。真人也知张果必有人救援,他却没料定是铁拐师叔和你。他只着我见机行事,救了张果,还着我去另找一个要紧人儿。我便急急忙忙跑到此地,先打听得你们都在此地,已将三妖诛灭,我便预备去救张果,再找你们谈天去。那知稍许迟到一步,这场功劳,又被你捷足先得。我到大营之时,正见你被一班兵士围困,方才略施小法,让他们自己玩一阵子,让你可以安然出险。”仙姑听了,方才恍悟将来,笑指通慧说道:“我就知道一定有什么仙人前来助我,原来就是你闹的把戏儿。”通慧笑道:“不是和你这么说起,我竟忘了收法,只怕他们已都打得筋疲力尽了。”说时,回转身,对着来的方向举手一挥,说道:“饶了你们吧。”仙姑问道:“这批人打得如此狠法,不会有性命之忧么?”通慧笑道:“这也在我的指挥。我要他们死时,当你离开他们蹿至半空的当儿,一个个都早到鬼门关上了，还等你这好心人来发慈悲么。只因念到此辈也是好百姓，被迫行役，已经苦到极处，何忍再去伤害他们，只求他们不为我害，不误我事就得了。所以施法之时，格外的容情，你不见他们一个个丢下兵器，正在空手搏击么。”仙姑点头称妙，十分佩服。

因又谈起孟姜夫妻的事情，通慧忽然叹了口气说道：“正要告诉你，你又问起来了。我们生为女子，对于人间好女子，没有个不想爱护他们，使他们无灾无难，平安终身的。何况孟姜女这样苦节守贞、多情多义的女人，焉有坐视他的遭难、不去救援之理。怎奈我师尊虽把这事告诉我，只力戒我不必管这闲事，自取罪戾。我再三请问，这等好人，如何可以不救；救人是我们天职，怎又说是闲事，反会陷于罪戾呢。师尊才说：‘他们总是该死的，死了才有好日，早死早得好处，此事该你铁拐师叔办理，你将来会到了他，自然明白。’道兄你虽是才认识我，该已看得出我这个人哪，真是一个最性急爽快的东西，最不愿向着闷葫芦里讨生活。像我师傅，别的都好，往往碰到要紧说话，越是我急于要晓得的，越是今天一句，明天半句，慢吞吞地不肯全告诉我，这真使我气闷之极了。但是我也只能在你面前胡说一番，却如何敢请问师尊呢。当时只约略说了句‘师尊又要我去救师兄，又着我莫管人家闲事……’才说了这两句，师傅已变了面色，叱道：‘不许多说，你师兄也是多管闲事，才闯出这等祸来，你也愿意去尝试尝试这等牢狱风味么。’这才吓得我不敢再说，只盼早早会到李师叔，可以早一天知道此事的真实原因。比及知道师叔已先到此地，心中这一欢喜，真比救出孟姜女还来得厉害咧。如今请问道兄，可曾听得我铁拐师叔说那孟姜女夫妇的因果么？”

仙姑听到这里，不觉恍然道：“正是，我们也只听师兄说他二人都是该死的，却不知道有甚因果在内，我们极该再去问他一番才好，但不知现在这夫妻俩怎么样子了。”通慧伤心道：“这个我倒全知道了，也都料得定了。我是不怕多嘴的，好在你也是自己人，谈谈何妨。这孟姜女自从随送他丈夫到此，几乎没有一天不是椎心泣血，这是当然之事。不道昏皇欲得孟姜女，想的恶毒法子，要用范杞良做长城土地，将他塞在堙内，这事大概你也知道了。”仙姑点点首说：“曾听师兄的徒弟钟离权说过，就是你师兄张果也因路见不平，劫出范杞良，所以闯此祸事呀。”通慧点头道：“可不是么。但据师尊和师兄们说来，此中莫非真有天数么？要是不然，为什么有这样许多仙人帮扶照料，竟不能救他们两条性命呢。如今这范杞良已经给蒙恬活埋在城堙之中，听说合板的时候，孟姜女哭得什么似的，要求蒙恬再赐夫妻一见；要是不然，本人情愿同死，也决不再回咸阳。蒙恬没了法子，便命工人从泥土中间扶出范杞良的头来。这时他已吓昏，面色也灰败如死，那里还能说话。只孟姜女一见丈夫，大叫一声，口吐鲜血，昏绝于地。这边蒙恬恐他醒来再有纠缠，一面命人好生救起孟姜女，一面赶紧把城墙打成。可怜好好一个少年男子，只因讨了一个美貌的妻子，未享闺房之乐，先把性命送在城墙之中。在这等暴君治下，做百姓真是可惨极了。”

仙姑听到这里，气得他蛾眉倒竖，粉面呈青，半晌说不出一句话来。通慧又道：“如今这孟姜女还在蒙恬营中，以我料度，这人不久必随他丈夫于地下。以我们的本领而论，别说妖人已死，就是三妖尚在，只我一人，足够对付他们；再得你一人帮忙，就可将他救出。何况现在管守者只是一班没有用的匹夫，若要救他，可谓不费吹灰之力。但师尊再三嘱咐，不许我去管这闲事，真令我急死恨死。”仙姑说：“令师既如此吩咐，铁拐师兄又那样说过，况据他们说，这一对苦命鸳鸯，似乎要死后才有好处，那么还是让他们受了这一时的痛苦，反得享永久的幸福。我们要是逞着自己的些小技能，造次干事，不但自误，还恐害人，总该谨慎一点才好。”通慧却叹口气，不说一言。

这时已到了铁拐寓处，铁拐先生早和费长房、钟离权二人迎了出来，笑说：“故人远来不易，真是幸遇。”通慧忙上前，口称师叔，行了个大礼，又替他师傅文美真人致意。铁拐先生一面答礼，一面笑道：“凡事有个定数，张果是你师兄，不道还要在大姑娘手中劫出，岂非可怪。”说时，大家已入内分礼坐定。通慧笑对仙姑说：“你是长辈，张果又是我的师兄，应得我来背他才是，只因这事是你的功劳，我们初交，未便分功，所以始终偏劳，很对不起咧。”一句话说的铁拐、仙姑大笑起来。铁拐又笑道：“我知道你只是贪懒，那有这些小心眼儿，若果如此存心，也不成为通慧了。”通慧也是大笑。于是又和费长房等相见，谈些道门中的闲话。却让铁拐先生一人取来一杯冷水，喷向张果面上，方说：“张果中的是海中出产的一种最毒之药，我不难将他一唤而起，但他未脱顽躯，恐毒入心脏，将来吃他的亏。所以用这最慎重的治法，不但可以清毒，还能增益精神，大约半个时辰，即可醒将回来，和你们谈天也。”众人称是。铁拐先生笑对通慧说：“恭喜你功夫大进，居然也能测度人心，把我们这位师妹捉弄得几乎要命。”通慧大笑，长房等不解所谓，仙姑把上事告诉他们，二人也大笑起来。

铁拐对他们说：“这不算稀奇，凡是仙人，都要能够知道过去未来之事。但过去易晓，未来难知；知未来者，又以时期的长短，分程度的高下。像我和文美真人，都能料到数百年之事。但一望而知，或心感即悟者，仍不过眼前之事，以后却非推算不可。如你通慧师兄，他就能料测人家心事，百不失一，又能变化大小物类。师妹是忠厚人，自然要被他蒙住了。”说得仙姑和通慧又相对一笑，铁拐先生正要再说，只听张果大喊一声：“闷死人也！”立刻醒寤转来。立起身，睁眼一瞧，见了铁拐、通慧，心中大疑，只当还在梦中，通慧忙去安慰了他，又把奉旨救他以及仙姑先将他救出等情，一一告诉了他。张果才向他们道谢，转身再向铁拐先生叩拜。铁拐先生忙止住他，大家仍旧坐地。

铁拐先生因问通慧道：“令师可曾责张果冒昧么？”通慧笑而答道：“正要请教师叔。如此如此一桩事情，师尊说见到师叔，自然明白，还请师叔指示才好。”铁拐先生叹道：“仙家神通，能知过去未来，若是口舌不慎，胡乱出口，岂非违逆天数，自取罪孽。尔等初学，总怪作师父的不肯将未来之事尽情见示，安知此中大有出入，断不能信口乱谈的。同是一句话儿，有今天可说而昨天不能说的；有彼此都知道的事情，我所能言而他不能言的；甚至听言的人，也有能听不能听的，许听不许听的，此中都有缘分，有定数，其理甚微，而界限极严。但此时无暇详述，还须先去救那孟姜女的魂灵，顺便还得把他丈夫的魂魄一起收了来，迟得片刻，即害他们多受片刻的痛苦，非仁人之用心也。”说毕，便对通慧、仙姑说：“你俩就同去走走来。”

二人大悦，一同相随。即用缩地术，一下子到了一个所在，前是高山，后临大河。高山之上，有大队人马，缚着一个美人，用利刀剥取他身上一块块雪白粉嫩的肉，将来丢下水去。美人已是早死，当然不觉得怎样痛楚，却把下面看的许多人个个闭住了眼，不忍再观；也有忍泪不住，放声一恸者。一人先哭，众人和之，一霎时哭声遍野，山谷震动。那山上的将官大怒，喝命众兵杀下山来。这一来，只骇得那批人落荒而逃，众兵在后猛追，也捉去了几十个。此时通慧早耐不住，便不管三七二十一，回首向巽地上吹口气。立时天昏地暗，日色无光，砂飞石滚，专向士兵头上打去。吓得兵士们一个个抱头鼠窜。那石子好像认识人的样子，忽然飞起顶大的一块，落在那将官头上，打得他额破血流，捧头跪地，大呼“老天爷饶命”不止。那被擒的众人，却早乘机逃走了。

铁拐先生点头叹息道：“这等小人，狠毒如此，给他们吃些小苦，却也未为不可，但不必过分。”于是捏诀一指，风平日出，万籁寂寥，只在水中留下孟姜女身上的肉，却还浮在水面，并没被风吹去，铁拐先生和通慧、仙姑暗暗称奇。铁拐先生因说：“先把这些碎肉化成个东西，使他们永留于天地间吧。”戟指画符，口中通诚，喝声“疾”，许多碎肉立刻浮在一处，宛如合体。铁拐先生又用宝剑向这聚合的肉绕了几十个圆圈儿，每绕一个圈，即放散开一圈的肉，化成无数洁白细长玉雪玲珑的小鱼，向四处游了开去。划至最后，把这一大块肉都分散了，只见满河中尽是这等小鱼，浮游接喋，十分美观。铁拐先生举剑一指，大喝一声，忽然千万小鱼齐把头向着他，连点三下，纷纷而散。铁拐先生那一只手却似扯住了什么东西一般，慌忙开了葫芦，塞将进去。未知此是何物，却看下回分解。

第四十八回　姜女肉质化银鱼　孟婆亭中留龙魄

却说铁拐先生施法，将孟姜女的碎肉先凝聚成块，再把他分析开来，化成无数洁白细长的小鱼，齐齐对着铁拐先生点头而散。铁拐先生却伸出一只右臂，向着水中张开掌儿，作捞物之状，即有一股极微细难认的白气飞入掌中。铁拐先生慌忙握住手，收了来，开了葫芦，将所收白气塞入其中，笑道："如今却才了了我一件公案，我们就此回去吧。"仙姑、通慧忙问，这是什么作用。铁拐先生笑道："你们还不明白么，这便是孟姜女的贞魂，被我收在葫芦儿，一进此中，立刻回复人形，和原身无丝毫分别。我得了此魂，当送他至冥中，着他重下凡尘，早修大道。还有他丈夫范杞良魂灵，当我们初到此地的时候，已经另派鬼卒，将他先送往地府去了。"

二人听了，非常欣悦。又问人肉化鱼，是何道理。铁拐先生道："这没什么大关系，不过怜他薄命，敬他贞节，横竖人已死了，魂当转世，这等碎肉，有甚用处，任意替他留下一些纪念儿。一则显得孟姜女不但下世可以成仙，本生也永久不死；二则使天下后世见了此鱼，便知道是孟姜女的遗骸所化。因为纪念孟姜之故，又可讽示他们，勉为节妇。也算是我们利用废物，借此讽世之心，于孟姜女本人原没有多大关系的。"二人都道："孟姜女以一女子殉夫死节，得此一番表扬，名誉可垂千古，为千万妇女所称道矜式，也不能算没大关系了。"铁拐先生点头道："那也说得是，你俩可想想，替这鱼儿取个名儿，要不奇怪，不平淡，而又深合乎此鱼形质的才好。"通慧笑道："我没那么细心，还是请何师叔来想一想吧。"仙姑谦逊了一回，方说："此鱼形色洁白如银，银为贵品，也不屈了孟姜，我们就称他为银鱼好么？"二人听了，都鼓掌称善。如今各地方都产这种银鱼，千古相传，都知道是孟姜女遗骸仗仙法蜕变而生。到后来吕洞宾得道，游至湘水，曾用木屑化成银鱼，供给一班工人作肴馔，其中还有一段惨史，事在后面,不先赘说。

单说铁拐先生回到他的寓中,把孟姜女夫妻魂魄牒送阴曹。二人身死情长,在冥王前泣求下世仍为夫妇。冥王温谕道:“你二人前生婚姻不遂,来世缘分仍在,不需恳求,自成鸳侣。但铁拐先生牒送你俩前来,自有一番深心作用,只怕另有栽培你们的道理。人生上寿不过百年,夫妻好合,最浓情时,不过一二十年。争如跳出情网,归入仙班,夫妻长生,万年常晤,何等不美。你们全是聪明人,这些理由,还有个勘不透么。如今世上凡人,尽有厌倦红尘,苦苦地求问真仙,希图得些不老仙方,然而千万人中,如愿以偿者不得一二。即如现在你们的对头秦皇嬴政,他是何等势力,何等福命,天天说求仙,时时说访道,求来访去,不过弄了几个邪魔外道,奇奇怪怪的闹上一阵,也都完了。最后的结果,休说长生难持,连短命都未必能够寿终正寝哩。可见,一个人生来就有仙缘,真乃天大福分。你们有甚大功大德,只因孟姜女一点节义之风,感动仙人破格周全,连范杞良也都得些好处。这正是千万人和帝皇所求不到的事情,你俩倒看得不及一二十年姻缘之福么。”二人听了,恍然大悟,叩头说道:“小民等实是愚昧,一时见不及此,也不晓仙师牒送冤魂之外,还存有如许深心,我等受恩不知,反恋俗尘,真个惭愧极了。但如今又要担心下世以后,既有夫妻之缘,怎免得夫妻之事,万一前生的情根未绝,居然匹配和谐,那时又没人会来点醒我俩,一破色界,修道便难,这却如何是好呢?”冥王大笑道:“好个会歪缠的家伙,先时要求做转世夫妻,还在情理之中;此刻又转个向儿,颠倒希望,拆起鸾凤之好。难道教寡人躲在你等新房之内,等你们鱼水将谐,忽然跳将出来,当头喝你一棒么?”冥王这几句话,却说得非常滑稽蕴藉,惹得殿上的判官小鬼马面牛头,以至范杞良夫妇都忍不住哄然大笑起来。

当有那判官出位禀称:“臣有一法,可使夫妻俩不昧本真,一出娘胎,便知前生之事。他们果能虔心出家,便可自幼修持,更不用人去点醒他们,自然不得失足。万一尘心未死,前情不忘,那是他们自弃福缘,便是大王率领我辈天天蟠踞他们的合欢床上,也总有疏虞失察之时,仍可舒舒服服谐他们鱼水之欢的,大王以为如何?”冥王笑问:“卿有何计?”判官道:“那也不能算什么计策。向例投胎阳间之人,须经过一个亭子,那处设有迷魂汤,转世之魂行至那里,必患口渴,进去喝得一盏,立刻迷迷糊糊的把前生之事完全忘却。也有许多生魂秉性倔强,不愿喝那迷魂汤的,只苦口渴难当,脏腑如炙,见有那种清香适口的汤水,不怕他不去喝一口儿。所以自古迄今,转生之人,不知几千万,总没一个能记得前生之事者,即因无一生魂,受得住那干炙的苦楚耳。今大王既要周全孟姜女夫妇,可着他们在这里喝饱了汤水,去到了那边,无论如何不致十分干燥,只要捱过此亭,便是来生之路,不受干炙之苦了。”冥王还没开口,却有另一书办笑道:“这话不行,轮回大事,怎得没有规矩。若是喝饱了汤水,就可不喝那迷魂汤,那么自来作弊之人,一定不在少数。谁愿意把自己前生之事完全忘却的,何以往古来今,很少听得能记前生之事的人呢。”冥王点头道:“此话不错,这等大事,当然有个规矩的。但据我想来,这事一定有个可以通融的办法。他们仙人既如此玉成他们,我这里也少不得格外施恩,务要替他想个法子才好。”因即温谕孟姜女夫妻,可即退去,等到有了办法,再行传谕,召你们前来。夫妻俩叩头而出。

冥司老例,凡是未定发入轮回的鬼魂,都有官中特定的房舍安顿他们,好似阳世的公寓一般。不过公寓是人民团体所设,这等房舍却由官中代为预备,这见得冥中优待善人魂灵的一斑,这是废话,不必多说。

单说孟姜女夫妻就在这官舍中住了多日,这天忽有冥王派人前来传唤,说大王已替你们想好一个办法,快快上殿去候谕。夫妻俩大喜,随了鬼卒一同上殿。冥王笑谕道:“现在发生了一件巧事,那原管迷魂汤的婆子,因误了公事赦职,正想觅一妥当的鬼魂补他的缺。不道又有一桩巧事,你的尊姑,就是范杞良的母亲,因知你们同遭不幸,号哭呕血而亡。寡人怜他无罪横死,又查他为人忠厚和善,年轻时候曾因保全一人名节,积有重大功德,照例可得一官,如今就着他掌管这个亭子事情,虽然烦杂,也算一件重要职位。况且趁此机会,可以料理你夫妻的事情不好吗。”夫妻们听得母亲为了他们而死,心中不由感泣,又因本身之事可了,况老人家又得了冥中职分,那是很不容易的事情，又不觉转悲为喜，谢过冥王。冥王即命召来孟婆生魂，和他们相见，母子姑媳死后重逢，不免抱头大哭了一场，哭得冥王和书判鬼卒等也代为伤心起来。孟婆愤愤地道："无道昏王，害我全家，有日命尽到此，少不得找他报仇，也好泄泄我们的怨气。"冥王笑道："秦皇残暴不仁，荼毒海内，不久也就要到此地来的。生前罪恶，死后一点不得折减，少不得按情节轻重、罪孽大小，判以相当之罪，足够消你们的怒气，还用得着你们自己报仇咧。"三人听了，重又谢恩。

冥王又温谕了几句，即着他们退去，并命鬼卒不必拘束他们。待孟婆就职之后，可带他儿媳同去任所，何日投胎下凡，也准他们自行指定。鬼卒们见大王如此优礼，这是向来所未见的，自然格外的竭力巴结，更不敢丝毫得罪，也不敢要索使费例规。此时迷魂亭中已无主管之人，只有几个办事的吏卒，在那里胡乱办理。孟婆知道那里可以居住，就带同儿媳先行进去，住了一天，次日即照规矩正式就职。从此以后，这孟婆就永远做这亭子的主任，管理迷魂汤的事情，所以历来相传为孟婆亭，就是这个出典。

孟婆既任此职，孟姜女和范杞良都住在亭中，自然不曾受干渴之苦，更用不着喝那迷魂汤。只因孟婆舍不得和他们分手，倒留他们住了许久。后来转是冥王晓得了，深怕一再迁延，误了人家产妇，须不是玩的，方着鬼卒催促他们赶紧投生。这孟姜女就转生在江南临淮镇上之王姓人家，名叫月英；范杞良却投胎在对江蓝姓人家，取名采和，两家都是世代良善。产妇怀孕十八月，两家家长都慌得了不得，以为必是妖胎，以及生下地来，一男一女，都是极清秀美丽的好孩子。更喜的是两家孕妇临盆之先，都梦一个跛脚仙人手提铁杖，杖端系着个小小葫芦，并有两个女仙陪侍左右，吩咐产妇，你今该得一大有根基的孩子，将来造福全家，未可限量，须得格外珍惜爱护，莫等闲轻视了他。对男家说，将来孩子的婚姻，须要找个同年月日生的，这女孩姓王，江南人，你们记着别忘了；要是错匹别人，必有非常之祸。对女家说，孩子要许嫁江北姓蓝的，与孩子同年月日生，此外的说话与男家一样，不必赘叙。

那两家产妇得了此梦，即先对丈夫公姑说了。不上半天就产生孩子，男女不爽，且有一种异香从外面透入室中，一天不散。更奇的是孩子下地能言，对着父母叫爹爹妈妈，一时四邻惊为奇事，四处传说。男女两家本只一江之隔，其地人烟稠密，每天渡口来往的人不下数百，这等奇怪的事情，况且两家又都是地方上数一数二的大家，人人认为有传扬的价值，谁不喜欢挂在齿颊儿上，逢人就说。说得两家人都晓得了，各自派人渡江调查这事的真相。一则源于好奇之心，二则也因仙人吩咐，孩子的婚姻大事不能不特加注意。一经调查，果然人事地处，无一不合，两家家长都是惊畏到了不得。于是托人介绍，大家先行往还，又各把孩子给对方见过，以为将来议婚的基础。那知两孩一见了面，都显出非常欢悦的样子，伸出一只小手，对拉住了，不肯放开。男的说："妹妹，我俩居然又见面了。"女的却似乎稍稍羞涩的光景，也含笑说道："哥哥，我俩要别忘了仙师的法旨方好。"这几句话，又正合了他们母亲梦中的境象，才知因缘果有天定。更难得双方门第相当，即行对面议定，央请冰人，竟于满月这天结为婚姻。这是后事，却容缓谈。

原说铁拐先生，把孟、范两牒送冥司，又于他们出生之时，借着梦境，亲自偕同何仙姑、通慧俩前去点悟了一番。回去之后，方才对着他们把范、孟俩前生之事说了出来。未知二人前生究是何人，因何有此惨报，却看下回分解。

第四十九回　紫霞洞中仙师盛谈因果　娑婆树下雄王忽变匠人

却说铁拐先生把范孟夫妻投生之事办了，带领一班师兄弟和徒弟们，同到华山紫霞洞内。飞飞、颠颠二人跪接入内，铁拐先生自居石洞正面一间，却把何仙姑等五人，分男女两间，在左右居住。派飞、颠俩分头招呼。

这日，聚集众人，在正中间说了一回经义，大众都如醍醐灌顶，十分怡适。先生于正课之后，方对何仙姑等五人说道："你们屡问我范杞良、孟姜女前生因果，如今可以大略谈谈。当年有个国君后羿，有勇善射，曾得不死之药于西王母。预备择个大好日子，谢过王母，方敢服食，因此把那药暂时交给他妃子嫦娥保管。后羿的为人，残暴阴狠，黩武穷兵，久有侵犯天子、自为帝王的野心。嫦娥屡谏不听，反被后羿视作眼中之钉，恨不能一刀挥他为两段。只因他相貌太好，举世无与伦比，后羿心中实在丢不下他，只好暂且留他一条性命，当作一种玩物看待。那嫦娥本是西王母侍儿，因过被谪，生有仙缘的人，自然伶俐聪明。见后羿如此相待，岂有不知防备之理。他心中也很想早早脱离了他，免得将来遭他毒手。乃因后羿提防严密，没法遁出宫门，一天天苦坐愁城，无计自全。

"也是他命不该横死，后羿命不得长生。本来久疏嫦娥，一味和他敷衍了事的，此时不晓怎样，竟把这仙药交与他手。嫦娥一得此药，想到管他灵与不灵，横竖自己难免一死，不如吞了他的。若能凌空而去，便不做真正的仙人，也可逃出这座难关，就不怕他再来加害了。如果仙药无灵，吞下之后，仍不免做他俎上之肉，锢禁深宫之内。那么他回来之时，查起此药，我还有活命之望么。那就与其给他杀死，还不如立刻自尽为妙。于是把种种可以自杀的家伙，如刀子绳索之类，摆在身边，预备服药之后，不能凌举就要毙命。一切妥当，更不迟疑，取药在手，送入口中。一霎时觉得一股清香沁入心脾，满身愉快，为从来所未有。这药原不过豆子那么大小，早已不待咀嚼，一骨碌滚下咽喉。嫦娥更觉神思清适，精气十倍，浑身似乎不着一些重力的光景。嫦娥心中大喜，便闭口凝神，静静地坐了一个时辰。又觉一股热气自顶门达于丹田，播及全身，四肢百骸，无不运到，所到之处，骨节肌肉都呈一种异常快美的情形。原来这正是西王母在五行炉中借太阳真火烧炼起来，再借本身三昧正气之火，收干制成的丹药。可想后羿这等暴君，正和现在的嬴政一样的不道，西王母怎能赠他此等仙丹。老实说还是他阴阳算准，后羿必交嫦娥保守，又借后羿之手，送入嫦娥之口，即行度他上天的。自然西王母的神算，那得有错。

“果然嫦娥偷服此药，自有那种轻身遐举之功、飞行半天之效。那嫦娥静坐过了一时，心中忽然想到，事不宜迟，要是能走的，就该快走；不能走就应早死，免得死他箭下。立刻抽身而起，步出殿廷，仰视天空，正见一轮皓月高悬空际。嫦娥又想道：‘这月色如此皎洁，月中景色一定大佳。我若能够飞入月宫，在那里住他几时，就被后羿追上天来，乱箭射死，也是心甘的。’心中这般想，却不料因此一念，又结上一重仙缘。当时只觉脚下虚飘飘地，渐渐离了平地，飞在空间。初时飞行甚慢，渐高渐快，已在半天。正在惊喜恐惧交集胸中之时，巧巧的后羿自外归来，无心中抬头一望，见一美人腾身云中，大为惊异。定睛一看，他的眼力本来不比寻常，所以有此神箭的绝技。一望之下，就已瞧清是他爱妃嫦娥，顿时心中明白，不由怒发如雷。好在随身带有弓箭，引满向空，对准嫦娥飕的就是一箭。说是嫌迟，嫦娥的云路却快，不道后羿的神箭比他云路更快。这是因嫦娥究系毫无道行之人，况系肉体登天，并没多大功力，所以和平常仙人腾云，究竟差得太远。后羿的射法，又是非常准的，这一箭上去，那有不中之理。但听“飕”的一声之后，接着半空中又是“阿唷”一声，可怜娇小荏弱的嫦娥，那里禁当得起，还幸而身入半空，强弩之末，力量有限，只伤了他的足趾，可已痛的发晕，站立不住，一个倒栽葱，头向下，脚朝天，骨碌碌翻下地来。后羿大喜，急急地跑过去捉拿嫦娥。嫦娥坠下之处，离后羿所在只有百十步路，后羿放开大步，拼命的赶。可煞奇怪，赶了多时，兀自赶不近身，后羿只疑本人酒醉眼花，即去召集许多兵将，前来擒拿嫦娥。可怜嫦娥伶伶仃仃的一个弱女，业已跌得昏晕，那里还当得这批武夫的蹂躏咧。”

铁拐先生说到这里，那听讲的众人都替嫦娥不平，尤其是通慧、何仙姑、飞飞究是女人家，心肠比男子来得软弱，替他不平之外，更都握紧拳头，各人捏着一把冷汗。通慧性急，等不得再听下文，慌慌忙忙的问道：“师叔，难道这嫦娥竟被那昏君弄死了么？难道神仙领袖的瑶池王母，也会拿假药哄人么？”铁拐先生未答，只见钟离权嗤的一笑。铁拐先生却不答他们的追问，先是笑微微问钟离权道：“阿权你笑点什么？”钟离权笑道：“弟子笑这位师兄问得太呆，性子却比弟子更急，也不等师傅说完，就冒冒失失问出这等笨话来。岂不闻月里嫦娥之称，嫦娥至今仍在月宫，如果那时真被后羿一矢而亡，死后不能入那月宫，那里能够至今还在月宫呢。”

铁拐先生听了，不觉大笑，点头道：“你的议论固自可取，通慧之问似呆而也有理由。要知世上最清华者惟月，月中境界比海外蓬莱、海上仙山尤来得清幽。凭你嫦娥如何美丽，怎样雅洁，究竟他这肉身，还是一副俗骨，又是已嫁之身，曾为暴王之妃，这等身体，在月宫中要算得最不干净的了。你们虽未成大道，可也知道太阴星君是月宫之主，他是玉帝第三公主，处在玉帝身边，那些儿不如意，还有谁人比得上他的高贵。谁知他性质迥异常流，看得天上人间，总没一些清雅之气，身处天宫，如居犴狴，终年无展眉适志之日。虽经玉帝查问，天上人间，可有绝顶清幽明秀之处，可供三公主税驾之处，拟替他特造几所非常考究的邸第，供他养静修真之用。无奈三公主自己却只拣定月宫一隅，最合心意，除此以外，人间固无干净，天上也少清雅，横竖都是不适居住的。玉帝没了法子，只好封他为太阴星主，赐月宫为邸第，公主才得安心乐意的住在月中。这位公主的孤高雅洁，如此厉害，嫦娥纵也十分高雅，那里比得上他那一尘不染、万缘沉寂之躯呢。不过嫦娥独处，只在曾为羿妃；若论他的品性，究比常人不同，也自具有清幽拔俗之概。况他生平酷好明月，便在患难之中，尚思归宿月府，大有一番夙志，虽死不怼之意。只此一点，可算和星君同志同情。凑巧星君正从天宫省亲而回，路过此地，恰遇嫦娥一点诚心，蓦然感合,由不得低下头,隔着万重云烟,运神目向凡土观察了一下,便见嫦娥徘徊怨慕之状。星君略一沉思,已知其事。鉴其爱月之忱,怜其命途之厄,颇欲援拯入宫,随侍左右。一则嫌其身子污浊未除,又怕王母面上交待不过。正沉吟间,嫦娥忽然突飞而上,看他由徐而疾,迳向月宫飞来。星君刚在疑虑,未测真相,又见后羿弯弓引满,把嫦娥射下地去。星君见了,倒欢喜起来。看他急忙伸出食指,向下一划,把后羿和嫦娥相距的路子伸长了三四里,一面对他的侍从仙吏笑说:'我欲收嫦娥回宫,嫌他身体太污,又怕对不住王母,如今这一跌下,身子一定跌坏,魂灵也定然出窍,尔等可赶紧把他生魂带来见我。至于他的顽躯,虽然污浊,也不必再落后羿之手,即用神风将他摄至人迹不到之处,用火焚化了去,回来再替我到瑶池去见王母,向他说明一句。'仙官领了法旨,忙作起法来。一面瞧着嫦娥神魂出体,一把将他拉住;同时起阵大风,把嫦娥顽躯吹往海边一块空地上,召来当方土地,将他焚烧成灰,更一阵风将他吹得无影无踪。嫦娥坠地之后,因他曾服仙丹,只略一昏晕,并没跌毙;若没星君拉上生魂,马上可以醒转,那时却定要吃后羿的亏,真个要弄得求生求死都办不到了。幸得仙吏携去生魂,又给星君把路子拉长,后羿虽狠,连他的尸体也捉不到手,却被狂风起处,摄去海边。后羿也只得跌足懊恨,怏怏回宫而去。"

铁拐先生说到这里,通慧方笑起来道:"原来嫦娥这人,是要身死之后方有好处咧。师叔不早点说明一句,白白害得我们替古人干急这一阵子,真是冤枉。"铁拐先生笑道:"本来一个人不经过一点危险困苦,如何得成人才,何况神仙性命的道理,岂是胡乱可以得来的么。"钟离权笑道:"依弟子看来,王母的丹药,究竟还不算十分灵异。明明说是不死之药,怎么一逢神箭,就会昏晕过去。假使没有星君替他伸长路子,赶紧派人收住他的生魂,只怕迟早要死于后羿之手,岂非丹药无灵么。"通慧、仙姑皆笑道:"这是你说的太过了,王母灵丹焉有不灵之理。如你所说,他以凡人之体,如何到得太空;怎么毫无道行之身,也可以追随星主,位列仙班。若说遇难横死,又是一件事情,和药的功效无干。难道说服了此丹,简直是避凶避难的如意珠了。”铁拐先生听了,笑而点头道:“如今有许多蠢人,妄求仙道,不知修养,甚至养了许多方士邪人,烧汞炼丹。以为有此好处,尽可长生不老,何必再做好事,自寻苦恼。这等人的心理,可谓愚到极点了。殊不知仙丹只能锻炼筋骨,助你修道之功;不但于天仙事业无关,就于修心养性之学,也没多大关系。所以服丹之人,正须赶紧加力的修持,使所受丹力与所持的功夫互为感应,始能相得益彰,事半功倍。若如权儿所言,不但决无此理。要是服丹之人,果然如此想法,因而有恃无恐,任意妄为,休说丹力无效,难道保得不干天谴么,难道上天之力,还不能使他横死么。”一席话说得众人都好笑起来。

铁拐先生又道:“这嫦娥到了月宫,是他安身立命的好地方,到也自然喜喜欢欢跟随星主,过他无拘束愁虑的清闲岁月。却不道后羿那人,岂是肯随便吃亏的人。他本是天上黑虎煞星下凡,自幼得名师指授,原来有些根基。不过他行为不正,做事荒唐,所以流入魔道。其时即有一个魔教中人,对他说出嫦娥现在月中,又教他飞行之术,手挽弓矢冲入月宫,口口声声要星君交出嫦娥,万事全休;如有一字支吾,休怪他要闹翻月窟窑,杀尽月中大小诸仙。可笑月宫是何等清幽干净之地,几曾见过这等野人,闹过这等风波。而且星君优游深宫,也从不晓得什么叫做武器,怎样叫做战争。凡是月宫中大小仙子,也都一心服从星君,大家过那安闲自在的岁月,真是做梦也想不到,为了嫦娥一人,闹出这等从来未有的大事来。星君即算能够前知,却因舒服得厉害了,无论如何,总不曾想上一想,如此干净地方,也有这等凶事发生。这时正和一班仙吏侍儿,谈说天廷韵事,蓦听得殿廷之外一片喧哗之声,不由大吃一惊;又听喊杀声中,似乎口口喊着嫦娥名字。星君定神一算,不觉太息道:‘孽障,孽障,这畜生怎敢如此无礼,居然闹到我这地方来,想必还有什么邪人教他甚妖法儿,才敢单身前来。只恨我向来过于大意,不曾请得兵将保卫。再则生平宅心虚寂,与物无竞,与世无争,所以弃繁华荣耀的天宫,自甘守此僻境孤乡,对于战争之事,最所厌闻,尤其不愿见那些锋利残忍的军器。如今一时三刻,要上天请救,既来不及,难道要我亲自出阵,收这妖畜?谅来物胆子虽大,见了我怎敢无礼。然而我却丢尽脸子,又与

我平日旨趣相背，这可怎么好哟。'

"正在沉吟，只见嫦娥跪下泣禀道：'为臣之故，累星君受惊，诸月宫姊妹民人等遭难，臣妾之罪太大。还求星君即将臣妾交与妖人，以息争端，而免祸事。'说罢痛哭不止。星君怒道：'这是什么话，你既在我这里，便是我的人了。王母为我的面子，不便召你回去，怎能被一妖人劫去。不但无颜以见王母，而且月中诸仙，尽系干净女郎，万一将来再有什么凶人恶煞，学得了些邪法，前来索取，难道叫我一个个交出去么？休谈与理不合，此风也断不可长。你且退去，我自有办法。'嫦娥不敢再说，叩个头，退立一边。星君想了想，即命宣吴刚老人进来；一面又着一个仙官，出去对后羿说：'星君有旨，嫦娥现在奉派赴他旧主人瑶池王母去，已传旨召他回来，着你稍待片刻，不得无礼恣闹，扰乱月府，致干天谴。'后羿拜伏遵旨。仙官回来禀闻，同时吴刚老人也到了。星君吩咐道：'现在后羿逞其妖术，扰乱月宫，口出狂言，要索嫦娥，你可如此如此，前去传旨。他若遵旨，即带他去娑婆树下，如此如此，不得有误。'吴刚应旨而去，对后羿宣旨道：'星君有旨，后羿虽为嫦娥之夫，但他生性昏暴，天理不容，夺去爱妻，正是上天示儆于他。但查他们缘分未满，红丝可续。奈后羿不合冲闹月宫，罪不容诛。姑念夫妻之情，情急出此，事尚可原。现星君因宫殿房屋不敷居住，拟在西偏大园子内，添建玉宇百所。第一件工程，须先将碍路之大娑婆树截去。素闻后羿勇武绝伦，即着前去截树，将功赎罪。罪满之后，方可将嫦娥交他带回下界。'后羿听了，心想本人勇武盖世，天上天下，并无敌手。从前十日并出，曾奉帝尧之命，射去九日，这等大事都干过了，区区一树，有何难哉！只怕不消顷刻工夫，就可了结此事。因连连叩头，口称遵旨。

"吴刚即授与大锯一件，带他到花园内娑婆树下，着他赶紧开工。又将一只酒饭篮挂在树上，笑对他说：'观君神勇大力，自古所稀，大概此等小小工程，不消餐饭工夫必可告竣。如今替你将酒饭篮挂在树梢，树断篮降，正可供君点饥。'后羿笑道：'那消这么久，你看，我来也。'于是把身子向地下一蹲，坐得端端正正，正待动手锯木。吴刚忙照星君谕旨，口念咒语，指着后羿坐处连画几个圈儿，喝一声“疾”，后羿身子宛如生根一般，休想动得一动。后羿才知道上了他们的圈套，究竟他是一个硬汉，不但不怒，反笑嘻嘻说出一句极光鲜的说话来，道：‘我们的事情本是比智比力的勾当，可笑我盖世雄才、一代豪杰，竟会懵懂一时，上了你们的大当，可知我的本领不如你们星君。既是这样，便该屈伏在他手下，何必再作无谓的倔强。可是有一句话儿，使我不能不说。我虽不合闯入月中，正如星君所说，为了夫妻之事，情有可原。既蒙星君应允，我也不敢稍有违犯，磕头礼拜的恭谨有加。原因星君乃当今玉帝公主，即和玉帝金身一样，我们都是玉帝宇下的星宿，安敢不自尽为臣的礼节。但替星君一想，为了嫦娥贱婢，竟用此等欺诈之术，诱人入他彀中，我这一生不足惜，天下后世，不晓以星君为怎样一种神仙呢。’这番话却说得刁枭有理。”

铁拐先生演述至此，众人都笑起来。要知吴刚如何对付后羿，不道铁拐先生一时记不起来，说道：“要知吴刚如何对答，只好稍安毋躁。”请看下回分解。

第五十回　惩暴君月中锯巨木　怜故主灵府即情关

却说铁拐先生演说后羿中计被羁，说了几句倔强说话，却也刁枭有理。众人忙问："吴老人如何对答他呢？"铁拐先生笑道："你们急什么，试想月府星君，是何等聪明伶俐的天仙，那消人家诘问，却早预备了对付的说话。上面书中，星君面谕吴刚如此如此的，就包含这等说话在内。当下吴刚笑对后羿说道：'你别夸嘴逞刁，诽谤星主。老实说，我们星主他是何等身分，何等神通，多少大罗金仙，拜服得五体投地。瑶池西王母乃神仙领袖，元始老君是神仙祖师，他们见了公主，还不肯自居尊长之礼，这是你所深知的。他有恁大的神通手面，难道颠倒怕你这小孽畜不成。一则月府清幽之境，多少没福的仙人，尚且无缘到此一游。因为公主是世界古今人天仙俗中第一清高之人，等闲神仙如何能够见他；不但见不得他，连这月宫寸土，他们也不得踏上一步儿，这又是你所知道的。难道你这孽畜，闹了些小小风波，还去上天廷，朝天帝，遣将请兵，惊师动众的对付你这家伙？且莫说用不着如许张皇，就是给这批天兵神将前来驻扎一刻儿，公主已是断断受不了了。既不轻用兵戎，难道又能亲现金容，和你这畜类打话斗法不成，那不更亵了他的身分了么。有这许多为难之处，万不得已，只好略施小计，将你引到这儿，担任这项工作。可是，你说什么公主哄诱你，这话还是不对的。公主不是宣旨，命你把此树锯断，以为将功补过之地；你不是亲口遵旨，自愿前来作工的么。如今工程还没动手，在公主怕你有始无终，锯了一半，忽然厌烦起来；你又新得了飞行之法，一下子丢了锯树工程，向下界这么一飞，那时树没锯成，却留下这连皮带骨的娑婆树，你想想瞧，那是多少难看啊。再三思量，你这蛮东西，对你软商是不中用的，只得再用仙法，暂时将你禁住。你今日莫多说，只要努力锯树，树断之时，即你回复自由之时，也便是你夫妻下凡之日。公主可算始终没有失信于你，怎见得是哄骗你咧。'

“后羿听了，没有说话，先是怄气儿，不愿动工。后来想道：‘酒饭篮挂在树梢，要不将树锯断，篮子不得下来，却受不住。我只用力加工，将树锯断，再问他索回嫦娥。他既自诩信义，当然不能再生什么枝节了吧。’如此一想，只得忍住一口恶气，使尽平生气力，锯这娑婆树。树身虽大，经不得后羿是天生神力，本来只要两膀子力量就可以弄得断的，何况还有这么一件器具。不消几个时辰，已经给他截断上面的树梢，倒将下来。可煞作怪，树身尽向外倒，饭篮却反向内溜，飕飕的一来，就落在后羿手中。后羿瞧那饭篮至多比拳头略大，内中装着的酒饭，可想经得后羿这般血盆大口随便一吞么。后羿此时已是饥火上烧，万分难忍，见了这种情形，不禁又气又愁。气的是星君有心捉弄，愁的是不得饱肚，想来如此浅浅之物，吃了中什么用；原想丢了不吃的，又奈酒饭的气味，比平常不同，真是又香又甜，非常鲜美，禁不住一阵阵的口涎淌将下来。他又想道：‘横竖工程已完，事情已了，马上可以回去，何必瞎吵瞎愁，现既有好酒好饭，不妨先吃他一口，再行起身去找那吴老人，还怕他不好好补请我咧。’于是把篮中的酒倾了出来，饮个痛快，再把饭送入口中。说也不信，奇怪的事情又发生了。原来空篮中好好的又涨溢了酒瓶，装满了饭。后羿喜道：‘原来此篮有这许多好处，等回见到吴老人，非求他割爱赠送不可。’于是放大了胆，撑开了肚子，一连吃了三百五十多篮，这才觉得腹中饱满，十分舒适。瞧这篮子，还和头先一样满满的，仍是一篮鲜甜的白饭和一瓶芬芳的好酒，后羿笑道：‘好家伙，好耍子，将这东西带在身边，走遍天下，历尽十州三岛，不用耽心粮食了，真乃大妙。’

“一语未了，那篮子忽然脱手而去，但听飕溜一阵响，早又回到那原挂的树梢上去，后羿倒给他吓了一跳。正迟疑哩，猛听得呼呼地一阵风响，眼前树影散飞，耀得他眼花缭乱；再有地上的树屑随风卷起，吹入眼帘，后羿急忙把眼睛闭了一回，心中又狠怪此风来得突兀。须臾风定声寂，睁目一看，不觉叫声苦，不知高低。原来那树锯断处已从新拼合，依然颤巍巍矗立半空，高入云霄，不但找不出锯过的痕迹，就连方才锯下的木屑，也一些都找不到了。后羿到此地位，不觉十分伤心起来，却不敢骂星君，只恨教他飞行、骗他冲入月宫的魔鬼，害得我太苦。我是久做凡人，不知天上仙法的厉害。他自诩天上金仙，怎不晓得月宫的法度、星君的道术，看他随随便便的玩这一下，就把我弄的不生不死，难进难退。那魔鬼既没本领胜过人家，又不亲来助我，却引我来上这大当，岂非存心害人。想到这里，恨不能立刻飞下凡间，将那魔鬼射个三四百下，戳得他浑身没块好皮好肉，才泄得自己胸头之气。

"气了一回，又呆了一阵，看看天色渐黑，那不知利害的肚子，不通世故的肠子，却又不谅他主人苦痛，又在那里辘辘转动，纷纷吵闹起来，闹得个后羿非常难受。想想和他们是同甘共苦的东西，也舍不得教他们吃苦，但是除了再努力锯树，那饮食虽好，断断不得下来。没奈何，浩然长叹了一声，低下头，重新再玩这一套儿把戏，直等锯断了树，这才外甥照火把，本饭篮儿照旧下来，照旧给他喝得大醉，吃个大饱，这篮儿照旧装满酒饭，照旧的向来的地方骨碌碌滚了回去。那后羿猛然想到那断木头，想要用力按住，不让他自由自在的拼合起来。不道刚一转念，狂风照旧又起，比先更加厉害，木屑之外，又加许多砂石，简直把后羿的眼睛眯塞得张不开来，只有一阵阵的眼泪淌个不止，如此闹有两三个时辰。后羿是性急之人，眼中痛痒的十分难熬，恨不得找把小刀，把那两粒眼珠挖了出来完事。好容易闹舒齐了，眼泪也止了，痛也不痛，痒也不痒了，听听耳中的风声也没有了，才敢睁开眼睛一看，真把他气得怪叫起来。原来那二次锯断的树照旧拼合起来，矗立云霄，高不可攀；一只饭篮儿，又是照旧高挂树梢，宛如树上结出一个西瓜来，随风吹动，却也好玩。只把后羿弄得目瞪口呆，俨如木雕泥塑一般，半晌不会动弹。想想没有办法，只有耐着火性，照旧捱着。

"后来他又想出一个法子，等得饭篮到手，却不吃饭，先去按那断树。说也不信，这树宛如通灵一般，只要后羿的手触着树木，马上就有大风作祟，祟得个后羿几乎连眼睛都弄瞎了，结果还是外甥照灯笼，其名曰照旧。饭篮照旧挂上去，断树照旧拼起来。后羿尽管负气，肚子照旧不知利害，肠子照旧不通世故，照旧是饥渴难当，照旧要吃饭，照旧非锯树不可。如此照旧的过了两天，后羿才有些死心塌地，预备作个无期限的长期小工，再不想什么侵夺僭窃帝制自为的雄心大略。天上的两日，人间已过了数月，此时有穷国中因失去国王，朝中纷乱到了不得，即有国中大小神祇上禀天庭。玉帝查出后羿现在公主那里，又查得此人在位，本有五百余年，因他为政不德，殃害人民，已将禄命削去，不久当被臣下所弑。便命太白金星前来传谕，命将后羿身体放回，受臣下篡杀的果报。至于他的生魂，却不妨留在月宫，仍着永远作此锯树苦工，以代冥刑，非至所受苦痛，抵得过他的罪孽时，不准另行投生。”

铁拐先生说到这里，作书人却要插入几句废话。奉告看官听清楚了，这后羿飞入月宫始末情由，如今有许多科学家、地学家、探险家，都说月球和其他星球一样，都有人民城郭、文物制度。而据中国数千年相传的故事，又说月中有太阴星君主持各事，又有一人专在那里用锯子锯那大娑婆树，随锯随断，断即复合；树顶挂有饭篮，断时便下，合时又上，和本书所说一般无二。不过传说之人太无学识，不但错认嫦娥即太阴星主，并不知锯树者是什么人，为何要受这等苦楚。自从新学大兴，新说盛行，这等古话，归于迷信一流。达人学士，既不能找出月中证据，只好附会新学，单道月中可以交通，至所说月中情形，究竟大半属于理想，是否确实如此，谁也不敢断定。据作书人见解，现在许多事情，中国古时所传，近于哲学；外人所讲，则完全属于科学，二者每有绝对相反的议论。其实仔细研究，何常没有可通之理。譬如雷电击人，科学家说是触电，道理是一些不错。若照本书所说，那触电之事，仍属天神管理，要是不然，为什么千古相传，今昔所闻，凡遭雷击毙命之人，大抵都属凶人恶煞之流，却不曾听得有品行端整的正人君子，会受触电的惨刑。这话虽也近于武断，但坚主无神论者，又何尝有甚凭据可以指给我们作研究的资料呢。雷电之理既然如此，月宫的情形，正可作同样观。窃谓徐福浮海遇仙，就在海中立国蕃殖人民，建设为政。在徐福未至之前，彼邦人民安知不属神仙之徒。要是不然，为什么仙人又有主权将该地赐与徐福呢。以彼例此，或者将来的月宫也和当年的海国一样，由太阴星君赐与今人，作殖民之地；也许他心恋清华，不忍割弃，终不许人类问津，这都还在难料难言之列罢了。若因信了几位探险家言,就硬说月球和地球一般,是人类居住之地,决无所谓神仙者往来留去,那又和雷电无神之说一般的,不能折服我们这班顽固的冬烘了。废话不宜多说,多说使人讨厌,赶紧接正事。

铁拐先生说:“至天帝传谕,太阴星君将后羿魂魄拘住,把身体释放回阳间受罪,星君自然照办。可想失了魂魄之人,怎能做得出好事情来。后羿再度回国,简直同疯人痴子一般无二,所以不久就被寒浞所弑,一点没有抵抗之力。后羿既死,他的罪状本已消去一半,照例该入冥司受冥律的处分,玉帝特别加恩,准他在月宫再受五千年磨难,即予恢复天位,仍归黑虎星的原班,这本是最好的事情。谁料后羿本是好淫之人,魂虽被拘,一片痴心仍恋恋于嫦娥,每逢碰到嫦娥来在园中采花扫竹,游山玩水,他必哀号呼唤,声闻远近。嫦娥先是不理,后来日子越久,事过情移,常人对于过去之事,往往能够忘仇而忆德,何况嫦娥本一慈祥忠厚的女子,听了这等凄惨之声,一则究是夫妻之情,后羿便有千日的恶处,也未尝没有一日的好处,如今魂拘月宫,常年受那日炙雨淋、风吹霜打的苦楚,这都为了自己之故。本人既已成仙,却不但没曾吃他丝毫亏苦,实际还算得了他的成全,而他却为我受罪,以前的日子不算,这将来的千年岁月如何受得了;二则后羿如此哀号,星君虽未知有无所闻,而一班姊妹行中,却都拿作新闻来讲,见了嫦娥,都纷纷取笑,说他忍心害理,把个亲丈夫陷到这等地步,怎不发个慈悲,替他向星主面前说个分上。这等似嘲似讽之谈,也很教他难受。有此二种原因,嫦娥心中就不知不觉地有了怜疼后羿之意。”

铁拐先生说到这里,那几位听讲的女仙,不觉相向太息道:“天下顶勘不透的,正是这一个情字关头啊,可怜,可怜。”钟离权究竟年幼,不知世情,听了这话,忽然嗤的一声笑将起来,说道:“两位究是女子心地,生得比我辈仁慈。当心吧,师尊才说嫦娥发了慈心,虽没说到结局如何,却可料定,他因此一念,还得下凡走走,也许这就是孟姜女的前生也未可知。你俩既如此慈悲,将来万一有人向你们说些亲亲爱爱的说话,只怕也怜疼人家的苦心痴情,动些什么凡念,那时师尊可帮不了你俩的忙啊。”此言一出，唬得张果、费长房咋舌不语，气得仙姑、通慧哼的一声冷笑，一霎时粉面呈红，怒不可遏。铁拐先生忙喝：“小孩子既不懂事，怎敢胡乱评论人家，尤其是对于妇人面上，说话更要谨慎。似你方才这等说话，简直是轻薄无赖，对别人尚且不可，何况对于自己的同门师弟兄辈。这等口过，论人事当折寿算，论仙律也应减功行，这都是你自取咎，自吃亏，与人何干。下次再不小心，我也怕不敢和你相见了。”一席话说得钟离权汗流浃背，伏地不起。转是仙姑等看不过去，一人一手，笑着扶他起来。

钟离权又向二人再三赔礼，铁拐先生又慰勉了几句，方又继续说道：“方才阿权猜说嫦娥即孟姜女前身，这话倒准给猜着了。那嫦娥一则怜疼后羿，二则为要止他这般叫喊，心中就有过去和他相见之意。但是心怯胆寒，又有点怕，不敢去的。大凡一个人有了情爱的念头，便该日积月深，无从解脱，到了十分热烈的时候，纵有极大的危险，都可以冒昧尝试一下。嫦娥存心如此，便是凡念不净。先时因为胆小，而情也不深，尚能强勉制持。时候不觉又过了年许，他的情肠也不觉加热了几分，虽不敢公然往访，却不免常在相近之处，格外往来得勤力。有时也竟到娑婆树下，佯作瞧他工作的样子。后羿一见了他，如获至宝，满口子都是自怨自艾的说话，说至情急，甚至把工作暂停，举起蒲扇般大掌，拼命捶打自己的身体。这样一来，弄得嫦娥万分不得过意，先时也用话劝解，后来竟自为他陪泪起来。从此两人日夕相见，前嫌尽释。后羿求他设法相救，嫦娥自恨位卑职小，不敢一口应允。但是心中却也非常替他焦急，很想得个机会，探探星君口气再作道理。谁知机会没曾得到，自身先闯下了大祸。”铁拐先生说到这里，那快嘴的钟离权忍不住又笑道：“大概星君知道这事，一定不答应他了。”未知嫦娥究竟闯了什么大祸，却看下回分解。

第五十一回　填城闉沉水底誓言终有应　离故主缔新欢好事竟成空

却说铁拐先生对钟离权说道："这话又给你猜到了。既你这般爱猜，我再试试你，瞧你猜那后羿，可是和他一般的得罪，是否即为范杞良前身，两人一同谪下凡尘呢？"钟离权略不思索，即笑而对道："照弟子愚见，后羿决决不是范杞良的前身，更不必和嫦娥一同下凡。怎见得哩？那后羿罪大恶极，已给玉帝判定了罪案，准他拘留五千年后，仍归星宿原位。天命已定，怎能挽回得转。况孟姜女夫妻，既承师尊恩意，送往冥司，转下凡间，师尊已预备度他出世，可见夫妻俩前程都是非常光明。要是后羿这等恶魔，怎能有此异数。可见孟姜女确是嫦娥下凡，而范杞良却另有其人。至于这人是什么来历，怎么和孟姜女连做两世夫妻，却不是弟子所能知道了。还有一层，很明白的凭据，就是从几千百年来，降至于今，我们还能望见月光之中那枝大娑婆树，树上挂的饭篮，树下蹲的一人，分明就是师尊所讲后羿的故事，又可知道后羿从被贬至今，始终也不曾离开月宫娑婆树下一步儿。如师尊所言，玉帝命他受这刑罚，还是从宽处分。业已从宽，岂能再减，只怕不满五千年，这黑虎星官断无归位之望。而在五千年中的人，一定都可以望得见月宫中娑婆树下，那个受罪锯树的后羿。这本是他自作之孽，除了玉帝大赦，谁能使他减罪下凡，受我师尊的特恩救度，反为出世的真仙呢。"

钟离权说了这番议论，仙姑等四人又都笑起来。铁拐先生不觉点头笑道："这孩子性质是真个聪明，难为他不假思索，就有这等见解，却正和实事相合，一点不见舛差，岂非绝顶聪明。当时嫦娥惑于后羿的情感，痴心妄想，一天迷似一天，星君那有不闻之理。一经知悉，自然震怒非凡，立刻将他召去，严行训斥，罚他坠落红尘。嫦娥自知罪重，不敢求恕，只有伏地流涕，默默无言。星君心中倒又有些不忍起来。潜运神机，替他测算了一番，不觉连皱眉头，惨然无欢。当即命嫦娥起来，立在一边候旨。一面命宣月下老人进殿，亲自问他人间婚姻之事，要是不能好合，也可以免去夫妇关系么。月老禀道：‘凡事皆有个定数，数该合的，就是强分也不能。也有数中注定，只有这点名义关系，没有实在姻缘的。这种名义，在五百年前早已定下，也是万万逃不过去。’月老又禀道：‘请问星君此谕，可为嫦娥之事？’星君微微颔首。月老禀道：‘此事数已早定，嫦娥命中还该和凡人结两世夫妻，方能立定根基，永列仙班，星君可不必替他伤怀。’星君听了，点点头，令月老退去。因顾嫦娥说道：‘你虽被谪下凡，总是自取之咎。谁许你私茁情苗，搅乱我清净月府，破坏我庄严体制，以你这等行为，我要不先行惩办，将来终不免天条重处，还不如我这里替你发落了去。只要你下凡以后，能够做个贞节烈女，或能多做些功德，却可以将功抵罪，重归仙班，这也是一种避重就轻之法。你要是聪明懂事，就该明白这层道理，好好下去做人。将来有个好结局，好前程，才知道我为你的一片苦心。还该到瑶池走上一趟，见见你旧主人，把这事原因禀明。恐你羞于启齿，我再派员送你过去。到了那里，你旧主人自然也没有不知道的，大概也不必你自陈了。好好自爱。事已如此，此间你也不能久留，就快快出殿去吧。’嫦娥奉旨，跪下去叩了几个头，含羞含泪的出了殿廷。即有星君手下办公的女仙，督着两个差弁，将他押送出境。

“到了瑶池，朝见王母，王母倒不肯怎样责备，吩咐送去的人：‘回去说，拜上公主，嫦娥应转凡胎，由我这里办妥，不用公主费神了。’来人叩谢而去。王母即命书吏，查明嫦娥应去何处投生为宜。书吏就说出孟家夫妻为人忠实，该得一好女儿，王母便命送嫦娥至孟家投胎。嫦娥叩谢而别，随同护送人员离了瑶池，慢慢向中原而来。云路之中，忽见一朵青白色的云头，拥着一个清俊孩子，自侧首赶将上来，却和嫦娥厮并儿行着。嫦娥见那孩子，生得仪容秀美，觉得非常可爱，不知不觉的向他瞧了几眼。不料孩子十分乖巧，见嫦娥尽管瞧他，便笑问：‘姊姊可是月殿中的嫦娥姑娘么？’嫦娥笑道：‘你这孩子，怎么知道我的名字？’那孩子欢然道：‘姊姊别当我小，我的年纪，比姊姊大得好几倍子咧。’嫦娥笑而咄道：‘胡说，你统共这么一点点大,怎见得比我还大?’孩子笑嘻嘻说道:‘我要说出证据来,姊姊就得许给我做妻子;我要说不出证据来,听凭姊姊打我骂我,我决不还手回口好么?’嫦娥听了,不觉红着脸,啐了几口,念他究是孩子,说得总是玩话,有什么一定的道理;再则也瞧得他实在可爱得紧,有心和他斗趣儿玩,因笑道:‘好个不要脸的顽皮孩子,些些年纪,就想讨老婆,亏你说得出来,也不怕难为情。’孩子笑道:‘姊姊既这么说,就是允许我的要求了。姊姊,我们是天上神仙,出口如山,不许胡赖。’嫦娥笑叱道:‘油嘴油舌到这般地步,难道也没有个父母师长管教你么?’孩子伸出一只小手膀子,扭住了嫦娥玉臂,挽得紧紧的,一点不肯放松,仰起头答道:‘姊姊尽说我不好,也没说个不许做我老婆的话,可见是千肯万肯的了,我就说个年纪比你大的证据给你听吧。’”

铁拐先生说到这里,那听讲的五六人都大笑起来。钟离权更听得非常有趣,笑得他拍手打足,说道:“师傅你瞧么,神仙还有顽皮孩子呢,怎么人人又都骂我顽皮得讨厌。”通慧笑道:“这人的顽皮,还比你厉害,你要修成了神仙,还该去拜他做个顽皮老师,也好拐个仙女做你的妻子。可不是,顽皮也有好处的,我们也从今不敢再嫌你顽皮了。”铁拐先生也笑道:“这孩子后来就是范杞良,为了个老婆,吃了这般大亏,你们还恭维他咧。”因又说道:“那时候最使嫦娥怀疑不白的,就是被这孩子一扭,那只臂膊儿就似给什么金质的东西扣住,休想动得一动,不觉骇然道:‘孩子,你怎有这般大力气,快放手,再拉下去,我的臂膊要被你扭断了。’孩子那里肯依,一味傻笑说道:‘好姊姊,亲姊姊,你承认我这话不错么,快点一点头,我就放了手;要是不然,我要对不住,施出蛮力来了。’嫦娥只顾和他玩,怎想得到日后的利害,又怕他真个用力相拉,白白吃些苦痛,真不上算。好在只要点一点头,究竟碍点什么。于是笑着点了个头,说道:‘孩子,这还不够便宜么,还不快说出你那凭证来呢。你要说得不对,那时你可仔细,我要加倍的罚你办你,以儆你下次的胡言乱语,撒诓欺人。’孩子见他已经点头,竟自释了手儿,向他下了一礼,含笑叫一声贤妻。这一来,把个嫦娥弄得真难为情儿,羞得他满面绯红,扭转头只顾赶路,再也不去理他。急得孩子忙忙赶上,又要去拉他的手。

“嫦娥怕他用武，只得站住身喝道：‘你太会欺人，应该说的一句也不说，只顾讨人便宜，真正岂有此理。’孩子方告诉他是赤脚大仙的小兄弟披发仙人，因生性顽皮，不为兄长所喜。‘但兄长自己也是一个淘气精，多少道友见了他，都怕他胡闹，偏他又不准做小兄弟的顽皮，因此我就不大服他管教。’说了这两句，嫦娥就禁不住要笑出来。”铁拐先生说到这里，连自己也不觉莞尔一笑。仙姑、钟离等自然更要哈哈大笑了。

铁拐先生笑道：“那时嫦娥却说得很聪明，他道：‘你这就大大的不是了，你兄长总是爱你的，巴望你格外的好。岂有自己淘气，反禁兄弟顽皮之理。也许他见你不肯用功，虽在仙班，根基未能稳固，正该刻苦勤练才是，比不得他是早已修成不坏之身，是与天地同寿的，随便说几句笑话，并无丝毫关系，你却怎么比得上他呢，颠倒又怪起他来。只要我做你哥子，就不赶你出门，至少也得打你十七八顿，才可望你悔过自新哩。’几句话，说急了披发仙人，把头摇了几摇，披在肩上的头发四散而起，遇风一吹，一根根朝上吹起，情状越发好玩。嫦娥一面好笑，一面就伸手去替他理那散发，却听他呼的一阵笑，说道：‘姊姊你话是不错，我总不太相信。怎么小孩子家不许顽笑，反是年纪大的倒可以随意开人家顽笑呢？这个道理我又不明白了。后来我跟哥哥同赴蟠桃大会，我嫌所得的桃子太小，疑惑王母有心瞧我小孩子不起，便化个虫儿，到他园中偷摘他的桃子。不道王母的本领真大，他又得知了，急忙派人来捉我时，我一阵心慌跳下地来，又把王母最宠的一个侍儿踢伤。侍儿回去哭诉，我愈加畏惧，打算逃出园去。偏偏我兄长赤着一双大脚，带领许多人来捉我。我一见兄长，胆子反大了，不但不肯认罪，反将他辱骂了一顿。这一来，才把祸闯大了。我听得王母法旨，说偷桃不过淘气，情尚可原；踢伤侍儿，出于无心，亦属可恕；只有辱骂兄长大背伦理，神仙队里哪有此等不守规矩的东西。一面严责兄长，说他管教无方，督责不严；一面将我贬下凡尘，说是再不悛改，便该打入畜生道中，一辈子没有出头日子。姊姊你得替我想想，这等事情，可气不可气哪。如今我就要回去见过哥子，再到凡间去走这一遭。姊姊我俩无意之中会在云中相遇，又蒙姊

姊赐我婚姻,有此一段艳福,便到凡间,也还不甚吃亏咧。'

"嫦娥笑道:'胡说,婚姻大事,那有如此胡乱说合之理。你总爱淘气,爱开玩笑,所以一再闯祸。已经受了严罚,贬下红尘,还该洗心革面。途路之中,不管认识不认识,如此信口乱谈,只怕你将来还要吃苦呢。'披发仙人听了,倒把面色一正,大声说道:'咦咦咦,你怎么倒胡赖起人家的婚姻来了。我不是对你说过,神仙没有戏言,何况如此大事,焉有随便说笑之理。一言既定,终身不悔,凡人尚且如此,身为仙人,反可随便悔婚么?'说罢,伸拳捋臂,便要和他不依。嫦娥心中有些怕他。又想,听月老说,婚姻之事,早在五百年前注定,是是非非,都有定数,岂是孩子们一句笑话可以作得准的。因即含笑答道:'照你说来,你是一定要我的了。'披发仙人正色道:'怎么不是,老实说一句,我也不管你肯不肯,也不管有没有别人和我争夺,我总是要定了你。'说着,刚刚经过一座城子,披发仙人笑着指那城堙说道:'说句不好听的话吧,就算为你之故,有人把我捉去塞这城眼儿,将我活埋在内,我这一道冤魂,也还是一定不肯放你。'

"嫦娥见他说到这等地步,虽是半属戏言,却说得十分恳挚。况见他如此丰神,如此伶俐,本来早有爱赏之意。不过当他是个孩子,无论如何,不会想到什么婚姻的念头上去。后来听他自表身世,果然久听人说有个赤脚大仙、披发大仙兄弟俩,觉得他们资格身分,都是很可羡慕的,由不得心中又添出几分敬意。此时见他以婚事相求,又现出如许诚恳的情意,便不由大大的感动起来。正在默运芳衷、转辗思虑的当儿,那披发仙人又牢牢扯住了他的一只玉手,轻轻问道:'姊姊,我说得那么样儿了,你还疑我不是真心么?老实说,姊姊下凡之后,身为女子,那有个不嫁男人之理。横竖是要嫁的,何妨和我结这巧合的天缘呢。'嫦娥不觉忸怩道:'不瞒你说,我本是月中侍儿,身列仙班,逍遥自在。只因一念之差,眷念横暴的前夫,因此触犯天条,理宜发往冥司。还幸星君恩重,只命谪贬人间。这是眼前之事,未曾处分得一步,此时和你一面之交,云路邂逅,就凭你几句说话,擅订终身。虽说婚姻大事,五百年前早在月老簿上记载明白,但我又不晓得谁是我的丈夫。若果是你,这就好到极点了。万一另有其人,岂不又多一重波折,多添一重魔劫。正是前罪未消,新孽又种。你得替我想想,这事该怎么处呢。'披发仙人笑道:'亏你久列仙班,连这姻缘二字,都还不曾懂得。要知缘者缘也,有缘之人,千里可系红丝;无缘之人,对面也多周折。如今你我无意之中,云路之上,凑巧相逢,这等姻缘,正可算得天造地设的良缘;要是不然,为什么你我一在极东,一在极西,偏会同时谪降,半路相逢。试问人世姻缘,有这么多的巧事么?好姊姊,你再要不许我,我敢说句狂言,怕你到了凡间,休说找不到一般谪降同列仙班的人才,只说如此良缘,轻轻差过,这等罪名,也是和你从前所犯的天条相差不多哩。'嫦娥听了,不觉呸了一声,笑道:'好油嘴儿,既说良缘,如何会得差过,这可不是你瞎说妄谈。也罢,也罢,既你十分诚心,我也就答应了你。'披发仙人大喜,忙问:'姊姊,此话可靠得住,不会变心么?'嫦娥笑道:'既已允你,如何再会变心。'

"他俩说到这里,刚过一条大河,这河的左边是山,嫦娥就指着山河说:'我既承你如此相爱,无论如何,一定嫁你;就是有人将我从山上丢下水中,我也决不改节。'二人订了此约,就各分道而散,各人投胎而去。照理他俩这等婚姻,真可算得天缘巧合,但二人都是负罪贬谪,这一些天条是断不能免的。早受刑章,倒早完一天的孽帐。要是夫妻好合,白发齐眉,那不是来受罪,简直是来尘世享福来了。所以范、孟的婚姻尽管成就,却只可望而不可即,始终都不过担个虚名罢了。"

铁拐先生说完了这段范、孟惨史,通慧又问:"他们婚事既成镜花水月,为什么还要受那些惨刑呢?"铁拐先生叹道:"这也不用说了,总而言之,还是他们太不自检,才闯了祸,马上就忘了苦痛。半路相逢,不说句正经话儿,倒先订起婚姻来,这都是大遭天怒的事情。天道最巧,即以他俩自己所甘受的刑罚,施于他们之身,恰正应了他们的盟誓,可谓又巧又公道的办法了。"众人听了,无不竦然。

何仙姑便问:"秦皇如此残暴,他的结果如何,怎还不见报应?"铁拐先生大笑道:"山中不过数日,世上已历多年,你们隐处洞府,怎晓得人世的大变故。现在嬴政已归案阴曹,正在鞫讯之中。他子胡亥嗣位,称为二世皇帝。我那句‘亡秦者胡’的预言,不久就要实现了。”众人听了,才恍然道:“原来亡秦者胡,是指胡亥而言,连我们都还猜解不透,想那秦皇本人,怎会想到自己儿子身上去呢。”铁拐先生笑对何仙姑道:“你们可知道秦始皇是怎样死的?”众人见问,都愕然道:“弟子们正要请教。”铁拐先生正待回言,猛听得石室外面呼呼地起了一阵风声,一霎时又寂静了。铁拐先生笑道:“飞飞出去瞧瞧,你杨师兄来了。”不知来者何人,请看下回分解。

第五十二回　论电力万方如一面　传玄经诸弟各殊缘

却说太华山上紫霞洞内，众仙正在谈论秦始皇如何致死的问题，忽然飞飞进来，禀称泰山杨师兄到了。铁拐先生笑道："我算他这个时候也该到了，可着他进来。"飞飞便偕颠颠出去。一回儿把杨仁带了进来，向铁拐先生拜了八拜，先生便着和各位师兄师叔们见过，命在飞飞等二人上首坐下。铁拐先生笑对何仙姑说："你先时尽催我去救那清虚观的刘法师，后来怎又不说起了？"何仙姑笑而答道："先时原很替他发急，后来见师兄做事，处处顾得非常周到，凡是应救之人，没有漏过一个；凡是应为之事，又不曾少做一件。那法师是屡经妹子奉告，偏偏置之不理，因想师兄做事，不得有错，想来这人一定是有取死之道，无可救之理，所以不得承师兄的恩泽。妹子自思学识有限，功行毫无，凡事总该随师兄进退，自然可以少点过失。师兄所不愿救、不去救之人，我又怎敢多事；既不敢多事，也何必再向师兄饶舌哩。"

铁拐先生听了，不觉呵呵大笑，因指着杨仁说道："你们认清楚了，这位便是被赵高擒去的刘法师哪。那是我乘着秦皇招致方士的机会，派他入京应聘，承他派在清虚观内做个法师。我吩咐他的职务，便是等他恶贯满盈之时，赶紧将他刺死。因为近百年来，人民天天受兵革之苦、暴敛之祸，满望统一之后，有了真命帝皇，便不想恢复文武成康的故业，总不得再如春秋战国两个时代，那种兵连祸结、人不聊生的情形。那知秦皇即位以来，自恃天命有在，残暴凶横，草菅人命，比七国时候更甚。果然这都是劫数所定，非关秦皇一人之事。即如秦皇本人，也是应劫而生的一个魔君。照例这等人也是先已犯了天条，贬谪凡世，当以尘世之刑，代替天庭之罚。君民两方，都为劫数所支配，不由本身作主。但是帝王称为天子，也称民之父母。为父母者，果能修明政治，也可仰邀天庥。再能存成汤七事自责之心，抱武王罪在一身之念，更未尝不可以挽回气运，转大劫为祯祥，须知这都是帝王应有的责任。明知已经不可，何况变本加厉，专做害民之事，做百姓的又何贵有这等帝王呢。到如今长城戍卒已推定魁首，斩木为竿，纷纷起义，真命皇帝也已出世，此时万万不容嬴政偷息人间。原因这人仁德不施，而威震寰宇。有他在位一天，义兵就多受一天挫折，还不如乘时了结了他，岂不更便利些。这等事情，有关全国人民的存亡安乐，事体太大，天机不可预泄。所以师妹屡问，而屡不相复者，正为此也。"

众人听了，无不嗟咤太息。正言间，忽听得半空中"砉然"一声，接着山中树木萧然作响，枝头鸣鸟，都作惊惶之声，纷纷飞去。铁拐先生笑对张果说："你师傅派他老友送信给你，你可出去瞧瞧。"张果不解其故，姑且出洞一瞧，只见洞口大枫树劈断一枝，有信一缄，斜挂在枝上。张果慌忙上前，取将来一瞧，果是文美真人寄给他的法旨。张果叩了个头，擎在手中，走入洞内，呈与铁拐先生，口中笑问："这不就是用的剑光么。"铁拐先生把那信交还他，命他自行开拆，一面笑道："剑光可以寄书于数万里之外，不消片刻工夫。若能借用电力，虽极东极西，还能通达言语，并可在一边写好了字，转眼之间，就映现在对面，可比剑光寄书，又利便得多了。"众人听了，无不骇然。

张果受书参启，原来文美真人因张果功行太浅，着他至武当山潜修。路过芒砀山中，有人醉中行路，为一大白蛇挡道，此人即真命天子。白蛇乃已死秦皇嬴政，怨气不散，知道此人将代他而兴，即附于蛇身，欲于狭路中害他性命。汝可隐匿山中，见有大灯一对出现山麓，即是白蛇出来。速助真主诛之，此一大功行，不可忽视等语。铁拐先生即令张果速速动身。去后，又命杨仁也回泰山去。方笑对钟离权道："我想偕同何师妹周行天下，顺便还去度化范杞良夫妻的后身，阿权该受我的玄经，可在此和飞、颠二人好好用功。二十年后，你师傅必然来考验你的功课，要是没甚进步，不但你师傅要弃你如遗履，我也不敢再来指教你了。"

钟离权再拜应诺。铁拐先生即把所得的玄经三卷付他，令他好好保守，如有遗失，罪当雷轰。钟离权叩头拜受。飞、颠二人和费长房立在一边，见铁拐先生把玄经独传钟离，面上显有不快之色。铁拐先生大笑，即命钟离权把玄经取出，供在当中石案上。又命四人一同向上叩拜已毕，然后随意翻出一页，却命费长房为头，先去瞧了一遍，原来是一页只字毫无的白纸。又翻几页，也是如此。随后飞、颠二人也都上去，一一翻过，所见也是白纸。铁拐先生问他们瞧见什么没有，三人只得据实说了。铁拐先生再命钟离权上去翻读，钟离权便瞧见都是很清显端整的大字，因即朗朗高诵了一遍。铁拐先生叹道："仙缘有定，成就各殊，我岂有所偏怙，总是你们缘法不同罢了。要是不然，为什么阿权看得明明白白，是一部玄经，你们三人偏都一字不见呢。"三人到此，方才没有话说，而一种不平之气，还不免稍形于色。

铁拐先生因说："你们虽没阿权那么的缘法，但也不是完全不准学习的，不过其中最高最深的几种，非至尔等苦修冥炼，真至可以挽回命运之时，休想领会得来。而且到了那时，还少不得我和阿权转相指授。如要直读此经，还是万万办不到。这真所谓命有前定，物有主人，一点勉强不来的。至如我从前读此经时，你们都亲瞧亲见，正是一目十行，非常省力。如今轮到阿权用起功来，纵不能比我更快，也决不在我之下。等他读完之后，再选出可能传授的，除了我已经教给你们之外，大约尚有数十余种。在我们是不费心机的，在你们虽晨夕攻苦，至少也得二三十年才能稍有头绪。至于寻常之人，竟有苦教三十年，不得最浅玄法的。比到你们，又不可同日语了。从前我用功时，不是也被妖劫去，后来带了你俩同去夺回，这事你俩总该记得。其实他便得了此书，又有什么用处，还不过一本白纸罢了。不过彼时我却不知此理，深怕内藏秘法被妖人偷学一二条去，即使书可得回，而为祸已经不浅，因此把我急成那么样子，回想起来，深觉好笑。现在，这山中所有妖精鬼怪，有的被我驱逐，有的被飞飞等诛杀，差不多可以算得肃清。但你们也不能十分托大，宁可小心一点。因为此经乃天地间的秘籍，系八景宫至宝。当年我读完此经，缴呈祖师，祖师就算定钟离权可以接传此经，因此仍旧交我收藏。说道：'如遇大仙缘、大宿慧，能够读得此经的，即可传授于他。'如今恰恰得了钟离权，这人虽不是我的弟子，却与我是同门，伦理关系还在师徒之上，他又真能读得，可见确是祖师所说之人。我将此经传授于他，一则遵祖师之命，二则可以造就他的仙才，三则我也从此可以释去仔肩，一举三得，真是再相宜也没有了。在阿权得此异书，可算稀有的际遇、绝大的福命，然而也要顶着我这一副重担子，万万不得疏虞。还有一层，此书也只能尽这三五年中完全读毕，以后再加数十年习演之功，一面再辅之以功行德业，如此捷进，不上千年，已是大罗天仙资格，若论本领，就是天仙中也是不可多得的了。"

钟离权听了非常欢喜，又向空叩谢祖师；飞飞、颠颠和长房也跟着叩拜。因是铁拐先生钟离权，都允把书中可传者间接传授一些，论理也该行此一礼。只有费长房拜罢起来，忽见铁拐先生向他微笑，长房不解其意，忙问："师尊为甚笑弟子，莫非弟子有甚失仪，或有什么不妥之事么?"铁拐先生笑道："你虽是我的弟子，实在根基不深，仙缘两字比飞飞等更不如，我想你离家已久，也该回去瞧瞧家人。"长房大惊道："师傅怎么今天说起这话来，弟子若无仙缘，怎么遇到师尊；若是道心不坚，师尊也不会将我带在身边。这一向的时间，弟子自问也还没曾做坏什么事情，为什么师尊忽然要撵弟子回去呢?"铁拐先生笑道："命你回去，也不是一定撵你出门墙之外。师徒之名分早定，便不能修仙，这名分也不能废弃。我的意思不过看你将来成就太薄，至多只能成个地仙，也还要你自己十倍用功，才能如愿以偿。你出家之时，一家老小都非常悲痛，十分忧急，你也正该回去安慰他们一下才是正理呀。"长房听了，不觉下泪道："原来师尊还是哄我玩儿罢了，倒把我瞎欢喜了一场。但弟子出家之时，承师尊法力，家中人都疑我死在外面。现在山中虽只几天，只怕家中人老的死，少的大，早就变成另一局面，弟子就回去，也太没意思。无论如何，还是请师傅终始玉成，带在身边，如有福命，就成个地仙，也是弟子所心甘意愿，决没异言累师傅烦恼的。"铁拐先生笑而颔之。当夜师徒三人别了飞飞等，离开华山，仍旧取道咸阳，预备往江南，去找那蓝采和夫妻。

此时京中被项羽兵入关烧毁残杀，弄得许多民房尽成瓦砾之场。秦始皇费尽心机，拿多少人民膏血换来的离宫别殿、甬道园林，也已大半变成焦土。铁拐先生等一面闲走，一面感伤太息，随便谈些前事。只有长房一人，却在默念自己的居室，不晓得可曾烧毁；一家老小，不知都到那儿去了。想至伤心，禁不住潸然泪下。因恐铁拐先生察见，暗暗留心他的神色，见他一点没有注意的样子，尽和仙姑说着闲话，心中一块石头方才摆定。忽见铁拐先生举手指道："长房，那不是从前的清虚观么？难得这所宅院倒一点没有损坏，这也许是杨仁设法保全的也未可知。我们既已到此，就到里面去瞧瞧，如可安身，就在那里暂住，却也未为不可。"仙姑、长房都说很好。三人到了观中，只见房子虽尚完好，却一个人也不见，就是应用器具之类，也都不知那里去了。

铁拐先生叹道："桑田沧海，变化极多。此地原是极喧闹繁华的所在，曾几何时，弄得如此荒凉。因念人生在世，骨肉之躯，比那木石水田，更容易坏到千百倍。越是名利心重的人，也越死得快，想起来正是可怕可叹。"说时，向长房略略注目。长房笑道："师尊莫非疑弟子还有名利之心么？"铁拐先生笑道："倒不专为你一人而发，你能知道了，这就好了。"因又说："你家在咫尺，既已到此，回去瞧瞧，当是应分之事。修道不外人情，仙道也最重有情。贪恋世情，固不可；若对于至亲长幼、骨肉伦常之间，漠然无所动于衷，好如完全没有什么关系一般，那也不是修道人的本分啊。"长房回说："弟子自随师尊往来各地，早把世情看得淡而又淡，就是家人父子之间，总还未能释然于怀。自恨识浅学疏，不能悟澈真理，妄自恋爱家庭，即与道心相背。所以蕴蓄五衷，不但不敢陈于师尊之前，有时意念方殷，每用强制法儿把这些念头撇开。今闻明训，始知凡在情理之中者，仍和凡人一般，不必强为做作，转失人的本真。师尊，可是么？"

铁拐先生摇头道："此言又是些似是而非。不忘骨肉，不弃伦常，乃是做人的道理。从前祖师拔宅飞升，是为了什么？就是我本人于得道之后，也曾奉祖师的法旨，度脱父母，这又为了什么？总而言之，还不是一个情字。可见情之一字，不但凡人不能打破，仙人更不能打破。不过仙人之情，要先从无情中修成；可以用情的机缘，惟其先时无情，乃能显他真情于日后。若也如凡人这样，一天到晚不离夫妻父子，时时厮守，刻刻相亲，那还有什么时间和心力来作他修道工夫呢。你才说自离家室，时时深念及家中人口那等思想，即是恨不能和骨肉亲人时时见面，寸步不离。但以强制之力使他不迷，这在初学之人，原必经过这个阶段。如谓修道之人，可以如此不背修道的本理，甚至说到不如此便非修道人所宜，那就大误大谬了。总之修道既成，道心纯一，俗魔外道，不能破坏。尽你心所欲为，出入进退，无不如志，也无不合度，儒家所谓'从心所欲不逾矩'者，其理可以路通也。若如你们现时情形，道心虽坚，而道体未固，道力更非常薄弱。自谓极有把持，却禁不起外魔的缠绕勾引，一经牵动，前功尽弃。正该时时留心，刻刻在念，将你所谓强制之功扩充起来，至于百事百心，归到惟一惟情，不用留心，不消顾念，而自无心念之可言，方才可以语于大道，方才是大道入门的第一步功夫。现在如你等程度，正在可进可退、能出能入的时候，纵不能完全绝凡念，屏俗虑，也断断不许和凡人一般，时刻存着此种思想。最好要由强制而入于自然，能够先做到不动心的地位，即有杂念，也便视同浮云的过眼，完全不为所拘束。如此久而久之，自然能至惟一惟精的地步。我今教你回去一瞧，须知不是要你不弃俗虑，不损凡念，乃是命你精一其心，勿为物诱，以我之静，应人之动；以我之无，对人之有，以此心意毋忘伦常，此乃纯和中正之道。和你所说之理，似同而异，相去极微，是万万不可不认清楚的。"长房受教，又愧又感，自觉心地光明了许多。

当晚别了铁拐先生，自去找他的家人。走出观外，问了一声，知道自己村庄并没受着兵火之灾，心中很是安慰，于是紧紧趱行。到了自己村口，忽见一个女人被几个无赖拉拉扯扯的，口中说出许多不干净的话。那女子只是哭叫救命，还说我家中犯法，也须到官理论，不能受你们如此凌辱。长房一听说话声音，好似自家妻子。定睛一瞧，可不是，一点不错的，正是妻子白氏。刚见一个无赖在妻子面上拧了一下，笑道："你丈夫早已逃去，你家又犯了大罪，你要是在行的，快跟了我们去,包你有吃有穿,一辈子不受人家的亏。"白氏便破口大骂起来。无赖们也怒道:"我们把他拉去,大家快活一宵,明天再送官去。"于是胡哨一声,拥着那白氏如飞而去。长房一见这副情形,气得三尸神炸,七窍生烟,更不思索,拔步便追。未知能否追到,却看下回分解。

第五十三回　费长房因愤开杀戒[①]　二郎神下世儆凶横

却说费长房眼见自己妻子，被一班无赖如此挫辱，不觉愤火中烧，三尸神炸。又见无赖们将白氏拉了就走，白氏披散了头发，跣着双足，衣服也给扯碎得不成个模样，口中只高喊："救命哪，强盗抢人哪，地方救命哪！"其声惨急，不忍入耳。长房再也忍耐不得，看看白氏已被他们拖有百把步远近，施出他缩地法儿，双足一蹬，早和他们相接。

众人见眼前平空来了这们一个男子，不由大家称奇道怪，疑神疑鬼起来。长房也不和他们多说，却忙着先问白氏娘子："可还认得鄙人么？"白氏一见长房道妆打扮，神色反比昔时少壮，明明认得是自己丈夫，但是心中有了这层疑点，兼之隔别多年，遍寻无着，久已传闻丈夫死在外乡，今见他突如其来，无意相值，更觉天下无此巧事。再不然，或许是他客死他乡，鬼魂回来，知我有难，特地显形相救，所以先时并不见他躲在何处，转瞬之间，忽然立在面前。如此一想，更觉后说最为可靠。好在总是自己同床共枕的丈夫，便明知是鬼魂出现，却也不怕，便拉住长房道袍号天嗬地的痛哭起来，说道："你是早已死了的人哪，如今怎得来此，敢是知你妻子有难，特来显魂相救么？"长房只说了句："不得胡说，怎见得我是鬼魂。"

话未说完，那批人已一拥而上，问道："你到底是人是鬼，还是什么妖精。算你是鬼，你妻子现犯了王法，我们正预备送去当官，你在阴界中，和我们阳界不通往来，劝你少管闲账为妙。要是不然，我们先将你捉送城隍庙去，交与城隍神爷先办你一个妄认民妻的大罪，看你可能作个平安之鬼。"长房本来怒极如雷，一听此言，更属恼恨之

---

①原书此回与下回费长房之名误为"王一之"，现均改正，以便阅读。

极,抽出佩剑向说话的人喝道:“该死的贼子,青天白日强劫有夫之妇,还敢把生人当作鬼魂,胡言乱讲,我就着你看看鬼魂的手段。”举剑一挥,这人的脑袋便轻轻掉下地来。惹得众无赖大呼道:“那里来的野道士,杀了人了!”一齐上前来捉长房。长房把白氏一推,用缩地法推出半里之外,自己却仗剑和众人搏战。

可想这批东西,平日只会恃众横行,鱼肉乡里,那里懂得拳剑功夫,况又手无寸铁,十几双赤手和长房对抗。长房正在十分恼怒,那里管得许多,举剑乱砍,一霎时杀翻了六七人,余下五人也都受伤逃走。长房大笑道:“畜奴,早知如此不耐战,何苦作那些恶事。”追上前喝一声止,五人十只脚,便如钉在地上一般,一动也不得动。长房笑道:“你们这班光棍,留下性命,总是地方之害。不如多费我贫道一些气力,全批替我归阴,也好早早见到城隍神爷,着他派人来捉我去办罪。”说时,又举起剑,顺次儿一个个横砍将去,接连杀了两个。那些人脚虽钉住,心中还是清楚,口中也能说话,只得大声哀求:“上仙饶命,小人们再不敢为恶了。”长房笑道:“也晓得不敢为恶么?凭你一句空言,谁来信你。”于是又杀了一个,眼前便只剩两个了。那两人号泣道:“上仙慈悲为怀,济世为本,我们所犯的罪,至多不过抢劫民妇,无论如何,也还不致杀头的罪名。今上仙已将我们弟兄杀了许多,只剩我们两人,大仙便有万分的雷霆,也可减去一大半儿,就不容我们多活几天么。”说着便哀哀痛哭起来。

一听此言,蓦然记起铁拐先生的教训来,觉得这两人说得很对,自己原做得太过分了。一时之怒,枉杀多命,真有似乎倚仗法力,欺害平民。况以宝剑对付赤手,不但不武,也属不仁。心中一悔,不觉把宝剑丢在地下,恨恨的说道:“多年功行,不及一时横暴,我真不解与你们有甚冤仇,害得我如此地步呢。”自己说了几句,见那两人还在哀求,不觉垂头丧气的说道:“我放你们去吧,你们也得好好的做人,千万不要再蹈覆辙,扰害闾里,那时我便不杀你们,王法和天道,不是一概可以幸免的。走吧,走吧。”二人得了命,叩了头,鼠窜而去。长房因一时之忿,杀了这许多人,心机一转,不觉由愤怒而变为悲悔，自怨自艾地怔了许多时。在地上拾起剑，无精打采向前走，去找他妻子。

忽听后面又有人大呼："杀人的凶犯，走那里去。"长房大惊，回头一看，只见一个白衣道人，骑一匹白象，泼风也似的追上来。长房只道难逃此厄，正在灰心短气之时，索性放大了胆，准备拼去这条性命也罢。于是止步不前，等那道人来近，方举手为礼，问道："道友何来，敢问贵乡法号？"那道人冷笑说："你这蛮野的人，也还懂得礼数么。出家人慈悲为本，似你这等举动，休说报仇过分，违王法，犯天杀，种种不合之处。单说你倚仗些小道术，欺凌手无寸铁、不知道法的平民，这等可丑可耻之事，把我们道教中的脸子都丢完了。再说以法术对付常人，只能用以救人济世；若用于杀人，除非其人身犯大罪，王法未加，而后此尚有为害地方之虞，既不可以理喻，只好暂破杀戒，为民除害。所杀亦以少为贵；多残物命，已伤天和，何况草菅人命，至十人之多，这是何等残暴之事。常人如此，已该杀有余辜；若以修道之人，利用道法如此残暴，正该加倍治罪。因为照你这等行事，大凡稍通法术之人，简直可以杀尽天下人民，我辈修道之人，直成天下人的刽子手儿。此风一长，只怕道教要消灭了。"长房听了，满心都是惭惶懊悔，半晌半晌不敢答辩一言。那道人又道："再说你的事情，你因眼见自己妻子受人侮辱，愤而出此，其情也可以原。再如你说此辈决没好人，杀了他们，也可为地方除害，听来也似有理。殊不知人民犯法，本归官中治理，我辈方外之人，横身加入，已属越职违法。像你这等意思，简直凡是修道之人，都有干涉时政的权柄。试问天地生人，为什么不把政治之权，付于道教中人，不更直截了当，省却许多冤抑？为什么还要设官立职，并设天子以主其事呢？即吾辈不得已而与闻人事，总以多做好事为宜，那些杀人放火的野蛮勾当，决不是我们应为的事。你既杀了多人，又要冒这为众除害的美名，尤其近于大言不惭，简直是毫无道理，不必置论。试再就你自己的事而言，大凡为恶之人，必有一个魁首，魁首之外，也有被胁而来，也有被诱而致，也有出于种种不得已的情事，勉强附和，决非完全都是恶人。官中捕到大批盗犯，为什么不得马上并诛，也要细细审问一番，正因盗中并不全是恶不可赦的人，而是恶人之中，又有主从之分、轻重之别，苟可末减，终得破格周全，予以自新之路。决没像你那样不分首从，不别轻重，一味加以诛戮之理。你们师徒成日都说秦皇凶残不仁，残民以逞，甚至你师傅还派人行刺，使他不得善终。如今照你这等行事，岂非比秦皇更来得残酷么。我倒还去请教你那师傅，教出这等徒弟来，可得联带负些责任哩。”

长房见道人言言中理，语语有棱，而且尽知自己之事，想来必是大有来历的天上金仙，休说自己抵抗不得，而且身负重罪，理应束手受刑，再敢抗违，情同拒捕，本人固罪上加罪，且恐真个贻累师尊，此心何以自安。想到这里，连自己老婆现在哪里，家中究竟犯了什么大事，也都不暇计及，扑倒身向那道人叩头伏罪，只说：“一切罪恶，都缘弟子性太急，质太粗，冒冒失失闯此大祸。弟子的师尊原说弟子不配修道，早有逐出门墙之意，经弟子再三哀求，暂予收录。不料弟子贱性愚鲁，刚刚离开师傅一步，就弄出这等大事，这真和师傅丝毫没有关系，还求上仙代我师尊执法，刀锯斧钺，心甘领受。”说罢，叩头不止。那道人叹了一声，吩咐起来。长房只得起身，站立一旁，俯首听命。

道人说道：“吾乃玉帝外甥二郎神是也，因奉帝命，不久楚汉相争，汉王当为天子，命我巡行天下，察视民间，见有人民疾苦冤抑之事，可救者救之；不可救者，也应设法使得减少苦痛，或者防止祸事的蔓延，勿令扩大。刚刚下凡，就见你做出此事，本应交付你师傅，再行送入冥中，打入九幽地狱。姑念你师道德高深，不忍他丢此颜面，再见汝已知悔罪，况事出无心，拟即由我带去治罪，还可从轻发放。你可速去，把你妻子送回家中。他是贤德之妇，仙神共敬，你得好为安置，莫叫他再受困厄，将来自有人去提挈他的。你把此事办妥，三天后仍来此处见我。”长房涕泣叩拜，仍用缩地法赶到妻子所在的地方。因人烟不多，一找就着。夫妻俩稍叙离情，长房也不再将自己得罪之事告他知道，一同回到家中，问起闹事起因。

原来长房早年出家，没有子女，由长房的兄子兼祧过来。此子即上年何仙姑往访长房时，开门接谈之人。幼时还算了了，长大起来，却一年不如一年，专喜结交匪人，干些没规没矩的事情。不上几时，把所有产业败个整尽，本生父母，气得都成胀病，相继下世。长房妻白氏夫人，年虽不小，却还有些丰韵。长房在家时，伉俪之情本笃，迨他出家之后，多少亲友都劝他，趁年轻时再醮与人，免得受那青春寡鹄的苦况。白氏矢志守节，百折不回，因此，地方上人又都同声钦敬。不道那兼祧之子把家私卖完之后，不晓听了什么人的撺掇，说"你继母年纪虽大，多少年轻姑娘还没他那么丰韵，你天天忧穷，何妨将拿出来，换几个钱使用。"这嗣子先时还不敢赞同。后来实在穷不过了，想尽方法，弄了笔钱，跑入博场，预备作背城借一之举。自谓一博而胜，聊可度得日月，便当从此洗手，勉为好人。谁知老天爷好像有些不大相信他真能做好人，并也不希罕他能够改过，凭他说得那么好法，偏偏运气不好，结果不但把背城的资本一博而空，还欠了人家一笔大钱，立下笔据，限期偿还。这一来，就不怕他不从继母身上打算了。此时咸阳地方，虽经兵灾火灾，究竟曾经建都之处，和别处气象不同，一般市面上还是熙来攘往，热闹非凡。并且也有许多女闾，供一班王孙公子们追欢买笑之需。白氏品貌既佳，地方上早有美人之称，因此他那嗣子就存着不卖便罢，要卖就和娼家交易，可以多得身价。

果然此言一出，不到两天，就有一家女闾肯出三百纹银，买去为娼。又怕白氏不肯答应，故意弄来许多无赖，去他们家中吵闹，只说嗣子在外犯了什么大罪，已经捉到官中，并要提他母亲到堂。白氏女流无知，果然被他们哄了出门。一出大门，这班人就施出轻薄手段。想他素有美人之名，平时连面都不容易见，今既沦入女闾之中，落得趁此机会，大家寻个开心。却万料不到长房正于此时归家，可巧狭路相逢，闹出这么一件大案。在无赖们心尚未开，头已落地，果然太不上算。而长房因一时之气，闯此大祸，不但修道无望，还得领受刑罚，不知何日方得出头，并不知受的是那一种刑法，心中也不无担着惊恐畏惧。况且家中之事，虽经查明，而白氏如何安顿之法，却还想不出来。还有那不肖的嗣子，自从惹祸之后，闻得叔叔回家，不敢回来相见。长房这时满心都是悔愧，那有责他之心；而在嗣子，却不能不预防为那批无赖之续，没奈何，只好东藏西匿的躲在外面，长房对他也是万分歉疚。

正想至无可如何，又得外面消息，说官中得地方亭长报告，发生十人被杀的巨案，官吏已派人查缉，务获正凶究办。长房自思杀人之时，似还没人瞧见，因为地处荒僻，本少行人，加以历时不久，也竟没人行过，告发二字倒不放在心上，怕只怕自己的嗣子祸心不死，要是他老先生自作原告起来，这便没法可以避免官司。自己虽可逃走，所虑者还是妻子白氏。看看又过了两天，这天长房已决心回去见见师傅，索性把自己所闯之祸和二郎神惩办一节从直禀告，再行请示办法。正想出门，忽听空中似有人语，急忙走至廊下，仰头一望，一跛足道人自天而降，不是别人，正是自己预备往见的师傅铁拐先生。长房不禁又感又愧，又是惶恐，俯伏于地，口称："师尊在上，弟子已成道教中的罪人，不敢见师尊的面，只求师尊重重处罚，替弟子消减罪过。"铁拐先生见他如此情形，心中也觉难过。

白氏在室中作事，听得丈夫说话声音，忙着从门隙偷偷一望，见丈夫跪在跛足道人身边，已知是丈夫师傅到了，忙也抛了女红，跑了出来，和丈夫并排跪下，自称："门生媳妇白氏叩见师尊，愿师尊仙寿无疆。"铁拐先生本来高坐上面，由着长房跪伏，不去理他。一见白氏跪下，忙也立起身，拱手道："夫人今之贤妇，苦节可钦，不敢当此大礼，请起，请起。"白氏见丈夫还是长跪不起，便知必为那天杀人太多之故，便也叩头不起。铁拐先生微微把手一摆说："大家起来再谈。"夫妇俩这才都立了起来，分侍两旁，恭聆法旨。

铁拐先生叹道："这都是注定的大数，长房一切能忍，而不能受气，便去入道之门甚远甚远。二郎是正直烈性之神，却最有侠心，我才为你事已和他相见，一则怜你事出无心，二则看在你妻子分上，着你做一个专管厉鬼的官员，人虽活着，办的却是阴差。现当大乱之世，各处鬼魂飘泊无依的不晓多少，其中也有强弱之别，弱者每被强者欺凌。身为孤魂，已极可怜，怎禁得再受欺压。你要查明了，有这等事情，就该公公道道的替他们维护一下。此外还有鬼欺生人，为害良民者，尤其该应驱除。总之凡关于人世游魂，未经冥法鞫理者，都受你统治辖理。你要能够办得正直公平，使世无冤鬼，人无鬼祟，这便是第一大功，可以赎得今日之罪。若再利用权力自负道法，欺鬼侮人，那就要两罪俱发，不受雷火之殛，也难逃二郎神剑之厄也。”长房听了，涕泣奉旨，自誓不敢再有差池。未知铁拐先生可能信得过他否，却看下回分解。

第五十四回 费长房奉命治鬼 玄珠子受任防蛟

却说费长房得管鬼役，誓不再有舛错，务要尽心办事，以期建功赎罪。铁拐先生听了，微微一笑，点点头说道："要如此才好，要如此才好。"袖出一卷伏鬼符咒，交与长房说道："此乃我所学三卷玄经中最浅的一种，浅便浅，也不是人人可学，更不是粗心可习，似你聪明出众，学时并不甚难，却不许轻易传人，致召天谴。卷尾另有一篇论制鬼怪的兵器，你可按法炼桃剑一口，以为诛戮恶鬼、震慑顽怪之用。"长房再拜而受。铁拐先生又道："我本知你没有仙缘，经你一再恳求，我也甚望挽回命运，玉成于汝，不料力不能胜天，结果仍是如此。现在替你安排此职，原为使你可以乘此机会，将功折罪，罪完功厚，又是挽回气运的方法。兼因你所杀十人，其因颇多冤屈，屈死之鬼，其气不散，似你道力薄弱，不足以慑服他们，若是联合起来寻你报仇，你也无法抵御。有此职权，他们都在你治下，就不能再逞其报复之念了。但神仙做事，务要持平，安能倚仗势力，强压人家。一面你还得尽你夫妻心力财力，替这班鬼魂超度一下，也使他们得你一点好处，这是最要紧的。"二人听了，顿首遵命。

铁拐先生又道："长房，这是你最后立功的机会了，你虽旦旦自誓，我却仍恐日久情迁，稍不小心，再酿大祸。也只望你能时刻当心，不忘今日之言就得了。"说罢，又顿了一顿，说道："以我预测，你能道心精一，终始不渝，此生纵不成功，来世终有希望。数百年间，便没多大成就，一千年后，必可超升天府，位列金仙。从来凡人修道，有积功万年，未窥堂奥者；又有以物类而修成人体，更从人身求仙道，历年至不可数计者。眼前，你们一辈之张果即其人也。如你这等际遇，果能成功于千年之后，虽不算快，也断断说不上一个难字。似乎天之待你，确不为薄。恨我道力未深，所知仅此。至于实在情形，详细状况，惟元始老君和西池王母当能知之，我辈所未逮也。但虽不知其详，而大致如是，却可断言，苟非你中道变心，或有甚大恶行，夺去禄位，自取咎戾之外，断乎不得有错。你也可以放心努力，自奋前程。不但用不着怨艾悲苦，更不消灰心短气了。”长房又叩头称是说：“弟子决遵师尊金谕而行，至于成功的岁月，休说千年以上，就如张师兄那般经过两万多年，弟子也是不厌倦，不灰心，百折不回，非要完全成就，决不罢休。还乞师尊鸿慈，常赐教责，弟子有生之年，皆师尊所赐之日也。”铁拐先生颔之以首。

白氏见丈夫语已说完，也来叩问前程。铁拐先生笑道：“你的前生也不是默默无闻之辈，乃是战国时候一个王妃转胎而生。不久罚满归到来的地方去，下世当可转一男身，前程远大，极可欣贺，这也是你自己苦节造成的佳果，不关命数也。”说毕，又吩咐道：“你们现在找寻嗣子，此人业已悔过，我来此之前，并着你何师叔前去显此灵应给他，导之为善，大约一二天内定可负荆归来，向你俩请罪，从此一家骨肉又可团聚，大家好好的过日子吧，我去了。”

说毕，一阵金光，满室芳气，铁拐先生早已借土遁出了费家，到了空旷之处，又升入空中。巧巧又遇到了二郎神，二仙都举手为礼。铁拐先生谢他为费长房周旋之德，二郎大笑道：“你我一般，都想栽植后进，勉人为德。你的徒弟即我的徒弟，何劳言谢。等得三天限满，他还来见我，少不得再勉励他几句。但怕他躁心难除，将来不要反被鬼迷，那才上当不浅了。”原来二郎神职位虽高，若论道法，远不及铁拐先生，料度后事，至多不过数十年；数十年后，便渺渺茫茫，不甚清楚了。铁拐先生笑而答道：“治鬼者每被鬼迷，此亦意中之事。不过我看此子还有点造化，果能精进不懈，当于七百年后丧生一次，更修五百年，转生贵家，可以超凡入圣也。”

二郎道：“如此却好。闻得真主刘邦醉行山中，被前秦皇之魂附于巨蛇之体，意图吞噬，幸有道人相助，暗用法力，使蛇身疲软不能动弹，因此刘邦得一剑斩除。又闻这道人叫什么张果，我却从不曾听得贵班中有这姓名，难道是新近得道的，却何以得膺这等重任，立这等大功？”铁拐先生便把张果出身和奉命斩蛇情事，并张果对于本身的辈分关系，约略诉说了一遍。二郎抚掌道：“原来张果前生即是那灌口蝙蝠。那样说来,他还算我治下的官吏哩。说起这家伙来,性情倒是很好的,但他不知怎么认识了那灌口老龙,和一条蛟龙为难,闹出绝大的祸事,害得我奔走天庭数次,又带兵下界一次。事情与他无干,却的确由他而起。不道他倒又大大的进步起来,居然又得了你的真传,可见造化是不小哩。"铁拐先生也大笑道:"二郎还不忘那些古事么,谈到这些事情,似乎还有些耿耿于心的光景。人说正神量大,照二郎今日的情形看来,着实量窄得紧,只怕不久还要被张果见笑哩。"说得二郎也是哈哈一笑。

二郎便问铁拐先生现在去什么地方,铁拐先生正待回答,蓦见北方一阵紫色祥云疾驶而来。二郎望见了,伸手一招,那朵紫云便停在身边。紫云中端端整整立着一位美如冠玉、神如秋水的仙官,二郎一面招呼,一面笑对铁拐先生说:"你俩通个乡贯儿。这位是玄珠子,现在灵霄宝殿充当秘书郎的,你大概不曾见面,也该闻名了吧。"又把铁拐先生的出身对玄珠子说了,二仙少不得也有一套客气景仰的话。二郎笑道:"神仙无俗套,二公都爱看俗人的样,这是什么道理。"二仙都笑道:"二郎爽直,至今还是这般脾气么。"二郎笑道:"生来就是这样脾气,怎生改得过来。请问玄珠先生打那里来,往何处去,如此急急忙忙的赶着路子跑,又不展动你本身的大翅膀子,偏喜慢腾腾走这云路。"

玄珠子见二郎说出他的本来面目,当着铁拐面上,有些不好意思,忙笑道:"二郎莫胡说,小弟是奉旨前去查勘钱塘江妖气。据闻有西海逃来的大蛟匿居海口,不久将应劫出世,搅乱地方。特行简派小弟前往查办此事,顺便在海宁地方建祠驻防。如可制止蛟患,稍减劫祸,未尝不是人民之福。"二郎笑道:"如此说来,道兄是新膺荣命,前往履新的了,却是可贺。"玄珠子忙笑谢道:"不敢当贺,倒得请教请教,因小弟新膺外任,一切未谙,深恐贻误公务,害及百万苍生。幸遇二郎,务乞不吝指示,俾免陨越召祸,不胜幸甚。"二郎听了,一手扯住玄珠子,一手挽定铁拐先生,哈哈大笑道:"我是一介武夫,虽在下界多年,懂得什么人事。现放着这样一位多闻多学、有才有识的拐脚先生在此,怎不和他商量商量,反来问道于盲呢。"

铁拐先生料不到二郎有此一番揄扬，不觉红了脸儿，忙笑谦道："道友千万莫听二郎胡说，他是久膺疆寄的正神，反说不懂人事。本为已算是谦不中礼，还要把我一个新入道门、未窥玄奥的后生小子，恭维得如此模样，越发显见他是有心开我和道友的玩笑。正是岂有此理之极了。"玄珠子却深信二郎说话，忙也笑道："道友却慢谦虚，二郎是我们多年的至好，小弟深知他的性情，滑稽尽管滑稽，遇到正经事情，还是正经办理，决没有妄开玩笑之理。至他本身，久亲民社，经验定然极富。他虽远在西天，自我辈看来，也不过半天可到，将来如有疑难之处，看我可能饶得过他，少不得仍要三天两天闹到他那灌口地方去。到了那时，他若再要这样冷心冷面，刻薄人家，我自会邀同三界老友，开个评理大会，非要拆了他那灌口老巢，不算我的本领。若说现在，他却正是公忙之际，小弟也不敢和他多说。明儿他要有了诖误，说不定自不认错，还要往小弟身上一推，说都是玄珠子误了我的公务，那我可担不起这个风险咧。"几句话说得二郎、铁拐都哈哈大笑起来。二郎手指玄珠子，笑而叱道："好，好，你倒会刻薄人家，还说人家冷心冷面刻薄你呢。好得很，你既说我诖误公事，我就在灌口小庙内，天天替你求天拜地，非要求得祸祟前来寻你，要你做几件诖误事情给我看看，才出得我这口恶气咧。"

他二人尽管玩笑，铁拐先生却不觉面上突然变色，暗暗想道，言为心身，二仙身为正神，职司重任，怎么不拿别的说话寻欢取乐，反把诖误二字互相赌赛似的，这等玩笑开得太不成话了。一面想一面暗把二仙前程默默推算了一回，心中已经明白了一大半，知二郎将因戏言失一次体面，玄珠则竟有非常之祸，更禁不住暗暗替他们伤心。只以事属天机，未便预言，忙替二人劝解道："大家难得邂逅，小弟之意，想请二公同上华山，彼处有小徒们看守洞居，地方虽小，也颇清幽，容小弟采摘本山果品，尽个地主之谊何如？"二仙忙笑谢道："公务在身，不敢旷废，将来公毕回天，定到宝山奉扰。"铁拐先生是神仙中一位热心人，才因听得二人说话不祥，很想请他们同去华山，可以乘机规导数言，纵令天数难逃，也可危词儆戒，只求减得一分灾祸，也稍尽交友之心。今见二仙都不肯去，他们所说公务在身的话，也是实情,只得作罢。

只见玄珠子又对铁拐先生说道:“道兄却勿客气,小弟的话还没说完咧。刚说二郎公务太忙,小弟预备等他替我求到了诖误之时,直等灾祟临身,自会前去找他帮忙,如今却还用不着他。至于道友的才学道德,小弟虽初次见面,却心仰已久。曾于李祖师处,得知太穹玄经三卷,惟十数位大罗金仙能够属目,道兄出世最晚,而福命最高,才入道门,即得传授此经,可见是大有才德的仙神。适闻所说二郎谦不中礼,也可算得夫子自道之词。再说小弟确是从闲散人员,骤膺繁剧,况值毒蛟肆虐之时,非有真实才学和道德,实恐不能胜任。本来受命之始,即栗栗自危,也曾再三禀请辞职,无奈天眷太殷,固辞不得,只好大着胆子前去一试,此心忐忑,还不知是福是祸,甚愿得一有道神仙畅聆训诲。如今可巧,邂逅道友,也算小弟运气不坏。既见君子,我心则降,万望道友垂念浙中数百万苍生和小弟本身同道之谊,莫因初见生分,从直予以教训,小弟定当竭忱受教,谨敬奉行也。”二郎听了,大笑道:“铁拐先生听了,人家说的如此恳切,看你还有什么法子和他客气。我是等不得你们这般互相揖让的客气派头,又看不惯这等文质彬彬的一般酸劲儿,也不晓得你们的交涉如何解决。对不住,要先走一步儿。等玄珠道兄接了新任,再往道贺去吧。”说着,向二仙一举手儿,立刻化只白鹤冲天而起,看他飞在空中,还伸了个鹤颈,向二仙点头为礼咧。

二仙相对笑道,此公真爽直可爱。铁拐先生却已明了当前请教的玄珠子,正是元始天尊处一只白鹤修成仙体,久任天职。二郎先时笑他为什么不展翅而飞,和此时化鹤冲举,都是有心开他玩笑。铁拐先生心中却甚觉二郎此等玩笑,开得太没理由。在二郎虽是玩笑,内中却处处变成恶兆。又见玄珠子口虽谦言,面上不觉有些不豫之情,更不觉暗暗太息。及见二郎一声鹤唳,向西飞去,一霎时不见踪影,方对玄珠子说:“道友如此谦虚,可谓不耻下问。小弟苟有所知,自当竭忱相告,更不敢再说生分的话。好在小弟也是到处游逛的人,将来道兄接了新任,小弟一经知道,定必赶来奉贺,届时很可就当地情形和蛟龙为灾状况,大家讨论一下,或者可供道友采择,也未可知。”

玄珠子大喜道:“道兄既允辱临,小弟无天不在恭候之中。”铁拐先生点头笑道:“这个道兄尽请放心,小弟是向不失言的。况道兄所言毒蛟,小弟似乎略知其事,将来如果出来扰乱,小弟必将此畜的历史和治他的方法仔细奉告,不教道友为难也。”玄珠子愈加欣慰,因又笑道:“小弟委是初膺外任,每虑贻误太多,害民祸己,今得道友允我帮忙,小弟可以释然矣。”

铁拐先生见他尽说这些不吉之谈,心中又是惊疑,又是不安,忙笑慰道:“正是这等大事,确要多找几位道行高深的仙人,大家商量商量。小弟无才无识,所知太少,如蒙不弃,将来再当代邀几位前辈道长,共相协助。惟望道友仍以谨慎的态度,小心处事,勿以有恃而无恐,也勿因事而生畏,此即贫道最初贡献的一层小小意见。苟能永久如此,则道友心中所虑的种种忧危,皆可不致发生。所谓知误如是,斯不亡者,此之谓也。”未知玄珠子尚有何言,却看下回分解。

第五十五回 防后患收聚浙江潮 悟前生勘透人世梦

却说玄珠子领了铁拐先生的教言，自去东海履新。

原来灌口老蛟，自淮海失败之后，曾来海口一次，意图攻破迎龙闸，占据钱塘口，自立为王。幸事机不密，被东海中巡海官儿得知风声，赶紧禀龙王。为是老蛟党羽极多，又有魔教主作他声援，龙王夫妇十分重视。况兼王妃母坟在彼，一旦老蛟得志，势必图报灌口及淮海村两件仇恨，先将王妃母坟淹损。因此，由王妃亲自请得十万海族神兵，率领四位太子，并各大神将，守住海口。老蛟见龙王守备严密，知道计不得逞。只把蛟尾向海岸一扫，发出万丈波涛，浸没民田居室、牛马人口，不计其数，算是老蛟无可出气，聊以解嘲之意。正合了俗语说的“肚疼埋怨灶神”那句话儿。事后龙王上禀天庭，玉帝降旨，派玄珠子下界查勘明白，即在海宁地方由土地示梦人民，立庙奉祀为镇蛟靖海仙君。玄珠子到任以后，也曾两次赴海，和龙王夫妻父子共议保守浙海之计。除由玄珠子禀请天庭，调遣兵将，常年驻扎庙宇，并由龙王约派海兵，防守隘口之外。

原有浙江潮水向称浩大，这是因海口两山夹峙，严如封锁一般。而钱塘江上游地势反比下流高峻，几面拶逼，遂成极大潮汛。自玄珠子镇守海宁以前，本来各处都有高潮。玄珠子为防老蛟浮潮潜入起见，再与龙王商议，启请日月星辰各大仙君，共同施法，把各处高潮吸将过去，并于海宁一处。又将海宁全年潮水，除每月大小汛外，尽收集于中元节后，怒涛澎湃，引为奇观，俗称孤魂潮，往往水能卷人灭顶。所以有名的浙江潮水，从秦汉以来，直至今日，都以海宁为最盛；而海宁的潮汛，又以八月中秋后为最大，就是这个原因。

自从此法施行以后，潮降潮生，都随时有玄珠子派去的神兵站立空中，遥望远近，但有海妖作怪，无不先期独见，可以立刻制伏。就是老蛟虽能变化身体，忽大忽小，究竟他的原形，是非常粗笨长大的。

大凡变化形象大小，或幻变他物，非至道行极深，虽能随意随时变幻不测，却究不及原身形体来的舒适自由。功行最下者，至多只能变化个把时辰，一过时候，便觉非常委顿，不能动弹。就是普通动物，未经修炼，如寻常狮虎豹狼，以至犬马鹰隼之类，都可以制他死命。甚至过时太久，魂魄不能归原，便无加害的仇敌，也属生命难保。不比道行高深的正经仙神，身体在有无之间，魂魄在虚实之境，变与不变，只是一个样子。不变固佳，就变至千百余年，也和不变无殊。总之身心魂魄，都没有一定寄托之所，那有加害之可能。所以除了此等真正神仙之外，都不敢轻易幻变。偶因不得已的事故，随便换个模样，他们也时时刻刻当心留意，一觉身体稍有不舒，便该快快变回原形，宁可休息片时再行变换，这是修道人变化一门必经的程序，天然的阶段。如老蛟这东西，修炼年岁确已不少，为他多行不善，懒于习苦，数万年的光阴，都在争强夺势、计谋陷害之中无形中消磨过去。所以他在最初的千余年中，进步最速，那时就能变化如意。千年之后，直到现时，仍不过这点本领，一些没有加添，就只不曾退化已算是很难得了。照他这时的情形，大概变化一物，或化大为小，幻小为大，也可支持得一两个月。一两月后，即须回复原形，休养片刻，方可再变再化。较之变而不变、不变而变、纯任自然、毫无迹象的上界金仙，果然相差太远。若在短期变化之中，能支持到一两月的，已属不可多得。老蛟不习上进，日与下等妖精为伍，在那批东西中称王称霸，久而久之，越弄越骄，觉得世上再没强过他的。自从淮海村大闹蚌宫失败以来，潜形海底，已有千年。至此，不觉故态又萌，野心勃发，方才有占据钱江、独立小朝廷的计划。

论江口水量，并不恁大，大部分且多浅滩，如他这等长大身躯万万不能安居。他所利用的就因内江中潮大，而且常年各处都有潮汐，很可发涨水势，增加水量，可容他隐显出入。如今被玄珠子会同龙王，请得星球主者，吸水聚潮；而潮水所聚之处，又被神兵把守，无论他不易进身，就算侥幸偷渡，而上江水浅潮平，也万非潜蛟之所。因此老蛟雄心顿歇，不敢再存南面之想。但恨那玄珠子却比什么仇人都来得厉害。除了赶去灵鹫山哭诉通天教主，请求派兵报仇外，一面兀自潜居海底，专待这边稍有疏虞，便可乘势再起，即使不能达到称孤道寡的目地，也要把玄珠子闹得流水落花，不能安居荣享，这是老蛟所定的毒肠。看他虽是隐伏，大有越王勾践尝胆卧薪的景况。这边玄珠子自然也料到老蛟尚在，必不肯就此干休，也在那里天天打算收伏老蛟，为根本肃清之计。邪正两力，相持相待，胜负成败，后文另有交待。

书中再说蓝采和出世以后，转瞬已有十岁了。因从小和对江王家月英姑娘订婚，双方家长便也走动得非常莫逆，更难得采和的父亲蓝文和月英的老子王光，都是极旷达大方、不拘小节之人，看看儿女年纪都大，为因教读便利起见，蓝文家便请了一位姓毛的先生在家教读。王光也想请个先生，无奈自己虽然有些体面，其实景况并不甚佳，无力延请教读。再则乡村地方难得名师，况是女孩子家，择师更不可不慎。正在四处寻访之际，蓝文家已要开馆。蓝文特设盛筵，恭宴先生，请来几位陪客，都是本地有体面的人士。王光以亲家而兼好友，自然也在被邀之列。

席间，王光见那毛先生年逾花甲，须发全白，看他一副“非礼不言，非礼勿动”的情形，确是一位齿德俱高、品行端肃的老师，心中十分起敬。和他谈了一回，又着实佩服他那一肚子的学问。无心中忽然转出一个念头来，笑对蓝文说：“亲翁的洪福不小，请到这样一位好先生，小弟钦仰之至。小女和公子同年，今年也拟令他读几年书。虽然女子不一定要学问，但如吾辈家况，小姐们若是一字不识，也未免太不相称。况小女已许公子，将来终是蓝家之媳，贵府世代书香，向来几位小姐，也都能诗能文，小女若没些子学问，将来嫁了过去，妯娌姑娘之间，也甚鲜光彩。小弟为此定想培植他读个三年五载，不求甚好，但能略通天理，识得圣贤大义也尽够了。此念蓄之已久，怎奈敝村僻小，竟请不到一位好好先生，心中着实气闷。今见贵老师齿德并茂，才学俱佳，又令弟深恨无缘订交。现在小弟定下一个主见，务请亲翁慨允方好。”蓝文忙道：“你我至亲密友，何事不可商量，但请见示，无不敬从。”王光便说要将小女送在府中，附塾读书。“一则免得小弟再去寻师，二则小女尚不愚顽，也可与令郎共同切磋。虽说已订良缘,照俗例小夫妻不能见面,但你我这等人家,何必拘于俗例。何况孩子们年纪都还小咧,眼前也说不上避什么嫌疑,且等一二年后,小弟请到了好先生再作计较,不知亲翁可能答应?”蓝文笑道:“这是最好的事,小弟那有不允之理。但恐嫂夫人舍不得令爱离开膝下,这却怎么处理?”王光也笑道:“只要吾兄答应,舍下倒没有什么的,好在彼此女眷们早已互相往还,好似老亲戚一般,两方相去,又不甚远。内人辈要是记挂小女,大可早夕渡江过来瞧看瞧看,谅也不见得怎样作难的。”蓝文笑说:“这就好极。明天上学已经太晚了,后天由我这里派人备下舆马,渡江奉迎小姐去吧。”王光大喜,因又说:“还得回去和内人辈商量,选个吉日再行送来,不必相接。”蓝文也答应了。

王光回到家中,和他夫人刘氏说起此事。刘氏先是不允,说只有这个女儿,又已早许人家,长大起来,就要出阁,现在年纪还轻,正好厮伴几年,偏又将他送到人家去读书。知道人家可能好好照管孩子,这还罢了。我又听说蓝亲家的如夫人胡氏,是个极刁险难弄之人,我女儿又是天真烂漫,不大识得世故的,万一得罪了胡氏,彼此结怨在心,将来嫁了过去,一辈子吃他的苦头,犯得着么。”王光见说,心中也觉此事有些不妥,无奈他是要面子的人,既已说出了口,况是自己要求人家的事,无缘无故去翻悔成约,岂不惹人笑谈。因此正色对刘氏说:“这都是你们女流之见,彼此近在咫尺,就使嫁了过去,也天天可以往还,何必定要一天到晚的厮守着,才显得你母女的亲昵么。”刘氏原怕丈夫,知他主意已定,是不能和他硬拗的。硬拗一场,结果仍是他的主意,徒伤夫妻情分,何苦来咧。想了一回,也只好硬了头皮,一口允许。并择于三日后黄道大吉之日,送月英渡江,赴蓝家入学。

月英虽是女孩子,却从小大方知礼,打从七岁上他爹替他上的学,肚子中很已灌足了许多经书诗文。但他最喜欢的,却不在这等文字,偏爱研究方外道经,尤其服膺老子《道德经》,八九岁上就读得滚瓜烂熟,至今年十岁,知识更为充满,竟能得其言外之意。时常焚香捧诵,默默揣摹,若有妙悟。至于此外各种道书,更是不烦研习,洞明真理,因此心地莹澈,悠然有出世之想。每念前生经历,许多残酷事情都由婚姻而生,如今第一关头,便是夫妻两字,须得首先打破了他。可不晓得同劫同生,相约一同修道的蓝采和,这几年日居膏粱纨袴之中,能否不为物欲蔽却性灵?要是他心已变,势必以夫妻之道来相迫压,那时我除了苦口点化之外,如再不回头,就只有独善本身,远适太华去找我前生的师傅去也。想师傅道德齐天,必有救他之法,我也可以放心了。这等想头,时常萦他芳衷,只不敢在父母前吐出一字。有时姊妹行中闲坐谈心,别人各有所志,或愿得一金夫,或愿得一才郎,只他一人闭目瞑坐,一句不去参加。人家笑他已经有了好夫婿,分明一片芳心,业已十分安稳,所以用不着多愁多虑。月英听了,便冷笑一声说道:"人各有心,心各不同,我的志趣和你们完全相反,教我如何插得下嘴呢。"人家忙问你的志趣如何?他便笑说道:"有才人才大如山,过不得百岁光阴,与草木同腐。有财人财源如海,更不消六七十年,只等精神一退,有钱没本领去使用。何况世事无常,财多或竟召祸,可是件最不中用、靠不住的东西。凡人偏都勘不透,把人生有限的岁月,尽放在声色名利之中,一旦无常猝至,万事皆休。平时断断以争,逐逐而致者,究竟可能带得一些回去不曾?所以姊妹们所盼望希冀的事物,做妹子的却一桩也不中意。"人家听说,都哗然笑道:"问你自己的志趣,你又不肯赐教,只把人家的说话瞎批评一番,算得什么。"月英听了,不觉点头长叹道:"姊妹们竟把妹子所说当作瞎批评,所以妹子的志趣,竟不能再向姊妹们饶舌;不但不能,也且大可不必了。"说罢,大家一笑丢开。

月英因见眼前姊妹们一个个生得有才有貌,偏都为名利所拘,一些自主的力量都没有,越发感觉人世名利两字,真是无形的桎梏、伐性的斧斤,最是可畏可怕的东西。同时即愈恐蓝家郎君不要也被这些无谓的身外事物迷惑心志,那么此番下世,不但没有了道之望,反多一层魔障,添一重大劫,且辜负了铁拐仙师一片玉成的美意,从此就永无入道之可能。每一念及,不禁代他危惧,只恨自己已为人妇,在未曾作嫁以前,照例不能见面,纵有警勉之心,却无说话的机会。他本是情深意挚的人,对于采和,又有那种生死交情、夫妻关系;兼之仙师特地安排，令他们同死同生，便没别种交谊，在理也不能舍却采和，独寻大道。可怜一寸安静的芳心，反被他人的前程弄得七乱八糟，一刻不得宁谧。

正在宛转踌躇、无计自遣的当儿，忽在母亲房内听得父亲谈起蓝公子年少英俊，力学多才，居恒以古来名臣自况，并盼不出二十岁，当置身卿相，可见是个有志之士，月儿的终身，倒可无虑了。刘夫人爱女心切，听得女婿如此立志，焉有不悦之理。回转头见月英立在一边，低鬟默默，若有所思，夫人笑对丈夫说："你瞧我们月儿，他听了你的说话，倒不声不响起来，这是什么道理。"王光笑道："女孩子家，要他这样识得害羞才好。"夫人听了，便把月英搂了过去，捧起他的小面庞儿，一阵抚摩，笑嘻嘻说道："我的儿，你不听见人家公子是那么有志有才，轻轻年纪，就打算赶过多少人的前头，要做什么大官咧。我儿，公子做了大官，你不是现现成成一位太太了么。"月英听得父亲所说的话，心中已在懊恼，料不到自己平日所深虑的问题，竟要成为实事，已是怪难受的；更不料母也如此不谅儿心，竟又说出这等不入耳的违心之论来，教他如何忍得下去。但见他双颊微红，秋波流晕，一霎时骨碌滚下两行珠泪，倒把王光夫妇吓一大跳，齐问："心肝爱儿，这是怎么了？"未知月英如何回答，却看下回分解。

第五十六回　王小妹劝夫修道　胡舅爷助姊为奸

却说月英转世为人，性灵不昧，虽居罗绮丛中，念念不忘修道。但他的修道和别人不同，别人但求独善，他却和蓝采和生生死死，都有连带关系。采和不能升仙，月英也不能独自成道。并非事实上真有何种困难，皆因双方历来的关系太深切了，觉得同生同死、同转凡胎、同入仙界乃是必然的道理、一定的情势。如有一个不得成道，其他一人万不能舍之而去，此中原因，看官们已经明白他俩前生事情，定能信为不谬。

本来神仙最无情，也最有情。惟其有情，所以不能不以无情为根本，正惟如此，乃愈见其用情之苦，与情况之深。月英原是仙种，又经天仙指示，超出迷途，示之正道，当此入世之始，出世之先，别的可以看破，独撇不下一个情字。别的情况尚可暂时丢开，尤其是对于关系太深的蓝采和，决无忍心恝置、各走各路之理。这要照现在文学家说来，就叫良心问题。

大凡天下事最难解决者，即是良心二字。强盗可以明火执仗抢劫事主，忤逆子女可以打骂父母，而将死之顷，一点天良无不发现之理。天良的发现，较之法律的处分，一定难过十倍，这等就是良心问题。恶人为恶，天不怕地不怕，单怕良心的发现。大抵天良之用，即上文所言之情。而人情之体，即为天良。良心与情所不许的事情，而谓出之修道之人，虽在至愚之夫，亦信其决无此理。例如月英，一寸芳衷既已决心出世，本来非常镇静、非常安定的。乃反为未来丈夫之事，纷扰其心曲，至于寝食几废。正因本于天良，发于情意，万无丢撇采和独善其身之理。觉得这等办法，非特理所不通，而自己的良心上，也决决不愿如此。所以平日所虑，只愁采和迷于物欲，而一闻采和醉心名利到此地步，方觉平时顾虑的种种问题，均已实现眼前。

在他父母，为爱女幸福计，得这样快婿，自然万分喜态；总当女儿心中，一定比他们老夫妇们更来得快活。那知月英别有怀抱，突闻这等违反自己志趣，增加自己困苦的情事，霎时心中一急，竟忍不住两行珠泪潸潸而下。倒把王光夫妻都盛在葫芦里，完全想不出女儿是什么意见、存的什么心理、一时有何感触。夫妻俩由不得齐声诧问道："我的爱儿，你这是怎么了，难道说许了这等要好的夫婿，还有甚的不满意么?"月英心虽发急，但古时女子对于婚姻上头，或关于未婚夫婿的说话，照例是金人三缄，不行吐露一些意见的。况月英生性非常厚道，既不忘情于前生的情侣，怎能失欢其此生的父母。极知父母深爱采和，而采和少年立志，也实实说不出一个坏字来。月英怎能实说我是怜他蔽于世情，迷于物欲，惧他不能修道呢。既不能说，而父母逼住坚问伤心之故，只得随口扯了个谎说："身上有些不快，一时忍受不住，倒惊动了两位大人了。现在却又好了，还请两位大人放心。"说毕强整欢容，莞尔一笑。这一来，倒又惹得两老夫妻相向失笑起来。王光笑道："女孩子家，闻到未婚夫婿的事情，原该有点害羞，才像我们这等人家的小姐。"夫人听了，也以为然。原来他们明知月英所说都是推托之词，即又误会他是害羞，几句话倒替月英解了个围。

自从此日为始，月英心中更增添了许多懊闷。苦的是万分不快，只许放在心头；对于父母跟前，却仍是勉为欢笑，免得父母忧虑。每至深夜人稀，独坐香闺，常常转到这些念头，甚至绕榻彷徨，不安枕席。此时心中惟一希望，但冀早日出阁，得与采和相见，便可早夕劝谏，把前因后果，种种事情，时时对他谈谈。采和果有宿慧仙缘，那些一时的迷惘，究竟属于后天的诱惑，未必难能感悟。只要他能醒悟，夫妻俩便可双双出家，寻访仙师，早完孽根，道成升天，为期当不在远。万一采和迷惘太深，竟难劝解，自己也只有保住元阳，独修玄奥，等得稍稍有程度，便当弃家远走。务要访到师尊，设法点化采和。总之采和一天不悟，自己也一天不敢离开凡世，这是他新近怀着的苦衷。只恨双方年纪太小，成婚尚须有时，在此长时期内，采和日日接近尘网，正恐为日愈久，凡念愈重，或竟弄到无法收拾；甚或因自身坚守道体之故，致伤夫妻情感，更是可痛之事。

这月英只因一念之痴，弄到寝食俱废，几乎奄奄成病。不料天从人愿，王光忽有不顾俗例使小夫妻们共读之议，月英听了，认为劝讽采和之时机已至，心中一喜，精神为之大振。一时笑也有，话也有，不知不觉变了一个样子。惹得一班姊妹们又大伙儿开他玩笑，说他这年纪，就希望和丈夫在一块儿，真不害羞。几句话说得月英万分冤屈，可是万万不能辩说，只有一笑置之而已。

到了他们择定的吉日，王光夫妻送月英渡江，那边蓝氏父子也按准时刻，带来轿马，在江口迎迓。小夫妻俩初次相见，都似从前旧两一般，也且不知不觉会得忘记羞涩，互相亲爱起来。因在路中，不便说话。比及到了家中，那采和高兴得象疯人一般，带领月英进去拜见各位长辈，然后和各位平辈的兄弟姊妹们相见。这班人都是年轻爱玩的，少不得又要拿采和来取笑几句。采和一味笑，并不分辩。采和的母亲乌氏，见了这个未来的媳妇，爱得无可不可，笑得两只眼睛眯眯地合不拢来，抱在怀中，只不住的喊宝贝心肝。月英也真乖巧，凑着趣儿，满口子喊妈妈、叫爸爸，也像蓝文亲生女儿一般。当下乌氏吩咐，要月英和像同睡一房，便于亲自照管，反把本来同房的爱子采和挪将出来，住到后面套房里去。月英见尊姑如此宠爱，心中也自欢慰，这却不谈。

单说采和自小不忘前生，五岁上学，七岁就能诗文，彼时的志趣原和月英一般，但求修仙了道，不望博利沽名。但因蓝家世代作吏，往来的亲友，也都是为官作府的人家，小孩子们从小读书，就都存在长大为官的念头。大人教训孩子，也无非望他们为官作宰，耀祖荣宗。采和究竟年小，日居此等家庭，常受这等陶融，不知不觉，已把生来的意志渐渐换个样子。一般想继武前人，克承先志，大有非此不可的光景，蓝文夫妇自然欣悦。乌氏也把采和如何立志、如何用功告诉月英。月英那敢多说，只得随俗沉浮地跟着乌氏称颂了一番，乌氏也越觉开怀。

到了月英上学这天，小夫妻俩一同到了书房中，面对面儿坐下。那位毛先生倒真是一位博学的君子，教着这样一对闻一知十、一目十行的学生，居然也还对付得了。而且天天兀坐书斋，不请一天的假，因此，这年小夫妻们的学业，更加进步得快。不过月英另有计划，常于正课之余，把从前读过的几册道书，都拿来放在案上，空下来就翻将开来，有意读给采和听。采和先还疑他有心卖弄才学，并不怎样去盘究他。后来日子久了，他俩情好日增，客气尽除，采和方才问他道："妹妹怎么爱读这等书？"月英心中也正要他来问这句话，忙笑而对道："哥哥难道竟忘了，这本是你我本等应读的书么？"采和听了，不觉大笑道："原来如此，妹妹想该明白你我前生之事：一世夫妻，只落得那么一个惨报，回想起来，真令人心伤气短。侥幸如今转世重逢，又得仙师玉成，匹配夫妇，重续良缘，大该快快活活过这一生，借以补偿前生所受的冤苦，岂不大妙！何苦再向道门求生活，能否成道未可必，而一世的幸福，先付诸东洋大海，这也太可惜了吧。不瞒妹妹说，愚兄从前不昧夙因，也时时想出世修道，后来想起人生有限，犯不上自讨苦吃。吃苦还是小事，最怕修仙之事太过杳渺，未必一定能够成功。不说别的，单论古来修道之人，并不在少；何以我们所知的，不过寥寥数人呢。如此一想，我便大大的悔悟前非，赶紧致力于圣贤经传之学，预备他年出仕皇家，也好和你妹妹共享人间富贵之福，岂不是好。"

月英忙道："哥哥此言差矣。大凡修仙之人，正因人世光阴去得太快，纵使活到百年，不过浮云过眼。百年之中，截尾去头，便有天大富贵，又能享得几时。怎比得世外神仙逍遥自在，与天地同寿，日月并存。虽然修道之时，不免茹含辛苦、经历艰危，究竟不过短期之事，正是所失者小，而所得者却无制限，怎见得不上算呢。至于修道难成，果然不错。要知皇天不负苦心人，无缘入道之人，但能苦心一志，未尝不可有成。何况你我原有夙缘，此番坠凡，又经仙人指导扶掖而来，若是没有前缘，为什么仙师如此热心照料咧。可见别人所难者，你我却并不恁难，越发不能自己暴弃。哥哥又说自古以来，修成仙道之人很少。据妹子所知，海外十洲，上中两界，金仙天仙地仙鬼仙，总计也不在少数。若拿古今生人来比，自然天好，算是难得之事。但要晓得成仙之可贵，就在修道的不易。奉劝哥哥，还该时时顾念前生之事，及早回头，莫辜负了仙师美意和冥王周全之德。而且升天之后，快乐无穷,比之人世富贵,相去何止霄壤。更何况哥哥所言辅佐皇家,荣华安享,究竟也还是杳渺之事,知道可有实在希望没有呢。”采和听了,哈哈大笑道:“妹子居然着了迷也。我的意思既然生在人世,无论修道与否,总该烈烈轰轰干他一场,也教天下后世晓得有我蓝采和这么一位人物,方不虚度了我这一世。到了功成名就之后,那时如仙缘不灭,再和妹妹刻苦用功起来,成功固好;万一不成,横竖那时年纪将近老大,不久也快要死的,算来还不算十分吃亏,妹妹以为何如?”月英知他魔障已深,徒费口舌是挽救不及的了。只得放在心头,慢慢等候机缘,再行劝警罢了。

再说月英在蓝家读书,转瞬已有半年。蓝文夫妇几乎把他宠到天上去,有时关切之情,比儿子采和还来得深密。蓝文的如夫人胡氏,也有一个儿子,一个女儿,却生得肥头大脸,蠢如鹿豕,老夫妇便不大爱惜他们。胡氏先只气不过,说和采和同是老爷生出来的公子,为什么却有厚薄之分。夫人虽然听见,总不大去理他,由他自己闹过一阵,也就罢了。此时平空来了一个未过门的媳妇,夫人又是那般宠爱,就是蓝文,多把他当作掌上明珠一般看待。至于对待胡氏的子女,始终还是一个样子,不曾因月英之故,稍许增加一些冷淡之况。而从胡氏眼中瞧来,分明觉得蓝文夫妇有了月英,格外把自己子女待得刻薄,这一股忌怨之气,怎能忍受得住。初时还不过人前背后,作些不平之鸣。后来见蓝文夫妇总不理会,便把胆子放大了一倍。偏偏这位月英姑娘,年纪究竟轻了些儿,他又专心学道,怎能晓得世途险淡、人心的变诈。而且独居深闺,不大出门,对于普通人情世故,亦从不考究。自从到蓝家读书,除了一天到晚和采和俩切磋琢磨之外,就只陪着夫人做些女红针黹的事情,对于别人,是一概不大殷勤的。不过别人没有心病,虽然见他不大理人,还只当他怕羞好静、懒得说话,并不见他怎样坏处。独有这位胡氏,本来心存芥蒂,便觉月英一举一动,都含有轻视他们之意。因想,这孩子现在还是小人,不过在此附读,论理只算是客人罢了,已经如此眼大心骄,容不得人;将来长大成人,嫁了过来,做我们的小主人时,不用说,更要拿出辣手来收拾我们。这等日子,自己便勉强捱过,却教一对儿女如何做人。他存着这等心肠，对于月英越发视同眼中之钉。又因采和处处帮着月英说话，尤其使他愤恨忧惧，不知所出。

他有一个兄弟，名唤胡千，是个胸怀鬼祟、专生风浪的小人。家中苦得四壁俱无，平时还仗这位阿姊的照拂，弄个小小赌本，天天在博场中出入，揩些油水度日。从来说食人之禄，忠人之事；又道是：得人好处，与人消灾。胡千既全仗阿姊生活，怎不替阿姊分忧；况且自己常常进出蓝府，那蓝文夫妇也非常瞧他不起。若以这样情形，阿姊的前程，甥儿的命运，都觉非常危险。本人恃他们为生活护助，更向何处揽得活路。因此，胡氏也引他为同患共难之人，他也竭忠尽知的想替胡氏出个主意。最好弄得采和、月英一对小主人双双归天，这一家大权就操在胡氏之手。夫人虽为正室，失了儿子，便似做官的丢了印信，不怕不让后任来接理公事。而胡千自己，也俨然一位扶正的舅太爷，再加以翊戴之劳、定策之功，蓝府一份家私，至少也得派他三分之一。姊弟俩如此筹思，正苦没得机会。那知天佑恶家，蓝氏该有灾厄，不上几时，就被他们得到了一个根本解决的机会。未知这是什么机会，却看下回分解。

第五十七回　遭家难椿萱征乐土　惑名利夫婿恋红尘

却说胡氏姊弟正在秘密筹议如何收拾采和夫妻的计策,可巧那年的夏天,疠疫盛行。夫人首先染着,不上半天,就一命归阴,再不能照护他那一对宝贝心肝的儿媳了。此时蓝文已将望六之年,他是一位忠厚长者,自然不愿续弦后妻,枉误人家女孩子的幸福。而内外家政,又不能不有一个内助,于是一家大权,就于无形中转入胡氏之手。胡氏做梦也想不到有这么一重后福。正在欣欣得意的当儿,那位新任的舅太爷胡千,又想出主意来了。他说:"姊姊如今虽然得了一些权柄,但这是一时之事,况且不是正经的职权,不过似人家店铺中的一个老伙计,经理出了缺,没人代他办事,暂时把这位熟悉情形的老伙计来摆个架儿。摆得好的,还没什么人说话,万一出个小小岔儿,你想吧,外面的批评还能听得一句么。批评一坏,做东家的随时可以把你这代理的权柄撤销,马上另聘一位经理进来,那时间这位伙计还有面目在店中办事么。就是自己贪恋禄位,那批同事的伴侣们,一则怀忌他代理时候的威权,二则笑他的风光不久,仍旧跌下来,和他们一样,这等日子还能过得下去么。说句老实话,姊姊你这当人家小夫人的,按到地位,原比人家男女仆人高得有限。如今站在台子上,那一个不怕你,不惧你,格外的敬你三分,讨你的欢喜。万一做差了什么事情,给老爷看出不对路子,说上一句做小人的到底只配做小,上不得台盘的。同时或有亲戚朋友中随便劝他几句,甚或鬼讨好儿,替他做个媒人,那其间,那其间,哼哼,姊姊啊,你也得自己想想,可有方法阻止他不再续娶么。既不能阻他续弦,试问姊姊,你这曾任代理夫人的人,可还有什么面孔去对付这班亲友,尤其是那批下人。这还罢了,还有你那一对小冤家儿,现在屈居你下,已是万分不甘;只恨自己没本事,把死鬼老娘拉回阳间来。一旦有了继任的母亲,他们一则要讨后母的喜,二则要泄他们多时的不平之气,少不得都要想尽方法,来对付你这失势无助的小夫人。姊姊啊,我替你想来,真比做小夫人时更来得可危可怕啊。"

胡氏原是一个野心勃勃的女人,听了这些危词,益觉栗栗自危,不觉愤然道:"是了,我明白了。我一定要弄得老头子发个狠儿,定个主见,赶紧把我扶正起来。那时有权有势,名正言顺,别说外人不敢放屁,就是家中一对小畜生,还敢不听我的指挥调度么。"胡千笑道:"好个慈善为怀的好人儿,光做了一个大夫人,得有指挥调度一对小东西的权势,你就心满意足了么。再不想想这两个孩子何等乖巧、何等聪明,又深得老头子的欢心。平时你强煞都是他们手下的一个奴才,如今一下子要做起他们的后母来,人家可就甘甘心心的听你指挥,受你调度了么。既不甘心,而你又决不肯放弃你这后母的权威,从此母子失欢,永无和好之日。老头子对于他们究竟又比你亲些,你再从这个地方想进去,可就知道光做一个后母,仍是不能平安无事的,非要……"说到这个"要"字,忽然向四下张了一眼,见没有外人,方才轻轻咬着唇儿,一笑说道:"我不说了,这等罪罪过过的事情,我是不来劝你干。横竖你也是明白人。吃饱了饭,没事做的时候,闭上两只眼睛,自己静静地揆度一番,看可有永做家主,绝无后患,又可使得一对小家伙在未能成立之前,凭你如何,怎样怎样,一点不敢反抗;就要反抗,也无从诉苦。须要做到如此地步,这一份大大的家私,才算得真正归你的了。要说这等法子,讲破不值一钱,好在你也知道我们这地方有句古话,叫无毒不丈夫,量小非君子。你的前途祸福在此一举,真是第一利害关头,当然你也能够想得到的,倒用不着我来饶舌了。"

胡氏听了这话,先自着实踌躇,却尽把胡千所说的两句古话,颠来倒去的念了十七八遍。忽然双足一顿,牙关一紧,指着他自己的一对子女,发狠说道:"我省得了,我也知道不用这最凶的一着,是无论如何弄不过两个小畜生的。好在我也为的他们蓝氏的子孙,便做得狠些,也对得住蓝家的祖宗。本来谁叫他们生下这等糊涂、偏爱不公平的子孙来呢。"胡千笑道:"你明白了,这就好了。老头子近来多病,天天吃药,这便是你一个好机会儿。你得陪些小心,赶紧求他扶你为正，先把名分定下，老而实之。须要对着亲友面上，高坐堂皇的受那一对小东西拜叩的大礼。你别轻视这些俗礼，这当中有些考究。只要叩过这几个头，他们的心坎儿里，一辈子见了你就惧惮三分，那是很有道理的。等得扶正之后，就用不着……”说到这句，又把下半句缩在口中，微微笑了笑，道：“这后半出的好戏，凭你自己去干。正是你才说的，为了蓝氏子孙，不得不下一个狠心。要不如此，你便得了个贤妇的声名，对于祖宗面上，仍不能不做一个贻害儿女的罪名儿。功罪好歹，究竟还是抵不过咧。”

胡氏听了，恍如发热的人服下一剂清凉散，顿时心花怒开，连称妙计。姊弟俩重又关起房门，悄悄议论了许多办法，胡千便匆匆去了。去不多时，重复回来，袖中取出一包什么东西，悄悄交与胡氏，胡氏也慌慌忙忙地接来藏在衣柜子里。

从这天为始，胡氏对于采和夫妻，格外待得客气；对于患病的蓝文，格外侍候得周到。也不晓他用的什么言语，不上三天，就见蓝文扶病出堂，命人邀到许多亲族世好，竟自宣布扶立胡氏为后妻，当堂命一班儿女并月英等，同向他叩头行礼。胡氏胸有成竹，立刻搭起正室的架子，端端整整的坐在上面，受了他们的大礼，方才再来敷衍一班亲友人等。这一来，亲友中有明白的，很觉这事来得太奇，也太突兀，深为采和夫妻发愁。至采和、月英，却始终是一片天真，从前对于胡氏，既无丝毫轻慢之心；此时既然做了他们正式的后母，自更诚心诚意的，尽他们自己的孝道，这都不在话下。谁知他俩的灾星正盛，月英家中忽被仇人放了一把野火，一夜工夫烧得干干净净，月英的母亲竟葬身火窟，父亲王光见家破人亡，也吐血而死，夫妇俩同日归阴，相去只几个时辰。月英是早上得知信息，午刻赶回家中，刚好送他父亲的终。王光临死时，吩咐他道：“我一生为善，不晓竟得如此惨报。然人生百年，终归一死。好在我又没有儿子，生你一个女孩，已经有了夫家，现下婆婆虽死，公公健在，你丈夫又是青年可造之才，听说待你极好，我也可以放心归西，没甚系恋的了。至于我的家况虽甚贫困，只要丧礼简略一些，大概所费也不恁大。只有一句话通知你，你公公新把小夫人扶正，这人是一个……”说到这里，竟来不及再把下半句说出，就带了这半句话到冥司去了。

月英此时的悲痛恼苦不言可喻。一个女孩子家初经大故，自己对于这些礼节都不曾有过经验，只得派人到夫家，请丈夫过来帮忙，他本人就哭得和痴人一般，一些办法也没有。幸得采和深知月英对于这上头是完全不懂的，除了请命父亲，携了一点银钱前来买办衣棺之外，更请了一位族中年长的叔伯们，同来照料一切。这采和既要替他办丧，又要苦劝月英节哀，倒也弄得个手足无措，可算是有生以来未有之奇苦极忙，好容易把丧事办了。此时自不用说，月英更只有跟了采和一同回去，此外那有别法。这事在月英倒反看得不甚重要，因为素来笃信大道，今一旦而猝经此变，连遭大故，觉得人世的光阴越发毫无留恋之价值。本来灰心世故的，至此，愈加把世情看得如死灰一般，真没一丝一毫留恋之可能。独怪采和和本人一样的来历、一般的聪明，何以至今还迷惘不悟，未见入道之机呢。

当他回至蓝家之日，蓝文的病况本来已有起色，将他喊进房去，问了他父母去世的情形，并替他道恼，再三慰藉他。月英谢过了他，方去叩见胡氏。胡氏这日待他忽然非常的亲热起来，赶着叫心肝，喊肉儿，摸着他身上瘦减的腰肢，发出许多惋惜的好话。月英虽然天真，但因初承恩宠，免不得有些受宠若惊的光景，反弄得手足无所安置，索性连坐也坐不住了。谈了几句，慌忙辞了出来。凑巧采和因恐月英伤心，正在到处找他，约他去花园中钓鱼散闷。月英本没心情游玩，又却不得他一番美意，于是答应了他，一同步行到了后面大花园内。那园大可二十余亩，有假山，有池水，水中又养着许多游鱼。采和等月英进了花园，才笑对他说：“妹妹今天见了继母，可听他说什么话没有？”月英摇头道：“倒不听得什么，只觉继母待我比平日更好，或许是他看得我是无父母无家室的可怜人了，因此格外疼我一些罢。”采和沉吟道：“妹妹你我都是实心人，怎晓得人心的变诈。继母现在是尊长，我们为儿媳的，安能有疑心他有甚歹意。但有一个最使我见而心寒的，就是那位舅太爷。那天我亲自听得他对继母说，若要永除后患，除非下一番毒心辣手。第一个老头子，就不能让他怎样怎样，此下的说话，我却听不大清楚，也不敢瞎猜乱讲，大概没甚好事情吧。妹妹你想,他们若果存此心肠,你我两个小孩子家,有甚法子可以和他们对抗。况且父亲现方受继母迷惑,一条老性命正在人家掌握之中,我们怎能坐视他老人家处在这等危险之中,不思先事预防之法呢。若把这话先对老人家说明,那是一定不能取信的。倘被继母等知道了,危险就立刻累到你我身上,一点没有避免之法。妹妹你倒想想,该怎样办法才好。"

月英正因父亲说了半句就归天了,那含住的下半句是什么话,也似采和所闻的说话一样的意思,虽说没有说完,还有个想不出来的么。这等说话,月英却从不曾听他父亲说过,忽于临终之时,有此郑重的嘱咐,可见此事的关系并非浅鲜。他那心中正因这事委决不下,又不能向蓝文父子约略打听,直把他闷得要命。幸他对于世情完全看透,想过几天,也就暂时丢下。此时忽听采和如此一提,突然又把一腔心事直透心头,忙说:"哥哥这也不是可以乱说的,舅太爷纵有此话,继母是否依他办理,也未可知。就算他们都有此心,你我也只能随时随地格外当心一些,万不能先把他们秘密弄穿;那时于事无益,越发促他们急急下手,这是断断使不得的。"采和听了,也以为然。于是又把胡千勾通继母种种可疑之点,对月英说将出来。又说:"我们当母亲在日,真是天天过的快活日子,一点没有防人之心,人家也怎敢欺侮我们。不料母亲一死,就弄出许多事情来了,照这情形,将来你我的日子,真是难过的很咧。"

月英见说,心中忽又转了一个念头,因问道:"哥哥如今还想做官不想了?"采和诧异道:"一个人那能没有上进之心,我们读圣贤书,为的什么,不是想立身朝廷之上,替皇家做些事情么,为什么不想做官呢。"月英听了,惨然不乐道:"哥哥真可谓贪一时之小利,弃万年的大福者也。妹子自经家难,此心更似枯木死灰,不但世上荣华打不动妹子的心事;就是方才所说继母如何不爱我们,舅太爷如何作祟,也总不在我的心上。横竖大家都是要走散的,顾什么小小得失利害之事。再说得简捷些,妹子对此凡尘,本来早图摆脱。从前呢,还有几方面的困难。一则是关于伦常天性的问题,是父母单生妹子一个,他们既与妹子相依为命,妹子实在忍心不下去丢了他们,走我自己的路;二则从感情历史上想,还有哥哥一人,三生有约,关系极深,理当同患共利,不能独奔前程。所以一再因循,未敢轻于出家。如今父母既故,妹子痛心之余,愈觉出世宜早,修持宜速。设再迁延,致恐时不我与。此番原可不必再来府中,所以不能不来者,皆因今后的问题,只是哥哥一身。哥哥虽在迷途之中,妹子料定终有可以感悟哥哥早出苦海之日。今儿承召来此,妹子虽爱游玩山水,但在大故之中,却也无心于此。但欲借此清幽之地,和哥哥再作一度的深谈,深望哥哥鉴我愚衷,回念曩事,莫被仙师冥君笑你太无定识,忒易迷恋。即哥哥本人,也不致再坠苦海,重历浩劫,望哥哥再仔细想上一想。"采和听他说的如此决定,如此恳挚,不觉洒下几点泪水,凄然说道:"妹妹,照你这般说,修道是一定的了。妹子究竟有无必成功的把握,愚兄却不敢说,但是,但是……"

这采和一连说了三四个但是,却把一张面孔涨得绯红,兀只说不下去。月英见此情状,早已会意,心中不期大恨道:"原来你不但贪图名利,还有这等色欲心肠,这不更多了一重魔障么。"见他既说不出口,索性爽爽快快的代他说道:"这有什么说不出口的,岂不闻男女居室,人之大伦。但此可以范围常人,而不能语于常人以外的仙神。哥哥不曾喝得迷魂汤,大概还记得前生之事,婚姻下场不过如此。前生之事,幸有仙师垂怜,指点我们,超拔我们;至于今生之事,再不自求上进,一经失足,直当坠入九幽,更没如许好事的仙人,再来救度我们。哥哥虽是胆大欲重,妹子是无论如何不敢奉陪。总而言之,妹子在世一日,既为感悟哥哥;如至最后一日,哥哥终无可悟之机,妹子也只有自顾前程。待等修道有成,再和哥哥相见。但怕那时妹子是逍遥世外,独享清静长生之乐,哥哥却已要变成驼背鹤颜、万缘俱寂之人。甚或有了什么意外的结局,有使妹子不忍言不敢言者,彼时妹子也决不丢了哥哥,独升仙界,仍非拉住哥哥同行同止不可。然而哥哥所受的魔障既深,修为不易,纵使有成,未必还能站到最高地位,却白白害得妹子多历人间数十春秋,枉受许多无谓的尘俗况味,岂非大可已矣乎。"采和听了,呆着脸,只是不语。

月英料他一时未能转圜,也很谅他未尝世味,当然不易醒悟。因即笑了笑，说道："哥哥既不能听我的说话，我却先有一事要求哥哥：就是婚姻之事，妹子只能耽个名儿；若要逼我实践夫妻之礼，妹子便当即时出门，非至修道成功，哥哥坠劫日深之时，决不相见的了。"采和听了，仍是一言不发，他那意中，自然很不为然。小夫妻俩正在秘密会议之际，忽见家中用人们纷纷赶来，一见二人，忙喊道："公子们还不进去，老爷的病十分危险，马上就要……"刚说到这个"要"字，早把采和的魂灵吓去躯壳之外。月英却止住了他，附耳说了一句，采和点点首，慌慌张张进宅去了，月英也跟了进去。未知蓝文为何一时剧病，却看下回分解。

第五十八回　下狠心狠妇施辣手　动义愤义仆抱不平

却说胡千，自从王光夫妻双双归西之后，便急急忙忙赶到蓝家，对他姊姊商量进取之计。只见胡氏紧锁眉头，好似有甚重大心事一般，一见胡千，就把手儿一拍说："你来的正好，可知那小贱人家遭了祸么?"胡千道："怎么不晓得，看你这般烦恼的样子光景，你受那贱人的冷淡还不够，眼见他得了天报，赶紧替他抱不平儿可是么。"胡氏"呸"了一声，笑起来道："你就把我看得这般傻，我恨不得那贱人一同死在火中，才趁心愿，怎还替他抱甚不平哩。"胡千笑道："那么你这般愁闷是为什么，那不成了人家说的应喜而悲么。"胡氏又啐了一口道："便说不用悲忧，却还有什么可喜么。须知老头子近来用度也大，进出不能相抵，如今王家家破人亡，小贱人既是他的爱媳，将来这一份嫁资和眼前丧葬之费，不是都要出在我家。这还罢了，现既无家可归，难道老头子还肯撵他出去不成。我家有了一个小冤家，已经把我磨得不得了，若再加这小贱人长住在此，不更添我一个眼中之钉么。从前虽说一迳在此，究竟还是小孩子家，不大懂事，尽他作对，也没甚大事。现在却一年大如一年，人大心也大，心大事也多，他俩鬼鬼祟祟，联成一手，岂非使我更加难以为人么。"

胡千听了，不觉从鼻子管中笑出一个哼声来，说道："我真不懂你这位老姑大王，究竟还是真要成佛成仙，作个女圣人呢？还是十八付假面具，装出假道学来哄骗你亲兄弟么。老实说一句，要说你真有那种好心肠，只怕天也要不容你再在世上做凡人，老早就要派着玉女金童，接你上天归位，做那大罗天仙去了。要说你没有那种好良心，却偏要讲出这种仁义道德的肉麻话来，不是哄我们胡老千，还是你自己骗自己；再不就算你当局者迷，是一时的懵懂吧。"胡氏想不到会受他这阵刻薄，不觉红了脸，冷笑道："你倒是好人，也不替人家想个万全之计，先来取笑我一阵，算什么哩。"胡千叹道："原来姊姊真个是想发财昏了,这等极易明白的道理,这般容易交运的机会,也会想不出来,枉然你还是个聪明人儿呢。”说时走近一步,咬着耳朵说了几句。

胡氏先是不敢答应,后来被胡千拍胸脯子,担任下完全的责任,方才勉强点点头,颤声说道:“你们男人家到底胆子大些,我便有这等狠心,还未必做得出那种辣手哩。上次不是你对我说过,那时我何尝不知壮一壮胆子,下一回辣手,就是一辈子的洪运。怎奈事到临头,两只手就先发起抖来,可见我这人真是不中用的饭桶。既你完全答应了去,我就把天大干系放在你的肩胛儿上。事成之后,你的好处当然不用先说,你也晓得我做姊姊的,不是那种忘恩负义的坏人,横竖不得待错你的就完了。不过有一句顶要紧的话,须得预先讲好,万一将来事情泄漏,闹出大乱子来,我却不认其咎,少不得往你身上推。你做了这种歹事,左右不过是个死,我除竭力替你打点之外,却不能陪你吃官司、坐监牢,你要看在先人面上和姊弟平日的情义份上,千万莫攀出我来,这事可能答应么?”

胡千听了,心中不觉十分好笑,想他对于权利却说得那么冠冕,把自己抬得那么高尚;说到责任,就看得如此轻松稀淡,还讲什么先人面子、姊弟情义,这真算得一个有己无人的女光棍了。不要管他,横竖现在讲不到这些事情,却等干了第一步,自己有了钱,天下之大,何处去不得,何必死等在这里,陪他担风险,受罪名。他既这般聪明,我也不是笨人,总之答应了他再说。因大笑说道:“姊姊真会思虑,这等小小事情,也值得如此千叮万嘱,想后思前的。也罢,你总是个女人,胆子小些也不足怪。我既替你定计,就得替你包办才是。放心,放心。你只牺牲一个老丈夫,此外的事情,无论做凶手、下监牢、受刑杀头,一概归我呢。”胡氏大喜称谢。

姊弟俩把这事商量妥当,本定即晚动手,因胡千出去办一种应用之药,甚是为难,捱迟了几天。直至月英已随采和回来,胡千才从外郡弄到了那种要药,交与胡氏。胡氏埋怨他误了日期,那一对小畜生已都回来了,不是又多了两对眼睛么。胡千道:“怕什么,两个小家伙拼起来,统共不到二十五岁,能有什么知识,这等东西也要怕他,我们还能出去办大事么。”胡氏便不说什么。

此时蓝文旧病略愈，每天还是服药。服药之后，医生嘱他静卧一回。胡氏替他弄好了药，胡千便捱了进来，将他弄来的药物和入药碗内，胡氏战战兢兢送入房中，服侍蓝文吃下肚去。列公都是明眼人，请想，胡千弄来的是什么好东西，送入肚子的结果如何，还有个想不出来么。果不其然，不上几个时辰，蓝府中就闹得沸反盈天，说老爷归了天也。蓝文既死，胡氏便是全家之主，胡千便是一位开国元勋，大权在握，气焰大盛。胡千密教他姊，该趁这当儿把采和、月英先打一个下马威，一则吓得他们不敢存什么疑心；二则使得他们永远慑服于权威之下，从此不敢有倔强行为。胡氏一一听从，把一对小夫妻弄得哭也不是，笑也不是，坐了不好，立了又不对，真个是走投无路、生死两难。他俩也明知父亲死得不明不白，无奈胡千做事缜密小心，不但动手之时手脚非常干净，就是事后对于尸体的收拾，也都做得一点不露马脚。休说月英、采和究竟是小孩子家，不懂这些道理，就是蓝府中许多男女佣人，因主人死得蹊跷，谁不暗生疑虑，都要在尸身面目身体上，特别留心一下。据他们背地谈论，也都佩服这一对姊弟，可算得害人的好手，如此匆促的事情，竟会不露一点痕迹，岂非大有本领。这胡千原是非常刁枭的东西，大概也听得些风声不好，特地和胡氏商量，拆出大批银子，犒赏一班下人。表面说是办丧辛苦，作为特别酬劳，实际就是买他们一个不开口儿。众人虽替主人不平，究竟谁也没有替主人伸冤的胆量，也且未必有此义侠的心肠。既然受了胡氏的重赏，道不得受人钱财，与人消灾，也只好敬谨领受。大家相约，从此不要多言多事，自取其祸。

于是胡氏姊弟俩益发的放足了胆子，照胡千原意说：“一不做二不休，斩草不除根，依旧要发芽。事已至此，横竖负了一刀之罪，不见得刀上加刀，不如趁此机会，将一对小东西一齐杀却完事。”倒是胡氏执意不肯，他也有他的正经主意。他说：“一家人家死了个老当家，未必有人注意；若是连死老小三位正主儿，不但这班下人面上没话可以诿说，就是邻右亲族之间，也是断乎不信他们一个个都是寿终而死。万一有种好事的混人，说几句不平的话，一传两，两传三，传到县太老爷的耳朵里，这乱子就闹大了。不如暂将他们留着，好在自己现是他们正当的母姑,又是一家的正主儿,还怕他们有甚反抗行为么,我自有法子,使得他们一个个受苦不住,不用人家杀他,自会跑到森罗殿上去,岂不大妙。”胡千一听这话,也觉非常有理,便由他自己去安排。

胡氏等得丧事办了,第一个计划就是宣言家计困难,自老爷在日,已是入不敷出,现在又办了这场丧事,又替王亲家连办两件丧事,更有王小姐身上许多开支,都是意外添出来的,只这一月之内,又去了一半家产。为开源节流之计,先将请来的毛老师辞退。此公本来衰老,近又患病在身,本来也不能教书了,留他在家,实在无用,不如回复了他,可省许多费用。第二是派采和管理牛羊,采办柴草。第三是派月英织布洗衣,烧火做菜。至于原有下人,一概派去种田。他自己算是一位总管,把胡千作为财房,所生一对儿女,现在年纪还小,等他们长大起来,一个帮哥哥做事,一个帮嫂嫂作工,总是一样看承,不分厚薄彼此的。采和自从接受了这道慈帏命令,虽然满心窝都是气苦悲冤,但也没法子不服他的调遣。倒是月英却一点不觉什么难堪,还笑嘻嘻对采和说:“从今连书都读不成了,还想什么做官哩。”采和佛然道:“好妹妹,你还来打趣我么,我俩是一条船上的人,我吃了人家的苦头,难道你就能置身世外么?”月英忙道:“不是这么说法,我是原不打算久在红尘之中,无论好日子坏日子。早对你说明,无非为你之故,暂时敷衍一下,横竖日子久了,终是要走的,何争这几时的困苦。不比你专心一意,向着名利上走,无端受此挫折,不能说不是前途一个难关呀。”采和听了,默然无语。

接着胡氏已把樵牧应用的器具,如钩刀担子鞭子等类,一起交付采和。同时也把月英喊去,着他在另一地方作工。最苦的是隔开二人,使他们一天到晚没有见面的机会。月英心如止水,原不为爱情而来,自然不觉怎样。只有采和,心中却万万受不住了,尽他如何辛苦,只要力之所能,没有不尽力去干;惟有对于此事,就不免有几句怨言吐露出来。此时一家上下,都已受了胡氏好处,都倒向他这一边。采和等就是没有说话,尚要编造几桩事情出来,前去讨个好儿;何况听得这等怨言,自然更要加添材料,节外生枝的抢着报告。

凑巧胡千也在一边,便冷笑一声,向胡氏说道:“听见么,你还口口声声讲道德,说仁义,可知人家正在背后暗暗计算你我。你要再不上劲,使点手段出来,只怕将来的事情,还有比这更甚的咧。”胡氏听了这话,回心一想,觉得自己对待这对前妻子媳,的确太过分厚道了些儿,因也愤然道:“我是他们的母姑,他们瞧我不起,就是瞧不起死鬼老爷,也就不能算是我蓝家的子媳。舅太爷请你替我想个法子,立刻把这对小东西赶出我的门庭。他们要不肯滚呢,就替我用根索子一绑,立刻送到县里去,告他们一个忤逆不孝的大罪。”胡千听说,才拍一拍手儿说道:“好、好,你这个人哪,本来太软弱了,也得有个人时刻警压你,激励你,才不会吃人家的亏。既你肯把全权交付于我,我便替你担着血海干系,务要把事情干得妥妥当当,才不负你的委托咧。”说毕欣然而去。

说话的当儿,却有一个已经告老的管家蓝休的儿子名叫蓝真的,在旁听见,此时已近黄昏。蓝真因这几天母亲有病,每日总是回家睡觉。今儿得此风声,回到家中,便对父亲蓝休说了。蓝休不觉勃然大怒起来,手指着蓝家那面,大声骂道:“好一对不知王法、丧尽天良的男女畜生,新近主人死得不明不白,人人都说是你姊弟俩干的把戏,只因你俩手段巧妙,不留些痕迹,人家明知主人冤枉,也没法奈何你。但要知道官法可蒙,天道难欺么。这还不用说他,如今主人尸骨未寒,你俩又想算计到他子媳身上去,我真不懂你们和蓝家有甚深仇大恨,竟要灭他满门么。咳,咳!此事我蓝休不知便罢,既知道了,看我可能容你们自由自在的干得出来。”这老头越说越气,越气越骂,气得越盛,骂得越响,吓得他妻子王氏慌忙赶了出来,将他嘴儿扪住。王氏本在病中,经此一吓,连病魔都吓退了三舍之遥,埋怨他道:“你这老儿,喝了几口黄汤,又要多管人家的闲事起来。你也想想,儿子现在他家作工,新太太便十分不好,究是儿子的女东家,去留祸福,在他一言,你怎得无缘无故为了别人闲事,白白去得罪他。明天儿子丢了事情,你的年纪又老,精力已衰,却再去那儿找银子来养活我们娘儿。”说着,和蓝真俩一齐用力,将他硬拖了进去,推在床上,放下帐子,由他靠着枕头,叽哩咕噜自去发他的牢骚。未知采和夫妻性命可能保存,蓝休这老儿还有什么举动,却看下回分解。

第五十九回 为谋财先须害命 因救主反被恶名

却说蓝休虽被妻子硬硬推入床上，但是心中新愤旧怨，发为不平之气，一时那里按捺得住。更念三代恃蓝府生活，蓝文在日，待他们也有恩泽，如今他本人死得没有分晓，做世仆的，不能代他报仇泄怨，已属有背良心。但那是过去之事，况事前一无所闻，还可说无从尽力。至于眼前一对小主人儿，年轻失势，又有生命之危，此事却已明显进了我的耳朵。现当未发之时，正可先时预防；若不预先关照一声，那不成了自己也和胡千姊弟勾通作奸了么。想了又想，觉除此之外更无别法。且恐胡千心狠手辣，办事敏捷，万一马上动手，此时急去，已恐不及，安能再事羁延。于是定一定心，假装熟睡的样子，等得一家人都入睡乡，自己便悄悄抽身而起，拨门外出，径投蓝府而来。相去虽只半里，因他年高体衰，眼花足软，好容易一步一捱的走有一个时辰，方才到了蓝家。他是极熟的老人，自然识得蓝家情形，却不投大门，不走后门，径走西首一道小小侧门。管门之人，乃是蓝休一个内侄，今年还只十三四岁，蓝休利用他不大懂得事情，所以径去找他。这小厮开了侧门，一见他姑丈深夜到来，大为惊异。蓝休却不许他多问。只问他："公子现在何处，还有一位王家小姐，现居那里。"那小厮倒是有良心的，见问及公子之事，不觉惨然说道："姑丈再休提起公子，他现在好苦咧。别的不说，单讲他住的地方，乃在牛棚后面那间茅屋之中，屋内只有三块板，一张榻，此外什么都没有。那是太太说的，要把牛羊樵牧之事，都归公子亲自去做，所以着他住在那里，是为方便照管之故。你老人家现在问起他，可想去瞧瞧他不是？但他这地方在正屋后面，从此前去，必须经过太太住房。况且走过数重门户，万一把太太舅老爷惊醒了，不当稳便，还是去看了那位王小姐来的近便。他现在也非常之苦，不过比公子还少许好点，住的地方也清爽得多。太太说公子和小姐都不是小孩子了，不该同居一处。

着他们一前一后，隔开几重院落，大家隔离起来。所以公子和小姐现在要见一面，也不容易了。听说公子为这事情，不免抱怨……”一语未完，蓝休一句叱住说：“孩子家不许多口，快带我去见见王小姐来。”小厮没口子答应说：“这个容易，就在我这房间的前面。此时人静夜深，满屋中人都睡静了，姑丈要去，不必再惊动别人是么？”

这话却深合蓝休之意，忙赞他做事有见识，有道理，比你表兄强远了。说得小厮心花大开，将他导至月英窗下。小厮用个食指在窗门上弹了三下，轻轻叫道：“王小姐醒么，我姑丈蓝老头来望你咧。”只这一句，就听得里面嘤咛一声，问道：“可是蓝老管家不是？”看官听者，月英以深闺小姐身分，虽被贬辱，人格是不得变损的。当此更深夜静、万籁沉寂之时，忽有男子前来看望，岂非可怕可惊，而又万分可怪之事。不道这小厮甚是聪明，一开口儿就说出是蓝老头，这一句就使得里面的人放下了一大半的骇怪之心。再说夜深如此，阖家阒寂已久，怎么月英还没曾酣眠，竟能轻轻地一喊便醒呢。原来月英专志修持，每于夜静之时，天明之候，必定做一个时辰的打坐功夫。当小厮打窗之际，正功课刚完，起初上床的时候。他又是一个绝顶聪明之人，看来寄居蓝府，对于他家内外上下的用人行政，也有七八分稔悉，他们所钦佩的便是这位蓝老管家。在此生死存亡系人股掌的当儿，本来也时时当心、刻刻留意，作防患未然之计。今闻多时未至之蓝老管家深夜前来，不访别人，单找自己，此中消息，便于嘤咛一声之先，料着了有八九分之谱。一面问话，一面也便跨下床来，向窗隙一望，可不是一个黑面黄发的小厮，搀着一位皱皮疙瘪、白头如银的老头儿站在窗下哩。月英不敢怠慢，慌忙开了门，自己走了出来，却不让他们进房，只在院子中间，皓月之下，轻轻悄悄的谈起天来。

月英先问：“老伯伯夤夜见访，必定有什么恶耗见告，可是么？”蓝休听了，不觉大惊，拜倒道：“小姐难道也已听见了么，为什么还不早做准备呢。”月英听了这句，反呆了一呆道：“不瞒老伯伯说，我和采和实在一点消息都没有，方才听说，乃因老伯伯的特殊行径而发的一句胡言，还不知是与不是。如今听老伯伯这么说了，可见我的胡言又不幸而中，但采和却还一无所知咧。请问老伯伯现在又发生了什么事情？我呢，原已游心物外，他们如不相容，却正是促我入道之机，我正感德不尽咧。所怕的一是为了采和一人，咳，咳，这也不用说了，谁教他……唉，那也何必饶舌，还请老伯快快把那消息告诉我知道，我也可以通知采和，再作未雨之谋。”蓝休太息了一声，把胡氏姊弟所定恶计，并自己如何知道的原故说了一遍。总当月英听了，必有万分惊慌。不料他一闻此言，依然如故，反冷冷一笑，说道：“哦，原来如此，这也算得我不幸之中的事情了。请教老伯伯，他们既已定计，可决定在那日举行呢？”蓝休道：“这就不曾晓得，据小儿说，大概总不过是这一二天内的事情。老奴本要先去告诉公子，谁知他们如此胆大，竟敢把公子那样糟蹋委屈，别的不用说他，单只老奴今天不能进去见公子的面，若迟至明儿，又恐奸人马上动手，如何是好呢。”

月英正待说话，忽听夹弄中有人呼的一笑，主仆三人大为惊骇。正在寻找那笑声从来，又见几条黑影子从夹道中如飞而出。月光之下，照得明明白白，为首一人，正是那位新任的舅太爷胡千，后面跟随的三人，都是他新近用进的下人，一窝风赶到月英身边，胡千冷笑道：“好一个未曾过门的少夫人，好一个名门闺秀的大姑娘，原来竟是一个偷下人、窝汉子的下流淫妇。蓝府上有你这等媳妇，门风都给你扫完了，面子也被你卸尽了。平日扭扭捏捏，狐媚子似的迷住了丈夫，活像一个正经人儿，如今倒底怎么样，可不是真赃现获，明明白白的露出马脚来了。好得很，既你这般不要脸……我也顾不得蓝府上的面子，说不得送你到官中去走一遭来。”说罢，回顾带来的三人，喝道：“还不快快将奸夫淫妇捆绑起来。”三人听了，便各伸拳掳袖上来动手，却还不知胡千要捆的除了月英之外，还是要老的要小的。老的太老，不像做奸夫；小的太小，又不配做奸夫，便悄悄问了一句，胡千见说，倒也禁不住呆了一呆，一会儿又大喝道：“自然一起都绑起来，我知道谁是奸夫么。”三人正待下手，这边蓝休和月英自然也愤不可遏，破口大骂。那小厮见姑丈无端受此委屈，并连自己也冤陷在内，也是怒呼呼地大骂胡千昧良无耻，索性把他从前许多无赖索诈，和几次三番到蓝府告帮乞贷的历史，一起宣布出来。这正捣着胡千的心病，三分假怒，变成十分真气，连连跌足拍手，催那三人动手。三人便上来,一个守住月英,两个便来捉这老小二人。

谁知蓝休和小厮也还有几分气力,动手对抗起来。胡千所用的三人,偏都是市井无赖,一向被酒色淘虚了的,看相虽然威武,实在并不中用。此时原都睡得迷迷糊糊的,因胡千出来小溲,听得月英等说话声音,心中大疑,先还防是盗贼,忙忙把宿在他下房的三人喊起,一同赶了出来。一瞧,不道是月英三人,胡千虽是喜出望外。这三位宝货,却因都从被窝中给胡千拖起,神智还是不大清楚,也不大明白究是怎生一回事儿,糊里糊涂的上前捉人,更想不到他们还会抵抗。蓝休的内侄身子矮小,不知什么利害,伸出手来刚刚住着一人的肾囊,也曾听说捏住人家肾子,可以制人死命。此时急难之中,那里还顾得什么,便用力将那人肾囊一扭,又向外这么一扭,扯得那人大叫一声,向后便倒。胡千和守住月英的那人大惊,大叫说小厮打死了人也。其时蓝休和那人也能打个平手,听得小厮杀人一句话,两个也都惊得停止手,却来瞧这挺在地上的人。这一阵大乱,早惊起了内内外外的人,上自新太太胡氏,下至男女仆役,一齐披衣而起,赶来查看。还有那位被贬受辱的公子蓝采和,也慌慌张张的赶了出来。见胡千正在指手划脚,把上项情形告诉胡氏。

采和只听得一两句,已知是胡千陷害月英,忙着找到月英,大哭起来说:"妹妹,我害了你了。"月英此时倒反说不出什么来,只会翻着两粒秋波,一上一下的对着采和,欲泪不泪,欲语难语。那看守月英的人,不知起倒,见采和和月英这般亲热,心中又因自己同道被蓝休和小厮打得如此情形,正在又气又羞,却好把一口恶气泄在采和身上。明知采和名为公子,实在比下人还不如;月英又是自己奉命监守的犯人,自然不用顾忌,便把乌珠一睁,双手一拦,大声对采和叱道:"你的老婆偷人,亏你还有面孔和他对哭对说的。"一语未了,忽听"拍"的一声,接着又是"拍拍"的两声,原来这人的面孔上不知从那里飞来三记耳刮子。这人一痛一惊,定神一看,才晓得第一记巴掌,是左边的采和打的;第二次的两下,却是立在右边的蓝休打的。还听得采和大骂他是狗仗虎威,蓝休又骂他是下流畜生。同时胡千等人都来帮助这人,叱辱采和。这人也还骂蓝休,并要打还他的耳刮子,一个大院子内,闹得人声鼎沸,不得开交。

只听胡千对人众大喝:“你们要是愿在这府中吃饭的,须得恭听太太和我的命令,赶紧把这三个奸夫淫妇捆绑起来,送到县中,现在他们又打死了人,这罪名更大了。你们要是不肯动手的,太太着你们一个个滚出府门,不用在此当差。”说了几遍,见众人你瞧我,我看你的,还是不肯上前。这是下人们天良发现,觉得胡千等太没天理,大家都受过蓝氏恩惠的,怎能昧下良心,做此叛逆不法之事。倒把胡千急得只向众人乱骂。蓝休见此情形,忙对采和、月英说:“公子小姐,我们走吧,天下之大,那里不能弄口饭吃,把这一份家当让了他们吧。老汉年纪虽大,情愿海角天涯跟住公子小姐,一同讨饭吃去,强如在此天天淘气受辱,还要被人暗算。”说罢,一手拉了月英,一手扯住采和,急急忙忙飞奔出门,那小厮也随后跟着。众人不敢阻拦,由他们主仆四人出门而去。这一来,把个胡千气得怒声如牛,索性回到房中,取了三把朴刀及棍子绳索之类,喊着自己新近雇来的用人们,大伙儿赶出大门。

月光之下,望见采和等四人还在前面沿河逃走,胡千吩咐一声:“捉住四人,都有重赏;如有祸事,归我舅太爷一人担任。如敢故意纵放,须和他们同罪。”众人只得抖擞精神,奋勇追赶,一霎时已经赶到,胡哨一声,各挺手中兵器,威喝他们赶紧回去,如敢抵拒,立刻要取你们性命。蓝休气极怒极,大骂:“贼子如此昧良,必遭雷打。”小厮见不是路,忙催姑丈快走。蓝休还在辱骂,胡千已取出绳索,着众人动手:“绑缚这班不要脸的东西。”采和、月英手无兵器。采和自命究是一家正主,料道胡千终不敢奈何自己,便冷笑一声说:“回去也是我们自己家,何必要你强迫。妹妹,我们就回家去,看他们有什么法子对付你我。”说时回转身,大踏步向自己家门就跑,月英也只得跟着同走。后面蓝休等虽然不住辱骂,也不能不追随在后。不料胡千有心挫辱采和、月英,他又存着一种恶念,抵拚把他俩弄死之后,留下胡氏顶吃官司,他却可以乘机攫得利益,远走高飞,因此不容他们这般写意的走路,索性大放恶势,仍要将他们捆缚起来,就此送到县中治罪。

众人奉命，一声吆喝，奋力上前，先把采和、月英拉住，刚要绑缚，忽听月英大叫一声："仙师在上，我弟子月英自小至今，没一天敢忘记师尊训诲，没一刻不专心修道。为因不忍丈夫沦入魔道，延滞数年，未得出家，不料今天如此受辱。弟子虽然命苦，也是大家闺女，受苦含辛所不敢辞，横被辱侮，断不敢受，弟子今也顾不得丈夫的前程，拚送残生，到天上和师傅相见去也。"说到这句，忽然用力挣脱了手，向着河岸飞奔。众人知他志在赴水，却正中胡千下怀，忙着众人不必去救。别人还不怎么样，只有采和大哭大叫，也想努力追上，无奈一只手已被别人拉住。采和心中一急，低下头在那人手上咬了一口，咬得那人大痛，一释手儿，采和已奔了上去。胡千也说："由他去，由他去，看他们怎样死法。"蓝休和小厮却被众人扭牢，不得上去。大家呆呆地望着小夫妻俩同奔河岸，抱头大哭，一齐跳下水去。

原来这水还是长江下流一个湾口，河水极深，水势又急，一经跳下，是永无生理的。采和、月英又是两个文弱孩子，这一下去，当然没有命了。那知天下事没有王法还有天道，要是采和、月英这样根基深厚的好孩子，居然死于胡千之手，那不是天理王法完全没有了么。放心吧，天下没得那么不公平的事情。这时众恶人正眼巴巴瞧那两位小主投水，撑起了耳朵，肃静无哗的等候水中"扑通、扑通"的两响，他们的公事便算完毕，预备回去，向他们新主人领赏去。就是胡千也是耳目并用的，专等他俩沉入洪波，也要急争回去，做他心头存着的第二步计划。那知眼中虽见二人一同投水，耳中却无论如何，听不到那"噗通、噗通"两响，这才把众人弄得奇怪起来。大家不约而同的走近河沿，向下一望，哈哈，妙不可言，一幕新奇的戏剧立刻现入大众眼帘之中。喜得个蓝休和小厮连声高叫："有天理，有天理。"吓得胡千目瞪口呆，半晌说不出话来。未知这是什么好剧，值得作书人大卖关子，却待下回分解。

第六十回 雷电逞威诛恶奴 神仙施法救高徒

却说胡千带领一班恶奴,逼着两个小主人跳入水中。眼见他们投河多时,却总听不到“噗咚、噗咚”两声响,更不见河当中起个手掌大的水花儿。看这河沿,峻削如壁,又没芦苇之类可以藏住身躯。那么,这两个孩子却投到什么地方去咧?众人都为好奇所驱使,不约而同的赶到河边,许多眼睛一齐向河下望去。忽的一阵金光从水底冲起,触着众人眼帘,宛如着了针刺一般,一个个痛得要死,赶紧把双目闭住,大呼疼痛。只有蓝休和小厮,却格外觉得清快明亮。明明瞧见,金光之中,一朵红莲冉冉上升,红莲上面立着两男两女,除了采和夫妻之外,那一对男女都是世外装束,神仙气概。蓝休忙和小厮趁众人不能开眼的时候,赶紧把绳子脱去,跪下叩头不已,高叫:“神仙爷救我主人上天去也!”只这一语,把那班痛眼闭睛的恶主凶奴,喊得惊了一跳,不觉抬头上望。

果然瞧见金光阵阵,拥护一朵红莲;红莲之上立着四个仙人,而自己一对小主人,宛然在内,吓得一班恶奴也跪地叩拜。只有胡千,心中虽慌,口中还要倔强,说:“这都是妖怪摄人,大概把一对小畜生摄去洞中当点心吃哩!”语未完,忽听空中高喊:“蓝休听着,尔主人本是仙种,为因一念之差谪下凡尘。尔男主人欲太重,连累女主,同受这场劫运。如今带他们去名山修道。你和表侄忠心耿耿,深可嘉赏,着本处土地送你回家,并赐仙丹一粒,寿可百年;黄金千镒,不久颁下,和你表侄一同享用。胡千狠心恶意,罪不容诛,看我派遣雷电神将,立刻行诛。”胡千这才大骇大惧,伏地颤栗,高叫:“上仙饶命!从今不敢为恶了。”那知他恶贯已满,半空中顿起一个霹雷。

大众都见,金光阵里有两位面貌狰狞的神将,也是一男一女,向那二仙行了个礼。此时,黑云顿起,月色无光,而闪烁金光却亮如白昼。一时云头骤低,众人都听得,两个神将说道:“启禀法师,奉旨电殛胡千,怎奈现当腊底春初,天地之气不交。如须行电,必得禀明上帝特别施刑,小将们方可施法。”又听那仙人吩咐道:“请尊神即行预备施法,贫道即刻上禀,不得差错的。”神将们躬身说道:“既有法师代禀,小将们自当遵旨。”说毕,又一躬身而退。一霎时,连金光都不见了。但觉雷声轰轰,山谷震动,却只不见电光。胡千等众人,只想逃走,谁知两脚沉重,好似钉在地上一般,一步都不能走动。胡千虽是凶恶小人,到了此时,也觉恶念全消,魂飞魄散。先还号呼乞饶,最苦的是雷声大盛,比他的哀求之声大过万倍。可怜他这一番将死的善言,竟不能上达天庭。而阵阵雷鸣,又宛然在他顶门儿上打旋,欲下不下的样子最使人难受。同时,那批恶奴也都感受到同样的苦痛和恐慌。只有蓝休等二人,却是一无所苦的样子,反远远立着,看他们怎样受雷之刑。

如此过了许多时候,忽见空中金光又起,金光阵里,仙人大呼:“雷公电母听着,玉旨已到,请速行刑。”只此一语,一字字钻入胡千耳中。胡千只觉顶门中轰地一声,三道魂灵,早飞去两条。剩下一条听得雷声又起,此番却不比先时,雷声起处,电光随至,但听得啪啦啦震天一声响,顿时空中满布硝磺气味,存心凶恶,天良丧尽的胡千,就于此时大叫一声,殛成焦木黑炭一般,自然是不活了。还有他手下的几个恶奴,虽免雷电之诛,却已受惊不小。回去之后,有因惊成病的,有被金光伤眼终身不愈的。

蓝休等老少二人,却躲在一边,直等胡千殛死之后,他俩重新伏地叩拜。忽听耳中有人说道:“神仙都去了,不必多礼。快随我同回家去,享你的老福去罢。”二人都听得说话,却不见人影。情知是仙人派来的土地,只得再三道谢,相从回家。到家之时,却好天色黎明。蓝休又听耳中说道:“老朋友,再会再会,仙丹一粒塞在你的耳中,取来吞服罢。”蓝休慌忙向空中拜谢,只觉耳中似有什么东西塞住一般。把小指甲儿一挖,果然挖出一粒晶圆光润的仙丹,立时吞了下去。后来,蓝休和他表侄同在菜园种菜,掘地得黄金一缸,才知仙人真不相欺。两人各半分取,大家享起福来。这蓝休直活到整百岁,方才归天。这些全是后话,不必细表。

单说采和、月英被男女二仙救出危险,二人又亲见胡千受雷电之诛,快慰之余,却又有些不忍之心。当时却不敢说话,跟着二仙腾云驾雾的如飞而去。约摸过有炊饭时候,忽听那男的仙人说一声:“到了,就此下去罢!”只觉云头向下一挫,眨眼儿已落在一座高山之上,一间石洞的前面。二仙立定身子,向采和、月英微微一笑,月英才认明,那男的就是前生的恩师铁拐先生;女的虽似见过,却不大记得清楚。采和便都模模糊糊,不甚记得。当下,月英口称恩师,拜倒于地。采和也一同跪下,双双叩头。铁拐先生叫他们先拜见那位女仙,说:“这是你何师叔。”二人也行了叩拜之礼。铁拐先生将二人带进石室,即有一个年轻道人出洞跪接,口称:“师尊师叔在上,弟子杨仁叩见。”铁拐先生挥手命起,和何仙姑一同入内。杨仁随在后面,招呼采和、月英一同入内。只见二仙端坐上面,杨仁等三人重新叩拜。铁拐先生安慰了杨仁几句,又嘉奖了月英一番,末后对采和叹息道:“为你这孩子害得月英延滞尘网,耽误几年修道。他是那样劝你,你还多方辩饰,沉迷不悟。照你这等下愚之性,早该逐出门墙,任你历尽磨折,捱尽劫数。再不回头,少不得打入九幽十八层地狱,也没人来替你喊屈。如今都瞧在你妻子面上,姑先援救你一次,着你即日去王屋山中,静炼三年坐功,瞧你有无变志,方可传授大道。你若自量吃不得山居寂寞之悲、饥寒狼虎之苦,我也不勉强你入道,还是赶紧下山去干你的功名大事,享受你那高堂大厦美妾娇妻的大福去罢。”

采和见说,不觉痛哭流涕道:“弟子今已豁然大悟,自知此前沉迷的无理。不但害得月英无端耽误仙缘,就是弟子本人,也何尝不自讨苦吃。现在读书未成,严慈见背,继母不仁,一再肆虐。弟子今日若不亏仙师援手,此时早已葬身鱼腹之中,还有什么功名富贵可言。再说,弟子本来不是没有根基之人,如今又亲见世上神仙的榜样,可知平日那种妄言,真是师尊所谓下愚之尤。再要贪恋红尘,不知自爱,弟子的知识真比禽兽都不如,与草木无异了。师尊请放心,休说着弟子去做功夫,就要弟子赴汤蹈火,做那出生入死的事情,弟子也断断不辞。就请师尊派人送弟子前去罢。”铁拐先生笑道:“话却说得好听,不知可能做得到?你说赴汤蹈火之事都能不辞,在你以为说得厉害极了。不知修仙求道真是天下第一难事。到了要紧关头,休说赴汤蹈火，在所难免。就是比这更凶更险有死无生的事情，也只得拼上一拼。不但不能避免，甚至连丝毫畏惧之心都不许有，还不知你可真能受得受不得咧。”采和顿首道：“一个人，最怕是不肯死。弟子现在已把自己当作死人看待，总有万分危险，横竖不能比死更甚。弟子便不敢自命为有志之士，但却不敢不以此时时自励罢了。”铁拐先生笑而点头说道：“好得很，已往不咎，来日大难；有成无成，看此一行了。我也不派人送你，此间也没有闲人可派。横竖修道之人吃苦都是本等，游山玩水尤其是苦中之乐。此去经过有许多名山大川，正可随时领略些山水滋味。你就慢慢的独身前去罢。”

月英立在一边，备聆二人说话。今见铁拐先生着采和独往王屋山，虽不知相距多远，但知铁拐先生意在磨折他的身体，锻炼他的筋骨。况有危险不能避、畏心不能有的训话，可见此去，一路辛劳危苦势所必有。采和是公子出身，平日渡一道江，也还派许多男女佣人前拥后卫的踵步不离。如今要他独自一人走这危险的长路，虽说仙师必有分晓，决无害人之理，但是瞑目一想，采和这等人怎捱得如此危苦辛劳。又这样一想，心中便替他发愁起来。正在此时，忽见铁拐先生回转头，向自己大喝一声。这一声，在别人听来只是普普通通的声气，不晓什么道理，一进月英耳朵就宛如当头起个青天霹雳。而且月英才从雷电交作之下来到洞府，却并不觉得雷电的声音怎样厉害，反是此时听了这一喝，倒吓得心中别别地跳个不停，禁不住芳容失色，几乎流下泪来。此际在座诸人，都不知铁拐先生是何用意，并不知月英因甚怕得如此模样。就是月英本人，也不知何以惊骇失态到如此地步。却见铁拐先生，接着向他“咄”了一声，说道：“仙人以无情为多情；痴心不死，道心不坚。你是最有智慧有定识的人，何得自缚于这等世俗儿女之情！虽说你的用情，与寻常夫妻之爱完全不同，要知爱根不除，随时可以入魔；魔道深则正道消。君子慎微慎独，正为此耳。”月英听了，心头顿然一亮，立觉万念尽消，不但对于世界上的一切，就是平日为采和之心也一律释去。到此地位，他方寸灵台才真个光明皎洁，和以前自命为死灰枯木的情状，又是一番景象。不知不觉欢欣鼓舞的向着铁拐先生宛转叩拜，复以樱口咬着铁拐先生道履，久久弗释,以示亲敬之忱。

铁拐先生哈哈大笑,连连点头。对杨仁说道:“这孩子可教,这孩子才真不愧神仙种子,比采和强多,将来造化未可限量咧。”又对采和吩咐道:“你和月英一般出身,一样根基,只因他能不昧本真,一尘不染,去道既近,成仙甚易,大概三十年后即可小成。你就吃亏在有了欲念。纵会努力精进,也得比月英迟十年功候。但是,无论如何你们有夙根的人,终是便宜得多。你便迟个数十年,也还比他来得容易咧。”说时,一手指着杨仁。杨仁也笑道:“师弟,但不忘今师尊的教诲,专心一志,勿畏难,勿怕苦,勿惮危险,勿嫌寂寞,行行数年已可抵吾辈数十年。数十年后吾辈还得请教师弟们咧。”采和听了,忙谢他的教言。又说:“师兄不能太谦,你我一家人,须要大家当着骨肉看承。小弟奉师尊命,即刻就要告辞。自分生性愚顽,此去但有谨遵师命,刻志上进。如有不到之处,仍望师兄念同门之谊,随时督责,实为万幸。”铁拐先生即命杨仁取到碎银一包,道衣数件,以为一应旅行必需的器具,交与采和,着他即刻下山。采和意存恋恋,似乎不愿速去。铁拐先生呵道:“儒家说,朝闻道夕死可矣。学如不及,犹恐失之。你既决心求道,休说一二天的时间不能枉弃,就是一寸光阴也不可顽愒。早走一步便早成一刻的道。话已说完,捱在这里干什么!”采和只得一一拜别,众人也都还礼。辞至月英面前,说道:“妹妹为我之心至矣。以前数年,妹妹已经贻误在我的手里;以后的岁月,妹妹请放眼望着,做哥哥的便死在山中也决决不再教妹妹失望。还望妹妹珍重道体。将来愚兄稍有寸进,还得叨妹妹的大教咧。”月英此时已不如前次那么悲伤,慨然答勉几句,和杨仁俩亲自送下山去。看得他走远了方才回至洞府。

铁拐先生笑对何仙姑说道:“师妹瞧采和此去,可有什么结果没有?”仙姑笑对道:“这人心地是极好的,可惜世情已深,只怕道心不坚,便与前程有碍。依我看来,不及月英多矣。”铁拐先生笑道:“月英自然比他更好,但他的聪明并不亚于月英。看他经此大难,已把世情看得淡泊。只今天所说一番坚决之谈,已见他十分沉默。即此一端,便是入道之基。前去王屋,再加三年静功,自无不成之理。不过眼前要使他彻底醒悟,更阻他再生杂念,还须如此这般,方可使道心专一,日进无疆,成功也便更快了。我在此无事,可带月英一同下山走走,暗中跟住采和,顺便玩一下子也无不可。"仙姑大喜应诺。铁拐先生于是把杨仁近来课程调查了一回,杨仁禀称:"后天是先母忌辰,须得前去坟墓打扫祭奠。"铁拐先生点头说:"这是该去的。你母没有仙缘,我除度他为鬼仙之外,竟不能再有造就。见了他时,可请他多立功行。待你成了正果,或可度他为地仙也。"杨仁叩谢说:"弟子一定要劝先慈广施功行,以尽后福。"铁拐先生颔之以首。

当下别了杨仁,驾云头先回至蓝采和家。途中对月英说,"你知我此去蓝家还有什么事情?"月英答道:"弟子的公公,死得不甚明白,村中人无一不知。但嫌疑最大者,乃是公公扶正的姑嫜。弟子和采和为这件冤案要替死者伸雪一番。这事,弟子分居幼小,不敢妄参末议。至于弟子夫妻,小受挫折,皆由胡千一个之过。彼既伏诛,弟子等嫌怨尽消,更无向尊长寻仇之理也。知师尊决不为弟子夫妻劳动法驾。"铁拐先生听了,深赞他立言得体。因笑说:"你公公死于胡氏姊弟之手,动手者是姊弟共同,而主谋教唆者却是胡千一人。所以胡千之罪最重最大。虽受雷击,不能蔽辜,如今还在冥中饱尝刀山剑树之苦咧。至于你姑,身为人妾,所受扶正之恩,不思竭忠图报,反听恶弟之言,谋死亲夫,还要谋害你们夫妻。论其心迹,和胡千也只差得一点。但如今却有一层困难之处,只因你公公一生做人还称不错,留下一男一女,皆系胡氏所出,年纪尚小,正赖生母抚育。万一胡氏伏罪身死,这一对小孩子岂不苦死。所以,对于胡氏,只好暂时不用严刑,着他将一对儿女抚养成人,切勿再生恶念,害人自害。纵不能将功抵罪,也可减得一二分罪过。我们此去,就将此意教训他一番。此外还有一桩事情,也得稍稍留滞一二天。等得两事了结,方能赶回河南,追得采和,察看他的行动。"二人听了,自是感悦。

师徒们正说得有兴,忽地东北角上,一缕乌云如飞而来。铁拐先生大惊道:"孽畜孽畜,屡受挫衄,不知悛改,还敢出来害人。唉,这一出头,又不知有多少无辜人民牺牲在他手下咧!"未知此物如何这般厉害,却看下回分解。

第六十一回 李铁拐访晤玄珠子 王月英试察蓝采和

却说何仙姑、王月英跟随铁拐先生，驾云前去蓝家。半途之上，师徒们把处分蓝氏子孙和惩戒胡氏的办法谈了一回。铁拐先生又说："这是小事。我为采和分上并月英面子，不能省此一行。此外更有一桩大事。"何仙姑忙问："师兄还有何事？"铁拐先生才待回言，陡见东北角上一片乌云飞向南方而去。铁拐先生叹道："孽哉此物，又不知要伤害多少生灵也。"因即告诉二人道："才说另有一件大事，即是为此。你们可能瞧得出那乌云之上站着什么东西？"何仙姑道行已深，早已望见是一条硕大无朋、金鳞闪烁、夭矫雄健的大蛟，便对铁拐先生说了。月英却一无所见，只见乌云一片而已。铁拐先生叹道："论起此物年岁，就是现今上界天仙，没有几位能够高出他上。就说道行，他也能五遁，也能变化。普通神仙中有几位比得上他。但不晓得为什么喜欢沉沦于魔道中，专干伤天害理的事情。纵会一时逃得天谴，久后大数一到，终不能免于雷殛。何苦呢！"说时，连连摇头，只叫："可惜！可惜！"

月英动问此物出世年代和作祟情形。铁拐先生笑对何仙姑说："那就是大闹螺狮道场的孽畜了。几次三番想占据钱江作他根据之地，幸得玄珠子守卫得力，志不得逞。但劫数已定，久后终得被他捣乱一场。我今此去，就想送给玄珠子一件东西，可以救护百万生灵。如至不得已时，便可取来应急也。"何仙姑听了，十分钦羡。当下，代铁拐先生将老蛟历史告诉月英。月英也惊异道："我们是刻意求仙，难得大道。这老蛟既有这么深的道行，还要如此横行，岂非自取灭亡，却不枉负了万年功行。"铁拐先生及何仙姑听了，相顾叹息起来。

此时，已到蓝家。铁拐先生和仙姑、月英一同从空中降落，吓得胡氏及一家老少都罗跪面前，不敢抬头。只有月英不敢当他的大礼，忙起而避之。胡氏一见月英和仙人同来，可知他已经成仙，那里还敢存轻慢之心。又恐他前来报从前虐侮之仇，怕得他战兢兢地口中喊着“王……王……王小姐少……少少……少夫人。”宛如连珠箭一般，叫得好不亲热。待要细数前情，借资表白。不料铁拐先生大喝一声，把他吓得魂胆俱消，险些晕了过去。月英忙上前扶住，并暗暗关照他：“不要害怕，我师傅是有道天仙，此来专为救你，教你免得活受惨劫，身入轮回。你但静心领教，好好改过，包你将来还有好处。”胡氏见说，不觉战战兢兢地说道：“小小……小姐，你的好心我全知道。恨我脂油蒙心，不识好人。从前种种，对你不住，望你千万别存在心头。”

月英听了，心中反觉不安。忙笑说：“不必多说，快听仙师指教。你瞧，仙师拿的什么东西？”胡氏听了，不知不觉地向铁拐先生一瞧。那知，不瞧犹可，一经观看，愈看愈怕，看到后来不由吓得大叫一声，死了过去，口吐白沫，不省人事。原来，铁拐先生手中持的是一面小小的镜子，那镜的面积才只碗面光景。而在胡氏看来，竟和天一般大。看了镜子，就不见天日。镜中的情形，宛如又一天地。首先瞧见的乃是一所房子，房子中间躺着个病人。另外有一男一女，悄悄商量用药毒死这病人。病人服了他们的毒药，立刻跳了几跳，七窍都流出鲜血来。那情状好不可惨怕人的。最奇的，那房子就是蓝家住宅，病人正是蓝文，用药的人正是胡氏本人和他兄弟胡千。而且蓝文死状可怕，只有姊弟俩亲眼见到，后经胡千收拾干净，一点不留痕迹，所以别人瞧不出破绽来。但这镜中却宛然替他们留下一幅杀人的绘图和真事真情，不差粒黍。你教胡氏怎不吓得要死呢。

铁拐先生见胡氏既晕，便微微一笑，向他吹口气儿，胡氏便又醒转来。心中明白，想不再瞧那镜子，无奈眼前所见尽在镜中，连自己这个身子究在镜中抑在镜外，都有些模糊，弄不清爽。只见蓝文死后，自己如何专权，胡千如何进谗，如何谋害采和夫妻，怎样被蓝休得知，夤夜通信月英，胡千怎样诬陷月英，以至阖家哗闹，小夫妻逃走，胡千率众追赶，采和、月英遇仙升天，胡千被殛为止，镜中便空空洞洞一无所有了。而且胡氏再望去也只碗面大小了。胡氏弄得如醉如痴，神魂飘荡，不知要怎样才好，直瞪着两眼望着铁拐先生。铁拐先生便命月英:“你带他进去,问他可曾悔过迁善,好好做人,不得再有恶事。若能广行阴功,多作善举,上天决不绝其自新之路。将来功行圆满,还有意想不到的好处咧。”月英遵旨,把胡氏扶入室内,按照师傅意见,苦苦劝导了一番。

胡氏心中大彻大悟,忽然立起身,飞跑而行,跪在铁拐先生面前,磕头如捣蒜一般,带泣带说的,自陈痛悔前非,决心为善:“如有虚言,或中途改节……”说着,把个小指伸入口中,刮地一声咬下一大半截来,血流如注,痛彻心肺,兀自挣扎着说下去道:“此身不得好死,必和此指一样,被人斩为两段。”说完这话,痛得昏了过去。铁拐先生甚喜他有此决心,料他出于真诚,点头赞赏道:“能够如此,犯罪虽重,未尝不可挽补也。”遂又向他吐口气,胡氏蹶然而起,血凝痛止。铁拐先生亲自安慰了一番,胡氏亲把咬下的指头留着,说要每天拿来瞧一遍,免得事过情迁,重蹈故辙。他们这一番热闹,只有当局数人心中明白。其他,如蓝府中下人和胡氏子女等人,却一点不曾看出是怎么一回事情。就是镜子中的许多幻影,他们也都一无所睹。到了此时,见胡氏截指明心,大家不觉又怪又惊,又怕又感。

据铁拐先生说,此镜的功用,和他那葫芦有同样效力,总之同是本人一些精神所寓;道到深处,魂魄可游于天地之外,虽千百年前后事情,可凭一照之功,完全显示出来,丝毫不得舛差。此法后被杨仁说出,但道力不及,只能书符念咒,以代游魂之功。

铁拐先生把蓝宅事情办了,即带同仙姑、月英二人,重复驾起云头,直至海宁地方,迳投玄珠子的庙。玄珠自接任以来,多显灵应,以故香火之盛,一时无两。闻说铁拐先生到来,慌忙出迎。二仙相见,大喜大笑,携手入内。铁拐先生命仙姑等相见,各叙景慕之意。玄珠问起铁拐云游情形。铁拐也问他防蛟守土之事。因把途中所见老蛟南来情形告诉了他。玄珠叹道:“此畜不除,浙难未已。小弟虽会同龙王,多方设法绝其出入之路,怎奈此妖神通不在我辈之下,诚虑百密一疏,中其奸计。那时,百万生灵,责在一身。自顾才疏,担此重任,每一念及,未尝不栗栗自危。道兄既不我弃,惠然肯来,度必有以教我。”铁拐先生笑道:“道友太谦了。老蛟虽凶,从来说邪不胜正。

况有道兄谨慎留心,坐镇海口,又得平氏夫妇相助,料老蛟也无可如何。纵有意外,真是劫数所关,无可幸免。在道兄,但能始终如一,不懈不苟,不以一时雅兴忘却平时的戒惧。如此,便是劫数到来,也与道兄无关了。"玄珠子听了,口中连连称是,心中却甚觉铁拐先生这番教言来得不大切实,好似一种敷衍塞责的门面话。心里这样想,面上也稍觉有些不大诚服的态度表现出来。铁拐先生明知其意,只作不曾明白。当晚,玄珠子预备江南鲜果、越中名产,宴请三位远宾。宾主畅谈,竭欢尽情。

到了次日,铁拐先生就率了仙姑等,离开海宁北至中州。铁拐先生笑对月英说:"教你一点小玩艺儿。"月英不解其情。仙姑笑道:"师兄必有作用,贤妹只用心学习,不必多问。"铁拐先生口念咒语,命月英熟诵,又在他两掌心写"隐显"二字。说道:"用此咒语,可以变他心中欲变之人物。但非正道,不能持久,大约可有一二天效用。掌中二字即隐显身子的符箓。欲隐时,可将左手向上,人便瞧不出你的所在。要显时,用右手向下一覆,立可显出身子。这等法子,真是一种玩艺,不能当做正经仙法看。正经变化隐身之法,却要真实功力,可以变化无穷,并用不着什么符咒。但你初起出家,还谈不到这等功夫;而且这等功夫并非修道正宗。到了大道功成,都可不烦勤习,自然通达。若皮毛未得,先学术数,便是弃本逐末。既分学道之心,更于养心有害,是决乎使不得的。今天所教,虽非真正玩艺,也该认作一种好玩的事情,不必苦苦用心,反招外魔。至于我所以教你的缘故,你可明白吗?"月英茫然道:"弟子正在狐疑。师尊既言求道不必先求术数,致分学道之心。为什么今天又先把比术数更下层的咒符之事教给弟子?并又再三训戒只可当做一种玩艺。弟子自揣根基未固,学力毫无,岂是学习玩艺之时,又难道不怕分了求道之心么?弟子愚昧,望乞师尊明白指示。"

铁拐先生听了,深喜他能知大体,有操守,先奖励了他几句,方说:"来此专为采和之事,也却是为你起见。我对于你,已有十分坚强的信用。对于采和却还不敢断定他有无变志。因想趁此时机试察他几次,也不专为试他的诚心与否。他要真有造化,经我这番试察,也可益坚修道之心,他能早一日升天,你也可以早一天出世。所以说为他也是为你,你和采和的心愿,似我和你何师叔一般:何师叔一天不成仙,我也一天不登天。你何师叔用的功还了得么,这几时你该看见他那种刻苦勤炼、晨兴夜寐的情形。他现在,于性命之学已十得七八,大概不久也可成正果。我虽等候了他几百年,他也很不辜负我了。希望将来采和对你,也有这样的用心,格外努力。你也可以省些心事,我也得了极大的安慰了。”月英听了,还不十分明白。铁拐先生笑而又叹道:“这孩子如此聪明,这点小事都想不出来,岂非懵懂一时。”何仙姑这才说道:“贤妹不用痴想师兄的用意,我全明白告诉你罢。”月英听到这句忽然省悟起来,不觉失笑道:“真正弟子太不聪明了。师尊之意必是要弟子变化什么去试察采和,可是不是呢?”二仙见说,都大笑起来,说:“如今你才明白了么?”铁拐先生因吩咐他:“如此如此,切勿有误,可得采和真情也。”仙姑领命。

铁拐先生向下一看,忽然指着下界一个村庄,说道:“这里已是豫州地界,在黄河之南。我料采和今夜必当来此借宿,现在还在半途之上。我和你何师叔先去,如此这般吓他一下,看他可有些胆量?他要来到村中,你就照我计策如法办理,不得有误。”于是,大家按落云头,落在一个土地庙内,吓得那土地慌忙出来招待上仙。铁拐先生慰劳了几句,把来意对他说明,着他照顾月英,为他年幼路生,恐有舛错也。月英便在庙中牢等采和。

铁拐先生和何仙姑仍复出庙,用缩地法赶到十里之外一个山坡上面。铁拐先生手指对面林子说:“那树林中间彳亍行路的就是采和来也。此际荒野无人,瞧他正在四顾彷徨,必是想找人问路,贤妹可速动手去引他过来罢。”仙姑听了,笑了笑,一扭身子变成白发婆婆,迎着采和走上前去。那边,采和正因日暮路迷,想找个人来问条路径。忽见前面走来这个老婆子,心中大为欢慰,忙着上前施礼问道:“贫道是往王屋山的,因贪赶路程,误了打尖,请婆婆指示那处是大路?那里有宿头?”仙姑听了,回头指道:“你望那边去,绕过这个山坡,再赶五六里路,就有村子可以借宿。”采和举手称谢,拔步就行。

此时天已垂暮,日斜黄昏。采和心中越急,举步越快。可奈山坡在望,终是赶不上去。采和不觉又笑又气,自己说道:“性急的人终是这等样子。路径长短是有一定的,怎么会忽远忽近;自然是我心中发急,所以觉得越走越慢了。”话虽如此,可是那时的道路,也委实有些可怪。明明相距不远,却实实在在走了有半个时辰。垂暮光阴,自然差不得一刻两刻,那经他多走半个时辰,自然要赶到黄昏时候了。采和到了山坡下,已觉有些乏力,不觉自急道:“据老太婆说,过了山坡还有六七里才有村子。如今天已全黑,路径难辨,人又非常辛苦,怎能赶得这许多路。况看此山,虽不十分高峻,而山势复沓,峰峦重叠,还恐有虎狼暴客出没其中。万一遇到这些东西,不但手无寸铁,难以抵挡。而且疲乏之身,连逃走都很是不易,这可怎么好呢?”想了一回,料道久坐此地终非长策,只得鼓勇前进。刚要绕转山坡,忽然满山树木萧然作响,一阵狂风吹的采和浑身发抖。禁不住向山上一望,只见树林中间,两盏极大的红灯正在一闪一闪的发出光来。采和心中大疑:“山中并没有人居住,怎有这等大灯?况且刚才并没瞧见,怎一下子工夫就有这对红灯?是谁上去悬挂,挂在那里又是什么作用啊?”想到这层,更不觉往上探望几眼。那知,不望则已,一经瞧清,不由他大喊一声,吓倒在地。不知采和因甚怕这红灯,却看下回分解。

第六十二回　一蟒攀两山劈山成路　孤身访大道为道舍生

却说采和，因见高山之上徒现两盏红灯，心中十分惊异。不由抬头一望，这才瞧清，不是什么红灯，却是其大无外、其粗无比的巨蛇，所见红灯乃是他的眼睛。一个蛇头，大逾巴斗。身粗十围，长亘十里。头在此山，腹在对面山头，约可五里。采和从小读书，曾听人讲说故事，逾有丈长的泥鳅，吞没一只肥猪。当时听为奇闻，吓得晚上不敢睡觉。那知今日所见，其荒唐离奇不可思议，竟又超出泥鳅吞猪之上。这就怪不得他要大惊大叫，吓倒在地上了。幸他此番立志求仙，早把性命置于度外，因之胆气也比平时豪壮百倍。略一定心，就奋然立起，自己喝着道："采和采和，你一个求仙访道之人，休说十里长、十围大一条小小曲蟮，就是盖天遮地、倒海翻江的真龙，也怕不得这么多。走走走！他干他的，我走我的，怕他作甚！"放开大步，只顾前进。心中又还时时不忘那条小小曲蟮，小小一个心窝，禁不住"弼弼"地跳个不住。但同时他又自己责备自己说："不要想他，不要想他，想他便不算好汉。"可话虽如此说，他那小小方寸之地却并不听他指挥，兀自骨碌碌不住的转那畏惧惶惑的念头。心中这般想，两只腿子也不能受他调度起来，虽是一般地走着，却是趑趑趄趄地十分不得劲儿。

正在拼死前进，那山上的两盏大灯，好似知道他的去向似的，忽地旋转身向这面射来，照在采和身上，宛然就是两道电炬，同时且有一股腥恶难闻的臭味，一阵阵钻入他的鼻孔子里。这还不算厉害，谁知这怪东西，宛如专一和他作对一般，猛可地把个伟大的头颅向前一冲，但听空中"砉然"一声，一个大东西，横亘半天，把个绝大的脑袋，搁在离采和身子十丈多远的一枝绝大的古木上。采和已经吓昏，当然不暇再去考查他的尾巴放在那个山头上。但见那枝合抱的古木，连根带枝的摆动了几下，似要折断的样子，也可以想见这蛇的力量了。这时的采和,分明已在那蛇的项下,而且蛇身离地不及丈半,只要稍微伸个懒腰,就可将他压死,或是略为打个喷嚏,把身子震动一下,也能将他摔到数里外面去。更可惊的是蛇眼向着前面,大有和采和同道进行的趋向。此际的采和,真个只有赶紧退回原路的一法。若是一味前进,迟早终必葬于蛇腹中去。采和惊魂略定,辗转筹思,觉得处此绝境,为保全性命起见,无论如何不如暂向后退,觅个比较平坦广阔的所在坐他一夜,到天明再作计较。

念头方起,猛可地记起在泰山时说的那番壮话来。现在师尊和月英等,虽不在面前,但自己既夸下这等海口,而前途危险层出不穷,若一遇意外便思退步,如何到得王屋。不但得罪于师尊,见笑于月英、杨仁等,而自己的道行也永无进步之日。再说人生安危存亡,确有天命。命该横死,便是退出此地,那蛇也可以向后一转,追逐而来。我这小小身躯,仍不够他一餐点心。或者遇虎狼暴客之类,不死于蛇仍不得不死于他们之手。若是命不该死,倘若有成仙希望,我便冲过蛇身下面,只静悄悄地不要惊动着他,难道他这么一个伟大的动物,就少了我这份小小点心不成。”想到这里,胆子又壮大起来,并又发出他一种孩子的妄想来,要把自己的身子来作个修道成否的试验。因即额手向天,虔虔诚诚的祝告道:“弟子蓝采和,决心修仙,不避险难,如大道克成,升天有望,俾得渡过这座小小曲蟮的难关。要是前途无望,弟子也犯不上白白辛苦这一生。凡人在世,那有不死之理。同是一死,横死好死有何分别;早死晚死,更没道理。还请神明示应,饬下曲蟮老爷,将弟子一口吞下肚去,弟子就在他这小肚子内,做根小曲曲蛔虫,也无怨言。”说毕,放下手,定下心,大踏步往前便走。

走不数步,“啊呀,不好了。”那曲蟮真不和他客气,也不晓得他是打个喷嚏还是伸个懒腰,但见面前一大块黑魆魆东西,从半空中横坠而下。头还在树,尾巴也仍在山上,只这中间一大段卧在地上,刚正将采和去路挡住。这么一来,采和才提了起来的胆子,又立刻收得比黄豆还小,瑟瑟勒勒地只是发抖,口中只叫着“天啊,天啊!难道真个我是修仙无望,该往曲蟮肚中做蛔虫去吗。那么,我师尊他们,为什么要将我哄到这里来白白送死?如果存心要我的性命,何必从恶舅父中将我救出来呢？师尊啊！你老人家也忒会捉弄人家了。”说一阵，哭一阵。再瞧瞧蛇身，并不怎样动弹，而且后面也没有什么阻拦，若要后退，还是可以平安退却。但采和自谓修道之人，须要做克己慎独功夫，虽命在顷刻还是守着方才祝告的说话，绝无后退之心。并且一味设法，希望越这蛇身而过。这时天已昏黑，四野中一点灯光都没有，所借以辨认路径者，还是靠着采和所谓曲蟮爷爷的一对大红灯儿。上文说过，蛇眼向前，和采和有同道进行的趋势。因此，两道闪电也似的光亮，竟把采和前进的路子，照得非常光明。

采和于百无聊赖中，忽又转出一个孩子念头。他想，若能和这位曲蟮爷爷做了兄弟，正可托赖着他的光明，送我前去村中，岂不大好。但他也知道这是孩子思想，那有这等好事。忽见那蛇，又略略一动，吓得山上山下树枝儿上的飞鸟，都四散分去。自然采和也骇得要死，只得把身子蹲下去，静待捐躯致命在他肚中。果不其然，那东西于小动之后，索兴大动起来。一霎时间，陡起一阵狂风，四野中树木摇动，砂石卷飞；有好几颗飞到采和头上，打起了几个磊块。采和惊骇亡魂，那里顾得些小苦痛。不道那东西真来的刻毒，跳起那个大身子向空中一跃而起，离开平地竟有十余丈之高。采和这才瞧见他的全身，也不过如平时理想中天上神龙一般大小。此时，心中求活的希望又大盛起来，默念天神保佑，快快伸下一手，把这东西拉上天去，他可赶紧逃走，也便是将来得道成仙的预兆。

谁又知道，那蛇飞上天空并没勾留，也没见什么天神伸手拉住，由他舒舒服服腾跃而下。这时，两盏红灯却东不照西不照，独独注定采和身上。不消说，他那肚中的蛔虫已承认采和是一个新进的同志了。采和这一吓，更比初见大蛇之时来得厉害，除了束手受噬、宛转待毙之外，一点没有方法，也一毫没有生望。不道这蛇，将近平地忽然用力一跳，将身子跳在两山之间，竟将两个山峰劈出一条大路。这条路子便可直通前面村庄(数百年间，这条山路还依旧可通行人，故老相传，称为神蟒坳；山口的村子就连带称为蟒游坳。但至唐宋以后，这坳中人口渐少，因被妖怪占据，被吕纯阳用一丸土封住山口，此路就不能通行。但至今本处人士还有知道蟒游坳的地名和这一段故事。那是后话，不谈）。

再说，那蛇被嵌在两山之中，一时倒有些动弹不得。急得拚足气力，乱迸乱跳，把两面的山、山上的石、石边的树，都震撼得岌岌动摇。这么一座大山，万一被他冲下来时，那下面的采和，不死于蛇，也不免死于山石之下。但他却不管这些，以为蛇身一时不能出来，只要赶得快捷，或者还能脱险。更好在蛇身被两山夹住，拼命的左右乱撞，两只眼益发张得大大的，光焰也比先时厉害得多。采和那里还有工夫去看他这身子，只想趁此机会能够逃出难关，便是如天之幸，也就是成仙之兆。于是再振精神，重鼓勇气，先向蛇身端详了一回，却不再回头去瞧那蛇睛，恐一见那种凶恶的气象，不免又要胆寒之故。量度了一番，觉得蛇身虽粗，若能用力跳过，却省了许多手脚。否则只可找别的路子，绕过蛇头所在之处，方是出路。约略估算，至少也须多走三五里。而且蛇睛极亮，经不得他打倒山坡转身再一追赶，那时，更未必有这等难得的机会。仔细思量，除了冒险一跳之外，简直没有别法。

孩子家思虑单纯，更无多大转念。计划已定，略不迟疑，马上搂起道袍，闭住双目，向着前路，用尽平生气力，只一跳，可可的跳在一部分蛇腹的上面。蛇身本滑，站脚不住，就把他滑了一交，刚正跌在那边路上。那蛇受此一碰，似乎也有些觉得，忽从头部发出嗡嗡的几声，那腥恶之气，端的叫人难受。只觉一个恶心，“哇”的一声吐出许多食物，顿时身子发软，神志昏迷，只是昏昏沉沉的躺在蛇腹旁边，不省人事。那蛇却又瞧见了他的点心还在身边，努力向上一跃，才把身子从两山缝中跳了出来。采和小小的身躯，又在巨蛇两大赤睛监视之下。同时唾下两点涎沫，那股腥味，好似含有刺激性一般，把垂死的采和从鬼门关上赶将回来。开眼一望，已知巨蛇不舍，胆碎力乏自觉万难起动。而巨蛇的血盆大口，已慢慢移向他的身上，转瞬之间就要应了做他肚中蛔虫的预言。不觉喟然慨叹了一声，口呼师尊、月妹，“总盼修道有成，再得亲聆教训。那知未到王屋，先丧生命，倒枉负了师尊、月妹期望的雅意了。”看看蛇口一开一合的渐渐近身，便睁着两只小眼睛儿，向他点点头说道：“好大家伙，我是早打算送你做点心哩，自恨生得太小，未必饱得你那尊肚，太对不起了。”一语未了，蛇口已在他头上，一条血红的舌头伸得有三尺多长，先来吮采和的嫩面庞儿，同时又滴下几点唾涎。

这采和正在顾命之顷，忽听半空中大喝一声：“毒蟒不得无礼，速送采和过去，到前村土地庙中，将功折罪！”一语未完，那蛇又是“嗡”的应了一声。一声未毕，已把三尺来长的舌头收入血盆大口之中。猛然把身子一缩，本来弯弯曲曲的，此际便成为直线。采和已知，必是那位神仙前来保护。心中一喜，清知又清，却又听得空中说道：“采和专心向道，有志有量，可嘉可爱，宜即骑在蟒身，他必送你前去村坊之中，不用忧疑。”说罢，寂然。采和但闻说话之声，却始终不见有神仙影子。只得望空额手，虔诚致谢。低下头，见那蟒已伏在地上，宛如等他坐骑一般，形状十分驯顺。采和也不怕他了，真个腾身而上，捧住蛇身。但觉冰冷难当，油滑太甚，总觉不大舒适。还在疑念之时，那蟒已沿途游去，其疾如矢，而稳过于舟。经过许多草蔓之地，耳中只闻萧萧飒飒之声。那消片刻时间，蟒已停步不进，抬起头朝采和点点。采和向他一望，原来已到了神仙指示的土地庙了。慌忙爬下蟒身，朝他作了一个长揖，笑抚其体说道：“道友，多亏你送我过来，可惜你的身子太冷。将来我要有了好处，一定做件棉袍送你。”说罢，看那蟒时，又点点头，却向来路倒游而去。意思之中，大概是自惭粗笨之体，倘一转身，又要伤残多少生灵，且恐吓着采和也。

采和望他去得远了，看看天色已是黎明，身子乏得不可名状，遂即走到庙前，轻轻叩门。好一回，忽然山门半开，里面走出一位千娇百媚、倾城倾国的绝世美人。采和一见，不觉呆了。未知采和因甚发呆，可是贪这美人颜色？且看下回分解。

第六十三回　土地庙畅谈玄理　温柔乡引诱道童

却说采和，于极困难危险之中得仙人救应，反着大蟒送他到土地庙内。其时天已黎明，采和只觉又困又饥，疲不可支，忙去打那土地庙的山门。那知开门延接的，乃是一个容华绝世、丰韵天成的妙龄美女。采和出自意外，不觉呆了一呆，忙即举手为礼，动问："姑娘可是常住庙中？贫道因贪赶路子，途遇意外，幸得上仙保佑，脱险至此。欲在贵处暂歇游踪，香资照奉。不知姑娘可能允许？"那姑娘见他那种狼狈的样子，心中似乎怪可怜的。忙含笑说道："出家人到处为家，何况是庙宇地方，焉有不能容居的道理。虽今庵主不在，但我和他是俗亲，也可作得主意，道长不必客气。请进里面奉茶。"

采和才放了心，道了谢，跟那女子走进里面。有间小小客堂，那姑娘请他坐下，唤道姑泡上好茶。又说道："道长远来，大概很饥饿了。此间荒僻，无可奉敬，只有我俗家自做的面条子，道长可能用些？"采和听了，正在肚中雷鸣，羞于启口的当儿，得此一言，不期心花大开，慌忙起立道谢。姑娘含笑命道姑速去下两碗面来。道姑应命而去。不多时，捧来二大碗热腾腾香喷喷的素面。采和肚中的蛔虫闻得面香，越发大闹起来，再也不及客气，赶紧接过一碗，说声请，举箸就吃。

姑娘见他饿得如此，真是又叹又笑，忙说："此地没有人，道长大可请便，不用客气。"说着，自己也坐在下首，陪他同吃。一面问采和的来踪去迹，采和一一回答。姑娘一面听，一面很觉有些诧异的样子。等他吃完了面，方才笑说："道长不要跟我胡说，似道长这等门第人家的子弟，又正在青春之时，怎么不思读书上进，为官作宦，享些人世繁华之福，却要如此遁迹世外，出入生死，受苦茹辛。难道世上真有什么仙人么？仙人真个可以随便修成么？"采和不等他说完，笑而对道："原来姑娘虽在庙中，却不怎么信道，所以说的全是外行话儿。从来说，神仙原是凡人做，焉有奋志求道而不能成仙之理。至于说世上有无神仙，这话，在别人或者还要半信半疑，贫道却已一百二十分的信为必有。这也不是据理而言，委实贫道眼见圣迹，已不止一二次了。不说别人，单讲贫道自己的师尊，便是一位上界真仙。还有，昨儿晚上，在空中指斥大蟒救贫道的当然也是一位仙人。要是不然，怎有那种法力，可使如此凶悍蠢笨的畜生，俯首听命呢？"说到这里，又回溯前情，把以前经过许多异事，约略告诉那姑娘。末了，又恳切地说道："不瞒姑娘说，贫道幼年，也是一个世情绝深、道心毫无的人，彼时心中也何尝不想为官作宰，发财发福，几十年人世的风光幸运。比及几次遭变，渐觉人生世上，无论如何富贵，怎样光荣，总之都是过眼的烟云，一转眼儿什么都没有了。同时，因得了仙师的指点，道友的规劝，始知世上真有仙人，而仙人又确乎都是凡人修炼而成的。既然如此，我就大澈大悟……"

姑娘听了，忽然抬起头来，朝采和望了一眼，面上也似乎露出一副愉快欢慰的情形来，但却仍旧淡淡地一笑，说道："依奴看来，人生一世，短便短；也正为了太短，合该赶紧图些眼前快乐，别等无常到来，要快乐也来不及了。至于修仙的话，究竟太荒唐了，只可以哄哄那批笨汉，稍微聪明些的人，无论如何也不得相信。道长不信，只看古今来多少圣贤豪俊绝世聪明之士，他们难道不喜欢长生不老，永为世外逍遥的人？为什么不听见他们修仙学道，却一个个致身君国，做那君明臣良、国泰民安的事业呢？难道他们都是呆子，不晓得凡人可以成仙的么？"采和正色道："姑娘此言差矣！世上本有三教，一是儒，二是释，三是道。儒教已大盛于中土，释教发轫于西方，只我们道教起源于开辟以前，虽不如儒、释两家盛，而历史的久远，却突过他们。姑娘才说圣贤豪俊为什么不去修仙，这话看似有理，其实并未深知各教源流宗教和内容宗旨。要知三教之道虽殊，而所以利民福国则一。即如我辈，欲修成大道，一面固须本身修持之功，一面还得广立阴功，普结善缘，把心田的基础打得十分坚实，始能逐步进功，渐臻妙道。阴功愈多，善缘越广，其所成就者也愈大……三教鼎力，殊途同路，儒家自有他们的路子，自然不用再做我辈的功夫；犹之我辈自有功课,不必效法两家也。”

那姑娘哑然大笑道:“可又来了。既说修仙之外,有长寿之道,何苦定要出家?”采和见说,不觉一呆。忽然省悟过来,也笑道:“既是修道可以成仙,又何必走儒释之途!况三教修持,总贵专一有恒,若如姑娘尊论,已出家之人还可回转家门,重做人世事业。休说道家所断断不许,又岂他教能所容许收纳么。”采和说到这里,已觉心中有些不大耐烦再和这女子缠绕。偏那女子绝不原谅,老是和他纠缠。采和又是好笑,又有些生气。看窗外红日高悬,晓风入户,自己虽已进了食物,精神增壮,不曾感觉疲乏,但为离开这女子起见,忙说:“姑娘才允贫道暂时借寓,贫道因一夜辛苦,此时竟然支持不得,还乞即赐方便,略得安息,庶不误贫道赶路。”姑娘听了,好似不信他如此困顿的样子,带笑带讽地说道:“我这面食,和寻常市品不同,有人吃得到的,不但十分补益于气血,若每天吃得一碗,并可却病延年。怎么道长吃这一大碗还说什么疲乏辛苦的话!不是你没福受用,必是你身体太不行了,简直连这等大补品都白白送在肚中,可见修仙二字是绝没指望的。倒是你自己说的葬身兽腹之话,或者竟有八九分可靠罢。”说毕,又是嫣然一笑,随向采和乜了一眼,说道:“我一片婆心,好好的忠告,一句都听不进去,还要自恃聪明,满口胡辩。这等妄人,我倒还是头一次见咧。”说时,又不住的向采和瞧看。双双眉黛,对锁春山,一种含怨含颦的神态,随时流露出来,越显得妩媚娇愁姿态。除是铁石之身,谁也不能不起一种怜爱心肠。偏偏碰到这位益道者,可正是万中选一的铁面人儿。不但不领受他这等盛情,反因萍水之交,觉他关切过分,认为一种非常可怪可怖事情。疾忙低下头,不则一声,连瞧都不敢瞧一瞧。

这时,那伺候的道姑也立在一边,含笑搭嘴说道:“这位道长那里像个穷道士,分明是一位大家公子。我家姑娘今年才十八岁,芳容才德,莫说举世所稀,就是天上神仙,也未必赛过他。我家老爷在日,曾做楚国大官,门第也极高了。昨儿晚上他老人家示梦小姐,说明天有一位少年道士前来借寓安身,此人和你有姻缘之分,可留住了他,结为婚姻。因此,我小姐一早就起身等候。不道才一起床,道长已到了门口。可见正是天赐良缘,一点没得舛错的。所以我家小姐再三劝你不要出家,就是这个意思了。公子,你也想想,放着小姐这等人品才华,走遍世上,那里去找第二人。多少公子王孙,浼亲援友,前来执柯,小姐都没一个中意。今儿偏偏垂青于你这位公子,这等福气可是容易遇得到的!我替公子想来,还是乖乖地脱下道袍,换上儒装,就在此地结成良缘。即要修仙,也等享过二三十年夫妻之福,那时大家同心同志,一同用功。只要凡心一净,还不随时可以登天。而且夫妇同修,用起功来也热闹些,强如一个孤独之身,栖栖惶惶地奔山涉水,历险经危。这是何等之妙,还请公子再思而行。"采和见他越说越不像话,不期哈哈大笑起来,说道:"好了,好了,原来你们主仆不是真心留客,是要遵你们主人梦兆,把我这出家人拉到你小姐的香闺中去,从新做起恩爱夫妻来。虽则总是小姐盛情,你们老主人的厚爱,但我却不是中抬举的人。方才早已说过,我连自己的身子生命都早已置于度外,便真个天仙下降结配姻缘,我也断断不能承命。还是请小姐放出慧眼,另外找个门第相当、才貌相仿的公子王孙来做个配偶罢。乞恕贫道执性拘迂,有负盛情。"

一语未了,忽见那姑娘珠泪淋淋,伏在案上痛哭起来。采和见了,心中也似很可怜他的。但这是无可如何的事,只是硬了心肠,向他再三道歉。一面急欲离开此地,求那道姑带去客房休憩。道姑见他如此挺硬,心中似乎很生气的样子,厉声说道:"公子莫非疑我说的谎言么?先主人梦中还把公子的姓名门第叙得详详细细,公子不信,容我一件件说给你听。请问公子可是姓蓝名叫采和两字么?不是某处某村人?不是为了后母作对将你夫妻俩如何凌辱,因此你俩怎样和他们相闹、如何出了家门同去投水……"这道姑好如说书一般,把采和过去之事说得十分详尽,简直与亲眼瞧见一般无二。采和不觉骇得目瞪口呆,说不出一句话来。看他说到夫妻投水的话,采和忽然转了一个念头:"想一个死鬼那有这等能耐,能尽知我家之事。难道眼前的小姐,是什么妖精变化美人,特来诱惑我的?若果如此,我除一死之外,那里还有别法!但他既不曾变脸,我这无一本领的人,当然不能先去寻他的事。"于是,一味哀求那道姑,说:"本人曾在师父面前赌过毒咒,此生不得成道,便当如何如何。小姐的雅爱,实在不敢承受。就是你们老主人泉下高谊,我也永矢勿忘。将来但我寸进,再容尽力图报。现在你这位姊姊说的话儿,却不敢承教,也且不愿入耳。望你莫再启齿。"道姑听了,微微笑了笑,说道:"真是怪事。如今世上竟有许多年轻人,好好的忽然出家起来。上次不是那位郎君,也是要修什么大道,结果,大道还不曾得到,却先遇了大盗,轻轻一刀,把条小命儿送到阎罗殿上去。这还是不久的事。不道今儿又来了这样一位傻子,连这等眼前好事都舍撇得下,一定要走到那条绝路上去。真是奇怪极了。"那姑娘却不说什么,只有低头默坐,眦泪莹莹,似乎不胜伤感似的。看道姑说完了话,便轻轻叱了他一声道:"人家不愿意要我,你还要饶什么舌!快领他去休息休息,不必再和他费什么口舌了。"说罢,悄然独坐,两道秋波一汪一汪的,险些要流经下来。忽地抬起头,朝采和瞧了一眼,突又低了下去,芳颈垂到胸臆,再也仰不起来。采和却明明听得出,他那一阵哽咽之声从喉间度出。那种似怨还颦的神态,令人可怜可爱。就是采和心中,也存着个万分不忍的意态。事怏其间,自觉无可慰藉。只得向他谢了一声,立起身,急匆匆跟着道姑就走。

到了西首一间房间内,里面设有极干净精致芬芳靡丽的床铺。道姑悄悄笑道:"你瞧吧,这是我们小姐的秀闼。他那么一个爱洁的人,竟肯把自己被铺供你休憩。你这人要不是天生的铁石心肠,怎没一点回心转意么?"那知采和一听此言,就反身出外,说道:"断断不敢轻亵小姐,还请另找房屋。但有一床草榻,可容安身足矣。出家之人,多糟蹋人家一些东西,便多增一分罪过。我这初学道的人,那经得这般折福。"一面说,一面已走到门口。不过道姑嘻嘻一笑,用力将他拉了转来,说:"你到那里去,这里是个荒庙,能有多少房间。除这一间是新近收拾出来作客房之外,那里还去找什么草铺闲房。"采和忙道:"既如此,我就在殿上打个盹儿也好,人家闺秀的房间,怎能胡乱失礼。"道姑听了,面上就有些不大自然的样子,冷笑一声说道:"你这全是使人为难的事情。人家已经替你预备了床铺,你又有许多大道理。你既是客人,可没叫客人受委屈的道理。芒床草铺,连我们当下人的也不得如此简陋,怎能叫你安身。若说在大殿上打盹,更不成句话儿。我们这等慢客,明儿给庵主晓得了,也不答应。我劝你将就些罢。就享这一天的福,不见得老天爷就派了值日功曹抄了你的姓名去,打下你阿鼻地狱去受罪。倒是你随便一点,省得我们一些脚步气力,或者还算是你的阴功积德。该一百年成仙的,作行九十九年半就得了,岂不便宜了半年一百八十天的光阴。”说罢,冷笑一声,把采和一推,直推到那张又香又软的绣榻上去。

采和觉得,这道姑力大无穷,着这一手,宛然受了千斤的力量一般。而道姑自己,却又似拨动灯草梗儿,丝毫不费气力似的。真估计不出这女人有多少神力。心中又骇又怕。料想和他们斗气是不成功了,只有软求一法。正待立定身子,开口哀求。道姑那里由他发言,又是一手,将他提起来放在床上,就把一床被替他盖住,含笑说声“对不住,失陪了!”又摇摇头笑道:“不错,不错,我是不配陪你的,那陪你的人也快来了。你可再不可那样冷面目向人。”说罢,一笑而去。但听“呀”的一声,门已带上。接着又听他在外面反扣了门,尽你再三呼喊也没人来瞧你。采和想到道姑临去那几句话,“难道这样一位小姐,竟能不顾廉耻,自来荐枕么?若果如此,我将如何对付?”又想:“道姑如此大力,万一我和他小姐相持,他却出来相助,硬要陷我破这色戒,那我真只有死之一法了。”如此胡思乱想了一回,忽然醒悟转来,“修道人随遇而安,履险如夷。若因纤芥之事萦心不释,那便与俗人得失利害心肠,有何分别。别想他罢。”心中一定,神安体泰,栩栩然入梦去了。睡不多时,忽听得开门之声,一个女子声气,悄悄说道:“郎君可曾熟睡?”采和梦中惊醒,心旌大动起来。未知来者是谁?却看下回分解。

第六十四回　王月英计探藁砧　东方朔智窃蟠桃

却说采和，一梦醒来，已是晌午时分。耳中听得女子声音，推门而入。心中大惊，豁然顿醒，慌忙坐了起来。女子已近床边，撩起帐子，采和才认清，便是晨间接谈的那位小姐。不觉记起道姑的话来，越发慌得没做理会处。只见那姑娘却大大方方的问道："郎君醒来了，可要进些点心，再行安睡？"采和忙着要跨下床来。女子一手按住，讪讪的笑道："郎君何见疏之甚。你我萍水相逢，既有先人示梦，正见天定良缘，何以一味固执，岂不闻神仙也有成家的么？"采和忙不迭的摇手道："姑娘再休提起此话，使我惭愧难当。姑娘天人，自有王孙公子才子英雄来作终身佳偶，怎么尽和贫道歪缠。"女子听了，面上红得和桃花一般，羞颜答答的又道："郎君切莫缠错主意，当我是什么下贱淫奔之女。我父是朝中名臣，母亲也忝出名门。我虽鄙陋，幼年也曾受过庭训，凡诗书女红之事，无所不晓，岂能效法下流女子，不避嫌疑，向陌生男女自媒。实因先君梦兆，十分清楚，已可作为父母之命。而郎君即日就要远去，大好良缘，一经错过，再难复合。为此不避嫌疑，竟忘羞耻，趁着庙中无人，再来请见郎君。务望慨诺一言，订定姻缘，使妾终身早有着落，亦可以慰先父母于地下。不识郎君还能怜其苦情，慨予玉成么？"

采和一面听他说，一面留心他的神色举动，倒并不怎样轻佻，心中越觉疑异。为他一味纠缠，又不准走下床去，只得紧闭双目，正容端坐，也不答他的诘问。那女子自觉没趣，只得叹了一声，悄然退去，却听他仍把房门扣上去了。采和知道喊叫无闻，索性倒头再睡。但是心头鹿乱，再也不能入梦，就是再用绝制工夫，也没效果。不觉发起恨来，把上下牙咬得怪响的，自己大声说道："蓝采和，蓝采和，你在师父面前夸下那种海口，如今修道第一步工夫都还未到，就有这等磨难，我要稍稍动心，不但难见师父和妻子同学之面，还怕打下地狱，永世不得翻身。今当紧要关头,无论如何,要把性命拼上一拼才好。"说了一回,房中似有女子笑声,不觉大疑起来。四下一望,又没影儿,只当自己错听,也就罢了。他便再运玄功,重新打坐起来。好一回,方把心思收定。忽又听得外面争闹之声,仔细一听,不觉大为惊怪。因听得一人声音,宛然是他妻子王月英,忙竖起双耳,再行谛听,可不是,当真是王月英,在那里和那自媒的女子争闹咧。

采和心中大为惊异:"念这荒村僻地,月英怎能来此,难道是师父知我遭难,特地派他前来救应我么?"想到这里,便想破户而出,和月英相见。走到门口一看,叵耐这门虽然不大,却十分坚实,用手一撼,简直一动都不动,不觉发起怔来。再听听外面,他们却越闹越近了。语音清晰,句句入耳。只听月英叱骂女子是无耻贱婢,怎敢诱惑人家男子;那女子也不相让,一味的和他胡闹。闹过一回,月英使起性子,一顿拳剑,把那女子赶了出去,随后又听得道姑向月英哀求之声,月英也将他赶走了。采和满心指望月英必来开门,夫妻见一见面,谁知等了半天,外面一点声息都没有了,这才心急起来。由不得用足气力,推那房门,并挣破喉咙,狂喊月英。那知闹了一回,仍无效果。把个采和弄得又惊又忙,又是赌气,便坐在床上,再也不高兴动手了。过不多时,天色向晚。肚子里却有些当不住了。回头见床边案桌上,放着个大面饼,又有一壶水。此时也不管三七二十一,胡乱拿饼子吃了些,又喝了几口水,听听外面,还是阒静无声。采和知道喊闹无用,索性再来睡他一夜。如明晨再没人来,却再想个法子,破窗而出。于是把个面饼吃完了,做了一回坐功,天色已经发黑,一上床,纳倒头便又睡去。一觉醒来,正是黎明,耳朵中似有人说话:"郎君珍重,师尊着我试察你的道心。幸你立志坚定,我也有词以报师尊。我俩也不必见面,徒乱你的心曲,好好前去,后会不远也。"采和分明听得又是妻子月英声气,却四处找不见人。不期失笑道:想是师父教了他什么隐身法儿,却来捉弄我也。走下床一看,房门大开,再去各处找找,什么人都没有了。

采和知道师父随时都可以试察自己的心力志趣,并且到处都给他一种保护,从此愈加放定心思,大胆前进。不上几时,居然给他到了王屋山上。一路之中，又经过多少困苦艰危，总被他安然过去。到了山上，自去找到了一个安身之所，静静地用起功来。先时未绝粮食，颇虑山高路远，取食不得。那知每日早起，他那石洞中，必设有一份干粮水果之类，刚够他一天饮食。半年之后，逐渐减少下去，也总够他一饱。直至二年之后，方把烟火食完全断绝，只觉精神越好，胆气也越壮了。自己也能出来找些现成果类充饥。就是不吃东西，也不觉怎样饥渴。自此每隔三年，铁拐先生必派几个弟子，前去王屋查看他的功行，传他一些道术。

其时太华山的钟离权，正把玄经三卷完全读毕，奉老祖法旨，传与采和。转瞬又过了几百年，历西汉而至东汉。那武当山上的张果，也得文美真人请令元始老君传与玉虚大典一书。何仙姑更由玄女召去，亲授玄门要道，并付与天遁剑法。以上诸仙，都有八九道行。其时，人间正是东汉明帝时代。明帝本佛门弟子转生，首先崇仰佛教，于是官吏人民，也都弃儒道二教，尽归于佛。元始老君为防门下弟子与人争竞短长起见，因邀齐各大弟子，以及各帝君、各星官及一切有职金仙、无职散仙，齐集八景宫，谕以三教同源之理。凡间势力，虽各有消长，此亦定数使然。好在同抱利人主义，既有他人负担，何必功自我成。在这数百年内，教下子弟自愿往来尘世的，只可暗助佛门，共立功果。其好静恶嚣，不愿多事者，大可在山修养，不必轻易问世。众弟子奉了法旨，又各告诫各人门下弟子，共同遵守。所以自东汉以后，常见儒佛两派互相攻讦，互相水火，大有入主出奴之概；惟道门中人，无有所与，乃出两大祖师一谕之功也。

如今要回说一件有关道门之事，乃费长房奉旨治鬼的情形。上文说过，长房为人，别的都无可议，惟有性太仄，心太躁。虽经闯过大祸，而历年既久，事过情迁，不觉轻轻的又萌故态。当西汉武帝年间，长房寿逾百岁，因受人之愚，侮辱贞魂，被岁星东方朔奉旨打死。

说那东方朔，别号曼倩，乃是岁星转世。自幼得同道仙官下凡，传授种种法术。长大之后，学得一身本领，能出幽入冥，未卜先知。武帝正在好道，闻他名气，召封太中大夫。这东方朔，生性诙谐，虽在朝中，却不甚拘守朝仪，有时见了天子，要说就说，要笑就笑，时常把个尊严天子，倒逗得喜笑颜开。天子日坐朝廷，惟苦拘束，有他这样一位滑稽人物陪同谈笑，却自另具意趣。因此天子并不见责，反觉这人率直得可爱，因此宠赉有加。自来传说西池王母曾感于天子求仙之切，下降汉宫，谈论至道，三日始去。其实这全是东方朔一人闹的把戏。武帝黩武穷兵，重征暴敛，久已天怒人怨。纵然口说好道，何能动仙人之信用。何况王母为仙女领袖，焉能如此轻易下凡，还在他宫中一住三天。这等行动，与凡人何异。要知实在内容，并不如此。缘武帝知道东方朔能够邀请神仙，因此再三扰他将瑶池圣母请来。东方朔明知此事为难，因他几次三番的纠缠不休，欲待固拒，碍于君臣之分；若据情奏问王母，不但于事无益，反恐惹得王母谴责。没奈何，想出这么一个方法，特行邀请几位同道中人，扮成王母和侍女们模样，配以全副銮驾、仪仗仙车，乘云而来，下降空中，和武帝讲了三天大法。虽是完全假冒，却也贡献许多金石之言。武帝果能听从一二，未尝不能仰邀天和，造无量之洪福，成一代之贤王。即他本身的功果，也就非同小可了。无奈他行为慕道，实则全属客气作用，原无诚意可言。言者虽谆谆而道，听者已昏昏思睡。这等情形，休说真正西王母闻而厌恶，就是这位假扮的王母，也觉此公迷惘已深，不可救药，勉强在宫中居住三天。在他是不好意思就去，其实彼时武帝心上，早不如此想法。

他本是绝顶聪明的人，关于寻常理论，原可以不问而知、不解而悟。此番听得王母临凡，满望必有什么了不得的新奇议论，可以增长见识，开拓心胸。其实这等议论，还不十分切贴；再说简爽些，他那惟一的希望，只是一粒长生不老的仙药灵丹，可使他享亿万年人君之福。后来王母是请到了，神仙是见着了，偏偏三天之内，尽听他说些极平常沉闷的经旨，一点没有新鲜特别动人听闻的警辟之言，这已经够他难受的了。偏偏这位王母不识时务，见他如此没兴，即就本题发挥，说什么修道之理，即是平常两字；惟其平常，所以近情；一涉离奇，反成左道旁门了。这话，要在真诚修道之人平心静气的听来，已觉奥旨无穷，大可寻玩。偏这位汉武帝愈加觉得意兴毫无。亏他生得聪明，居然给他想到："不要是东方朔使的狡狯，大概是他请不到王母，怕朕生气,所以找个仙人来替他一下?”

这位武帝是中国历史上有数英主,岂能白受人欺罔诳骗。想到这里,不觉龙心大怒起来,忙着黄门官宣东方朔进宫。东方朔正在家中炼制一种丹丸,突受宣召,觉得事出非常,防有意外之灾。掐指一算,已知端的,不禁扒耳抓腮的为难起来。但是皇命严切,不得逗延,只得硬头皮赶入皇宫,一路上已定了一个主意,到了宫中,武帝却并不怎样发怒,仍和平日一般笑问:“卿家请到王母,连日授朕经典和养生要诀,已能领会。但朕闻王母园中蟠桃最盛,五千年一开花,更五千年方能结子。好在每次结子,王母必留下许多,备作赏赐之用。有万年不摘者,也永久不坏。这种仙桃,人能吃得一枚,不但百病消除,还能益寿延年。朕因初见王母,不便面索,卿可为朕代求,赠与几枚。”东方朔又料不到武帝会想出这等恶主意来。明明是出此难题,借以试称王母真假。我若不允代求,或求而不得,便见得王母非真,自己应得欺君之罪。只有暂行承诺。因奏称:“王母下凡三天,今日必要西归。臣当随驾同往瑶池,乞赐数枚回来,奉献万岁。”武帝见他居然允诺,心中又摸不住他的真假,因贪吃蟠桃的缘故,反格外优待他起来。

这天晚上,东方朔朝见王母,真个跟随法驾,升空而去。到了海上一座仙人山,山中多少散仙,都是他的同道,就是此番假扮王母,也都是此中人。当下大家商议如何去求蟠桃。有的说:“一个人间帝王,面子不算小了,向王母要几个桃子,又算得什么大不了的事儿,不如老老实实面求王母去罢。”有的说:“汉皇淫暴,不亚秦政。虽说先人德泽深厚,不致身死国亡,但王母心慈,最不欢喜这等人。万一求而不得,更没法索讨。况且曼倩假扮王母一案,也不是正大光明之事,设或因蟠桃而联究起来,岂非打草惊蛇,自讨苦吃。”众仙见说,都替东方朔发愁起来。东方朔究是聪明滑稽的人,他自己倒不觉什么,低头一想,竟被他想出一个绝妥当的方法来。当时却不宣布,别了众仙,离开仙山,径投瑶池而来。

看官们请猜,他用的什么方法。哈哈,别的事情,或许不易猜到,若说东方朔偷桃这件事情,却是历来传说的一句古谚,乡间地方,三岁小儿也约略能够知道些儿。不过事涉神秘，史书上既无正确的记载，稗官家言又各说各话、各不相同，究竟如何真相，休说乡村小儿，不怕得罪，列公只怕也未见得能够明白的罢。说到这里，列公们大概都已晓得。东方朔上瑶池，奉旨取桃。名目虽然堂皇，实在却用的穿窬手段。也是他机缘凑巧，刚正这时，因西方如来佛预备传道东土，先把佛家玄理讲演一番，除了一般听讲的仙神凡俗之外，其余各位上仙，也均先期发柬邀请。王母自然也是关心此事的神仙领袖，因此偕同元始老君，并各大帝君、各位金仙，一同下西土去。以致瑶池阒寂，园禁也不甚严紧，只有一位守园大神，带同几位仙童侍儿，常川驻守。王母生性慈爱，御下最宽，何况这时主人远去他方，这班孩子们有不欢天喜地各寻快乐的道理么。至于那位守园大神，更是年高怕事的先生。好在王母园中的蟠桃，从来也决无被窃之事，能够偷桃之人，必是了不得的本领。既有那么大的神通，必属上界真仙，每届蟠桃大会，总有列席盛筵，何致贪心不足，做了上客，再做窃贼。况且也失了身分，有忝面目。这等事情，真是事理所必无，想都想不到的。所以那位守园尊神，名目尽管说守园，其实那里用得着一个守字，尽管日日夜夜，把园门大开，经人出入。休说桃子，连花儿叶儿，也从没缺过一瓣一朵。本来这等差使，算是上界顶清闲自在，有权利而无义务的好事情。怎知天下事真有教人料不到、揣想不及的，偏偏到了这个年口，忽然那位岁星东方大仙，忽然在凡间闯下这种是非，竟要到瑶池来做起偷桃的穿窬来。以作书人想来，这等理所必无的事情，只怕身在西土的王母，也未必推算得到，休说区区守园之神和一班男女仙童了。欲知东方朔如何偷桃，偷桃之后，有无危险，却看下回分解。

第六十五回　岁星弄狡请君入瓮　守吏夸口不打自招

却说东方朔到了瑶池，便听得王母远去佛国的消息。心中大喜道："这真是天佑我成功了。"王母既不在此，他手下的一班仙吏，自然不必去见他们，免得多留一个做贼的痕迹。好在园中情形，他也深知。于是化个女童模样，一手执花锄，一手携花篮，冠冠冕冕，竟从正门进去。刚巧那位守园尊神，因主人不在，事务清闲，长日如年，又无消遣，于是约了几位同道尊神，在园门口一间小花厅内赌钱耍子。东方朔心中不觉暗笑："王母用这等东西守园，有甚好处。早知如此，就是没有汉帝圣旨，我老朔也老早来偷他几个吃了，岂不大好。"

正想咧，忽听得里面一阵呼幺喝六之声，更加大批男女嘻哈玩笑之声，震得人耳朵发昏。东方朔一面暗笑，一面慢步向前，走近那间房子，信步儿进去一瞧。这批人也不理会，只顾尽兴的赌。东方朔笑道："你们镇天的顽，园中没人照管，不要挨个贼骨头儿进来偷去蟠桃，明儿圣母回来，查究起来，可能吃得住这个罪名。"众人听了，回头一看，是个小丫头，不由都"呸"了一声，笑道："是什么贼骨头，便是吃了豹子胆、老虎心肝，也没有那么大的胆儿敢来偷这里的蟠桃。"又一人笑道："真个是，这天仙总枢所在，自从有天有地以来，什么盗贼坏人，那一处都瞧得见一二个，可就是这个地方，这些事情，是罚咒不信发现的。"说着，大众又都赞叹颂扬了一回。那守园老神不觉把胡子一抹，嘻开一张大口，笑道："说什么话，处处有君子，时时有小人，偌大瑶池就没个不规矩的小人么。何况这地方是万仙领袖所在，四海九州、五岳八荒的仙神，以至水陆两界的妖精鬼怪，隔个几十年都要来朝觐一回。难道这些人中，都没有一二不肖徒溷迹其间么。老实说，做贼的人，除是不起贪心，贪心一起，那顾什么利害。凭你刀山剑树陈列门口，也还有人爬山过树的想来尝试一下。何况王母园中的蟠桃，平常人吃得一颗，可以延年却病；修道人吃得一枚，可抵五百年修行。这等宝贝，可是世上金银珠宝可以比拟万一么。既有那么大的好处，必有那么大胆的人，肯冒那么大的危险前来偷取。这是非常明显之理。”这位老神爷，跷着两片须，信口儿一阵乱讲，倒把个东方朔听得做声不得，几乎要脚底明白，逃出园去。

不道这位神爷，也就是那几句儿，说得怕势势；底下的话，可就大不相同，真令人发一大噱。但听他继续说道：“不瞒众位说，这园子自从小神任事以来，倒竟没有失过一草一木，甚至没处撩的破砖烂瓦也不行掉了一块。众位想想，这不是王母蟠桃，今昔身价不同。说句狂妄的话，简直是各界小人，听到小神万年威名，闻风胆落，连足尖儿也不敢踏进园门口一块土地，休说要进去偷什么东西了。”说着，又大声对众人道：“列位，这不是我小神夸的海口，打从小神接手以来，偌大王母园中，可曾有甚风吹草动、狗吠鸡鸣。所以圣母也很嘉奖小神，说是无忝职守咧。”众人一面恭维，一面照旧口不停呼，手不住牌的豪赌。

东方朔心中又暗笑道：“瞧这情形，这位守园尊神，分明借这桃园做他抽头聚赌的场所。这倒不错，真算是一个好所在。除了玉帝亲临，或老君、元始两位祖师前来，别人要想进这园子来搜查一下，可真是千古未闻的事情。好一位仁慈宽和的圣母，不是派人守园，简直替这混神来做庇护赌博的镖客了。”想到这里，兀自撑不住要笑出来。因想自己的正事要紧，懒得再理他们；却因他顽皮性重，带笑而出，口中还咕咕哝哝地说道：“倒也不曾听得，这位神爷守园之前出过什么事情，倒是他老人家自己这等闹法，只怕眼前就会发生几件窃案也未可知咧。”一句话钻进守园神耳朵中间，不觉勃然大怒起来。喝问：“这是谁家妮子，如此没规没矩，胆敢触犯本神。”吩咐左右鬼卒：“替我拿他回来。”

东方朔慌了手脚，不等他们动手，放开步子，带纵带跳的一下子跑得无影无踪。他的耳朵最亮，半里之外，还能听得人讲话。那时见没人追赶，方立定脚听了听，原来守园神性子虽懒，架子却大，还在那里拍胸顿足、贱人娼妇的混骂,还有许多人在那儿纷纷劝解说笑。又听守园神恶狠狠地赌气儿说道:"这妮子也不晓从那里来的,我在园中这们久了,每隔了七八十年也常将这批孩子检查一下,可总记不起这们一个贱东西,难道是那一位朋友的孩子,跟着爹妈到园中顽耍来的? 他既替我担心园中不久要出窃案,我偏格外疏虞一点。从今为始,把大门连开三日夜,也不派人承值看管,看有谁来太岁头上动土。除非是这贱人的父母兄弟,嘴儿馋,眼皮子浅,往常蟠桃大会又够不上到席的资格,或者想趁这机会,特来偷摸几枚尝尝异味。这孩子不知厉害,口没遮拦,就随便说将出来,这倒还是情理中的事情。要知王母蟠桃,虽四时不缺,百岁常留,须不是没福气没本领的人所能垂涎得着。明儿给吾神查究出来,看他桃子吃不成,还要受守山大将一顿钢鞭,赶下仙山,不准再上瑶池。那其间,我可才叫这贱人一家子认得我神的尊严威力咧。"这守山园神爷动了肝火,越骂越有劲儿。虽有许多人竭力劝解,无奈他老人家虽替人家做了守园之神,位子并不恁高,又是向来受这一班赌友恭维惯了,他又爱吹几句法螺,人家明知其妄,谁肯戳穿他的纸糊窗子,还不是由他瞎吹一阵,也就算了。谁知今日之下,当着这许多人面上,被这小孩子轻轻一言,将他面上的光彩削了一干二净,你教他怎不动怒。怒到极处,越是劝的人多,越是谈锋来得雄健。

东方朔听他滔滔滚滚旁若无人的骂过这一阵子,不觉三分好气,七分儿好笑,"呸"了一声,笑道:"他骂他的什么小妮子、小贱人,于我什么相干,我还是偷我桃子要紧。"一路穿花丛,拂柳径,往前行去。也曾碰见几位垂髫仙女,或鬓插名花,或手持嫩叶,也有双手捧着花篮儿,预备拿回屋子里面顽的,嘻嘻哈哈,成群结队的往来各处。望去好似一队队的穿花蛱蝶一般,却都是天真未凿的好姑娘儿,最难得的是一种自然生成不容矫饰的天趣。东方朔也是好顽的人,见得这般好要,倒把自己的正务又搁过一边,先计划如何和这批姑娘们顽一下子。

正在踌躇,忽然一个红衣女孩手持小花锄儿,和一绿衣女儿同在一棵柳荫下,悄悄切切地说得好不有兴。东方朔见四近人稀,放着胆子走上前,笑对他们说:“两位妹妹在此干什么?怎不到那玩要去?”红衣女听了这话,不觉朝他打量了一眼,问道:“你是什么人哪?怎的在园中这们久了,也没曾见过你这个人儿?”绿衣女也点头说:“一点不错,园中的确没有这人,不知他那儿来的,到何处去,来这园中干什么?”东方朔忙陪笑道:“原来两位妹妹竟不认识我了。我是守园神爷的幼女,从来不大进园的,所以园中许多姊妹认识的竟没有几位呢。”

红衣女听了笑道:“哦,原来你是守园神爷的小女公子。看不出这位爷如许高年,如今也差不多有五六百岁的人了,怎么生出你这位小妹妹,又恁般青年呢。”说着,他俩便相对失笑起来。东方朔心中也觉好笑,正欲回言,红衣女又问他:“一向为甚不大进来,今天又跑了来干什么?”东方朔道:“从前是家中没有佣人,我还要照管小兄弟小妹妹,所以没工夫进来顽。”两女听了,越发惊异道:“怎么说,你还有小兄弟妹子么?”东方朔笑道:“怎么没有,有好几个咧。我爹爹旁的事情倒不见怎样,他就一天到晚爱赌钱,又会生儿女,我的上面已经有了二十七八个兄长姊姊,如今比我小的又有四五个了。”几句话,说得他们咂嘴唰舌的笑个不止。

东方朔又道:“今儿本不教我来的,因为我那几个哥哥姊姊他们常至园中,园中人都认识他们了,所以不好进来要。”听到这话,不觉相对惊异道:“这是什么意思,怎么熟了不好进来,反是你这陌生的,倒让你随便闯来闯去的,那是什么道理?”东方朔见问,向四周瞧了一瞧,见没有什么人,方悄悄笑道:“我告诉姊姊,姊姊们可不要再对人说,说了出来,我爹爹是要犯罪的,那时我也要被他捶死了。”两女见说,越发当作一件新闻奇事,忙说:“这里没外人,你快说,我们决不坏你的事,你放大胆子讲就是了。”东方朔才嗫嗫嚅嚅地告诉他们说:“我爹因年老身弱,每年都要吃一枚蟠桃,方没有疾病痛苦。自从管此园,每岁这个时候,必派我哥姊们进园来,趁人不见,偷摘这么一二个回去吃了,果然身体一年强健一年,反比年轻时更来得精神了些。今年本来预备派我二十八兄来的,不料圣母到佛国去了,管山总神常常在园外巡查,爹怕闯祸,特着我来偷取。一则我是陌生面孔,人家认不得我，将来少了桃子，就查不到我家；二则我的年幼小，即使被人瞧见，不过说孩子们嘴馋，眼皮浅，办不到什么大罪。所以派我前来，就是这个意思。我爹因园中人手众多，又怕我不能下手，特地邀了许多人在园门口那间屋子内赌钱顽儿，把这批人都引到那边去，剩下的无非都是和我差不多大小的姊妹们，这就好办得多了。”一席话，说得两女郎面面相觑，做声不得。看那东方朔时，却早笑嘻嘻折转身躯，穿入树林子里，一眨眼儿就失了所在，也不晓往那条路子出去的。

两女怔了一回，便商量起来道：“怪不得那位瘟神爷近来越发赌得起劲了，原来内中有这些缘故，这不成了监守自盗了么。”红衣女冷笑道：“这老家伙本来不是什么好东西，平时倚老卖老的，见了我辈总是待理不理的样子。上年我因丢了一方绢帕在那边亭子内，想进去拿回，不料行到门口他就板起面孔，硬说天色不早，已是关门的时分，无论甚人不得入内。是我赌气儿丢了帕子不要了，也没肯去求告。他既那般铁面无私，执法如山，怎么别人所不敢做、不肯做、做不出来的事情，他偏如此大胆大意，竟是每年一度的干将出来，居然成为他的老例子了。你知道，圣母自己还不是每年尝尝新呢。他是什么东西，统共不过一个管园小吏，倒有这们大的威福，那还了得。”绿衣女也冷笑道：“姊姊，你不提起前事倒也罢了，说起从前之事，我们那一个不吃过这老牛的亏，谁不是看他年纪大、资格老，又是现成的权威，没奈何，大家让他这一步儿。那都是小事，也还罢了。只如今这件事情，却算是一桩大案子。这园中新旧桃子，都有一定数目，每一千年圣母必派委人查点一次。现在差不多又要查点了，将来查问起来，少了许多陈桃，他是管园的人，谁敢疑心到他身上去，少不得全是我们这班人的晦气；饶是代替他负这罪名，他还要搭足架子，真要把我们一个个当作贱骨头看待起来，那些闲气，还受得了么。”

二人正说得热闹，又有一班女郎携手扶肩的远远而来，二人早忘了东方朔代守秘密之约，心中正在没好气儿，忙把他们招了过来，一五一十诉给他们听了。还没说得明白，同时又来了几批女孩。因为天色不早，大家都预备出园回宫，这里是必由之路，所以大家都会得着。一下子工夫，差不多全体女童能会齐了，红绿女几次三番把所闻的话，一递一句的宣布出来，说得这批女孩一个个怒上眉尖，气得说不出话来。而且这班人向来又都衔恨那位守园神常常滥用他的职权欺压众人。平时怀恨在心，无法报复；今既有此机会，又怕将来查点起来，不免要代他受罪，尤其觉得可忧可怕，非先发制人断不能洗刷明白。因此大家便在草地上开了一个大会公议，请姊妹中年纪最大的，一个叫素娥，一个叫寒英，这二位又最会说话，有口才，大家求他俩快去见那管山大神，把这番情由诉说明白。一则新旧蟠桃不致受伤，二则赏罚既明，大家可免拖累。

那位总神爷，却是一位精明强干方正不挠之神，和这位昏聩颟顸嗜赌而废公的守园神完全不同。得了这个报告，便知这件案子来得不小，不敢怠慢，慌忙点起部下干练神兵，直奔桃园而来。因圣母不在，未有查点法旨，只说是稽查奸宄，暗地却查照簿册，密点新旧蟠桃之数。到了门口，便听得一阵吆喝之声，随风吹送将来，这分明是卢雉之声。管山神爷一听此声，心下便是恍然，知道所得报告有了七八分意思，忙令兵士们不动声色，掩入园中。可怜那位守园神，正在顽得起劲，谁又想到青天白日会起这们一个大霹雳。此时一听总管到来，早吓得手足无措。同赌的人，大家动手，慌慌忙忙把所用的赌具掇掳起来。却因慌张过度，匆率之中竟丢下几张牌在地上，未及捡拾。

这时总管已大踏步进来，守园神急忙相迎，面上已如土色，神情好不自在。总管却装作不知，含笑而入，和他说了几句酬应琐话，更没有提到一句正经说话。回头见地上有牌，因向同进去的几个兵士示意，兵士们便笑说："守园神爷，怎么丢了这许多牌在地上，让我们替你捡起来罢。"一面代捡，一面早放了几张在袋中。守园神给他这么一说，愈加不好意思起来，红了脸，一句话也不敢说。总管却笑说："尊神在此，也甚无聊，弄些小顽意儿，却也未为不可；但不知近来可常去园中瞧看瞧看，可有什么小人混入园内，偷窃蟠桃？那倒是件极有关系的事情，这是尊神惟一的职守啊。"守园神听了这话，胆子倒放大起来，忙起身笑道："这个小神怎敢疏虞。不瞒总管说，自从小神忝司此职，夙夜从公，不敢荒懈。因叨总管福庇，二百年来，倒不曾有过什么窃案。”总管笑道：“这倒很难为尊神了。”说着立起身，笑说：“有些小事，要在园中看看，尊神请便，不必相陪。”一句话，又吓得守园神惊惶失色。未知总管查看结果如何，东方朔能否偷得蟠桃，却看下回分解。

第六十六回　圣母回山明冤案　鬼吏徇情借贞魂

却说瑶池守山总神，得了众仙女报告，说守园神有种种不规行为，尤以偷盗蟠桃一事，案情最重。总管率领神兵到了园中，首先被他察见的便是守园神聚赌情形，心知他不法是实。当时却还不肯发作，径自带同兵士，抢入园中，指定新旧蟠桃数目，按照累年簿籍，逐处逐树的检点了一番，果然少去桃子十余枚之多。于是发下命令，把守园神看守起来，等候王母回来发落，并由总神选派妥当精细的神爷，接充守园之职。

按王母园中蟠桃，果然不少。但是，千古相传，也只有东方朔偷桃一说。除了东方朔外，就不曾听见再有第二第三个偷桃之贼。况瑶池圣地，多少仙神守卫。王母尊严，住居诸仙之首。是他园中的东西，谁敢前来偷盗。就是东方朔偷桃之举，也是迫于凡间帝命，无可如何，姑且尝试一下，侥幸碰着王母西游，园神昏聩，才被他得手而回。要是没有这等机会，只怕未必有那么容易罢。至于守园神监守自盗一说，出于东方朔之口，此公本是滑稽人物，又刚吃了园神的亏，小试伎俩，害他吃场冤枉官司，也是意中之事。

列公读书至此，应该如此一想，便知园中所失的蟠桃，全是东方朔一人所得。他想，一不做二不休，总是做了一次贼骨头儿，落得多偷几个，除了贡献皇帝之外，就放在家中，自己多尝几个儿，也不为罪过。因此一偷就偷了十余枚之多，却把园神害得有口难分，白白的丢了差使，还要担心日后的处分，这也是算他荒废职务，口舌不谨的报应儿。

到得王母驾返瑶池，圣明烛照，无微弗至，此中真相，自然一目了然。因把守山大神召去，谕知东方朔偷桃，及诬害园神之事。对于东方朔，因他生性顽皮，并非有心为恶，况他佐治汉朝，有功于民，本可从宽免治。惟恐别人效尤，无法究惩，当令在凡间薄受惊恐，准折他的罪名。园神虽不偷桃，而渎职误公，亦有应得之处，罚在园中洒扫三年。三年满后，如能振作精神，确有功绩，再行选调别的差使。发落明白，大众恭颂圣德。园神虽然贬谪，而覆盆得雪，心中也是感激。只有东方朔偷得蟠桃，回去献与武帝，武帝大悦，从此格外优礼于他。

不觉又过了几年，武帝因王母传戒的道法，过于迂缓，不信修仙两字，如许烦难。闻群臣言，有方士李少君者，能通生死之路，有不老之方，于是特派重臣前去，聘请来都。少君却是魔教门下弟子，一见武帝，便大言修道如何容易，升天直如反掌。武帝正苦王母道难，听了这话，刚正合了心意。于是把少君宠任起来，位在东方之上。这时武帝因有宠妃李夫人新死，宸衷悲惋，久久不释。于是少君探得帝意所在，自言能使阴魂与万岁相见，武帝即命在宫中洁治净室，着他试验一番。少君出宫后，便去找到他的友人王一之，和他商量，要借他手下一名女鬼之魂，如此如此，前去代替妃子之魂，和万岁见一见面。

这时的一之，年纪越大，神知也越发糊涂了。镇日只和一班酒友狂饮为乐，每每饮至沉醉，不理公事。他的弟子费长房，已能传他的法术。师生情感最深，见他如此放浪，常以危词切谏，无奈一之自谓修仙无成，今年已老迈，在世之日不多，落得过几时快活光阴，犯不着再以有限岁月，消磨在俗务之中。长房劝了几回，见他总是不听，也只得由他罢了。这时李少君向他借用鬼魂，便乜着双醉眼笑道："这个容易，你得把十坛好酒谢我，我可选择最美丽的鬼魂，或瘦或肥，要长要短，任你指定一人，带去应用就是。"少君笑道："你真越老越贪杯了，好好一个肚子，尽把这等黄汤灌下去干什么。万一沉醉误事，明儿被全体鬼魂攻击起来，看你可能逃得脱身。"一之笑叱道："胡说，我便是天下千万鬼魂的大头脑，什么恶鬼，有这般大胆，敢和我为难。"少君笑道："说着玩罢咧，何必气急得这个样子。你要十坛好酒，那真容易极了，我即刻替你送到。另外再送上一席上等肴馔，备你下酒之需好么。"一句话，说得王一之大喜大笑，拱手称谢，忙把新近报到的一本女鬼册子拿了出来，说道："今天晚上，你把酒肴送来，我俩爽爽快快的痛快饮一个尽醉，我再召集鬼魂，由你自己挑选一名，我再教给你一个秘诀儿，把这鬼带到宫中，喜欢留他几时，就留他几时,不喜欢留他,马上可以放他回来。老弟,我这样替你办事,这十坛酒,一桌菜,不白吃你么。”

少君大喜,别过一之,回至家中,立刻派人先把十坛好酒送去,再去著名酒馆中,定下一席极丰盛的肴馔,也送了去。到了晚上,自己便再至一之家,老友对酌,兴趣倍豪。喝到子夜,二人都有了十足酒意,少君事在心头,忙推杯而起,要求一之先把一班女鬼召来一看,一之乘着酒兴,把他带入一间黑魆魆阴惨惨的密室,一之撮口微呼,即有一团黑气起于足下,少君不觉毛骨竦然。定睛一看,却是毛发茸茸,袒胸跣足的一个男鬼,向一之叉手问道:“法师有何旨意?”一之吩咐道:“可把新来的一班女鬼,一齐召来见我。”那鬼嚎应一声,黑风又起,一霎时踪影全无。一之说道:“这是听候使唤的鬼差。”少君问道:“如此黑漆之地,就有佳人也瞧不出来,怎生是好。”一之笑道:“你忙什么,凡间灯火,一遇众鬼,则阴气大盛,甚者火光为之熄灭。又有种强鬼,来去必有旋风。风起时,虽在百步之外,可以吹灭绝大灯火。所以要和鬼魂相遇,必得预备一盏明角罩的灯烛,才不致被鬼风吹熄,或阴气化灭。今天召来的鬼,不在少数,阴气必然盛极,明角灯恐不济事,我已替你预备了一种电火,这火乃是世上最有力量的火。其实世上两字,还不过一句话儿,走遍天下,那里去找这种天火。说简捷点,就是雷电之电,雷有雷公,电有电母,雷电虽属天成,则雷公电母实有支配之权,管理之责。我这电火,乃是向电母那边借来,因为常有许多厉鬼,结队成群,不服指挥,他们把身子隐起,专在暗中和你为难。便有诛鬼的利器,也每至技穷。因此求吾师铁拐先生,牒请电母,借了电力若干。”

说着,从袋中取出两块似铜非铜,似铁非铁的板子,说道:“这是吾师葫芦中锻炼的至宝,名为电板,只要把这板子磨擦起来,便能将空中之电,收入室中。吾师又言,二千年后,世风愈薄,人心似鬼,人间所用灯火,不堪应用,那时这位电母太太,责任更来得重大。因为世上所用之火,都要仰仗于他的电力,才能放出大光明来,普照世界咧。”少君笑道:“这话近于诙谐了,难道二千年后的人,都能像你这样向电母借电来用么?”一之冷笑道:“你才不懂咧,刚才说过,电是天地间一种自然生成之物,又不是电母的私产,也不是他自己制造出来的,他不过有管理之责,支配之权就是了。再说天下之物,原供天下人利用,将来的世界,既然非电不明,世界上的电,自会收取电光来用,那时节收电之法,必如今日之耕织蚕桑一般,大家看得没有什么稀奇。可是送电之权,仍操在电母手中。即如现在人所知的闪电,也非电母自己的东西,总不过归他管理支配罢了。"

王一之一面说,一面早已施法,把电光摄到。一霎时满屋透亮,似在白日之下,但这电光却非常清白,似乎日光,不如日光之烈而带红。少君立在一边,视觉有些热腾腾地,甚为难受,忙问:"鬼魂何时可到?"一之戟指画符,忽然面现怒容,向空叱得一声道:"怎么如此不守规矩,多少时候了,还不召来。"一语未了,室中阵阵旋风,向地上卷起,卷至电光相近,便尔静止。即有许多女鬼,嚷嚷闹闹的立在面前。大伙儿向一之行礼,一之却傲然微哂,并不还礼。少君仔细看时,见有披头散发、七窍流血的;也有衣冠楚楚、目秀眉清、唇红齿白、和生人一般无二的;有肥如豕而蠢如牛的;有长逾丈余或短仅三尺的。少君已从宫中人打听得武帝亡妃,身容是一个瘦小伶娉袅娜多姿的人。便照所说目标,放胆找去。找了多时,才得了一人,年纪不过二十余岁,而所言状貌,又有七八分与所闻相同,便向这鬼仔细端详好一番。见他桃腮杏眼,樱口柳腰,端的是位绝世美人。所难解的,别的鬼魂或现怒容,或作病态,惟此鬼则冷肃严正,不怒不悲,更不见丝毫轻佻相。少君喜道:"王兄,就请这位娘子辛苦一趟吧。"一之点头道:"可以,可以。你就带他去罢。"

一语未了,只见那鬼正容问道:"请问法师,要我跟这位官长去什么地方?须知我生前为的是不肯轻易苟且,才跑到这条死路上来。如今已为泉下之物,难道还不能自在守志,颠到要跟一个陌生男子,同去什么地方么?虽说隔绝阳间,无人知道,但我这脾气,是宁愿独居岑寂,不肯和生人为伴的,还请法师转言贵友,另选一个去罢。"一之性本暴躁,又在酒后,见一个女鬼敢于如此倔强,不但威令不行,且恐被少君讪笑,因大喝道:"你这鬼魂,怎敢不服指挥。老实告诉你,这位长官,他是皇帝面前最有体面之人,他今带你到宫中去见皇帝,多少都可得些好处,这是人家所求之不得的事情,你倒又推却起来,不真成得不识抬举么。”说罢,也不再让女鬼说话,即请少君捏起诀来。只见一缕香风,缓缓度入袖中。一之说:“这鬼已到了你的身边,你要怎样,他就得照你怎样。但你也不能用甚方法和他通奸起来,那个罪名,可大得厉害,不但你,连我也要锉骨扬灰的呢。”说毕,收住电光,把手一挥,又是满室旋风,群鬼都散。二人出了那间密室,仍旧出来饮酒。

饮次,少君笑问道:“方才倒没有想到,那皇家后妃,难道就没法请来么?”一之摇头道:“这个却难,你要晓得,一个女人能够做了皇家后妃,当然不是寻常女子。或是星宿下凡,或是神仙谪贬,他们死后,或谪满归班,或因生前有罪,重行加罪再谪,甚或打入地狱,不得超升。或在此有功,更予升迁显秩,这些便都不归我这里管,我也没法子去请他们。要是不然,我很可以替你找这位后妃娘娘,使他本生之魂,和皇帝重见一面,岂不更好,何必多费手脚,做这移花接木的事情呢。”

少君又问:“这女鬼怎生如此倔强,你是他们的总管头儿,瞧他一点没有怕惧你的样子,这是什么道理呢?”一之道:“你别轻视此鬼,他是一个读书人家的女孩子,姓王叫英英,从小儿由他父母指腹为婚于一家刘姓人家,当时两家都在盛旺时代,又算门户相当的好婚缘。那知这姓刘的孩子,却是个倒霉脚色,自从他出世以后,家中死人、水灾、回禄相继而起,好好一家人家,弄得四大皆空。到这孩子长大起来,虽也读得满腹经纶,可是人亡家破,存身不住,幸得一个老家人赔钱赔力的将他送到岳丈家中,希望得个照应。那知英英的父母,全不是什么好人,闻知刘家那等境况,早已存心把女儿改嫁别人。英英又是一个出名的美人儿,又且怀着满肚子的才学,本地官宦人家,少年子弟,那一个不想得他为妻。英英的老子二次择婿,专以势力大小为准。他说:‘破了家,只要有势力,仍可恢复转来。若是没有势力,虽则眼前过得舒服,是经不起一点意外的。’因此他便属意于一位宰相的公子,以为仗他声势,不但将来可以无虑,本人也可仰仗提挈,弄个一官半职,曾把这层意思,对女儿商量过了。偏这英英小姐是一个守正不阿的女道学先生，一听这话，马上闹的觅死寻活的，说一女不配二夫，那怕嫁了鸡犬，一辈子定跟着鸡犬跑，一任人家笑我是畜生，我也无怍于心。若是贪势恨贫，改嫁别人，纵有王侯之贵，这失节的污名，却是万古不灭。为了一时舒服，受那无穷唾骂，是万万不屑为的。他爹听了，气得个半死不活，和他老婆俩关起房门，将他笞杖威逼，英英受刑不过，勉强允可，到了晚上，便背人自缢。不料又被下人晓得，将他救下。从此父女之间，情感大恶，刚巧晦气照命的刘家孩子到了，求见他丈人。英英的那老子那有好心见他，又怕被英英知道风声，慌忙派人送他五十两银子，着他即日回去读书，限他两年之内，不得为官就不必再来就亲。刘家孩子也是十分负气的人，听了这话，把五十两银子尽数丢在他丈人门内，还指天指地的尽情痛骂了一阵。这样一闹，才给英英小姐知道了，连夜派他贴身小婢送个信息给他，说明自己守义苦衷，并愿跟他同回。谁知小丫头儿口舌不谨，把这话宣泄出来，于是又被他父母锢禁一室，除了饮食之外，无论何人，不许给他开门。一面又用个计策，说他女儿已经寻死，追源祸始，都是刘家孩子一人之罪，着人前去用话恫吓，想要吓他回去。偏这孩子甚有义气，一听此话，反哈哈大笑起来说：‘小妹真能为我守节，我便死而无憾，任凭我丈人怎样处分我都好，就是他不和我为难，我也义不独生，横竖要陪小姐同死的。’如此一闹，把这事闹得阖城皆知，人人都说王老儿贪势欺贫，逼女逐婿，真是一个狼心狗肺的东西。事情传入相府，连那位相爷也不准儿子娶王家女儿为妇。这样一来，才把个王老儿气得发狂，愤无可泄，少不得再和女儿说话。英英自被锢禁以来，早拼一死，以谢刘姓。也因他丈夫尚在此间，不知消息，心中委决不下。此时忍着万种凄凉，千般怨苦，勉勉强强的偷息人间。这时忽又被老子一场毒打，王老又故意造谣，话说刘家孩子已死。又着下人们叹息评论，说他女婿死得可怜。英英得此消息，正在愤激之中，一时不及审思，到了深夜人静，解下佩带，仍旧自缢而死。死后怨气不散，不免常在家中现形滋闹。他爹被他闹得走投无路，方才把我请去，将他收了回来。这等贞魂义魄，不比寻常鬼物，不能久屈阴曹的。待他案情一了，便当转生上等人家。在我这里，也至多只能勾留一两个月。别的鬼魂可以多留几时,此鬼却不能久留。事情一了,请你即刻带来还我。还有一句话,要先对你说明,你要用他代替李妃,他是一个未出闺门的小妹,又是十分贞节的女子,未见得就肯代替人妇,冒认人夫。万一见面之顷,他倒吵将起来,大家都有未便,最好把他们隔得远远的,可以望见而不能相近,语言既不相通,破绽也易于弥缝了,这倒是很要紧的。"

少君听了,再三谢教,带了英英鬼魂,径来宫中奏上武帝说:"已遵旨把李夫人生魂请来,须晚上子午之交,方可相见。但陛下乃九五之尊,天下之主,气象威严,气势壮盛,恐非鬼魂所能接近。相见之时,也只能远远相望,未必能够交谈,应请万岁留神。"武帝只求一见李妃,能否通话,还在其次。听他这般说了,只得点头允可。到了午夜时分,少君已把诸事办妥,亲来奏请武帝,前去相会。未知武帝会到英英之后,如何情形,却看下回分解。

第六十七回　张幕借魂妖物欺主　救徒助法神仙下凡

却说李少君，按照王一之所教役鬼之法，在宫中设一密室，室内再张黑幕，中间悬起一盏明角灯儿。布置既妥，仍把英英之魂，放在身边，方请武帝前来相会。武帝听说已把李夫人生魂请到，不觉又是感伤又是欣慰，跟随少君到了这间密室，少君请他坐在幕外一旁，自己仗剑捏诀，作起法来。武帝目不转睛的向幕中张看，先时空洞洞地一无所在。随后忽起一阵阴风，吹得明角灯儿在空中晃了几下，里面的烛光黑而复明者几次，武帝胆子虽大，至此亦不觉有些发毛起来。少君急把剑锋向灯光连指三指，这才风平灯亮。但是亮中带暗，终有几分阴森气象。武帝却已瞧见那边壁角儿上，黑幕边头，似乎有个女人的影子，映在幕上似的。那神情的确有几分像李夫人，可又不十分逼真。武帝想道，这是他死后变态，不足为异的。再一细瞧，那影子竟离开布幕，冉冉而下，似向自己这边走来。但是再一注目，又似仍在幕上，并未移动一般。武帝心中不明，又急又痛，待要出声叫唤，又恐自己阳威，冲散了他的阴魂，只得再行耐心等着。过了片刻，那鬼魂似乎也已瞧见武帝，面上顿时现出一种愤怒的光景。武帝吃了一惊，自思夫人在世时，感情极笃，今日死后重逢，应该悲喜交集，如何反有怒意？正在胡思乱想，那鬼忽然反了个身，背向武帝，面靠布幕，再也不得相见。武帝不觉大悲，忍不住吟出几句诗来道："是邪非邪，忽去忽来，何姗姗其来迟。"吟毕放声大恸，泪如雨下。

忽听轰然一声，宛如雷鸣。少君慌慌张张过来，向武帝一拖就走。武帝被他弄得莫名其妙，身不由己跟了同走。两只眼睛，却还舍不得，再去幕中一看，不料所见鬼魂，竟是披头散发，舌垂三尺，七窍流血的一个缢死鬼儿。武帝吓得大叫一声，仆在地上。少君忙忙将他扶挟而出，回到宫中，面色兀是灰败。屏去侍从，动问少君，因何夫人变成缢死鬼样，少君忙奏称："这是万岁口吟诗句，把李夫人游魂逼退，臣身边原带有一个缢鬼，乃是鬼师王一之托臣鞫问的一件案子。大凡强死之人，冤气不散，虽逢阳威，仍能出现。夫人既去，他就乘机出现，欲求万岁替他作主耳。”武帝忙问：“这是什么缢鬼，因甚负屈而死？可细细奏与朕知，朕必替他报仇。”少君奏称：“这事迟早终要万岁作主，不过现在未至其时，说也无用。况内含天机，泄者有罪，臣也不敢妄奏。”武帝听了，因心中正在苦念李夫人，也没心思追究下去，问了几句，也就罢了。少君便把英英生魂带回，交还王一之。

一之自少君走后，恰巧他弟子费长房前来，问知此事，长房大不为然。说：“师父被少君利用了也。无论天上阴曹，自玉帝以至阎罗，最重的是男子气节，女子情谊。似英英这等贞节，真当得天神共敬，三教同钦。师父身为鬼师，止合仰应天心，俯合人情，对于这等鬼魂，要格外垂青，特别敬重才是。怎么可以滥用道力，随便借给一个不相干的混人，将去代替人家妇女生魂。这事不但亵渎贞女，且恐有伤老师自己品德，为天神所不容。弟子不敏，很替师尊担忧咧。”一之听了，这时正值大醉之后，神智模糊，当作长房有心谤毁师长，反将他斥骂了一场。长房知他醉中糊涂，也不和他争辩，暗暗叹口气，告别回去。

到了次日，一之已把宵来之事完全忘记。长房也不再提起这事。直到午后，少君亲来还这鬼魂，一之方才记得起来，更把长房劝谏的话（也有些影像儿了）嵌在心坎儿上；回头一想，觉得长房之言，句句是真。英英是何等贞烈之女，生前尚且不肯稍行变节，死后反被自己和少君，用道法将他亵侮，想他怎能干休。此等贞魂烈魄，原可自在游行，往来三界之中，逍遥四海之外。今虽暂托自己宇下，不久必蒙帝天宣召，特别荣宠，那时他念受辱之仇，岂肯默而不谈，那么自己的生命前途，还有什么办法。涉想至此，禁不住栗栗自危，向少君瞧瞧，再向长房怔了一回，忽然浩叹一声，泪如雨下，弄得少君和长房都有些莫名其妙起来。

只见一之恨恨地对长房说道：“老弟，我如今记得你昨天的话来了，恨我太不自检，荒于曲蘖，自己性情又生得太躁。从前追随名师，学道多时，结果偏于这个无关得失的气字，少了一些忍耐功夫，几乎闯下大祸。幸蒙吾师救援，免入地狱，且承委充现在的职司。谁知我太没出息,事情过了百几年,不但没有进步,反而酗酒误事,甚至受损友之欺,辱侮贞魂,无可挽救,想来这事必婴天帝查究,一经鞫实,只怕仍要沦入地狱之中。还记得那年吾师谆谆告诫,语气中似乎说我不但不配修道,就做个厉鬼头儿,也不容易。言外之意,很像替我耽心,防我结果不良的光景。如今回念起来,这百余年间,倒也没有做过什么坏事,想不到今日之下,年纪越老越背晦,竟又上了小人的当,作出这等丧心病狂的事情来。看来此事的结果,一定不堪设想。吾师预言,莫非就在今日么。想我一生刚直,好善乐施,任侠尚义,绝不愿作那伈伈睍睍,龌龌龊龊的小人。自问生平行事,虽不敢妄拟君子,差可免为小人。万料不到修道既不成功,连小小鬼仙的地位都保不住,甚至临了儿还要闯出这场大祸。我这一生原不足道,只是有何面目见我师于世外,并且也自觉无以对我长房贤弟。因为昨天之事,要是你规谏之后,马上醒悟,或许还有补救的余地。偏我这该死的酒性,一经发作,竟昏得人事不知,比鹿豕木石还不如,错过这最后的机会,这才把个大错完全铸成,一点没有挽回的地步。唉,唉!事已如此,我除安坐待罪之外,还有什么办法。我也决不敢怨我自己的命运不佳,只恨我太没人性,没出息。年纪活到这么大,连个人的邪正都分辨不出,一件事的是非都判别不清,可见背晦是真,还有什么话说呢。"说着,又是一阵叹气,伏在案上,兀自伤心泪下。长房究是他的弟子,平时感情又好,见师父说得那么厉害,并非自己意想所及,也不禁愕然发怔。

只有那个借魂欺君的李少君,本来不是什么好人,虽得一之如此帮忙,因他做惯邪事,觉得欺侮一个女鬼,真比芥子还小的小事,偏偏一之口中说出许多不干不净、夹风夹雨的话来,教他如何受得下去。当下也不管一之伤心怎样,如何难过,忽然仰天冷笑了一声,大声说道:"倒也没曾见过这等阘茸没用的混帐东西,还要自夸君子,真个惭愧极了。我便算是损友,是小人,是特为害你来的,你是君子,是正人,如何倒绝不犹豫,一口就答应了我呢?你是专管这等事情的,应知此中利害和规矩,本来我只要一个寻常女魂,你就不该把这位贞魂也一起弄来。既你是做鬼头儿的人,能把此鬼弄来,我又怎能不信你是不能利用此鬼呢。本来全是你自己做的事情，祸还未闯，先把老友得罪起来，究竟算得一回什么事儿，你得自己思量一下子看，我却懒得陪你这等糊涂东西说话了。”说罢，大踏步出门而去。

一之等他走远了，不觉倒抽了一口凉气，长叹一声，回头对长房说道：“贤弟，你见么，这等人真可算得是天良扫地了。我总怪自己太没眼力，把小人当作个正人，也是自己作孽，夫复何言。但有一言，要对你说一声儿，我也知道这祸闯得太大。上次闹的事情，虽比这个更大，但所诛的尽是坏人，况是情有可原，再加那时吾师近在一处，有他解厄，得免一死。此番之事，却完全是自己作孽，再没法子可以挽回，而且决无第二次师尊再来搭救，料想此事发觉，也不得过迟，至多几天之内，我的生命必然完了。我死不足惜，况有你这等弟子，大可传我衣钵，死也无恨。我从今天起，便要把你学而未全的法力，完全教授了你，你便可作我的传人。我死之后，料我师必当前来一走，你要千万替我代求他老人家，重行救援一下，使我得减免许多罪过，这是最最要紧的事情，你却不要忘记。”长房听了，不觉十分感伤。事到其间，无话可劝，只得顺口安慰了几句，也就罢了。

不道天曹地府，赏罚最是严明，这件事情，凡间还没有什么人晓得，天宫之内，却早有三界纠察神，奏上玉帝。玉帝得奏，以王一之、李少君侮辱贞魂，欺罔君上，都着岁星东方朔查明正法。东方朔近在朝纲，自从李少君蒙召入宫，武帝十分宠异优礼，在东方朔之上，皆因东方朔正直忠良，立身朝廷，只知导君于正，格君之非，时以谲谏，时而直言，补衮之功端不在少，但也因此为武帝所勿悦。同时李少君还要忌疾东方，时时媒孽。最厉害的是说上次请来王母及群仙，乃是一班妖人变化而来，其实真正王母，还高坐瑶池，晓都没有晓得。武帝对于此事，本极疑心，今被少君这样一说，少君又是第一宠信之人，方在言听计从的时候，又兼说的事情，正中了自己心坎，焉有不信之理。但因事已过去，没从找到一个证据，恐怕东方朔不服，也就罢之不论。但武帝对于东方朔，却是厌恶越深，忌他也越甚。东方朔自然知道这些内幕，好在自己原不在乎利禄，就是皇帝宠信与否，都是与己无干，却自由他去怎样挑拨谗构，横竖一概置之不理，也就完了。但为本人免祸起见，也不便再和从前一样的竭智尽忠，言无不尽。武帝既不大和他说话，他也自愿修他的大道，不大与闻朝中之事。因此君臣同僚之间，尚能相安无事。至此，他既奉到天庭法旨，他也早闻少君勾串王一之，劫诱贞魂，代充李夫人，欺罔天子。为因事不干己，也不便多口取罪。这时却因职责关系，就想推诿也是办不到了。

这日正在家中，思量如何可以取那王一之、李少君性命。一之虽没多大法力，少君却甚有邪术，功行不在本人之下，若是和他相持起来，一则失了天庭体统，二则耽延时日，恐为玉帝所责。再则少君日近帝居，万一我去召他，他却以天子为护符，拒不受传，甚至倚仗帝力，反将我问起罪来，这事更不好办了。若就此不声不响，暗中飞剑伤他，也与体制有碍，须要鞫实罪状，明正典刑，方不愧执法官儿的身分，而且天宫作事，该应如此光明正大才好。想到这里，倒十分为难起来。踌躇多时，忽然困倦起来，就伏在案上打了盹儿。刚刚有些睡意，蓦听得半空中鸾鹤齐鸣，接着就有飞鸟降落之声在自己天井内。东方朔慌忙起身出门，睡眼朦胧的看了一眼，只见两位仙人，一穿白，一披氅，立在天井旁边，且有彩鸾白鹤游行憩息，东方朔却不大认识他们，只得整整衣冠，上前相见，叩问两师何来，是何法号。二仙相顾笑道："别来未久，你就不认得我们了。"那穿白的乃是一位跛仙，笑说："我名李玄，外号铁拐。"又指着那仙说："他是玄珠子，都是你前生好友，怎说不认得的话。"东方朔究竟道行高深，虽在凡间，已通神灵，一闻此言，恍然记得天界之事。忙含笑认罪，把二仙邀入书室。

二仙笑道："无事不登三宝殿，此来正因岁星有了为难之事，特来替你帮个小忙，再则也还向你恳个小小份上。"东方朔请他们坐定了，方笑问："可是为那王一之的事情，他是李道兄的高足呀。可惜此遭事情，闹得太不成话，只怕没法周全他罢。"铁拐先生笑道："贫道岂为救他性命而来，他以鬼师地位，知法犯法，此而可赦，天下十恶大罪之人，无一不可赦宥了。不过罪到极处，不过一个死刑。身死罪完，再不能加出什么刑罚来，贫道之意，为念多年师徒之情，恐他一入阴曹，便应再受地狱之苦，不知何日方得出头。因此和岁星情商，可否待他身死之后，由我带去他的遗体，使他再用个几百年苦功，将来或者还有些造化，也算我们师生一场。这事大概可以办得到么？”东方朔答道：“这个容易，天有常刑，刑毕为止，何能处置过当。况一之这人，不过酒醉任性，良心上可没甚坏处，论其情节，亦很可怜，得道兄如此周全，也很可报他一生侠意忠厚的好处，这是一定可以遵命的。”又问玄珠道：“兄远道枉顾，也有什么见教没有？”

玄珠子笑道：“铁拐先生为他徒弟的事，贫道却无所求于道兄。只因道兄现在奉旨正法的李少君这人，正是从前跟随通天教主大闹淮海村和罗圆夫人为难的一个妖物，此物原系一个修炼五千年的大龟，随身有一法宝，名为遮眼珠，乃用他自己的龟蛋，以人世最污秽不堪之物咒成。此球一出，人人眼中如受一重厚雾的遮蔽，对面不能相见。”玄珠子说到这句，东方朔恍然点头道：“怪不得我听人说，上次他把人家鬼魂代替李妃和皇帝相见，皇帝能见其人，而不能瞧清他的容态，迷离恍惚，如在五里雾中。当时很怪他用甚法力，可以做成这等景象。今据道兄说来，可知是此球作祟了。”玄珠子点头笑道：“这不过是一桩小事，万岁见不得李夫人，究竟没甚大关系。道兄还不晓他在钱塘江闹的事情才不小咧。本来钱塘江潮到处很大，自我莅任之后，将各处高潮，用法并至一区，别处的潮少水浅，那批不得志的蛟精龟怪，遂不能藏身其中。至于潮大之处，有贫道自己管住，他们虽狡，也无可如何。不料老蛟想出恶计，竟于上年邀同这个龟精，大举来犯。龟精悬球作法，我方神将，一个个不能相见，几乎着了他的道儿。幸得文美真人派他徒弟通慧，预先在福建文笔峰下，炼就一个水晶瓶儿，既能发光照人，又能吸收他的妖雾，是他准时前来，把他赶入海中，躲得不敢出头。谁知他如今又变幻人形，来此迷惑皇帝。贫道因想，此物不除，终为大害，特地赶来帮助道兄，共除此怪。因这厮的法宝，不但能够放雾迷人，并有抗拒兵戈之力。闻他自知作恶太多，怕受天诛，常常把那遮眼球挂在室中，一则防人暗刺，二则使人双目失明，瞧不清他的所在。道兄虽然奉旨查办，倒恐一时未必能够除他呢。”东方朔听了，不觉竦然下拜道：“承道兄不远千里前来指教，尚望将除妖之法见示，不特小弟之幸也，天下人民之幸也。”未知玄珠子如何回言，却看下回分解。

第六十八回　受官法了结偷桃案　炼秽镜打破遮眼球

却说玄珠子见东方朔施礼相求，慌忙答礼道："同为人民除害，何劳言谢。"说时，取出一个小小镜匣，开来一看，只见上下两面镜子，镜子中间，都映出两对赤条条的男女，在那里行周公之礼。东方朔不觉大笑，问道："这是何意？"玄珠子也笑道："李少君的遮眼珠，最厉害的是那种阴秽之气，以此秽气，炼成重雾，所以无论仙凡，都要张眼不开。上次通慧所用之瓶，好是好，只能破他的法，还不能坏他的球。我今炼成此镜，取其最最秽亵，可以克制那种秽气。镜子的光，即系采取最烈的阳光，可以消他的雾，烧他的球，非此不能破他也。"东方朔大喜，因把自己所踌躇的意思，说了出来，二仙都道："此物获罪于天，上天垂讨，自应明正典刑，方足以寒妖人之胆。道兄所见，甚是正大，好在既有制他之法，便不怕他抗拒了。"东方朔欣然称是，便问何日可以动手。玄珠子道："贫道不能久留，最好马上把他捉来，鞫明罪状，使身受者死而无怨，旁观者见而知惧，然后宣布玉旨，即行处斩何如？"东方朔见说，便和玄珠子、铁拐同至皇宫西首李少君府。进去指明，请李少君出来接旨。

少君正在后院，和一班姬妾饮酒取乐。得下人禀报，东方大人带了两位道人，前来降旨。少君一时迷迷糊糊的，还当是汉皇诏旨，慌忙整装而出，和三人相见。东方朔便在上首站定，说一声："上帝有旨，李少君跪接。"只此一句，陡的把少君提醒，也不下跪，也不动怒，反笑嘻嘻问道："东方大人，你我一殿为臣，彼此同僚，又兼同属道门，情况要比别人亲密一些。方才大人说来此降旨，小弟误会是当今皇上诏令，特地恭而敬之的出来接旨，不料大人所宣的乃是上帝玉旨。说句脱略形迹的话，人天远隔，究竟是可虚可实的事情，大人既和小弟这般要好，就该先把内容告诉小弟。福祸吉凶，小弟也好作个准备，大人以为何如？"

东方朔见他如此胡缠，分明轻视法旨，不敬上天，不觉心中大怒，大喝一声："李少君怎敢如此无礼，漫说你我修道门中，理应归上界管理，就说是平常之人，人间帝主所管得到的，难道上帝反不能顾问。似你这等横行不法，罔上欺君，正见你不服玉帝，有心反叛，正是罪该万死，还敢口出狂言，蔑视玉旨，那真罪不容于诛了。"少君闻言大怒，明仗着自己防卫周密，又素知东方朔道术并不十分高深，心中一无怕惧，当即抹下脸孔，冷笑一声，说道："照你这么说，你就是玉帝派来的执法官儿，是定要和我为难的了。休说我和你们教派不同，就算同一源流，我今已为人间大臣，得皇帝信用，亦不必定受上界命令。"

东方朔见他越说越狂，忙向二仙说："这厮胆大如此，敢烦二位替我拿下。"少君听得一个拿字，立刻拔出佩剑，直奔东方朔。当有玄珠子仗剑迎住少君。少君大呼："此地不是厮杀之所，有胆量的，跟我到后面广场上去。"二仙都喝道："就到了你那魔主的巢窟，谁还怕你不成。"说着大家追上前去。不料少君跑过一重院落，到了座敞厅，便立住不走，三仙追入大厅，顿觉眼前如有黑幕障住，对面不得相见。情知这里是他悬挂那个遮眼球儿的所在，幸而先有防备，玄珠取出镜匣，把上面向外一照。却也奇怪，小小一面镜子，居然照得满厅内外，发出一片青光焰，顿时黑雾尽除。再把下面的镜子一照，但听刮喇喇一阵响，大厅上飞下一阵黑色的散屑，原来少君的遮眼珠儿，已被炸碎。少君见失此奇宝，知道无可抵抗，慌忙化道黑云向空遁去，三仙也驾云相追。谁知少君因时时入宫，为行程便利起见，筑室在皇宫后面，相去咫尺之地。眼前一霎，一道青光，降入皇宫之内，立时失却踪影。

三仙见他已入皇宫，不便再追，只得回转身，先去办那王一之的事情。一之自然不比少君，本来早已认罪。玉旨一到，伏地请死。东方朔却令他见一见师傅的面，再行正法。一之谢了恩，起身拜见铁拐先生。叩头有声，不敢仰视。铁拐先生见他如此可怜，不觉太息道："数有前定，何必再说，你既知罪，快去就刑，身后之事，自有我替你担承，不必挂怀。你弟子费长房颇有气骨，兼明礼义，可着他来见我。”一之起身，便唤长房快来，长房见过二仙。铁拐先生命道：“你师获罪于天，自取刑戮，他死后，有我带他灵魂再作修持功夫，如能精进，五百年后，还有好处。他的职务，该你继续下去。小心在意，好好做去，办得好，也是极大功德。否则你师即是榜样。”长房涕泣叩拜道：“弟子不愿继续师传之职，但望祖师开天地之恩，念师傅平日诚恳勤劳，不无功绩，望乞转陈玉帝，贷其一死。弟子师徒自当格外尽心，多做好事，将功补过，仰恳祖师允许。”铁拐先生摇头道：“说过，这是定数，无可转回的，不信问你师傅。当他初次授此职之前，我是怎生告诉他来。至于你接任师傅之事，也不是我可以作得主的，仍是奉了道教祖师之命而来，你只要时时记得今日师傅获罪之状，刻刻不忘，勉作好人，这就对得住你师傅。而你本身也得了好处了。但是……唉……这也不必说了，横竖天下事逃不出一个数字，数之所定，非大智慧大福命之人，谁能挽得过来。事既无补，多说无益，吾言已尽，请东方道兄，即刻用刑罢。”

说时，王一之已经跪在厅前。东方朔叹了一声，对铁拐先生说：“小弟担些处分，给他一个全尸。”一言甫出，双指并伸，即有一道白光突然飞去，附着一之身上，化成一条白丝带，绕紧一之颈项。仙家法力，与寻常绞刑器具不同，转眼之间，一之神魂出窍，尸躯倒在地上。长房和另外几个徒弟，都大哭起来。铁拐先生早把一之生魂绺住，塞在葫芦之中，拱手儿对玄珠说道：“不久东方道兄有一场大难，也是前定之数，无法幸免的。有九转还魂符一道，引魂幡一纸，道兄留在身边，待他遭难后，将此符塞入他的颈上，如此这般，妖人可以剪除，再用幡将东方道兄带去，每天将道兄自己制炼的乾天夺命丹，灌他一粒下去，三天之后，便可回复元气。此后东方道兄尘缘亦满，可以回转天庭，不必再在凡土。就是汉家天子，气数已到，也用不着东方兄在此伺候了。”

玄珠听了，一一应诺，转问铁拐先生：“可知小弟此番回去，有无意外之事？”铁拐先生见玄珠说到这话，不觉十分惊讶，因连转神目，朝他注视了一回，又喟然太息道：“言为心声，心为事主，道兄好好从公，为何有此疑虑。《易经》说，‘吉凶悔吝生乎动’。道兄此言，也一动也。修道之人,最忌动心,道兄前途确不甚平安,好在弟辈中人,与道兄将来还有一段香火缘,尽可前来相救,一切请放心干去。只要良心不死,凡事都可鉴原。身体上的处分,吾辈是不怕的。天机难泄,弟之所知,虽不止此,而可言者,却只此而已。再见罢。”说毕,额手为礼,一霎时人影俱无。原来他却借土遁走了。

东方朔和玄珠子,听了铁拐先生一番说话,心中都觉有些不快。吩咐了长房几句,重复回到东方家,磋商再去诛杀李少君的方法。不道少君一见武帝,立即哭拜于地,说东方朔因忌臣日侍陛下,恐臣将他从前许多欺君大罪,一一说出,特地请来远方妖人,和臣为难,将臣千年修炼的法宝炸碎,还敢冒充玉旨,取臣性命,万望陛下替臣作主。武帝大怒道:“东方曼倩一再欺朕,今又和先生为难,真是该死之徒。先生勿忧,朕即派禁军将他驱逐出国,不准他在中原逗留好么?”少君忙奏道:“此人道行不浅,兼有妖精为助,陛下如不用他,就该快快杀却,若是驱逐出国,即使他怀恨图报,不但臣本人防不胜防,陛下也不免危险,还是赶紧诛戮为妙。”武帝正在怨恨东方、信服少君之时,听了此奏,即下道旨意,斩东方朔,并令少君亲往监斩。

少君得了御旨,欣欣得意的带起几百羽林军,围住东方朔住宅。东方朔弄得莫名其妙,正要出来查问。那少君已带了四名健将,大踏步进来,劈头遇见东方朔,喝令拿下。东方朔听了,不觉退后几步,忙问:“这是什么意思?”少君也似东方朔对待他的方法,喝令跪下接旨,一面取出圣旨。东方朔正当仙人,自然谨守臣节,既有圣旨,自然跪接。少君站立正中,把圣旨开读过了,也不等他谢恩,马上袖出飞剑,将东方一颗头割了下来。看官认清,这便是东方朔偷桃,王母给他的一个报应。但这事究竟办得太冤,东方朔又是有道法之人,岂惧你一刀之刑。看看斩下了头,一下子功夫,又长出一个头来。少君即用飞剑再斩,头才落地,腔子中又出一头,如是数次,少君沉吟片刻,思得一计,立刻派员,飞骑奏请武帝,带了玉玺,御驾亲临。武帝不知何事,一则动了好奇之心,二则不忍违了少君之意,果然排齐銮驾,亲临东方家中。少君跪迎入室,奏明东方朔弄术欺君,藐法罔上情形。武帝被他说动了气,又因东方朔法力高强,恐他将来报仇,既已用刑,自非杀他不可。忙问少君："此事还该如何办法？"少君奏道："请万岁将玉玺印在纸上，待他头落，镇住他的腔子，便不能再长出来。"武帝依言，取出传国御宝，印了一纸，少君再用飞剑把东方朔的头割下，随用印有玉玺的纸覆在他的颈脖子上。果然，国法尊严，帝皇权重，得此一纸，东方朔纵有天大法力，也无从施展出来，白白的给割去了脑袋子，再也长不出一个头来。

此时玄珠子早已出来，用隐身法躲在一边，见东方朔头已落地，李少君正在上面和武帝说话，大家都不注意到死人身上，他便趁此机会，现身而出，假装去看死人，走近东方朔身边，揭去玺纸，换上铁拐先生符咒，随把寸许长一把小剑，放在他的掌中。口中说道："东方朔听者，王法已服，果报分明，天律难逃，尔责未尽，咄咄！罪人在此，还不动手！"一语未毕，东方朔一个无头之体，突然握紧了剑，跟随玄珠子飞行而上。一霎时，但听武帝和随从之臣，并太监兵士之属，都大叫："不好了，死鬼跑路了！"武帝虽是英主，奈年已老迈，平日迷于酒色，精力不济。况以天子之尊，自来未上刑场，不亲战阵，一旦见此可惨怕人之事，怎能支持得定，先已向后仰倒。李少君胆子虽大，却因双目已迷，神知忽然昏昧，竟不能用法抵抗，当被玄珠子双手扼住咽喉，当众朗读玉旨，数其罪恶，众人不知就里，不敢近前，更不敢顾问，等得玄珠子读毕诏书，东方朔手中剑迎风一晃，长有三尺，直刺少君，洞入腹中。少君大喊一声，滚于地下，现出原形，乃是一个大龟，探头探脑，还想逃走，又被玄珠子用法禁住，不得脱身，只在厅上不住的爬来爬去，打磨旋儿。

武帝晕去未久，得众人叫醒转来。一见少君化成大龟，又是一惊一吓，自觉魂魄飞越，坐立不定，慌命摆驾回宫而去。这里玄珠子又用仙剑在龟上连砍三下，只听轰然一声，声震屋瓦，龟壳一点不动，玄珠的剑，却被震落地上。玄珠大怒，披发仗剑，禹步而出，书符念咒，请来雷公电母。青天白日之下，忽而天地昏暗，日色无光，雷电二神立在空中，躬身问道："法师见召，有何公事。"玄珠举手还礼，朗声说道："龟精李少君，为害生灵，罪大恶极，近复化成人形，立身朝堂，侮辱贞魂，诱惑皇帝，种种不法，一时说他不尽。有岁星东方朔，奉上帝旨意，查办此案。怎奈岁星本身有夙孽未了，反被龟精诳奏皇帝，先将他斩首，现在岁星冤孽已了，不久可以回生。而龟精罪重，不能任其再延岁月，当由岁星委托贫道协助诛妖，现在妖人已现原形，而顽壳甚固，贫道自愧术浅，无法破碎，敢请尊神慨助一臂，用电力轰碎龟壳，不胜幸甚。"雷公听了，和电母商量了一回，说："龟精胡闹，久应伏诛，好在现当夏令，正是雷电施威的时候，法师请让开一步，容小神作起法来。"

玄珠称谢，把东方朔身体一招，跟着自己一同入内，玄珠子又吩咐人，把他的脑袋搬来，玄珠子亲自捧在手中，对准腔子，替他照原状放将上去，一面取出铁拐先生符咒，改塞在发际。玄珠子口中念念有词，喝一声合，脑袋和身体便合了榫儿，不见一些痕迹，但是仍不能动作语言。玄珠将他推在一边，却昂首窗外。听得雷电二人，正在分派兵将，把带来的布鼓击得怪响的，从地上听去，就是一种雷声。雷声起处，同时即有一道金光，自地而起，直奔东方院落中大龟身上。但听豁喇喇之声，龟壳碎做数十块，血肉流溢，腥臭难闻。这李少君一条龟命，就此完结。但是遮眼球之法，却轫始于他，而流传至今。今人不知其理，奉以为神，于是大家都称之为遮眼神儿。此等法术，若用于捕盗探案，以及扶助一切警政事宜，倒也大有效用。可惜能此法者，都属江湖术士，借为敛钱之具，如当众杀人分尸，立刻又能结合为一，又为用伪币换真币，虽藏在极坚固秘密之处，都有法子掉取，这等便都是遮眼的作用。从前老于行旅的人，往往将一种极秽之物，如春宫月布之类，夹放银洋之中，据说可防术士的暗算，也是玄珠秽镜破遮眼球之意。这是闲话，说说便罢。

再说雷公电母，协助玄珠子击死少君原形之后，玄珠子纵身入云，向二神再三道谢。二神笑道："彼此都为公事，何敢言谢。"玄珠子又颂扬他们的法力，二神笑道："小神们不过顺天地之气，做个现成主人，有何法力可言。再则世上恶人太多，雷电却不是时时可致，而且为一二恶人，如此惊师动众，甚至害及人民，小神们意思，很认为不大便利。曾向玉帝上过条陈，拟把电力公之于众，要使人间负有执法权者，皆可利用吾电，以惩治恶人，如此则小人益发知道畏惧，犯罪之事或可减少一点，也未可知。”玄珠忙道：“此法甚妙，不知可蒙采纳？”电母答道：“为这事情，玉帝倒很注意，曾经请齐各位仙神，并西方佛爷，大开会议，结果因大众都说，现在世界恶人，究比善人少得几倍，有雷电以示威，亦大足儆惕一班肖小无行之徒。若将电力操于世人之手，久而久之，人民常见电力，因稔习而生轻顽之心，转失儆世之效，不如照旧为宜。只有西方如来佛爷叹说：‘世风越迟越薄，人心越弄越坏，照此情形，只怕千年之后，至二千年间，百人之中，难得一个正人。彼时凡间兵器，将失其效力，未必能够儆世。雷电二神所说之法，只怕终得实施出来。但恐日久弊生，小人也能利用电力，以欺压君子，结果能够秉公处治者，仍不得不仰望雷电尊神耳。’如来说了这话，大众都十分太息，这事也算没有决定，不知将来如何。”玄珠子也叹道：“那也只好到了那时，再作处理了。”二神点头称是，收法而去。

玄珠子下落云头，仍至东方家中。东方朔仍是呆怔怔的立在一边，玄珠子取出引魂幡，向东方朔只一晃，东方朔便打了一个寒噤，玄珠子便把幡系在自己身上，向前便走，后面东方朔果然亦步亦趋的跟了上来。出了家门，用缩地之法，同回海宁，遇打尖之处，玄珠子自己进去住宿，却把他丢在外面，面壁而立。所至之处，人家见他带了这么一个不死不活的人一同跑路，无不诧为奇事。玄珠子遵铁拐之教，因尸身一倒，即化脓血，恐被观众推倒，便用咒语划出一圈儿，人家一近圈口，宛如被垣墙挡住，不能再跨进去。有时搭船渡江，将他立在船头，也用此法拦住观众。一路之上，倒也不出什么乱子。那知到了海宁，反闹出一件大事来，未知是何大事，请看下回分解。

第六十九回　拐仙首创归尸　淑女误嫁蛟精

却说现今湖南省内，宝庆、常德一带地方，习俗相传，有所谓归尸之法。凡是甲地之人，死在乙方，不但搬柩为难，而经费也非常浩大。便有一种人，专以送尸还乡为业。他们有一段秘密咒语，用一张引魂幡挂在自己身上，再向尸身念起咒语，死人自会跟他赶路。遇着打尖之处，将尸体放在外面檐下，面壁而立，若遇渡河搭船，将尸身背下船去，矗立后艄或鹢首。如此平安到乡，虽经一月之久，当炎暑天气，一点不会变相，也不得发臭，却不能让他跌倒。一倒之后，立刻臭腐出虫，不能再起。更奇怪的是尸身一到家门，这一家人便老早把棺殓之事，预备舒齐，等他到后，立刻棺殓起来，不能稍延时刻。若是停顿一二小时，尸体也便腐化，而不可收拾。大概运尸之法，要算此事最便最省的了。数千年来，相传至今，盛行勿替，却都不知创于何时，是什么人发明出来。据作书人考察所得，便是铁拐先生传授玄珠子送东方朔尸体去海宁那个符咒。因为玄珠子得罪以后，谪贬湘江为鹤，也会幻化平民，替人做这事。因此这法子，就流传在湖南省内。但只有湖南省中，有这等归尸的方法，别处是从来没有听见说起。

上回说到玄珠子创出归尸法，将东方朔带到海宁，经玄珠子遵照铁拐先生指示方法调理，不久就回复性灵，身体精神，一概照旧，同时他的谪限已满，经上帝召回天上供职去了。他的事情可以告一段落。所谓又闹出一场大事者，乃是专指玄珠本人而言。

玄珠子自从辅助东方朔，将李少君斩戮之后，以为老蛟失此臂助，一时不得逞志，对于防范上头，不知不觉的渐渐松懈下来。大凡天下事都是风云变幻，难以预防。但能事事小心，绸缪未雨，自然比较要妥善一点。尤其是国计民生，地方安危的重要事情，关系越发重大。司其事者，格外要谨慎小心，才能够消患未萌。但是说到这一层，也还要作进一步议论，恒人心理，往往在忧患时期，都能谨慎将事，到了风潮过去，波平浪静，反要不知不觉的大意起来，所以古人说：生于忧患，死于安乐，就是这个道理。如今说的玄珠子情形，大致也差不多儿。可是他所闯的祸，却也出人意料之外。

俗说大风起于萍末，风虽大，而发源之地非常微细。当时浙江杭州城内，有一家官户，姓何，没有男人，只剩下母女二人相依为活。母亲胡氏，年已老迈，女儿名叫春瑛，生得袅娜娉婷，整齐标致。那年已是二十五岁，胡氏自顾年高，膝下只此一女，很想找个妥当人才，招婿在家，也好得个半子之靠。无奈高门大户，嫌他们家况衰飒，是个不祥门第。况且招婿一事，习俗引为耻辱，谁也不愿尝试。至于低门小户，又非母女所愿。因此，蹉跎岁月，把个上好的姑娘，养至二十五岁，还没有成就良缘。胡氏心中，常常悒悒不欢，反是春瑛心中，倒以陪侍老母为乐。他说："女儿嫁人与否，不在意中，但求母亲多活个一百多年，待女儿老来，一同入土归天，女儿的心愿足矣。"胡氏哭而叱道："痴丫头，这么大年纪，尽说些疯话，你娘又没做什么大阴功，没积得甚的好德行，那里能够活到如许高年。再说果然如了你的志愿，一份人家，活着一对老太婆，生无人顾，死没人送，到头来祖宗的香烟，不得接续，终究算不得什么好事。我看此后如有差不多的子弟，但求人品端正，不问他家世怎样，就马虎一些，嫁了去完事。你是真孝顺我的，就不要十分倔强，这就比到同死同归好得多了。"春瑛听了，只得点头答应说："听凭母亲作主，女儿绝不多口就是了。"胡氏见说，方才喜慰起来。

不上几时，家中忽然失窃，把胡氏房中东西，偷个洁净。报官追迹，踪影毫无。胡氏不觉流泪说道："瑛儿，想这都是家中没有男子，容易启人轻侮之心。那天之事，别说是贼，就是堂堂皇皇的上门抢劫，你我一对女人，除了拱手奉送之外，还有甚的办法。光偷些东西，倒还没甚关系，万一有些非礼行为，教我女儿如何做人呢。"说到这样，不觉一阵伤心，大哭不已。春瑛劝了一回，倒想出一个主意来了。因说："母亲不用悲忧，女儿有个计较在此。想贼人胆大，只因我家屋多人少，我们何妨将许多住不了的房子，招个妥当租户，分租出去，我们不求租价怎高，但求人家规矩正直，能够做个好邻居，彼此可以得个照应,就是不收租金,也比一进进一间间白白的关起来好。那些房子长久没人居住,也格外容易倾坏,得个正人同居,替我们管管房子,也是好的,母亲看这事可行得么。”胡氏听了,甚以为是,当下由春瑛亲自写了一张招租条子,着下人贴在通街之中。

不到三天,看的人来了不少。不是职业不正,便是人口太杂,母女心中都不大合适。到了第四天早上,忽然来了一个白衣秀士,面如冠玉,唇若涂朱,态度温文,语音清朗,据他自己说,是官宦人家子弟,因贪杭州山水清幽,思欲卜居于此。又说他父亲曾做大官,早已去世,家中尚有母亲弟妹,现在建业。待房子租定,不日回去搬取同居。母子二人一见这人体态,心中便有十分欢喜。又见说是官宦子弟,人口又不多,觉得事事合意,便一口答应,借给与他。那人问起租金,胡氏便说:“自己重在择邻,租金多寡概不计较,但凭贵客吩咐就是了。”那人也不贪便宜,竟付了百两纹银,说是定洋,等家眷到来,再行议定房租。胡氏见他出手如此阔大,益发深信他真是公子哥儿。谦逊一回,也就收了。问他姓名,他说姓王,名诚夫。说毕,自去。过了半月多些,那王诚夫又来,说建业那边,因有许多未了之事,一时不克搬来,本人欲在杭城读书,拟带同几个下人,先行迁来。胡氏和春瑛已深信诚夫是个规矩正直之人,有什么不许。诚夫大悦,即日就把行李器具运来,都是非常华美考究的东西。何家虽是富家,有许多陈设珍品,都还不能举其名目。诚夫又带来男女仆人,共有十余人。照这情形气派,真是十分显赫。而且诚夫这人,又是非常诚实殷勤,他除了读书之外,便到里面和胡氏谈谈,又说胡氏相貌性情很像他的母亲,便拜胡氏为干娘,和春瑛做了兄妹,既不必避甚嫌疑,二人便得时时见面。兄妹俩日侍胡氏膝下,承欢取乐,把个胡氏欣悦得了不得。

胡氏心中便有招诚夫为婿之意,先向他的下人打听了一回,知他志大心高,满意要娶个才貌双全之女,所以至今未娶。今年恰和春瑛同年,刚刚也是二十五岁。胡氏听了这个消息,越发大喜起来,因于便中先对春瑛说起这事,那知春瑛和诚夫,真是一对子郎才女貌,双方交谊虽新,情况已深得到了不得,听了母亲的话,不觉粉颊晕红,讪讪的说了一句:“王家哥哥人品倒是好的,母亲看该怎么办,就怎么办好了。”胡氏听了，已知女儿心中千肯万肯，却不知诚夫那边，还有甚么的意见，眼前又没媒人可托，只有自己一个兄弟，叫何德山的，常常来到这边，和诚夫见过几面，诚夫也跟着叫舅舅，看是很要好的情形。除了这人，也更无他人可托了。于是着人将何德山请了来，说知这事。

德山自然赞同，当即跑到诚夫那边。那诚夫正在房中作什么咧，德山先在窗外咳了一声，里面诚夫早听着，跑了出来，说：“娘舅那儿来了?”德山挽了他的手，一同进内，带走带笑的说道：“我是特来向你贺喜来了。”诚夫笑着让座，问道：“娘舅是长辈，说话不得顽笑，我有什么喜事可贺，乞道其详。”德山笑着，便把自己来意说了。诚夫听了，自然十分欣喜，只说：“瑛妹肯屈嫁，我是决无反对之理。但是身在客边，一切只好简便一些，要请干娘和舅舅妹妹包涵原谅。”德山笑道：“大家爰亲结亲，何争这些俗套，只要你愿意入赘在此，一切都好商量。”诚夫也笑道：“现在同居一宅，事实上早已和入赘一般，将来成婚之后，家母和舍弟等横竖都要迎养的。两姓同居，又系至亲，还有什么彼此可分呢。”德山也以为然，回去复信乃妹，胡氏母女都说如此办法很好。但两家年纪都不小了，须得早完伉俪才好。德山又至诚夫那边，说明此事，诚夫自然更无不允。乾坤两宅，既在一处，种种办事，都十分便利。择了日子，随便置备些新房中的器具，也就算了。其余各物，好在双方都是富厚人家，式式便成，更用不着临时张罗，一应妥帖。等得喜期一到，自有许多亲友人家，前来贺喜。就是诚夫那边，虽在客地，也有许多朋友，前来帮忙的帮忙，道贺的道贺，两家喜事并作一处办，便也觉得格外闹热起来。

三朝过后，新夫妇先向上拜了母姑，然后一同回门。胡氏看看女儿，又看看女婿，见他们才貌体态，无不相当，正好一对夫妻，不觉满心窝里装满了欢喜。两家既然合一，胡氏心疼女婿，怕他住在外面，下人们不会侍应，女儿又是娇养惯的，不会服侍人，便替他们作主搬了进来，同住在一进屋内。外面许多房子，统给一班下人居住。此时胡氏最耽心的是诚夫的眷属一到，就得将他的爱婿夺去，好似借来的东西，物主要回自用一般，常时也把此意对女儿谈起，春瑛却甚识大体，觉得伦常骨肉之间，理应一堂团聚，况同居一室，但隔内外，有甚彼此之分，因此始终没曾将此话向诚夫提起。那知事有蹊跷，这诚夫尽说眷属在建业城内，却始终不见有只字往还。时时说母亲等不久就来杭，而一住三年，并不见甚人前来。揣测他的情况，可似完全不以家人为念的样子。在胡氏年老识昏，但求女婿常依膝下，于愿良足，最好是不要有人将女婿拉开自己面前，也就完了。至于女婿的家事，完全置之不理。春瑛是聪明绝顶的女子，察见丈夫有些特异的景象，焉有不加疑虑之理。每至忍不住时，也常将自己疑团微微透露一些，一面留神察看诚夫状态。不料诚夫似乎有甚虚心事一般，很怕他问起自己家事，便是对答之间，也处处显出支吾忐忑的情状。这一来，越发增加了春瑛的疑心。

此时春瑛已孪生了一对子女，所奇的是每次分娩，都有金龙入梦的异征，醒来之时，对诚夫说，诚夫只说这是帝王之象，莫非孩儿们将来有九五之福么。因恐消息传出，容易惹祸，力戒春瑛不得随便告人。春瑛也是半信半疑。又过了三年，二次分娩下来，仍孪生子女各一，而且一样的做有那种怪梦，但是这次梦境，较为清楚。他已认清梦中之龙，确和寻常龙形微有不同，而且一股凶悍之气，也使人见而生畏。醒转来时，把这疑点又对诚夫说了，诚夫一听龙形有异，不觉突然变了面色，虽是一般的笑容可掬，和他辩说了一回，但从笑容之中，却可显现他狰狞诡秘的意态。此时春瑛心中，不知怎样转念，顿觉丈夫虽然伉俪多年，情深谊切，而对于妻子的诚意，似乎还不能十二分的纯挚密切，同时他又感觉到日夜共枕的夫妻，何以各人心中，还有不能宣布的说话，莫非丈夫来历有些不大明白么。如此一想，蓦然把平常许多怀念，一桩桩堆上心坎，更觉诚夫这人，实在有些古怪，今后倒不可不格外留心，务要把他蕴而不宣的秘事探索出来才好。定下主意，也不对第二人说。

偏偏这诚夫，倒是个极细心的人物。自从春瑛产生次男次女之后，就细细的察访他的形迹，探讨他的口风，他却始终是一些破绽也没有露出。独独对于建业方面家眷有无这一层，却因自己说僵在先，竟没有方法可以辩说。每逢母女们说到此事，他也托故走开，或用别话支吾开去。最后一次,他却说出一个绝妥当的理由来。据说生母早故,现在建业的是继母,阴狠淫悍,是个万万不可同居的人物。兄弟是他所出,自然和他一鼻孔出气。说句老实话,本人来杭,是被他撵逐出来的。从前因为订亲伊始,不便直言,后来屡欲相告,又觉人子不宜谤毁母亲,是以一再忍耐,秘而不宣,今既见疑于贤妻,若再不直言,将使卿等疑我为来历不明之人,说不得也只好从直告诉了你们罢。说时,看他一语一泪,好似十分悲恨的样子。这番话,却说得入情入理,不由母女不信。而且听此一言,更唯恐他这位继母幼弟前来杭州,转要帮同诚夫,对待丈夫疑团冰释,爱情愈深。

不道尴尬人弄出来的事情,总不能完全妥当。一天晚上,气候郁热难当,自胡氏以下,至四个孩子,都在后面花园纳凉。诚夫因不耐孩子们烦躁,独踞短榻,在那豆棚之下躺着,离开众人约有百步之遥。躺了一回,清风顿起,神意俱爽,诚夫不知不觉跑到黑甜乡去。胡氏正逗着一个小女孩玩笑,本没留意到他,不料豆棚之上,原有一条大蛇,相近豆棚之处,都是各种果木,上面又有鸟巢,胡氏生性慈善,向来不准下人们毁拆鸟巢,所以越弄越多,几乎每树都有一两个巢儿。这时胡氏忽然想到女婿睡在棚下,别惊动了蛇、鸟,弄出点意外之事。想到这层,忙忙抱了女孩,慢慢走了过去。那知走不上十步,但听得各树上的鸟,齐齐叫了一声,纷纷向空飞去。胡氏不觉骂了一声道:“这班小东西,胆也太小,我老太太何等慈悲,岂是来害你们的,这般瞎逃干什么。”一语未了,又听得草声飒飒,蛇鸣呜呜,只见一条大蛇,从豆棚上吊了下来,飞也似的向外面游去。胡氏倒点了点头,拍着女孩肩胛,笑道:“瞧你老子这般贪睡,倘使上面那条蛇掉在他身上,岂不吓坏了人。”一语未了,正要到这豆棚相近,抬头一看,不觉大叫一声,把手中孩子直掼下来,胡氏本人便向后直倒下去,晕绝于地,口喷白沫,不省人事。小孩被掼惊痛,却大声哭喊起来。未知胡氏所见何物,为何如此惊怖,却看下回分解。

第七十回 显原形吓煞泰水 得梦兆打破疑云

却说胡氏行近豆棚,展开老眼,向他这爱婿一瞧。猛然大叫一声,惊倒在地,手中抱着的女孩,年才四岁,也被他掼在地上,大哭大喊。一回儿瞧瞧睡在榻上的老子,也是狂喊一声,跟随他外祖母一同晕死。这一阵大闹,早惊动了榻上的诚夫,忙从睡梦中惊起,跃将下来搀起胡氏,抱起女孩,同时春瑛和两个女仆也赶到了。大家正在忙乱的动问原由,那女孩先醒,一见搀他的是他老子,又大哭大叫,两只小手,拼命挣扎,只向他娘身上乱扯,口中说:“爹不是个人,爹不是个人,我不要他抱呀。”春瑛听了,大为奇异,忙把孩子搀了过去,一面惊问诚夫,到底是怎生一回事情。诚夫一听女孩说话,心中不晓着什么意思,正在呆呆的不得劲儿,见妻子这般逼迫,因说:“连我也不晓得他是怎么一回事儿。如今该快快先把娘送回去,再作道理。大家都在这里,也不是事。”一句话提醒了春瑛,于是春瑛抱着女孩回去,还有几个孩子,此时也闻信赶来。

诚夫呆了一回,皱皱眉头,猛然儿把胸脯一拍,满面上现出杀气。回头吩咐下人们:“伺候几位公子,别教他们跑开。”自己便告着奋勇,亲来背他丈母。春瑛欲待阻挡,诚夫说:“丈母生平爱洁,他又是老诚规矩的太太,别人怎好背他,我做女婿的,和自己儿子一样,当然不大要紧。况老人家又欢喜我,不得嫌我不干净的。”春瑛只得依他,大众在先,诚夫背着丈母剩在后面,大家已经进了园门,诚夫还在相去几十步的地方,慢慢地走着。但春瑛等耳中,却明明听得胡氏喉中似乎有种什么声气,大家都当他已经醒转,倒也十分开心。一回儿都进了正屋,诚夫将他背至床上,轻轻放将下去,说道:“怎么娘还是老不开口,你们都来瞧瞧,他这样子不是已经……”说到这里,便把下半句忍在口中,不说出来。春瑛听了这话,心中已是明白他娘必是凶多吉少,慌忙把小孩递给二女仆,自己过来一看,只见胡氏双睛暴凸,舌头伸在口外,宛然被人缢死的一般。再摸摸他身上,连一丝游气都没有了。春瑛顿时捶床拍案,呼天抢地的哀哭起来。诚夫自然也伏在床沿号啕大哭。哭过一阵,下人们都来劝解,随后他们的娘舅德山,并老婆尤氏,儿子女儿一齐得信赶到,大家哭过一场。

诚夫不待他们开口,自己先说:"丈母死得太奇,死状也忒煞古怪,若说被人暗害,他老人家和什么人有这般大仇,况是自己亲自背了进来,大众共见,没有离开我这身子一步,到了床上就成这副形状。难道是什么缢鬼索替,趁他跌这一交,有些中风的光景,就将他的性命从我的肩胛上夺了去了。这也近于荒谬。舅舅在此,是我们长亲,看该如何查究一下才好。"德山却是一个醉中圣贤,只要供他好酒好肉,酒肉一饱,就是向他借个脑袋子来一用,他也没有不答应的。此时见诚夫如此说法,只得抱定个少管闲事的宗旨,忙说:"甥姑爷的话不错,你丈母由你亲自背入房中,谁能从你肩上不声不响取了他的性命去。再说句顽笑的话,就是姑爷本人要谋死你丈母,也没有那么容易哇。"说到这句,诚夫不觉变了面色,正待说话,却见德山又接说道:"仔细想来,除你才说缢鬼索替之外,简直没有其他理由可供探讨。总而言之,这些全是前生冤孽,今世报应。人已死了,赶办后事要紧,这些空话,说他则甚。"诚夫听了,心头一块大石头方落地。

当下大家举起哀来,办起丧事,少不得有一场忙碌,这也不必细叙。单说春瑛,自上年诚夫对他辨明建业之事,心中疑念尽消。那知为时未久,又出这件奇怪的丧事,想母亲死状可惨,决不像是吓死,更不像中风,而且女孩子年已四岁,略知情事,据他讲说,"那天晚上,祖母抱他到了爹爹身边,却不见爹爹,只见一条绝大绝大的大蛇,又好像哥哥读的书本子上那条大龙。爹爹原只系了一条裤子,这条裤子,却明明套在这似龙非龙似蛇非蛇的下半段儿,因此祖母一吓,就吓倒了,把我也掼了下来。等我喊了一声时,那东西又不见了,只见爹爹从榻上起来抱我,那时娘和哥哥们也来了,我至今见了爹爹,还是怕颤颤的。"

春瑛听了这番报告,更回想到四个小孩分娩时的梦景,并又想起从前的种种疑点,将几个问题并合起来,越发造成一个总疑案,他只觉得自己的亲亲爱爱的丈夫，必是什么神龙转世，所以有这许多异征，而且有几样征兆，怕丈夫本人都未必一定知道。所以连他自己，也不能说得明白。却不管他本人知道与否，总之既有这等佳兆，可见是个非常之人，将来多分有些造化，也未可知。如此一想，倒欢慰起来。光阴易过，不觉又是数年。诚夫的小女孩子，也有十一二岁了。诚夫既不出门，也不见他有甚贵显朋友往来，虽则夫妻情爱始终不改，春瑛也不是怎样期望他求名求利，封侯拜将，但是年华垂老，幻境无穷，芳心默运，终觉种种怪象，来得太没着落。

一天，德山夫妻前来闲谈，适逢诚夫出去，德山的妻子尤氏，人极老成忠厚，素来宝爱春瑛，春瑛也事他们两老如父母，有许多说话，在诚夫面前未必敢讲的，对于他们面上，却是无话不谈。这日无意之中，就说到胡氏死状奇惨，大家终是不明白此中真相。春瑛因把孩子们调了开去，对尤氏说道："甥女有件极不易解的难题，久想请教舅父母，因觉事有关碍，不敢随便出口。今天讲到母亲之事，却使我万分忍耐不住，要把胸中久蕴未泄的说话对舅父母谈谈。"二人问是何等大事，如此慎重，春瑛便将对于丈夫种种疑团，从最初订亲之日为始，直至诚夫显形吓死老母为止，讲得详详细细。

说完了话，又凄然下泪道："极知母亲老命，送在冤家身上，但他也不是有心谋死母亲。况事情闹将出来，一家人家就得拆散开来，一班儿女交谁教养，而且当时甥女因他有此许多异兆，疑他是必有造化的奇才英俊，一片痴心，还希望他有些阔大的作为，那么将来也可替母亲争些身后的面子，老人家死在九泉，也可瞑目。在诚夫本人，也算得将功抵过。甥女存了这等思想，所以把那时的情事，一概放在肚子里边，始终没敢向人透露一句。常时想到亡过的母亲，地下有知，不要恨我做女儿的只顾回护丈夫，不替老人家报仇。我想到这层，兀自心惊胆战的。可怜甥女自从母亲死后之日为始，对于诚夫身上，不晓转过多少念头儿。一念母仇当报，恨不得立刻将他吓死母亲之事，宣布出来，他的有心无心，有罪无罪，听诸王法判断，那我也算对得住母亲了。转念又望他能够建功立业，替国家做事情，替母亲持封诰，再替儿子们立点根基，也未尝不可邀亡母的原谅。这样两种念头，久留胸中,始终不得个解决。但照现在的情形看来,他这人哪,舅母舅父都在这里,不是甥女胡乱评断人家,照他这等志趣行为,要想做个英雄豪杰,怕也没甚大指望了。甥女倒也不一定要他怎样荣宗耀祖,但既不能成就事业,倒使甥女对于母亲的心愿没有解决之法,这还罢了。最奇怪的是他这人,说是平常人物,为甚又有那些异征,既有许多的异征,怎又不见一些报应。甥女自幼读书,也知道自古来多少帝皇名臣,当其出世之时,都有几件异于平人的征兆。尤其是梦见金龙,大贵非凡。如今你们甥姑爷,不但几个孩子有些同样的梦兆,而他本身,竟于睡中会显出原形来。这等征象,就了不得了,何以他的情形,却又一些没有发达飞腾的情状呢。甥女对于此事,怀疑至今,想两位老人家见多识广,也定知道这当中的道理。"

德山听了这一大片议论,他是一个拘谨小心的人,深怕这位甥婿真有什么举动起来,功名富贵,倒不大在念,却怕身家性命被他带累在内。听完了话,早已呆得和木鸡一般,尽自怔怔的瞧他老婆,那里还能答复春瑛的请教。尤氏虽是女流,胆量倒比丈夫大些,见丈夫这般形景,不觉好笑起来,说道:"甥女你不该把这等话,对你舅舅讲。他枉为男子,胆子比芥子还微细,听见这等说话,兀的把他的魂灵儿吓到九霄云外去了,那里还有什么主见。"德山见老婆这样讥笑他,不觉红了脸,讪讪的笑道:"你这是什么话,我做娘舅的,有个不望外甥姑爷飞黄腾达么。不过我也自恨才疏学浅,甥女问我的话,惭愧,一句也回答不出。你既这么说法,一定有什么高见。甥女不是外人,他又诚心诚意的请教你我,你却不妨从直谈谈,也好使甥女放心。"尤氏笑着呸了一声,道:"亏你还是男子汉大丈夫,平时些些事情,吓得不敢出头,总要推我出去替你说话。如今放着甥女嫡亲的骨肉,不过请教几句闲话,说不说打甚紧,懂不懂又没关系,你既说不出来,也就罢了。什么大不了的事儿,也要向我身上推,不是可笑么。"德山经他这么一说,面孔越发红了,正要回敬他几句,可奈口才实在不好,期期艾艾了一阵,半句儿也说不完全,引得尤氏和春瑛相对大笑。

春瑛因说:"舅父实是万分忠厚的人,比舅母更来得质朴,舅母既如此说话,想来一定能够替我解决这个疑案,还请快快告诉甥女儿罢。”尤氏笑道：“甥女也说得好笑极了，甥女人又聪明，又读过许多书，人家多少男子都说赶你不上，难道舅母这样一个不通世务、不读诗书的乡下见识婆子，见识会比你更高吗？不过，说到乡下婆子，又有我们乡下的见识。我听人说，城外东华大帝非常灵应，多少人求福得福，求财得财，求子孙的得子孙。甥女既是心有怀疑，大家又闲着没有事做，何妨备好香烛，同去求告大帝赐支灵签，就可明白此中真相了。”一句话提醒了春瑛，忙说：“舅母说的一点不错，东华帝君真是最有灵感的神道，好在离我家不远，舅母，我们拣日不如撞日，难得今儿两位老人家双双在此，你们甥姑爷又出门去，他说要到晚上回来，此时才午牌时分，快去快来，正好瞒住他，一点晓不得信息。两位老人家答应了我，我们即刻就去好么。”

德山、尤氏听了，一时倒也高兴起来。当即唤进一个下人，等他预备软轿香烛之类，三人都坐了轿子，尤氏轿中带着春瑛幼子毛毛，春瑛自己带了女儿囡囡，并带了男女用人各一，一行七个人，直奔城外东华庙内。三人都下了轿，下人们把两个孩子带去各处顽要。春瑛让舅父母先拈了香，自己随后上去，一秉虔诚的叩了几个头，求出一支签来。三人围了拢来，一同观看，那签上不着一字，是一幅白纸，三人不解其故。春瑛便说：“没有择定日子，斋戒沐浴，必是神灵嫌我不诚，不肯赐签。”尤氏却劝他再求一签，春瑛依言，再跪再求，默默通诚，好久好久才又求出一签。说也不信，求出来的又是那支原签，仍旧不见个只字。再由尤氏代求一签，仍是如此。这一来，倒把三人吓得没了主意。据尤氏之见，说：“定是我们三人之中，有什么得罪了神灵，久在庙中，越发惹得大帝厌恶，不如赶紧回去。”春瑛信以为真，大家乘兴而来，扫兴而返。

慌慌张张回到家中，春瑛本为决疑而去，如今越发加上疑团。这日晚上，便觉神思不宁，转辗反侧的闹了一夜，倒把诚夫也闹得睡不着觉。先是疑他有甚毛病，问了几次，春瑛怕他疑心，只得勉强蜷伏，动也不动。诚夫方才睡熟，春瑛还在彷徨，直到晨鸡三唱，东方发白，方有些些倦意，恍恍惚惚的进了梦境。梦见一位年轻仙人，道衣道冠，手持拂子，自言是东华帝君徒弟钟离权，奉帝君法旨，以尔夫获罪于天，屡逃法网，此番恶贯已满，帝君命我行诛。因念尔生性忠厚，生平并无罪过，误嫁匪人，情尤可悯，特先告诫于尔，遇有意外之事，可速避至外家，切勿心存私爱，妄思有所动作，自取无穷之祸。今天你等前来庙中求签，帝君不肯赐示，也是怕事机泄漏。妖人何等灵警，万一先期有甚动作，岂非可危可怕，所以不得不格外秘密，你要明白此中利害，务要特别小心，慎之戒之，勿贻后悔。说毕自去。醒了转来，惊出一身大汗。回想梦境，历历在目。证明日间求签情形，觉得凶多吉少，又念多年夫妻，深知“我丈夫为人，也颇规矩，有何大罪，致干天谴”。如此一想，又觉幻梦无稽，不足深信。

刚值诚夫醒来，见春瑛还是呆呆望着，如有深思，心中不觉大奇，又恐他弄出什么毛病来，便拥住了他，温温款款的安慰了一番，又问他有甚感触，忽失常度。这样一来，可就坏了。春瑛受此温存，愈觉丈夫关爱之深，相待之厚，不知不觉间，竟把梦中仙人切嘱之言丢在脑后，自思身为人妻，祸福与共，无论梦境真假，别人可瞒，丈夫面上，须瞒不得。于是把梦中见闻，一一说出来，双手抱住诚夫腰际，悄悄切切地问道：“哥哥你也替我想想，这等恶梦，怎不教人惊骇。”问了一回，见诚夫并不做声，心中大奇，忙把自己一张粉脸靠近诚夫，贴住他的脸儿，正要再问。那知诚夫脸上忽然冷得和冰铁一般，两目大开，怔怔的直视帐外。此时天色黎明，晨光透入，约略瞧得出他的神情，十分可怕，这一来把个春瑛吓得怪叫起来。未知诚夫如何有此现象，却看下回分解。

第七十一回　吐真情妖人诱贤妇　传邪术平地起风云

却说诚夫听了春瑛报告梦境情事，一霎时面孔变色，双目直瞪。春瑛一张粉脸，本来揾住他的脸庞，这时觉得突然冰冷，宛如附在钢铁上面一般。这一下子，把个春瑛骇得真个动弹不得，只把他牢牢抱住，不住口的喊着。唤了一回，诚夫忽然冷笑一声，口中说出一句吓得煞春瑛的话来。他说："哦，原来是东华老儿要来和我为难。又派这小孩子来寻我的事，他也未免忒煞瞧不起我老蛟了。"只这一言，倒把春瑛惊得反而释开双手，自己陡然坐直了身子，睁大了两粒秋水波光的愁眼，向着诚夫，从头到腹，除了瞧不见的部分之外，下劲打量了一回。老蛟这才觉得自己失言，慌忙装出一脸笑容，对春瑛说道："告诉你罢，这是吓你顽的，谁教你把这等杳渺恍惚的梦境来恐吓人家，难道准你吓我，就不许我回敬一下。你瞧瞧你自己是什么情形，难道真个将梦作真，把我当作什么罪大恶极，上天不容的大憝元凶么。说句老实话，我可没有那么大的身分，更没那样深的资格，亏你也算个聪明人儿，这等毫无凭据毫无理由的妖梦，也会当作一件了不得的大事，大清早儿和人家瞎缠不清。哈哈，这真打那儿说起呀。"

春瑛见他说话情形，很不自然，明知他是故意掩饰之词，却因他如此遮遮掩掩，越显出他鬼鬼祟祟的情状来，因想一不做二不休，索性将昨日求签情事告诉了他，看他再用什么话来支吾，再看他的神色态度，是何等情状。若能从此探出真言，彼此一体之亲，情好敦笃，如果没有什么大罪，或许为了前生孽债，大家也好早早准备，到城隍庙中还还愿心，做些功德，未尝不可消灭罪愆；要是他真个负有弥天大罪，不能仰邀天佑，那么自己也好预定主见，或与同死生，或和儿女到别处存身，总比永久闷在心里好些。定下主意，竟自绝不迟疑地将他从前如何显形，以至昨儿求签不着，连得三次白纸，并合上梦中情况一一对他说了，问他究竟可有什么坏事做过。

问了几句，诚夫只是仰天冷笑，一言不答。等他问完了话，方转问一句："假如我真个罪大恶极，久稽天讨，如今却该恶贯已盈，请问贤妻，你将何以处我？"春瑛料不到他有此一问，不觉略略迟疑，诚夫又接续说道："又如我本无罪，人家因门户派别之见，硬说我是罪人，竟要置我于死，请问贤妻，又将如何对付？"春瑛听至此处，不觉脱口而出的道："那不消说，我一定要助你共同抵抗敌人。如果不幸，你被人家所害，我必率领子女们，替你报仇泄恨，至死无怨。"诚夫听了，一跃而起，跨下床来，向着春瑛长揖道："愿贤妻勿忘今日之言，我今把过去情事和我的出身来历，一一说给你听，你的满腹疑团，从此也可以冰消瓦解了。"春瑛一面还礼，一壁厢穿好衣服，夫妻俩并坐床沿。

诚夫太息了一声，说道："如今的世界，休说凡间阳世没有公道，就是世界之上天帝仙神，也完全成为一班势力团体。我们不幸，生在这等世上，和一班势利人混在一处，怪不得要弄得到处风波了。贤妻，我今老实告诉你，你却莫要吃惊。我虽和你做了这许多年的夫妻，又生下这班孩子，而且今天此刻，还和你肩并肩儿坐在床上谈天，一切起居情形，自然与贤妻你一般，是一个凡人。实实在在，不是这么一回事儿。说句爽快话，我并不是凡人，不是和你一样的是这世上的人，乃是西海中一条金龙修炼万年的法体啊。"说了这句，回头瞧瞧春瑛神色。春瑛听了这话，自然惊奇得无可名状，还喜他脑子中间，老早就得了许多兆征，心中本来就怀疑他这个人和平常人有些不同，因此还把惊骇的成分减少了一大半，不至于神魂飞越，支持不定的地步。而且此时既然答应了和诚夫共死生，又自己要求他说出真情来，更不得不格外表示出镇定的样子来。

话虽如此，诚夫却已瞧出他的面色惨白，浑身颤动，确是十分惊恐的情形。当即和颜一笑，安慰他道："好妹妹，你别怕，我今不是仍旧和你一般的凡人么。大凡人生世上，都有一个来历。或系畜类投胎，或是神仙贬谪，安知妹妹前生不是什么星宿鬼神转劫而来呢。不过妹妹是不能自知。我自有生至今，不曾死过一次。不能说是轮回，只能算是变化，而且可以不死罢了。究其实，妹妹现是得了我的气质,和我也相差不远,但加修炼之功,也可以到万劫不死的地步,这可是人家求之不得的机缘。妹妹已于无心中得之,真算得你的大幸,更说不上畏惧惊恐也。”春瑛听说自己也可成仙,虽然半信半疑,究竟喜多惧少,便把头点了点,说道:“既如此,你我夫妻如此久长,为何瞒到如今,不曾吐出一字呢?”诚夫道:“我何尝不想早对你说明,也好劝你早早用功,早成正果。只因那年无意之中发现真形,将岳母吓死,深恐一经说穿,妹妹你必怀杀母之仇,纵不如何为难,心中终有多少不快,岂非修炼难成,白白伤了情感么。”

春瑛听了,又点点头说道:“既是事出无心,我也何能相仇。但你既是仙人,为甚又和我这凡女结婚呢?”诚夫笑道:“那个非你所知,修道之门,千变万化。有一辈子不许近女色的,也有倚赖男女交合,调剂阴阳,备为炼丹之用的。我就是属于后面一类的魔教中的人。但凡曾结婚的女子,必属生有仙缘之人,如能精一修持,久久也必成仙,所以我辈娶妻,不是胡乱找个凡人,就可匹配的。若是这人并无仙缘,是个完全尘俗之体,一经交合,于他果然有益,于我反而有损。尽有贪图淫欲的人,随便配个毫无仙气的女子,相聚数十年,不但没有好处,反把自己的精气流完,因而堕落凡间,永无成仙之望,反有历劫之虞。这等事情,也是常有。所以修道之人,真是万分不易,往往修炼千年,结果逃不出一个色字关头的,你想危险不危险哪。”春瑛倒笑了笑,说道:“既这么说,你自己也不留心些儿,别贪恋爱情,弄得万年功行,一旦消灭呀。”

诚夫笑道:“这倒不怕,我所最恨的就是天道不公,太把人欺侮得厉害。据你梦中所见情形,和那个什么钟离权告诉你的话,可见他们实实有把我诛戮之心。”春瑛听了,又惊惶起来道:“话虽如此,但是我想梦说终是无凭,或者不致实现出来罢。”诚夫冷冷的说道:“不,不。据他说的,我屡逃天诛这话,实在是有来历的。因为他们几次三番,和我教为难,而我这人哪,偏偏又是教主手下头等人才,第一大弟子,他们所最恨最忌者,除教主外,就得轮到我了。他们因此曾用种种方法来收伏我。本来我的道术,在道教中,也没有几人可以和我相抗。只因那年在淮海村中,那边来了许多仙人,都被我战败得七零八落,四处逃生,他们没了法子,才想出一个下流计较,竟用重赂买通了我这同道中人蚌精儿,趁我不防,突然倒戈相向,这可是我做梦也想不到的事情,这样一来,我便吃了他们一个大亏。”春瑛听到这里,到底是夫妻之情,不觉替他愤愤的说道:“天下惟有这等人最没天良,最是可杀,不晓这小妖儿投了那边,可得了什么好处没有呢?”

诚夫见问,踌躇片刻,方笑道:“这等阴奸狠毒的东西,那有什么发迹之日。听说现在被他们派在一个田螺精部下,名为修道,实在和奴仆牛马一般,供他们驱叱罢了。而且蚌螺同是水族,蚌的身分,究竟比螺要高些,他们偏偏把他派在螺精手下,这等糟蹋也只他这没志气的东西,才受得住。要是换了稍有廉耻,更不用人家虐待辱侮,只此以大事小的罪名,可就挨不得了。我从那年失败之后,一路的失风下来,当奉教主法旨,以我的运道太坏,嘱我暂时养晦,并道你的功行气候,比现在海龙王高出几倍,照理这龙王之位,原本属你,因你心气太过高傲,为上帝所畏忌,诸仙所嫉妒,因此反被平和夫妇后来占先,得了这个大位。现在他们子孙繁衍,把各大洋海,都分封了四个儿子:敖广、敖闰、敖祥、敖贵。其他内地江湖,也派自己亲族曾孙把守,你这资高才大的先辈,反因失欢于上帝,把你当作罪人。甚至天下之大,四海之广,没你存身之地。现在虽赖我的法力,暂在东海中匿迹潜踪,将来被他们知道了,少不得还有一场干戈。我替你想来,也真太吃亏了。所以我很想助你出头,把你应得的地位占了过来,但须先从内河方面得一根据之地。查得钱塘江水势雄伟,两边山高地仄,正是一个大好发祥之地。并且从前被平和妻子,钻断两岸龙脉,从此真龙不得进来,又有一条钻通的山路,可作秘密出入之道。你要举大事,成大业,惟此最宜。嘱我静养一百年后,即从此水入手。我即遵旨,在海中躲过百年,方跟随师尊到钱塘江头,查勘了一回。叵耐又被他们知道,特派玄珠子贼道前来海宁镇守,又有什么妖狐得道的通慧会同平和夫妻父子,大伙儿帮着他定计,将钱塘江湖水,汇在海宁一处,几次三番和我为难,使我辈无容身之地。他们又派重兵守住海宁,每逢潮汛时期,戒备比平时更严,弄得我进无可据,退难立足,那时我也恨到极处。想来想去,只有潜身登陆,随时察看情形,遇到他们防务松懈之时,还可乘势而起,使我平生法力,可以吸尽东海之水,将海宁附近千里之内,庐舍人民,悉行淹没起来,便可成一洪水,北通长江,东连东海,从此以与平和争衡,正是遁退战守的好方法。想定主意,对教主说了。教主却非常谨慎,劝我慎重将事。我说人家太会欺侮我们,弟子此计,志在必行。师尊嘱我慎重,自当秉遵。至于拦阻我行事,却是万万不从。师尊也没说什么,我就化了人身,来到杭州。这便是我未曾见你以前的历史。”

春瑛此时,和他说话多了,觉得这个蛟龙丈夫,也还蔼然可亲,把畏惧之心,又减去一半。听他说到这里,不觉吐舌一笑,说道:“那还算是我的运气,假如那年不肯嫁你,将来你要作起法来,岂非玉石俱溺,同归于尽么。”诚夫听了,大笑道:“天下事,离不开的是天定的缘分,你我有缘相会,配成伉俪,焉有不能嫁我之理。这却慢说,我再把话说完了。我不对你说过,我教中仙人得道,大都要在人间娶妻生子,了却一重俗缘,再借调剂阴阳之功,制炼丹药,服之可以升天。我想横竖一时找不到举事机会,身子闲在这里,落得把这重俗缘了结一下。凑巧我师尊也用剑光寄来法旨,说我的俗缘应在某处某姓人家的女子,今年刚二十五岁。妹妹听着,师尊法旨所说之人,就是你的姓氏。我那时却很诧异,怎么念头刚转,就有这等巧事。从此益发可见是良缘有定。连我这娶妻一念,也无非是应顺天人,莫之为而为的一件事情罢了。”

春瑛听到这句,因问:“你一住多年,并无何种动作,大概是那边防守严密,一时不得下手,可是么?”诚夫点头道:“怎么不是!倒瞧不出这玄珠子贼道,竟有那样本领。当我未曾来此之前,还有一个同道,不奉法旨,私入钱江,察勘形势,不是就被通慧那厮驱逐了去。这位同志也忒爱繁华,无缘无故,又跑去凡间帝皇身边,做起什么官来。后来被玄珠子晓得,终于赶去,取了他的性命。说起来,真使人万分悲恨的。后来师尊晓得了,说他不识时务,不待时机,冒失从事,该有此祸。又再三告诫我们,机会未到,不许轻举妄动,蹈从前之覆辙,取杀身之横祸。所以我此次入浙,非常小心,平时连大门都少出,也不敢胡乱和凡人往来，也是恐怕未曾举事，先泄机谋之意啊。”

诚夫说到这里，忽然抵足握拳，浩叹一声，说道：“万不料贤妻误听舅母之言，又会去东华老儿那边求什么鬼的签卷，这就分明自己送张供状给人，说我家藏有你们的对头咧，我便是你那对头的妻子咧。唉，妹妹，这也不怪你多事，委实我的形迹可疑。假使你我换个转儿，我做了你，我也是要求神问卜，希望知道了实在消息的。但是，唉，我这许多年潜身伏处，待势守时的苦功，又完完全全的破坏了。”说时，向着春瑛瞧瞧，只见他春山蹙蹙，秋水澄澄，更兼面红耳赤，双手捏得紧紧地，似乎无可容身，急得要哭出来的样子。诚夫忙安慰他道：“贤妻快别这样，我早说过，这都是气数所关，时机未至的缘故，原不和你相干的。况且方才听你那几句话，愿意替我报仇泄恨，和我共生同死，我已心感到了不得，即使真有不幸，也是甘心瞑目的了。”说了这句，倒也伤心下泪起来。春瑛却伏在他的身上，呜呜咽咽，哭个不了。

诚夫慰劝了一回，劝得他止悲停泪，因要得他做个助手，或留为将来保护儿女，泄愤报仇之地，便把许多法术传授于他，命他念得极熟。又于晚间人静之后，自己带同四孩在花园草地上，本人先显个原形给他们瞧，然后念念有词，在四孩子颈间一拍，四孩忽然都能腾空，立刻变成四条比较更小的蛟龙，在那空中往来飞舞，十分得趣。春瑛见了，先时还不免含有惊骇，后来也把胆子放大，动问诚夫：“孩子们既能腾云变化，想来我也可以幻体飞行了。”诚夫呵呵大笑道：“要是你无此本领，怎能算得仙缘。况你我多年夫妻，得了我多少精气，这等好处，比到相从修炼，好过十倍。你要不信，不妨也来试上一试。”说着，也便念念有词，更不用手去拍他，只对他嘘一口气，喝声起，春瑛便冉冉而起，高入云霄。诚夫在下面戟指书符，喝声变，春瑛身不由主，立时变成一条蛟龙。心中明白，身子却全没自主之权。诚夫怕他胆小，用手一招，将他放下地来，又在他身上一拍，马上又变回原人。诚夫又把吸水造雾之法教给母子。究竟是血统相关，比平常不同，只略略教导，母子五人，便都完全领会。诚夫又从迎龙闸处，吸来一肚子江水，纵身入云，向着下方打个喷嚏，下面便下了一阵大雨。

跳下来，问他们："可都明白了，都学会了？"

一语未了，蓦听得半空中大喝一声："大胆妖蛟，潜入内地，图谋不轨，已属罪不容诛。还敢煽诱妇女，就你范围，这等行为，益发杀不可恕。俺奉东华祖师法旨，拿你归案惩办。快快带同儿女跪地受缚，或者还可原宥一二。如敢顽抗，管教你一个时辰内，合家死个干净。"诚夫等听了，都大吃一惊，仰面一看，只见一个年轻道人，手执宝剑，站定云端。春瑛不觉大喊："这便是我梦中所见的妖道，他自己说叫什么钟离权的，就是这人了。"诚夫听说，勃然大怒，一拥而上，直升半空，现出原形，向钟离权迎头就吞。未知钟离权性命如何，却看下回分解。

第七十二回　正道破邪神诸仙施法　一桶盛半海蛟妻复仇

却说钟离权奉东华帝君法旨，降伏蛟精，早在空中等候时机，以便下手。偏这老蛟不知进退，还在那里训练妻子们兴云发雨，惊扰民间。钟离权再也忍耐不得，便在空中显出身子，大喝："妖蛟休得肆毒，俺奉法旨，正要降你！"老蛟和妻子一听，经春瑛识辨为梦中所见之人。老蛟大怒，腾身而起，化出原形，张开血盆大口，来吞钟离。钟离见他来得凶猛，也把身子一变，成百丈长、十围阔的法身。那知老蛟法力广大，见钟离化成如此大体，他也不肯示弱，只把身子一扭，扭成虹一般长，山一般粗的原身。钟离笑道："不怕丑的妖奴，你倒是来和我比大小，给你妻子瞧么？我这法身，可以大至蔽天遮地，尽你这样变化，都能盖得住。但今日之事，不是和你们顽笑好耍子，那有工夫干这顽意儿，没得把下界人民吓坏。你张开了眼瞧罢，看我取你性命。"

老蛟也不答言，重复踊身而前，张口欲噬。钟离权仗手中剑，喝声："长！长！"那剑便长得二三十丈，迎住老蛟，向他口中钻去。老蛟大骇，忙把身子一缩，缩成原先那么大小。钟离权那肯相舍，追上前，又是一剑，削去蛟头一块大皮，血溢如注，地下数十里内，顿成血雨，其腥无比。老蛟负疼大呼，山岳震动，疾忙化成人身，把他蛟须炼成的钩镰枪，来攻钟离权。枪来剑往，剑去枪迎，战有数十回合。钟离权念动真言，召来十万天兵天将，张起天罗地网，将老蛟围得铁桶一般。老蛟身上早着了数十剑，流血愈多，血雨越大，老蛟愤无可泄，猛一纵身，向那东海角上用力一吸，吸来无数海水，张开口，向众多天兵天将喷来。一时上中下三界，一齐成了大雨世界，钱江下游，水势滔滔，顿成泽国。天兵天将，被他迫得倒退了数步。竟被老蛟杀出一血路，拼命下奔，凑巧他的子女四人，也因老蛟吃亏，奉母命前来接应，各持兵器，奋勇杀入，和老蛟会在一处，希冀逃回下界。

那知这场水灾,闹得不小。那位坐镇海宁的玄珠子,一向疏于防范,只当老蛟潜形海底,一时不敢出头,那知他化形招亲这些事情。直到这时,山洪暴发,方才查得老蛟肆毒,自知负罪不小,慌忙率领部下神将,风驰飙卷的赶来迎击。刚值老蛟父子行至半天,玄珠子大呼:"孽畜,怎敢作祟害人!"四面八方兜住围攻,老蛟也和四子分头应敌。未及三合,后面钟离权率领神兵神将,又已赶到,和玄珠子合在一起,先把他四条小蛟,一齐斩却。只剩老蛟一身,又悲又痛,又是慌急,不敢恋战,化成一只鸱鸮,向上飞去。玄珠和钟离正在找那老蛟不得,凑巧二郎神奉命巡查三界,见老蛟化鸟而起,便变个大鹰,直扑鸱鸮。老蛟急了,摇身一变,变条鳗鱼,潜入江中。二郎神现出真身,告知玄珠、钟离。他因身有公事,急急去了。二仙按住神兵,也向江中追来。那鳗正在江边唼喋,钟离剑尖一指,江水成冰,老蛟看看冰势将合,忙又变成一条黄狗,躲入人家厕中吞粪。

二仙恶其秽臭,暂不近前。钟离笑对玄珠说:"道兄瞧,这妖奴如此狼狈,我们的法宝都是秉天地灵秀之气而成,犯不着尝他受用。道兄请去退了洪水,救护生灵,看小弟找个人帮忙,收拾这厮。"玄珠依言,仗剑捏诀,退回老蛟吸来之水。同时钟离权却请到雷公电母,说明原因,请他们用电火殛死老蛟。雷电二神口称遵命,疾忙作起法来。钟离权也把天罗地网收紧,使老蛟无处逃避。当下青天白日头里,突然一个大霹雳,霹雳过处,当地人民只见一条硕大无朋的大蛟,炸成十七八段,残骸遗肉堆满了十七八亩田地。这样一来,才把历次肆毒、久稽天讨的西海恶蛟铲除完结。

事后钟离权退了神兵,回去缴还法旨,说起玄珠子协助之功,二郎神报告之德,东华帝君笑道:"二郎乘便帮忙,也是分所应为。若说玄珠子,平时坐镇一方,所司何事?他那惟一大患,就是老蛟,竟容他潜身内地,致数十年之久,一点没有觉察。临了还被他放水成灾,害了多少人民生命财产,虽有协助之功,难补疏虞之罪,上帝已有法旨。他本是白鹤修成,罚他去湘江岸上,仍做一只白鹤儿,把守湘江隘口,五百年后,还得我同你去度他,现时却有得苦吃哩。"说毕,微微叹息了一声,又道:"若论此番之事,玄珠果然疏忽,若非平和妻子钻通山路，截断龙脉，老蛟也无由入内，这事查究起来，也还有一场大闹咧。这是后话，暂且不说。但数十年后，你得再去杭州，还有一件未了之事，须去办完结了，你的责任方可交卸。”钟离权问是甚事，帝君道：“老蛟小蛟，虽已死完，可知还有他的老婆，立志要替丈夫儿女报仇。此女原没什么罪恶，但是他报仇之法，却错误得厉害。他以为我们前去除蛟，是因他来吾庙求签而起，假如杭州人民不信我神，他也不得前去庙中烧香，既不烧香，丈夫之事，就不得泄漏出来，也没那场惨劫。因此照他丈夫教训的法子，正在日夜修炼，修炼成功，他要吸取半海之水，淹尽浙江地面，使我神庙像和玄珠法身、全浙人民禽畜同归于尽，方消他这口冤气。”钟离权听了，咋舌道：“不料这女人如此厉害狠毒。”帝君只叹了一声，说道：“其心可杀，志也可怜。尔等下凡济众，遇此等人，可留者务须将他保全，如万不可留，方许开杀戒，也是你等自己惜福之道。”

钟离权拜跪受命，只问：“老蛟之蛟妻，既有替夫报仇之心，与其将来养痈已成，难以剪灭，或竟不能保全他的生命，何如趁早晓喻他一番，使他能够觉悟，伊夫死当其罪，劝他不用枉劳心力，自取灭亡。他要真能觉悟回头，洗心归道，将来还有无穷的后福，不强如等他犯罪已定，举兵讨灭么？”东华帝君听了，摇头微笑，说：“大凡人生受得刺激太大，一时断难使他平息心气，尔等既戮其夫，又将他子女杀完，一则他对于你们，已成极大深仇，二则他在老蛟未死前，已有同生死泄仇恨的约言，这等妇女，情最深，心最切，现在不但丈夫被戮，连他的子女都同归于尽，他这一点报仇之心，固不能因你一言而消灭，而且他以一女子身，孑然独立此世界上，有生之日，如死之年，觉得报仇也死，不报仇也未必能生，报仇而死，死后还得见他亡夫于地下，若是背弃约言，偷生人世，生固毫无兴趣，死后又见不得丈夫和儿女之面，所以他这报仇之志，倒是十分坚深，一点不能动摇的了。至于你所说的养痈贻患，这也未必尽然。以我推算，他虽有报仇之心，却是害不到一人一命，结果还是他本身吃亏。我们虽想存心保全其命，定数如此，无可如何。他那将来命运，须看他吃苦之后，是否转心变志，能否归正弃邪，那时方可设法周全也。”钟离权遵旨而退。翌日，奉旨仍回华山。

韶光迅速,转眼又过了十余年。钟离权道力越纯,功行愈深,已能神游物外,预知未来之事。这日正在石室内静炼元功,忽然心血一潮,便知祖师法旨到来。慌忙整肃衣冠,恭出洞外。只见半天之中,有赤鸟一双,飞堕山上,化为二童。钟离权认得是祖师身边青白二童,忙着上前厮唤道:“师弟们将得祖师旨来了。”二童笑着和他相见。青童便说:“祖师命师兄可即去杭州一行。”白童接说道:“什么事情,到了杭州,自然知道。”钟离权心中明白,又是十年前老蛟未了一案,因口称遵旨,并邀二童入内,馈以本山所产佳果,二童欢跃称谢而去。钟离权更不怠慢,现成的装束,挂上佩剑,驾云而起,直至钱塘江落下。因思如此装扮,不便打探消息,如遇老蛟之妻,曾经二次相逢,或者还能记得,反使他先事预防,反为不美。于是化作年老女子,用缩地法,走到杭州城内,先在各处游玩了一回。

此时杭州已有一种谣传,说从前被雷击碎的老蛟,还有一个老婆在世,预备替他丈夫报仇,正在日夜用功,炼制一个水桶,此桶可以装尽东海之水,待他修炼成功,便要出来为害民间。纷纷流传,妇孺皆知。钟离权听在耳中,随便拉住一人,问他这个谣言从何而来,那人回说:“老太太也是本地人呀,这等大事情,怎么还不晓得。如今杭州城内城外,多少人民,尽知老蛟之妻替夫报仇,有钱人家,都纷纷往外省搬迁,只剩穷苦人家,家中既没有甚丢不了的东西,且也要走也走不脱身,只索在此听天由命罢了。”钟离权又问道:“这老蛟之妻,自然也是一条雌蛟,他丈夫有那么大的本领,还弄得身化肉泥,性命不保,难道这雌蛟的道行,比丈夫更高些儿?”那人倒笑起来道:“从前老蛟造反,有天兵天将下凡剿灭,今番有无神人前来保护我们,凡人怎能晓得。就说从前之事,说是雷公天仙,一起赶来,将老蛟击成肉酱。可是一阵血雨,一场洪水,也够我们受的了。”

钟离权听了,沉吟了一回,那人却唠唠叨叨,把往古来今之事说了一回,钟离权只得应着。因问:“雌蛟作祟,他又不曾出过告示,发过号令,你们是怎么得知?”那人说:“这话也有个来历。原因雌蛟本身,并不是蛟,乃是本城一个殷户何氏之女,叫春瑛小妹的便是。从前因受老蛟迷惑,结成夫妇。后来老蛟死了,天兵又将他子女四人一起击毙,好好一个有福气的女子,便被害得家破人亡,他又在丈夫面前赌过咒,立过誓,答应替他报仇,所以又有今日之事。闻说他还有个舅母再三劝他不要作此伤天害理之事,他却始终没有答应。他舅母倒是个好人,今年已有六十多的人了,亲自跑了出来,逐家逐户,劝他们早作防备,免受洪水之灾。从此一传两,两传三的,讲说开来,如今倒是没有一家不知道了。但也有许多硬汉,偏说事近荒唐,决无此理,倒劝人不必相信。又有一位曾经做过大官的刘大人,硬说这位老妇造言惑众,罪该万死,便去通知官府,派人来捉,幸得左右邻舍大家动了公愤,说他是个好人,不该将功作罪,冤枉人家,大众出来一闹,官中也就没敢奈何他了。"

钟离权听了点头道:"原来如此,但不知那位替夫报仇的女子,现时可还在城内么?"那人摇头道:"他现在是得道之人,来无踪,去无迹,可能变化无穷,隐形不见,谁又知道他住在什么地方咧。不过据他舅母说来,似乎他也常常回家,每年又至他丈夫坟头祭奠一次,可见这人来是常来,找却找他不到就是了。"钟离权笑道:"既如此,烦你转告人民,说雌蛟报仇是真,但天上已派有神人前来收伏,而且这次防备周密,决没血雨洪水之灾,请他们搬运的人,不要轻举妄动,就是不搬之人,也可照常安心乐业,切勿自相恐慌,废时失业。"那人不等他说完,早已板起面孔,接连吐了他几口唾沫,骂道:"那里来的混帐老婆子,我倒好意告诉你,你却说这许多混话,和我开玩笑。须知洪水一至,我们壮丁,或者还有生路,似你这等龙钟老妪,只好爬在地下,预备作那海鱼的食物,看你还有工夫开玩笑没有。"说罢,回身就走,再也不去理他。

钟离权受他这阵奚落,不觉哈哈大笑,笑得那人不知不觉,向后回顾了一眼,只见一阵金光耀人眼目,钟离权已从金光辉耀之中,升入云中。这时立在一边观看热闹的人,也不在少,那人却吓得疾忙跪地叩头,高叫:"大仙恕小人肉眼无珠,语言唐突,如今就遵大仙吩咐,容小人逐家报告去也。"那些闲看的人,也都见钟离升天情形,也跟着那人一阵混拜,拜完之后,方才动问那人是怎么一回事。那人方才手舞足蹈的把上项情事,演说一遍,又央着众人作证,分头向左近各家,先去通知。一霎时间杭州城内,又哄传仙人下降,收伏雌妖,杭城人民可免遭灾之说。

这话不久传入春瑛舅母尤氏耳中,这位老太倒真是一个热心人物,慌忙又去通知甥女,涕泣劝告,叫他不要轻易举事,一则免伤无罪生灵,二则免蹈诚夫覆辙。那知春瑛却并不是这么想法,他说:"甥女此番举事,早有决心,成败利钝,都非所问,横竖孑然此身,生死一样,管他天神天将,前来殛我,大都只是一死,死是我的素志。说句老实话,这样做人,与死何异。就算报仇成功,冤气已出,那个什么帝君,什么仙人,都给我完全淹毙,更把同城人民溺死大半,我丈夫的怨气,或可稍泄,而我之为我,还不和从前一般无二。而且甥女之志,但求心之所安,报仇有成,也拟一死归真,不再溷迹凡尘。如其报仇不得,死于神将之手,横竖也可以对得住他们父子了。望舅母自保福体,勿再以甥女为念。今蒙舅母口谕,既外间有此一说,可见事在危急,甥女是迫不及待,马上就要动手了。"尤氏见劝说无效,涕泣而去。

这春瑛便化成一个老妪模样,把他费尽心血炼成的水桶,按照他丈夫传他的秘诀,吸来半海大水,用丝绦子缚住桶口,背在肩上彳亍而来。预备到杭城最高的城隍山上,以高屋建瓴之势,倒泻而下,可使附近数百里内,顿成泽国,他自己也预备有一柄利刃,等到大水一作,便刎颈投入水中,拟与一切神仙人物,同归于尽,借明自己的志趣,兼应了丈夫临别的约言。行了一程,已到城隍山下,提着水桶,一步步走将上去。刚到山腹,觉得有些疲乏,便把桶子放下,暂时歇一歇力,再行上去。坐了一回,仰观天空,碧静如画,耳听风松,萧然意戚,心有所感,不禁回想起一生经过来。打从父亲亡过,老母抚育教养,代为择配,十数年中,心力交瘁,好容易得到王诚夫这样一个快婿,总当半子可托,母女终身均可无虑。孰知全家惨祸,也起于这个时候。母亲既被诚夫现形吓毙,自己又因诚夫之故,弄得孤单一身,立锥无地,到如今还要替他担负这报仇责任。报仇是否成功,虽不可知,而悠悠此生,对于此世的关系,便算最后的一刻了。想本人如此薄命,生前如此,死后情形,不知又将何如。思想至此,心如刀割,四顾无人,不觉仰天大哭起来。忽听身后有人问道:“你这位太太,因甚事情独自一人,跑到这半山之中,如此伤心。”春瑛吃了一惊,回头一看,却是一个不相识的女孩子。未知此孩何来,请看下回分解。

第七十三回　婆心劝化顽妇　一口吸尽海洋

上回中,说那老蛟之妻春瑛小姐,抱着一腔悲愤,肩荷半座海洋,满拟趋上城隍山顶,趁高屋建瓴之势,与世界一切同尽。

那春瑛正在追思前事,仰天大恸之时,忽听身后有人说道:“你这位太太,甚事伤心,怎么跑到这半山之中,号哭起来,敢则有甚冤苦之事不成么?”春瑛回头一看,却是一个垂髫女孩,笑嘻嘻立在一块山子石上,向着自己,注视不释。春瑛本来没有心思去和他纠缠,只因瞧那姑娘活泼妩媚,娟秀聪明,觉得非常可爱,已有些舍不得不答他之意,后来又想起自己幼年时节,也最爱登山涉水,又最喜管人家闲事,每次出门,遇有贫乏衰老之人,必设法尽力赈济他们。今见此孩体貌神情,和自己竟有几分相似,而好管闲事,喜玩山林,又正和本人性习一样,如此一想,他那垂危的心花,忽然之间,似受露浆滋溉,略略转了一点生机,而方寸灵台,对于这事的感想,又不知是苦是甜,是酸是辣,这都不必管他,总之他已没有拒绝那女孩问答的勇气,是一定的了。

当下他也止泪忍悲,向着女孩点点头儿,对他说道:“小姑娘是天地间刚正最乐之人,也是人间世上最有幸福之人,怎知道同一天地,同一人世,更同一人生,自少而长,会得无缘无故,不知不觉,突然走入人类所走不通的绝路上去,举年轻时节所谓欢乐,所谓幸福,一概得个相反的结局。到了这个时候,真有教你生不得生,死又不能快死的情形。小姑娘,你说这等日子,容易捱得去么?这样的人生,还能做下去么?但是……唉唉……可爱的小姑娘哪,仁慈的小妹妹哪,这等说话,说在你现在的耳朵中,怎么灌得进去,不说别人,就说我本人罢,当我像小姑娘这样年纪的时候,假如有人把我方才这番话说给我听,我也未必能相信他咧。小姑娘你虽是热心多情,关切我的事情,但是我却认为不能答复你的说话。不但不能,也且大可不必。因为我把事情告诉了你,怕你未必能相信,我也犯不着把这有限的光阴,和小姑娘胡诌这一阵子。小姑娘请你原谅我,我也要走了,再见罢。"

那姑娘见他说了这话,就立起身,背上那只水桶,匆匆要走,忙着笑嘻嘻上前一把拉住他的桶子,说道:"妈妈别走,你便不告诉我听,我也不来问你,累你格外伤心。但是何必急急忙忙的走到那儿去呀,天色还早,再坐一下子不好么?"春瑛被他拉住了桶子,一时走不脱身,又听他叫自己妈妈,而且声气形态都是亲昵的样子,禁不住心中又是一动,猛丁的又记起自己的几个孩子起来,不因不由的立住脚,浑身上下恰如麻木一般,怔怔的看着那姑娘,一动也动不得了。那姑娘忙替他除下水桶,将来放在石墩子上,含笑说道:"妈妈你却不要性急,有什么为难之事,想个法子,总得一步一步的过去,自然苦尽甘来,享福的日子还在后面呢。"春瑛听了,那眼中的泪水如雨水一般,洒将下来,口说没工夫坐,一个身子,却不知不觉坐了下去,嚎天啕地的又哭起来了。

那姑娘劝了一阵,见他哭个不休,也便呆呆的坐着等他。春瑛心中自然很感激着他,因便弹去泪珠,哽咽道:"姑娘的好意,我是明白的,但是姑娘的好话,我是不能领受,因为我在这世界上,久已只剩了单独一身,我自己既不能制造幸运,又没有一两个亲人骨肉,能把幸福分出一星儿给我,所以我这一生,简直可以说无论如何,没有生路可走,生路尚且没有,何况幸福二字,是更完全谈不到了,承你的情,我们萍水相逢,便承你如此关切,我心中实在感激得很,我在十年前看得天上都是正神,凡间都是好人,到了近十年来,不但看得世上没一个好人,甚至连天曹也没有一位正直的神仙,这或许是我处境太坏,见识太偏的缘故。但我明知其然,而一点烈性,没有挽回之地。觉得不存神人皆坏之想,我的心身就不得安闲。小姑娘,你莫笑我,莫怪我,我今恨不能马上将我的事情完全告诉你听,但是……唉……其实……小姑娘你是有心人,我想你要是真有大福命的……不……我看小姑娘秀外慧中,天庭高而且满,一面孔正直慈祥之气,神情体态,处处可以显出你一种深厚渊雅,不俗不浮的气度,可以说一定是有大福泽大幸运的。既是恁地,我可先行判断一句,大概不久,你就可以认识我是个什么人,有甚天大的忧愁怨愤孤苦辛酸,以及为什么来至此地,到这山上,做点什么事情和所谓的事情,结果怎样,我的本身结局如何,这些都是你不必打听而且能详知的,因为小姑娘但从表面看我是这样一个老婆子,是个毫无能为毫无价值的老婆子,其实啊,小姑娘唉……可惜我今天实在不能详说,总言一句,我可以说:我这老太婆,却和普通老太婆有些不同。因为我所经历的惨事,决非寻常老婆子所能受,因而我的事情,也大有异于寻常老婆子,很可作得眼前和将来,甚至数千年后的故事。小姑娘,你想我这老婆子,厉害不厉害呢。小姑娘,你更要明白,我这么一个老家伙儿,所以有恁般大的魔力,可以轰动世界人民,至于永久弗衰者,凭点什么力量和作用,才能到此地步哩。不、不、不,无论如何,我只是一个女流之辈,那有如许大力量大作用。说句简单话,这完全是我十年前所经受相当惨劫所造成的一种结局罢了。小姑娘只凭我永久弗衰可作民间故事的一句话,就可知道我所受的悲惨的分量,也有那么重大。你别说一个女子罢咧,死死活活,值得甚大事,怎么就说得那么厉害,那么,小姑娘啊,今儿班荆闲话,又无纸笔记载,作不得什么凭据,横竖这事不久你就要知道的。究竟我这么说话,是真是假,值得那么夸张与否,尽可由你自己评量。今儿却用不着我设誓赌咒,作那无谓的凭证了。但如今我还有句要紧话,须得声明在先,我所谓可供民间永久弗衰的传说者,可不是我自吹自夸,什么有功乡梓,有利苍生的好事情。说爽快些,简直是供人唾骂痛恨的一件极大的恶事罢咧……”

春瑛说到这里,那女孩忍不住笑而问道:“妈妈所说,我全相信,但据妈妈之意,似乎现在要做一件大恶事,预备害死许多人的可是么。我虽不敢问你是一种什么歹事,但觉世上决无明知其为恶事,明知必要害人,偏去尝试一下的道理。我看妈妈正是一个很正气的好人,为什么明知故犯的做这等害人的恶事呢?再说做了恶事,或者于妈妈本身有什么好处,也还值得一干。今闻许多高论,又似乎妈妈本人一点不想什么好处,甚至这事做过之后,妈妈自己也有不愿再在世上做人的意思,却白白的被千秋万世之人,痛恨咒骂,却又何苦来呢。

我虽是个小孩子家，自小我爹妈教我读书明理，也颇晓得一些做人的道理。惟有今天对于妈妈你老人家的说话行事，我真一些也不明白了。”

春瑛听他口齿清爽，语言伶俐，心中大为惊异，不觉朝他上上下下，打量了一回，方叹息了声，说道：“说过这事非你所能知，你要多问，便成为笨孩子了。总而言之，我这事情，正因受了出于情理以外的惨遇，所以有此情理以外的举动，惟其如此，所以成为情理难通的怪事。若照小姑娘所见，事事论情，处处说理，世界上先就不该有我这么一个人，既有了我之后，就不该使我受那身分行事太不相侔的果报了。小姑娘极承你好心劝我，我们今生相逢萍水，在你的年龄，是太早，在我的事情，是太迟，总之都够不上做一个闺中良伴，果有因缘，来世必要和你做成亲友，我很愿意，时时领受你的教训，好好做个情理中的好人。至于此生此世，相见是此刻，永别也在此时，即使够得上做好友，时间也未免太短了。但我还有句话，要郑重声明，我不是先对你说，十年来我的身心不变，看得天上无正神，世上无好人，但今见了小姑娘，我可不敢再存这等心肠。因为匆促相逢，刹那之顷，我所受小姑娘的慈爱和祥的劝告殷勤，已使我的心头，起一层重大而迅速的变化，我今决不敢说天上地下，全是恶魔那句狂言了。我想一切不幸，终于还是我一人的特别怪运，可不与天地神人相干。如此一想，我的气倒平了许多。小姑娘，这也是你于短时间内赐给我的好教训。古人说，早闻道，夕死可矣。我今得了小姑娘这番教训，也算闻道的一种，我觉得心头有此转变，心身都爽适了许多矣，我万不料十余年狂妄之见，今儿俄顷之间，被小姑娘一片赤子之心，挽回转来，小姑娘，你真是我良心上的好医生，你能把我已死的良心医好了一部分，即令我的身体死了，我这一部医好的良心，虽至轮回以后，我在地狱之中，还知道感激你咧。”

小姑娘见他说得如此恳切，如此悱恻，不但现出一种踌躇宛转的神情来，忽又含笑问道：“妈妈你的说话，我是断不敢当，但想妈妈既以良心为重，何苦又作那昧良害人之事。妈妈个人，尚且不肯自害，尚且要保守这一部分的良心，试将许多被害人的生命财产，和你这一部分良心作个比较,轻重大小,不辨可明。妈妈何所保者小,而所弃者大,又何自处之厚,而待人之薄也。况妈妈既以本人良心为重,而又于同时作那违背良心的歹事,敢问妈妈其将何以自解。”春瑛听了,不觉呆了一呆,良久良久,忽然指着女孩大笑道:“小姑娘,我真不信你小小年纪,怎有那样知识,那般口才。了了数语,直把我这饱经世变,身更沧桑的老婆子,弄得无言可对。但是小姑娘啊,我终得请你爱我恕我,我早已说过,我这事情,不是平常情理之内的事情,从我遭劫以至最后恶果为止,一切一切,全非人情所有,即尽属常理之外。小姑娘,但把情理二字折我,我的理论,尽可被你折服,而我的行事,横竖是另有一条道路,不在辩论范围之内,也只好枉负你的盛意了。”

女孩子见他如此固执,也不禁为之一怔,两人面面相对,默默无言的坐了许久。春瑛忽然立起身来,向着女孩子强颜一笑,说声:“小姑娘我们别过罢,天色不早,此间虽然没有虎豹,许有歹人出没,小姑娘出来久了,也该早些回去,免得府上爹妈悬望。你我来生有缘,很愿再得相逢,订个再世交情。”说到这句时,喉咙已经哑了一半。女孩听了,也不觉心有感动,面孔红红的,大有泪意。但是春瑛却突然提起水桶,现出一副面孔惨白的颜色,向着女孩子再作一度苦笑,也不及说什么了,回转身,急忙忙就走。女孩子见她走了,慌忙起身追上,仍旧把她的水桶拉住,惨然说道:“妈妈你是一定要去了,一定要去做你的事情了,我不敢留你,更不忍再来耽延你的时候。只是你我今儿相见,也非偶然之事,请你赐些东西给我,做个纪念。因为我一见妈妈的神色态度,使我一辈子忘不了你这个人,愿意和你一辈子不相离开。既然事实办不到,就给我些纪念的东西,也好使我见物思人,常常和相见一般。妈妈,这样可使得么?”春瑛听了这几句忱恳的话,觉得再没法子不答应他了,但自顾身无长物,有什么东西可以送给他呢。

正在思索,女孩又道:“妈妈要是没有东西可以送我,那么请赐我喝几口桶中的水,我的肚子中装了妈妈赐我的水,将来每次饮食,永远都会惦记今天山中这一会,又好似朝夕不离的样子,妈妈你看如何。”春瑛听了不觉展眉一笑道：“如此却好，小姑娘请来吸水。”于是重复坐下，开了桶盖，交与女孩子。女孩子先在桶口望了一望，忽然摇摇头说：“使不得，使不得。”春瑛忙问：“怎么使不得？这水不干净么，那是海水呀。虽然带些盐味，倒是很新鲜的。”女孩子摇头笑道：“不是这么说法，我见妈妈坐起行动，不舍这水桶子，大概这水是有大用处的，经不得我这几口，喝完了你的水，怎么样呢？”春瑛听说，禁不住大笑起来说：“小姑娘，你别轻视这点点水，若光是供人吸饮啊，只怕至少也供得……”说了这半句，忽然懊悔出口太快，这等事情，何必告诉人家。因即缩住口，改换了语气，说道：“小姑娘，请放胆的喝，不要替我可惜这点水，你便有本事喝得完，我也愿意做东道主的。”女孩子笑道：“既如此说，妈妈却不要口中说得慷慨，回来懊悔起来，要我吐出水来还你，休说我没有这个本事，而且吐出来的脏水，只好给你作肥田之用了。”春瑛见他这般歪缠，真是又笑又爱，他又有些性急，便说：“不要顽皮，快快请喝，我是决不懊悔，也决决不要你吐还的。”

女孩子听了这话，方才嘻嘻一笑，举起水桶，向着自己的小口便倒。但听咽咽的咽了几下，举起桶子，口朝地，底向天，倒持在手，对着春瑛摇了几摇，说道：“真个妈妈太欺人，原只一点点水，怎说得那么多海水。”一句未完，已把春瑛惊倒在地，半晌说不出话来。未知女孩何人，因何有此大腹，装得半海之水，请看下回分解。

第七十四回　何女执迷受镇压　张仙恻隐赐水光

却说春瑛收来一小桶的水，内容东海水量之半，预备淹尽杭城内外的神庙庐舍生命产物。那知半山之中，逢到一个小小女孩，和他殷勤恳挚的敷衍了半天，临了，将他桶中半海量的大水，一口气咕噜喝个精干大吉，点滴无存。这一来才把个春瑛吓得瘫倒在地，半晌动弹不得。女孩子见他如此情状，慌忙过来搀扶道："我说妈妈舍不得我喝完你的水，可不是为了这点水，就心疼得恁般模样？如今水已喝干，老实说，我也不过一片忱意，为要永远不忘妈妈的心思，若论我的饮量，妈妈别看我身体小，肚子窄，要是尽量喝来，妈妈就再赐我这么十桶八桶，也不见得解了我的口渴哩。"

春瑛经他扶起，坐在石上，又向女孩子下死劲的盯了几眼，重复大哭起来，说道："好好，我认识你，你也不是什么真正女孩子，你便是东华老儿派来杀我丈夫儿女的钟离权，如今知道我要替丈夫报仇，特地再来收我的。我本打算今天这一举事，就把此身与一切神人生物同归于尽，这话我也先对你透出点意思来了。你要不信，我这里还备有利刃呢。你瞧罢，这是作什么用的。老实说，我的话全对你讲过了，报仇不报仇，全不与我本身相干。论我自己是报得成也死，报不成也死，总之有这么一下子举动，我死后的良心，可以无愧天地，并也可以见我的亡夫和四个儿女于地下了。今既碰到了你，算是我的对头到了。想我修炼多年，又秉先夫的遗气，得他临终的教训，这样才学了一些些小顽艺儿，弄来一桶子海水，已经费了我十年心血。再加以收取海水的危险，是何等烦难的事情。怎知道被你轻轻一口就喝个滴水不留，这就可见你的法力，比我要高出不知多少倍数儿。这样子，你我的输赢已算定准了。即使我自不量力，再和你大动干戈的比赛一下，结果还不是如此这般，那又何必多此一举呢。"

钟离权见他说出自己行藏，便也不再隐身，举手中笏一拂，立刻化将转来，仍是一个面白唇红的青年道者，和从前相见一般情形。因见春瑛说得那么可怜，又是那般的忱悬悱恻，心中实在不忍害他，便又论情度理，再三劝谕了一回，并把他母亲实被老蛟害死之说，对他说明，劝他："赶紧丢了老蛟，疾忙回心转意，自修正道，将来正果可期，后福无量，何必把一生幸福，完全送给杀母仇人之手。便今天不遇见我，你这杀夫之仇，算被你报得个透底明白，然而天下后事，对于你的评论，只怕你这点为丈夫儿女的义勇，敌不过不孝二字的罪名呢。这其间利害是非，非常明白，用不着解释思量的。怎么你这么一个绝顶聪明之人，还会想不过来呢。"

钟离权这几句话，可算得是言简意赅，理达词畅，真如他所言，利害是非，非常明白的。这要在稍许通权达变之人，听了这话，一定能恍然大悟，幡然变计，立刻跳出迷途，别寻新的生活，岂非失之东隅者，尚可收于桑榆。无奈春瑛这人是天生的固执脾气，相信了一个人，就永远不得疑心，假如有人指说这人的不德纵令有凭有据，也决不能移易他的念头。定下一个主见，认定这事该怎么办的，便当百折不回，死死活活竭全力以赴之。成功与否，非所计从。意见已定，决不许自己少尽一分力量。平心而论，这一种人，实是世上最可敬可佩最有希望的人，可是有了这种性格的人，也有一样非常危险之事，就是观察上的错误，和见解的乖谬。因为他们的毅力最坚，迷信最甚，对于可信之人，应为之事，原该有此迷信和毅力，设或遇到一种虚伪的人和谬妄之事，他却一般的迷信和执意，非要把这人抬高到十足，并要拼出全力，牺牲自己，拼命价去干那观测乖谬的事情，那便要从头错到脚，从生路错到死路上去。甚至已到临死的境界，还不信害他者是歹人，所做的事是坏事。这正合于古人所谓合九州铁铸成的大错，天下可危可怕之事，还有比这更甚的么。列公们读完上面几回小说后，大概可以明了春瑛为人，正是属于这一类的性质，偏偏又遇到那种可惊可怕的事情。一则他已深信丈夫是个正直神仙，是多情种子；和他交战、将他诛戮之人，都是邪路的妖精鬼怪。其次，自己嫁着这样有情有道的丈夫，又曾在他面前说过代替报仇的话，既说得出，怎能做不到，明知自己法力有限，所谓不管成败利钝，只行其心之所安。这等伟大的气魄，和坚忍的工夫，求之男子中，尚不可多得，况出于一个无拳无勇之孀妇，怎不令人起敬生感呢。又偏偏他所遇之人，正是一个邪伪的妖人，又是他杀母的仇人，因而他所认为应尽全力拼性命以赴之的事情，也徒然成为一种毫无意识和理由的动作而已。然而他那固执的性格，可能劝说得明白么。越是钟离权说得老蛟一文不值，越令他对于钟离权生一种切齿痛恨之心，同时也越发坚决地更增“一息尚存，此志不懈”的念头。此中消息，固由春瑛固执太甚，自害其身，要之也未尝没有一定的运数存乎其间。所以东华帝君在派遣钟离权之先，就已料定春瑛这人是无论如何不能劝之就范的。钟离权修道数百年，又得读尽玉虚秘籍，这等眼前之事，也未尝不能臆测而知。知其无效而不惮词费者，也是姑尽本心，乐与为善之心罢了。

闲话少说，再讲春瑛。听了钟离劝告，只当如秋风之过耳，一句也不曾理会，只是要求钟离速赐一死。钟离权先还不忍下手，后来见他说到“你是我的仇人，你不杀我，我却不能不要你的命，便给你逃到别处，我必仍要前去各处海洋收水淹城，宁可再等你来吸我的水时，再把性命送你”那些急话，这才知道祖师料事，不得有差，看来此妇固执，属于天性，不是人力所能劝化挽回，与其留他在世，终为人害，不如暂且将他锢禁，待至年深月久，他那性情也许能够变易一些，那时却再劝他归正，或者比较有效，也未可知。但是，眼睁睁见着这样一个节烈女子，却要在自己手中受那人所难受的刑罚，心中何以自安，早不觉流下两行慈悲之泪，向他惨然说道：“夫人，这是我最后一次劝告了的。老蛟实是夫人杀母之仇人。照例，父母之仇，不共戴天，夫人只知为夫报仇，而不知所与报仇之人，正是自己不共之仇。先时你因被他蒙过，还当他恩爱丈夫对待，今既得贫道代为证明，夫人若再不见信，真乃是世上第一糊涂固执、不知孝道之人。贫道怜你无故受罪，敬你志节纯良，性情忠厚，所以请命祖师，一再开导，希望夫人悬崖勒马，回头登岸。如肯修心养性，归入道门，贫道不才，还可稍任指导之责。异时了澈人生，证悟至道，脱尘俗而升仙府，与日月并存，天地同寿，岂非世上第一乐事。夫人智慧过人，还请三思而行。”

钟离权说到这番说话，已是竭尽悱恻。而春瑛却只听了他归入道门一语，便冷冷的说道：“这不用说，我听先夫说过，你们教门中，派别纷歧，大抵入主出奴，各树其党，力排异己，先夫即因不肯苟同于你教，至被尔等所诛，连我四个儿女，也一并送命在你们手里。这等仇恨，也和不共戴天差不多。我只晓得背夫不义，忘子女不慈，报仇不成为无勇，返颜事仇为无耻。不义不慈，无勇无耻之徒，留在世上本也可羞，你若真有仁心，请借你剑，速速将我杀却，既全我志，我也赖以解嘲。至于无稽无凭之言、假仁假义之说，我虽愚钝，恕不上你的当了。”说罢，伸过头颈，连叫请用刑罢。

钟离权见他执迷如此，心中倒也有些懊恼起来，因即退后三步，厉声喝道：“夫人听者，你既一定执迷，我也只得奉行天讨，按律处分。但我宝剑不愿斩无罪之人。我今将你镇在这座山下，赐你断食丸一粒，至饥饿时，可吞在肚中，包你永远不知饥渴。你若能够回心转意，将来并非没有出头之日，而且天数注定，将来还有救你之人。你好好的耐着性子捱着吧。”说吧，掩着面孔，掷下一粒红色丸药，随即举起一只手掌，向春瑛身上只一覆，便听轰隆隆一阵大声，早把半座城隍山翻了过去，将春瑛镇在山中一个石洞之中。

春瑛不久化成雌蛟，屈伏在内。先时忍饥捱饿，恨不一死。后来支撑不得，只得把丸药吞下。那知仙药厉害，从此以后，果然不觉饥渴。但是镇压深山，展动不得。在钟离权是望他的心回意转，尚欲劝之修道。在春瑛却益发恨得他椎心切齿。因为这等不死不活的日子，实在比死难受。幸而山洞原系现成，经钟离权用法移到半山之下，地方并不十分狭窄，居住既久，习之而安，倒也不觉怎样气闷。就只不见天光，不辨昼夜，人心又系蛟类，非水不安，此中虽有山水，那里容他活动，且不知何日可以出头，出头之后的境象如何？每一念及，总觉难堪，直到南宋年间，许旌阳修大道，待封真人，云游至此，爱其地山水秀媚，留恋多时。忽见山头隐隐有冤气出没，掐指一算，已知端的，于是施大法力，把自己声气传入，问他可有什么话要说的。雌蛟被镇至今，乍闻人声，比听空足音，更加百倍的喜欢。因即纵声哀求,欲移至有水之地,且求常见天光。许真人心中不忍,即施法力,将他移至水源所在,书符一道,挖出一个大洞,可通入天光。凑巧这地方的人民原想在此开一口大井,今得平地暴裂一洞,群以可异,设法试探,底下却是很深的泉水。众人大喜,以为天赐仙井,即就原洞围以石栏,做成一口大井。从此,雌蛟虽在地下,却有水可游、有光可见,真人怕他逸出井栏,仍用一道符镇住,使他不能出来,并又教他许多修心养气之诀,命他好好练习,别把地下光阴等闲虚度。

雌蛟感激受命,又问几时可以出头,真人道:“境由心造,心正即境宽,要知何时出头,问你何日可能见性明心。”雌蛟因缕述生平负屈含冤之事,真人笑道:“你本无罪,自取此厄。以前之事,我所尽知,不必多言。要知修真学道,山居洞处,原是一般,你能用心修持,成佛成仙,均可以此为发轫之地。到了大功告成,休说区区符箓,不揭自去,只怕还有天神下降,迎你升天咧。何必亟求出头浊尘之中,徒萦心曲,有何好处。至于你修道年限,果能精进不变,大约三千年后,可以成功。如你性质单纯,绝少物欲,本来进功要比寻常来得容易。我所以许你三千年后,皆因你的情爱太深,虽是正当之情,也非修道所宜。正因有此缘故,我已替你算定,须至那般程度,方能以你的法力道行,消你丈夫的罪恶。你本人可成天仙,你丈夫也可沾你的光,脱地狱而成仙体。要知三千年的功行,不专为你一人哪。”

雌蛟流泪道:“据法师所言,难道我丈夫死得那样惨法,还要受那地狱之灾吗?”真人大笑道:“你丈夫所犯罪恶,那里说得完。上次钟离仙人对你说的,俱是真话,你却不肯相信。若照他所作所为,所害的人民物类,治以应得之罪,就在十八层下面的地狱之中,住个千万年,也不为过,你倒说得那么轻松稀淡。就是我方才所说三千年后,也可以沾你的光这句话,也不过说可以如此办法,并没有说你修成天仙,便可救他出狱,立刻变成不坏之身。究其实,仍须看他自己能否悔过,能否精修,以为准则。说句老实话,即是仗你的功德,仅仅可以拔出地狱,得有修道的资格而已。若是妻子成道,万恶的丈夫皆可赖以升天,那不成了营私舞弊的世界了吗?”雌蛟听了,默然无语。真人又安慰他道:“你莫性急,莫嫌苦闷。俗说‘吃得苦中苦,方为人上人’。才已说过，修道之人，吃没好吃，住没好住，你今有水有光，又有洞府，可以安居，又没虎狼妖鬼之患，倒比平常修道人，已经随意得多。须要把眼前处境，当作享福，不要当作受灾，心气一平，处境自乐，到了大功告成，自有大光境现你眼前。那时便是你出头之日，也即你升天之日。努力用功，好自为之，我去也。”双足一蹬，不知所往，雌蛟也在洞中跪送。

从此他把真人教训，时刻放在心头。数年之后，心气全平，冤愤若释，倒安安心心的在地下修道起来。但因真人说过一句，待他“修道成功，自能放大光明，现你眼前”的话，杭人以讹传讹，造成一种极好笑的谣言。未知是何谣言，却看下回分解。

第七十五回　大井巷仙人留古迹　白云山鬼吏访名师

却说从许真人救拔雌蛟，在城隍山下，放出一线天光，并予水源容身，兼许他修道功成自成光明发现。这原是修道人一句术语，不料造成民间一种很大的误会。上回曾说杭州人就真人所开洞天，造成一口大井，备大众饮料之处。后来大众传说，这井是许真人镇蛟之用，且有如见光明，许雌蛟出头之语，因此民间互相告诫，傍晚时分，弗得以灯光进井，防这雌蛟出来。这井至今存在，杭人就名其地为大井巷。就是弗进灯光之说，至今也还嵌在大众的心坎里，故老相传，告诫子女。一句误会之言，竟流传至二千余年之久，这也可笑极了。那是后话，不必多说。就是许真人允许雌蛟三千年后得道成仙之说，也还未到时期，事实既未发现，作书人更难揣测，只好置之不论之列。

现在书中又要提到一人，即是前回说的王一之所传徒弟费长房。这人自从一之死后，他已尽传其技，加以刻苦用功，有的地方，颇有超出一之之上者，因此一之既死，这治鬼之职，就归他管理。但此事职位不高，且日近阴魂，阴气过重，又因督治厉鬼之故，不免多结鬼仇。一之先时，本也不愿任此烦苦而结冤之事，总因修仙无成，又闯下一场大祸，彼时但得保全首领，免入地狱，已属意外之幸，更承铁拐提拔，授以此职，怎能再有奢望，一直办将下来，直至负罪杀身，统共不下八百多年，方传位于长房。长房年纪较轻，志量极高，既入道门，怎不希望做到天仙地位。而且鉴于师傅任事这么久远，结果因偶尔大意，到头来还是死于非命，可见这等事情，是没有什么意思的。当时因天命难违，勉尔遵照，同时他却立志精进，不敢片刻偷闲，以期超生天界，万劫不坏。精诚所积，感应师归。凑巧，文美真人路过其地，闻得有这样虔修大道之人，当用剑光传书召到弟子张果，着他试察长房，可有成仙之福。张果遵旨前来，半途之上，遇到蓝采和、何仙姑诸伴闲游。三人相见，互问缘由，张果便邀他们同去，二仙也欣然允诺，大家驾云而往。到了洛阳地界费长房住处，拣块空地，一起按落云头，大家化作寻常道人，迳投长房家请见。长房正在专心学道，闻有同道求见，自然十分欢喜，当即整顿衣襟，延接入室，施礼坐定。长房请教过了姓氏，三仙各自胡诌了姓名，说："从岭南来此，因闻先生道行渊深，表率天下鬼魂，真乃才智道德之士，所以不辞冒昧之嫌，登门拜谒。"

原来长房虽居卑职，每每高自期许，生平最恨人家说他治鬼，以为有心侮辱于他，分明瞧他不是修仙学道的资格。因此，他的朋友们知道他的脾气，明明知他身为鬼师，却不敢提起一个鬼字，正是避他厌恨之意。不料今儿三位不速之客，开口第一句，就将他的履历捧了出来，长房一闻此言，不禁满面绯红，笑又不是，辩又不得，人家初次踵门，远道见访，情理上又不好得罪他们，只得支吾了几句，赶紧把别的说话搭讪开去。偏偏三人都是不懂世故，不会看人眉眼的笨人。越是长房厌恨，他们却越要和他纠缠不清，尽拿治鬼之事和他讨论，并问他治鬼的情形如何，平时所见可有何等厉鬼，再说到他师尊王一之的事情，说一之怎样糊涂，如何受罪，种种撩拨之谈，大有类乎明知故犯，好似约好伴侣，专来开他玩笑一般。弄得长房实在忍受不住，既不能开罪远客，只有用那取瑟而歌之法，假作心中有事，懒于对答的样子。他们问得三四句，他才冷冷的回答一半句儿。叵耐三人兀自不大理会，讲来讲去，仍是不脱鬼魂二字。

长房心中估量："这三位贵客，也不是什么远道而来，慕名见访，一定是曾在何处和我有过什么嫌隙。再不，也许是师傅生前的仇人，现在他老人家业已仙去，只好拿我徒弟顶缸，今天是特为报仇来的也未可知。想他们来者不善，善者不来，既然志在报仇，我便万分退让，未见得就肯罢手。"况他那时正在年少气盛之际，也不可随便示弱于人，见他们还是那番议论，因即向他们拱拱手儿，说道："对不住三位得很，鄙人奉旨办理鬼役，一则继续先师未了之事，二则左右闲着无事。既有上命，乐得滥竽一下，横竖为地方人民办公，也不敢嫌甚官职小。至于鄙人本心，却的确志不在此。可惜三位初次相见，交浅不便深言，可也谈不到那些细微曲折的内容。但是，鄙人自信和三位既是初交,彼此似乎还没有什么关系可言,不料三位萍水之交,不谈客套,不论交怀,自从进门以至此刻,一味说的是一片鬼话。鄙人固不敢妄疑三位和一班厉鬼有甚往还,可也不信三位是奉了那一方面的命令,前来调查鄙人职务的。鄙人生平好客,尤其欢迎同道之士。不料今天逢着三位道长,种种议论,使我大失所望。究竟三位有何见教,因甚不谈人事只说鬼话?敢乞明白赐示。”说罢,板起面孔,一言不发。

三仙见说,相对大笑,都道:“先生真乃天下负气节的奇士,若照今人志趣,不为阳间官宦,就在阴曹地府先当吏胥也是好的。不道先生负此重任,竟还引为不满,可见人生怀抱大小,志向高下,自有不同。但不知先生之志,以何者方为高尚,平生志在何种事业,可得闻乎?”长房先时抱着满肚皮的谦恭和放着一腔子的虚心,把三位迎了进来,总当远方道者,专忱见访,必可叨领一点教诲。后来被三仙那么一激,心中激出火来,那里还把他们放在心头,因即冷然说道:“人各有志,志之不同,各如其面。萍水之交,两无关系,我固不暇过问三位的来历行事,三位却要知我的志向如何,岂非多事。”张果见他动了真气,忙笑而道歉,说道:“向未谋面,竟不知先生对了眼前职务,如此强勉奉公,并非由衷之事。想先生志愿,必有高于现在所任的事情十百倍者,某等既未前知,不期语言唐突,敢乞恕罪。适才问先生之志,无非仰慕气节,妄思订交之意,何竟气节如先生,道德如先生,独以一言芥蒂,则作充盛怒之状,似先生于度量气魄,当欠阔大,如此气小量窄之人,恐只能办阴差,充鬼职,神仙大道却非当所宜。或者先生另有所志,毕竟有胜于神仙者乎?假定志在修仙,或与神仙等类之事,似乎非先生这等气度所能学步,还望明察为幸。”

长房本欲冷笑他们,免得再来缠绕,不料一怒之余,又被人家资为笑柄,竟当其面侮辱,此气如何任受得住。但见他面上忽而现出红光,忽又露出青筋,满脸孔不悦之情,完全流露出来。只是细味张果的说话,却又确有至理,因即转念道:“不管来人的人品如何,有甚话说,而我之为我,还该格外服善,格外虚心,方能提高自己身分,方见得修道人阔大宏伟的胸襟。一言不合,悻悻相向,真是猥鄙小丈夫之事，犯不着学他。”如此一想，顿时消却盛怒，反向张果拱拱手笑说：“三位辱临，只此一言，赐益良多，鄙人敢不拜受。不敢相瞒，鄙人生来运蹇，自幼孤立，未得趋庭之训，后从先师王一之学得符箓之法，也与大道无关。先师下世，鄙人原拟弃家远游，访求名师，偏偏又奉命继承师职。纵然行止无碍，而职责分心，未容专精玄理，以此耿耿于心，时引为憾。不图三位远道莅临，不以正道相教，反就鄙人所隐恨者刺刺不休，似讽似讥。在三位原属无心之言，在鄙人却引为莫大失望，不觉悻然之态，现于词色，职事故耳。”

三仙见说，又相向点头，说一声“孺子可教”，六目互示，踊身离地，满院中忽现五彩祥云，冉冉升空；室中阵阵芳芬，为尘世所未闻，令人神志澈爽。长房大惊大骇，慌忙仰头上望，则见三仙立在云中，朝着下方，呵呵而笑。长房忙不迭的跪在地下，磕头大叫：“三位仙师，方才弟子有眼无珠，出言冒撞，还望仙师怜念弟子一片忱心，恕其罪过，俯赐收录，刊在门墙，使弟子得以早脱苦海，弟子有生之年，皆感仙师大德。”张果听了，在云端把手一摆，命他起来，随即说出自己来历，问他果有忱心，可于三日内，到城西白云山顶，有古庙一座，我三人皆在那里，当有妙道相传。限期到达，不得稍有迟早。说毕，彩云凝合，人影俱杳。

长房叩罢而起，回至内室。原来他的夫人早死，新近续弦的是一位大家闺秀，才貌双全，伉俪极笃。见丈夫进来，问他：“今日有甚人相访，谈到这个时候?”长房笑道：“好教夫人欢喜，我生平不信人间富贵，专喜求仙访道，不料今天果有三位真仙，念我一片至忱，特来赐教，并命我后天到城西白云山顶相见，面授至道。”夫人不等说完，不觉啐了一口道：“官人敢真个发疯了，谁不知道白云山上最多虎豹之类，每年伤人无数，你虽少有道法，只能对付人类，若遇不懂灵性的野兽，还恐无济于事，何苦为这渺茫的事，冒这种危险。”长房摇头道：“我有缩地法，一下子到了山头，纵有猛兽，未必赶得上。再说一个修道人，如此东也怕死，西也畏祸，倒真个还是一心一意，过这凡间的生活好得多了，何必修甚仙道呢。”夫人再三劝谏，长房执定不允，又想仙人有语，不在家中说，偏要我到这等危险的地方去，多分是试察我的诚心与否。我若用这缩地之法，一跨就到，便和在家无异，反令仙人笑我班门弄斧，贪懒取巧，这便不显得我的忱心了。于是瞒了夫人，悄悄预备了些干粮，次日一早，就偷偷的出了家门，向白云山进发。他夫人只防他后天前去，却料不到他转了这个念头，提早出发，以致不及阻拦，只得提心吊胆的等着他回来。

长房虽近在本地，向来也因山中多恶兽，总不曾上去，所以路径很生，问了几处地方，才被他走到山脚下。正是这天晚上，瞧那山势，非常峻峭，虽有一条小径，也是逼仄异常，不曾走惯山路的人，刚刚上得山坡，已经气促汗流，筋疲力尽。兀自不敢休息，趁月光鼓足了勇气，仍旧拼命的越程而上，如此又捱了有里把光景，两脚已经发软，身子实在来不得了。而且月色忽暗忽明，明时还可辨路，到了云深天黑，便连路径也瞧不清楚。长房到此地步，自觉断难再进，只得拣块石磴，坐以待旦。一夜之间，也曾听得山谷虎啸，也曾眼见山鬼横行。鬼是怕见长房的，自然不能为害。至于虎狼之类，却非他所能制，好在他有缩地之法，预备猛兽来袭，可用此法避他。话虽如此，恰喜等到天光，也不曾试用一次。可是他的魂胆，却也吓得几乎跑出腔子外面去。

更有一事，使他奇怪的，原来他这缩地之法，至此全无用处，那是次日的话。他因跑得太辛苦了，不免起了些苟且之心，想道："如今快到山顶，就悄悄借用法力，不见得定是轻慢仙师。"于是用起法来，本来跨一步儿，抵得千万步的，他因胆小怕责，还把法力收小，只算一步当得十步，那知一面缩短，同时这山路好似又会伸长一般，明明见得眼前什么东西作为一种目标，算来一步可以跨到的，岂知到了目标所在，开眼一瞧，相距还有八九步之外。照算起来，他这一步，仍只一步的功效。长房不禁大为惊怖。自思先师传授此法，从来没有不验，因甚今日有此变象，这必又是三位仙师的幻术，故意如此作难。连同昨日晚上所见种种可怕可骇的东西，全是他们试我是否有此胆力，我若略一缩畏，遇险即退，又或一出家门即用缩地法儿，真个被三位看得我毫无忱心了。如今幸而难关将过，山顶在望，赶紧爬了上去，多分仙师们不能说我怎样不是，也不怕他们不传大道了。于是看了看天色，吃了些点心，料道扎挣一回便可登峰造极，心中也便定了一大半。坐了一回，起身再走，看看山峰在望，兼可看得见山顶之上一座破旧庙宇，谅仙师们必在这里。心中一喜，立刻精神大振，也不管鞋穿趾破，也不觉力疲筋酸，好容易被他捱上山巅。立定脚，抬头一望，不觉叫声苦。不知长房已抵山峰，为何又有困难，却看下回分解。

第七十六回　蓝采和长歌讽俗客　费长房短见入歧途

却说长房千辛万苦，爬上白云山顶。本来早见顶头古庙巍然矗立于深林之中，那知一到山峰举目一瞧，反不见了那所古庙。长房不觉又骇又惊，又怕仙人怒他不忱，故意隐去古庙，表示拒绝之意。想到这里，不禁嚎天喝地大哭起来。哭了一回，看看天色又晚了下来，昏黄日色斜照在树林子里，和那些枯枝黄叶互相映照，满满显出一种凄凉色彩。长房到了此刻，真觉得前无进路，后无退步，大有苍茫独立、四顾踌躇之概。哭够多时，把个身子慢吞吞放在一块峻嶒斜峭的巨石上面，目对长天，发出一声长啸，啸得树林子里那些飞鸟都仓皇四散地飞逃开去。

长房不觉发起呆想来，念人生世上，真如过客浮生，寄居逆旅一般，一旦大限临头，万事全已。仔细想来，不晓为点什么。转想自己自身儿遭了许多困苦之事，长大来学法于王一之之门，好容易得了些法术，实在去道颇远。后来继承师尊之职，益发没有维持的功夫。侥幸遇见三位仙长，以为迷津可渡，大道可成。不料历险冒危，千辛万苦的遵命到了山峰，又不知什么地方得罪了仙师，竟连古庙都幻化不见。可征他们是决决不肯赐见颜色的了，这个机会错过之后，何时何处再能碰到仙人。既不能遇仙，就不得成道，横竖逃不过一死，与其多受尘俗之累，何如早图摆脱之为愈。涉想至此，心思就不知不觉横了转来，忽然立起身，大呼："仙师们既不收留弟子，弟子活在人世，也无甚好处，人生迟早必有死，弟子如今也不想再作无谓的俗人，就在这里拜别三位仙长，到阴曹地府去也。"说罢，跪下去，磕了几个头，刚要起来自缢，忽然听得山后有作歌之声，其歌曰：

昧人寻云路，云路杳无踪。山高多险峻，涧阔少玲珑。
碧障前兼后，白云西复东。欲知云路在，云处在虚空。

又歌道：

我见世间人，生而还复死。昨朝犹二八，壮气洒襟士。
如今七十过，力困形憔悴。恰如春日花，朝开夜落尔。

又歌道：

白鹤衔苦花，千里作一息。欲往蓬莱山，将此充粮食。
未逢毛摧落，离群心惨恻。却寻旧时巢，妻子不相识。

又歌道：

垂柳暗如烟，飞花飘如霰。夫居离妇州，妇在思夫县。
各在天一涯，何时复相见。寄语明月楼，莫贮双飞燕。

又歌道：

骝马珊瑚鞭，驱驰洛阳道。自怜美少年，不信有衰老。
白发会应生，红颜岂长保。但看此印山，个是蓬莱岛。

又歌道：

本志慕道伦，道伦常获亲。时逢社潦客，每接话禅宾。
谈玄明月夜，探理日临晨。万机共泯迹，方识本末人。

又歌道：

手笔太纵横，身材极魁梧。生为有限身，死作无名鬼。
自古如此多，君今没奈何。可来白云里，教你紫芝歌。

又歌道：

浩浩黄河水，东流长不息。悠悠不见清，人人寿有极。
苟欲来白云，曷由生羽翼。翼为当鬓发，行住须努力。

又歌道：

我今有一襦，非罗复非绮。借问作何色，不红亦不紫。
夏天将作衫，冬天将作被。冬夏递互用，长年只如是。

又歌道：

世事何悠悠，贪心未肯休。听尽天地名，何时得歇头。
四时凋变易，八节急如流。为报大宅主，露地骑日牛。

又歌道：

高高山顶上，四顾极无边。独坐无人知，孤月照寒泉。
泉中且无月，月自在青天。吟此一曲歌，歌中本是禅。

又歌道：

东家一老婆，富来三五年。昔日贫于我，今笑我无钱。
渠笑我在后，我笑渠在前。相笑倘不知，东边复西边。

长房听罢，大惊道："此歌不俗，大有仙意，莫非仙师们还在山中不曾远去，那必是怜我痴心，尚有挽救之意。"于是俯伏在地，高叫："仙师何在？弟子费长房遵旨上山，未见仙师，今已预备自尽山中，以谢仙师。仙师如尚以长房为可取，乞速示显法力，俾弟子一睹容颜而死，九泉之下，也当瞑目。"正哀呼间，那作歌人已经从对面山后，一步步跨上山来，见了长房，不觉怔怔地瞧着，问道："你这位先生，倒也好笑，如何跑到这高山之上，行此大礼？这不是怪事么。"长房抬头一看，见那人虽非三仙之一，却也生得仙风道骨，神韵萧闲。况且薄暮深山，独行独唱，也决不是凡人行径，也许是仙师的朋友、弟子之辈，特地派来看我的。因即叩了几个头，起身说道："尊兄一定是那位仙师派来提拔弟子的，可是么？方才窃听尊兄的歌声，已知决非等闲之辈、流俗中人了。"那人笑着，一面还他的礼，一面问起缘由，那人叹道："原来如此，难怪足下伤心。但足下所言三位仙师，我也略知一二，他们并非不肯见你，也无何种憎嫌之意。他们心中知道你不避艰险，轻身到此，还在那里十分欢喜你哪。但是此番相见，是你超凡入圣第一道关口，怕没有那么容易罢。一则你家中必定还有妻子，不知能否割弃？二则你的胆气虽壮，不知有否贪懒取巧之心？……"这人说到这句，长房恍然大悟，仙人不肯赐见之故，还是为了半山之上，试用缩地法儿之故。

如今这人所言，显指此事，可见此人必是仙师派来无疑。因忙拜求姓名，那人笑道："你我萍水相逢，转眼儿你东我西，假如你真个自杀，此刻已成了我生你死，何必留甚姓氏。若是将来有缘，能够聚在一处，彼此自无不识之理，更不必先通姓氏也。"长房不敢再问，只得把自己曾经小有偷懒之事诉说出来，又道："若说儿女之情，小弟自信还能丢撇得下，不知尊兄可否代恳仙师们代陈小弟忏悔之意，信道之忱，许以自新，准予收录么？"那人笑而点头道："修道在己，不在人。果能立志精纯，努力不懈，大道便在心头，初无假于外求，否则日日言求师，时时说访道，结果徒然自欺自侮而已，有何益处可言呢？"

长房本是极有智慧的人，况且从小就在一之门下，近来又传了他的道法，得有进步，听了这番议论，怎不领会过来。一霎时间，心头脑府，顿如醍醐浸溉，说不出那种愉悦爽快。再把他的歌词回味了一下，又睁眼望了他一眼，心中豁然大悟，断定眼前所见，即是前天三仙之一。此时所言，正是他们允传仙道的发端，好似开宗明义第一篇文章。于是从新拜伏道："弟子明白了，用功要脚踏实地，毋有丝毫不忱，求道要万缘俱寂，不容些许系累。请问仙师可是么？"那人笑道："脚踏实地是第一不容易事，言之非艰，行之惟艰，说得出，要做得到，这叫做言行相符。儒释道三教，是一般的道理，那比什么都难，尽你说得好听，不能现于实事，那便与空言何异？空言就是不诚，不诚之人，仙家所忌，更何学道可言呢？"长房听了，俯伏叩头，那人笑问："如今待要去那里？"长房凄然道："弟子此来，但求拜谒三位仙师，叨点教训。那知不见仙师，却又逢到仙长，一番明论，茅塞顿开。弟子现想出家学道，全在自己决心，心不能决，日日空言无益也。既有修道之心，而难有所畏，情有所不能舍，心爱之物有所不忍捐，今日谈明日，今年说来年，这也与自欺无异，自欺之人，不但不忱，亦见暴弃之甚。真能立志者，一经明白，立时决定，决定之后，马上回头，如此方合于修道的步骤，方有成仙之可能。弟子今日既已彻底大悟，还不决定修仙，一味地贪恋红尘迟延岁月，正恐时不我与，机会已失，将来必致一事无成，徒然供人笑谈，未免太无谓了。"

那人听到这里，笑而点头道："如此说来，你可已决心抛弃你的娇妻爱子，并人世一切可爱的事物，就从今时为始，实行出家访道了么？"长房叩头道："正如尊谕。"那人笑道："话虽如此，你夫妻之情是好的，还有你的幼子，俊秀聪明，粉团玉琢般，那么可喜，你也打算一起丢撇了去？这也未免太忍心了！"长房决然道："惟至情之人，为能忘情。正惟今日之忘情，才有来日之真情。仙长别再激我试我，我是放下屠刀，决心前进，什么都不爱了。"那人又道："既然如此，我来替你弄个小小玩艺，使你家人当作你已身死，方可绝了他们的悬念，然后再带你见三位仙师去好么？"长房喜道："如此益感盛情。"那人袖出一丸，说道："吞下去，可以祛饥，可以明目。服此之后，可以一年不食，可以黑夜辨物。”长房拜受，吞入肚中，顿觉精神百倍，眼目清凉，此时天色已黑，月光熹微，睁目一看，竟能识别路径，辨认百物，和白日差得不多，大喜拜谢。那人吩咐去对面树上折来一根枯枝，放在地上。长房问：“此是何意？”那人笑道：“这个么，便要借重他暂作你的替身。”

说时，向着枯枝念念有词，喝声疾，枯枝顿时不见，眼前却有一式打扮一样形容的费长房，站在真长房的身边。长房问道：“这就是替弟子装死的么？”那人笑道：“我却没工夫送他去，看我找个人来帮忙。”一边召来本山土地，吩咐他把这假长房，送到西城外面一个土地庙口，即着那边土地前去托梦于费长房之妻，着他带领子女人等，前去收尸。土地领了法旨。那人又朝假长房喷一口气，土地便向假长房一拉，说声：“跟我走罢。”说也奇怪，这假长房便如生人一般，跟着土地，下山而去。长房见了，心中有些感慨，又有些好笑，当下默然神往者久之，那人笑道：“怎么样？你舍不得家中人么？老实告诉你，你就这般回去，你的妻子也尽够疑神疑鬼了。你倒想想是什么时候出来的？”长房回说：“不过二天。”那人大笑道：“这是仙师所在，岁月和凡间不同，你要下去一问，就可晓得你来此已有好几个月了。不信，你只留心你自己的身体，不是由热而冷，冷而渐见温和么。”长房经他一说，才记得自己出门时，正是单夹衣并穿的三秋天气。比及到了山上，已竟十分寒冷，只因找不到三仙，心中发急，竟不怎样难受。比及会见那人，大家讲说玄理的时候，却又有些暖和起来，原来又已转了阳春天气了。心中大为诧异，因问：“这座白云山，都是神仙所居么？”那人笑道：“神仙岂有一定住处，也不像凡人置产一般，用不着多大地方。总而言之，洞天府地完全在你心田，你的心越忱，去仙境越近；心愈伪，离仙乡也愈远。你再想想，从你起初上山之时，天气变得怎样？到了山顶以后，天气变得怎样？要知山无高低，以你本心的诚否为准。上山愈高，可见你的心愈诚，距仙境也越近。所以初上山坡，还是尘世光阴，登山愈高，时间比尘世越来得长，就是这个道理了。”长房听了，再将两日来所经炎凉气候考验一下，觉得他的说话句句是真，尤其是仙境即在心田一语，发他猛醒。沉思多时，心中又加了一层彻悟。当下拜求那人，同去找寻三仙。那人允了，笑问长房道："你有缩地法，我们下山去不是很容易么？"长房鉴于前事之误，忙说："弟子求道心忱，不敢自炫小技，偷懒取巧，还是跟随仙长，步行下山去罢。"那人大笑道："如今是不消那样麻烦了。来来来，就腾云缩地，也得有一半天工夫才赶得到。既你不愿缩地，可许随我登天罢。"向他吹一口仙气，即有一朵彩云生于足下，把二人装在云气之上。那人又喝声起，足下的云，便高入空间，二人也乘云而升。

走有半个时辰，那人忽用手一指，两朵白云向地面直挫下去，那人在空中说道："仙佛圣贤，都不能忘情于骨肉。如今你的家门在望，你也低下头去，瞧瞧你那妻子，现在怎样情形了。"长房忙道："仙长不要开弟子的玩笑。一则弟子根基浅薄，现虽立志出家，只是一点强制功夫，等回见了妻子，难免再起俗虑；二则弟子的妻子见到弟子，必定啼啼哭哭拖拖扯扯的不肯放行，岂非误了弟子的大事？"那人笑道："你在空中，他们在凡间，我不教他们见你，他们怎么能望得见你。至于你本人的动心与否，还在你自己能否尽力强持。若是强制出家，一见家人，就会动心，那也用不着修仙了。"

说时，更不待长房允许，把云头压低。睁眼下望，地上境物历历可见，果然到了长房家中，最可怪的，是长房虽在云端，却能听得出家人哭泣哀号之声。原来他妻子已得了假长房的尸体，此时刚过二七，他夫人回念前情，哭得个死去回魂。长房的儿子，也是不住口地叫："爹爹回来！爹爹回来！再不还生，妈妈要哭死了。"长房一句句听在耳中，一阵阵酸入心坎。面上虽然装出一种没事儿的样子对付那人，却不禁两行情泪，潸然直下，早已湿透了衣襟。那人并不说话，只朝他微微一笑。长房正在悲痛不可支，心痛如割的当儿，也没有理会这些。那人唤起云头，回到空气上头。长房的两眼还不住地向着家室所在，时时回顾，大有一步一回头的景象。从此那人对他说的什么，他的对答也常常出现乖谬，本人还不觉察，那人却已笑不可支。

云行约又两个时辰，那人说："如今要渡海了，我们下去罢。"长房惊问："怎么三位仙师都已到了海外去么？"那人点点头，并不说话，伸手向下一指，那云便如流星一般，飞坠于地。长房不惯这等走法，心中有些畏怖，早把眼睛闭上，一时觉得双脚踏在什么地方，身子微微一震似的。不由开眼一瞧，果然到了海滩之上，和那人厮并立着。那人又向海中招手，说道："来个船啊，来个船啊。"喊了几声，不晓从何处划出一只小小艇子。此时海风大作，白浪滔天。那艇远望才只寻常驼车那么大小，不道越划越近，艇身反而越小，比及到了滩边，只剩有大芭蕉叶子那么一点面积，加以船夫一个身子先占了一半，余下的地方，估计摆不下一只腿脚，怎能容得两个人乘坐。长房见了，不觉又惊又怕，又不懂得是怎么一回事儿。正在迟疑，那人已一踊身跳去艇去，和船夫并立一边。余下的地方，自然更小更狭了。那人连连招手，说："快来快来，船要开了。"长房略一犹豫，忙问："仙长，我们人多，这艇子如此狭小，怎生渡得过去，况且风浪如此厉害，舟行大海，也不怕危险么?"那人还在招手，不料一个大浪，卷将过来，连人和艇，一并卷入海底去了。长房既不识水，兼之四顾无人，又无从呼救，只好慨叹了一回，寻条路子，不管方向，却自急急前进，哪知这滩足有数百里之遥。

走了半天，身子已十分困乏，回头看看，还是在海边滩头，并无涯岸。长房便在地上稍憩，自思若用缩地之法，多分一回儿，就可找到市廛，却去打听地方，换船渡海。可奈自己决心修道，此去仍要找寻仙师，既说不敢取巧，如何又变初心。而眼前身处这等旷野，无边无岸，又无歇宿之处，不知走到几时才有人烟。想到这里，心中十分彷徨起来。又想同来的仙长，不知可是所见三仙之一，因甚不走云路，偏要搭此小艇渡海，弄得葬身鱼腹，岂不可怜可叹。忽又想起那位仙长，既有那般道力，怎能溺入水中，这当中一定有个理由，不要上了他的老当。想着不觉发起怔来，怔了一回，如有所悟，忽地直跳起来大喊一声："不好了，我上了仙师的当也。"未知何事上当，却看下回分解。

第七十七回　求仙人反上仙人当　制鬼物竟被鬼物迷

却说长房一时迷惑，误认同来的仙人溺身海洋之中，自己还深幸没有跟他下艇，逃出一条性命。假如冒昧登艇，此刻敢则也早在大鱼巨鳖的肚子中打磨旋去了。一路想，一路走，彳亍而行。行了半天，回头瞧瞧仍是一片海滩，距仙人溺水处，分明只有一箭之遥。再望望前面，无边无岸极目千里，更不知几时得见人烟。心中一个转念，蓦然悟到这位仙人不像是没有分水制浪的本领的，况他已修成不坏之身，怎又死于海中。再想他一路都是云行，因甚此刻又要渡海，况且海中并没船只，经他一招呼，就有那个艇子前来接他。平常船只总是远望小，越近越大；偏这艇子，却和这个原理相反，这些情事，已是可怪极了。还有那只小艇，望去连脚都站不上的，怎么加了一个上去，仍旧不见甚窄。仙人已先上去，在那里招我，难道他是不怕死的，又难道他自己求死不算，还要拉我去做陪客么？种种疑团，不一而足，要之都可以证明全是仙人幻化的境象。甚至空中下望室家，偏能听得妻子哭语之声，也是决无此理，想来尽是他老人家弄的玄虚。偏偏我登山不畏险阻，涉水却多顾虑。虽说登山之时，心中先拼冒艰危，况有缩地之术可以自卫，不比涉海犯浪事出意外，又不能施行法术，心中不免有难易夷险之分。可是从仙人看来，其无忧意则一也。方才他已再三申说，无忧意就不必学道，可见我已被他拒绝，再无入道之机了。如今想来，不但这位同来仙长就是所逢三仙之一，即掌艇子的船夫，也必是其中的一人。说什么仙在海外，原来都在我的面前。怪不得在山中时，仙人再三说什么仙境即在心田呢。偏我不能明其理，而不能行于实事。看来他是早已料定了我的，所以又说实践不容易的话。想我好容易遇到三位真仙，又冒着许多危险，跑到白云山顶，又由仙师施术，以绝家人之念。自谓决心至此，又得仙人怜念指导，此后修行可成，升天有望。岂知一转瞬间，仍因修道不笃，终为仙师所弃，休说大错已成，追悔莫及，再则有何面目回去见故乡父老妻儿之面。人生至此，真觉无可为人。本来已拼死于白云山上，无端被仙师点醒迷途，追随到此。如今不若仍归一死，但怕仙师纵然晓得，也未必肯来相救了。涉想至此，不觉放声大恸起来。

正在这时，忽听得空中有一女子声音，喊道："费长房，汝欲心未退，道心未坚，勉强出家，恐难有终。不如及早回去，尚可享数百年人间之福，慎尔职务，谦恭率物，果能善终，可成地仙。否则尔师王一之，即尔榜样。前车匪远，毋怠毋忽。此系山东蓬莱界内，去此三百里有市集。可用汝法前去，明日一早，再用法西行，半天之间，可以到家。我即何仙姑。尔所见艇夫，乃张果道友。白云山上相逢者，乃蓝采和道友。我三人闻汝修道有得，极思玉汝于成。怎奈缘法未至，大好机缘，汝乃自误，深为可惜。但思三教之中，儒家不言神仙，而成功则一，从今后果能笃志好善，力行不懈，则前途光明正多，何必定为神仙也。勉之，勉之。蓝张二友正在海中相候同去拜会钟离道友，不能详谈，吾今去也。"长房叩头上望，自始至终但睹彩云一片孤悬天半，却不见人影而语声清楚，声声入耳，一字不得模糊。心知是仙家妙用，忙俯伏地上叩头认罪。

待仙姑去后，方才起身，坐在滩上，怔怔寻思了一回，念仙缘即失，都缘自取其咎，生此浊世，原无意趣。惟闻仙姑所言，似乎前途尚属有望。仙人既谆谆相勉，又何敢过于暴弃反取逆天之罪。一刹那间不觉道心全消，俗气纷纭，恨不能立刻赶回家中，一见自己的爱子娇妻，重享家庭之福。正是人心善变，今昔各殊。长房急忙忙施起他的缩地法儿，赶到市上，过了一宵。次日黎明出发，天半而回至家中。妻子相逢，疑为鬼魅，少不得有一场惊恐纷扰。经长房说明原因，又带他们同至停柩处所，开棺一看，果然仍是一根枯枝。长房计算日子，从那天出门到此日回来，前后不过四天，家中却已过了一个整年。又据他夫人讲说，闻他噩耗及治丧情形，算来也过了一百数十日了。夫妻父子正是死后重逢，一种悲喜交集的情状，却非笔墨所能形容。从此长房时时记得仙姑嘱咐的话，处世待人，治事接物，愈觉和平谨慎。从西汉武帝年间王一之死后，传职于长房，长房求仙不成，灰心进取，专供治鬼之职。

上文记这么一大段，在本书中尽是补述前事之文。后来长房经西汉东汉而至两晋五朝，果然康健平安，逍遥人世，虽不成仙，他的岁月却也过得自在。谁知人生结果，都有定数，仙姑当他修道无望的当儿，劝他回家享福，也曾约略预言，有勿为乃师之谈的语意。论理长房既受仙训，勉为善人，历遭乱世，未尝受祸。到了最后结果，纵不成仙，也何致蹈一之覆辙，大概总是他命定如此，照数是不得善终的，也许如昔人所谓善泅者必死于溺，治鬼之气终当死于鬼手。所以自王一之、费长房以至唐代的钟进士，三代鬼师，没一个不死于鬼，此中消息，也有不可以常理论者，这却慢提。

单说长房凶终之事，他在晋代末造交了一个好友，姓桓名景，这人也是那时一位名士，大凡读过晋史的人，都该闻得他的大名。这桓景也是一个奇人，相传他在幼年，曾遇一个跛道人，说他前生食犬太多，此生当为众狗咬死。桓景一见此道，相貌清奇，骨格秀逸，虽然衣衫褴褛，却越显得出他的英华清俊之气，心中颇疑便是世俗相传的李铁拐。听了他的说话，兀自吓得要命，当下把他缠住，苦求避免之法。道人被他弄得没法，方才指给他一个法子，说："去到某某山中，每日子午之交，有一只高大狼犬，对天吐丹。吾今授汝一符吞入肚中，可以隐形蔽体不被狼狗所见。汝可准时前去，掩在他的背后，待他吞丹之时，立刻攫入腹中，从此狗子不能近身。还有一种好处，是双目能见阴物，无论故鬼新鬼，大鬼小鬼，逃不出你的眼睛。既可赖以防身，还能替人治病，真一举两得之法也。"言已，给予一符，道人便化阵清风，不知所往。

桓景吞了符箓，照他所指的地方，按址寻去。果见一雄伟狰狞的大狗，在那山顶之上对月礼拜，每拜下去，必将丹吐出，迎风上下，宛如宜僚弄丸，十分好看。等得拜毕而起，以口承丹，复入腹中。桓景不敢怠慢，慌忙捱近身去，走到这狗的身边，心中却十分忐忑。暗想："符咒要是不灵，我这一条性命，不死于将来的狗咬，却要提前送入这狗的肚子里去了。"谁知他步步近前，那狗竟一点没有觉得。这才放心大胆如法炮制的，把那犬丹探入手中，疾忙塞入自己口内。一下子工夫，那狗竟如发了疯狂一般，乱迸乱跳，在这山顶之上，木石交错之地，滚来跌去，大嚷大叫。把个桓景吓得魂胆俱消，动弹不得。不道那狗只在离他半里远近地方，任性哭闹，总不能近他的身。有时睁开怒眼，竖起尾巴，向着桓景人立而啼。桓景已知犬丹有效，这狗虽凶狠异常，横竖不能相害，索性向他喊叫迸跳所在迎上几步，那犬果然拼命奔逃，宛如遇到虎豹一般。桓景大喜，也不再和他开甚顽笑，急忙忙赶回家中。

从此以后，他的眼目好似比平常多出一层光亮，和原有的眼光截然两途。一方面专看阳世的人物，新辟的一方面却能烛照鬼物。无论什么地方，什么时候，凡是他足迹所至，都有什么千奇百怪穷凶极恶的鬼魂，映入他的眼帘之中。先时他因见所未见，而所见情形又是那样怪异可怕，倒把他吓得什么似的，几乎不大敢随便开眼瞧看。后来看得多，见得惯了，便也不以为奇，最后逢到亲友人家，被鬼物所迷因而成病的，便请他前去一看。有用楮帛冥锭好好遣去的，有善说无效依旧作祟者，当去找到他的朋友费长房，派遣鬼卒捉取。因此就大遭许多厉鬼的忌恨。当有几个刻薄鬼、阴刁鬼、伶俐鬼、下流鬼，凡是鬼界中比较聪明的，约齐了大小男女各种鬼魂，开了一个大会，讨论用甚方法，可以制那桓景死命，使他身死鬼手，连鬼都做不成功。大家商议了一回，却有刻薄鬼想出一条好计。他说："我辈滞魄阴曹困苦万状，有那作恶之人，或前生欠我们鬼债的，我们前去捣乱一下，多少可以得点油水，或者有些特别关系者，还可以讨个替代，早转凡胎。不料这桓景好好地活在人世，和我们幽明异路，况借狗丹之力，无缘无故，无仇无怨的，尽管和我等作对。甚至请托我们头儿，将我们刑讯严办。我等被害于他手下的，不知有多少了。这等人要是容他久留世上，我们鬼魂真是苦上加苦，永无出头之日了。"

说到这里，许多男鬼一个个咧眦握拳，怒不可遏；那些女鬼一个个流泪伤心，惨不忍睹。齐问："尊魂有何好见，快请宣布，我等被这人搅得苦了，果能制他死命，大众愿听指挥。"刻薄鬼大声道："桓景那厮，也是一个聪明人儿，他的眼又亮，计又多，又有我们官长帮他的忙，若要大整旗鼓和他公然交战，是万万不行的。最好之计，自然莫过于暗箭伤人。依我之见，现当秋令初过，疫疠流行之时，可请瘟部中几位同志，前去他家，四处八方，播些瘟疫种子，不但可杀桓景，简直可以灭他满门。须知我等弟兄长幼，伤在他手下的不可数计。以此相报，可算不得残酷。就是将来被费长房知道了，那时桓景已死，他也犯不着为替朋友报仇，白白得罪于全体属下。何况桓景无故逞凶，也有应死之人，被他救回，夺天地之定数，莫此为甚。若要打起官司来，我们全体都陪他同到森罗殿上，将此理陈说明白，大概阎王不见得偏袒于他罢。至于费长房一味地听信桓景的话，助成他的罪恶，却教我弟兄死于无辜，一个个作了抱恨之鬒，万劫不得出头。这等地方，他也应有处分，他也是明白人儿，不见得再和我们作对罢。万一他太不识趣，居然帮助朋友凌虐我们，那是他自讨苦吃。一则我们鬼魂多了，大伙儿和他作对，他也不得安于其位。一经失位，性命即在我们掌握中了；二则我们全体向阎王面前，群起而攻的，和他干一下子，阎王也不能拂逆众意一味偏袒。一经准了我们，这费长房可不足畏了。众位想想，我这计策可行得过么？"众鬼听了，欢然大呼："此计大好！此计大好！怪不得你活在人间，便有刻薄鬼之称。你的主意，比别人来得刻毒而怕人，这才可称名副其实，可叫做名下无虚。我们一定照你的法子全力办理，光把桓景一家人弄得干干净净，再看费长房如何对付我们，却再定第二步计划。"

众鬼议定了毒计，便推千百瘟疫鬼齐向桓家进发。为恐桓景瞧得出他们，一进他的门口，就急急忙忙先去找了个藏身之处，全体躲在桓家一间堆放什物的房内。白天不敢动手，到了晚上，桓景夫妻子女，和男妇仆役人等都睡熟了，方才欢跃而出，一齐动工。大家纷纷扰扰，急急忙忙地在他们家吃的食物，饮的茶水，以及用的器具，穿的衣服，凡是众鬼能力所及，都已做了手脚。那消片刻工夫，早在桓氏全家内外，布置了瘟疫种子。而且为求急效起见，好似自杀之人急于归天，把应用毒药格外加重分量一般。诸事办妥之后，方才嚷嚷攘攘一齐退出。可怜桓景一家都睡得甜蜜蜜地，那里想得到人不相欺鬼来下手，用出这种报仇的绝计来。看桓景性命不死于狗，又不免死于鬼了。岂知鬼有千算，天有一算，桓景命不该绝，自有高人前来相救。

这人非他,正是他的好友任职鬼师的费长房是也。

这天长房刚正从朋友家夜宴而归,行经一处荒坟累累,鬼火磷磷。本来鬼之为物,也能叫喊,喊声尖厉如鸱如鸮,寻常人们都称之为鬼叫,而在长房听来,却并不如此简单,一般的有许多转折,许多意义,就此尖厉的声浪中,可听得出许多鬼话来。如今长房所闻的正是从桓家退出的那班瘟鬼,正在那里嘻笑得意的各自演说他们所做的功课,一句句穿入长房的耳朵。长房不觉吃了一大惊,他也不回家了,慌忙先到桓家敲门而入,请见桓景。桓景闻长房深夜光临,大为惊异,问起原由。长房想了一想,我只救出他们一家性命罢了,犯不着说出真情,使他恨毒众鬼,冤仇越结越深,却是何苦。因此含含糊糊说了几句空话。临了方对他说:"你家有大灾,可于明天一早率领全家大小男女上下等,一起到高山之上游玩一天。每人并要臂缠一囊,囊中盛满茱萸。如没有囊,可放在衣袋中也好。这些东西可以避毒解瘟,拒妖避鬼。更有一言切莫忘记,起身之后便当即刻出门,不得进一点食物喝一口汤水。要是违了我言,便是逃到山上,仍不免有性命之忧。等你们去后,我自派人遣鬼前来替你祓除不祥。你们须等到日落西山,黄昏月上,方可回来,早一刻都是不行的。"说毕告辞回去。

桓景想了半天,做梦也想不到是群鬼作祟。因知长房道行甚高,所言必有理由,便把众人喊起,对他们申说了一回。大家提心吊胆的不敢再睡。到了天色黎明,果然反锁了门户,上下大小,一起出门。沿途办到一捆茱萸,各人拿些放在身边,方才急急匆匆逃到山上去了。在山中玩了一天,直到晚刻方才回来。一进门,首先瞧见的是家中所畜的大小动物如猪羊鸡鸭之属,死得一个罄尽,方信长房预知之术,大家感激到了不得。正要派人去请他过来,问他如何祓除不祥。使者未行,长房家已有人急足赶到,报称长房被恶鬼害死了。欲知治鬼之人如何死于鬼,请看下回分解。

第七十八回　重九登高狗眼避疫　鬼王入坑进士受欺

却说桓景被众鬼暗弄,幸得费长房一言点醒,全家避匿山头,才得免了大难。回家之后,察看家畜牛羊鸡犬,完全死亡。考查他们身体,都是患疫的情形,方知长房劝他们逃避之意,是预知疫鬼为害。心中又感又恨,感的是长房多情,救他一家性命;恨的是恶鬼狠心,下此毒手。正在指挥下人收拾一切畜类遗骸,忽然得报说:"费长房本身被恶鬼所害,死于深涧之中。"桓景大惊,忙着骑匹快马赶到费家。一到门口,就听得里面哭声震天,桓景心中只是弼弼地跳个不住。跳下马系在一枝树上,正在挽缰,忽听见费家门前左右站满了无数狰狞可怕的恶鬼,都在那里交头接耳,如有所议,却一个个面现喜色。桓景本来能见鬼物,而不能听见鬼语,近来常和长房往来,也知道听鬼语的方法,虽不能如长房之清晰明白,句句入耳,但约略模糊,也可以懂得大意。这时既有所见,不禁惊心吊胆。偏偏那天正值重九,朔风初起,尖厉异常,把许多鬼语送入耳鼓之中,被他听得个完全明白。

原来长房自从通知桓景,嘱他避难之后,回到家中把这事对家人说了一遍。他的五世之孙,名唤景侯的,年已六十余岁,埋怨他忒嫌热心,多管人家闲事:"想来被鬼捉弄之人,大概总有一个原因,至于正直光明规矩仁厚之人,休说鬼魂不能亲近,就是神佛仙人,也得敬他三分。这等人如今世上可能多见,果有此等好人,鬼魂既不能犯,便也用不着桓景帮忙拯救。所以那班受他救援的人,必是应受鬼魂侵犯的坏人。那么桓景的救人,是否应当已是难说。那班鬼魂也有许多聪明伶俐的东西,要是桓景这人,是不该杀害的,又岂肯冒那么大危险,特地和他作对呢!照此看来,桓景是否当救,又是一个疑问。老祖宗此举,固属恻隐之心。但身为鬼师,是万鬼领袖,鬼有不法,原应惩治,否则还该优礼他们,才见恩威并济之道,足使全部鬼魂闻而知感,往后老祖宗办事也容易得多了。若是倚赖法力,扶助友人,欺凌属鬼，即令事属正当，鬼心尚难悦服，何况未必十分正当呢。老祖宗，你也想想瞧，这事干是干了，可有点什么危险没有呢?”长房经他一说，不觉非常懊悔起来。但他夙性好强要胜，事已做错，横竖无可挽回，也不愿人再谈这事。

谁知众鬼闻得长房破坏他们计划，果然大动公愤，重新开个大会，仍由刻薄伶俐等鬼，宣称:“长房这等行为，不但对于我们鬼界毫无情分，而且桓景知道此事，仇恨必深，将来在世一日，对于我辈的行动，愈要竭力破坏，岂非弄巧成拙了么！再说费某身为鬼师，便是我等领袖，我等如有不肖，他负惩戒之职。如有受冤不白之事，也该代为昭雪，相助报仇，才不枉为我们全体恭敬崇奉他的一片忱意，而他自己也才配得上做我们师长的资格。若照他今日这等行为，简直成了我们鬼魂的公敌，其仇恨比桓景更甚了。这等领袖，要他何用。不如趁此机会，扳住他的错处，将他处置一下。他既救去我们的仇人，就使他代我们的仇人一死。既可以儆后来的鬼师，也可以吓服桓景那厮，使他不敢再和我们作对。至他身死以后，彼此同为鬼物，抵拼和他对案阴曹。阎罗王素称公道，不见得存心偏袒。何况我们如许鬼魂，万众一心，有罪同当，阎王爷怕也没有法儿可以杀完我们。何况此事屈在长房，阎王焉能容他如此胡为?只怕到了森罗殿上，他还得办个什么小小罪名咧。”

众鬼听了，始而愤激，继而哄然赞成他的计划。长房任职鬼师，历数百年，从来不曾失事，自托德望隆重，万无意外之虞矣。即如此番之事，在鬼物看得极重，他却认为小小过失，至多将来为他们道个歉，已算是和平之极了，那里再有什么大事。谁知怨毒于人，甚于蛇蝎。而对于鬼魂，尤其比寻常怨毒，更为厉害。真令他做梦也想不到，区区鬼物，竟敢向他肆行反抗起来。他们的方法，是因长房制伏鬼魂，虽使本身法力，但不能脱离王一之传授的符箓，每天都放在身边。临睡时分，也把符箓塞在发髻以内，真是一刻都不能离开。一离此符，眼睛就如多了一重幕障，瞧不见鬼物所在，而种种法力，也自然失却效能。平时众鬼因服从长房，谁也不想去捉弄他，他也十分大意，一点不加防备。这时众鬼既要和他为难，第一步入手方法，自然非偷他符箓不可。但因此符本质也是非常厉害,鬼魂一近符箓,就会失魂丧知,宛如一股清烟,凝结不起,魂魄就此消亡,凭你最厉害的鬼英雄鬼霸王,到此都成没用的阘茸鬼、没用鬼,甚至立刻死而成聻。因此话虽这么说,比及问到谁去窃符的话,众鬼便面面相觑,大家发起怔来,许久许久,也没一个敢出口答应担此险事。

刚在为难之际,忽然新来一个丧心病狂失魂落魄而死的冒失鬼。本来丧心失魂,那里还能成鬼,只因冤仇未报,就凭一点冤气,结成一种鬼质。一到会场,向大批旧鬼参拜为礼。众鬼正在愁眉苦脸,无可奈何的当儿。这等新鬼拜访旧鬼的事情,又是时时都有,不足为异的,谁有那片心思去理会他。不道伶俐鬼一见此鬼,大为喜悦,疾忙过去和他打招呼。一面示意刻薄鬼、聪明鬼等一班资格较老、知识较佳的鬼魂,齐来和他施礼。这冤鬼不承望许多老前辈如此优礼相待,却也知道感激,问起众鬼在此开会为了甚事。刻薄鬼等便长叹一声,把上项事情告诉了他,只不把符箓的厉害说出,另外加了几句说话。大概说,长房有了此符,是专一惩治新来之鬼,如此这般的说得十分厉害怕人。这冤鬼果然害怕起来,请教他们可有什么抵制之法。伶俐鬼便说:“我们同为鬼魂,不分新故,一视同仁。今天正因许多新来的弟兄们,为恐符箓厉害,大家吃苦不起,特地请求我们一班老鬼,请教办法。我们为帮扶新鬼起见,第一步的办法,就要找个丧心失魄之鬼,前去偷他这符;第二步,便由我等亲往他的寝室,用牛粪泥块塞住他的五官七窍,活活将他闷死;第三步是全体陪他上森罗殿,看阎王爷还是顾全众意,办他滥用非刑,欺侮新鬼的罪名,还是不顾公意,存心偏护他一人。到那时,我们自又有对付他的方法。计策虽已议定,就因一时找不到那种丧心失魂的冒失鬼,所以大家还在讨论之中咧。”

这冤鬼听了,他本是病狂之辈,死前做事,最是冒失,又且喜欢多事,一闻此言,马上自告奋勇,说道:“鄙鬼初到此间,未立寸功,既然诸位老前辈找不到丧心失魂之鬼,而鄙鬼恰正属于这一类儿,诸位不知可用得着我哩?”众鬼见他如此仗义,顿时把轻鄙新鬼之心,改为满面春风,一个个鬼张鬼智,鬼皮鬼脸,争着鬼讨好,纷纷鬼殷勤,和他说鬼话，献鬼计，弄得鬼计多端，鬼话连篇。大伙儿捣了一场大鬼把戏儿。最后还是刻薄鬼发号施令，派那新来冤鬼，即去偷符，另派四个伶俐鬼，八个蛮横鬼，各持粪土之类，等他一经到手，立刻可以作第二步的功夫。此外又是两个精细鬼作为应接。阴风惨惨，鬼气森森，杀奔费家而来。这批老鬼，素来熟悉门户，将这冤鬼一直带入长房寝室。

此时刚交四鼓，长房正睡得十分酣适，连梦都没工夫做。冒失鬼此时，却正该他出点冒失念头，他也不问青红皂白，走上前向长房发中一探。就探着了一张小小纸头，慌忙拉了出来。果然丧心者无心可丧，失魂者无魂可失，他携了这符还是依赖他的未散的冤气，逍逍遥遥回去献功去了。这边众鬼见长房失符，一齐放大了胆，各自动起手来。将长房身上有窍之处，概塞得满满实实，不透一些空气。这等刑法，若是出于生人之手，受刑者还要挣扎一下。自出鬼魂之手，老实说竟不消片刻工夫，也不烦他动弹抵抗，早已一命归阴，和大批鬼魂一起奔到森罗殿上打官司去了。这便是长房被鬼害死的情形。

桓景听明白了，吓出一身冷汗，忙着进去拜唁了一番。回到家中，因心悸过度，不上几时，也追随他老友费长房于地下。倒便宜了阎罗王，把几桩案子，可以并在一起办理，手续上自然简便得多。那是阴间之事，本书非专记地府之史书，也没负记录阴间判决书的责任，关于这件复杂案的结果，只好略而不记了。但在这里，有两句话，要请列公注意的。一桩是桓景因得犬丹而能见鬼物，所以今人对于能见鬼魂的，都称为狗眼。“狗眼”二字，便是这样一个出典。其实桓景能够见鬼，赖有犬丹。因犬丹而别生一副眼光，才可称得真正狗眼。如今的所谓狗眼，却不见得有甚犬丹。有那明达之士，说他们都是借此敛钱，并非真能见鬼。而据著者的意见，即便他们真正见鬼，也是生理上一种特殊情形，与狗眼之称，有些不大相当。不过习俗相沿，历来有此称呼，著者也无从替他们辩说了。

还有一事，是九月九日称为重阳节，今人多有登高之举，这不必说是沿用桓景避难的故事。桓景当年，因得罪鬼物，鬼物报仇，不得不登山避难。不知今人都何仇于鬼物也要看样学样的模仿一下，以极无理由之事，流传至二千年之久，还是相传勿替，真是可笑又可怪了。著者并非反对登高，更不是说九月九日不该登高，要知登高是极爽心目有益身体的事情。而且随时可以举行，不必定要重阳那天。更进一步说，便是重阳节这天，也不必老躲在家，故意作反对习俗之举。总之登山也好，不登也好；九九登高也好，平常日子登高也好，可总不要把登高当作避难看。这就于情理上能说得通，不致有盲从附和之讥了。这话丢开。

再说从长房死后，另有一个胡子羽的接任其事，子羽死后，又传了两人。而至唐朝时候，方有钟南山进士钟馗接任。钟馗虽是文人，却生得魁梧伟岸，有力如虎。他因功名蹭蹬，退而隐居，因他为人正直，得传治鬼之职。不道他也有一种癖性，是性太急，性如火，往往一时之气，迁怒鬼物。他有一件法宝，为鬼物所最怕，此宝说来却也可笑，乃是一枝柳树。向柳划咒三遍，随便折下一枝，打在鬼身，别人并不见鬼物所在，但可听得一种凄切哀叫之声。鞭毕之后，地上可见血痕。所以今人相传，说柳枝可以吓鬼，乡下地方，每有患疟之人出门就医，必采几根柳条插在身上，或放在舟车之内，以为有此一物，便可驱散鬼魅。殊不知钟进士咒柳鞭鬼，重在他的咒语。有了咒语，就是桃李花果任何枝干，都能有用。今舍咒而专用柳枝，真可谓舍本逐末，愚至无可再愚了。这也是世传相沿，以讹传讹的一种笑谈，和上文所言重九登高，狗眼治鬼之属，是一般的迷信之事，这却不必说他。

再讲那个钟馗专以暴力治鬼，鬼怎么能甘？自有那般胆大有智的雄鬼，向着群鬼提出反抗钟馗之议。群鬼本来苦他刑罚，久思脱离他的羁绊，今既有雄鬼出来倡导，自然全体赞同。他们用的计策也非常隽好，原来钟馗生有眼病，每逢出门都要戴着一副大眼镜，方能辨认路径。除了眼镜，简直便如瞎子一般，休想走得一步。这班的鬼物，就利用他这个弱点，等他出门之时，先派两个身子比钟馗更长的魍魉鬼，随在他的后面，趁他不防备时，伸手将他的眼镜打落。钟馗失了眼镜，急忙回头一看，魍魉是能隐形的，早已避得无影无踪，不知所往。钟馗既失眼镜，又发火性，于是不管三七二十一的，一味乱跑乱跳。不防脚下早伏了许多小鬼，前前后后地搬递石块，绊住他的双脚。这一来把个钟馗进士跌得半死半活,身上肮肮脏脏,像个泥母猪儿一般。最后又被几个有力大鬼,推入粪窖之中。窖深粪秽,走又走不出,爬又爬不起,越是这样,越是发火,火性越大,越找不到出路。一直闹够半夜,才有人来出恭,听得窖中有声,这才喊起人来,将他救出。这便是世俗钟馗被鬼迷的一幕趣剧。钟馗自从吃了场大亏,回到家中,气成一场大病,明知这是众鬼报仇之计,但思身为鬼师,横被属鬼欺凌,威信已失,颜面何存,也不愿再干这等治鬼生活。他本人也因气愤愧恚,不久去世了。从此以后,这治鬼一事,也没这大胆的人敢轻易担任。但钟进士的威名物望,却已流传下来,人人知道钟馗是可以治鬼的,大家都称他为鬼王。每逢端阳节之前,家家户户都要悬挂钟馗的神像,就是这个意思了。要知钟馗去职之后,何人继任其事,却看下回分解。

第七十九回　鬼迷张天师手印失效　喝醒鬼打墙遗矢有灵

却说历来治鬼之人，大多被鬼捉弄。因此钟馗去职以后此席久悬，没人敢任这等重责。直到大唐国时，方由太白金星会同全体星官，奏上玉帝，以世上厉鬼日多，时时出现民间，扰害闾阎，务恳查照向章，委派能人，专司捉鬼之事。玉帝准奏，当问："此职谁可去得？"太白金星又把以前各员失事情形，大略奏陈，并荐龙虎山张真人可以兼任此职。因他生而有印在手，此即可治鬼狐精怪之类，如蒙简任，必能尽职愉快。玉帝准奏，当派太白星君亲去宣旨。星君到了龙虎山，张天师得了值日功曹的报告，早在洞口迎接，宾主相逊入内，星君先宣了玉帝诏旨，天师跪而受诏。读毕方施礼坐定，大家谈了些天上人间之事，天师问起："近闻东华大帝奉旨下凡，可有这事？"

星君道："此事却是真的。大帝常谓天上多一神人，不如人世多一种神仙。又因曾在他弟子钟离权面前，说错了一句话道：'将来度你为师。'这一句无心之谈，孰意竟成谶兆。此番上帝因闻人间恶人太多，人心日坏，意欲拣神仙星宿中有才有德，功行极深者，下凡一走，常常化现法身，指示迷惘，广开觉路，一时难得这种人才。后闻帝君有愿下凡尘之说，徒以他的弟子钟离权尚未成道，不能度他出世，难践昔日约言，是以迟迟未果。今者钟离权已由李玄传授玄经，早成大道，正可作得帝君度世之师。曾于上年向太上老君说起此事，老君说道：'帝君性情端正，而行为潇洒，正是神仙风度。既有昔日约言，便合下凡一走，以见圣人无戏言，兼为陛下感化万民，却邪皈正，是诚莫大善举。非帝君德行功业，亦不能当此重任也。'玉帝得奏，圣心大悦，随于帝君入朝之时，当面吩咐了一番，帝君概然奉旨，愿随时下凡，现已生于河中吕氏人家，名洞宾者便是。某此番别过真人，尚须去华山一走，通知钟离权，须早早前往点度，莫教他久滞红尘，致婴浩劫。将来如至为难之处，某与真人都得尽力之所能，随时指点于他，也是一件大功果咧。”真人听了，点头称是。

星君去后，天师便传合府灵官、法官、功曹、吏胥人等，向他们宣布新膺帝命的话。从此四海之内，一切鬼物，都受天师管理，相传至清朝末年，并无变故。只有一件小小趣事，久为世人所怀疑莫解者，即因相传有张天师被鬼迷一句古话，可见以天师身分法力，也曾蹈过费钟诸人的覆辙，益见治鬼一事，真不容易。

以著者所知，自从天师接管鬼物以后，闹过一件小小风潮，但闹事的主体却不在天师，而在天师部下的一位法官。这等法官，本择世上全真中有道行法力者充之；内中还就其道法高下，别为上中下三等。当唐朝末造，天师府中有个新来的法官，和天师同姓，年轻才美，颇蒙天师信爱。初来时，不过是个下等法官，不上半年，即擢升中等法官。这人本是江西地方一个贫人之子，幼年时候跟随父母行乞度日，人家见他体貌清秀人品端正，虽在乞丐队中，偏有大家公子的气派。因此人人瞧得可怜，每逢他到的地方，不消开口，人家就会加倍的照应他。他的爹娘也赖以温饱。这张法官偏又孝敬父母，乞的食物必先敬过两老，然后自食其余。有时天气过于寒热，便把父母安顿在古庙内，独自出来求讨，得了食物仍都敬与他们。后来他老子病重无钱请医，他把困苦情由写成一纸文辞，问人哀乞求救，文辞却又做得不俗，人家又格外地怜悯着他，半天之内给他讨到纹银十两，欢欢喜喜拿回古庙。谁知他的老子没福享用，已在病急时分。张法官急了，背着人割下一块股肉，先行煎来给老子当作药喝。一碗下去，果然毛病得了转机。至次日一早，他又进城来，寻到向来认识的一位医生，意欲求他屈驾到古庙中一诊，免得老子垂危之身再受意外的辛苦。不料他老子寿限已到，无可挽救。等得医生请到，他老子已经断气。张法官这场悲苦，真个难以言语形容，啼啼哭哭的葬了父亲，刚把得来的十两纹银用完，母子二人狼狈相依，东求西乞的过了许多日子。

这年恰值年荒岁歉，盗贼如毛，地方上稍有身家者，都奔避远方，剩下几家农户，也都苦得和张法官母子相差无几。张法官弄得讨无可讨，乞无可乞。自己年轻力壮，捱饥受饿还不要紧，却如何养他这位老母。天天求乞回来,眼见老母这般年高,还不免吃这等苦头,心中宛如刀刺。便在廊下暗暗痛泣,还不敢使老母知道,增他伤心。可怜那时的张法官,也可谓走到水穷山尽的地步了。那知人有善念天必闻知,决不忍他走入绝路。当有张果大仙闻知其事,即化成一个道人,用点石成金之法送他半百纹银,并教他许多救人济世的道法。从此以后,张法官便利用这笔款子,租得一所房子,专以巫术治病,颇多应验,门庭登时盛旺起来。如此又过了三年,他的母亲心广体胖病也好了,而且越发康强起来。张果又来对他说道:"以前教你道法,半为救世,半供你仰事之资,但此事非可久为,不如跟我到龙虎山,我荐你至张天师处,当一名法官,何如?"张法官便把店收了,将所有积余银钱除分与一班穷亲苦友之外,一概奉与母亲,自己便随张果到了龙虎山,做了一名法官。这个张法官真是一个绝顶聪明的人,每逢天师作法,书符持咒,他只立在一边,留心考察,居然被他学去好多的符咒。

一天,天师被一位道友邀去下棋,派他管守洞府,他想闲坐无事,何妨把前日偷学的召鬼之法拿来试验一下,于是戟指书符,把天师金牌一拍,一霎时间,房间内站满了无数鬼魂。有断臂的,有焦头烂额的,有舌伸口下的,有目凸眶外的,还有许多希奇古怪可惨怕人的鬼,乱哄哄聚在一处。因见召他们的不是张天师,却是向不认识的人,群鬼心中也有些诧异。又因张法官不配管辖他们,问他有甚事情,把我们召来。张法官一见如许丑鬼,心中早吓得模模糊糊对答不出,而且室中之鬼,已挤得水泄不漏,而大门以外后至之鬼,还成群结队,阵阵进来。群鬼见张法官如此胆小,益发瞧他不起,有扬声辱骂的,有冷语讥讪的,有说打死这野道人的,有说拖他出去丢入粪坑的。又有说某处地方,正在大做法事,我们刚想图得一饱,被他用符咒喊来,喊了过来又没有事情,我们却自己丧失了一餐饱食,这非向他索赔不可。如此一场纷扰,把张法官愈加吓得魂灵出窍,竟把退鬼之咒忘得干干净净。于是众鬼愈加大闹,把张法官捧了起来,头向下,脚朝天地矗了半天。然后放将下来,又用马粪牛尿塞住他的嘴巴,还要拖他出去,丢入粪坑。幸得天师回来,一见这番情景,心下恍然,忙用退鬼咒，驱赶群鬼。众鬼也纷纷争论，说张法官不应无故开他们的玩笑，非要将他惩治不可。天师难却公意，只得善言抚慰，并允一定训戒张法官。众鬼还不肯就散，定要天师当面重办。天师大怒，左手捏诀，右手现印，大喝："小鬼们焉敢如此不遵约束！如再无礼，我这手印和符诀一合，可使尔等于转眼间变成血水。"原来天师和凡人一般，不过天付治鬼惩怪之职，生而有印在手。符咒之类，得此一印，方有灵效。自来天师传统，即择诸子中有印者，令他继续其职。所以永无争夺之事。按之古籍，生而有文在手者，不一其人，天师之生而现印，事同一理。他的印符，上可以警不法仙神，中可以制灵变妖怪，何况区区鬼魂，焉有不惧之理！他们见天师动了脾气，深怕他真个做将出来，鬼身禁受不住，只得嗯咧咧一声胡哨，大家逃个干净。

天师再来瞧那张法官时，已是不能言语，而且周身青肿，疼不可言。张天师见了，又好笑，又好气。因他吃亏太大，平日又是最喜欢他的，便也不忍多责，反用符咒替他治好伤痕，然后嘱咐他道："符咒为物最灵验，也最可怕，用之不当，可以自杀其身。何况无事滥用，作为游戏行为，不是反加罪过了么。幸而你还只召来一班野鬼孤魂，万一把天上星神或本府灵官请来，没有正事给他们去办，那么你这身子，敢则早已变成齑粉了，还能在此地见我的面么？从前我这府中有一个王法官，因为出恭没带粗纸，就捏个诀，召到值日灵官，请他代拿粗纸，被黄灵官一钢鞭打落深崖，连尸骨都不见一根。这等事情，就是我也没有法子可以救援他的，你想可怕不可怕啊？"几句话，说得张法官吓出一身冷汗，半晌不敢说一句话来。

谁知这班鬼魂，虽不比神将的威严灵官的身分，却也十分的倔强。闻得张天师不肯惩戒张法官，不由动了公忿，曾于荒野之间开个鬼魂惩戒张法官的大会，公议要求天师的方法。中有一鬼，乃是一个狐精，被天师五雷劈死，因他交接生人太多，得有人气，所以也捱在众鬼之内。这东西虽非人类，却是狡猾阴狠，诡计多端，他便献议道："从来做我们鬼师鬼官鬼头儿的，才如费长官师徒，狠如钟进士，尚且经不住我们众鬼一闹。如今这张天师，但凭一印。除了印，符咒便不足怕。我们只要假作哀求，慢慢走近他的身边。他若允许我们，立时斥退张法官，并予以严重的刑罚，当着大家的面做给我们看，我们就没得说大家退回。可从此以后，天师也不敢正视我们了。要是他再有倔强，我们就将他有印的手攀住，使他举不起来，大家再团团围住，用鬼打墙之法，将他迷得进退无路，出入两难。那时怕不就我们范围，从此他也挫尽威风，决没面孔再向我们吆吆喝喝的，自尊自大了。”群鬼听了，无不赞成，他们果然有些合群鬼想。

等得天师晚上出门之时，群起阻道，先用善言求请。天师见他们一味动众要挟，心中不悦，少不得仍是一番呵叱。那知众鬼已择一班强有力狠如虎的恶鬼，假作请命之状，早已捱近身边。见他一声呵叱，大家奋勇而起，将他一只有印的手压住。天师见众鬼不散，当着一班侍从灵官之面，面子也太下不去。不由满心发出火来，当即一手捏诀，再举那只有印的手，那知重逾千斤，再也抬不起来。已知着了他们道儿，心中一慌，灵机便已窒滞。本来道家作用全赖一点心灵，心灵既窒，即如常人一般。睁眼瞧瞧，一班随从灵官，一个都瞧不见了，心中越慌，越发不得主意，竟被一班野鬼吆吆喝喝嘻嘻哈哈地簇拥而去。此时天师心中，十分模糊，眼中所见，东也是一座峭壁，西也是一片大水。好容易找到一条路径，那知走不几步，又是一座障壁堆在面前，险些把他嘴脸也碰肿了。最难受的，还是那一只印掌，沉重万分，渐渐被他们压得酸疼起来，十分难过。耳中只闻“张真人还不投降，张天师快快退位”的声气，又有说：“你还敢倔强么？还敢轻视我们么？还不快快把那姓张的交出来么！”这等说话把个天师弄得有法成无法，答应不好，不答应又有些支持不得，这便是世人所传鬼迷张天师的一幕怪剧。

那天师被群鬼所窘，一点施展不得法力，心中想道：“只有等待天光，阳气一盛，鬼魂必然散去，那时却再计较。”怎奈那只被压的手看看将要折断，实在万难支撑，只得坐在地上，把那只手搁在一块大石上，以为借这石块之力，可以减轻些压力。谁知那批鬼魂，真个来得阴险凶狠，明明知他意思，于是加上许多蛮鬼上去，再把压力加重十倍。天师的臂膀子，下面靠石，上边负重，险些要被压得糜烂了。天师不觉仰天长叹道：“万不料身为天师，爵封真人，反被鬼物所迷，性命只在俄顷。老天,老天,如此不肯佑我,何苦要我兼这差使!我死何足惜,但从今以后,不但没有人敢负治鬼之责,恐怕连这天师之位,也没人敢坐上去了。”叹声未息,忽听云中大喝道:“真人身为天师,难道连这区区鬼打墙的玩意儿都不知道么?”真人听了,猛可地省悟转来,道:“啊呀呀!我真昏了,怎么眼前小术,都记不起来。”挣扎着立起身来,掇下裤子,撒了一大泡滚热的溺,把身子四面转旋,各方面都浇着些儿。一溺未完,只闻四处八方鬼叫之声,顿时眼前一爽,宛如拨去一重障幕,还有那只被压的手,也立刻轻舒,如释重负。天师望空额手,谢仙人提醒之德。寻着途径,彳亍而回。不知天师回府以后对于众鬼有何处分,那云中厮唤的是那位仙人,却看下回分解。

第八十回　发预言张天师被废　践前约吕纯阳诞生

却说张天师被鬼迷一事，已在上回说明。天师一溺，撤退众鬼，此话近于滑稽，其实都有至理。本来天师生而得位，印文在手，他的体气，当然比常人不同。况且身为天师，天师固是凡人所做，但因时时和神仙妖鬼接近，常常用着符箓咒诀，自然也不能不做一番修道工夫。因而他的阳气，又比别人来得盛旺而结实，他那区区一溺，看似毫无力量，而一触鬼身，已如油滚火烫，万难忍受得住。此天师所以能一溺而驱散众鬼者，职是故耳。

如今的人们，也常常有夜行山谷，被鬼打墙迷的神知昏沉、进退维谷者，如体气极强，又系热烈之体，也可以用溺退之。要是身体衰弱，又属寒阴之质，却须改用喷血之法，而血之来源，又最好是咬破舌尖，四面一噀，其效力可等于阳体之溺。若被鬼迷者属女性，则无论体气如何，概须以血治之。这等传说，是否可靠，可惜作书人有生以来，未尝见鬼，也不敢以捣鬼之谈贻误他人，只好附带声明一言道：事属传闻，不敢负责。但所言天师之事，却确而可信。读者要是怀疑，大可到龙虎山上去调查一番，真真假假，就可彻底明白了。

闲言少叙，再说天师受了这场暗亏，回府之后，便有一同出门的灵官和侍从人等，前来问好请安。天师把经过情事，一字不瞒的对他们说了。早激动了董、王两位灵官，立时掣出钢鞭，大呼道："鬼物侮辱天师，我辈更不在他们眼内了。请天师立刻召齐群鬼魂，非得逐个赐以一鞭，将来鬼风嚣张，鬼势蓬勃，还能治得下来么。"说着，怒冲冲地立等后命。天师笑而慰之道："某岂不知群鬼可恶，但思他们身为鬼物，且多无祀少祭之辈。他们的境地，已极可怜可悯，而张法官不明事理，妄施道法，委也咎有应得。某虽严行训斥，却非群鬼所见，他们因深恨张法官，而连带与我为难，其事可恶，而情尚可原。好在我身既未吃亏，不如恩施格外，饶过他们，也见我辈宽大之德，仁义之心。望君等释怒开怀,切勿以此介介于心也。”二位灵官听了这话,不觉把心气平和下来,王灵官先把钢鞭收好,从容说道:“话虽如此,但天师本人可以施恩,而天律却不容宽纵。鬼物固自可怜,群鬼之中,必有为首倡导,以及主谋犯法之辈。此等恶鬼,断断饶恕不得。如一概免究,不但不见天师宽人之德,他们反疑天师颟顸畏事,我辈溺职废法。将来些小事情,不惬他们的意,随时随地可以动众挟持。甚或鬼计多端,鬼谋百出,鬼头鬼脑,鬼鬼祟祟的,鬼把戏儿必将层出不穷,或且有甚于鬼打墙鬼压手者。天师和我辈纵有道法,防不胜防,万一闹出大事,必受天律之诛,是天师今日之仁慈,即为他日获罪之根苗。更恐茫茫神州,鬼将食人,人不胜鬼,鬼势可以滔天,人且尽学为鬼,那时还成什么世界啊!”

天师听了,悚然动气,正思回答,忽闻空中鹤唳一声,突有仙人下降。天师急偕二灵官四仙吏一同出迓。原来不是别人,正是推荐张法官的张果大仙。张果一见天师,疾忙拱手说道:“太对不起真人了,为了贫道推荐之人,累真人被幺魔暗算。若非贫道凑巧路过,提醒一言,真人还得受他们磨折,岂非贫道之罪。”真人才知空中出言点醒他者,即是张果,忙也道谢不迭。大家相逊而入,施礼坐定,张果先对二灵官笑道:“才在空中,已闻妙论,二公所言鬼势滔天,人将学鬼。这话说来骇人,其实将来终当有这一天,不过还在千年之后罢了。大抵善恶二途,即阴阳所由分判。混沌之始,人人皆浑人。浑人则无机诈,无机诈便是善人。降至后世,机械变诈之风,一天盛一天。因之世道人心,也一日薄过一日。到了薄极之时,即阳气消灭,阴势大盛之时,二公所谓鬼势滔天,正其时也。鬼属至阴,人之所异于鬼,即因一点阳气,到了人无阳气,试问与鬼何殊?并非鬼能屈人,鬼也不求人化为鬼。但到了那时,鬼因不失为鬼,人也与鬼同类。因此世上的事情,全是些卑鄙龌龊阴险猾贼性质。在官则不顾公家,只知贿赂,贿赂可以公行,苞苴不必暮夜,是即鬼魂抢夺羹饭的情况也。在普通人民,则孝道可以废除,淫风可以倡导,只求有利于己,不问廉耻礼义。又犹之于鬼物无心,任意捣鬼,绝不顾人的难堪。此等鬼心鬼肠,鬼谋鬼智,将来必一一传于生人,于是人鬼无别。而偌大宇宙,真个成为鬼世界了。但这都是将来之事，以贫道眼光望去，大约去今一千五百年内外，总得到此境象，如今却还谈之太早罢了。”

天师听了，笑道：“故人远道相访，原来是专为发牢骚来的。”一句话，说得张果也笑了起来，又道：“这话你们今日听了，必说我言之过甚。但这倒决不是玩笑之谈，委实将必定有这一天。大凡天地之道，不外‘阴阳’二字。阳盛则阴衰，阴盛则阳也消歇。昔人所谓‘天下之生久矣，一治一乱’，就是这个道理。从实质讲来，先是一刀一枪，你生我死，四面八方的混战一场。名为大乱，实在还不算真乱，因为这等乱事，所乱者只是一个‘事’字，事尽管乱，人还是人。必致人心皆死，人化为鬼的时代，那才算得真正大乱。俗语所谓‘人心颠倒，天道反变’，这八个字，正好作‘乱’字的注脚。这等真正大乱，方可与混沌时代浑人之治，成个相对的地位。即浑人为全阳时代，而鬼世界则全阴时代。如此由阳而渐化为阴，中间不知经过几万几千年。到了大乱之极，最后结果，又将混成一片。可是这混与上古之浑，绝对相反，一个是阳极之浑，其为治也洵洵穆穆，熙熙攘攘，无尔我之分，有说不出那种无限乐趣。一是阴极之混，其为乱也，颠颠倒倒，糊糊涂涂，无彼此之别，有话不像的那一种乌烟瘴气。人心至此，可称乱极。所谓乱在人心，而不在人事，称为根本之乱，不是枝枝节节，一地一时的小小乱事可比。合到上古的浑人时代，才可称得一治一乱。从此以后，天地必将复合为一，又须经一番开辟工夫，再入于浑人时代，为再治之开端。天道如此，莫可如何。虽有大智大圣，如玉帝、元始老君、王母、西方佛和东方孔，也不能为之挽回变化者也。”天师灵官等听了，都为嗟讶不已。天师又道：“到了那时，我辈子孙，不知如何情形了。”张果笑道：“此中却要说个难易久暂的道理。真人勿恼，我可预言一句，如真人生而得道，爵为天师，但福分太大，反感亦大。如我贫道，以小小动物，修成今日的地位，位分虽卑，尚非轻易得来，将来在鬼世界中，还不失为一个末秩小仙。若天师子孙，却就不免要稍稍吃亏，甚至天师名义，也当于那时告终。纵能恢复，也须在二次开辟之后了。”

真人听了，心中倒有些不大欢喜，但他是生有涵养的人，面上怎能露出,反哈哈大笑道:"如道友所言,连玉帝佛爷等几位圣祖,尚且不能挽回气数,何况我辈。再说千五百年后的事情,那里管的许多。好在那时道友资望道德,必定日积月深。有你高居天府,我的子孙,不怕没人照应。就不做天师,丢了这劳什子的手印,有什么要紧。"说毕,又哈哈大笑。张果听了,深悔自己失言,忙用别话支吾开去,因又渐渐说到张法官身上去,天师即把张法官请来。张法官见了张果,颇含内怍,张果笑道:"年轻人做事,往往不顾利害,不识进退,世上人大概如此,不光是你一人。但我今天来意,却专为结你们这重公案而来。一则真人对于此事,真如灵官所言,本身不妨仁慈,而天律不容宽贷,至少也得把那为首的几个鬼魂加以一番惩究。"说到这里,袖出一纸名单,交与天师说:"贫道已替真人将此事查明,这几个恶鬼,便是倡议主谋的东西。此辈不惩,鬼界不得平靖。二则即为张法官的事情,这事闹得虽不甚大,也不算小。但他不过一时贪玩,且把平时所学,小作试验他以备将来扶助天师之用。若说恶意,是一点没有的。所以,这事情,也还算稍可原谅。但如今他断不能再在此地了。一则显得真人待他太宽,将来难以服人;二则鬼魂中很多不可理喻的,此番经真人惩究主谋以后,他们对你的仇怨更深,似你一无本领,怎能和他们抵抗。不如脱离此地回家事母,等你母死后另找一处名山洞府,可供修养之处。自己用些苦功,将来也可有地仙之望。"张法官听了,只得谢过天师,跟定张果,一同别过了天师和府中一班同事。

张果驾起云头,先将他带回原籍省母。张果临行,又丢了一块银子给他,吩咐道:"你今可将此作些本钱,辛苦营生,看有可以帮扶人家之处,随意作些功德,也可增厚你的根基。我再告诉你,你的前生,本是钟离仙师未得道时在山中收下的徒弟,仙师替你取名叫山月儿的便是。后来仙师又被他师傅东华帝君斥责,说他自己尚未成道,怎好擅自收徒,因此他也不敢再来找你。但仙人无戏言,他既允许将你造就,又已得过你的好处,除非你做了什么歹事,断断不能再收,否则终要设法成全于你。因此他于得道之后,将你牒送冥司,投生此处。再行考察你的为人,倒也颇知孝道,性情也很忠厚。他便放心大胆,决意把你提拔一番，以完向时夙愿，这便是你前生的历史。现在他因东华帝君不久下凡，数定属他为徒，他念自己受帝君提挈教训，得有今日的地位，因此已化身教习，投在他家，作他的教师，以便随时随地点度于他，自己不得分身，特托我料理你的事情。现在你母亲已有疾病，大约不过数年阳寿。你既脱离天师府，正可在家奉养母亲，以完你做人的责任。待尔母死后，可去福建武功山下白风岩，做些修养功夫。等到机会来时，我自再来指导你修炼之道。"说毕，袍袖一举，人影俱杳。张法官亟忙跪送。从此他便遵命在家，为人择婚合日，批评命理，得钱养母，一面开始作他养气功夫。过了五年他娘死了。他便弃家游到福建武功山，果有一白风岩，岩下有洞，就在那里用功。五十年后，张果亲往考察他的程度，教了他许多道法。更三百年后，度为地仙。这是后话，一笔带过。

如今再说钟离权在吕洞宾家中，教了他五年的书，那时却当唐代武后归政之后。这吕家世代为官，洞宾父母自然也指望儿子能够继承宦业。偏这洞宾生有异秉，对于博取科第的学问，无论何等艰深的古籍，一到他的目中，总是嫌他太浅太粗，不值一读。他父亲气极了，当着他先生面上，亲自考察他的功课。不道他所读的书，从头到尾，一字不忘。年才八龄，已能帖括诗文，精而且妙，就是他父亲，也不能不佩服他。更有心找出古书中最难索解的问题来，考他一下，他总是有问即答，脱口如流，并有许多意义，发昔人所未发，正可做得古人知己。他父亲也无以难他，不觉点头叹道："此真吾家千里之驹，但黄口孺子，动不动嫌古人书籍不足观，未免太觉狂妄。不知吾人为学，除了圣贤经传以外，更有何书可读呢。"洞宾听了，夷然对道："孔圣之学，是入世正道，其言平易近情，可供为人楷模。人人如此，天下暂可太平，而非永久常治之道也。至于出世妙义，还在老君《道德经》内。人人习之，则万年常治，永无乱事。此中至理，正我人所应服膺，而今人反忽视之，以为异端之教。还有许多玄门要旨，道术正宗，皆人生最高学问。今之自命通人者，反鄙而勿道，此大道所以不行，而天下所以常乱也。"几句话，把他父亲说得又奇又恼起来。未知后事如何，却看下回分解。

第八十一回 吕祖高论惊老父 钟仙吟句儆贤徒

却说吕洞宾对他父亲说出一番出世伟论,把他父亲说得目瞪口呆。叱道:"小子略知皮毛,正如古人所谓才能记得几个古典,怎敢非圣诬道,妄作怪论。我华夏中国,素以尧舜文武周孔之道治世,数千年相传勿替。到了本朝手里,历代圣主,无不以崇正黜邪为事,多少通儒硕学,不敢稍作非议。你小小孩童,能有多大见识,敢出此种无法无天的狂言。"说着向先生一拱手儿,说道:"蠢犬如此胡闹,敢烦老师曲意裁成,引之于正,能使寒门不废书香,永承祖业,小弟就感激不尽了。"说罢,怒匆匆入内而去。

钟离权笑对洞宾说道:"为你几句狂言,连累我也讨个没意思。"洞宾听了,挺着身子,圆瞪双眼说道:"师傅,别这么说。弟子承师傅训诲,已知天地之内、天地之外,只有这一个道。道之外无他道,道之内也无他道。弟子年纪虽小,已知救世之道,也只是这一个道。天不生我则已,既生了弟子,弟子誓要把世界众生,一起引入大道。有一人不得道,弟子决不独自成道。弟子也深信孔丘五伦之教,事亲之理。爹爹虽不容弟子修道,弟子还要慢慢的感劝爹爹入道,而且弟子私意,以为劝世救人,要自亲及疏,由近而远。自己的骨肉尚不见信,更何能感化他人。师傅,弟子救世劝人,已定从自己家中入手。现在爹爹的意思,要弟子读书成名,中高第做大官,生儿育女传接香烟。弟子为要感动他老人家起见,一定事事先遵他之命,做给他看,博得老人家的欢心,方好挽回老人家的心意。师傅,你看弟子见解何如?"

钟离权听了,大赞道:"三教异途,而其理则一。儒家训人最重忠孝,我们既要修道,尤其应该把忠孝大节,时时记在心头,能够如弟子所言,把人生责任一一做完,然后入山修养,那是最好没有的了。但恐那时世情一重,道念反轻,不但普渡众生的宏愿难以贯彻,就是你本身,也将与草木同腐,落不到一点结果,岂不可怕。”洞宾笑道:“师傅之言,忒小觑弟子了。弟子未生之前,家慈曾两得梦兆,说有许多仙官,排着仪仗,送弟子投胎。生下来时,室中尽是芬香,院外咸闻空中仙乐悠扬,许多时才散。因此家君常说,弟子将来必是有造化的。这倒不必说他,最奇怪的,弟子常常梦见一位白发白须的星官,自称李长庚。弟子久闻玉帝殿中,有位太白星君,姓李名长庚,多分就是此公了。他在梦中,时时吩咐弟子许多道门玄理,并着弟子时时记得‘天上多一仙人,不如地上多一圣人’。他又说,这两句话,是弟子自己说的;弟子在梦中也似乎记得,确曾说过这两句话,但不知何时说的和讲与谁听,这可记不起来了。弟子醒来之后,灵府十分清澈,常把这两句话印在自己心坎里,所以才有度尽世人的宏愿。师傅,弟子此言,确不是一时性到,随口乱谈,委实刻刻不忘,存有这个念头啊。”钟离权笑道:“既如此,你可记得从何处见过我么?”洞宾笑道:“那也记不清楚了。但弟子早对师傅说过,一见师傅的面,就似非常熟识的样子。看来这些,许都是前生之事罢。”钟离权听了,手捻胡子,哈哈大笑。笑毕,又轻轻点点头,却不说话。洞宾确不甚理会这些,又道:“弟子话是这么说,心中却惦虑一件大事。”钟离权点头笑道:“我省得,我省得。但是并不要紧。”洞宾怔怔地问道:“师傅猜弟子什么心事?”钟离权笑道:“想来你志切修道,为要度尽世人,不能不先感化你父母。功名富贵,你所自有,十年之内,一概可以办了。独是生男育女,不能不有男女居室之事,你怕是怕破了法身,未免阻碍修道的功行。你所忧患的,不是为此么?须知你乃纯阳之体,纵然破了色戒,但只气体感应,已可生育男女,不必摇动精血也。这因你根器太厚,阳刚太盛,才有这等好处。要是别人啊,一破色戒,就得迟千年道行,甚至全功尽弃,与凡人无殊,才是第一可危的事情咧。”

洞宾听了,大喜道:“弟子所忧,正为此事,今蒙师傅指点,此愁可祛。弟子倒要请问,师傅究竟是人是仙,何以能知弟子许多情事?而且师傅每天讲授玄门大道,弟子虽愚,也知此等玄理,非大罗金仙确有千万年功行者,不能道其只字,可见师傅决非平常之人。弟子又想起师傅到弟子家中那时,很有许多特别情景,至今弟子家人,还常常说起,引为奇事。”钟离权不等他说完,失笑而问道:“他们是怎样说我呢?”洞宾笑道:“就说师傅初来之时,自己上门求见爹爹。爹爹因师傅一身褴褛,以为前来告帮,先时很想不见,后在门内私窥,望见师傅双目有神,清气满面,便说决非求助之人,急忙以礼相待。及见师傅议论高明,口才清朗,几句话就把爹爹惊服得要命,因此十分敬仰。及问师傅来意,师傅岸然说道,要收弟子做个门生。那时弟子太聪明,又忒顽皮,正苦请不到一位好先生。既有师傅这样大才之人,作毛遂自荐,焉有不悦之理。但是他老人家至今还有疑念未明,因彼此要好多年,师傅始终不肯说出自己家乡所在,也不知师傅是何等出身,曾做什么事情,何以这许多年,未见师傅回家一走,也未闻师傅写过什么家书,更不见有甚亲友上门相访。这便是他们疑惑师傅的原因了。”

钟离权听到这里,禁不住哈哈一笑,洞宾又道:“其时弟子才五龄,爹爹曾说,弟子生有自来,确是有夙慧的孩子。四岁已毕经史,五岁上头,便被我骇倒两位老师,弄得他们无颜而去。今得师傅辱临指教,事情是非常之好,又恐弟子负才傲人,瞧不起师傅。所以才喊出弟子,先着拜见师傅。岂知弟子一见师傅,宛如天赐良师,不由不满心悦服似的。未及领教,先已心折。所以弟子曾说,这才是我的师傅了呢。”钟离权点头说道:“这也许是你我有些前缘罢。”洞宾矍然道:“师傅,我们前缘是前缘,但我想师傅一定是位天上神仙,许是前生有约,特地下凡来教诲弟子,引弟子入道门来的。师傅今儿闲着无事,师傅不妨把我们前生之事,也对弟子说说呢。”钟离权听到这句,不觉变了脸色,喝道:“人世怎有神仙?神仙怎能跑到凡间来替人教书?你这孩子,太会胡说,怪不得你爹爹要骂你狂妄呢。”洞宾受责,并不惧怕,反笑起来道:“这是师傅故意怄我玩哩,我就知道师傅必是天师下降。师傅若说神仙不得下凡,何以世上又传下许多神仙真迹?大抵真人不肯随便露相,露相之后必多麻烦,所以讳莫如深。师傅既不承认,弟子也不敢妄测高深,横竖时机到来,师傅总会告诉弟子的。”说罢,也不再问,自归书位用功去了。

这洞宾天分既高，又得名师指导，自然成为无上好才。这时正值唐朝贞观时代，洞宾年十二便跟着一班亲友同去应试，一战而捷，中进士第一人。时人称为河中小才子，一时世家大族有女儿的，都愿招他为东床佳客。洞宾守师傅之训，一遵父母主张，十五岁上，娶了本郡何太守的小姐为夫人，伉俪之情，十分敦厚。过了二年，生下一子，洞宾亦以才名补官，陟官途者数十年，钟离权始终相从不去。一天，师徒父子在衙中治酒小酌，闲谈政治民生之事。忽吏胥进来道喜，说有升迁消息。洞宾父子听了，也有喜色。钟离权独微笑不则一声，也不道贺，洞宾的父亲笑道："先生高士，宜不以功名介怀，小儿年才弱冠，仕途太顺，凡人得志太早，必易生骄妄之心。骄则不能更进，妄则为世所轻，人皆羡彼，吾惧其不为福也。惟先生始终管护而督过之，儿子幸甚，吕氏幸甚。"钟离权听了，不觉仰天大笑道："世亦安有迷于名利而能进于道者，老大人但虑其骄妄非福，抑尤浅言之耳。"几句话，说得父子皆默然不语。钟离权推杯而起，踉踉跄跄地离席走了几步，口中吟道：

传道真仙不易逢，几时归去愿相从。
自言住处连沧海，别是蓬莱第一峰。

又吟道：

莫厌追欢笑语频，易思离乱可伤神。
闲来屈指从头数，得到清平有几人？

大笑道："了不得，今儿给贤乔梓灌醉了，请先失陪罢。"说罢，向外急走。洞宾父子都怪他今日言语神情，有些不伦不类，都道他真个醉了。洞宾本来事师最敬，见他醉容可掬地出去，忙禀明父亲，亲自追了出去，直到钟离权卧室。钟离权一面走，一面还在那里叽哩咕噜的，不知说些什么。一进门就呕吐狼藉，臭气难闻。他不管后面又有什么人跟着，径自奔上床去，和衣躺下。洞宾怕他受寒，想替他盖上被头，便在他耳旁轻轻唤了声："师傅好好睡下，这样子睡，是要受寒的。"钟离权听了，睁开两粒惺忪的醉眼，呵呵笑道："人生一醉，如登天府，弟子可能从我到天上一游么？"洞宾笑道："师傅说笑话了，弟子凡浊之躯，如何得升天庭？要是能够升天，弟子求之不得，怎有不愿之理。”钟离权听了，大喝道：“胡说，本是天上人，硬向地狱钻，还说什么情愿升天？”说毕，又哈哈一笑，摇摇头说道：“这圈子可怕，这圈子可怕。”说了这两句，登时鼾声大起，悠然入梦去了。

洞宾自从应试以来，功名顺利，天天做的都是烦剧之事。亏他年富力强，才识高远，无论冤案疑狱，或是种种为难之事，一经他手无不神速妥当。外面的声誉，一天高似一天。他自己也渐觉此中可乐，大有沉醉功名的情况。夫人何氏，才貌都臻上乘。自他出仕以来，又替他购置两个姬人，也皆雅艳清华，智慧不凡。洞宾也不免有情，时时对师傅夸奖他的妻贤妾美。钟离权只朝他微笑点头，既不劝阻，也不说什么扫兴的话。不过从此以后，洞宾每每和他谈道，他总不肯深言高论，惟以一二语敷衍他的面子。有时洞宾发起急来，说：“师傅莫非疑笑弟子不肖，才入世途就忘本来面目，所以相弃如遗么？”钟离权大笑道：“非也，非也。修道岂在多言，道贵无为，一落言诠，便非真道。你要我怎么议论才合你的心意咧？”洞宾不敢再说，而心中也时时自克自讼，惟恐偶一不慎，摇动心志，反被外物牵诱了去。但不知物欲诱人，每乘人不自知觉之中，为之潜移默化。以洞宾之根基，又有那般智慧，那样志趣，再得仙师指导监教，日夕相从，照常理说来，自该一路顺风地走向大路上去，凭他功名声色和一切人世繁华，怎样的大力引诱，也不能把他提到世路上去。谁知理想如此，事实上竟不一定符合，即以彼时的吕纯阳而论，实在有些渐渐惑于世情的状态显露出来。钟离权身为师傅，又是他前生弟子，洞宾修道之责，都在他一人肩上，如何轻易放得下去。便想乘机点化他一番，顺便即可劝他弃官归林，断绝一切色欲，方可修成至道，无负两世约言。因于这天席上，佯醉归房，逼得洞宾前来问安，即假借醉态，先将他刺讽了几句。

果不其然，洞宾真是根器最厚之人。一闻此言，宛如当头受了一棒，又如清夜钟声，惊回他的迷梦，眼怔怔瞧着师傅，已入睡乡，鼾声聒耳，酒气熏人。兼之刚才呕吐的东西，既脏且臭，刺入鼻子，任什么人都要禁受不住。偏偏那时的洞宾，他以公子官员的身分，竟似耳聋鼻塞，一点不曾觉得怎样。对着沉眠的钟离权，只把双手高拱，肃恭将事的,立在床边,不敢走开,也不敢厮唤。这一下,就整整站了三个多时辰。中间也有许多人们进进出出,瞧见这位公子老爷,发呆也似的立在师老爷床边,自不觉有那种惊奇的情形,但又不敢动问。其中只有一位老管家,是吕氏三代世仆,他在老夫人面前,都能说得一句话,作得三分主的,何况这位小主身边,他的权力,自然格外大了。当下他得了众人报告,一则恐有什么特别的内情,关系小主前途利害的,凭着自己的良心,不能不查个水落石出;二则怕小主人站得腰酸腿疼,回来办不得公事;三则素知师老爷爱护小主,比小主人的父母还来得诚恳,今儿为什么又有这等做作,累他爱徒如此虔诚赔礼的?难道小主真有什么委屈他老人家之处?若果如此,他这老管家儿,也该代小主向师爷谢罪。他怀着这三项意见,这才不避一切,毅然跑了进去,悄悄把小主衣襟一拉,才把洞宾拉得吓了一跳,恍如梦醒一般,冒冒失失地问了一声:“是谁这般无礼?”回头见是老管家,慌忙施个便礼,叉手儿问道:“老公公前来做什?”老管家悄悄地把自己怀疑之点问了一番,倒惹得洞宾无话可答,因为自己的形景,果然有些惹人疑议。但却的确不是对不住先生,也没有什么要求先生的事情。

总而言之,他心中的的确确,似有重大事情,要待先生醒来,明白指示于他。然而这话,又断不是一言两语,一时三刻,可以说得明白,也许内中主要的说话,还不能对老管家说的。经他一问,只得怔怔的一笑道:“老公公,别胡猜乱想,我是要请教先生一种学业,见先生酒醉高卧,又不敢惊动他。打算站在床前,等他醒来时,他念我诚心,一定会指导我的。不想又累公公替我耽心,公公既来了,倒也好,还请公公替我吩咐下人,就在此地搭了床铺,我想和先生谈论些学问政治上的事情。还有一说,要是老大人太夫人和夫人等问起我时,也不必把方才情形告诉他们,免得大家为我挂怀。”老管家听说小主如此要好,自然欢慰,点点头说道:“老奴理会得,公子也该早夜进上房去,照常请老大人太夫人的安,和夫人公子谈谈说说才好。”洞宾一一答应,老管家忻然自去。此际下人们早把钟离权吐出的脏物打扫干净,随即进来,安上一副铺位。一切妥当,洞宾命他们退去,无事传唤不必进来。下人们诺诺连声,退了出去。

洞宾再来看师傅时，那知他鼾声愈大，睡兴愈浓。洞宾轻轻叫了一声，仍然不应。洞宾叹道："师傅委是真仙，那有一饮便醉，醉得人事不省，睡得如此酣足之理。必是他老人家爱我之切，望我太深。大抵他见我近来太和妻妾们亲切，防我迷恋女色，障碍修道，所以假装酣睡，试我忱心，然后再以正言教我。我若轻慢先生，他必看我不足造就，舍我而去，我再从何处觅得这样高人来做师傅呢。"如此一想，重复肃恭虔敬地拱立床前。看看天色已晚，老管家知他意思，把晚餐开到这个房间，洞宾一人独酌独餐，匆匆忙忙，果了肚子，再来做他的老功课。看看钟离权，却已翻身向内，一般的鼻息浓厚，毫无醒悟的样子。洞宾打定主意，不敢怠慢，仍旧拱手立着。看看又过了个把时辰，照例这时洞宾已该就睡了，老管家恐他过分辛劳，又见师老爷如此沉睡，也觉诧异。便料小主所言，有些事情不实，此中毕竟另有原因。于是重复入内，请洞宾就睡。主仆正直相持，才听得钟离权又翻了个身，口中高呼道："唉！唉！这一下去，就没有命了。"一言未毕，早把洞宾吓出一身冷汗。未知钟离权因甚说这惊人的话，却看下回分解。

第八十二回　作棒喝点醒迷境　发伟论倾倒真仙

却说吕洞宾好容易肃立端庄,恭候钟离权大梦醒来,忽听他说出一句惊心动魄的话道:“这一下去,就没了命了。”洞宾心机灵极,一闻此言,直似冷水浇背,棒击当头,慌忙走近一步,低声说道:“师傅,弟子在此,弟子在此伺候师傅多时了。”钟离权一骨碌起来,揉揉眼睛,向外一望,惊道:“怎么睡得这么久了?天都黑了。”老管家上前,才说道:“师老爷睡兴好浓,我们小主人整整伺候了半天,连坐都不敢坐一刻儿。现在已是二鼓时分,老奴是特来伺候小主,请他就寝来咧。”他这么说,洞宾却非常的惶恐,忙说:“老公公,快请安息去,这儿让我伺候师傅,我自己也会就睡,用不着劳动公公。”钟离权方笑了笑,说道:“今儿正吃了你们贤父子的大亏,我的身体也太不行,近来身体益发坏得多了。你瞧,今儿也才喝得十多杯酒,怎就醉成那样子?倒累弟子辛苦了半天,太说不过去了。”洞宾惶恐道:“师傅说得这等话,弟子如何当得起呢。”回头又再三把老管家撵走了。钟离权自有下人进来送水送茶的,伺候他。他吩咐说:“肚子不爽,什么都用不着,我又要睡了,大家都睡去,用不着你们招呼什么。”众人遵命而退,钟离权笑问洞宾:“弟子站在这儿,有甚原因?因何又设起一榻?预备和我作长夜谈么?”洞宾听了,突然跪下地去,叩头道:“师傅,弟子懂得师父深意,弟子自知无状,不合贪恋妻妾,至劳师傅垂念,罪无可逭。但弟子自信,还是从前一样的志趣,一般的决心。世上物欲,无论如何厉害,弟子决不被他引诱了去,可请师傅放心。弟子决不有负师傅期望之殷,教诲之德,惟师傅终始怜而教之。”

钟离权听了,倒不禁叹息道:“人生不怕不能知,独患知之不真。不能知者,遇知者为之指导,立刻能知;惟其自信为知,而不能真知,斯为害烈甚,而终身无省悟之机矣。汝根基太深,天分太好,凡百事理,人以为难道难索者,汝能以顷刻释之。惟其如此,而有些地方,往往不免自信得太甚，自信为入道第一法门。人不自信，将委蛇唯诺，无一事可成，而何言乎修道？但使自信过深，每致流于偏激狂妄，弊之所至，可使学无实际，尽成皮毛，偶有讹谬，终身难改，而人亦无敢为之矫正者。大抵聪明之人，最易犯此。汝乃绝顶聪明人，纵犯此病，亦能转悟，但吃亏亦不少了，譬如你方才所说之几个决字，即自信过甚之一斑。以我所见，你的毛病，就在不能用此决字，既不能决，而偏说是决然，决计，决乎。有这么多的决语，这便是自信过深的凭据。还有一层，你只知贪恋妻妾之好，是你近时大病。不知除此以外，还有热衷功名，也与好色同一祸害，你却只知其一，不知其二。这等毛病，也未尝不从自信太过而来。因为自信得忒厉害了，自谓我是决不那么样的。于是一点心苗，尽不肯向着自己短处着想，而所作所为，种种谬妄，就无从发现出来了。老实告诉你一句话，今儿我这一番试察，就是要知道，你能否于错误之中，自己转悟所犯的毛病。要是一味矜妄，全不退想一下，纵使我酣睡个十天半月，你也不会那样的皇皇然汲汲然，站立这半天之久。那么，你这个人哪，就叫聪明反被聪明误，结果转成天下第一蠢人了。惟其稍有感觉，即能回心内视，所以我又看你是绝顶聪明之人，是真正聪明之人，觉你犯病虽深，尚非根本重症。所以我便认你转悔之机已到，急要将你已往的过失纠正一下，你要再不回头啊，唉！只怕荏苒驹光，不肯为你屈留个十年八载，等你迷梦一深，转眼半生过去。那时真元剥尽，功行难成，纵有入道之心，其如身体精神已来不及赶上前程何？”

洞宾听了，浑身惊出一场大汗，跪伏于地，叩头不止，流泪说道：“弟子明白了，觉悟了。以前种种，当作昨日死，以后种种，才在今日生。弟子现已回心内视，自觉近来所作所为，已有渐入迷境的危险，弟子不自以为危，还敢在师傅面前夸下如许海口，更见危险到了极处了。”钟离权听了，命他起来，侍立一旁，方正色对他说道：“你常疑我是天上金仙，这话不错。但因未遇其机，还有许多俗缘未曾了结，一时不走上天。即如为你之事，也是我应负责之一。你知道你自己前生是什么人哪？老实对你说，你便是如今举世敬礼的东华大帝，而我却是你的门生。‘钟离权’三字，是我真实姓名，别署云房，人家都唤我为云房先生。为了如此那般原因,你又存着那么一种宏愿,这才奉玉帝诏旨,送下凡来,临下凡时,玉帝又付你那么一种重大使命,所以你的修道,比世上任何修道的人来得体面。也因你体面太足,你的责任也愈加重大。你该如何冥心苦志,刻自勤勉,才不负你自己降世的苦心,也不枉了玉帝派遣你下凡一场。"洞宾听了,矍然下拜道:"弟子枉恐做了师傅的弟子,追随师傅左右,至于今日,竟不晓得师傅真是大罗金仙,并专为弟子一人,溷恋尘世,弟子更不自知前生今世的因果内容,至于自身所负的责任,竟有那样重大,弟子向来在师傅面前说的狂言妄语,如今想来,真要能够做到那步田地,才够得上'尽职尽心'四字,也且不枉我下凡一趟。师傅,弟子现时已有真正的决心,甚愿即刻离开家庭,丢了官职,以便还我自由自在之身,逍遥山水之间,炼我筋骨,长我学识。数年之后,或者有些成就,那时再求师傅指授大道金丹,倘能早成神仙,也可早救一天的世人。但弟子还有私情,未能自解,望师傅为我解释方好。"钟离权见他如此容易了彻,不觉点头叹赏道:"到底根器深厚的人,比其他聪明人又高一筹。你今所虑的,当是堂上双亲,不能立时抛撇,欲待说明天再走,又怕不蒙允可,反难走得成功,可是么?"

洞宾道:"师傅圣明,洞见肺腑。弟子现在的心胸,和今日下午以前大不相同,从前尚有功名利禄妻妾儿女之念,如今却除了年迈双亲之外,再也没有心事。并非对于妻妾儿女,能够视同陌路,但他们年纪既轻,悲苦牵挂,都不足以伤伊等心身。惟有两位老人家,近来身体本就不大康健,精神也日见衰颓,若知爱子弃家远去,这一气一苦,就可立成大病,为之奈何?"钟离权笑道:"你当初不是说度化世人,当从父母妻子为始么?怎么今儿又先作抛撇父母之想呢?我早对你说,仙道不外人情,既要成仙,又不孝敬父母,慈爱妻子,这便成为天下之忍人,如何可以入道呢?"洞宾听了,惶然发急道:"师傅教训的话,弟子那一句那一时不在心头。但今日之事,势难两全,弟子道行毫无,怎能劝感他人,这不是难死了我么?"钟离权大笑道:"你既自审无此本领,难道不会求教别人帮忙么?"洞宾一听此言,立刻长跪于地,叩头有声,说道:"弟子决心出家,誓不返顾,师傅既这般说法，弟子敬以此事拜烦师傅了。”钟离权笑着说道：“罢罢，来说是非者，便是是非人。我既说了此话，说不得只好再帮你一次忙。你我世俗交情，也便从此为止。此后相逢，便成世外师徒，我们的交况，又是这般形状了。”

洞宾见他允了，心中大喜，叩头而起，问道：“弟子决定来日黎明出门，师傅看我该去那条路子？”钟离权默默沉思片刻，方道：“你既抱有宏愿，又具有那样根基，天地之外，世界之内，无论神人仙佛所居之地，你都可以去得。但今却先要往庐山一行，那边即有一位神仙，在那山上玉屋洞内等你传授天遁剑法。你有此剑法，可于五遁之外，得一剑遁之法。故有天遁之名，得此一剑，胜如百般利器了。至于眼前三年之内，你所应习的功课，我已于五年来完全教授于你。你只把这些法儿，一一练熟，半年之后可以辟谷，两年之内可以腾云驾雾、召神遣将，三年之内可略知变化之法，通五行生克之理。寻常修道人，百年可得者，如尔的质地可尽于三年间得之。三年期满，尔可在湘江岸上候我，我将与你共同度脱一样有缘之物，那时再授你更精更深的学问。”说毕又取出一件道袍，亲自替他披在身上，吩咐道：“你莫小觑此袍，此名混元八卦袍，水火不能近，刀兵不能伤，遇寒则热，逢暑招风。常常披在身上，更不必再备其他衣服。再者修仙之人，到处为家，荒山古庙，山边水涯，皆是天赐家园。有此袍子，寻常妖怪之类，望气知畏，再不敢来寻你的事了。大凡出家人第一要能吃苦，我今替你打算，倒似不忍教你吃苦的光景。这便因你自有根基，和其他凭空修持者不同。你要不信，此番出门马上可以试验出来。不看别的，只如行路、忍饥、祛睡魔、冒风霜种种出门之苦，皆你生平所未习者。但皆不足以苦你，都缘你前生功行道术，比什么神仙来得深厚伟大。今生秉着遗气，与众不同，区区炼筋骨、轻形骸那些小道，更用不着怎样修为了。弟子，这些都是你最大便宜去处，别人所万万赶不上的。有此许多的便益，若是趋入歧途，或因循自误，岂不太可惜可痛么。”洞宾顿首道：“弟子理会得，师傅放心。”

钟离权又道：“还有一件小小玩艺，可以自便，也可以救人。”因传与点石成银、点铁成金之法。洞宾问道：“师父，这化成的金银，便能永久不变原质么?”钟离权道:“大概可过五百年。五百年后,仍回原质,这也是一种天地循环之理,如何能够永远不变。倘有永不变回之理,今天便不能使他变成金银了。”洞宾蹙然不安道:“既如此,弟子就不愿用这方法,免害五百年后的人。”钟离权听了,不觉点头赞叹道:“难得难得,我今想不到此。这不过是眼前极易明白的道理,怎奈学法的人自愿学他的法,法子学成了,存心救济穷困之人,那已算是极大的善果,极好的心术了,谁还顾到五百年后得着这块金银的人,要受变回铁石的害处。这又不但我啊,大概神仙中能此者不在少数,却不曾听见有那一位理会到这些事情。谁想被你这初学之人,一语点醒,可谓发前人所未发,纠正多少只顾眼前不管将来的神仙。只此一言,已抵五百年功行了。难得难得,可佩可钦。”说着又抚着他的肩膀,喜笑道:“好孺子,你有这样的善知慧,好见识,前程正未可量,千年之后必成神仙领袖无疑也,勉之勉之,莫枉负了这好天分好资质啊!”洞宾受赞,局锝不安道:“师傅如此夸奖,弟子怎受得起。弟子但求早成正觉,得追随几杖,劝化世人,于愿良足。至于本身前途,何敢作非非之想呢。”钟离权点头道:“神佛仙人功名禄位,也都有个定数,天之所置,人不能废。其所弃者,人也难以自拔。你此番前去,马上就有一件闲事捱到你身上来。你既不能不管,管了闲事,就有小小口舌之灾。即此小事,也有因果之理在内,好在前途有人庇护,不足忧也。”

师徒二人一直讲说到天色黎明,洞宾不敢逗留,拜别师傅就想动身。钟离权道:“现在重重门户,都还下扃,你是怎样走得出去。来来来,待我送你一程罢。”于是手挽洞宾,出了房门,却是一个小小天井,仰视天空,微微有些星月之光,躲在流荡不停的乌云里面,却似怕见人面一般,老是不露脸。小风起处,天井中梧桐枝叶萧然作响,枝头鸣鸟,倦梦方回,吱吱喳喳的互相告诉,似说晨光到了,大家醒醒儿,各干各的正经事去,莫再沉迷在黑夜之中。地上的师徒俩,手挽手儿,微作感喟之声,洞宾惨然说道:“师傅,人为财死,鸟为食亡,天生人物,何故使之一个个沉溺于世情欲海之中?看他们晨兴夜寐,孳孳名利,他们自己定觉得做人是该应如此的,这才是人生正当的方法咧。但从世外人看来，与枝头鸣鸟的奔波觅食，有甚分别，一旦大限临头，命在俄顷，生时辛苦机谋，智取力夺所得的功名利禄，可能带得一丝儿到阴间受用？又如此辈飞鸟之才过春夏又届秋冬，碌碌营营，无休无歇，转眼儿老死林巢，或为顽童所害，或伤弋人之手，所有生前飞驰奔骛，种种勤劳所得的结果，又是怎样？弟子学道伊始，自顾不遑，而对于此等只顾眼前不思退步的人物，兀是忍不住替他们悄悄心忧。师傅看弟子将来可能替他们稍尽尽匡救之劳么？”钟离权微笑道：“昔人说，一夫不获，时予之辜，是何等伟大心胸。佛如来说，我不入地狱，谁入地狱？是何等慈悲心肠。舜人也，我亦人也，人之所能而谓我必不如者，此懦夫蠢奴之所为，有志者弗屑也。弟子啊，你有此好心，可莫问将来的能与不能，只顾眼前的如何勤力。天道最公，天心最仁，人有善念，天必从之。行矣弟子，奔尔前程，尽尔心力。将来之事，将来再说，戚戚索怀，匪第自苦，亦足分尔道心，大可不必。别矣，洞宾。好自为之，毋忘三年后湘江岸之约。”

说毕，伸手向空中一招，猝闻咿哑之声，起于天末。洞宾一惊顾间，有白鹤一头，自空而下，飞翔树杪一匝，把方才吱喳的小鸟惊得呀然一声，四散飞奔。钟离权喝道：“孽畜安得恃大欺小，玩忽公务！还不快来送你师兄出门去呢！”那鹤听了，立即滚身而下，落于地上，化为一个童子，目秀眉清，唇红齿白，端的令人可爱，向钟离权稽个首问道：“师傅，是那一位师兄？”钟离权指着洞宾说道：“就是这位吕师兄。他今要去南昌地界，你可把他送到江北岸上，由他自去罢。”洞宾见说，一面向童子举手为礼，童子也还了一礼。洞宾此时倒有些恋恋不舍的样子，执着师父的手，呜咽有声。猛听得钟离权大喝一声：“既云修道，何得尘心太重！还不快快前去。”说时伸手在洞宾额上一拍，洞宾大吃一惊，慌忙睁眼一瞧，咦！真是仙家妙用神秘不测，自顾此身已飘飘然飞上九霄云外，也不晓得怎样跨上童子肩头，这童子也不知什么时候又变成白鹤，将他驮在半空。这一来，把洞宾吓得做声不得。未知洞宾此去有何异事，却看下回分解。

第八十三回　桃花山犬祟王小姊　夏口镇狗咬吕洞宾

却说吕洞宾被钟离云房猛可地一声大喝，不觉吓了一跳。一睁眼间，身子已跨在鹤背上，腾踔半天，回翔作势，心中更觉惊骇。趁着白鹤飞翔之势，在他长颈上，轻轻拍了几下，说道："师兄，慢慢走呀，小弟有话请教。"鹤童便把翅子略略展缓了些，伸颈仰头，口吐人言道："师傅教送师兄到江北岸上，到了那里，自有人前来迎接师兄到庐山去。师兄还有什么疑惑？"洞宾道："不是这么说。方才我还和师傅讲话，怎么一下子工夫就在师兄背上，又已飞在半天儿里，这是什么道理呀？"鹤童笑道："这是师傅的仙法。你不知道，我却怎能晓得？"洞宾又道："师傅现在何处去呢，师兄可晓得么？"鹤童笑道："不是还在你家中么。这些事情，我全然不知。我只晓得师傅召我来，是专为送你出门，此外还有什么话，他既不说我怎敢问他。"洞宾也知他所知有限，和本人差不多儿。方才所问，也不过因事出意外，此心不能自持，发为无聊之词。他既不能答复，也只得罢了。鹤童也不再多言，展开双翅，一阵猛飞，那消半天工夫，早由河中飞到江北。对江稍东，便是南昌城了。

白鹤放下洞宾，说声后会有期，展翅而去。洞宾慌忙额手致谢，自己定一定神。心想师傅命我去庐山，据鹤童说，还有人接我渡江，这又是什么人呢？想了想，却不要管他，看这地方背山临江，倒也清雅干净，既到此地，就去玩耍一回，却也不妨。正思举步，瞥见对面一个管家打扮的人，急忙忙赶来，满头脸全是大汗，走近洞宾身边。一不留神，在洞宾道袍上一碰。洞宾没有防到受此一碰，一个身子往后退了几步，不觉失笑道："你这位大哥，走路也太莽撞了些。这么阔的路子，睁着了眼，也会碰在别人身上，岂不好笑。"那人倒是非常和气，听了这话，急忙陪笑抱拳，再三道歉说道："在下委因急事在身，马上要赶到三十里外，去请一位有道高僧，前去我们主人家，收伏妖精。看看天色已晚,家中又被妖精闹得太凶,深怕误了主人大事,所以拼命狂赶。谁知赶昏了脑子,明明见道长在前,不晓怎么会碰在你的身上去,真乃抱歉之至。”洞宾笑道:“这有什么要紧。但听你说什么妖精不妖精,此话来得奇突,青天白日,朗朗乾坤,什么大胆妖精竟敢白昼出现。大哥,可好说些给贫道听听么?”那人道:“谈谈是不要紧,可惜天色已迟,在下还要赶路呢。”洞宾笑道:“贫道倒是闲得一点事都没有,就跟大哥一路走走好么?”

那人听说,朝他打量了一眼,问道:“听道长说话,好像不是本地人,莫非是远方来的仙人么?”洞宾笑道:“仙人差得太远,‘远方’两字却对。贫道乃河中人,姓吕名岩,字洞宾。此来为要去庐山学做神仙,却不算是神仙。”那人笑道:“既这么说,道长毕竟有些才学,和平常羽士全真不同了。不知可有本领替我主人除妖伏怪?我这敝处,便是从古有名的夏口镇,乃是四通八达的所在。我主人乃本地有名善人,家有巨大产业。姓王,人人叫他王员外的便是。因有一位小姊,年方十六,生得才貌双全,又能孝顺父母,对待我辈下人,也是非常客气的。不料今年三月间,随主母王安人到桃花山进香,不知怎么被妖人瞧见,追踪前来,附在他身上,胡言乱语,不可尽述。据他说,小姊和他有姻缘之分,他是仙人,如员外肯将小姊许他,将来还可提携全家升天。员外那肯答应,也曾请过许多道士作法驱除。无奈这班道人,全是骗人银钱,只会喝酒吃肉的东西,那里能够收妖。但是这样却也一个个吃了那妖人的大亏,都被打得鼻塌嘴歪,浑身青肿,抱头鼠窜地逃去,连工钱都不敢来领。这妖人因员外和他翻脸,便也不客气了,天天在家中弄出许多希奇古怪的事情来。”洞宾笑道:“哦,还有许多奇怪的事情?”那人听了,把舌头一吐,说道:“说起这厮的手段,才厉害咧。他能平空放些野火,将你房屋器具,烧得火焰飞腾,吓得人畜皆啼,四散奔逃。但是一眨眼间,火势全消,不但房屋完好,就是一草一木,也并不曾损伤丝毫。有时家人好好聚谈,蓦地听得豁喇喇一阵大响,忽然面前墙垣坍将下来。等你赶紧逃避,这墙壁又依旧装好,连灰屑石子也不见一颗。更刻毒的,他能障掩人家眼目,弄得公公误认媳妇作老夫人,儿子看错母亲当老婆,虽然转眼之间，便都看出本来面目，可已闹出不少笑话儿来了。道长请想，这妖人混帐如此，纵然不能实在害人，可是弄得一家上下，时刻奔来颠去，不但正经事情一桩也做不起来，而且人人心中不安，时时防他作祟。这等罪名，也就令人够受了。”

洞宾道：“那小姊呢，可曾被妖人污辱？”那人道：“便是这等奇怪，妖人天天逼着小姊成婚，但看他情状，好似极怕小姊的样子。大概他一来了，只在小姊房中坐地，几次三番，想到小姊床上去，可总没敢冒昧一次。若说这等妖人，还讲什么情理，那就没人相信了。既不会讲情理，又不敢冒犯小姊，这当中不晓有什么道理呢？”洞宾问道：“那妖人形状，你们都见过么？”那人道：“我们全没看见，只有小姊一人是早早夜夜和他厮混着，据说是一个披毛带尾狰狞凶恶的怪东西。小姊是金枝玉叶般的人，平常连闺门也不出的，如今却在他绣榻之旁，摆着这样一个可怕的妖精，可怜这一下子小姊也苦死了。”洞宾听了，勃然道：“不必说了！我今同你请那高僧去，看他可能治得下这妖怪。要是治不下时，待我瞧清楚了，妖人是什么东西，我再想法子收伏他。要是我的本事不够，我必回去请我师傅来，替你主人家除害何如？”那人大喜：“若得如此，我主人一定要万分感谢你的。”洞宾也不说话，跟他到了一个古寺，名曰报国禅寺。那人进去，求见知客僧知圆和尚，洞宾也跟在一起。

那知圆是一个肥头大脸的矮胖和尚。那人呈上主人书信，知圆接来看过，却不说去不去的话，先问洞宾是什么人。那人代答是吕道长，在途中相遇，同来拜访大老爷。知圆笑问洞宾道：“你可是河中吕岩么？”洞宾闻言，大吃一惊道：“师傅怎知贫道姓名？”知圆也不答话，只微微一笑。洞宾留心窥测他的神情，见他这一笑，显然含有一种狡猾之态，不由暗暗估量道：“我是要上庐山去的，不要为管闲事，倒遇着歹人作起难来，一则危险可虞，二则耽误我的正事。不如想个法子，溜了回去，管他有没有人接我，我自过江去罢。”想定主意，只见知圆一面对付那人，正在那里议论收妖报酬，那人已允出两千纹银，知圆还不肯答应，一面吩咐寺中长工，快请老师傅来，说：“河中吕岩到了。”洞宾越发惊骇，以为这和尚必和我家有甚仇怨，知道我到此地,必是要来报仇来了。事已至此,也只好听其自然,若稍现畏葸,不但失却身分,而且于事无补,因微笑道:“这倒奇怪,师傅既然知贫道姓名,还有那一位老师傅,怎又认识贫道呢?”知圆笑道:“你别多心,我们这位老师傅,道行极高,能知过去未来之事,有翻天换日,呼雨腾云之术。他待人最好,又最爱才,等会你见了他,就知道他是一位阿弥陀佛的好人了。”洞宾没法,只得坐着等候。这边知圆也和那人讲好,待收妖怪事完之后,送银二千两。洞宾出身世族,生性又极慷爽,生平只知尽力助人,从没知道这等除妖降怪的事情,也能和世俗买卖一般争钱论价的,心中大以为异。又深觉这寺中僧人,大概都是一班鄙吝之徒,却为何又有那样本领呢?想到这儿,忽听后院履声橐橐,知圆笑道:“老师傅来了,吕道兄快随贫僧迎他一步。”洞宾只得立起身,随了知圆,向后面迎了出去。

果见一位须眉皓白长髯飘拂的老和尚,神光弈弈,骨格清奇,一步步踱将进来。知圆赶了上去,先对他说了句什么。老和尚面现喜色,问道:“这人在那里?”洞宾听他声音,如洪钟一般嘹亮,心中又甚为纳罕,忙也跟上去,施下一礼道:“道门弟子吕岩谨参禅驾。”老和尚伸手挽了他的臂膊,哈哈大笑道:“好好。我等得你久了,你可随我来,我有话对你说。”洞宾见那老僧面上,倒是一脸英气,不像知圆那种浮滑神气。心想:“这倒真是一位好和尚,方才不该错疑了他。”于是恭恭敬敬地跟他到了禅院,重复向他行礼,老和尚笑道:“不必多礼,老僧俗家姓张,二百年前,剃度出家,法号通明,今年已有二百四十五岁了。日前入定中,知你将于今日到此,特嘱徒辈守候你到来。因你根器极厚,无论修仙学佛,都非常容易。老僧之意,欲劝你入我佛门,老僧当收你为徒,将生平道行,悉数传授与你。不久我当圆寂,你可在寺住持,管领一干僧徒,将来造化大得厉害哩。不知你可愿意么?”洞宾听了这话,倒出于意想之外,幸他颖悟敏捷,随即叩谢道:“师傅盛意栽培弟子,弟子岂不知感,无奈弟子出家之前,已有仙师提挈教训。此番出家,正是奉着师命,前去庐山学习剑法。弟子已入道门,不能改习他道,好在三教同源,宗旨都是感化世人,祛恶向善。弟子虽在道门,也和皈依我佛一般无二。想佛门广大,师傅盛德高年,胸襟更异寻常,当不责其不中抬举,不识好歹也。”

老和尚听了,默然良久,随即叹息一声,说道:“无缘之人,强欲使之有缘,此真可谓反乎造化自然之理。我错了,我错了。”说毕,瞑目而坐,半晌不则一声。随后知圆也走了进来,立在他的身边。好一回,才见他睁眼说道:“你去王员外家,必得小心在意。那妖乃是二郎神哮天犬,现趁着他主人家中有事,将他丢撇在外,无人管束,竟自放胆下凡,不是容易对付的。上次赐你那件宝贝,可将此犬驱斥,但不必害他性命,因他追随二郎,立有许多功劳,小小风流罪过,罪本不至于死。况那王小姊系雌虎转世,因他前生虽为猛兽,颇有仁心,从未伤害人类,所以今生得转人体。并因他对于手下伥鬼十分仁厚,伥鬼依恋不舍,仍在他身边保护,所以此犬不能近身。既未污辱人身,罪名又得减低一等。你若将他杀死,不但二郎神面上对付不过,而且办罪过当,来生结下冤孽,甚没理由。你省得么?”知圆口称遵命。老和尚又对知圆说:“这吕岩,他既决心不入我教,你可带他同去王家走走,顺便也替他了却一重孽案。”知圆听了,不觉朝洞宾瞧瞧。洞宾听了老和尚的话,心中又起了一层疑窦,待要叩问几句,无奈他又瞑目入定去了,只得和知圆一同叩辞而去。

知圆取出两副甲马,和洞宾各拴一副,缚在脚上,以手画符,说是神行之法,每天可行三千里。洞宾倒也欢喜,一同出了山门。吩咐王家管家,不妨慢慢回家,我们先去也。说罢,招呼洞宾,一同举步,果然行动如飞,又不辛苦。转瞬之间,已到一个市集所在。看看天色还没全黑,知圆手指前面一所高大院宇,说是王员外家。二人一直赶到门口,对管门人说明来历,管门人慌去通禀。不一时,王员外夫妻父子老母六七人,一同迎了出来,和二人相见,邀让入内。初次见面,少不得都有一番客套。随后知圆问起妖人作祟情状,员外所说的话和管家告诉洞宾的差不多儿。因问知圆:“可知此妖是什么种类?既然能够作祟人间,何以未脱皮毛?又且见了小女,似乎还有害怕之意,这是为何?”知圆即把老和尚吩咐的话说了一遍,又道:“此犬虽尚未能探听我们消息,但犬性最灵,万一被他晓得,就要逃走出去,等得我们去了,他却又来滋事,这是很危险的。趁我们初到府中，他还不知就里，赶紧将他收伏了去，便当得多了。请员外把我们引到小姊闺房，便好作法收妖也。”员外大喜，亲替他们掌着明角灯儿，与夫人一同领导，把一僧一道转弯抹角地带到楼上小姊香闺之内。未到门口，知圆袖出一幅布画，吩咐洞宾守候门口，将此画挂在门帘上。望见犬入画中，速将此画收起，卷成一简，可使他骸骨成灰也。洞宾忙道：“方才老师父不是吩咐过来，叫留他性命么！”知圆呸了一声，笑道：“这老家伙，便是这等地方讨厌，既来除妖，便该除得干净，又说什么保他性命；既要保他性命，还是莫管这些闲事好了。猫拖老鼠假慈悲，这等事情，我就最不爱干。”洞宾听了，默然不语，只得接了画，替他守门。等得知圆进了闺房，忙将画挂将起来。

知圆随着员外安人走进房内。小姊正睡在床上，罗帐四垂，声息不闻，此外只听得一种狗打鼻息之声。睁目一望，果见一只狰狞可畏的恶犬，蜷伏在床下，正在好睡咧。知圆笑道：“这畜生倒会享福。”即令员外夫妻退后一步，自己仗剑作法。员外夫妻都见有许多神将神兵突现面前。知圆说明原因，神将们各举兵刃，向小姊床下攻打那犬。犬身着刃，大嚎一声，直蹿出来，四面乱咬。神将们兵器都不能伤他，反被他咬伤了好几个神兵。知圆大怒，仗手中剑亲自动手，那犬也奋利爪相抵抗。知圆的剑舞得如一派银光，见光不见身。那犬也是见过大阵的神兽，看他不慌不忙，奋力交战，忽而四蹄直扑，忽而张口欲吞。战够多时，剑不能伤犬，犬也不能伤人。究竟这边神多势壮，那犬孤身难敌，看看气力将尽，只得且战且退，一直退到门边，想望外面跑去。抬头一看，见前面是一座绝大园林，有山有水，有树有花，还有许多配他口胃的动物，如猪羊鸡鹅之类，都在那里自在游行，逍遥舒适。那犬不见则已，一见如此好地方，又刚在力乏肚饿的当儿，如何不想进去！究竟犬的知识远不如人，那里防得这等都是诱人上钩的幻境，一脚跨了进去。外面的洞宾，正眼珠不眨地看他入了画中，忽然不见，慌忙把画卷起。卷到一半，心中猛可地记起老僧说话。又想犬主二郎神和师父都有交情，如今我害了他哮天犬，将来教师傅如何见得二郎神的面，不如趁此机会,将他放走了罢。如此一想,忙又将画摊开,摊到一半,忽然面前跳出一只恶犬,出其不意的向洞宾下体就咬。但听洞宾啊呀一声,向后便倒。这便是世俗相传,狗咬吕洞宾,不识好人心的那件故事儿。不知洞宾性命如何,却看下回分解。

第八十四回　受友托嫦娥传青鸟　奉帝命星主殖月球

却说吕洞宾初次出家，就得云房先生赐他混元八卦道袍，披在身上，此袍本来不怕水火，不畏刀兵。刚巧第一次碰到的对头，乃是二郎神的哮天犬，此犬可不比寻常兽类。他从上古以来，一直苦修勤炼，虽然未成仙道，却也成了万劫不坏之体。他的齿牙，又经过千磨万锻，曾随他主人立过多少功劳，咬死多少妖人鬼怪。自然他那一咬的力量，比平常刀兵水火，都要厉害到十多倍子。何况那时吕洞宾正是一心为好，只存着救他的念头，怎防到他一出画图，正在头昏脑昏的时候，心中又恨极了敌人，他更想不到吕洞宾展开画图，是为救他生命，只想这一派的人，全是他的仇敌，那里会跑出这样一个救星呢。因此趁着画图展开的气势，也不问画图如何能开，也不管持画的是什么人。他为报仇起见，为逃命起见，总之都不能不拼命向他一咬。

上文说过，洞宾的道袍，原只能抵御寻常的水火刀兵，却不能抵抗这哮天犬的齿牙。无意中经他突然一口，咬在小腿子上，自然忍受不住，大喊一声，晕仆于地。这便是俗语传说，狗咬吕洞宾，不识好人心的一幕故事儿。这话传说千年，谁也不晓得他的出典。曾有神经锐敏思想高超的先生们，把这话批评的毫无理由，以为吕洞宾乃天上金仙，他又是神仙中最有大志，最肯救人苦难的好人，那狗便是十分无良，也何能咬在他的身上？即使果有那种不讲道理的野狗，但吕洞宾又岂是怕他一咬的人？因此认这故事为后人讹传之说，实际上决无此事。这番议论，看去何尝没有理由，但是可惜了这班先生们只会讲理，不知考据这事的来历。所以弄到一无是处，这也实在不能怪他咧。

废话丢开，再说吕洞宾的道袍，抗不得哮天犬的齿牙，所以一经被咬，便尔晕仆。原因他此时还是血肉之体，怎能受得住妖精所不能受的苦疼。但以哮天犬的厉害，多少妖精，死在他的齿牙之下。而洞宾独只受伤的仆地，还得保全他的性命，这却又不能不归功于道袍遮护之功了。

当下哮天犬脱画而去，随后知圆和尚并王员外夫妇救起洞宾。知圆是好生埋怨洞宾，说他发了痴病，好容易把这恶犬收住，卷入画中，永无后患。你这么一放，他的怀恨愈深，明儿再来寻事起来，我却没有那么大工夫替他们守候，这祸既是你闯的，还得你来替他们办了这事。至于你的伤疼，本是你自己所招，可也怪不得人。说罢，气火火地告辞要走。洞宾此时又疼又悔，又被他这场奚落，自觉无言可对。同时王员外夫妇又相对叹息，深恐犬精再来，一家性命，真要送在他的口中。洞宾听了这等说话，真比方才狗咬还要难受，只得老着面孔，对王员外说道："员外放心，这狗既是贫道放去，贫道务要设计将他驱逐，使他永远不敢上门，此事一天不了，贫道誓愿永留府上，和他拼个死活。"知圆不等他说完，就冷笑了一声，说道："好好，早知你有这等妙手，王员外何必远道聘我前来。如今却也很好，有这位大仙替你安家镇宅，谅来妖魔鬼怪，都不会上门寻事，何况区区一狗呢！贫僧效力不周，道法有限，实不能一再和畜生们作对。对不住，要先走了。"说罢，怒匆匆出门要走，经不住王员外再三拉住说："师傅远来辛苦，天又不早，快交三鼓了，今儿则无论如何，要屈留一夜，明天一早回去罢。"知圆听了，只得允许，留了一夜。

次日上午正要出门，忽然寺中又来一位僧人，和他撞个正着，知圆见是本寺和尚知觉，只得立定脚，问他来此何事，知觉将他拉了回来，笑道："老师傅早知你们昨天收不得妖，降不得怪。"一语未了，知圆跳起来道："什么话！我跟老师傅跑过多少地方，收过多少妖人？何争区区一犬，难道还会失败在他手里不成。"说着，手指洞宾说道："你只问他去，也不晓是那里来的野道人，知道点什么本领，偏偏我们那位老师傅，就相信他到那么田地，还要收他为禅门弟子。哼哼，像他这种人，也只配在他们门中混世，骗人家些衣食罢了。若真个到禅门中来么，哈哈，我们僧人的面子，都给丢完了。"知觉见他气得如此模样，又见洞宾整襟端坐，既无愧色，也不和他争辩，因点头笑道："知圆师，不用性急，师傅可没有说你本领不济收不得妖人，是说数有前定,这犬不应死在你的手中。再说这犬不但不应死于你手,而且他也不得死罪,不能被人杀死。他是怎样吩咐你来,你怎么全不理会,必要置之死地,这是什么道理?"知圆经他这一问,倒真个无言可答了,不觉呆了一呆。

知觉笑道:"老师傅作事,那得有错,他是料定你心烈性急,你又得了那法宝,分明权在你手,生死由你之便,你还肯轻易饶过他呢?至于这位吕道友么,他的来历,谅来你也未必知道,如今也不必烦言。总之他到为难之时,自有神仙扶助。你今就把此事交付他办,看他可会丢脸给你瞧?"知圆听了不服道:"既然如此,老和尚老早就该派他前来,此时什么事情都没有了,何必要我们管这闲账。如今还要惊动你的大驾,老远地跑了过来,岂非多事?"知觉又笑道:"你别尽闹意气,岂不闻老师傅讲说缘分数理的两种道理么?人有定缘,事在定数,天都不能挽回,凡人定能勉强?老实说,老师派你前来,是因法宝在你手,从前降牛魔,收蛇精,全是你一人干的,较之我辈,自然熟手得多,这是一层。还有这位吕道友,师傅说他将来造就不可限量,眼前却还不曾有什么法术,当然不是犬的对手,所以派你前来,就是为此。"知圆见知觉说到这话,面上似乎有了光彩,便也把面色放和平了些,笑了笑道:"他老人家就有那么大的深心,我就和他弄不惯这一手儿。"知觉又道:"话还有咧,你别先打岔。但是师傅预知你的性格,大权在手是不肯饶人的,特着吕道友同来,正是替这犬伏下一枝救兵。"知圆听到这里,不觉嘻嘻一笑,喃喃自语道:"救兵救兵,只落得狗咬洞宾。"一句话,说得大家都好笑起来,知觉笑道:"你别这么说。种种事情,都是逃不过老师傅预料的,吕道友必要救那犬精,和犬精的必咬吕道友,又是他所先见的。你们不信,大家过来看看,这是什么东西?"众人听了,都向他手中瞧着的一粒白色丹丸,说道:"吕道友过来,这是师傅替你预备的伤药。师傅还说这一口儿,要是咬在别人身上,性命早已完了,幸而是你,又有道袍保护,才只伤了腿子。虽然受些痛苦,却喜没有咬碎道袍。"

众人听了,这才注意起来,都咋舌称奇,因为道袍遮住下脚,犬齿分明经过袍子方能咬入腿肉,肉已受伤,袍子却纹丝不动,委实算得天地间一件珍宝。知圆更咄咄赞美。洞宾谢过老和尚,更向知觉称谢。知觉替他溶开丹药,涂在伤处,转眼儿皮肉如新,痛楚毫无。知觉说道:“吕道友,事有前定,这犬精该要你手里将他驱逐,别人干涉是没用的。我们老师傅明知知圆师决不轻饶人家,特地当着道友面上,说明此犬不该丧命的理由。因为道友听了此犬是二郎神所有,二郎是你们同道前辈,你早存下救护之心,得师傅一言,你才放胆救他。但你幼年曾误杀一犬,你是抱有宏愿,要度尽天下众生,不忍使一物不得其所的,安能教无辜生物为你而蒙冤不解。如今借哮犬之一咬,为冤死之犬吐一口气。师傅所谓替你了却一重孽案者,此也。”洞宾回心一想,果然记起三岁时候,曾和一班弟兄在郊外游散,共为桀石之戏。洞宾力小,一石投去,误中一只睡狗的眼珠。睡狗受疼而醒,已成半瞎。一阵滚爬,跌入靠近河中,就此淹毙。当时也曾设法施救,无奈一批孩子,最大的不过六七岁,那里救得起来。洞宾年纪虽小,也很知道这事有些对付不过自己的天良。长大起来,还有时记得这事,不免耿耿于怀。今给老和尚点醒前因,恍然大悟。知觉又道:“老师傅说,将来你到杭州城隍山下,有一癞皮小犬,受你度化升天者,即你所杀冤狗,你可记在心头。”洞宾听了,复向空叩谢老和尚周全之德,随又把临出家时钟离老师所言口舌之灾,总以为是一种言语是非,或者和人家有什么争论交涉的去处,那知应在犬精口内。

众人听了这许多因果之谈,无不嗟讶叹息,人人存有不敢害人之心。知觉把话说完,对知圆笑道:“师傅命我邀你一同回寺,不必在此逗留了。这边事情,有吕道友一人足够了结了。”知圆道:“方才不是说吕道友未有功行,不能和这畜生抵抗么?”知觉笑道:“吉人自有天相,你管他什么事。去罢去罢,莫噜嗦了。”知圆这时倒似乎不愿回去的样子了,又支支吾吾地说道:“既说吉人天相,吕道友一人可了,何苦我们来管这闲账?”知觉呸了一声道:“你枉称是佛门中有道行的高僧,这等普普通通的道理,方才又对你说得舌头都穿了,你还这等纠缠。再说句现成话,就算吕道友一人能了此案,可是王员外却请的是我寺中的法师呀！身为僧人,最要随缘,既受礼聘,如何诿责于人？总而言之,还是一种定数,话已说完,你该快快走了。”知觉说完了话，便来挽知圆的手，说声走罢。知圆没了法子，只得和他一同告别。王员外和吕洞宾恭送到门外，听得知圆对那知觉说："还有一件事情，须到西市走走，师兄先请回寺，我随后就到。要是老古董儿问起来呢，你就说我已回寺，辛苦了，在前面休息片刻就过来的。"知觉不依道："老师傅要你即刻回去，自然有他的道理。你我怎么可以瞒他作事，我也不敢替你圆谎。"知圆笑道："你这人太没兄弟交情，些许小事，如此作难。也罢，我就跟你回去，见了老儿，还是可以出来的。"知觉便拉了他，向众人点点头走了。

王员外和洞宾一同回入内厅，洞宾方向王员外道歉，并说："员外请放心罢，吕某虽然没甚道行，但至万不得已时，我自会请我师傅帮忙。我师傅乃大罗金仙钟离权，外号云房先生的便是。他有通天彻地翻江倒海的本领，和哮天犬的主人二郎神又是旧交，他已知我在此办理这件事情。要是我办不了时，他老人家一定会知道的。他要来了，无论文干武干，都有妥当办法，你还怕什么来？"员外拜谢道："弟子得上仙照佑，那有不放心之理，但不知此妖几时再来，一天不了，一天便不安枕席。想上仙令师既有那样道法，最好还是请他屈驾上天，告诉二郎神，将此犬收了回去，岂非百事都了。我一家人都可放心大胆，照常办事，也免得屈留上仙，耽误你访道光阴呢。"洞宾听了，心中着实有些踌躇，因为自己初次访道，虽承师傅训教多年，懂得许多法术，但因频年作些功名场中的俗务，始终没曾正正经经的用过功夫。而且安居家园，地方平静，所习道法也无试验的机会，知道灵与不灵。别的不说，单道回去拜求师傅一句话儿，头先是师傅派鹤童送我过来，此时若要步行回去，至少也得十天半月的路程。而且到家之后，万万不能自在离家，这不害了自己么。想到这儿，不觉发闷起来，因王员外再三恳求，只得把此中苦情告诉他听。又说："我师傅真是天上金仙，我到此地，是他派一只白鹤驮我来的。到此之后，管的什么闲事，吃的什么苦痛，他都一一料到，难道往后的事情，倒反不知情么。他既不说要我回去请示的话，可见他已料定到了那时，必有高人帮忙。员外放心罢，我们修道人，大忌夸大口，说谎话。你要不信，只看我一个自由自在之身，为什么自讨苦吃，肯在府中等候那妖物呢。”员外见说，仍是似信非信的，但也只得姑信其有的态度，和夫人一同道谢，并收拾一间精舍，给洞宾居住。

洞宾一住三天，音响毫无，心中倒真个焦急起来，因于夜阑人静之际，推门而出，闲步月下，负手往来，沉思此事如何了结之法，想至无可如何，不觉浩然长吁。吁声未了，忽听半空中似有女子的笑声，洞宾吃了一惊，抬头一望，见一朵彩云，停在天半黑云之下。彩云中间，站着一位美人，宫妆打扮，手执拂尘，招着洞宾笑道：“出家人有何心事，如此长吁短叹？既然恁大心事，何不快回家去，享些人间之福。”洞宾闻言，又惊又愧，慌忙跪地不起，叩头说道：“望仙师下凡，指教弟子则个。”一言未已，彩云已在面前，倏然一缕青烟，经风四散。面前却端端整整立着那位仙姬，向着洞宾一拂，说道：“请起请起，折杀贫道也。”洞宾起来，又拜了四拜，仙姬也恭谨还礼，自言即月里嫦娥，前因染了俗情，被太阴星主谪下凡尘，幸逢铁拐仙师救援，送回月宫，蒙星主爱怜，逾于从前。现因星主奉上帝之命，因世人繁殖日多，人口愈众，原有一轮皓月，只能随地而行，若要普照大地以外的大千世界，却是断断不够，因此着星主条拟添设月球办法。星主召集我等，共商推广之计，拟尽先在大地四周借用几颗大星，跟随原有各大星球，一路绕着太阳，得其反光，发为月色，如此方可照遍寰宇。而原有月轮，可以专照大地，光彩益发可观。办法拟就，有旨着我们星主为月宫总星君，以下分辖多星，由星君择原来办事仙姬中才德较优者，充为星官，贫道也得滥竽一席，并派主原有月球。此番正从调查各处月光敷设情形，即拟回至本球，筹备一切，路过庐山，遇到何大仙姑，邀去叙谈半月。他说奉玄女师之命，在山中专等一位有缘之人，传他天遁剑法。我问他所等是何等人物，他说是云房弟子吕洞宾。”洞宾听到这里，不觉又喜又惊，忙说：“禀告仙姬，弟子正是吕洞宾，家师钟离先生，正着弟子前去庐山，有人传弟子天遁剑法。原来却是何大仙，这真是弟子万幸之事。可奈一到此间，就被一件小事羁住身体，弄得弟子进退两难，是以在此对月长吁。不料又被仙姬所见，弟子内愧万分。”

嫦娥笑道：“你那为难之事，我也有些晓得，倒不是何仙告诉我，也不是我自己能够未卜先知,乃是路过金山脚下,遇见张果大仙,他正为救度一人,刚从龙虎山回去。一见了我就讲起你的事情,原来他此番下凡,所度之人,也是受令师委托,代他办理之事。现在事情办了,待要回转本山,顺便将这事对我谈谈,并着我寄个信与二郎,赶紧把哮天犬收回,方免你逗留人间,误了你的正事。”洞宾听说,慌又道谢不迭。嫦娥不觉抿着樱口,微微一笑道:“你这位先生,倒喜欢多礼,我是不太懂得客气的。”洞宾不觉红了脸,回不出话来。嫦娥又道:“你是初次学道的人,脸皮子嫩得很。我不和你取笑了,告诉你正经事情罢。你晓得我和二郎风马牛不相及,因甚张大仙要托我带信呢?”洞宾忙道:“弟子也不解这个道理,正要请教仙姬。”且慢,作书人写到这里,预料看官们也必问道:嫦娥和二郎,真是风马牛不相及,怎么托他去带信呢?然而作书人却答道:此中自有道理。欲知道理如何,请看下回分解。

第八十五回　责亲妹二郎动怒　还情债圣母遭灾

却说嫦娥对吕洞宾说道："吕道友，你说张果大仙因甚把带信给二郎之事委托于我这风马牛不相及的人呢？此事说来话太长了，让我慢慢地说给你听。原因二郎有一位妹子，于周朝末年修成大道，奉玉帝优诏，封为元真夫人，如今世上都讹称圣母娘娘的就是这位夫人。据闻，夫人虽已得道受封，却还欠少人家一段姻缘。只因他在凡间，从小儿就凭父母之命，许配一个痴心少年。这位少年也是大家公子，生得才貌双全，丰神绝世。自从聘定妻室，打听得小姊四德俱备，美貌如仙，心中十分欣悦。不料这位小姊一出母胎，就不用荤腥，不穿锦绣。少有知识，就一心修道，父母不能禁，姊妹不能劝。到了十五岁上，毕竟弃家而去。那少年得此消息，一场大哭，呕血而亡。

"小姊成道后，得封夫人之职，但因自己的丈夫为他殉情而死，每一念及，辄便郁抑。常说身为仙人不能把什么好处给人，反先害了自己多情夫婿，岂非恨事！乃兄二郎神听得此话，常常非笑他，责备他，说他不该再有这种凡心。既存凡心，何不回转人间，却来天上作甚？夫人听了，佛然道：'妹子所言，乃是至情至理之谈，凡人尚不能蔑情弃理，何况仙佛呢！'二郎也怒道：'似你这样贪恋情欲，只怕还得谪堕红尘。可怜多年道行，一旦成空，还怕愈陷愈迷，堕入轮回，那时却有谁来救你？'夫人道：'妹子不过说的情理二字，何尝真要下凡，哥哥说得那么厉害，却也好笑。'二郎叹道：'妹子此言差矣。人仙之别，就在一点心苗，心中有了凡念，便与神仙不同。只恐你今天一番说话，已种下历劫之根，你还不自觉悟，和阿兄苦苦争辩，岂非可笑可怜。'夫人只当吓吓于他，便冷然说道：'我只晓得情理两字各界通行，不论人天三教，谁也不能逃出这个圈子。老君祖师身为仙祖，几次下凡，是为的什么？西方如来佛愿亲入地狱，以讽世人，这又为的什么？妹子虽不敢妄比两位道祖，也不肯自居情理之外，教人说我是个不通情理的仙人。再说切实点,万一因我害人之故,将来仍要贬入红尘,完此一重孽账,妹子也在所不辞。至于见性明心,自警自觉,勒马危崖,皈我本真,那又全在本身的志节修持。未见下凡的人,个个堕入轮回,万劫不复的。'

"二郎见他说到这话,不觉勃然道:'我那样的提携警告你,还如此沉迷愚惘,可见你这人枉为仙神受帝封,竟和尘世凡人一般无二。我做兄长的,和你说到这步田地,可也如你说的仁至义尽,情理两方都对得过了。你既一味执迷,毫无回心转意,我也只好由你自便。请你去做老君祖师、如来佛爷去,我却没有那么大功行、大福命,只能兢兢自守,做个大罗仙侣,也不敢再存什么妄想。从此尔我兄妹,各走各路,各奔前程,如何?'夫人见二郎如此相逼,也怫然不悦道:'阿兄为甚苦逼妹子?妹子所言,也不过本人一种见解。以为天上天下,海内海外,大小公私各种事情,都要以情理为本。妹子承父母之命,许字人家,人家今为妹子而死,妹子却因害他而得为仙人,受职天曹,纵不能设法报答人家,难道连本心一点歉疚都不许存在么?难道做了仙人,就不该再有良心么?就可以不讲情理,祸人利己么?我知阿兄心中亦必以为不然,既认这等行为是不该的,在未能报答人家之先,正该时存歉疚。庶一有机缘,立刻可以设法图报。这是妹子一点深心,并不是暗存情欲思量下凡,和人家匹配婚姻去呀。再说妹子要有这等凡念,为什么当时不从父母之命,不受姊妹之劝,苦苦要修道求仙呢?纵然苦志修行,又如何能够升天受封,和阿兄一般的同为有职金仙呢?'二郎本是一位烈性天神,最要称强好胜,不肯受些委曲的。如今却被妹子驳得无言可对,不觉暴跳如雷,手指夫人大声叱道:'好,好!你有多大的功行,多深的道行?竟敢和我争论起是非曲直来!既你这般大胆,可见你心目中早没了我这兄长,我也再不承认有你这败坏门风的妹子。从今为始,真个各走各路,莫相闻问,倒免我为你操心。'夫人听了败坏门风这句,不由气得哭将起来,拉住二郎,要同去朝见玉帝,辩述冤屈。二郎哪里容他拉扯,使劲儿一推,把夫人推倒地上,气鼓鼓大踏步出去。走了几步,从新回转头来,叱道:'还有一句话告诉你,你记清了,你要嫁人也好,偷汉也好,须是脱离仙界，回到凡间去干，一辈子也不许你说出我的名姓，我便当你已是死了的人，一概不来过问。万一你在天上胡闹，或是假借我的名头，作出什么坏事，我便将你压在泰山之下，教你永无出头之日，你省得么？再会了。'说了这两句，头也不回，愤愤而去。

"谁知身为仙人，真是不许戏言，也不许欠人什么。那元真夫人既已欠了她未婚丈夫之情，又在二郎面前说了几句情愿还人情债的话，在他言者无心，而阴阳人天各界，都有日夜游神，专记人家言行心迹；一经记录，呈与上帝祖师批准，便成一种定数。凭你道德多高，功行多深，都是逃避不得，挽回不转，这便叫做无可如何的气数。如夫人所言，关于婚姻之事除由上头批准之外，同时我们月宫中，有位月下老人，专管各界婚姻配合的事情。他有一本册子，上面载有男女配合的事由年月。这册子真个奇怪，并不是他用笔写上去的。大凡天上地下有这么一对配偶，当他们婚姻发动之时，就有了男女两方的名姓事由。不但正当姻缘，就是露水夫妻，或仅一刻欢娱，也逃不出这本册子，正不晓得是什么人替他记上去的。等到他们结合之时，方由月下老饬下府中书吏人等，用根红丝，将二人名姓搭系起来。一经搭上，这红丝好似天生在册上的，揭也揭不去，扯也扯不了，直要到双方之一死亡，或婚姻中变，配偶分拆之时，那根红线便不知不觉的隐没不见，一点形迹都没有了。

"如今这位元真夫人无意中漏了这点口风，刚巧他未婚之夫，已转世为人，生在山西阳曲地方。姓王名昌，年已弱冠，上京应试，路过夫人庙中，即俗称圣母庙者也。那时天降大雨，王昌入庙避雨，因见所塑圣母相貌，十分美丽。这等少年人，有甚交代，一时兴之所至，也不管造孽与否，就在两边粉壁上题了几句邪诗。其时夫人方应许真君之请，去钱塘观潮，等他回到庙中，看见两首歪诗，不由心中大怒，立命庙中守卫神兵，一阵风将走在中途的王昌折回本庙，原想解上天庭，罚入冥曹，处以重罪。不料王昌一到庙，因被神风吹得昏头昏脑，神智不清，伏在廊下，俨如睡去。夫人未及鞫讯，忽传月老驾到。夫人大骇，自念身为仙人，和月老有甚关系，劳他前来作什。既已到来，只得以礼接入。相见之下，月老就向夫人贺喜起来。夫人又惊又恐，只当月老有心取笑。经月老取出册子给他看过,才知目前阶下囚人,即是本人未来的夫婿,一重公案,如今即须了结。夫人这才大哭起来,深悔当初不听阿兄之言,以致造成这段仙凡姻缘。当有月老再三劝说:'既有俗缘,迟早终当一了,不如早早了结,以便永固仙业,免得身为仙人,心存凡念,终惹同道讥笑。'夫人听了,因思事已至此,无可奈何,只得允许嫁给王昌。为怕阿兄知道,引起风波,即日由月老主婚,唤醒王昌,当面言定。夫人暗暗窥看王昌,却是绝好丰神一表人才,真不愧为自己夫婿,心中也便合意。成婚之后,夫人是有职金仙,自然不能下凡,王昌却要上京应考。临分手时,月老又来,说他此行必掇巍科,他那里婚姻册子中,另有一位牛小姊,乃当朝尚书的女公子,红丝已系,该配与王昌为妻,与元真夫人道隔仙凡,不分嫡庶。夫人也说:'丈夫既在凡间做官,应有阳世夫人替他支持门户,这倒是应该的,但望他取得功名,早离孽海。本人既为君妇,一段夙缘,可算了清,从此可不再欠你的情债了。将来得志成名,急流勇退,如蒙相念之情,可来庙中看我,当以修道真诠立功秘诀相赠,长生可致,金丹可成也。若是迷惘声色,贪图功名,只怕再次相见之时,已到不可补救之日,不久一棺附身,与草木虫鱼同此腐烂,一点结果都不可得,倒枉负妾今日一片劝化之心了。'王昌唯唯称是,洒泪而别。这边夫人自他去后,已有一月身孕,满望静处庙中,悄悄分娩送与王昌,从此孽缘既了,便可安心供职,再没丝毫萦念。那知仙凡配偶,有犯天条,也因王昌前生既殉情于夫人,夫人虽已失身相报,论其轻重,似尚不能抵折,还须受过一重磨难,方可注销孽账似的。

"其时二郎正奉帝命,任为三界都巡按使,专司稽查上中下三界仙凡各种善恶功过事项,分别奏请赏罚惩奖。他虽是严正刚直的神明,却也性爱诙谐。一天,在铁拐先生请宴席上,逢到现在庐山等你前去教授剑法的玄女大弟子何仙姑,酒酣之后,大家说笑为欢。何仙姑无意中,提到自己前生之事,并修道始末。二郎抚掌大笑道:'怪不得人人说何仙姑是有丈夫的,原来真有这等事情,今儿你自己也说出来了,可知人家没有冤枉你呀。'何仙姑经他取笑,不觉粉脸通红,也是他一时情急,偶失检点,便脱口答道:'二郎却莫瞎说别人,你自己亲妹子招了个凡人做丈夫，你这位三界都巡按，竟连自己家事都查究不出来么？’此言一出，阖座大惊，仙姑也自悔失言，急得面红过耳，花容失色。本来二郎为神，何等精明，三界之事，大如国计民生，小至家常琐碎，那一件儿瞒得过他的耳目？独是乃妹与王昌之事，一则二郎太过自信，以为自己家庭中，决没丝毫犯法之事；二则正因这事是他家事，他的体面有关，个个都能知道，独独不肯向二郎饶舌，这也是人之常情。若说这等有关天上风纪之事，事虽不大，日久终须破露，那能永久秘密得过。

“不过得仙姑一言，而发觉更早，这是仙姑所抱歉而悔不自已的啊。当时二郎一闻此言，猛可地回念昔日兄妹争执之言，知仙姑之说必非无因。他是何等要面子的人，今因取笑他人，反被别人扯住自己的家丑，而且身为巡按，独把自己妹子的私事漏过，教人看来，好像存心袒庇一般。这等情事，可算自他得道以来，未有之奇耻大辱。只见他满面铁青，双目发红，半晌半晌，不置一词。仙姑已知闯祸，还有别的仙人，都在暗暗嗔怪仙姑。仙姑急得几乎要逃席而去，继思二郎莽撞直率，或者还可遮饰，忙即起身向二郎再三赔罪。又郑重申明，完全是自己戏言，并非真有此事，还望垂恕失言之愆。那知二郎心中也有他的见解，以为身任稽查之职，己身不正，焉能正人。外面既有此等物议，无论事之有无，均该公开查究。同时对于仙姑，不但没有介意，反感他提醒之德。只见他突然走近仙姑身边，深深施礼说道：‘仙姑切莫多心，当我是那种量窄存私的歪神妖仙。我身任何等职务，焉有身犯嫌疑，而能纠正他人之理。平日苦于各位道友，误认秘密此事为全我体面，竟使我一点风声都没有晓得。殊不知体面是虚，职务是实，个人的体面是私，天家的条例是公，安能因私误公，为虚弃实？此皆各道友不明大义，有心误我前程，坏我名节。今日仙姑所说，虽是戏言，却是大有裨益于我，可算我二郎一个真正道义之交，我谨在此表明我的感激之忱。回来办完公事，还当踵府叩谢。并望我在座的许多道友，此后和二郎相交，都要像仙姑这样爱我以德，才不枉了我们交好一场，也不愧我们上界仙神的交情，足为中下两界仙凡各类的模范。要是只顾体面，不讲道义的朋友，与下界酒肉声色之交有何分别,我二郎甚不愿见。’说罢,又向仙姑一揖,回头又向同席诸仙一点头,大踏步出洞而去。

“众仙都道:‘二郎此去,必将元真重治,这事如何是好?’仙姑是深悔失言,急得只有流泪,铁拐笑道:‘你们真是不明事理的蠢坯,此等天庭风纪有关的大事,即使仙姑不说,天上不比凡间,几位大罗神仙,那一个不有未卜先知的本领?就是二郎自己,只因过于自信,从来不向自己家庭一想,所以暂被蒙过,将来也终有明白内情之一日。刚才他还埋怨人家不肯告诉他,试问他所居何职,所事何事?这等切近自身的大事,他自己不能明白,还要求人家告发。人家和他妹妹有甚冤仇,又没做什么巡按稽查,又不曾受他委托,替他作什么助理之职,谁又应该帮他作这越职的冤家么。至于就他的职责而论,不管是他妹子,不是他妹子,既有这等事情,怎能装聋作哑的马虎过去?他今赶去查办,也是分所应为。今天不为,不久也终有要做的日子。这与仙姑的谈话,我辈的不说,总没多大关系的,仙姑也不必以此介怀,列位也不必替元真耽心。若论彼此平日交谊,大可等待二郎办完他的公事,看他如何发落。放着我们许多仙人在此,大家各尽本心,替他分担一些干系,共同保他一个不吃苦楚,那是极容易的事情。等他灾星一满,再用大众名义,向上头保奏一本,他也可以脱罪了。要是二郎再有固执,也还有和他硬干之法,怕点什么。’众仙听了,鼓掌称善。蓝采和笑对仙姑说道:‘照此说法,仙姑今天一席话,反是玉成了元真。’仙姑笑道:‘那也不见得罢。’采和笑道:‘怎么不是?你想,元真身犯天条,得罪是他本分,二郎身任巡按,治狱是他的本职。却因案发自你,大家心中总有些子抱歉,将来都得照顾他些,这不是你的好处么?’一句话说得大家都笑起来。仙姑心中,终是不能释然,因坚邀大众都不要散去,等在这里,听候消息。众仙也都允可。等了半天,铁拐先生神机默运,已知其事,不觉失笑起来道:‘你们大家瞧,这二郎不是呆子么,他把自己亲妹子压到泰山底下去了。’众仙一听,大惊失色,仙姑更急得花容大变,泪如雨下,逼住铁拐先生,要他定计救援元真夫人。”

嫦娥说到这里,倒把个事不干己的吕洞宾也急得抓耳搔腮地问道:“了不得,这位二郎神爷,也忒煞凶狠,就算他妹子身犯风纪之罪,也是月老主婚,了结应完的情债。论罪因应严惩,论情未尝不可原恕,纵然不讲原情,而压至山底,治罪也未免过当了些。不知几位大仙,究竟可能救他不能咧?”嫦娥笑道:“你自己的事情未了,却慢替古人担忧,放着许多天仙,难道还救不了他一人?”至于如何救法,不但你,就是看书的列公们,也是急于知晓,无奈这一回书已经做得太长了,只好留待下回分解罢。

第八十六回　救圣母借用琉璃屋　送婴孩特制宝莲灯

却说嫦娥和吕洞宾月下谈话，说到何仙姑无心一言，激得二郎神大发雷霆，用法将自己亲妹元真夫人压在泰山脚下。仙姑心中万分抱歉，要求铁拐先生定计救援，并说如有干系，不敢害及他人，情愿独任其咎等语。洞宾忙问："毕竟他们如何救这元真夫人呢？"嫦娥笑道："你也傻了，放着这许多大罗天仙，那一个没有偷天换日的手段？休说压在小小泰山底下，就是把他禁在大海之中，他们会找到龙王恳情，便是聚天下万国之山，压在他的身上，他们还有移山入海的本领。但是铁拐先生却不愿如此蛮干，因为夫人犯法是实。二郎刚才用刑，马上将他救出，一则干系太大，未免近于从井救人，二则因此而损及二郎威信，又是使他难堪，二者皆非所宜。最后是他想出一个两全之法，既不伤及二郎体面，又不坏天庭法律，而使夫人一点感不着压禁之苦，和平时在庙中安坐一般。此言一出，大众欢腾。于是由他为首，带领众仙，同到泰山顶上。那处原有铁拐洞府，有他弟子杨仁在内修真，铁拐先生和众仙先到洞府，杨仁跪接洞内，问起原因，铁拐先生约略说了一回。即着杨仁出去，召齐本山土地前来洞府相见。杨仁依言，召到大小土地，共有三十余位。铁拐先生吩咐他们：'现在元真夫人，因为被伊兄二郎神压在山下，贫道怜他事出无心，情有可原，特地邀请众位仙长，想来帮他一点小忙。贫道之意，天律不可不遵，二郎面子，不能不顾。元真夫人既犯天条，只得由他暂时委屈，贫道只预备各尽朋友之谊，保护他不受痛苦。第一办法，即拟替他在本山底营一洞府，为他带罪修真之地；二则他虽不能出山，贫道等不时还来看望看望他，须在山底通一鸟道；三则要请各位尊神大力协助，把所营地洞和鸟道，随时派员照看，弗令倾圮闭塞，并求随时前去照料，如夫人有何需要，或通什么消息，可至本洞与小徒杨仁接洽，不知列位可能襄此义举否？'土地们听了，自然一致欢允，口称遵旨。铁拐先生抚慰了他们，即着大众同去探视夫人。

“众仙出至山头，铁拐先生施展大法把半座泰山移开一里之路，大家都落至山底，方见夫人蓬首垢面，身披犯衣，蜷伏如死地躺在地下。众仙中何仙姑是女子，心肠最慈，况觉此事由己而起，心中歉仄，莫可言状。他便首先上前，带哭带叫地将他扶了起来。夫人一见众仙，又悲又惭，还疑梦里重逢。经仙姑说明大众来意，又向他说出自己是闯祸头儿，表示万分的疚心。夫人叹道：‘这等都是定数，小妹身犯天条，时怀鬼胎，究竟这种事情是终要泄露的，与姊姊何干？今蒙姊姊邀请众位师伯叔弟兄等远道前来如此救援，妹妹真是感激不尽。将来倘得灾退罪满，重观天日，姊姊和众位的大恩，真是几辈子都报答不尽的了。’众仙都听得酸鼻起来。铁拐先生再运妙手，魂游海府，向水晶宫中借来一排五六间的琉璃屋，每间挂明珠一粒，光逾白昼。另外又有祛暑避寒两珠，交与夫人手收。夫人以牢狱之身，忽得如此考究的屋宇，觉得比原来庙屋好得百倍，心中已是十分欢喜。随后又由各仙致送室中应用什物器皿，弄得完完全全，简直不像仙府，好似世上富贵人家的光景。夫人倒笑了一笑道：‘承众位如此相待，大恩不敢言谢。但久居此间，舒适过甚，转恐将来脱罪之后，依恋不舍耳。’几句话说得众仙大笑。

“铁拐先生点头道：‘修道人自应把一切悲欢看破，方不为俗情所拘。如今还有两事对夫人说明，一桩是我辈议定，不管夫人几时出山，我们这十余位中，每隔一年，必派一位来此，传授夫人一点道法。夫人身在地底，反可一心用功。将来脱灾之后，即可致身天国，替天家多办几件大事，这是最最要紧的。’夫人听了，越发感入骨髓，叩首有声，仙姑忙将他扶起。铁拐先生又道：‘第二桩，是夫人不久该生一位公子，此子当由何大仙姑替你采山川之精英，吸朝日之光华，制成一灯，名曰宝莲灯，你于分娩之后，将孩子和灯放在东边一间屋内，自有土地替你送去，将孩子交付你丈夫王昌。这灯也不是人间凡火，光之所至，一切妖魔鬼魅，都得远避十里之外，而且通达灵性，能引人迷途。譬如吾人欲至何处，不必问张访李，只须按着火焰方向行去，必无舛差也。’铁拐先生说到这里，仙姑夹说道：‘此事交我去办，必不有误。'又有一个老土地出座参说道:'将来夫人分娩公子,这护送之责,还得小神亲自担任,不能假乎一班鬼役,免得夫人挂念。'铁拐先生知他是本处五十里内都土地,忙向他为礼道:'得尊神劳驾,夫人真可放心了。'夫人也忙向仙姑及土地叩谢。蓝采和见本人无可尽心,因笑道:'我来替夫人招寻几个用人罢。'众仙都道:'这倒也是一件要事,亏你想得周到。'采和邀那泰山总土地,出至山上,问道:'这左右可有女妖?'土地答道:'女妖怎的没有?离此百里外,就有一个白兔精,聚集许多狐兔,作祟人间。上仙莫非要拘几个去替那元真夫人执役么?'采和点头称是。土地道:'事情却好,只怕此辈野性不驯,反为夫人之累,怎么好呢!'采和笑道:'贫道自有方法,使他们不得撒野。而且夫人也是多年得道之身,妖魔们见了他,只有竭力巴结,希图将来得成正果的,那里还敢倔强。'土地依言,带了他一同驾土遁,到了所说的地方。

"事有凑巧,那兔精正在一片空地之上和许多女妖斗草耍子咧,他们一见采和丰神濯濯,资态不群,大以为异。为首的兔精存了一种野心,便对众妖说了句什么,装俏含媚,笑嘻嘻走上前来,迎住采和,打个问讯,道:'道长何来?'回头见后面一个老头,他却认得是全山都土地神,因笑道:'怎么这老头也跟了来,这倒真是稀客。'采和笑道:'无事不登三宝殿。我乃法师蓝采和,特来招请你几位姊姊,一同到个妥当所在,供应一位现在落难的有爵天仙,将来自有好造化,好结果,你们谁愿意去,谁跟了去。要是不愿意去,我贫道已在那边夸下海口,便拉也拉你们几位去。'兔精见说,不觉笑起来道:'当你丰貌不凡,是个聪明道士,原来只是一个傻汉子。休说我们在此为尊自在逍遥,是那些儿不足?谁愿意替人家做下人去,就是你要强拉我们,也好似蜻蜓撼石柱,一动也难动。倒不如你在这里,做了我们的山主,我们姊妹五人,一起做你夫人,大家过那清闲岁月,岂不大妙?何苦替那倒霉女人帮忙去,仙长以为何如?'说罢,向着采和装了一个俏眼,秋波流荡,百媚横生。要是凡人当此,谁也要魂销意失,堕入迷魂阵里。偏偏遇见了这位道心专纯的蓝采和,可算枉负他这一番痴心。当下采和大喝一声,宛如天空中起个霹雳,仗手中剑,直指那兔精，说道：‘你当我来闹什么玩笑么？罢罢，我就先显些小玩意儿给你瞧瞧。’说罢张口一喷，出万道银光，围住兔子身体，变成无数刀刃，齐向兔精围攻下来。兔精大骇，慌忙跪下，叩头乞宥，愿随上仙前去，伺候那位受灾的仙人。蓝采和张口一吸，一片银光立刻飞入口中，方命兔精起来，带他同到洞口。兔精自去和几个姊妹商量，谁知这班妖精倒有义气，听他一说，都情愿一同前去。

“采和听了大喜，随即立在中央，将夫人出身封爵，以及现时落难经过，并与众仙帮忙情形，说了一遍。临了又恳恳切切地告诫道：‘你们以一异类，修到如此功夫，可也不是容易的事。但中途废学，聚众妄为，好似世上的草寇强人，终有被天兵歼灭之日，何如趁此机会弃邪皈正！如今有这许多金仙，都和夫人帮忙，你们执役久了，将来夫人灾满归位，岂能丢却你们。还有如许大仙，给你们认得了，将来只要他们随便提挈一下，便可青云直上，位列仙班。这是千载难逢的机会。若是轻易错过，少不得我可去找到本山别的妖人，转眼十余年，他们已成正觉，你们还是妖魔，相形之下岂不惭愧。’众妖听了，都欢呼道：‘愿从大仙前去，决不翻悔。如有异心，定遭雷劫。’采和大悦道：‘难得你们有此志气，将来必成正果。就是夫人不肯收留你们，我贫道一定要替你们作主，使你们个个成仙也。但有一事，我们人生礼勿熟，宁可说明在先，大家如要去的，各人伸上手来，领贫道一道符箓，将来如有变心，或作甚不法之事，只一举手，就会发出雷电，立刻自行轰毙。你们不要说我太过凶狠，要知初次学道，最难守持的是意马心猿。但使心有所畏，少不得都要用些强制功夫。强制既久，便成自然；同时你们的功行也差不多了，掌中的雷符，也自然消失，用不着我解铃系铃的，你们以为好否？’众妖都道：‘但凭上仙。’

“说时各人伸出手来，采和替他们一一画符于上，方带了他们赶散一班小妖，一同来到地底和众仙相见，采和命五妖一一叩拜。五妖见了许多仙人，一个个丰神弈弈，都觉形秽自惭，倒真个死心塌地的，在夫人身边执役。众仙做完这件事情，别了夫人，各自散去。谁知二郎因妹子做出这等丢脸之事，自己没面子见人，便向天宫请假，回他灌口原封地方去了。临走之时，除一应公事移交代理的天神之外，关于他本身私事,一点没有了结,就是他顷刻不离的哮天犬,也丢在他的办公府中没曾带走,因此这犬方得偷闲下凡,在此作祟。"

嫦娥把上文一大段故事说完,略略停顿了一口气儿,洞宾这才恍然大悟道:"本来弟子就非常疑心,因甚二郎这样尊神,还能管束不严,使得身边随侍的哮天犬竟能私自下凡。今据仙姬说来,内中有这样大原因,这就可怪不得他了。请问仙姬,如今张大仙托带的是什么信?因甚不托别人,却托在仙姬身上?究竟这犬,二郎可能前来收去?还求快快说明。"嫦娥点头道:"你别性急,这是主要文章,自然要告诉你听的。那元真夫人怀孕期满,生下一子,取名王泰,他这时虽在山下,实在比庙中为神还要写意。一切事情,都有许多土地太太争着照看。还有几个执役的女妖,也非常尽心服侍。分娩期内,一点没有什么苦痛。到了三朝这日,何大仙姑的宝莲灯也送去了,自然有那老土地携灯抱孩,替他送去京城。果然这时王昌已娶牛尚书的小姊为妻。牛小姊一天梦见土地神送他一子,醒了转来,正和丈夫闲谈梦景,其时天还未亮,忽听屋顶上有呱呱啼哭之声,大为惊讶。夫妻们披衣而起,命人上屋一看,便得着一个眉清目秀的孩子,并小小花灯一盏,另外还附有一封书信。原来王昌和小姊定情之时,已先对他说过,小姊还当他是戏言。这时启信一读,方知实有其事。信中并写明宝莲灯的来历,请王昌将此灯时刻系在孩子身上,可免一切灾殃,而且将来还指引路径带孩子前去见母等语。

"夫妻俩因是仙人所生,对于孩子倒也十分珍爱。只闻王昌心伤夫人之遇,曾大哭一场,得病甚重,后来不晓什么人说的,孩子的宝莲灯,既能避灾,或者也能治病。于是从孩子身上摘下,悬在病榻之上。果不其然,王昌的病就立刻好了,而且精神比前更胜。从此他们一家,凡有病人,就用宝莲灯一照,马上可以复原。牛小姊的母亲,今年八十多了,得的是气喘心疼,也用此灯治愈。因此全家愈把此灯当作宝贝,连带把孩子也格外爱宠起来。这都是最近所得的消息。因为何仙姑对于夫人时存疚心,已在夫人面前,誓替母子俩负完全责任。所以不敢告劳,常常往来京师泰山之间,将孩子消息报告夫人。听说铁拐先生算定,将来二郎决不容他妹自在出山,此事还有一番干戈之惨。众仙对于二郎,都是同道好友,不便出面说话。只有等孩子长大懂事,大家用心教训他,扶植他,要使他的本领高过二郎,然后可替他母亲作主,战败娘舅,迎接母亲出山复任。

“这等事情,现在统归仙姑一人主持。所以他近来忙得不得了儿。但这不关你的事情。不过关于你这一面的,仍从此事而起,原因众仙闻得二郎含羞回蜀,连一应私事都没有了结,心中都替他难过,大家要想个替他挣回体面之法。于是想到‘解铃还在系铃人’一句古语,都道:‘婚姻之事,月老作主,月老能为王昌和夫人主婚,可见这段婚姻,并非怎样苟且。夫人的错处,只在畏惧乃兄太守秘密,倒成不告而嫁之罪。但究其根本,还因敬兄而起。如此一说,便把夫人的罪名减轻,同时即把二郎的体面也挽回过来了。’然而此事非月老出场作证,二郎怎能轻信?偏偏这位老人家,向来归太阴星君管辖的。现在星君因事属男女婚姻,虽说事关伦常,究竟嫌于尘俗。而且世上好姻缘少,而恶婚姻多,正当婚姻之外,还有什么野田草露,投桃掷果等等风流秽史,偏偏都要从星君治下出去,他这孤洁脾气,可能看得惯么。因此趁如今分设众女星之时,他自己迁居世外总星内,却将月老这一部分,仍留大地之上,划在我这月球内办理。”嫦娥说到这句,洞宾不觉失言道:“还有那个有穷后羿,现在可仍羁在原地方哩。”嫦娥听了这句,初疑洞宾有心取笑,不觉桃腮含怒,杏脸无春,半晌不则一声。洞宾也觉到自己失言,慌要支吾开去,急切又找不出一句可说的话来,也不禁满面绯红,吃吃难吐。未知二人可曾闹甚意见,却看下回分解。

第八十七回 以私济公月老作和事老 助正破邪二郎收哮天犬

却说嫦娥虽两经历劫,终成仙体。而对于后羿之事,兀自心含愧怍。今听洞宾问及后羿,先当他有心玩笑,稍含愠意,继见洞宾惶恐情状,随也谅解过来,知他并非故意翻自己的陈账,因也大大方方地答道:“关于此人,星君原欲将他移至别球,奈这人和娑婆树已经连成一体,仿佛此树专为此人而设,此人又不能离开此树。欲要解去别处,须得连同那树一起迁种过去,这事太过麻烦,只好暂缓商量,所以后羿至今仍在原处。可是星君既有此念,迟早终要实行罢了。”洞宾心下方觉释然,又问:“月老既在仙姬那边,可能前往灌口,向二郎解释这事么?”嫦娥道:“现在就为这事,张果大仙托我和月老交涉,务要请他到灌口一趟,这倒是月老义不容辞的。我此刻回去,就得首先办妥这事,顺便也托月老带个信给二郎,把哮天犬之事告诉他听,一则替你解了一个围,二则也是月老劝二郎出来任事的一种措词。只因他这一走,就连他身边的哮天犬,都会偷下凡尘,何况还有别人别事,因他一去而受影响的,更不知有多少。他也不能因一时个人的私愤,不把许多公事都抛弃不管,甚至还要害及无辜的好人,如王员外一家,即是其例。二郎为人,最肯负责,最不肯害人,有这一说,管教他马上要销假视事。同时你这重围也解了,岂非一举两得之事么?”洞宾大喜,下拜道:“若非仙姬如此关切,我弟子真如困在重围,一筹莫展。但不知何日可到庐山,传授剑法,却不枉害何大仙姑等得性急么?”嫦娥一面还礼,一面笑答道:“这是大众的公事,据张大仙说,道友来历大是不凡,不但我辈比不上,就是大罗天仙,也没几个够得上的。道友理虽还在访道,但所至之处,都有仙人照应保护,张大仙也不过尽他个人的心罢了,而且多半还是为元真夫人之事。因为何仙姑失言,激走二郎神这天,他也是庙中的上客。现在大家都在暗庇夫人,他当然也要出些力气,方见得同道的义气呢。”嫦娥说毕,嫣然一笑，道声再见。一霎时彩云复现面前，嫦娥跨上一步，冉冉上升，俄顷之间，高达天半，还在挥手示意咧。

洞宾送过嫦娥，这才定心定意地住在王家。不觉又过了三天，看看犬精不来，二郎神又不见到，又无从打听消息，倒又弄得莫名其妙起来。这天晚上，用完功课，正想上床安歇，忽闻槅子窗飒然作响，心中一动，向窗外一望，只见一个和尚头颅，隔着一层薄纸，在窗外探头探脑的张看。这要在凡人，就再也瞧不清楚，至多望得见黑魆魆的一件东西，已算十分眼力了。洞宾的眼光却与众不同，既能察见极细之物，又能望到极远的路。所以隔着纸张，离着十多步远，还能觑的清楚。但他生性忠厚，绝不料人为恶，也不防人作歹。看了一眼，知道没甚事情，自顾息烛睡他的觉。谁知隔不多时，窗子又响起来。这一次却不对了，飒然一声之后，继之以刮剌剌一阵子响，洞宾大疑道："莫非这犬奴又幻化僧人，前来寻事么？"心虽如此想着，却还不起来。隔着帐子望去，只见一个壮健和尚，伸着一手，把很坚厚的墙垣，如撮土抓灰般，扒了一个大洞，和尚便从洞中爬了进来。洞宾这才瞧得清清楚楚，便是那天同来收妖的知圆和尚。想他如此鬼祟，倒也不能不疑他有甚歹意。只得跨下床来，点起油灯，大大方方的和知圆和尚相见。知圆一见洞宾，却不说什么，先打量他身上的这件道袍，然后问道："吕道兄，贫僧冒昧问一句话，道兄所穿道袍，可就是那天这一件么？"洞宾笑道："我弟子贫到如此，那里还有第二件道袍？"知圆又打量了一回，又持个灯火，在他身上照了一遍，方欣然道："是的是的，才在暗处，瞧不甚清，以为和那天所穿颜色不同，如今仔细一瞧，却看明白了，是一样颜色。如今要和道兄商量一些小事，不知可肯答应么？"

洞宾这时，也已料着了七八分意思，便道："只要与我无损，与和尚有利的，无有不遵命。"知圆笑道："不能说于你无损，但损失也不能算大。再说得爽快些，就是要你损失，你也不能不允就是了。我老实对你说罢，自从那天和你分别之后，我心中那一时那一刻儿，放得下……"才说得半句，洞宾忙道："承情关切，感激之至。"知圆先是一呆，后来把他话儿一想，不觉呸了一声道："慢来慢来，我和你萍水之交,那见得如此关切于你?我是悬念你的道袍呀。”洞宾这才认清来意,也笑了笑道:“这也算得关切之一种,因为道袍是小弟身上之物。和尚悬念我的道袍,也是我应当感激的呀。”知圆笑道:“你太客气,我僧家只讲实在,不谈虚文。爽爽快快告诉你,我从那天起,想到你这道袍,虽然现时穿在你的身上,可深合于我的用途。因此我就接连恭候了你几天,打算等你上床安眠,我就替你收了回去,代你保管起来,岂不便利?那知你们当道士的,可说句对不住的话,真小气,真不够交情。区区一件道袍,能值几何?一天到晚,就似连皮带肉一般,早晨爬起床,直到晚上睡觉、做梦、大小便,总没教他离开一刻时。你看我们当和尚的,谁不晓得是靠菩萨吃饭,也没见到一天到晚,躲在菩萨身边,舍不得离开。偏你们这批穷道人,看得一件道袍,比我们和尚见菩萨还来得紧要,倒难为我一连候了六七天。有时躲在屋脊上,有时挨在墙脚边,有一天竟在你帐顶上望了大半夜。你要不信么,我还找几件凭据你瞧。当我挨在墙边这一天,不是王员外派人送果子给你,你吃了一个杏子,把余下的分赠下人们,这事可有?当我坐在你帐顶这天,你在天井内,和一个女人讲的许多见神见鬼的话,什么二郎神咧,铁拐李咧,还有什么夫人,什么土地,讲得好不起劲儿。吕道兄,请你告诉我,这女子是谁,怎么不见他从门外进来,也不见你邀他进来坐地,后来是怎么出去的?怎我一点也看不到?难道也像我小僧这般,有些飞檐走壁的技能么?再不然,许是你修道修出魔来,弄出什么妖怪鬼魅来捉弄你么?吕道友,我倒替你着着实实的担心咧。”

洞宾听他这番不伦不类尖酸刻薄的说话,真觉好笑又好气,便笑答道:“这倒真个大费你的盛情了。我倒很想把这女子的姓氏来历说给你听,无奈你做了和尚,看得自己衣食父母的菩萨,还不晓得敬礼,甚至看得菩萨不及我们道士一件道袍。那么对于毫无关系的神仙,你还知道尊重么?与其说了出来受你一场奚落,还不如不说为是。须知仙法广大,断断不是怕你奚落,是恐增添你的口过,加深你的罪孽,我贫道心中万万不能过得去。所以要说还忍,只好对你不住,恕不奉告了。”知圆见说,却也不气,仍是笑容满面地说道:“这些全是空话,谈也无用,还是对你说句老实话罢,以后我才晓得你这小气派头，无论如何，休想脱下这件道袍。也许你身无长物，只有这一领道袍，所以没法子脱下来，或者竟连内衣都没有一件，因此脱不下来，这都难说。总而言之，你这道袍，是一定不肯剥下的了。”

洞宾大笑道：“说也惶恐，上人所言贫道穷态，如描如画，又如亲眼目睹一般，好在君子固穷，穷也何害？只要眼光远些，气量大些，不要眼热人家的财物，不要偷盗人家的东西，那便穷得连道袍都没有，也不要紧。若像有种无耻之辈，眼中见不得一些稀罕物件，一入他的眼睛，千方百计图谋到手，甚至为贼为盗，也不为惜。这等人即使富可敌国，横竖品行扫地，连人类的资格都挨不进去，这等富厚有何用处？”知圆也笑道：“你倒也会骂人，须知人到我们这样的程度，真是奖骂赏罚，一无效用，最是考究个实在利益。任你怎说怎好，我还我行我素。当时我回到寺中，想了许多时候，才给我得了一个很好的主意。这主意还须分两层作法，第一步，是软功，就如现在你我相见情形，我再向你施下一礼，说一声，吕道友，对不住，可肯将尊袍见赐？贫僧备有白银百两，足够制得同样道袍十多二十件，比算起来，于道友似亦无甚大损。道友如一口允许了，我俩还可作个方外至交，彼此称兄道弟，永久不断的好交道，这是何等的不美？”洞宾点头笑道：“那第二层办法呢？”知圆一声不响，挺出大圆乌珠，在室中瞧了一回，忽然瞧见墙下有孩子玩耍的纸球，大小共是四个。知圆拾在手中，排成一串儿，张口一吹，一个个吹向墙壁，打穿一个壁洞，四球都从孔中穿出。洞宾大惊，自思这等真是真实功夫，绝非虚假邪巧的妖法可比。我的道袍，虽说可御刀兵水火，但不知这等功夫，可能抵挡得住。正想咧，知圆忽地回转脸来，向他狰狰狞狞地一笑，跟手儿一声咳，吐出一口痰来。痰着地板，板上顿穿一洞，这痰便沿着洞边，慢慢地黏黏连连价流将下去。

洞宾虽在师父身边受过几年仙道，懂得许多玄理，却从来不曾目见这等武术功夫，心中越发惊骇，面上却不肯示弱。不等知圆启口，先从从容容地笑道：“想不到上人还有这等本领，大概还是三五岁小孩时候学就的玩艺儿么。倒可惜了你，不该身入佛门，枉负你一番好身手。须知佛法无边，凭你多大本领，怎经得佛法一嘻笑，一弹指，怕不立成灰烬？假如你不入佛门，只和平常人比长较短地玩一下子，哈哈，不是我贫道人当面恭维你，总不能说天下无敌，可也不容易找得这么七八十个出来咧。但这不干贫道之事。刚才承你赐示两种玩意，大概就是上人说的硬做之一斑，大概说贫道要是不识好歹，不中抬举，一定敝帚自珍，不将道袍奉献，那么上人就可以施之墙壁地板，施之于贫道血肉之躯，可是么？论理，贫道出家之始，一点本领都没有，而上人的真实功夫，厉害得如此地步，双双相比，只当以卵敌石。贫道明知无幸，而且抗争的结果，少不得仍要奉献道袍，那何必多此一举？还不如老老实实，在在行行，遵照你软做办法，赶紧脱下道袍，双手奉赠，还可领你百两白银的酬报，比较值得多了。但恨贫道此袍，并非人工所成，也非本人所有，乃家师云房先生所赐，以御刀兵水火之用。所以出门至今，未敢一刻脱离。正因他有这许多好处，大抵上人所以爱他，也就在这些上头。而贫道所以不敢轻易奉送，也就是这个原因。

“但上人专诚为此而来，辛苦多日，至不惜身为盗贼，拼此区区一袍，也很做得此袍唯一知己。贫道虽为此袍主人，却还不知他的效用究有多大。据家师言，能御刀兵水火，但不知刀兵水火之外，可能抵挡上人手中的纸球和口中的痰沫？所以贫道惶恐万分，自愧还不能算得他的知己。如今贫道却想得一个彼此和平解决的办法，也不必规定纸球痰沫，但请上人施展生平全才，将此袍尽力毁损，如一经尊技，马上碎裂，那么此一袭破袍，贫道得之无用，上人如此体面，自然更用他不着了，这问题便解决了。反转来说，若是上人这样本领，这般勇武，竟不能损坏道袍，可见贫道不必有上人这般才技，只赖区区一袍，已可制胜上人。上人纵有千万只手，以掷万千纸球，有千百张口，能吐无数痰沫，徒然为此袍所笑，上人又如何能够将他披在身上呢？这样问题又可解决了。上人你瞧这等办法，还公允妥当么？”

知圆听了，更不答话，袖出宝剑，直刺洞宾。洞宾身无利器，只把道袍作护身的铠甲，躲闪避拒。谁想知圆又恐伤及道袍，只拣袍子遮不到的地方刺去。亏得洞宾乖巧灵便，可避则避，不可避时，总用道袍来遮。往来刺击了几回，忽听碰的一声，知圆剑锋误触袍袖，火光迸发，剑锋立折。知圆不觉大惊，却又越爱这道袍了，咬牙恨道："我如今先刺瞎了你的两眼，看你还有方法躲避么？"且言且从袋中挖出一把匕首来，向洞宾两眼刺去。洞宾心中也最怕这一着儿，瞥见一道亮光，向眼睛奔来，慌忙要避，已是来不及了，由不得"啊呀"一声，往后便倒。知圆大喜，正要上前来剥他道袍，洞宾却也矫健，等他来近，忽地一跃而起，绕过一张方桌的后面，从此可以逃出门外。洞宾心生一计，把方桌一推，推了下去，拦住知圆走路，方得脱身逃出门来。知圆大怒，一脚踢开方桌，用力过猛，把方桌踢得粉碎，桌脚桌角飞至各处，又打倒了一道粉墙，随后知圆也追了出来。

一阵大闹，早把王家全体人等一齐惊起，灯笼火把，照耀而出。王员外见一僧一道，如此闷斗，只叫不迭那连珠箭的苦，满口子高叫："两位师父有话好说，为的什么事情，说来大家商量，没有说不明白的，千乞不要动手。"二人打得热闹，那里听得入耳。此时洞宾全赖道袍遮掩，连逃走的路子都没有了，幸而知圆匕首又伤在道袍的袖口，只能赤手空拳，拣他头脸足部攻袭。有时误中道袍，宛如碰在极坚厚的钢铁上面。虽然练过功夫的人，禁得起痛苦，究竟身子是血肉所成，怎能和钢铁相抗？一连几下，倒也很吃了些小亏。这面洞宾却计穷力竭，再难支持的了。正在性命交关的当儿，猛可的空中一阵子狗吠，王员外夫妇吓得蹲下地去，只叫天爷爷救命，狗精又来报仇来也。洞宾和知圆却明明听得有人在那里叱道："孽畜，闯了大祸，还敢叫吵！"

二人听得清楚，不由都抬头一望。一霎眼间一位金甲神人，带着一犬自天而下。神人见洞宾战不过知圆，忽地伸起一足，把洞宾踢起半空，瞬息不见。再一伸手将知圆扯住，交给那只跟来的狗，吩咐道："带他去报国寺，交他师傅，我随后就来也。"那犬狂喊一声，咬住知圆腿子。知圆认识就是那天行逐的哮天犬，便知金甲尊神，必是犬主人二郎神。心中一慌，全身武功，不知吓到那儿去了，被那犬连咬几口，血流如注，痛苦难言，大叫饶命。二郎叱道："不必咬他，这等做贼的人，血肉都不干净，不怕污你狗嘴？"那哮天犬便又喊了一声，猛地把知圆掮起，纵入半空，直奔报国寺去。不知二郎对于王员外有何吩咐，知圆洞宾二人性命如何，却看下回分解。

第八十八回　迷途忽闻奸杀案　深宵瞥见鬼魂来

却说洞宾被二郎神一足踢入半空，只觉身子虚飘飘地在那浓云密雾之中，晃荡荡落将下来。约有半餐饭时，方才脚踏地上，睁眼凝神四面一望，身子立在山巅之上，峰峦秀媚，林壑幽深。虽在深夜之中，凭他一双慧眼，瞧得清清楚楚，是一座大好山林。心中想想，却也好笑，自己从出家至今，先被鹤童一丢，如今又被二郎一踢，一个身子好似皮球一般，由着人抛来掷去，自己做不得一点主意。而且身在何处，是何境界，两次都不曾明白。第一次问了那个管家，才晓得是到了夏口。如今却被抛落高山之上，月黑星稀，山深林密，一时却从那里去找个人来请问一下？想了一回，自己说道："不管他，我只在此打坐一夜，到了天光，却再寻找出路，也不想人送我过江了。如今二郎神爷已经下凡，想是月老去请来的，哮天犬既然在他身边，谅来不得再去寻那王家小姊，我的责任，可算完结了。我在夏口，本来没甚大事，何必呆守鹤童的话，等人送我过江呢。万一这孩子开我玩笑，有心捉弄我一下，岂不上他的当！但不知二郎这一脚，把我踢得多远，去庐山可是顺路？抑或越踢越远，把我弄在边远烟瘴，人迹不到之处，那才糟得不可名状了。"想到这里，不觉自己呸了一声，笑道："出家人那有这等顾虑，如此胡思乱想，又要给嫦娥笑人了。"于是找块山子石儿盘膝危坐，运了一回玄功，天色已是黎明。

忽听树林子里一阵小孩玩笑之声，心中大奇，慌即立起身来，循声所从来，缓地踱将过去。果见三四个乡村孩子，有男有女，混在一处，玩得好不起劲。洞宾想到："看这情形，山下必有人烟，不如先把孩子们拉来，探问他们一句，晓得了所在之地，我这路程便好确定了。"于是信步而前，立在一枝树下，看他们玩了一回。孩子们也瞧见了他，大家停了玩，诧异道："这大清早，那里跑个道人出来？"一个女孩子笑道："这道人好像不是本地人罢。"一男孩问道："你怎么知道?”女孩笑道:“我家叔叔不是也做道士的,他常常和一班道人出去做法事打醮,我怎么不认识他们,就没有见过这个道士。再则此地的道士,也和我们种田人一样,一个个生得黑而且粗。怎如这道人又白又俊,又好玩儿。”此言一出,惹得洞宾掌不住要笑出来。只见头先那个男孩子笑道:“哦,你倒喜欢这道士么?本来你俩年纪也差不多,你今年十一岁,看他也不过比我大得两三岁,至多有十五六岁罢了。今儿天赐良缘,清早碰在一处,可见你俩真好配得夫妻,待我来替你做媒好么?”女孩子虽小,却也知道不好意思,面上一红,指定男孩大骂起来。还有几个孩子,也都跟着拍手胡闹。洞宾见他们如此相谑,心中又笑又气,又觉得不大好去探问他们,只得呆怔怔地立着。再看了一回,谁知女孩因说不过众人,便哭将起来,众孩都大笑道:“小金子哭了,等下他妈得知了,又说我们欺侮他女儿了,我们回去罢。”说罢,乱哄哄一起散完,只剩那女孩子,还坐在草地抽抽噎噎,哭个不止。

洞宾见没甚人了,先向女孩子盯了一眼,不觉吃了一惊,自己暗想:“这等荒山之中,怎有这般清秀出尘的女孩子?看他相儿,虽不怎样特别过人,然而这一副秀雅面庞,配上一身清奇的骨格,照道家说来,分明便是仙骨仙风,怪不得人说庐山为天下名胜之区,地灵人杰。就是村孩中,也有这等人才,我倒不要错过,要仔细调查他一番才好。”定了主意,方才走过去,劝道:“小姑娘,别哭别哭,他们和你取笑呢。这一哭,岂不更上了他们的当。”小金子见洞宾和他说话,倒真个不哭了,瞪着一对小圆乌珠,朝洞宾从头到脚打量了一回,也不说话,也不起身,只讪讪地低下头,拔那山上的草。洞宾又问道:“请问姑娘,这里是什么所在?这山名叫什么?”小金子听了,倒嘻嘻一笑,仰起头说道:“人家说做道士的人,有些呆气。你这道人却真有几分呆,自己身子所在的地方都不晓得,不是呆得可怜么?”说罢又笑。洞宾想想,要把原因说给他听,又怕事情太怪,倘使被他一讲开去,未免惊骇世俗,只得随口诌个谎,说是贪玩山景,迷了路,所以动问一声。小金子似信不信地道:“你真不是本地人?”洞宾笑道:“你听我口音。”小金子这才点点首,说:“这里叫庐山。”一语甫出,把个洞宾吓得做声不得，却又万分的惊喜，忙又问道："姑娘怎样说法？是叫庐山不是？"小金子笑起来道："说你呆，你又不认，告诉了你地方，偏又不信起来，难道你这身子，是天上掉下来，地下种出来。再不然，是被歹人贩卖过来，或者什么风吹送过来么？怎呆得如此厉害？"

洞宾被他一番取笑，刚刚说着了自己来头，不禁面上红红地笑起来道："姑娘，却别问我这些事情，我只请问姑娘，这里可是南昌地界？姑娘所说的庐山，可是有很大瀑布，传名远近的？"小金子举起一只小手，远远指道："那边山峰下不是有大瀑布？那里叫做香炉峰，每年四时游人是不断的。从前我爷爷自己种田，得空也还替这些游山的爷们抬轿子，一年到头，都寻到很多银子咧。到了我爹手里，因为身体不好，他又有桩吃酒贪懒的脾气，休说抬轿，连田里也不大去了，亏得我爷爷挣下一些田地，年年给他卖了用。有时他高兴起来，在三春时候客人最多的当口，去那边山下摆个水果摊子，赚了钱多喝点酒，倒也怪开心的。"洞宾见这女孩子说出一大篇家务来，心中甚是好笑，并知此地真是庐山，真已到了自己要去的庐山，心中深感二郎一踢之德。并且非常歆羡神机妙用，和那天离自己府门时，师父只一喝，就把我喝上鹤背，飞升半天，正是一般的作用。

想了一回，便又问道："姑娘的令叔，也是出家的么？"小金子听了，诧异道："你怎么晓得！"洞宾见他已忘了对男孩们说的话，真觉非常好笑，因点头说道："我有卜算的玄机，能知人心中之事。请问姑娘可听令叔们说起，此地新到了什么神仙没有？"小金子大笑道："你也是个道士，怎么说出这等外行的话来。"洞宾诧异道："怎么这是外行说话？"小金子道："怎么不是外行？这等说话只该别人说，却不该你们当道士的说。"洞宾听了，越发奇怪得莫名其妙起来。小金子笑道："我常听见叔叔和一班道士们说，什么神仙啊，妖怪啊，全是当道士的欺哄人家的话，人家相信了他们的话，他们的生意也就来了，可见这等说话是完全靠不住的。别人还可说说是上了道士的当，你一个当道士的，又上了谁的当呢？那不是外行说话么？"洞宾听他如此说法，这才从恍然之中，钻出一个大悟来，不觉哈哈大笑道："原来如此,想令叔不是真正的道士,不过替人家做一点法事,换点钱来用。所以自己做了道士,倒不信神仙妖怪之事,可是么?”小金子正要再说,忽听山下有女子声音,喊上来道:“小金子,小金子,你这贱蹄子,一霎眼的功夫,又浪到那里去了?”同时又有一个孩子声气说:“你那女儿,现在大发了,他已经有了要好的男人,乃是个当道士的,和你们老二算是同行。将来要是配成夫妻,可算门当户对咧。”一语未了,又听得清清脆脆的拍拍几声,女人骂孩子,孩子顿足嚎啕,大哭大叫之声,自远而近,渐渐要到山上来了。小金子似乎没有什么害怕似的,还在笑嘻嘻地拔了许多青草。洞宾却站立不住,又怕小金子受他妈打骂,忙说:“我要去了,你不听见你妈妈骂上来了?还不快迎了上去呢。”小金子笑道:“怕什么,又不是真个偷了道士,看他吃我下去不成。就算我真有了汉子,也捱不到他来管我。人家怕他凶,我是不怕的。好便好,他要不好呢,哼哼,别惹我说出他的私事来,看我爹打不打死他。”洞宾不觉暗暗吐舌,想这小小女孩子说的话儿,如此淫泼,长大起来还了得么。但是又可惜了他这一副面貌和骨格,大概总是地方风俗太坏,或是家庭卑污,不知不觉把他这纯洁高尚的小小灵台,渐渐引诱坏了。想了想,不如走自己的路是正经,犯不着撞在这里受那恶妇一顿骂。想定了主意,拔起脚就走。走不几步,就听得后面叫喊吵骂之声越厉害了。

洞宾原是第一热心人,是修道人中最喜管闲账揽是非的人,听得这等声气,心中便踌躇起来道:“这几个孩子虽然不好,不要为了我的事情,挨这女子打骂,倒变了是我害人了。左右闲着没事,何妨回去,瞧一瞧来。”于是折转身,仍回至原处。却见一个泼天泼地的乡妇,督领着小金子,一路打,一路骂的,赶下山去。还有头先取笑小金子那个男孩,也跟在后面,哭哭闹闹的,说要回去告诉爹妈,和这女人不依。洞宾看在眼中,兀自又笑又恨。不道小金子开出口来,说出一句大可惊人的话道:“你敢打我,可别怪我要对不住你。我只问你我祖婆婆是怎样死的?我哥哥又是怎样死的?回去对爹说出来,看你可能活的成活不成!”只这一语,便把那妇人吓怔了,狗颠屁股似的,反丢了手中柴枝,安慰小金子道:“好儿子,你便这般倔强,也不像个做女儿了。你若说出那话，你娘便给爹打死，你还做得什么?”小金子倒也乖巧，得了风便转舵，仰起头向山头望了一望。洞宾忙把身子向林后一躲，小金子见没有人，方笑道:“妈妈，你只要不打我，我一定帮助妈妈，和妈妈一条心，妈要我去请王家伯伯，我总替你去请，也不给爹和叔叔们知道，妈道好么?”母女俩说着笑着走下山向着山峰，转个弯便不见了，却把树后的洞宾吓得呆了半天。他在无意中听得人家这样一个秘密，心中恍悟是怎样一回事情，内中还藏着那么一件弑姑杀子的奸案，不觉切齿道:“世上怎有这等淫泼凶狠的女人，大不该回转身来，瞧这一个热闹，偏偏把这件惨恶事情，听到自己耳朵中去。”要说人家家务事，管不了这么多，走自己的清秋路罢。他那一颗热烈救世的心，如何放得下去。

怔了一回，蓦见那大男孩子，还怔怔地蹲在一枝松树下面，不晓得作什么咧。洞宾信步走了过去，那孩子见了他，忽然笑了笑，讶然道:“你这道人还不回去，在这山上跑来跑去干什么?”洞宾笑道:“你倒爱管人家闲事，怪不得要被那女人打骂了。”孩子听了，切齿咒骂道:“我把他这死没天良的杀人强盗，几时犯在我的手里，我将他的事情，说给大家听听。那时候，才教他认得我牛大毛的手段哩。”洞宾问道:“你叫牛大毛?”牛大毛答道:“是的，我叫牛大毛，我弟弟叫二毛，还有妹妹叫三毛，比方才那个小金子好得多了。”洞宾笑道:“你怎么骂那女人是杀人强盗? 这等话可是乱骂得的?”牛大毛愤然道:“你不听见方才他女儿还在说他怎样怎样呢。我本当即刻就推他同去村坊上，把他的事情说上一说，丢丢他的脸皮才好。说不定给做官人晓得了，捉了去，还要杀头呢。后起我又想到这事太大，我爹我妈，平常不准我们说的。万一闹出事来，我爹妈又要打我，所以躲在这里，也不去说他了。”洞宾大笑道:“你又不曾闹出事来，躲在这里干什么?”大毛也笑了笑，忽然说道:“道士哥哥，你要知道这女人的事情么? 我来告诉你听，这事我们村子上谁不知道? 只瞒他丈夫妹子俩，没有晓得罢了。”

洞宾因也蹲了下来，听他说道:“这妇人，乃村中朱小鬼的老婆朱氏。小鬼那东西，你是没有见过。要是见了他，包你会笑断了肚肠子。那人头是歪的,项下还长着一个大瘤,远远望去,好如生着两个头,身子矮得如我们孩子差不多。一张面孔的黑麻子,吊着一双肿眼泡。红眼皮儿,翻到鼻梁边,神气真是可怕。你瞧这女人,我们平时喊他小鬼嫂嫂的,他相儿虽不大好,人家还有赞他身段儿苗条,皮肤儿白净的,他如何看得起这等丈夫呢?可不老早就偷了一个汉子。这小鬼又爱喝酒,酒醉之后,人事不省,这女人就开了后门,把那汉子……哦,我还没有告诉你,这人就是方才小金子说的王家伯伯,乃是姓王的了。我们都不大认识他。但是我爹妈和许多人,还都说这个人,还是一个老爷咧。而且这位王老爷,倒是一个很好的好人。我们村子人,许多人家提起他来,没有一个不说他好的。因为他有钱,又肯做好事,救过许多人的性命,所以他在朱家进进出出,和那朱氏鬼鬼祟祟,也没有人去寻他的事。因此他俩的奸情,也还不曾破露。人家可不是怕那朱嫂子,还是瞧在这王老爷分上哪。"洞宾听了,万分不解,因说:"这王老爷大概爱玩女人。"牛大毛笑道:"没有的事,他在别处是很规矩的,就只和这朱氏要好。朱氏欠了他,更不用说了,每逢他来了,这女人打扮得胭脂花粉,好似东街上的粉头模样。他俩明来暗去的,轧了有三四年了。人人都知,就是小鬼还瞒在鼓里,偏这该死的老婆子,是小鬼嫂的婆婆了,几次三番,撞破他们的奸情。老婆子说要告诉儿子,女人急了,便和奸夫俩,将他揿在床上,扼住他的喉管,一口气回不上来,就此归天去了。第二天,醉鬼晓得娘死了,那本是个糊涂蛋,有什么分晓?一口棺木,搬了出去,就完了。哪知女人的大儿子,今年也有十二岁了。和我是同年,想来也是命该横死,这么大的人了,说话全没关节儿,将他母亲和奸夫杀死婆婆之事,当作一件新闻事情,到处说与人听。小鬼嫂屡次地打他骂他,他恼了,反当着大众面上,传扬他妈的隐事。他妈恨极了他,一帖砒霜,将他药死。死的时候,我也去看,只见死尸面上流出许多黑血来。啊呀呀,好不可惨怕人啊。偏偏那醉鬼还是一些不理会,仍旧抬出去埋在那块山地上完事。现在人人都说朱小鬼为人太蠢,讨着这样一个老婆,将来一条性命,少不得要送在他女人手中呢。"洞宾听了,怒不可遏,恨不能即刻追上去,将他一刀杀死。但是事不干己,非故非亲,怎好随便替人出头。想了一回,那牛大毛去了,洞宾一人便走下山来,先在村子上走了一天,把朱小鬼的门户认了一回。

到了晚上,便去守在朱家对面一株大樟树后面,二更光景,果见一个衣冠楚楚的男子,前来打他后门。剥啄一声,里面就开了出来,正是那个女子,嘻嘻哈哈的,一同进去了。洞宾自言道:“眼见是实,这事情竟是真确的了。最可怪这奸夫,神情态度,真像个正人君子,为什么偏和这等女人缠在一堆儿?这真是前世孽缘了。”一语未了,忽然一阵阴风,起于足下,旋绕洞宾身畔,飙忽来回,好似有甚东西缠住他的样子。洞宾虽然胆大,也不觉有些寒颤。运元神定睛一瞧,只见一团黑烟,倏地飞了开去,在十步之外,打个滚儿,发出吱吱喳喳之声。声音十分凄切,令人酸鼻。洞宾大为惊骇,低声喝道:“兀那鬼物,如有什么冤气,不妨现形见我,我必替你伸冤。”一言甫出,路上忽有一个行路的人,向洞宾身边直奔过来,跪在地上,抱住洞宾双足哀号痛哭,口口声声求大仙伸冤。这一来,把洞宾吓出一身冷汗。未知这是什么人,为何求洞宾伸冤,请看下回分解。

第八十九回　下庐山治奸夫淫妇　入幽谷得福地洞天

却说旋风一卷,忽地裹住一个路上走的人,在他身上绕了几匝。从远处望去,这人已被黑雾裹得切切实实,连他自己也好似成了一个雾块。一下子工夫,忽似失了魂魄一般,一点不由他自身作主,连滚带爬地跪了过来,抱住吕洞宾双腿。高喊:“上仙伸冤啊,上仙伸冤啊!”洞宾生有慧眼,虽在黑夜之中,却觑得十分明白,只得大着胆子,喝问:“你是何方冤鬼?因甚屈死?先对贫道说明,再想伸冤之法。”那鬼魂凄凄切切地哭告道:“小鬼便是朱小鬼的大儿子朱阿明。方才土地传谕小鬼说:‘有位吕大仙到此,你的冤情除非他可能替你伸雪。’小鬼就问:‘这位大仙,可肯替我作主不肯呢?’土地说:‘他已晓得你家事,是今天牛大毛在山上告诉他的,这位大仙最心热,最肯救人,他现在还在你家后门外徘徊,大概是预备替你祖孙伸雪冤情,还不快去求到他!迟了他要走了,错过这个机会,你们一老一少的冤枉只好埋在海底,再没人替你出头了。’因此小鬼又急急忙忙去找了祖母的魂,一同前来哀求大仙,务望大开天地之恩,替小鬼祖孙俩伸这一口冤气,衔感不忘大德。”

随后这人又变成老婆子口音,也把这话说了一遍。洞宾知是小鬼祖母,不觉凛然道:“土地所说的话是不错,我也不是不肯管人间事,只是出家未久,道行毫无,这鬼魂之事,又是初次碰到,不知要怎样办法才能救得你们伸这一口冤气咧。”二鬼听了,慌忙借着那人身体跪下叩头,那人口中便发出忽男忽女、忽老忽小两种声气,同时说道:“但求大仙把鬼魂带进自己家中,我们自有对付仇人之法。不过闹出事来,必有城隍管下游神前来稽察,那时还求大仙作主替我们证明一言。城隍爷怜我们冤死,必定还要格外施恩,允许我们早转人生,我俩就戴德不尽了。”

洞宾道:“既如此,你们自己回家去就是了,何必还要拉我同去?”那人便变老婆子声音,说道:“前后门皆有门神守卫,我们不敢进去,得大仙引着一次,以后便可出入任意了。”洞宾只得答应,因吩咐道:“你们跟我来罢,这走路之人放他回去,不要缠绕他。”阿明答道:“此人也不是什么好东西,他打父叱母,私通弟妇,又把兄弟之子卖去远方作戏子。他的良心早死,虽在人世,一点阳气都没有了,我俩才能附在他的身上。要是正直规矩的人,阳威何等厉害,我们区区魂魄不消近身就散如云烟,那里还敢去缠绕他呢!”洞宾听了,不胜太息,忙道:“话虽如此,究竟和你俩无仇无怨,他做恶事自有他的报应,也不是你们所能过问,现在要到你们家去,把他带在身边也不便当,放他回家去罢。”

一话没完,那人便忽然仆地豁然顿醒,洞宾也不理他,自向朱家后门走去,拾块石子打了一回门,便望得里面有了灯火。一会儿,有个女人声气骂将出来道:“半夜三更,又不晓在那里灌了黄汤死回家来。”洞宾听了,才知朱小鬼还没回家。等着他开了门,瞥见两道黑烟由地而起,绕住开门的那个女人。洞宾定眼一望,可不是白天在山头遇见的那个泼货!这时女子已被两魂附体,不省人事,丢下灯火,也不关门,也不插门,返身就走,直到里面去了。一霎时就听得室内哭声震天,接着又是拍桌打凳之声、丢刀掷杖之声,一会儿便有一人冲出后门如飞逃去。洞宾认清正是先前进去的奸夫,因知道牛氏已被二鬼附体正在发狂,心中大为嗟讶,因留此无益,便即回去原路,随便找个凉亭,坐过一夜。

次日一早前去打探消息,不道门口已挂着许多道士用品,里面铙钹笙歌闹得沸耳盈天。洞宾笑道:“这是朱小鬼被两鬼闹得慌了,少不得作成他老弟的生意,想把两鬼赶出门去。也有这等昏蛋,自己性命都不得保全,还要替这淫凶的老婆治病咧。”想到这里身不由己的向里张了几眼,这一来,可反误了事。只见里面探出个女孩子来,一看,正是小金子。小金子见了洞宾马上逃了进去。一会儿邀出一个鬼矮麻子,大概是朱小鬼了,还有一个比他长大的人也是麻子,道士打扮,小金子喊他叔叔。兄弟俩到了门前,也不问青红皂白把洞宾拖了进去,带拖带打的拉到作法事的坛子上。洞宾只问:“你们无缘无故拉我、打我作什么？我又不认识你们，难道有什么怨仇不成？”那道士大喝道：“那里来的野道人？也不打听打听我们家是做什么的，竟敢太岁头上动土，放些什么妖怪进来，捣乱我兄长的门庭！”洞宾正要问他有何凭据？谁知里面那个泼女人一听洞宾到了，慌忙赶将出来，伏在地上，叩头如捣蒜一般，大呼上仙救我们，上仙救我们！这一来不但洞宾莫明其妙，就是那俩个麻兄麻弟也弄得发怔起来。洞宾却已明白了几分，料定说的必是一对老小鬼魂；但是方才赖得干干净净，正问道士兄弟要凭据，这时自然不便承认。

便大喝一声：“你是什么女子？怎么和我陌不相识，如此胡缠？”不料一对鬼魂却不晓得他的苦衷，反替他证实了一句道：“大仙啊，我俩便是朱小鬼的母亲、儿子，昨晚承你带了进来……”一语未了，朱小鬼弟兄便冷笑一声道：“好么！人家鬼怪自己供出来了，你还赖咧！”洞宾此时真弄得有口难分，只得按定心神再听那女人哭道：“不料这小鬼全不讲理，反请了道士们来作法，要驱逐我们。”洞宾倒奇怪起来道：“他这道士，也还有些法术么？”女人道：“法术虽然没有，符咒却是真的！方才他们念了一卷收妖伏鬼的经咒，我俩身上宛如被火烧钉刺一般，刚要逃走，却逢大仙来了。好大仙哪，你是天上金仙，好事做到底，万望吩咐他们不要这样糊涂，我俩乃是他们的母亲、子侄呀！”

这时大家都听了这话，朱小鬼对他兄弟说道：“不用说了，这是野道人带来的妖精，假名我们阿明和母亲前来寻我的事。他还大胆地来此窥窥探探的，要不是他一人所干，何用他这样留心，大清早赶来打听消息呢？”几句话真把洞宾的嘴都堵住了，半晌开口不出。朱小鬼大怒道：“这野道情虚是实，我们将他锁禁起来，看他可有本事作祟？”众道听了都说：“正该如此！”又有人说：“将他手足捆绑起来，免得派人看管他，也不得插翅飞去。”朱小鬼兄弟俩也都赞成了，大众七手八脚来捆洞宾。洞宾因见他们人多，自知寡不敌众，又因他们蠢得如鹿豕一般无可理喻，索性不声不响，也不抵抗，由他们绳穿索绑缚成粽子般一个样子。小鬼说道：“后面那间破屋，现在也不大去堆东西了，不如将他关在那里等小金子他妈病好了，然后再放他出来,鞫问他一顿,拷打他一番,使他下次不敢再来,也不伤他狗命。”众人听了,大家一齐用力嘻天哈地把这大粽子儿,送到那间破屋中,扑的一声关上门,加了一道锁上去。小鬼的兄弟还在外面说道:“我们是没有本领的,连鬼都吓不倒。你这道术通天的大罗天仙,却在这里休养几天,再献些惊人技艺给我们瞧罢!”说着一哄儿走个干净。

洞宾被禁在内,又气又闷,这屋子还是一间茅厕改造,一股含有历史性质的木樨香味,兀自一阵阵透些出来,夹着那许多破东破西、污秽龌龊的家用器具也都发出各种各式的霉蒸臭味,时时钻入鼻官,着实令人难受。洞宾想道,这道袍既能抵御刀兵水火,或者也能遮掩这等臭气。幸得双手还捆得不甚结实,用力一挣,竟被他挣出一只右手,别的却来不及办理,忙先把一只衣袖高高举起遮住鼻子,果然一点气味也闻不到了。再把袖子四面拂了几拂,便有许多时候不闻臭秽。洞宾把这个最难消受的问题解决之后,登时为之宽舒了不少。到了吃中午饭的时候,朱小鬼也命女儿小金子送饭给他吃。洞宾怕他看出破绽,仍把双手缚好,却佯为哀求请他代放双手方好吃饭。小金子原说这道人生得秀美,心中非常爱他,一面替他释开两手,一面悄悄笑道:“你这道人才是自讨苦吃,我们的家事连我都怕说呢,你这不相干的外人,管什么闲账?现在我祖婆和我哥哥的鬼魂已被叔叔们一阵经咒赶了出去,妈妈已经不疯了,不过身子困倦,胸口、手面都被祖婆抓破,疼得尽是嘶叫,看来不久就会好的。他一好了你就该死了。我爹爹、叔叔正在商量要取你性命呢!”

洞宾一面吃饭,一面还问他:“怎么你祖婆和哥哥倒不去寻找那个姓王的坏人呢?”小金子道:“何尝不寻找他?但是这人机灵得很!我妈妈发疯之时,爹还没有回来,妈就拉住那人,口中说的全是鬼话。不料这人本领真大,不但没有着迷,还把妈妈推了一交,开了后门逃出去了。也不晓他有什么法术,竟把冤鬼都吓得退的。”洞宾听了,沉吟了一回,又求他:“可能救救我的性命?”小金子想了想,点头说道:“有是有一个法子,要今天下半天他们没什么动作,到了晚上我拿把刀子将绳子割断,放你从后门逃去。但是你将来怎样报我呢?”说罢,向着洞宾嫣然一笑,装出许多媚态。洞宾暗想:“这真糟到极点了,怎么这点点孩子就真有这等偷情私订的知识胆量!这话教我如何对付他呢?要哄他罢,我出家人怎能尽打谎言?要不允他,他是决不放我。”想了一会儿,只得含糊说道:“小姑娘,不要说得这样着实,横竖贫道不是无良之辈,将来如能有缘再和小姑娘相见,自当尽贫道心力报答小姑娘,这就完了。”小金子低头沉思道:“你这话可真?”洞宾道:“出家人怎能说谎!”小金子欣然道:“我一定救你就是了!但怕吃完了饭,我叔叔爹爹马上就要和你为难起来,那就没办法了。”说罢,收了食具,自去,随即把门带上。

洞宾自他去后,就时刻希望太阳走得快些,过了晚刻就是黄昏,专盼小金子进来自己便好出去,那知小金子耽心的这层事情,竟然实现出来。约摸午牌过后,未时没到,忽地一阵脚步之声由远而近。洞宾叫声苦:“一定是他们收拾我来也。”果不其然,不一时,就是朱小鬼兄弟俩,还有一个道士生得身长体伟,看去似乎一条好汉。三人进了屋子,见洞宾右手脱了缚,都诧异道:“是谁将他放开手来?”洞宾怕连累小金子,便微笑道:“你们既有好心请我吃饭,没有手,是怎生吃法?贫道只得对不住,借这一只手来帮用一下。谁知这一借,就没法子奉赵了。因为我的手拙,人又笨,挣便挣开,缚又缚不上去!只得等候你们来时,再费一番心力罢。”说时,仍把右手弯到背后,预备他们捆缚。朱小鬼笑道:“这家伙倒也硬爽,原来是个不怕死的硬头子。我们现在进来是要请你乔迁一个地方。那里幽静得很,正配你这等高人去休养安身。时候不早,就此动身去罢。”说话时间,两个道人已把洞宾双手牢牢拴缚,又扳了两扳,笑道:“看他可能再借这爪子来用!”朱小鬼忙道:“兄弟们不必取笑,就将他弄了出去,免得一桩心事。”那个长大的道士就将洞宾背上肩头,小鬼兄弟俩随在后面,背出破屋后面。

经过一条狭弄,出弄之后又向左边转一小弯。小鬼便赶先一步,将前面竹扉轻轻推开,原来是座很大的荒园。三人押着洞宾走到荒园东尽处，有一个高阜，小鬼先爬上去四面一望，说道："鬼都不见一个，快动手送他个乔迁之喜罢。"洞宾心中纳闷道："这三个蠢才，不知把我弄到什么幽雅所在去咧！"想犹未了，道士已把他摔将下来，丢在地上。这一摔一丢，险些把洞宾弄得个发昏章一百二十八，睁眼一瞧，又不禁暗暗叫一声苦啊！原来这高阜底下有一个深不可见底的大洞，洞口都给茸茸的野草遮住，所以不大瞧得显明。洞宾不觉发起愁来道："瞧这情形，分明要把我埋到这地洞中去，那明明是幽谷，怎反说是乔迁咧！"才想着哩，早听小鬼发令道："兄弟们还不快将他送进洞去，呆着什么！等会有人走过这事就难办了。"道士闻言，用尽气力，把洞宾抱起。小鬼兄弟便帮着把洞口的草拨开。小鬼还笑道："这好有一比！"他兄弟笑问："比从何来？"小鬼道："这不是什么洞口春迷么？如今把这个活东西塞了进去，你们想想，可又像个什么？"一句话，说得两道士都笑起来。他兄弟摇头道："这比喻不大确切，那要有出有进方有点意思，如今这东西一进去，还有出来之望么？"说毕，三人又大笑起来。

洞宾想道："想不到这朱小鬼弟兄，全是杀人不眨眼的歹人，怪不得要娶着这样一个女人，给他杀了儿子、母亲还当他是恩爱夫妻呢！"才想着咧，猛觉得身子凭空而起，又听得杭呵杭呵的两声，自己粽子般一个身子早被他们塞入洞中，头朝下，脚朝上的跌倒下去。

洞宾此时，早已把生命置之度外，倒也没甚畏惧之心。但从入洞之后，骨碌碌尽向下滚，两边总不曾碰到什么东西，可见此洞之大。滚了有一盏茶时，还不曾落到地上。洞宾心中真怪到极处了，想道古人传说有什么无底洞，难道这洞真是无底的么？更妙在入口处黑暗如漆，一点光头都没有，比及越滚越低，却反越亮起来。差不多又是一盏茶的时间，方觉身子落地。在他原料，以为这一下去，至少也得个粉骨碎身的刑罚。后在半途之中又转出一层希望来，如能身体先落地，便可得道袍的保护，或者不致就死，至多被他震荡一下，多发几个头眩也就完了。至于落地之后能否出来，那却无暇想到。

谁知天下事真有奇中之奇，奇得任何人猜度不到者。洞宾一经落地，只觉身子软绵绵地，舒适得不得了，同时他又大睁着眼一望，哈哈！匪夷所思，匪夷所想，原来这万丈深潭之下，竟是个洞天福地。那地平如镜，草软如毛，花气芳香，鸟声宛转，亭台楼阁，山石流泉，处处地方点缀出个自然高尚的景象。觉朱小鬼所言幽雅两字，真不足拟其万一。时值天高云朗风和气淑，身入其境，耳目为之一爽，心神也倍感清朗起来。洞宾不觉喜出望外，再回顾自身，却睡在芳草为茵的广场之上，身上的绳索早不知那里去了，手足被捆之处，一点不觉痛苦麻木。他从极险之中转到这么一个好所在，禁不住大叫一声："我吕岩今儿才登仙界也。"

一语未完，忽听耳中莺声呖呖的笑道："仙界还远的很，今日才算做了入洞之宾，不枉你取这洞宾二字的雅号。"洞宾又是一惊，回转身来一看，却是一位十七八岁的美女，正领着几个十岁上下的小女孩子，在自己身边一枝棠棣花下微笑伫立哩！洞宾便认他是此地的女主，慌忙爬起身向他下拜道："弟子吕岩，遇难入洞，幸逢仙师，乞赐垂救。"说罢叩下头去。女子慌忙还礼不迭，口中说道："彼此只算友好，仙师之称不敢承，也不敢当。"洞宾拜罢而起。女子请他在草地上坐地，自己也一同坐下。女孩子们四面侍立，神情十分整肃。女子笑对洞宾说道："一个人好管闲事，好替人家打不平，自然是热心人行径，但也要问问自己的才力技能能否胜任。再则事有缓急、有先后，急所先而缓所后方是正理。这话你明白么？"洞宾听了，满心惶恐道："弟子明白了。弟子为学剑而来，蒙二郎神送到此地，些微道行都不曾学得，如何不访仙师先管人家闲事！弟子愚昧至此，无怪要逢许多意外的磨难了。弟子如今想来，仙师莫非就是传授弟子剑法的何大仙么？弟子俗眼，竟一时见不及此，罪该万死！"说罢，重起身定要以师礼相见。何仙姑忙退后一步，摇手笑道："传授道法，不必定是师生。你我无师生之分，有同学之谊。你必以师礼待我，反不便传授剑术了。"洞宾听说，只得作罢，因把自己行踪先报告了一番。

说到遇见冤鬼，带他们回家之处，仙姑笑道："你自不知，那朱小鬼的女人，果然该杀该剐，至于他的奸夫却是一个好人，他的后半世还要有很大的造化咧！此等鬼魂，如何能近他的身？一近身，就被他头上灵光逼退，而且还有功曹鬼卒随身保护。鬼魂纵有冤屈，又怎敢和他为难呢？到了结果,可不专和自己人为难罢了。”洞宾听了大惊道:“仙姊此话,却和小弟山头所闻一样的情形、一般的难解。想这人既是如此不肖不法,怎又说得他如许好处呢？小弟真不明白了。”仙姑笑道:“岂但你不明白？读者诸公只怕比你更不明白咧!”稍等片刻,待我休息一下,留在本书下回分解罢。

第九十回　后果前因白蛇初报放生德　落花流水神仙还有未了缘

却说天下事无奇不有。上回说吕洞宾因被坠入幽谷，翻成洞中之宾，得逢渴念已久的何仙姑，已可谓奇之无可再奇了。不道何仙姑对他说出因奸杀二命的奸夫是个大善士，不但将来有大造化，眼前还有神人保护他，出入他外室之门。这等说话，岂非奇得连情理都通不过去了么？然而一经说穿，简直平淡到了极点，丝毫不足为怪。

当时何仙姑见洞宾闻言惊骇之状，笑道："你大概已经晓得那一老一少两个冤鬼，害不着那姓王的奸夫了？"洞宾道："小弟正是为此，奇诧到了不得哩！"仙姑笑道："凡事不知内容，不经审查，往往容易偏断。论这姓王的，奸人妇女，自然罪有应得，但充其量不过犯了一个奸字。"一语未完，洞宾接口道："不！不！据小弟所闻，尚有甚奸者。"仙姑笑道："你是听了那小孩子牛阿毛的话，可是么？其中也不光是阿毛一个人，他们村子上凡是知道这件奸杀案的，那一个不是如此说法？其中喜欢高谈阔论的人，还有装头换足加酱添油，把事情真相改了一个局面的。总而言之，这案子不发便罢，一经发作，姓王的必定成为一个共同杀人的凶犯，纵有非常明察的官府，也难替他平反过来了。但这不过讲的凡间的理论，至于内中曲折情形，又瞒不了我们神仙中人。吕道兄，我先说句真话给你听，我敢断言，这姓王的不但不是杀人犯，简直他连这一老一少如何的死法，还是莫名其妙！他那昏惘糊涂的情形，真和女人本夫朱小鬼子，可以拜把子称兄弟，半斤八两一式无二的。这也总因姓王的是个正人君子，姓朱的女人虽然和他通奸，却万万不敢把这等背伦逆天逞凶杀人之事告诉他听。所以直到现在，他还不信这老少二人是含冤屈死的哩！至于他的坏处，就是因犯了一个淫人妻子的罪名。要知道他这人，平时也不是贪欢爱色的人。他妻子死了十年，他还守义抚孤不肯续弦，就是寻常风月场中，也少有他的足迹。何以独独和这朱小鬼的妇人，有这等暧昧行为？说到这里，我先要把他前生之事来谈一谈。你知道这朱家妇女前世是什么东西？乃是魔教管下三四路人才，一条白蛇精！那年正邪二教大闹淮海村，杀得大海几乎翻了身，这事情，凡是修过几年道，交识几位世外人的，大概都知道一些罢？”

洞宾点头道：“不错！这事我也听家师云房先生说过。”仙姑道：“那条蛇精，就于战败之后，不晓得怎样落在一个渔夫之手。幸得有位善心人，将他买去放生。因此这蛇精时刻不忘要报这人的大德。事经千余年，才得请准他们教主，转世为人，以身体作报恩之具。可是蛇妖行为太坏，害人太多。他的命中就老早注定不该趁心如意的，做个清清爽爽的人。所以一经下世，就错配给这朱小鬼手里，名为报恩而来，实际只和他恩人做个露水夫妻。说到这里，你该明白他的恩人是谁了？”洞宾点了点头道：“我知道了，这姓王的从前必是将他放生的人。”仙姑笑道：“人世姻缘，无论是正是邪，前世是大都有个原因。人人都道正当夫妻是前生注定，月老册子上有了他们的名字，系就红丝，才得匹配姻缘。殊不知临时配合的露水夫妻，也不是偶然凑合。那本婚姻册子上，也都有他们的名儿。以这姓王的和那朱家妇人而论，既能成就奸情，何尝没有一点来历？知道他们的来历，这事就不足为怪了。”

洞宾听了尽管点头，仙姑又道：“但是我却知道这一对男女的瓜藤葛缠，光这一世未必就此了结。因为蛇精志在报恩，而恩不得报，甚至反而害他，抱歉愈深，图报愈急，所取的方法也就越难妥善。你我幸为世外之人，逍遥尘网之外，不经意外之劫，无性命之忧。人间三五百年，自我辈看来，简直只是转眼工夫，他们的结果如何，不怕看不见咧！”洞宾听了，不胜怅讶，因问仙姑道：“既这么说，可也知道他们将来的结局如何呢？”仙姑笑道：“你真是一位热心人儿，管闲事还要管到几百年后，那还了得！恨我道力不深，不能知他们详情，但可约略预言，这白蛇当于五百年后，再出图报前恩。这姓王的却成了一个孤寒之人，多少要得他一些好处，比这世里自然好得多了。可这蛇精本身，终嫌夙孽太重，以理而论，还当为这恩人受几十年的惨劫。至于后果，却非常美满。大概还是因他生生死死不忘报德，这一点良心比寻常魔教中人不同。所以能够感动天心，许其自新，导入正路，大略情形不过如此而已。”

仙姑说到这里，作书人却要搀入一言，向读者声叙一句。原来仙姑所说，白蛇报恩一事：第一次即朱氏和王姓一重奸案；第二次在五百年后，便是白氏和许仙结为正式夫妻。后被法海镇于西湖雷峰塔下二十年，其子得中状元，奉旨祭塔，白氏忏悔前孽归于佛教。这事知者颇多，本书不必再叙，唯他们初次结合情事，却为世人所未知，所以将他叙在上面。一言表过。

再说洞宾听完了话，方问：“这是什么所在？因甚在这深洞之下？究竟去平地多少里了？从此出去应该望那里走？仙姊因何也在这儿？”仙姑笑道：“这本是我新辟的洞府，名为玉屋洞。新近有祖师法旨下来，着我等各按份位派定居住修真之地。如铁拐先生和云房先生，还有蓝采和张果等等，或仍处原址，或另觅新居，差不多都已就绪。就是你，虽未成道，而祖师另眼相看，听说也已替你指定一处洞。将来会到令师云房先生，自能带你前去也。”洞宾听了，忙向空拜谢。仙姑又道：“这里原是一个大地的漏洞，因其深不见底，从来也没有人前来问津。三年前，我随玄女师尊游玩至此，行至山谷之下，觉脚步声音比别处轻空一些，玄女师当召土地来一问，方知端的。师尊笑问我道：‘神仙洞府，不在山头，便在海上。如今你可别出心裁，建一地底的居室，你可欢喜？’我自然忻喜叩谢，师尊当替我召来许多鬼工妖役，施以鬼斧神工，不多几时竟把这万丈深潭，造成洞天福地。而且四季如春，四时不雨，借来日月余光，昼夜温和明亮。敢说自有神仙洞以来，要算此地最为别致幽雅。记得《左传》中有一句话，叫吾公在壑谷。所谓壑谷，只是今人所做的地窖之类，不过造的华美阔大一点，便赐以壑谷之名。其实比之吾洞，可谓小巫见大巫，相去不知几万里了。至于出洞之路却有两处：其一，即你进来之处。我的意思原想封一丸泥，将他堵住，免得将来害人堕落。谁知玄女师尊神通真大，他早已料定你该来我处，传授天遁剑法，却要从这洞口进来，所以不允就堵。只说几年后，传授我的天遁剑，这人须从此口入洞，须待此人进来，方可设法堵塞。你说这等神通，可伟大不伟大呢？”

洞宾听了,又额手为礼遥谢玄女。仙姑又道:“如今你既来了,就在此地稍住。我在一二天内,还当替你出去办理你那未完的手脚,顺便封住这个洞口,也算替天地补满了一个缺点。将来你我出入之路,却在这大瀑布之下。无论何人,不知水遁不能入洞;不能土遁,即入洞而仍难到我洞府。有此瀑布,作我天然守卫,真乃神妙到不可思议。而且瀑布常流,水势湍急,虽有洞口,寻常人目光休想看得出来,所以有路还似无路。若是闻名而来,一到泉下,看见这种形势也只好望洋兴叹罢了。”

洞宾听了不胜歆羡,因又问道:“仙姊才说替我办理未了之事,可是为那朱小鬼的女人么?我想他和奸夫既有那种渊源,我们又何必再去理会这些闲事?”仙姑笑道:“姻缘是姻缘,犯法为犯法,我不办他们通奸之罪,难道并杀子弑姑之罪一起可以不问了么?况且这女人如此凶狠,此番之事,祸由伊女而起,将来能够放得过这女儿么?就是他丈夫朱小鬼昏聩残忍,就他的夫妻方面说,恐为他母子之续。自你那方面说,虽你未遭毒手,而狠毒至此,简直把杀人大事看得儿戏一般。这等人也配久留世上?当和他兄弟一同受罪!纵然不至马上杀身,最少也该得个残废之刑,免他们再祸别人。还有那姓王的,通奸非出本心,因奸害命更未参与,但天律昭彰,善恶要报在人前,若因原情之故竟予免刑,也不免使人怀疑天道无知。因此也不能不略行惩戒。好在这人善行极多,而且累世都是好人,善报既深,后福无量。暂令吃些小小风流之苦,也不甚紧要。这件案子,牵涉倒也不少。本来人间之事,自有官府办理,用不着我们越俎代谋。也因此案日子太久,告发无人,长此以往深恐死者沉冤难雪,而生者之生命可危。我仙家本是随缘行善到处救人,总是便当得很,何妨显示报应给众人瞧瞧。”

洞宾点头称是,又道:“仙姊此论正合小弟之意,所贵为仙为神,原要替人间作些劝惩之事,若是冷面冷心,只顾一己清闲,不管人家闲事,那也只可独善其身,究竟何益于世呢?”仙姑听了,微笑道:“人心不同,各如其面,这是各人见解,见仁见智,各行其是便了。”洞宾听了,不觉怃然若失。从当日为始,洞宾开始在洞府学习天遁剑法。

据仙姑说，此种剑法创自火龙真人，但其法未备，只能变化随心，往来如意。后玄女得其法而益加神化，照他的方法熟练成功，可以寓神于剑，藏剑于心，心之所至，神即随之，而收其功效于剑。盖不仅为保生救世之用，直能错综万有，炉冶乾坤。虽大罗金仙，不能测其端倪也！洞宾质秉，不同凡俗，更异诸仙，一经指点已得三昧。据仙姑所说，从前受剑于玄女，凡三十年而得其一二，玄女许为古今学剑第一人。今洞宾乃以数日之间而通其要旨，则超胜仙姑而凌驾玄女矣！仙姑又言，照洞宾这等资质，大约三年内可以尽通其变，此后修道之功便可假借剑气而益易为力。缘剑学深时，人剑合一，人能用剑而剑气亦能制人杂念，使人身体精神无形进功，这真是神剑灵效。平常宝剑，焉能同日而语呢！

洞宾在洞中转瞬三年，剑法大体都已学全，同时把钟离云房所授各种法术，也已练得极熟，凡寻常遁变之法和召将请神之术大概都能使用。仙姑笑对他说："剑法虽已学得，还得一口神剑方好！可记得你师父三年之约么？快去约会地点找他，求他替你找一口好剑来，还须加以修练之功，方能由你应用自如咧！"洞宾闻言，便向他拜了八拜，谢传剑之恩，并求仙姑送他出洞。仙姑笑道："你学了这三年，可抵别人百载之功。现在你要出洞，入水都如平地一般，就不由我送也不要紧，但我也要海外去访一个人，就送你一程罢！"神仙做事最是洒脱，不比凡人走一步有许多系恋、许多手续，说走就走。

他俩一先一后出了他们洞府，走不几步便听得一阵流泉冲激之声，洞宾想道，莫非上头瀑布一直泻到这里来么，这来源也可谓极远了。那知抬头一望，竟已望见瀑布下降之处，原来只数武之路，已从极低之处走到山顶上来，倒把他惊得怔了一怔。仙姑笑道："你呆点什么？仙人行路也要如凡夫俗子那般，有一步走一步，离一程赶一程的循序而进，又怎能日行万里夜经四海呢？"洞宾才知这当中已经他施了缩地之法，不觉哑然一笑。仙姑又道："如今你可把三年来所学的本领施展些出来瞧瞧！似你学了法术，永不试验，临到应用之时，就不免僵手僵脚的，用来不能自然，甚至临事慌张，误了法则，为祸更大了。"洞宾笑了笑，捏着避水之诀，冒着瀑布昂然进去，果然身经万道流泉，衣履一点不湿，和仙姑一同登到山峰。仙姑指着山下一处村庄说道："你可记得这是你从前替人打不平，闹出是非的那个地方啊？"

洞宾笑道："正是，一向恐分道心，竟不曾提起此事，究竟仙姊把这淫恶妇人和他那蠢毒的夫叔，还有一个奸夫，是怎样惩治他们？现在这些人可能都还在世上了？"仙姑道："那还不容易办么，但我也犯不着自己动手，只稍用手段先把妇人治倒，着他自写供状，然后向他们剀切申明，身入地洞之人，正是一位正当仙人，他是一片好心来替死者伸冤，替你们活人保护生命的。这样一来，他们弟兄就悔得要命，还想到洞中把你找回，当你的面将这女人活埋，或丢入洞中，再向你表示歉意。我说，人家是仙人，休说小小一个地洞，就将他埋到庐山之下也有本事出来，你们怎能伤他一根毫发呢？倒是现在你们要去找回他时，却非先把自己性命丢在洞中不可，这就大可不必了。但你们生当盛世，竟敢私害孤客，这等罪名也非惩治不可。于是把他俩处了刖足之刑。那朱氏呢，自然马上杀却。只有那个奸夫，我又查明这人叫做王克明，因怜他事出无心，又念他平日好善，竟用些情面，将他放走了。我看此人相貌不俗，虽然做些不法之事，印堂还是光明，大概不出五年，必能致身青云也。"

洞宾又道："还有那朱小鬼的女儿小金子，不是变成无父无母的孤儿了？这孩子生得很清秀不俗，可惜生于这等人家，从小习于下流，沾染了一派恶习，言语行动，处处惹人厌恶。平心而论，这也算不是他本人的罪恶，或者还算是他的不幸咧！"仙姑点头笑道："人生呱呱在抱之时，一点恶心都没有，到了长大起来，外物逐渐引诱，人也逐渐的变坏了。这果然是本人质地欠佳，易被牵引之故，究竟专一引诱青年的物欲，比于青年本身，罪状自然更大更重了。"洞宾太息道："这孩子倒也活泼泼地，很玲珑清俊的，如今不晓流落到什么地步了？"仙姑也不觉太息了一番，忽又转念一笑道："哦！我记起来了，从前你和这孩子山头相见之时，另有一孩子替你们作过月老的，怪不得你还这样的牵记他呢。"洞宾笑道："你是我的前辈先生，不要这样奚落人家。明儿见了我师父，我一定告诉他仙姊教我作歹为非，看我师父可能答应你呢!”一句话说得仙姑也大笑起来。

又道:“你别混诌胡言,我的说话可不是完全和你顽笑,你在朱小鬼家和他说什么？又答应他什么条件？你得记记看,仙人无戏言,无诳语。既有前言便成因果,我倒是好心劝你还是缓赴湘江,先把这孩子找到,替他怎样想个方法,早早脱度了他,也算应了你竭尽心力的预约,还了你应偿的一注债务,是何等不好啊!”洞宾笑道:“今儿仙姊尽说戏言,是什么道理?”仙姑大笑,又点点头说道:“话是戏言,而且老实说,这孩子不久也当去世,你现在也无从帮他的忙。不过神仙做事正大光明,虽不曾因他而出险,究竟有些近于过河拆桥,非我辈所应为。你等着瞧罢！这人本生不得你的好处,来世还当和你做一度情人。那时你俩深情蜜爱的当儿,只怕还会从枕边被底,记起我这一席戏言来咧!”

洞宾听说,也知这话有理,当时却不肯承认,因支吾一笑说道:“罢！罢！师父约期已到,还得赶紧到湘江去跑一趟来,别再在这儿胡闹了。”仙姑笑道:“正是,我们别过罢！我也要到海外去,找我一个弟子。听说这孩子近来做了一件很大很大的事业,替中国挣了口大志气。我得赶紧去奖慰他一番才好。”洞宾忙问:“这位弟子可就是那位王泰不是?”仙姑挥手道:“是了,是了,走罢！走罢！现在没工夫说了。”说罢,一纵身驾云而起,瞬息不见。洞宾也竟奔湘江而去。要知后事如何,却看下回分解。

第九十一回 脱灾殃鸣鹤峰头见师傅 求神剑天平山下访狐仙

却说湘江在洞庭湖南，和南方的桂林江同源殊流。当两水共同发源所在，其地乃是自古有名的鸣鹤峰，峰高万仞，樵采罕到，所以有许多走兽飞禽，常到此地藏身，以免矰缴陷阱之厄。

单表鸣鹤峰最高的尖顶儿，有枝高入云霄的大枫树。枫树之上，有只通灵识性的白鹤，营巢树枢之中。土人传说此鹤此巢，已有几百年历史。每于风清月白，人静夜深之际，远近三百里，可以听鹤唳之声发自山顶。其声凄厉悲哀，可动思妇之愁，能起征夫之感。有人说道："鹤是仙鹤，鸣非常声，所以自古相传，名其峰曰鸣鹤，实因此鹤而得此名。"这句话凡是鸣鹤峰下数百里内居民，但凡听得鹤鸣的人，也都能说出其中缘由。但是鹤未千年，鸣已中止。到了大唐开元之初，这批居民，就听不见鹤鸣之声。有那胆壮心雄的少年汉子，为欲探访究竟，特地约伴结侣，跑上高峰。在那大枫树下一望，果然鹤巢倾圮，鹤影毫无，看来鹤劫已完，归魂天上去了。

据作书人所知，此话却是对的。读者诸公，看到此鹤的情形，大概还能回忆玄珠子镇守浙江潮里误远谪情事。又该记得钟离云房对他高弟吕洞宾的约言。几面参证起来，便可知道鹤的来历和去的原因了。那天天气刚转秋凉，积雨之后，忽焉晴朗。晚上一轮皎月，拥起山巅之上。那鹤从巢中飞出，在各处游玩一回，逢到几个飞禽同志，大家围处深林，互诉生平。各鸟中有前生为人不端，此生罚作飞鸟者。有本生修道不忱，罚生双翅列入飞禽队里饱受风霜之苦者。论其品性来头皆远在此鹤之下。而其遭难历劫情状大致相仿。那鹤也不敢怨天尤地，但自溯生平，存心忠正，纵没多大功德，也未敢稍存恶念，何意毒蛟肆虐，偶疏防范，几酿杀身之祸，轮回之惨。回想修道千年，结果不免反为禽身。一念及此，恨与泪俱。平日蛰处树杪，虽建有屋宇，仍不敢稍自暇逸。甚至每晚临睡，必以一足矗立树干而缩其一足。虽非越王勾践薪胆之仇，却有苏秦刺股之志。一则借困苦以资儆惕，来日方长，前途尚远，幸得脱灾归位，免教再蹈前非。二则身在谪居，心恋仙境，绝不敢一旦废学。立足而睡，取其易于醒，可以倍深学力。大凡为学之人，不经困苦，学业每难深造。三教皆然，人禽一致。此鹤能在谪居之际，如此努力，亦为感召天庥，释罪皈真一大原因。后来凡属鹤类，因慕此鹤志老成仙，大家都要看他的样，作些苦修之功。到如今鹤睡必立一足，其原实滥觞于此也。那鹤和许多同道，谈论了一回，因彼此智慧悬殊品性不齐，觉得绝少谈兴。自己一片苦衷，仍只自己知道，绝不能告诉别鸟。谈了一回，告辞而退。

见月正当中，皎洁可爱。又独自观玩一回，不觉堆起一段牢愁，发出他日常功课来。向着一轮皓月，长唳数声。惊得其他各鸟，都魂胆消亡，相顾失色道："这鹤兄又发他呆性也。"大家坐立不住，哄然一声，纷纷归巢安息去了。只剩此鹤笑啼并作，歌哭无常的独自闹了一阵。弄得月宫诸仙，共表同情。大家替他发起牢愁来，因亦索然无味，寂然寡欢。刚巧一阵狂风，吹来大批乌云。他们便捧着皎月，躲入云中而去，再不回过脸来，瞧一瞧这可怜之鹤。鹤也知道月意，不觉点头太息道："诸位道兄，想是不忍我遭此变故，不愿见我恁般凄寂，所以深匿云中，不忍再来相见。唉，这也可感极了！"

一语未完，猛听得耳中有人说道："世有治乱，运有兴衰，人有臧否之殊，数有升沉之异。你既不昧本来，深通灵性，便当逆来顺受，一切达观，何得小有屈折，便尔悻悻不平？"其声娇婉，好似女子口音。鹤儿大惊，念被谪来此，历时不为不久，从无于深宵中闻女子声气，倘非仙子必是山妖。妖人那得有此知识，必为仙人无疑。慌忙屈膝下跪，以首叩地，哀声自责，并求一见仙容。又听仙人笑道："彼此都是同道，不敢当此大礼。我月中嫦娥是也。顷逢铁拐仙师，嘱我寄信与你。道你身经贬谪，志自清高，刻苦修持，已动天听。当于本年中秋之日脱灾，届时自有高人相救。你可于申酉之交，在半山坳内等候。见有一老一少两道前来，便是你的师傅。可即拜求受业。伊等自有度你入世之法也。"鹤儿忙道："弟子获罪遭贬，苦志虔修，原恐堕入凡尘，不克自援。今得仙师相救，反度入凡世，倒还不度的好了。"嫦娥笑道:“亏你还是多年有识的上仙,说来的话竟和初次学道的人一般口吻。你是有罪之身,久已变成禽类,不向人间走,如何得转人体?即使鹤体也可成仙,成仙之后终是异类。而且异类修仙较之人身难易之别,不晓相去几何?你只晓得一经入世,便成凡夫俗子。岂不知凡夫俗子终胜禽兽多多?何况你本性未灭,更有近功,此等仙姿,虽入人世不致磨灭。再有仙师护持汲引,转生凡间不过一霎那间,马上可成真仙。这是铁拐仙师为你老友分上一番玉成的苦心,怎么你反说出那种外行说话来呢?”鹤儿见说,这才叩首称谢。嫦娥也不再多说,现出真身乘云入空。

一霎时推出乌云,依然现出一轮皎月,比前格外精彩得多。鹤儿慌又跪拜。从这晚起,他也不再哀鸣了,也不在山中闲走,呆孜孜眼巴巴地等。到八月十五那天,天色刚晚下来,就急忙忙遵照嫦娥所指地点赶下山去。在那坳内外,飞一回踱一回,再向天上山下,四面八方瞧望一回。好容易盼到申时过后,心中想道:这总该来了罢?这时他连踱来飞去都不敢了,只蹲在一处较高的地方,既可以上望,又可以俯瞰。专待仙师到来,便好恭谨迎迓。那知等了许多时,看看未时都要快完了,那里见个什么人影儿?鹤儿心中不觉发起毛来,莫非嫦娥误说了时间,不要是今天上午的申未之交,我却失于迎接,因此两位仙师便怪我不忱,不肯和我相见了么?想到这里,不觉入了魔道。忽又疑惑是自己听错了嫦娥说话,那么这轻慢之责还在我自己身上。深悔今天上午申时为什么不来瞧望一趟,竟把千年难得的际缘轻轻错过,岂不可痛或可惜!如此一想,几乎要向崖下一跳,连自己生命都不要了。

正在彷徨悲苦之时,忽听耳中又有人笑道:“男儿作事,为甚偏喜淌眼抹泪。看那婆婆妈妈的样子岂不可愧可笑?”鹤儿一听人声,便知事情有了指望,也不管是什么人说的什么话,慌忙蜷着两条长腿子伏在石上叩头有声。大呼:“仙师救我,仙师救我!”又听耳中笑道:“你也忒老实了。我既对你这般说了,自然还你两位仙师。急些什么?你两位仙师,却是师徒两位。做老师的即是徒弟从前的学生,而眼前的学生却是老师从前师傅,他俩是互为师徒的,也算自有神仙以来未有之佳话。如今老师叫钟离权,外号云房先生。学生叫吕岩,字洞宾,是新近出家,刚从庐山就何仙姑学的天遁剑法。师徒俩在三年之前,已有成约,约在此地相会。他俩都该做你师傅。所以说是两位仙师哪!"鹤儿听了,才知说话的又是嫦娥,不胜欣慰。

嫦娥又把钟吕二仙从前关系说了一回。最后说到二仙本定此时可到。为因吕仙学成剑法,缺少好剑使用,他师傅便带他先到姑胥一转。因同道张果先生云游吴越,望见姑胥地方,隐隐有剑气发现。曾至各大名山寻访,访得气所从来,乃在城外天平山内,被一妖人守住,不肯放他出世。但妖人自己也不能动用他。张仙和他商量再四,不得头绪,便去告诉钟仙,钟仙却已知道此剑应归吕仙所得。实在还不止一剑,应用起来,可分雌雄二剑,据说即吴越时干将莫邪夫妻所炼。本为二剑,后来转辗分散民间,至汉朝末年,被一狐妖拾得干将。于是到处访寻莫邪,终究给他访着,二剑归于一手。一夜,忽闻室中有男女对语之声,继之以剑声铮铮,剑光闪烁。到次晨一看,二剑已合为一。狐妖大惧,以为神物,将去藏于天平山下。自己便在山中觅一洞府,亲自守护。即张仙所说的妖人是也。张仙亦知吕仙来历,闻他学剑已成,情愿陪同他们师徒前去取剑。因此他们到此,怕要迟一步儿。吕仙原打算先来此地,把你的事情办了,再去取剑,免你引颈悬望。怎奈张仙另有祖师法旨,须去京中一走,责任更为重大,只好先去取剑。取了剑,他可早早入京。只好委屈你多等一下。方才我也站在云头,替你发急,后来仍是铁拐仙师派人通信于我,着我再来通知你一声,大约他们至迟不出黎明,必可赶到此地也。"

一语未了,忽听半空中虎啸之声。嫦娥笑道:"来了,来了!这虎便是钟离做小孩子时候,收伏下来,铁拐先生替他养在少室山中。如今方送还他,做个坐骑。现在神仙中骑虎的,只有他一位。不是他到来,还有谁呢?"一面说,一面早已现身出来。同时天上飞下一片五色祥云,将他四围拥住,他便携了鹤颈立着等候。果然虎声越近,头上一派乌云全被冲散。光华皎洁的月光之下,下来两位仙人,同骑一头斑斓狰狞的猛虎。二仙先向嫦娥行礼,吕仙把猛虎系在树上,嫦娥引那鹤儿向二仙叩头。钟离笑抚鹤颈道:"倒难为你贬谪数百年未昧本真,前程未可量也。”鹤儿又感又悲,细诉谪居景象。二仙都道:“前事都已尽知,不必再述。如今又要带你到人间一走,你可愿意?”鹤儿叩首道:“仙师栽植弟子,焉有不愿之理!”二仙颔之以首,嫦娥动问取剑之事,洞宾把所得宝剑给他瞧看。嫦娥接了过来。这一接一递之间,觉有万道寒光,霍霍闪动,一种英华之气,直冲霄汉之上。连嫦娥的月光也东摇西荡的晃了几晃。钟离连忙伸出一手在剑尖上只一拂,方才光敛气平,月色安定如平常。嫦娥笑道:“了不得了!你有了这剑,简直可以毁灭我的月宫,这还了得!”一句话,说的二仙和鹤都失笑起来。

嫦娥问道:“这剑自来就有这等厉害么?为甚从前没有听得说起?”钟离笑道:“平常兵器,用久则坏。有种宝剑系神仙亲炼五金之英制成,越到日久,越有光彩。至于此剑,虽非神仙所制,而所采金质,乃上古所遗九州铁错中一点精气,丽于金英,再加生人精血而成。出世之日,已能飞剑取人,迨后干将又以身殉,夫妻二人一生精神心血,尽在区区二剑之中。死后英魂,仍依附剑内。又经得道老狐收集一处,夫妻相见,凝而为一。又在山中修炼数百年,得山水日月之气,所以现出光来,可以逼月日而铄宇宙,入水水分,见火火灭,剑之本身,本已成仙。如今又落仙人之手,真可谓古今第一的佳话,天壤罕有的际遇。你想厉害不厉害呢?”嫦娥听了,不禁咋舌称奇。

钟离回顾洞宾道:“此剑乃天地之秘物,宇宙之奇宝,不但寻常人类所不易遇见,就是大罗海外十洲之岛的神仙,也未必有几位能够见到。至于使用之福,更梦想不及了。大凡瑰宝奇珍,不宜自炫。自炫结果,必致贪夫动念,豪客逞强,而战争之祸以起。自来得宝之人,不肯轻易示人,并非如何气小,实也无可如何。何况这等天上无双,人间无匹之至宝,如何可以炫耀于人?此后如遇同道索观,可将所传秘诀,灭其光彩,减其气焰,方可以相示。如你顷间形状,未免要闯出大祸,弄得后悔嫌迟,是大不可的。”洞宾唯唯遵命,收回宝剑,照旧珍藏。

嫦娥又动问张果之事,钟离笑道:“此公也真好笑,他倒是不大喜欢游戏红尘的人,此番偏偏得了一个富贵差使。大约不久现在天子就要归天，继位皇帝，原来也是一位英主，却受他历代先皇之累，恐要身逢惨劫，弄得唐室中衰，乘舆播迁的地步，不过不至亡国罢了。张果此行，正是奉旨替他们造成劫数的，凑巧为了我徒弟的剑，同去寻那老狐。老狐说自己没福，不能使用此剑，剑一到手，其重无比，所以将它藏在山底。但因本身为了此剑曾费多少心血，得剑之后，又亲自守护至数百年之久，实在舍不得离他。并且他听一位仙人吩咐过，说能用此剑者，必是天上头等金仙。不能享用此剑，而能陪伴他至千年之久，可以得剑之气，受剑之英，再加自己修炼之功，至少可以成一剑仙。因此他抵死不肯将剑让人。后经张果想出一个法子。他说，现在正要找一应劫之人未得其才。他要肯舍此剑，本人可以保他干此大功。只要他正正当当的安分立业，不要做到范围以外，或有甚邪荡不端之事，只待劫数一完，便可立成正果。老狐见说，十分欢喜，当即把剑和平献出。他本身却由我们将他牒送阴府，转世为一北番胡儿去了。因这过节儿，又把我们拖延了一个时辰。要是不然，我们还可以准时赶到咧！”

嫦娥问道：“此番劫数情形如何，可以先谈谈么？”钟离点头道：“天机虽难预泄，但我们不比外人，大略说说却也无妨。大概此狐去后，中国朝内将有内争。内争之事也和宫闱后妃有关。妇女宣淫于内，胡儿作反于外，方可里应外合，成此浩劫。大略情形不过如此。但是据我看来，狐性多疑，虽然应劫而去，还在时时防我们捉弄。设或另生枝节，那就是他自己造孽，还当食报本生，再受轮回之苦。总之应运应劫同一定数，而应劫之难，每比应运为甚。这是从古以来不易之理。常有特放星官下凡造劫，而一经得势，便入歧途，以致为功不卒，反受其殃的。世人每疑应劫之人，既奉天命而来，何以反致获愆？殊不知他于奉旨的范围之外，必有变本加厉之处。甚至诏命仅及一地，而为祸遍于全国。也有灾眚降于一时，而贻毒流于永久者。这等人教上天怎能宽宥呢？特放人员尚且如此，可见应劫之难。而这等人体未成，道心未固的狐妖，更属难上加难了。”

嫦娥听了，不觉嗟讶了一回。又问出一句话来道：“才听道兄说，将来新主遭劫，还是历代天子所累。此话是何道理呢？”钟离道：

“本朝天子都还英明的多,可惜于伦常上多有欠缺,而淫风也最盛。至今冥中尚有许多悬案,但这还不过是他们李氏家事。最大原因,乃是先皇帝用兵海外,征伐倭邦。那原是徐福的子孙,在彼为君,数百年来,被魔教中人把持政治。现在他们国师乃是一个犀妖,闻得中原兵到,便作起法来,将东南西北四面八方的风汇在一处,名为飓风。飓风者即是具有各方之风的意思。把唐朝战舰吹得七零八落,死人无数。幸得王昌之子王泰得何仙姑点化修道蓬莱,有许多上仙教他法术,预备将来劈山救母。年纪虽小本领甚高,眼见中国士兵死于飓风之下,不觉又愤又悲,便用卷海轰山之术,一面镇住飓风,一面把倭邦所有大山一起放出火来。火烈土燥,便将大地震动,死亡之数也就不在少数。而且埋下这火山之根,以后如倭人再有凌犯上国、残暴不仁的事情,随时随地只要他念一遍咒语,可在十二时辰之内,将彼邦繁华之地,轰为瓦砾之场。以我看来,此邦之人,好武习淫,刁钻古怪,将来为害华夏之事,必然层出不穷。那时触恼这位小爷,只怕还有几次大地震要发生呢?这等都是未来之事,不必说它。若论眼前这场大战,妖人狠毒,罪不容诛,已有帝命治以应得之罪。而推源始祸之人,两方冤鬼不下二十余万,皆集矢于今天子一人。此即遗祸嗣君,造成巨劫的大原因。”

说到这里,吕仙忽问王昌之事。未知钟仙如何回言,却看下回分解。

第九十二回　儆淫凶倭邦传灾震　造劫数老郎隐梨园

却说湘江岸上月里嫦娥和钟吕二仙，为救度鹤儿事大家聚在一处，得便闲谈时事。钟仙已把大唐君主应运历劫的前因后果，大略说明。只有王泰一人，虽说幼年爱国，造成倭邦鬼灾，而杀死无数人民，未免过于狠毒，独未闻帝命惩究。吕仙不解，把这话请教师傅。钟离叹道："弟子所见，何尝无理。但要知道倭人品性卑浊，行为狡狠，久为天庭所鄙弃。王泰以小小孩子，无守土之责，而身居世外与中土隔离。纵令越人肥瘠，不问华夏兴亡，也不能说他冷面冷心，漠视国事；他却偏能激于忠义，发为孤愤，既无邀功之心，并无传名之志。居然能仗一己法力，为祖国争存，儆强虏横暴。这等存心，应为天心所眷注。战事之责，已归天子一人。天子以外可以不波及者，自应概予豁免，以示帝天宽仁之德。再倭邦民气太横，民俗太坏，将来终当捣乱世界。得王泰伏下火山之法，随时可以肆灾于全国。如此或可戢其野心亦未可知。所以他这计策，竟得上天的赞许。只因此番倭人死的太多，究竟总有他的罪过在内。若明令优奖，将令人疑为有意奖乱。所以隐而不提，作将功抵罪。要是不然，还许有些功绩亦未可知哩。"大家闲谈多时，不觉已将破晓。嫦娥因职司月光出没不能再留，匆匆告别而去。

这里钟吕二仙便把鹤儿送去冥司，商恳冥王，将他发生在忠厚良善的官宦人家为子。这便是八仙之中的韩湘子。他父韩会，叔子即翊卫孔教文起八代的韩文公。世居昌黎，后人都称为韩昌黎者，便是湘子父亲的胞弟。钟离送过鹤儿之后，随即带同洞宾去蜀中峨眉山上纤云崖，作炼丹养气功夫。临去时，洞宾问起家中之事和父母情形。钟离笑道："不用你费心，令尊堂经我一梦点化，已都厌恨红尘在家修道。我还教了他们许多入门口诀和修养功夫。大概当你成功之时，他们也有几分功行。再得你亲去一度，也可成个小小气候，这也很难得了。至于你的儿子，本是功名中人，将来自会干他功名去，你也不必再替他萦心了。”洞宾感激拜谢。

后来洞宾在纤云崖一住五年，通澈因果，回返本真。合计自出家门来，前后不过十年，已成大罗仙体，与铁拐钟离等几位金仙并驾齐驱，真是从古来修仙最快、成功最速的第一神仙。这总因他根基本来极厚，又系存心济世度人，奉旨下凡，并非因甚过失谪堕红尘者可比。所以有此异数，别人怎能望其项背呢？成道之后，又得老祖赐予《玄都秘枢》一书，凡三界神仙所能的法术，一一载明在内，真能包罗万象，夺天地造化之功，可算三清宫内第一部完备奇书。不但普通神仙无缘寓目，即八仙之中，除铁拐钟离以外，也未必能窥全豹。后来洞宾仍兼领东华帝君原任，此书即藏在东华殿上。洞宾读尽此书，神通最大，圣迹最多。世人因共称为吕祖，或纯阳子，而不敢直称名字。洞宾自称，则或为回道人，回为大小二口，与吕字相同，即所以寓意也；又称山石先生，山石即岩字拆分；又有署谷客者，乃是洞宾两字的会意。因他抱定度尽众生的宏愿，诸仙均已升天，罕履尘世，只吕祖一人常化形入世，每就所至之地，随意改名，暗暗示意。这是后话。

如今再说吕祖成道之后，随着师傅在海内外各处闲游几年，立下许多功德，方由他师傅会同铁拐、采和、何仙姑四仙朝参上帝。上帝赐宴灵霄殿，特加温谕，勉他尽职。出殿后钟离就带他参三清，谒王母、玄女，遍拜各山各洞神仙。这是神仙成道后必有的仪节。诸事既毕，钟离方设宴本府，邀请诸仙与宴。宴间谈起张果既在京师，唐皇屡欲见他，他却不愿朝见。为因唐皇宠信一班妖道，弄得妖气满宫。自己不屑与此辈为伍，也不愿和邪人作对，因此颇自踌躇。钟离因对吕祖笑道：“张老性情太固执冷僻，既然受命主持劫数，说不得只好随俗一点。我看你此番下山，可先同我去会会张老。如可替他帮忙一二，也是你的功德。”吕祖欣然道：“弟子愿往。”席散之后，诸仙各有馈赠，吕祖一概拜受。当日便随钟离到了长安。

此时张果正化成一个伶官，遁迹梨园之中。钟离访到了他，即介绍吕祖相见，并说明特来辅助之意。张果十分忻悦，因笑说：“我虽遁在此中，却甚厌他们嚣恶聒噪。现在又有一事，妙不可言。缘有妖道叶法善,在新天子前饶舌,说梨园中有个老儿,没名没姓,自称痴老。这人乃是张果化身,甚有道法。天子几次着内宫宣我,我都推说有病没敢去见。一面托我们掌班再三奏明痴老真是一个又痴又老的顽家伙,除了教戏之外,一点没有本领,请万岁不要信法师的胡言。那知叶妖听了此话,气的面红耳赤,就悄悄奏道:'既这样,万岁可就宣他入宫。当着万岁龙颜,教这班伶官子弟歌唱,究竟是否仙人,那时臣等自有方法使他不能隐瞒。'天子听了他的鬼话,马上宣我们全班入宫。是我一定不肯显出真面目来,进去时,原是一个穷老儿模样。我也不惯官家体制,横竖装做一概不晓得,教他们当我一个野人就完了。那时天子已很注意着我。等得唱完了戏,便命中官来召我见驾。我又化成一个小伙模样。天子便说:'不是这人,方才所见是个老儿,怎此刻召来个小孩子来呢?'掌班的也弄得莫名其妙,只在地上碰头说:'小人该死,委实方才拉他进来原是一个老儿,不晓怎样眼睛一眨,就变得如此形状。这人连小人也没有见过,不知从那里来的。'天子甚为怀疑,便亲口问我,你是什么人。我只回奏是梨园教师。天子倒笑起来了,问你们班中教师有几?我又奏称只小人一人,还有两个副手,未奉传宣不曾进宫。天子大为惊异。又命我下去,再教一套戏词。等我一下去了,我又变回老儿模样。只听满宫哗笑称奇之声不绝于耳。叵耐叶法善那厮奏称:'万岁圣鉴,这人要不是神通广大,怎能当着万岁面上如此变化不定。若非真正神仙,又怎有这等胆量呢?'天子听得他说,连连点头,重复召我去,笑容温谕道:'有人说卿是仙人张果下凡,游戏红尘,可是么?朕酷信道教,深慕仙道,果是张仙,何容朕一见真容。朕愿竭忱延接,请卿常住宫中,朝夕得所请教。不知卿意云何?'"吕祖听到这里,笑而问道:"请问师叔怎样对付呢?"张果笑道:"我怎肯承认,自然一味胡赖。说生平连姓张的朋友都没有,也不晓这个张字如何写法,怎见得我是张仙呢?后来天子没有了法子,只得命我们退出。听得圣心因怪我忽老忽少,对人谈起这事便喊我为老郎。"一语未了,二仙都笑道:"好称呼,好名头,这倒是梨园中一件很好的佳话儿。"钟仙又点头说道:"我早晓得你有一部偏运,将来当受一种顽艺生活的香烟崇奉。只怕这老郎二字,就会传之久远,也未可知。”

吕仙笑道:“梨园是戏班之祖。老郎又作了戏班教师之祖。如经圣口所许,将来颁艺中人,根本追远,少不得要奉祀老郎为神。可就合于吾师言的偏运了。”一句话说得张果大笑。钟仙便正色说道:“顽是顽,真是真,道兄既负重大之责,已入皇城禁地,如何这般固执,一定不和天子相见?我辈出家人随俗结缘,原无一定。但求有利于民,皆当尽力做去。今天子虽应遭劫运,但能引化真心好道,勤政爱人,祛欲惜福,那么劫数虽定,未始不可挽回,或缩小灾变。这就于国于民两有裨益了。这等现成功德,如何不想去干,也枉为天上金仙了。”张果听了,恍如梦醒道:“小弟愚蒙,所见不广。又兼生性拘执,不爱日近天颜。所以有些失检之事。今蒙指示,茅塞顿开。闻得天子面饬叶法善,命他赶紧设法,好好劝我进宫。他愿尊为国师,昕夕受教。看来法善早晚必来找我,但我已弄巧在先,如今又承认本人即是张果,这话如何说法呢?”吕仙笑道:“那个容易,皇帝要见师叔,势必再召梨园。那时我可幻成师叔的痴老。师叔只在什么地方高坐,等得万岁问起小侄,小侄自有话说,把师叔捧将出来。一则不揭穿师叔痴老的诳言,免了欺君之罪。二则显得叶法善陈奏不实。从此皇帝可以疏远他些,免他作祟人间。这是一举两得之计,师叔以为何如?”钟张二仙都说:“此计大妙!”

三仙正在聚话,忽梨园掌班进来,钟吕二仙便隐过身子。掌班一见张果便蹙额愁颜,唉声顿足的说道:“老师傅,这事真糟,也不晓那位叶法师和我们开甚玩笑,一定说师傅是张大仙。如今万岁又来宣召我们入宫唱戏。名为唱戏,据说仍为师傅一人。他要证明师傅究竟是否真是张仙。这话是刚才叶法师亲自来说的。还对我说要是师傅再不承认,便先拿我这掌班的下在天牢,再和师傅说话。我想师傅虽然不是张仙,究竟有什么变化的本领。要是不然,为什么那天又能忽老忽小的变出那场玩艺儿来咧!师傅既然有这等本领,等下万岁召见之时,何妨就糊糊涂涂地承认一言,横竖这是有好处,没有祸患的。却先救了我的性命,可不是好?”张果听了笑道:“哦,这叶法善他竟如此可恶!万岁要他来劝我,他不敢见我的面也就罢了,为什么拿这等混话来惊吓人家。他既如此无礼,我也少不得要开他一个玩笑,教他认得我老痴的手段。掌班大爷,请不要烦心,今儿见了万岁,是是非非我一身担任。决不牵涉到你身上去,你放心罢。”掌班的半信半疑,只得预备行头器具,召集一班伶人,亲和张果带同入宫。

原来这一霎时间,这老郎一身已改由吕祖担任。入宫之后,皇帝也不命唱戏,只命宣掌班和老郎一同进见。先是一番温谕,口口称张果为仙人,务要请他显出本来面目,就任国师之职。末了见老郎还是不承认,不由龙颜大怒,立命将掌班逮捕入狱。掌班吓得面如土色,爬在殿下,碰头出血。吕祖不觉暗暗好笑,因即大声问道:“请问万岁,怎见得小人便是张仙?”皇帝便说是叶法师说的。吕祖因道:“愿面见法师,问他一个究竟。”

皇帝听了,倒为难起来。因为法师说这话时,再三请求不能说出是他所说,此时忽要他出来对证,岂非失信于他。当时怔了一怔,方笑道:“卿不必求见法师,法师是不大见人的。”吕祖叩头道:“并非小人必要见法师,只因那天下朝之后,回去再四思虑。因恐万岁把小人当作张仙,当去求见小人的师父钟山人。山人说道:‘要见张仙不难,除非叶法师亲去终南。’以此看来,小人不是张仙,张仙或在终南山上。但须法师劳驾一次耳。”皇帝问他:“头先为什么不说,直到等朕逮捕掌班,才肯说出来呢?”吕祖奏道:“刚才因恐叶法师见责,不敢多事。今见万岁发雷霆之威,若再不实说,一则有忤圣怀,二则罪及掌班,皆小人之罪也。安敢再存畏事之心,自取不测之祸呢?”皇帝颔首命退。随即把叶法善召上去。吕祖等还在墀下,遥见皇帝指着自己对他说话,似说老郎不是真仙,真仙现在终南,着他亲去求访之意。继见法师叶法善俯伏于地,不知说些什么。皇帝便有不悦之色,怫然退朝而去。

吕祖回至梨园,对张果大笑说道:“师叔这口气可以出一出了。”因把适间情事,说与钟张二仙。二仙听了,都笑道:“此法很妙,明儿一早,叶法善必定前来求见老郎。仍须你去对付他,如此如此。先教他受些跋涉之劳,然后再用如此如此的方法。可以先去见君,用不着他引见,省得他再去讨功。”吕祖含笑称是。

次日一早,果然叶法善来了,求见老郎。吕祖仍化作假老郎,出去会他。问他来此何意。法善忸怩作色道:“不敢相欺,实因贫道一时失于检点,不合在圣上面前说出台驾即是张果大仙。那知圣上求贤心切,访道情深,非要立刻找到张大仙不行。怎奈台驾见了圣上,又偏不肯承认一言,反保举我去终南山上跑一趟儿。如今别话不提,单要请教台驾可的确知道张仙是在那里不在。要是真有张仙在彼,说不得我就跑上这趟,也算为国求贤,谁说不应访的。假使到了那边没有张仙,却叫我如何复旨?为此特来奉求台驾,可看天子分上,对贫道说句实话,不但贫道心感不尽,就是万岁也感激无涯了。”吕祖见他口口声声还是一派刁钻说话,心想这东西不教他知道些厉害,还当我们都是笨人咧!因也含笑说道:“法师太过言重了,小人何等之人,敢卖天子份上。就是法师大驾亲临,也是万万不敢当的。若说终南山有无张仙,这话小人也不过听得敝老师这么闲说一句。现在敝老师又去天台了,不定几时回来。小人委实无从打听。辱承枉顾,小人竟无一言可对,实在心切不安。还望法师海涵为幸。”

叶法善听了,心中万分光火,暗想明明你这老家伙便是张果本身,那里再去找第二个张果去。但又不敢再指明出来,只得忍着一肚子的气,低声问道:“终南有无真仙,这却莫管。但不知果有张仙,我贫道此去可肯赐见么?这层万望台驾见告,切勿再有推诿。”说到这里,看他急得满面都是红光,神情好不惶恐。吕祖见他还是这般放刁,原想再难他一下,后来看他如此发急,心中又有些不忍起来。便含笑说道:“说过小人和张仙毫无瓜葛,怎知他见与不见。小人种种禀告全是实话,怎见得有甚推诿?法师之言,莫非有点不妥。但小人也不敢尽和法师胡缠。法师既这般下问,小人竟就所知,切实奉禀。小人也曾问过敝老师说,要是当今万岁派人去请张大仙时,不知这位大仙可肯赐见。敝老师笑说,神仙以忠孝为本,以匡济为怀。要是万岁御驾亲去终南,当然一定是竭忱迎见的。若是派人前去,须看其人诚心如何。如有一毫轻慢之心,奸狡之意,甚或见了仙人一点不吐真情,还要混搭架子,巧言试探,那么不但见不到张仙,即使见到了他,不但不肯同来,还许要给他一个好看咧!”法善听了不觉吓了一身冷汗，恰喜老郎所说，分明告诉自己，只要本人能够虔诚往见，自然肯与偕来。他得了这个口风，却也宽慰了一大半，慌忙向吕祖行礼道谢，告辞归府。

过了一天，法善便背负天子聘书，前去终南。在路行程不止一日。所经之处，都是荒辟难行的所在。也有几处必须越山过岭方能过去。法善虽有些小法术，可是上不能遁云，下不能缩地。只好忽舆忽马，时复步行的按程行去。有时赶不到宿头，或是错过打尖，只得挨饥忍饿坐以待旦。若遇暴客虎狼拦途截击，还得拼着性命和他搏战。这等苦楚就是从前修道之时，都不曾尝试得几次。如今身为法师，作了天子近臣，反要补吃这许多苦痛辛劳。而且受过吕祖教训，无论如何，还不敢出一句怨言。真可算他无妄之灾。还不知到了终南，张果是否相见，却看下回分解。

第九十三回 叶法善虔谒张果老 吕纯阳三试白牡丹

却说叶法善吃辛吃苦，挨饥受饿，历过多少路程，经过许多危险，兀自诚诚心心，不敢口出怨言。好不容易到了终南山上。

此时钟离权别开吕张二仙，要去海外访友。便命二仙在京，自己顺便代表张果在那终南山下，化个道童，等候法善到来。钟离只顾采药不去理他，法善却如获得至宝，慌忙上前为礼道："小兄弟请了！"钟离回头一瞧，仍做自己的事情。口中却喃喃自语道："那里来的野人，统共活了四五十年，敢叫我小兄弟。你给我做灰孙子，还要早个千万年哩！"

法善听了大惊道："原来还是一位道长。我贫道有话请教，万乞不吝指示。"钟离把手中器具一丢，问道："你问什么话？可是京中派人找张大仙来了。"法善越发惊骇，疾忙下拜道："正是，弟子叶法善，奉当今诏旨，特来聘请大仙。望道长为我通报一声。"钟离却不答话，仍是喃喃说道："早知道这般恭敬，也不用吃这许多苦楚了，也不晓什么娘的晦气，又耽误了我许多工夫。"法善听说，已知道童讥讽自己，兀是不敢答言。恭恭敬敬的立在一边，静候他的回话。钟离权笑了一笑道："傻家伙，回去罢！人家已老早做了皇上家的国师了，你还呆在这里做什么？"法善不觉呆了一呆，说道："原来张大仙得知消息，是先已进京去了？"钟离权呸了一声说道："什么叫做进京？什么叫先去后去？他们大罗天仙如日月照临无处不到，与天地同体有感而灵。说他在京，他也何尝不在此山。说他先去，也许动身还在你后。光这区区宇宙什么大不了的事情，你们跑得一身臭汗自谓走了千里之路。若从神仙看来，无论相去多远，只是一步两步之间，算得什么大事。去罢，去罢！我真没工夫和你麻烦了。"说罢，回转身拾了器具，又采他的药去。

法善怔了一回，心中忽生幻想，疑惑眼前童子，不要就是张仙。

我若当面错过，益发惹人笑谈。万一他哄我动身，自己又不曾去，岂不将我害死？想到这里，忽见道童又把器具一丢，哈哈大笑道："告诉你罢，你才这等傻想，真个入了魔道了。天下那有哄人的神仙，你既诚意而来，人家已是鉴你微忱，允了你的要求，已经早在宫中。你要不信，就在此山左近，租下一间茅屋。等候张大仙告老还乡，少不得还有见你之日咧。"法善听了，方知张果实在不曾离京师一步。眼前童子，也不知是他的化身，也不晓是他的朋友。只恨自己功力太浅，辨认不清罢了。想到这里，钟离又大笑道："既知功力不够，还不快快回去用功，偏要自夸薄技，做起什么法师来。不是笑话么？"法善见他事事先知，宛如窥见自己肺肝一般，不觉惶恐之极，拜倒于地。钟离又笑起来道："叫你回去又不走，劝你留在这里用功，你又不愿，一味和我胡缠些什么？也罢，我怜你一路而来辛苦惊慌，也受得够了。如今送你一阵风，将你带回京中去罢。"

说罢，张口一呼，蓦地起阵风，把叶法善从平地吹入九霄，飘飘荡荡好似脱了线的风筝向北吹去。

法善吓得闭住了眼，连手足都不敢稍动。一会儿风势似乎静止，身子也好似有了着落。这才睁眼一瞧，咦！这真怪事，不道一个身子还在自己床上。慌忙四面一望，一点不错，不是自己府中是那里呢？这一来，真把他骇得怪叫起来。惊动了外面用人和上房女眷人等一齐都来查问。见了法善，一个个目瞪口呆不知所谓。法善的女人王氏先问道："呀！你是几时回来的，怎么不从外面进来，也不来里面一转，却先睡在此地呢？"法善见说，重把双目一闭，自己回想过去种种情景和方才回来情形，前前后后想了一遍。忽然把眼睛一摸，向他们问道："我们不是做梦么？"王氏啐了一口道："青天白日的什么梦不梦？"一句话，说得众人都笑将起来。法善把神思定了一定，不觉有声没气的命众人退下。只留王氏在室，把过去的情形一一诉说出来。

倒是王氏明白些儿，听了这话笑说："枉恐你也算得有道之士，连这点道理都看不出来。人家做到大罗天仙，自有无边法力，广大神通。以我看来，前后许多事情，全是张仙一人在那里跟你玩笑。他因恼你多嘴多舌，又对他没有礼貌，所以教你吃些苦头。如今见你这般忧心，神仙是不肯过分待人的，可不将你一阵风送回家来了。总而言之，什么痴老，老郎，老郎的师父，终南的道童，总是张老一身所幻化，自头到尾不过是那么一回事儿。说句爽快话，和你这多嘴先生闹这一阵玩笑罢了。”法善仍是将信将疑的，只得整好衣冠赶入宫去。早见天子和一位老道，在那里大谈玄经秘籍咧。这才深信他妻子的话原有见地。天子见他回来，笑说：“倒辛苦你劳动了一趟。”法善情知那道人即是张果，随即叩头道：“张道长是来了。微臣却为了一句饶舌，险些不得回来再见万岁。”天子笑问如何情形。法善起来，又向张果行了个礼，笑道：“万岁不必问臣怎样怎样，横竖一切事情，全在这位国师肚子中间。万岁慢慢的问他就是了。”张果也笑道：“又胡说了，就不记得你妻子怎样对你说来？”法善不觉又惊又怕，回身默坐，再也不敢多言，惹得天子也大笑起来。

从此张果奉诏在集贤院中安置，每天只在朝中随班进退，闲时也被召入宫，讲些修道玄理。初时很想天子能够修心立德，做个圣明之主。纵有劫数，或可挽回一二。无奈这时的天子玄宗皇帝，初即位时，倒也非常勤政爱民。开元之治，后世比于贞观。到了后来，天下太平，万民乐业，这位天子，便有些骄淫昏聩起来。到了改元天宝之后，内有宠妃杨玉环，外有幸臣安禄山，勾结一气，宣淫宫禁。朝中大臣，又多结党营私，搅乱时局。张果在朝多年，眼见天下多故，劫运已成。这安禄山便是自己所放天平山下老狐投生，他的行为也多轶出范围之事。知道天下不久大乱，既然不能挽救，何必久溷朝堂。

这日下朝之后，便把退休之意对吕祖谈起。吕祖这几天，却又发生了一件风流妙事。听得张果说话，因笑道：“我确得了一位情人，这几时正来得要好，一时怎舍离开京城呢？”张果听了大笑道：“神仙也有情人？这可是你做古的罢。”吕祖正色道：“怎么神仙不许有情人么？你要没什么大事，就跟我去逛逛，才知道我这情人才是真正的国色天姿，值得我如此钟情咧。”张果因他说得奇突，便道：“我就跟你去玩玩来。”说罢，就要和他同走。吕祖笑道：“且慢！这等香艳地方，你我这样打扮，可有些不大相宜。”张果笑道：“原来你还不是拿本来面目和人相见,可见你待人毫无诚意,怎能算得情人呢?”一句话,说得吕祖哑口无言,不觉相视而笑。于是吕祖就化了个青年书生。张果便幻为中年商人模样。大家出了集贤院步行而往,走过许多街市,方至一处大院落。吕祖以指叩门,里面开将出来,乃是一个下人打扮的。一见吕祖,口称王公子,满面堆下笑容,十分恭敬的样子。又对张果也行了个礼。张果笑道:“原来你倒有些面子,可惜变做王公子了。”吕祖慌忙以目示意,止他莫响。二仙进了门,经过大天井,绕出一条很长的走廊,方是里面正屋。张仙悄问吕祖:“这究竟是什么地方?”吕祖悄悄说道:“师叔,不好问得,等回儿你就知道了。”

张仙不觉好生纳闷。一回儿走到大厅上,后面走出许多华衣丽服的年轻女子。一个个笑逐颜开,叫王公子。就中有一人相貌生得最美。年纪虽然略许大一些,而天生丰韵,绰约娉婷,却非余子所及。吕祖笑对张仙说:“这便是小侄的情人,他叫白牡丹哪!”张果听了“白牡丹”三字,又见到这等情景,方知吕祖这一玩,竟顽到勾栏院中来了。心中兀自掌不住要笑,只忍住了。

看那白牡丹分开众人,挤近身来,把二仙一手一人挽了进去。走进大厅后面,还有一间小小花厅。花厅两旁全是帘幕深垂,芳香扑鼻的绣闺香房。白牡丹把二仙拉入东首一间。张仙抬头一瞧,见室中陈设,全是极考究的器具。最令他注目的,乃是妆台边悬的一副小小对联。下署回道人款。不觉手指吕祖,哈哈大笑。吕祖笑道:“这有什么好笑,师叔也太少见多怪了。”张仙道:“我不关别的,笑你如此多情,不怕堕入阿鼻地狱么?”吕祖笑道:“牡丹花下死,做鬼也风流。他不叫白牡丹么?我就情愿为他而死了。”张果未答。白牡丹却不容他说这等话,便伸出纤纤玉手,将他嘴扪住。笑道:“人家说话,总要图个吉利。也没见你这位公子口口声声总管说死说活。你为我死,可知我还不肯给你死哩!”二仙听了,不禁哈哈大笑。

白牡丹见二仙笑他,禁不住佯羞薄怒,赖在吕祖身上,要和他不依起来。吕祖慌忙告饶道:“好姊姊,我这是和你要好呀!怎么怪起我来了。”张仙坐在一边,见他们这等粘缠,不觉摇摇头笑道:“这倒真难为你,居然有此本领。”吕祖正色道:“这算得什么,我还请师叔喝会亲酒,会了亲,今晚小侄就得放肆一次,和这姊姊做些风流之事了啊!”张仙大笑道:“罢了,这会亲酒,可好请你照顾别人去罢。我这老头子夹在中间,没的惹你们厌恶。”吕祖笑道:“师叔真乃古道君子。既如此,小侄就另请别的朋友去,改日再治酒筵罢。”大家又说笑了一回。张仙要走,吕祖只得陪他一同出了院,回到集贤院寓所。

张仙十分诧异这事,又知吕祖决不是无意之举,当下笑问其故。吕祖才告诉他道:“说起此女,我俩还算是老伴当哩!这人前生,叫小金子,姓朱,是我在庐山学剑之前,大家有过那样一层关系。小侄那时曾有那样一句话,当面允许他。如今巧在此地相逢。后来学剑成功,何大仙姑还向我开过一阵玩笑。彼时小侄道行浅薄,还当他是戏言。如今却知道修道之人真不能轻易允许人家什么的。为了那时一句话,真个便欠下了一注孽债。偏偏小侄到了京师,这女子却又二次转生,落在勾栏之中。小侄见他体貌神情,语言声气,和他前生一式无二。不期心中为之一动,立刻又记起仙姑的话来。默地一算,可不是这人倒真有些大造化,该在我手中脱度。因此我便预备趁这空儿,将他提拔一番,也不枉他前生和我这一段缘份儿。”张仙听说,这才恍然大悟道:“我就料你终有些子道理在内。原来是这么一回事儿,那就不怪你和他做起情人来了。”

吕祖又道:“不瞒师叔说,我已试了他两次了。第一次是试他人良心如何?因他在幼年时候,就有挟持生母狠辣的辣手段。这等心肠,就非人情所宜。但那时他为自卫计,却还情有可原。我便和他打得很热。一天,装着急病要死,看他哭哭啼啼请医问卜,那样子真是很诚恳的。”张仙听了大笑道:“你上当了。这等地方,那有真心待人。他那啼哭着忙,看是非常恳切,其实还是一种灌米汤的手段罢了。”吕祖不等说完,就摇头笑道:“师叔太克己了。这等妓女手段,只能哄得别人。若连我们神仙都可以骗得过去,那就……那就……”说了两个那就。张仙又接下去笑道:“那就什么?那就成为神仙中的妓女了?”一句话,引得吕祖大笑起来。又道:“第二次,我又设法试他的胆量可有拼得性命的决心。这一试,居然也使我非常惬意。今后我就要举行第三试了。”

张仙笑道:“你这也不是神仙度凡人,也不像公子玩妓女,倒是国家考试人才。我倒替你耽着一件心事。似你这种方法,在你自谓别有苦心。单怕千秋万世之后,后人把你的意思以讹传讹的,变个样儿,竟会说吕纯阳三戏白牡丹。形于歌曲,扮为戏剧,白发老妪,黄口稚童,当作神仙风流的艳史,永远传说起来,看你可能受得受不得?”吕祖笑道:“别人是不会这样胡闹的。除非你这位师叔,要开起我小侄的玩笑来。只要你一句话儿流传下去,马上可以变三试为三戏。好在小侄只抱实际利人的宗旨,本身名节但求本心无愧,好歹都非所计。再说风流神仙四字,何等隽好。神仙难得风流,风流之人安得成仙。今小侄竟能以神仙而风流,风流而兼为神仙,岂非自有神仙以来第一佳话么?小侄倒也非常愿意领受这个美号咧!”张仙大笑道:“好,好,我一定成你之志。替你扬个风流之名于后世罢!”说得吕祖也大笑起来。

后来八仙聚会,张仙把此话说与大众听了。其中蓝采和最顽皮,韩湘子也好耍,竟替他造下一段神仙趣史,名为吕纯阳三戏白牡丹。内中大致说吕祖生性潇洒,是神仙中最风流不羁之人。曾在洛阳遇妓女白牡丹。吕祖见而悦之,遂与交好。吕祖系纯阳之体,能久战不泄。白牡丹亦风尘健将,既爱吕祖之貌,复赏其房事之勇,相交颇得。但终疑其不泄之故。后何仙姑、蓝采和、韩湘子等云游至洛,闻知其事,遂化为凡人,对白牡丹说道:“你所交之客,可有异于常人?”白牡丹正因心有疑惑,苦于无从探问,既见三仙问及,即行举实相告。三仙乃对他说明,此客系吕仙化身。如得他泄精一次,当可得度。白牡丹急求之法。三仙因教以交合之时,在吕仙肋下,用力抠住,勿令避开,如此便可使他一泄。白牡丹如言试之,果然。吕祖惊而一算,方知被三仙捉弄。还喜他是纯阳之体,不生何种影响,若遇他仙,真将堕入轮回了。吕祖因白牡丹能得自己之精,虽出三仙教导,究竟不算无缘,便度他出世,成为地仙云云。这原是韩、蓝二仙,一时游戏之作,而后人则竟信为真实。果如张仙所言,形于诗歌,扮为杂剧,弄得妇孺皆知。而吕祖风流神仙,乃真为世所艳称。其实内中情节显有不是之处。在同道中互相戏谑,原无不可。若出之凡夫之口,非但不敬,亦且为通人所笑,甚无谓也。因此后人又有三戏白牡丹为另一吕洞宾与吕祖无关之说,以相纠正。此说自具苦心,未可厚非,但终非根本纠误之法。惟本书作者,从许多秘籍中探考而得三试故事,兼知讹传三戏之故。亟为详述其事,庶几从今后不致再有那种诬圣不敬的传述了。

再说吕祖把两试白牡丹之事,告诉张仙。张仙问他三试之法,吕祖笑道:“这等事情,要随机生发,那有一定之理。如今要请教师叔怎样脱离朝纲呢?”张仙太息道:“自我入朝任当今国师以来,转瞬在阳世过了廿多年了。眼见天子昏淫日甚。请了我来,除了高兴时候谈几句空言无补的道经以外,便是请我玩些把戏,给大家玩笑一阵。其中更有一事,使我万难再留的。那个狐儿投生的安禄山,竟然渎乱宫闱,干出许多猥鄙之事。天子不明,反把他当作干儿。种种可羞可耻之事,使我万万看不过去,忍不下去。照我本心,恨不得将他立刻处死。问他从前如何说法,怎么一入人间,就这样肆意妄为起来,但他既应劫而生,我又如何去收拾他呢?好在我本早要脱身,还是趁早走开,不见不闻,倒也干净。贤侄你看此事如何?”吕祖听了,神机一运,笑道:“师叔可曾算过几时可以回山复旨?”张仙道:“倒还不曾推排到此。”吕祖笑道:“小侄已替师叔算准,大约三五天内,必可离朝下野。但须收一徒弟回去。师叔放在肚里,自有速验。”张仙听了,也没说什么。

要知吕祖如何三试白牡丹,张仙何日回山,且看下回分解。

第九十四回　倒骑驴背果老显灵应　追偿俗债吕祖度情人

却说唐明皇自请得张果大仙为国师之后，先时倒也虔心诚意的请教些玄门大道。后来惑于酒色，连国家大事都懒得顾问，那里还有修仙了道之心？只因张仙有许多神奇圣迹，每值高兴时就将他请来，玩些把戏耍子。

有一次明皇因见张仙骑的驴子十分神骏，张仙每次出门，总是倒骑而行，甚以为异。特请他骑驴入宫，在那御花园内游骋一番。张仙本忠孝之心，对于天子，无时不存敬畏。天子之命，自然不敢有违，当下奉诏入园，先在各处骑驴子兜了一大圈儿。他这驴子也奇，并不要他回头指导，自能顺他心所至，忽快忽慢按程跑去，从来不得有误。跑了一回，天子宣他入宫赐宴，命将驴子系在园内，喂以食料。张仙辞道："臣驴向不用食料，至多赐水一杯足矣。"天子准奏。命内侍牵去饮水，一面设宴与张仙对酌。谈了一回，天子托故辞开，命群臣陪宴，自己却悄悄跑去看那驴子。据内侍奏称，驴子饮了一杯清水，便不肯喝了。天子即命赐他喝酒。内侍扛上一大坛陈酒，给驴子喝得一口，觉有异味，便不肯再喝。天子怒道："他不喝酒，就将他砍了！"驴子闻谕，并不要内侍强灌，竟自抬起头，两足捧坛，汩汩如流，把一坛好酒一起喝了下去。立刻跪着，举起两只前腿，向天子作拜谢的形状。天子大喜，正要奖赏他几句，不防驴子酒性大作，身子一软一软，懒洋洋地向着侧边横倒下去。内侍连连喝他，也不起来，踢他一脚，也不动弹，却听得拍的一声，好似踢在纸壳儿上。天子大异，自己走上前去连踢两脚，也是托托两响，真和踢在纸质制成的物件上头一般，不觉又奇又笑。再瞧那驴子时，却已横挺在地，两眼白瞪，气息毫无。原来已是寿终归天了。

天子此时倒也有些慌张，忙问："你们瞧瞧，可有救没有？要如没救时，赶快将他埋了。等回老道查起来时，就说逃走了罢。不要对他说出真相,使他瞧我们都是好顽的孩子气。”一语未了,一个内侍已将驴子一手拉起,怪声大叫:“这驴子是假的,是一头纸驴子!”天子也吃了一惊,定睛一看,可不是真是一头纸糊驴子,不觉哈哈大笑道:“这老道恁地会玩,拿这纸糊驴子来哄人。要不是灌他这一坛好酒,险些都上他的当! 你们把这驴子带着,随朕问那老道去来。”于是天子在前,众内侍在后,拖着那头纸驴,一直到张仙面前。天子笑道:“你这老道,好会哄人,怎么把一头纸驴子骑进朕宫中来?”张仙慌忙俯伏奏道:“臣所乘本系纸驴,赖臣些小技能,混充真驴。经陛下醉之以酒,酒醉则真相毕露。犹之世俗所称纸老虎,望之若真,未尝不可欺人于一时,决不能持于久远。所以天下事惟真为可贵,虚伪之事不足道也。”

天子听了笑道:“卿可谓善于讽刺。请问纸老虎,也能使之行动否?”张仙奏道:“总是凭借一点道法。虎之与驴,有何分别?”天子即命用纸制成一虎,令张仙试之。张仙奏道:“不必制成。却随意取白纸一幅,加以咒语,立可成虎。”天子大喜,立令试为。张仙取纸入握,尽力揉搓了一阵,念念有词,撇手放去,喝声疾! 只见一只斑斓猛虎,张牙舞爪在殿下跳着。天子恐他上来,急问此虎可能伤人? 张仙奏说:“纸驴既能行路,纸虎安见不能伤人?”天子心中害怕,忙道:“卿道法高明,神通广大,真是可佩可敬! 如今请将此纸虎收起,免他野性发作,误伤人命。”张仙道:“有臣在此,何惧假虎作祟!”说罢,挥手作势,纸虎立仆。天子和众臣明明都见虎虽死,还是虎的形状。张仙却说已变回一团白纸了。此外惟叶法师也能瞧得出是个小小纸团。张仙不禁一笑,亲自收回,放入手中,又轻轻摊了开来,这才完全复了一张白纸。

又一次,天子闻他酒量好,有心将他灌醉,便于酒中置药,强令饮满十壶。张仙跪奏:“臣量实小,过饮必致失仪。陛下必赐一醉,臣有徒弟可以代饮。如蒙恩准,即召来面试。”天子问弟子安在? 张仙向天一招手,即闻砉然一声,一清俊小道士自殿角飞下,宛如鸟堕。天子大喜。召问数语,对答从容,仪节娴熟。天子甚爱之,即命赐酒。道童一气连饮十壶,毫无醉容。再赐十觥,也一气喝干。天子笑道:

“可将后宫大坛御酒取来。看他可饮得完否?”张仙慌跪奏:“不可再赐,赐则必醉,醉必失仪。此不过博龙颜一笑为欢。一致失仪,便为乱性,反非微臣为陛下解闷之本意了。”天子不允,仍命去取。道童忽仰仆于地。张仙忙道:“这孩子如此不懂规矩,惟陛下幸恕之。”一面亟以巾覆之。一回,内侍禀称:“御酒一大坛,连坛失踪。”天子发怒道:“宫闱重地,焉有失物之理。”立命重究。张仙跪奏道:“请陛下息怒,坛在小臣巾下。”天子大惊,命内侍启巾视之,那里还有什么道童,只有盛酒的坛矗在那里。倒出酒来一量,刚才道童所饮的二十一壶,一滴不少,完全在内。天子不觉大笑。

又一次,天子对高力士说道:“朕闻饮堇而不苦者,惟神仙能之。”高力士凑趣道:“可令张果一试。”天子即命取堇和酒以赐张仙。张仙饮讫,不觉醺然道:“这是什么酒?好像有些异味。”天子见他饮醉,即令设榻于宫,着内侍扶他去睡。次日起来,齿牙都变成黑色。张仙笑了笑,举手中如意轻轻一擦,立刻回复洁白之状。

又一次,随天子出猎,得一大鹿。天子命烹来下酒。张仙道:“此仙鹿也。寿已千岁。昔汉武帝元狩五年,畋上林时得之,不意至今尚在人间。”天子笑道:“有何为证?”张仙道:“武帝得而放生,以小铜牌挂在鹿左角上。”天子命验之,果有二寸长铜牌一方,不过字迹模糊,不可辨识。天子乃命在鹿的右角,再挂一牌,仍放他去。天子因此格外赞赏他的博学。

张仙在朝二十余年,见天子对他不过玩玩把戏,寻寻开心。于时政得失,人民疾苦,丝毫没有裨益。因此几次求去。天子竭意慰留,不肯放行。张仙本是八仙中最拘谨的人。见天子如此相待,又不敢固执求去,更不忍不别而行。此时吕祖仍在他的寓中,昕夕不离。因此张仙屡将为难情形告诉吕祖。

自从那天同游勾栏院回来,张仙又提起归山之议。吕祖替他推算,说他至多还有几天俗缘。俗缘一满,便可如他的志,还可得一好徒弟。张仙见他这般说法,自己也不再推算未来。谁知天子因他屡显灵异,久欲知其出身,问之再四,张仙终不实对。他的意思是深怕说出本来面目,未免骇人耳目,有玷物议,倒也不是惭愧出身非类,惹人笑谈。天子既不能得他实对,便中和叶法善说及此事。法善先不肯说。天子有心激他道:"你身为法师,张果又是你所引进,如何不知他的出身。可见你这法师,也是有名无实,一点道行都没有的。"法善经过一激,禁不住满面绯红,发起急来,说道:"臣焉能不知张国师,但恐国师知道是臣饶舌,必将致臣于死。那时陛下可肯替臣代求国师,请他不要为难?"天子笑道:"言出你口,入朕耳,朕但自己明白,又不告诉别人,国师如何知道?"法善道:"陛下太轻视张国师。国师是有数金仙。我等一言一动他都晓得,何必人家传与他听呢?"

天子道:"卿放胆说来,国师如和你作对,朕必替你挽回。"法善方说:"他是混沌时候,一个老鼠。"如何苦志修炼,怎样变成蝙蝠,怎么又修成人体,修成仙道,源源本本说得很是详尽。天子正听得津津有味,忽见法善大叫一声,口吐鲜血,仆于地上。口中大叫:"国师饶命!国师恕罪!"天子也为惊骇失措,慌忙代为求情。又命内侍搀扶法善,向空叩首。方才止定吐血,踉踉跄跄出宫回家。血虽止定,身体兀自苦疼。倒是他的妻子能干,劝他去见张仙,自陈罪过,并拜他为师,跟他修道。如此可得他慈悲,不但性命无忧,还有成仙之望。法善闻言大悟,扶病求见张仙,照他妻子所说办法,苦求张仙。张仙知他意忱,又因他自本人就任国师以来,颇能谨饬廉洁,未有不法行为。又爱他的聪明,认为可以造就,便答应他,收为徒弟。

从法善说破他的出身这天为始,天子怕张仙心中不悦,有几天不敢宣他。吕祖对张仙笑道:"小侄之言已验,师叔要走,是个绝好的机会。为何又不说走了?"张仙笑道:"我那一天那一时不想走。一则等你试完白牡丹之事。二则如何走法,还没想定主意。"吕祖笑道:"告诉师叔,小侄的考试官已办完了公事。专等师叔荣行,马上一同出京去也。"张仙笑道:"因甚这般快捷,你却把试题先对我说,然后再将他做的文字告诉我听,也让我评论评论你这考试官,可有偏心。"吕祖笑道:"那还不是一件极容易的事情。小侄就从那天对师叔谈起白牡丹的身世和来历之后,随即又到他家,先和他谈些风花雪月之事。看他并不十分有兴似的,不过见我谈得起劲,不能不随便敷衍几句。到了晚上,我俩并睡一床。他忽然说起年华已大,容色垂衰,勾栏中非久恋之地,长此以往,真有不堪设想之虞。说到这里,便哀哀痛哭起来。我便进一步对他说:'便给你跳出火坑,嫁与一位知情着意,既富且贵的少年公子,试问有几年上好风光?等得大限到来,双目一闭,还不是与草木同腐,又有什么兴味可言?'他听了我这说话,似乎十分动念的样子。睡到半夜,我暗暗留心,他总是翻来覆去,唉声叹气的,不晓他想点什么。那时我却假装酣睡,不去理他。不道他闹过一阵,忽然把我这身子捧将起来,拼命撼动,我便假作醒来,问他作什么。他问我的话,真叫我又奇又喜。原来他因有感于我的说话,忽的转了个修道之念。因我曾对他说,认得许多仙人,所以求我说出仙人在什么地方。他要亲自去找到仙人,求他们收为徒弟。情愿抛弃红尘,永入玄门。我见他忽然有此知觉,如何不惊,如何不喜。当下随便敷衍了他几句,随即送他一个小小枕头,着他照常安卧。一梦醒来,未到天光,他忽大哭而起,拜倒床上,口称师傅,苦求度脱。据他自述梦中情况,说已历尽人生艰危困苦富贵繁华的境象。觉得度起来人生趣味,愈加不足留恋,修道之心,愈益坚决。最可怪者,他就因我的枕头有些灵异,再回想到以前我种种劝导之谈,居然认得定定的断准我是神仙,看定我为度他而来。这等知慧,还了得么!到此地步,我也怜他一片纯诚,哀他处境危险,慨然允收为徒。方把他的前生和本身来历说给他听。就在这第二天用法送他出院,一阵风摄出京城,着他步行到终南山去。如今看他走到终南山,毫无悔心,果能诚心精进,不惮艰苦。等他到终南之日,我自另有布置,将他栽培一番,大约五百年后,许有些儿造化也。"张仙笑道:"这也不过尽尽人事而已,其实他既有些觉悟,又得你这样好的师父,将来必可成仙。何必还要再试三试之后,再给他一个最后的大试呢?"吕祖大笑,又道:"师叔尊论,确是不错。但一个平常女子,侥幸得遇到我辈,一念之聪,便令成仙,不教他先经一点危险辛苦,未免忒便宜了他罢。"张仙也笑道:"你难道不念这几时同床共枕之情么?"吕仙又大笑不已。

谈了一回,张仙又议如何走法。吕祖附耳低言道:"如此这般,就一点不落痕迹了。"张仙听了,拍手称妙!过了一天,天子终念张仙三天不朝，心中怀着鬼胎，怕他不悦，又怕他回山。当派四个内侍，将着旨意，赐他许多珍奇佳果。那知张仙病的正凶。内侍到门，下人回说，国师病重，不能接旨。内侍丢下赐品，回去奏闻天子。天子大惊，问法师道："神仙也会生病么？"此时的叶法善已做了张仙的徒弟，早知乃师之意。因对道："神仙与常人总是一般，自然也会生病的。"天子正要再派太医前去诊视，忽得奏称国师业已逝世。天子大为惊异，便和叶法善等一同驾临集贤院吊唁。当有院中诸臣奏请回銮，说国师死后，身体已腐，臭秽不堪，恐伤圣躬，乞中止吊唁。天子益发疑惑说："平常人死了，也不得立刻腐烂，何况国师，究是仙体，焉得如此易朽。"吩咐法师："代朕致祭，并要随时留心国师是否真实，抑系假装病亡，以便私归道山。得了实情，奏与朕知。"说毕，回宫而去。

叶法善只得和一班集贤院同人并公卿前来吊奠的，大家料理张仙身后之事。棺殓既毕，抬出门去。据抬棺人说："棺木和平常人一般沉重。"天子得知了，方信张仙真死。直到后来安史之乱，天子蒙尘入蜀，途中亲见一位神仙，自天而下，向天子叩首三下，转眼不见。呈上玉匣一缄，启而视之，内述乱事因果甚详，并言皇帝不久可回京城，伏乞珍重龙躯等语。内附昔年天子所赐玉如意一柄，而不署姓氏。天子疑神仙必张果所托致出者，则张果未死，必无可疑。回銮后，命人掘棺视之，乃瘗一竹杖耳。未知张果假死之后究去那里，尚有什么奇事，请看下回分解。

第九十五回　攻异端文公黜道教　降霖雨湘子显神通

却说韩湘子投生韩府,转瞬已是十多岁了。当他五岁上头,他父亲韩会见他聪明出众,因对兄弟韩愈说:“湘子这孩子,天姿很好,看来可望成才。须请个好好先生,教他读书。”韩愈听了,便四处留心,陆续聘到几位名宿先生,专授湘子一人。不料湘子生有夙慧,无论什么经书,经不得他的眼。一经过眼,不但朗朗成诵,而且不烦先生讲解,自能悟彻其中深微奥妙的理旨。有些地方,往往先生所引为难讲难明的,湘子偏能引经据典,旁征博引,说出一番确切不移的大道理来。弄得几位先生,一个个自叹不如。教过一年,第二年便不肯蝉联而下。因此到湘子十二岁时,已经换了四五位有名的先生。这年冬间,又因先生辞馆,远近数百里内,闻得韩家公子是真正神童,便是平日自命不凡的老师宿儒,深怕跌翻在这位神童手里,坏了他一世才名,谁也不肯轻易前来尝试。请了多时,竟其请不到一位名师。

韩会不觉对韩愈笑道:“看来今世号称名宿,本领都不过如此。怎么一个个弄不过一个小孩子呢?”韩愈正色道:“兄长别这么说,小孩子家凭着些小聪明,略得一二皮毛,凑巧给他说着几处古人的漏洞,也还不知他见解的是非,兄长怎便把他看得如此了不得。至于以前请的几位先生,据小弟所知,如某某几位,实在是有大学问、大本领的。他们的聪明姿禀,或不如湘子,若论真才实学,不说别的,单道他们萤窗攻苦这四五十年,无论如何决非孩子们三年五载,一知半解的工夫可能比拟十一。他们所以辞馆的原因,或者自顾精神不济,深怕误人子弟;或者湘子自恃聪明,不免有些狂妄自大之处。他们瞧在你我老兄弟分上,又不好说出真情,反伤宾东和气,何不说句客气话儿,大家分手了事。兄长如何竟这般深信湘子才学胜过一般名宿起来。这等说话,万万不好使孩子们听见。本来年轻轻儿,不知天高地厚,一旦听得你做老子的如此奖荣,还有不狂放自尊,眼高于顶么。到了这个地步,兄长啊!只怕他这一点聪明不为福利,甚或应了孟子所言盆成括一流人物。不但非孩子之福,也恐为韩门之祸呢?"

韩会听了,嘿然不语。但是三冬将尽,转眼开春,湘子已在要紧攻学之时,一时三刻找不到一位先生,却终是一件困难问题。弟兄们时时说起这事,都觉非常为难。谁知这年腊月底,忽然来了一位青年,投刺请见两位大人。老兄弟俩见他名刺上写着吕谷朋三字。大家记了记,都说不曾有这么一个朋友。一同整衣出见,见这人年不满三十,面如冠玉,唇若涂朱,英俊不凡,轩爽出众。兄弟俩不由都吃了一惊。似觉有生以来,入世多年,不曾眼见这般俊雅人物。心中这般想,面上就不知不觉露出十分钦爱的意态来。接谈之下,方知这人是个不第秀士。"自信学贯天人,既不能入主司之目,也不再作登选之想。一向只在各显家教读为业,今闻府中公子非常聪明,多少名宿都知难而退,如今竟还请不到一位适当的师父。小子不揣其愚,以为不世之才,当有出尘之干为之师长,方能日进无疆,不难成为通人。小子不敏,窃不自谦,敢效毛生之自荐,还请公子先来一见,如果不蒙信重,还当即刻引退,不蹈以前诸先生之覆辙也。"二公见他语音清朗、气概非常,已知此公必是大有来历之人。一面和他敷衍着,一面就把湘子召来,着和谷朋相见。此时韩会心中惟恐湘子或过骄妄,以为多少老师宿儒尚且被我难倒,何况这样一位青年之人,万一当面抢白几句,倒不成个意思。那知湘子一见谷朋,先作一番打量,随即上前含笑一揖,不知不觉拜了下去,连叩几个头,口中说道:"这位才是我韩湘子的先生了。"

老兄弟俩见了这番情景,不觉大为诧异。因笑对谷朋说:"这孩子人倒聪明,便是性子太倔强了些,每次请来的先生,总不曾见他如此心悦诚服的样子。"谷朋接笑道:"不羁之才,当有特殊教法。或者以前几位老师,虽然久拟皋比,却不曾教过这等特别聪颖的学生。他们把公子这样的人才,也当作普通子弟看待,施以同样的教授,这就无怪格格不入了。"韩会因请谷朋考验湘子的学业,实在顺便还是想看看先生的本领。谷朋岂不明白,当就湘子平时所学的功夫,随意和他谈谈。湘子自谓这些都是极浅近的学问,那知一经谷朋指导,才觉本人所知所解，真不过一种皮毛而已。凡是谷朋所说的深微之理，不但以前几位先生所未曾说过，就是湘子自负聪明到了不得，觉得此等理解，为前此梦见所不及。不觉心胸顿开，喜笑道："何如我不是说这位才是我真正的师傅呢？他说的都是极平常的道理，总觉我自己一句也说不上来。这就可见先生的真实功夫了。"

韩愈本最怕湘子好作聪明，浅解经书，把古人著作看得太过容易。如今得谷朋这样一来，第一好，就是能使湘子识得读书的艰苦，以后不敢再以一知半解，自欺欺人。当下他心中也就非常满意。就此三面言定，把谷朋先生请在家中，一连教了三年。湘子不但学业猛进，而且人品也谦厚规矩了不少。此时韩会已经去世。韩愈本来对于这位先生，可算佩服得五体投地了。谁知后来却发现了一件事，使他大不满意的。只因湘子自从谷朋读书以来，专一喜欢研究些学道之书，有时还研究什么打坐咧，内功咧，又是什么金丹咧，什么大道之类。这样一来，便把个韩愈气得说不出话来。他本是翊卫孔教，以传道继统自负的人。眼见家中子侄们，竟趋入异端一流，教自己安能再服别人。可是等他发现这些情形时，已在三年之后。据湘子自己说，已把一点灵苗完全放在道门中，马上就要离家修道去。

韩愈大怒，亲自执着大杖，讯问湘子："这等学问是谁教给你的，可是那位谷朋先生传授于你？"湘子也不畏怕，竟自岸然说道："三教都是圣道，怎见得佛道两派，必定是异端之学。叔父诋毁佛道两家，是因眼见世上的和尚道士，只会作恶骗钱，一点不懂学理，所以痛恶深疾到这般田地。其实这批东西，正是两教的贼类，不但为孔道所不容，就是佛道两教中，也并不承认有这一类假冒招牌，借名乞食的东西。叔父若能平心静气，把两教真正的奥义微言，玄经秘籍，稍加一番研究，便知此中至理，还有为儒家所不能几及者哩！"

韩愈听了，气得拍案顿足，大骂湘子无君无父，是夷狄禽兽之辈。又说："这都是那个什么吕谷朋教的好书。当初我原有此疑心，为他效那毛遂自荐，不待人请，送上门来，从古到今那有这等苟且自轻的先生。也因你这奴才，多少好先生，看不惯你的狂妄相儿，一个个被你撵走。没奈何，就将这人留下，暂时试用一下，可也不晓这人是何来历,曾在什么人家做过西宾,糊糊涂涂地将他一留,就连了三年之久。怪我这几年来国事萦心,总没工夫来调查你的学业。不料你竟不自爱至此,一步步走入歧路上去。虽说教授之责属于师傅,但你是那么倔强不法的脾气,多少正经规矩的先生,被你得罪了去。偏偏对于这等邪说佞行、误尽青年的妄人,你又那么恭而敬的事事服从起来。可见毕竟还是你这奴才自己太不学好的缘故。从今为始,你要做我韩门令子,须听为叔指教,把三年来所学的异端之学,完全丢却。不但不许出诸口,简直不准再去想他一想,好好儿用起正当的功来。好在年纪还小,出去考功名还早得很咧。你又有那样天姿,只要再加三年苦功,着实来得及哩。要是不然啊,我韩门中果然不配有你这等子孙,就是我堂堂华夏,也没有你这种邪人。不但我这府中不配你住,连这四海之内,率土之滨,也非你能立足。真正只有投畀豺虎,不与同中国的一法了。"

湘子见他说得如此厉害,心中也是不悦。因微微一笑道:"叔父便把道教看得如此不堪,把侄儿当作什么十恶不赦之人么?老实告诉叔父,叔父虽瞧不起侄子,侄子却奉了师父法旨,因知叔父乃玉皇殿上卷廉大将冲和子获罪谪贬。侄儿如要成道,第一要先度脱叔父,方可升天受职咧。叔父,你知道我师傅是什么人?谅叔父专心要继传孔道的圣人,或未必知道道教中几位重要金仙,但侄儿却不能不对叔父说一声儿。原来侄儿现在这位师尊,正是道门中最负声望,好比孔门中颜曾孟荀一流人物。他姓吕,名岩,字洞宾。谷朋二字,便是洞宾之隐谜。叔父啊!这位吕先生,才真是天上有数的大罗金仙啊!"

湘子正想把吕祖出身和他修道始末,得道时期,并三年来师弟授受情形报告韩愈。不料韩愈听到上面这几句话,已经气得掩住双耳,满口子只喊:"坏了坏了!这厮疯了!这厮疯了!"一面把书案拍得怪响的,叫请师老爷来。湘子见他气得这副情景,不觉万分好笑,忙拦住道:"叔父不要性急。我那吕师父,他早已算准我们师徒合于今日分手。叔父此时派人去请他,只怕也嫌太迟了。"韩愈不信,催那批下人快到书房,要是师老爷在呢,马上请他同来。下人们应声要去,不料承值书房的书童忽然跑了来,和这下人劈头碰个正着。韩愈叱问书童来此作什?书童赶上几步,呈上一封书信,乃是吕师爷留别韩愈的。韩愈心中却有些奇怪。慌忙拆来一瞧,内中大致说,令侄前生本是天上金仙,为因罣误公事,被谪湘江岸上。伊本是白鹤修成仙体,此时仍为鹤体,谪期届满,合由本人与业师钟离云房共同收录门下。因此送他转入阳世,再引修道,方可度脱升天,归他的本真。又说韩愈前生之事,却和湘子所言一般无二。末了,方说湘子生有夙慧,修为颇易。三年之间,已通玄理。如今即应早离家室,速赴名山修养。二十年后,可以小成,三十年后,应由他亲度叔父成道。此下还有几句告别之语。

韩愈见了此函,气的说不出话来,双手一扯,把那信扯的粉碎。可煞作怪,信纸碎而复合,仍如原状。韩愈见了越骇越怒,大骂:"妖道既诱吾侄,怎敢和我开玩笑。"吩咐下人,赶紧取火烧毁。下人遵命,点火来烧。明明见到烈焰纷腾,纸成灰烬,四散飞开,但是转眼之间,一张信笺依旧平平正正的放在案上。韩愈不觉仰天大叹道:"妖人作祟,总是我德薄无纯之故,也是我韩氏家运太蹇,好好的子侄,竟被妖精引坏。事已至此,还问这奴才如今打算怎样?要是深信妖人一定要趋入异端呢?与其将来流毒中原,贻祸后学,的确还是早早请你出去为是。我既不敢留你在家,为名教之罪人、祖宗之叛子,也不忍由我叔叔之手,将你送去有司衙门惩治,或将你驱逐到夷狄之外去。好在你有仙师提拔,本来预备出家,还是请你自便罢!倘使你心目中还有我这叔父和你的父母祖宗呢,就该听我方才教训你的说话,赶紧把心思摆一摆正,神智弄一弄清,再休讲那些邪说佞行,好好读起圣贤的经传来。那便是我韩氏祖宗的好子孙,是我神明华夏的好百姓。将来应试成名,荣耀宗祖,还是小事。我还望你能够助成我这番翊圣卫道的大事业咧!是非去取,你自己审择而行罢。"说了这话,也不再取那信,气吁吁地走了去了。湘子当夜草成一封长禀,内述自己修道之志,并望将来叔父也能及早回头,免堕浩劫,情词异常的恳切。写好之后,放在书室中,自己却悄悄别了家门,竟去嵩山修道去了。

这边韩愈将湘子一顿痛斥，回到内宅，还是怒气不息。他夫人问起缘由，韩愈把这事大略说了一回。夫人不觉埋怨道："大伯去世，大房只此一子，大姆爱如珍宝。从前大伯骂他几句，大姆还要啼啼哭哭地闹个不休。如今你将他这等训斥，这孩子有些呆性，他在这两年中，和那位吕师父，真是顷刻不离，万分亲热。每逢放学回来，见了人常论说他这位师傅，真是大罗天仙。说的那么有神通，那么好学问。自己从他读书，将来稳稳也可成仙。还说什么叔父虽然有功儒教，但他前生乃是灵霄殿上有职仙人，将来少不得仍要归入道门，到了那时，还得他来引你入道呢！这等说话，我们是听得久了。大家都当他是孩子说话，那个去理会他。直到今年来，才见他有许多事情，确实做得奇怪。他会平地升空，游行云雾之中，又能钻身入地，瞬息不见。据说，这等都是那位师傅传授他的。可这算不得什么，不过是神仙一种小玩艺儿罢了，于真正性命之学，和不老长生之术，金丹大道之用，是没有多大关系的。"夫人说到这里，把个韩愈愈加急得顿足拍案起来，反把夫人训斥了一顿。说他不该隐匿至今，养成他的劣性。一顿骂，倒把夫人要劝的话都说不下去了。

韩愈心中想到：这孩子究竟还小，受了这顿教训，好在他那师傅又走了，今后还得我自己费些精神，好好管教一番才好。自己沉思一回，因有公事，便出去了。去不多时，忽得湘子出家的消息。这才把他吓出一身冷汗，急急忙忙赶回家门。家中已经闹得沸反盈天。此时的韩愈几乎成为全家的矢的，弄得一位捍翼名教文起八代的一朝大儒，除了挨讥受责，唉声叹气之外，竟是一点办法都没有了。从此韩氏一家，便时时陷于悲慌忧苦之境。直到三年之后，湘子托了一个乡人，寄回一封家禀，大家才把重重愁云，稍许拨开了些。

再过十余年，湘子得云房先生传赐《天罡美汇》一书。揣摩修炼，五年而通其大意。适吕祖降临嵩山，命他下山点化叔父。湘子道装打扮，驾云到了京师，回家拜母徐夫人。夫人见了湘子，宛如天上掉下一个活宝。湘子跪进丹药，母婶各一。此时两夫人都已五十余岁，衰弱多病。自服此丹，精神转健，比年轻时更好。湘子见了叔父，韩愈还是一派盛气，问他在外学了些什么？湘子大略说了几句。韩愈大怒,命人把他道衣剥下,湘子绝不抵挡,由他们用力剥卸。不料那件道袍,好似生在皮外黏附身体一般,剥了半天,连带子也解不下来。正在大吵,忽报圣旨下来,乃是天子因亢旱病民,派韩愈前去社稷坛祈雨。韩愈不敢迟延,衣冠而去。湘子笑对婶母说:"叔父这样求雨,便求个三年五载,也弄不到一些雨水。"婶母却信他的道法,因说:"好侄子,既这么说,侄子可去帮助叔父作些功德。也叫你叔叔可以相信你的道法,莫再和你作对,可不是好。"湘子摇头笑道:"帮助叔父是侄子分内之事。若要叔父信道,那却说得太早。据我看来,至少还得十年八载咧。"说毕一扭身,身影俱杳。

那韩愈正在坛上,一秉虔诚,求天叩地,希冀早降甘霖。不料从早晨求到午后,不但雨水不见一粒,连黑云也不曾见过一片。依旧是金伞高张,阳威炙体。心中正在焦躁,忽见一个龌龊道人,彳亍而来。立在台下,尽向韩愈讪笑不已。韩愈心中正没好气,立命把这道人抓来。两旁兵役一声答应,将道人捉上台去。韩愈问他甚事好笑,道人笑道:"贫道不笑别的,笑大人只能为官,连求雨的本领都不曾学得。岂不可笑!"韩愈大怒道:"你是哪里来的野道人,竟敢当面诮笑老夫。你既口出狂言,莫非倒能够求雨么?"道人昂然说道:"自己不会,怎么敢笑人。"韩愈便命他试法,要是试得不验,立刻抓去斩首。

道人一笑,也不奏表,也不出符,只用宝剑一指,连呼几声雷电二神安在?忽听得半空中有人问道:"法师见召,有何旨意?"台上众人望空,果见雷公电母,带领许多天神天将站在云端,向这道人施礼咧。众人才都吓得呆了,不约而同的齐跪下,叩头如捣蒜一般。有的又向道人叩拜,口称大仙。把个韩愈弄得面上无光,大发雷霆,指着道人骂道:"大胆野道,命你求雨,怎敢弄术欺人,煽惑民心!"道人不慌不忙,对云中说道:"此间亢旱,有冲和子奉当今诏旨在此求雨。因他俗念太重,不信大道,上天靳予甘霖。求了大半天,不曾得到一粒水珠。如今是贫道不忍百姓遭殃,特去东海龙王那里借来一勺之水,预备分与众百姓。望尊神赶紧布云下雷,贫道即刻发水也。"

韩愈见他一味空言,又要和他为难。那知半空中忽地打下一个大雷,接着闪电乃起,乌云密布,一霎时天昏地黑,日色无光。但有万道闪烁金蛇,弄得人眼花缭乱。这一来,不但众人大呼真仙赐雨,人民有幸,连那台上硬不服输的韩老尚书也是目瞪口呆,不知要怎样才好。正在这个当儿,猛可地又是一阵轰天大雷。接着众人都见道人腾身而起,飞入半天。万目睽睽都瞧见他手持小瓶,向东南西北四面分洒。一霎时大雨滂沱,势不可当。众人都匿身台下,万头攒动,把个台柱都几乎挤断。约有顿饭光景,道人在空中大声问道:"尔等百姓估计得雨水已足,可对我说一声,免得淫雨成灾,过犹不及。"众人大叫:"够了够了,不必再下,请大仙下来。容小人们叩谢。"道人听了提剑一挥,雨势立止。

众人出至台外,只见道人已坐在台口,向韩愈施礼笑说:"幸不辱命。"众人也不管泥泞沾衣,一齐跪在地上叩头有声。只见韩愈始而发怔,怔了一回,忽又怒容满面,忽又向道人说出一句匪夷所思的话来道:"我还不信这雨是你求的。"道人笑道:"这是万目共见的事,不是贫道所求,难道倒是大人祈求来的么?贫道世外之人,不求功名,不需富贵,并不想和大人争功。大人也何苦定要强词夺理,反示人心不广呢?"韩愈怒道:"有甚凭据?"道人笑道:"众目共见,还不算是凭据么?大人再不相信,回去看府中,天井内空缸一只,现已盛有三尺一寸七分雨量。"韩愈命人押着道人回去一量,果然不差丝毫。道人突然下跪道:"叔父,如今可以相信道法了。还请早随侄儿修道去来。"韩愈大惊,低头一看,这道人正是自己的侄儿韩湘子。也未知韩愈可能容纳湘子要求同去修道,请看下回分解。

第九十六回　造酒借花两试仙法　蓝关秦岭九度文公

却说韩愈听湘子再三劝他修道,心中勃然大怒。便命人拖他进去,交与他母亲徐老夫人收管。此时的徐夫人,却已深信湘子得道是真。他本是很明大体有才干的人,倒也不肯怎样强留湘子,只对他说:“你叔叔望你成才立业,也是他长辈分内之事。你既能修仙成道,也算各行其志。我也不必一定听了你叔叔的话,强你所难。但有一句话对你说明。你既是有神通有法力的人,云来雾去,到东到西,原不算一回事儿。此后务要常常回来,看看你这老娘。等我大限到来,瞑目不视,那时任你的便,来与不来均由你自己作主便了。”湘子道:“娘请放心。道门中最重忠孝,孩儿要没有母亲的心思,怎能回来探望母亲。而且此身与禽兽无殊,我那两位仙师,又怎肯收我为徒呢?母亲尽管放心,只要孩儿刻苦上进,再过几年,前程未可限量。到了孩儿升天之日,母亲一定还在世上。孩儿还要度母亲出世,共享长寿之福哩!”夫人听了,也是欢慰。湘子见点醒叔父无效,仍回嵩山而去。

自此又过了几年。每隔二三年,必定回家一次,显些非常灵应给他叔父看。无奈韩愈是天生硬性的人,凭他说得天花乱坠,做得活灵活现,他却毫不动心,仍旧做他自己的事业,也不把湘子看在眼里。湘子却也坚毅不回,必要度他成功,一直点化他七八次上,适值韩愈八旬大寿。湘子顺便祝嘏,再回家门。韩愈自顾年高,见侄子远来称觞,心中一感,不觉把平日厌恨湘子之心轻了一大半。到了开筵之时,也命他入席代主和一班公卿宾客谈话。众人知他真是有道神仙,一个个欲叨求些长生之道却老之方。湘子也滔滔不绝地把些浅近易行有益身心之法,随意传授一些。这样一来,反激起韩愈的怒愤,说湘子不应当着自己面前讲出这等邪说。便召了上去,问他道:“你口若悬河,当着许多尊长面上,任性胡訾。究竟这几时,你在外边学点

什么功夫?”湘子听了,随口吟道:

青山云山窟,此地是吾家。子夜餐琼液,寅晨嚼绛霞。
琴弹碧玉调,炉炼白朱砂。宝鼎存金虎,芝田养白鸦。
一瓢藏造化,三尺斩妖邪。解造逡巡酒,能开顷刻花。
有人能学我,相与看仙葩。

韩愈怒道:“这厮一派狂言!”众宾都道:“既出大言,必有本领。令侄历显奇应,我辈无缘得见。今日恰喜相逢,何妨就请他显些神通,给大家广广眼界,增长知识。”韩愈因道:“他自言能造酒开花,就着他一试。”湘子笑道:“这些不过是些小道术,于真正大道无关。侄儿谨遵金谕,为酒以寿叔父,开花以娱佳宾。但侄儿所望于叔父者,却在彼不在此。若专以此等小事诱惑叔父,真成大不敬了。”韩愈道:“你尽口说也是无用,何不快做出来。”湘子不答,命人取一空缸,置于庭前,上覆一幕,弹指三下,念念有词,揭幕露缸,果然满满的一缸美酒。湘子先奉韩愈,随后陆续奉上众宾。笑道:“列位大人,贫道此酒不比寻常,乃仙府玉液也。无论何人饮得一杯寿延一纪,痼疾可除。”众宾夺着饮讫。湘子指定上席几位上宾说道:“某大人,某尚书,公等尊体原有某种老病,如今可就痊愈了。”别人听了还不觉得,只一位刘大人得有气喘之症,一杯下肚,立刻痰尽气平,心胸安适起来。方才对韩愈大声说道:“韩大人,你这位令侄,真是有道神仙。别的不说,单道他赐的一杯仙酒,已把小弟半生疾病立刻除去,岂非神仙妙道?”

原来韩愈年来身体日见衰弱,常有腰骨酸疼之患。更兼耳聋眼花,已有多年。自饮此酒,立刻眼大亮、耳官复聪,而且腰骨爽健,舒适无比。心中也正在感动,听了刘大人的话,不觉也点点头,朝湘子一笑道:“这倒是难为你,可再把开花之法做出来与列位大人侑酒。”湘子遵命,问众人爱看什么花?众人故意都说几种已过时令的花。湘子作难道:“这等花木,死的死了,瘘的瘘了,一时那里去找这种子来呢?”韩愈喝道:“可见你说的还是一半胡言。”湘子笑道:“叔父不要性急,今天是叔父大寿之期,侄儿远道赶来是为的什么?若区区顽艺儿都不替你弄到,未免太不诚敬了。世上既没有这等过时的花,只有向王母园中借来一用。"韩愈问道:"王母园离此多远?"湘子道:"若讲路程,纵然驾云而去,也是三年五载。要如凡人两只腿子赶路,就得二三千年。但神仙境象以无作有,似实皆虚。灵山即在灵台,仙境只是方寸。侄儿看得世界之外,世界之中,无一处不在眼前。王母园中,也只是门外门内罢了。"

说罢出至庭外,向空一招。众人俱啊呀呀几声,飞来许多白鹤。湘子笑道:"不怕列公见笑,这全是我前生道侣,如今着他们借花去也。"众人俱称费心。湘子对一群白鹤吩咐了几句,众鹤齐飞,高入云表,转瞬间不见。湘子又入席与众共饮。一会儿,又闻鹤声嘹亮。大家都到庭外,仰首一望,只见无数白鹤带来万种名花。湘子笑道:"这是王母照应贫道,因派去的鹤不敷负担,特地派他园中仙鹤伴送同来也。"一语未了,众鹤都飞集庭院,就地一滚,一个个变为眉清目秀的童子,帮着将揣来名花一起搬入大厅。众人看去,有各地特产之花,有四季不同之花,还有许多为人间所未见。颜色缤纷,清香满室。中间一大盆碧色花朵,状如牡丹,其大无比。花间闪闪有光,现出两句诗来是:

云横秦岭家何在,雪拥蓝关马不前。

韩愈问道:"这是什么意思?"湘子道:"这是说叔父将来之事。天机难泄,侄儿不敢预言。横竖叔父记在肚里,将来自有应验也。"当下湘子见叔父已有信道之意,当于席散之后,又苦苦劝了一回。无奈韩愈俗情未了,仍是不能听从。湘子只得"珍重后会",自回嵩山。

自此又过有一年光景,韩愈因谏迎佛骨,得罪远戍,谪降岭南潮州地方,限日起行。韩愈随带两名家丁动身。行至一处,错过宿头,天又大雪,浑身冰冷,腹中又饥,老年人到此境象,真有些支持不住的情况。看那两名家丁又抱又搂的,滚在一株树下,不但不来招呼主人,还在那里口出怨言。韩愈不觉仰天大叹道:"我韩某一身忠直,笃信圣道,为何暮年遭厄,落到这等地位。"只听两个家丁大呼道:"大人不必出口怨天。好好在朝为官,因甚发出狂言激怒圣上,分明自讨苦吃。今日之下,应受这等惨报。只可怜我俩托居宇下,原想安家立业,得些好处。谁知好处不曾得着,反跟你吃这等苦头。前去路程甚远，潮州又是有名烟瘴之地，我们受你多少恩德，却来陪你吃这等苦头，那也太犯不上了。大人啊，如今只好对你不住，请你独自上道。我们家中老的老小的小，都靠我们养活。万不能为了大人送了自己一家生命，只好各走各的路去了。”韩愈听了，大惊道：“你俩一去，丢下我这老儿，不是饿死冻死在路上么？”二人听说都冷笑道：“你倒说的好风凉话儿，你晓得你做老爷的性命要紧，可也想到我们做下人的，性命更比你重要么？”

韩愈听他们这般无礼，回思自己一生，从小到老从不曾薄待下人。尤其是随来的二人，他们的父母都在府中当差，可算两代世仆。打从自己父亲到本人手里对于他们，除了分例工银之外，连他们娶妻成家都归府中担任赏赐，此次谪贬潮州，特地挑选他俩跟随，也就因他们关系较深，主仆情份较厚，大家可以放心一点。那知他们如此禁不起冻馁之苦，稍逢不幸，就这般当面咆哮起来。可见世上人心，真个太靠不住了。想到这里，只得先向他们情商了一回。商量无效，自己也大动肝火，禁不住一阵痛斥。

不道二人存心反叛，善言相求，尚且不理，何况加以怒骂！二人更不肯受这口气，便把韩愈行装挑了起来，道声失陪，落荒而去。韩愈情知追赶不上，赶到了他们也休想追还什物。而在此雪海冰天，前不靠村，后不落店的所在，真所谓饥寒交迫，疲乏不堪。进既不能，退又不得。眼看着一片汪洋，尽是雪花迷漫。一目四望，数十里平坦无垠。除了陪伴自己的一匹白马，还算二贼留情，不曾劫去，此外就再瞧不见一个动物。至于人类，更休想得见了。

韩愈处此进退维谷之境，自度精神体气，万万挨不过这一夜冷酷光阴。而且过了一夜之后，是否得见村落和前进路程，如何设法可能到得潮州，都是一无把握之事。想想自己偌大年纪，终不成还去乞食人间么？穷困固人所不免，但自问决到不了潮州。与其吃尽苦楚仍旧不免客死，还不如早求一死，到省些零星灾难。话虽这么的讲，此时天色已晚将下来，对此白茫一派，极目无涯，即欲寻死，还不知要如何死法才能死得迅速、死得干净。踌躇多时，简直没有办法。无聊之中，策马再进。那知马也不胜寒威，蹶于地上，再也不肯起来。连他的主人,也被掀在雪海之中,一动也不动了。韩愈此时,倒也不甚悲苦了。他想:同一客死、横死,与其死于刀、死于药、死于缢、死于溺,倒真个不如死于雪来得清白而洁净。况且身为大臣,宁受国法之诛,断不能效匹夫匹妇之自经沟渎。如今得这般自然的趋势,死于雪堆之下,岂非死得其所。于是咬定牙关,闭住双目,不管拳大雪花打在身上,凄厉朔风吹破面庞,还有那白马哀嘶之声,也如充耳不闻,一味的静候大限到来,便把残生送了。

那知天下事自有定数。数不当死的人,便是虎口之中,万刃之下,偏会保存性命。这韩愈既是上界有职神仙,谪贬凡尘经历惨劫,至世而极。按之否极转泰,剥极乃复的定理,当他极苦之时,正是转机之会。总令他极意求死,又如何死得了呢?当下韩愈在雪中蛰伏多时,天色已经深黑,又在大雪之中,还是白茫茫地好似置身水银世界,实在忍不住了,由不得睁眼一望,咦,奇怪!分明自己身在雪中,却为何一下工夫,不见了黑天白云。而且半天来所经之处,都是一片旷原,并无村舍。这时却明明身在一间凉亭之内,不但他,还有他同患共难的白马,也蜷伏在地,喘息有声。韩愈奇怪极了,还疑身在梦中,一时精神忽振,挣扎着坐起身来,向这亭子四面一望。咦!这事更蹊跷了。只见这亭子也不像寻常供人休憩的茅亭,乃是一间很精致清洁的房间。室内物什,凡是人家应用的器具,差不多应有尽有。和初次睁眼所见,大不相同。这还罢了,更可怪的是对面一张榻上,端端整整坐着一个青年道人。这道人叹息一声,慢吞吞的踱了过来,走到韩愈身边,猛可地一躬到地,含笑说道:"叔父还记得湘子侄儿么?"韩愈定睛一瞧,可不是自己的侄子韩湘子,正站在他的面前向他笑语咧。方知是湘子施展神通,前来相救。这一欢喜,可真非同小可。敢说自有湘子以来,第一次得他老人家最大的欢心了。

当下韩愈心中感动,热血沸腾,禁不住抱住湘子老泪纵横。哽咽道:"我的儿,我怎料得到和你在此相见。你我莫非是梦里相逢么?"湘子将他扶到榻上,向他连吹三口气。韩愈顿时黍谷春回,浑身温暖,而且精神倍长。不但忘了冰雪的灾苦,简直不觉数日来风尘的鞅掌。随即起身走了几步,因见白马还在嘘气,大有宛转待毙之状,亦请湘子替他医治一番。湘子也向他吹了口气，马也蹶然而起，向着主人点点头儿，表显他一种死别生离之感。湘子不觉太息道："物犹如此，人何以堪。世人为名为利，逐逐营营，到头来只求寿终正寝，已是大好结局。岂不可叹！"

韩愈此时已满觉仙道伟大，满心都向着神仙大道。回念从前屡次撵逐湘子，心中万分愧悔。湘子已知其意，少不得慰劳了一番。韩愈便问起此地是什么地方？湘子笑道："叔父不记得花中诗句乎？此地即名蓝关。"一语未完，韩愈恍然大悟。把柗子一拍，大声道："数有前定，竟如此乎？我还记得你的诗句，如今竟在此地相逢，不可无以纪念。当就原句足成一律。"因朗声吟道：

一封朝奏九重天，夕贬潮阳路八千。
本为圣明除弊政，敢将衰朽惜残年。
云横秦岭家何在，雪拥蓝关马不前。
知汝远来因有意，好收吾骨障江边。

从此韩愈一心向道。湘子引他去见钟吕二师。二师向他说明前生之事。韩愈本是绝顶知慧，又兼生有仙缘，自然容易脱悟。修道不过十年，便已明澈心性，后在河南少室山得道。得太白金星指引登天，朝见玉帝，仍归本职。这一事情，就是世上所传韩湘子九度文公。一桩故事表过不提。

单说湘子于度脱韩愈之后，又回去度他母亲徐夫人为地仙，把自己身上的事情才算完了。于是重回嵩山，把所习玄经，再加研究。直至北宋时，王一之得铁拐先生救度，再生人世，为曹太后之弟。大家称为曹国舅。一心修道，不恋红尘。铁拐先生着吕祖和湘子同去试验了一回，知他道心甚坚。湘子便留在国舅府中，亲自指点大道，因此又发生一件趣闻。未知是何趣闻，请看下回分解。

第九十七回　翻跟头荡秋千只在铜钱一眼　劈泰山救慈母了结尘世孽缘

却说曹国舅乃宋曹太后的胞弟。弟兄二人,国舅名大,他的兄弟就叫曹二。兄弟俩虽是一母所生,性情行事,却大不相同。国舅是仁慈长厚,宁静淡泊,好行其德,与世无争。虽居繁华队里,却从不与闻朝野之事。但有人求他救济苦难,只要力之所能,无不尽力相助。因此大家称为大善人。曹二的脾气可就不对了。阴险狠贼,贪财如命,虽为国舅,而吝啬成性。常常拿出皇亲声势,欺压平民。不论钱多钱少,只要可以拿得到的,不肯放过一文。到了银子进手,无论如何不肯捐舍一文。数十年间为这一个财字,巧取豪夺,明索暗劫,不知害过多少性命,拆破多少人家。国舅屡劝不听,只得奏明太后,和兄弟分宅而居。后来因同居一城,有些事情,仍不免把自己拉在里边。更有许多人受了曹二之害,来向国舅泣诉,或恳求帮忙的。国舅既不得于乃弟,只有尽其力之所及,倾囊泄资的代为赔偿人家。但他既不爱财,财也不肯无端送上门去。国舅自己和一家人用度虽极简朴,而因曹二之事,替他赔垫之数,每年却不在少。因此把个赫赫国舅爷,弄得一贫如洗。

好在他本心只爱大道,什么功名利禄,一概不放在他心上。况是皇亲国戚,尽他贫到如何田地,一口菜饭一件布衣,横竖是少不了的。他有了这点凭借,已算十分满足。常对人说:“我承天家恩遇,不耕而食,不织而衣。得以人家营营生活的时间,静室焚香,虔诚修道,这等福气真不晓几生修到。不道我那位舍弟,一天到晚总是想弄人家的钱。也不管人家是卖身的钱,是破产的钱,他都会一例笑纳。可不晓得弄来这许多钱,究竟有甚用处。若说他本人吃用,总是一张嘴,一个身子,不见得比我这没钱的人格外多吃多穿些。要说贻他子孙,可怜他那几位公子,已经被他的财产害得一个个成了花花公子。除了嫖赌混账之外,一点本领都没有。倒不如我这两个孩子,还肯读几句书,纵不怎出色,也不教人说,这等皇亲人家子弟,全是‘绣花枕头,表面好看,肚子里全是茅草’。照这样看来,有钱人实在还比穷人更吃亏些。偏他就会这般看不透。这也不知他的心里是怎生一个念头儿咧!”

这曹国舅从二十余岁后,就长斋修道。三十岁上,经吕韩二仙亲往试他道心的坚否?结果却是非常满意。临去时候,现出真身,上天而去。给他亲眼看见世上真有神仙,可以益坚道念。到了后来,韩湘子又到他家和他谈了三天的大道,把个国舅钦仰得无以复加。从此湘子便留住他的府中,有时虽也往来南北各地,每逢事毕回来,仍旧住在他家。转瞬十年,因国舅虔诚精一,学得很有些儿道行,兼通许多法术。湘子命他再过几年,等他兄弟恶贯满盈,你的儿子可以成立,那时便当出家,游玩山水,锻炼筋骨。国舅听说,便知兄弟必无好结果。他是极孝友的人,心中兀自悲怆。曾把此意,微言婉讽的再三告戒兄弟。无奈曹二一生只晓得一个财字,什么报应,什么大道,完全不放在心头。有时国舅劝得急了,几乎泪随声下。曹二反哈哈大笑,说兄长这样痴呆,将来怕要变成疯病。便去替他请求了一位太医院的御医,到国舅府中替他诊脉。医生到了府中,国舅弄得莫名其妙,问起缘由,才知是他的兄弟一片友爱之心肠,特地约来替兄长医治心疾的。国舅弄得真是又好笑又好气,只得婉谢了医生,送他回去。

这事被湘子知道了,笑得几乎打跌,因对国舅说:“令弟罪恶滔天,罄竹也书写不完。他的结果,已在冥中注定,你如何挽救得来。”国舅涕泣道:“弟子何尝不晓得这等人冥顽如牛,蠢笨如豕。而阴贼险狠,又如狡狐;贪得无厌,类于豺狼。本已无可理喻,但恨弟子枉为长兄,不能防闲于先,养成他的劣性,又不能劝导于后,至令他陷入法网。此心耿耿,何以自安。弟子也但求心之所安,竭力之所能。苟能挽回得一分恶念,也算尽我做兄长的一分责任。听与不听,改与不改,其权在他。弟子又何能为力呢?”湘子听了不胜叹息。

一天,国舅生日,曹二全家都过府奉觞。因国舅心厌烦嚣,并不惊动亲友,只自己家中骨肉之亲,不能不准他们过来尽个礼数。并在府中设席，举行家宴。席间曹二说些名利场中之事，国舅却不住的谈些性理之说。两兄弟讲的话儿，恰好处于极端相反的地位。国舅心中忽然想到一事，出席说道："今天愚兄的贱辰，承兄弟弟妇和侄儿女辈都来称觞，心中感激得很。愚兄新近学得一点小顽艺儿，做出来，替兄弟们侑酒何如？"曹二夫妇都笑说："难得兄长开心。我辈极愿领教。"还有一班孩子们，听说有甚玩艺，更其欢喜得了不得，都离席而起，跑到国舅身边来看他怎生玩法。

国舅命人取来制钱一文。钱孔中横穿二线，成十字形。高擎手中，吹口气，念念有词，喝声"大、大"，那钱便逐渐放大起来。一霎时，大约有小铜锣那么样儿。国舅又闭目念咒，咒到一只大老鼠。国舅将他捉来，放在钱眼中间，喝声"疾"！那老鼠便在钱眼中，凭着十字线，大翻其跟斗，忽上忽下，忽东忽西，尽翻个不了。惹得大小男女人等哈哈大笑起来。曹二也鼓掌大声赞扬："兄长好本领，好兴致！一只老鼠，居然也能玩出把戏来，却不知兄长什么时候训练起来的。但翻来翻去，尽是一个跟斗，而且跟斗总翻在钱眼里，又不会翻出圈子外面去，似乎还不甚有趣。"国舅一听这话，慌忙说道："怎么，兄弟的意思觉得铜钱眼里翻跟斗，还不甚有趣么？"曹二道："正是这话，要能翻出圈子外面去，本领才更大了。"国舅又大声道："哦！兄弟的意思是望他跳出这铜钱眼儿去么？咳！兄弟啊！这老鼠就只这点点蠢本领，似这般翻来翻去，总不过翻在钱眼之中。愚兄也想他翻到圈子外面去，可是教他多少次数，总是不得明白。看这情形，大有千翻万翻，翻来翻去，翻得头晕眼花神智不清，直到要翻到四脚笔直，才会翻出圈子去呢！可是身已死了，还有什么用处，徒然惹得人家永远的讥笑唾骂罢了。这等才叫做老鼠的见解，老鼠的本领，究竟是不值一笑的啊！"他一面说一面偷偷的瞧这曹二。

谁知曹二真个冥顽，也不晓他真不明白，还是假装糊涂，只是一味的讪笑。同时那老鼠也不住的尽翻。国舅见兄弟如此昏聩，便把老鼠赶下。说道："这一种玩意，就叫铜钱眼里翻跟斗。要说铜钱这样东西，他的魔力，才厉害咧！不但使人翻跟斗，还可以使人荡秋千咧！"于是把钱眼中的十字线解下，另换两根并行的线，下面缚一条细小木头,做成秋千之形。再吹一口气,叫声大,索性把铜钱放得和大锣一般大小。又咒来白兔一头,放在秋千板上。这兔便不住的荡起秋千来。看他一上一下,一起一倒的,好不有劲。惹得众人又是一阵大笑。国舅见兄弟还是不大理会的样子,心中不觉一阵悲哽。却忍了又忍,叹口气说道:“你们瞧瞧,这兔子的蠢笨,可也不在老鼠之下哪!他倚仗这铜钱的力量,一刻不停的在这钱眼里荡秋千,荡来荡去,还是这么一回事儿。结果他本身荡得要死,死了之后,这一文钱,又进了我的囊中,他却带不得一文钱去。岂不可怜!岂不可笑哪!”

曹二听到这里,才觉有些面红耳赤的光景,便搭讪着一阵狂笑,趁势收场说:“好了,好了,兄长别玩了。我们再来喝他几杯,别惹得兔子、老鼠笑我们一般只会荡秋千翻跟斗,不会享一点儿清福啊!”国舅收了钱,放了兔子,举起酒杯,和兄弟照了一杯,方笑道:“要享清福,除非永远别看这兔鼠的样。大家跳到钱眼外面去,方可自由自在,恣意逍遥,永远做个写意人儿。要是尽在营营逐逐,一味价为名为利,到头来大限临头,还不是和鼠兔一般,只是玩把戏给我们看。他们本身,弄得满身大汗,徒然作我们笑谈资料。结果,连一文钱的权利都不是他的。何苦来呢?所以明达之士,最重性命之学,求长生之道。凡是世上所有的东西,无论好看好玩,好吃好用,总和这个铜钱一般,完全不是我所能有。纵然暂时取得,不过替世上人做个短期看守的奴才。财帛金银,积得越多,看守的人,越辛苦,而性命也越发危险。实在是人生最最犯不上算的事情呀!”

国舅这一番做作和议论,自谓算得苦口,澈透非常。可是曹二听了,却语语觉得可厌,处处觉得发恨。听到这里,便回转身和国舅夫人猜拳行令起来。就是暗讽他兄长,免开尊口的意图。国舅到此,才把一条火热的心肠,完全浸在冰窖子里。觉得湘子所言,冥中注定之说,一点不差。老二既迷惘至此,这等苦心良言,徒然惹他厌恨,反伤弟兄情感。看来此中真有定数,人力万难挽回。此后只好听其自然,各走各路。且等自己修成大道,看他沉沦孽海,再行设法救他。当将此意对湘子说。湘子笑道:“本来早对你说,事有前定。在你是手足之情,知其不可为而为之,也是你的好心。所以我也不忍来拦阻你,究竟这也不过尽你自己的心罢了，事实上头，是一点没有好处的啊！”国舅默然良久。湘子因劝他可以丢开别人，早早顾自己的前程要紧。国舅听了他的教训，从此便专顾自己用功，索性足迹不出大门一步。湘子却因诸仙邀他同赴泰山，料理王泰母子相逢之事，和他暂时分别。临行时，约他于三年后在衡山顶上相会。

国舅默识于心，在家守了一年多些，果然兄弟曹二被人民告诉，御史奏参，有旨交法司鞫问属实。此时太后早崩，朝中又换一番景象。旧时曹二一党，都失职归田，声势大衰。曹二竟被司法拟奏上去。本人处死刑，家属加恩，免予发配，财产充公。惟国舅一面，因素不予闻外事，平时虽在朝中，却与外人从无交结，因此得免株连。国舅反得出头了理曹二家事，及曹二身后一切殡葬之事。事情一了，便把自己家务一应交与两个儿子。自己竟自芒鞋竹杖，遁出家门，前去衡山会那韩湘子去。

他虽修道多年，却足迹不曾离开京城一步。此时忽要他一人走这长途的路程，这一路风霜委顿，自不必说。好在他已是学成许多法术，尽足抵御一班邪魔外道，所以还不曾冒甚危险，却给他平平安安到了湖南衡山顶上。湘子已先在那里，替他预备了一间石室。师徒相见不胜忻悦。湘子笑道：“你瞧！你虽跑了这一段路子，我却替你把簇新的家室都弄好了。自来修仙了道之人，大概再没比你写意的了。这也因你数百年来，修持勤慎，功行很好，所以铁拐祖师特地加意栽培于你，才有今日这等异数。”国舅听了，望空叩谢，动问王泰之事。

湘子笑道：“那是诸仙数百年前做好的局面，如今不过是按预定步骤奉行故事罢了。若说这事主要人物，还只何大仙姑一人。此番之事，因元真夫人劫运届满，合该脱灾。是仙姑邀集我们，同到泰山，再去蓬莱。召来他的公子王泰，大家公开了一次会议，当决全体致书二郎，作个先礼后兵的办法。因当年替王昌作媒主婚，全是月老一人。后来二郎怕见众仙之面，退居灌口，仍由月老前去请他出来。所以此时仍派月老送信与二郎。要知二郎性格，众仙都是领教过的。明知旧事重提，反逢其怒，甚至还要伤及许多朋友感情，但也不得不和他客气一番。这信一去，果然月老嗒丧而回。据他报称二郎接到公函，大骂众友干涉他的家事，聚众相挟，太无朋友之情，他不怕我们如何公愤，万一大家和他动起手来，他可奏明玉皇大帝，调齐全部天兵神将，和我们见一个高下。这等话说的真不近情理！好在我们都是相知有素，早已抵拼他决不容情的。大家听了这等蛮话，倒也不甚动气。于是喊出王泰，着他去找寻他的母舅，办好交涉，再来救他母亲。我们一共有十几位天仙，都借与他种种法宝，并允在后接应着他，不必害怕。这王泰因生母久压泰山，心如刀剜。早想独力去找二郎，却被何仙姑再三劝阻。他又要劈开泰山，先把母亲救出，又得张果老劝他：'你母虽在山底，却比在庙中舒服适意。等他灾眚一满，自有出头之日。此时凭你法力，区区一座泰山，休说劈出一条路子，就是将全个泰山，搬个十万八千里也非难事。可是二郎那边，不曾说好，一辈子总是冤仇。你母虽得出头，还是不免受祸。何如再等几时，且待你母罪满灾退，不怕二郎不答应你。即使你再倔强，那时是他做得忒过分了，天理人情，不能容他。放着我们这许多仙人，还怕帮不了你的忙么？'王泰听了，才没话说。后来他父亲王昌修成地仙，曾至山下和他娘相见。王泰也得仙姑指示，前去相会。夫妻、父子在山底洞府相逢，一场哀哭，却惊动了元始、老君两位祖师，大发慈悲，代向玉帝前说情。着元真于今年本月出头皈位。偏偏这位二郎，又如此倔强起来。因此王泰振振有词，理直气壮的立刻要和这位母舅拼命去。既得众仙扶助，益发胆壮百倍。当即向吕纯阳尊师借去宝剑，纵云头直上九天，寻到二郎三界巡按的行宫内。二郎得报，立刻点起部下兵将和他交战。王泰因得众仙教授，法宝最多。二郎也不是寻常之辈，双方才打得个工力相当。后来他们又比剑法，斗术斗阵，一场恶战。二郎却失败在他的剑下。因王泰学的是玄女天遁剑法，使的是吕师干将宝剑。剑是天上地下第一口宝剑，剑法又是三界九流中第一流剑法。二郎如何抵敌得过，被他退入海中。二郎和平和夫妻却是极熟的，而且平和出身西海，属于灌口地界，从这一点排来，他们还有点宾主僚属的关系。平和一闻他到了，忙率海府神兵将他保护起来，一面出来向双方调停战事。结果是二郎允许王泰劈山救母，王泰母子，须向他叩头认错。从此言归于好，各无异心。二郎勉强答应。平和先领着王泰叩见舅父，然后由二郎带他同去泰山，揭去符咒。王泰一斧，把泰山劈为两半，迎出生母与二郎相见。一场仙凡结婚的宿案，总算解决下来。”

湘子把这事讲完之后，又问了一回国舅的近况。又传与他许多玄门大道，令他在山修持。又过了二十年，方由吕祖奉老君之命，赐八景宫灵虚玉籍金函。更十年而读毕，方得完全成道。合之李铁拐、钟离权、吕洞宾、何仙姑、蓝采和、张果、韩湘子共八人成仙，即世上所称八洞神仙是也。本书叙述至此，所言八仙修道历史，已可告一大段落。此后尚有关于八仙成道后几件大事，列公且勿心焦，再看下回分解。

第九十八回　白蛇历劫成正果　孝子割臂遇神仙

却说八仙成道升天，由元始老君、瑶池王母、九天玄女、各位神仙领袖导引朝天。玉帝赐宴赐爵，并每人洞府一处。特派太白金星李长庚，率领天府匠人，前去各山修建洞府。铁拐先生住华山紫霞洞，张果在武当山白露岩，蓝采和住王屋山绉云谷，吕洞宾住峨嵋山纤云崖，何仙姑住庐山玉屋洞，韩湘子住嵩山碧云峰，钟离权住终南山一线天，曹国舅住衡山玉妙峰，这便是今人所称的八洞神仙。各府洞中，均有清奇幽雅的景色，四时不谢的名花。并有玉帝及各位道祖颁赏，并各人师傅师伯叔弟兄们赐赠的器具，没有一样不是珍奇瑰丽巧夺天工。

八仙受职谢赏。玉帝特宣旨意，大致说，前因天宫不靖，求贤为辅，得诸仙领袖，荐拔真才。数千年间先后共得八仙，皆道行高深神通广大之士。业已各赐显爵，随朝供职。惟念今近下界人心日趋卑下，世风愈趋邪靡，世局因而多事。久拟简派贤能分赴凡间各处，随时化身民人，惩淫劝善。当以真才难得，迄未举行。今八仙皆来自人间，洞悉世情，倘令置身下界，必能挽救世风。已经商同元始老君等各大仙祖，共赞斯议。并幸现时天庭安谧，穹宇澄清，天府职颇清闲，正可乘时分派下凡，周游四海，如此于燮理阴阳之暇，兼任化迪下民之职。八仙受命，无不欢喜舞蹈，颂扬圣德。诸事既了，各归所赐洞府，休憩一时。

到了北宋末年，天下大乱，诸仙方又连袂出山。先在华山铁拐先生处会集。因闻苏杭一带近来颇称富庶，而杭州西湖，得历代名人点缀修理，已成全世界第一名胜之区。吕祖首先创议至两处一游，然后分道各散，巡游天下一周，以便会齐复旨。大众听说无不赞同，于是大家驾云而起，都到长江下流金山脚下，按落云头。缘何仙姑、李铁拐等几位仙人，和这金山历史有些联系，因此首先降集此地。大家寻访了一回古迹，都不禁有些感慨！

张果、采和问起龙王亲书墨迹现在尚可寻找否？何仙姑笑道："这倒真是一件极好的古迹，可惜被这妖蛇毁沉江底去了。列位不晓得白蛇精水漫金山的事情么？"众仙有不及知道的，忙问："是怎生一回事儿？"仙姑见问，道："说起这事，真是好笑好气。"因对吕祖笑说："道兄，你该知道一些。"吕祖呸了一声道："我怎知道这妖精鬼怪的事情。"何仙姑对着张果笑道："张道友，你听听我们这位吕道友，可也算得神仙中最最势利无良的人了。"一句话说得众仙掩口葫芦，莫名其妙，都向吕祖好笑。说得吕祖哈哈大笑起来道："好了。任你们怎样编派我去，大凡神仙中最下流不堪的事情，都归到我身上来。就是列位当中，有甚不好听的事情，也请一起推在我吕洞宾的身上，横竖我是抱定藏纳污垢以身殉道的主张，凭你们爱怎么说就怎么说。这还不客气么？"众仙听了，又哄然大笑起来。仙姑笑道："你说我编派你么？且慢刁嘴！待我说出这段故事出来，大家公平一下，看你可是不是势利昧良之辈。你记得我在庐山对你说的话吗？知道这白蛇是什么人啊！"吕祖听了，一时还想不起来，就是张果也还糊里糊涂，不甚明白。仙姑指着吕祖点头冷笑说道："好个丧尽天良的势利神仙，本来我还没甚意气，如今见你这般无情，倒真个引起我一肚皮的肝火来了。说句老实话，这般古迹，非问你索赔不可。因为这东西，是你的亲丈母将他推下江中去的呀！"

此言一出，更惹得众仙笑皱了肚子。吕祖也才恍然大悟，反对张仙笑道："原来他说的是这段事情，师叔大概也能记得起来。我在唐玄宗时候，那时你还做唐天子的国师咧！你可记得跟我去看一个勾栏女子，名叫白牡丹的？"一语未了，张仙突然省悟道："看来这蛇精一定是白牡丹的母亲，所以吕贤侄倒成了蛇精的姑爷了。贤侄台，不是我也跟着人家批评你的不是，既是你令亲做的事情，你如何诿称不知。这便显得你的狡猾！要是你真个完全不明不白，和他们一无往来，这又见得你的无情无义。设或眼见他们势败，所以假作痴呆，那又不免有些势利。"

这张仙本是八仙中第一忠厚人儿，大家难得听他笑话。如今见他也取笑起吕祖来，益发全体哄堂说："张老是我们队里的圣人，他的说话，焉得有差。吕公还有什么为难，也请说来，大家再做个公评。"吕祖听了，只是笑，不吱一声。仙姑才把这件故事，原原本本的说了一遍。

原来蛇精自从投生为朱家妇人，和他恩人为奸之后，先被吕祖察破奸情，后得仙姑亲去破案。这妇人自谓志在报德，与寻常奸情不同。虽然杀死二命，总因二人先和自己作对，使他不得报恩，因此将他们谋死，这也出于无可如何，与寻常杀人情迹又属大异。因此痛恨仙姑，不该横身干涉，坏他的好事，害他的性命，身死之后，冤气不散。本来他这等恶鬼，早该落在阴间饱受种种冥刑，却又得他教主出力，向冥王交涉，硬硬索去鬼魂，藏在自己一件法宝叫做还魂袋的。在这中间，藏了二三百年，常常喷以法水。先是一缕黑气，后来渐渐结成蛇形，才将他放出袋来，教他修炼法术，变化人身。至宋神宗年间，方又修炼成功。闻得恩人又转世为人，在杭州西子湖头，姓许名仙。白蛇一灵不昧，志切报恩。请于师父，就想下山入浙去寻访姓许的恩人。通天教主知他此去尚多风波，原是执意不允。这白蛇自从得知恩人在世消息，昼夜不安，坐立不定。过了几时，竟瞒了教主私自下山，寻到这许仙，和他配成正式夫妇，帮助他成家立业，发得数十万大财。庆赏端阳，白蛇饮酒过度，现出原身，乃是一条狼狼犺犺又粗又大又雄伟的大蛇，盘在床上。许仙上去，把帐子一揭，登时吓得死去。白蛇随也醒来，见丈夫已经吓死，大哭一场。闻王母园中仙草最多，取得一枝，可能回生起死。于是亲上瑶池，窃得仙草而回。行至半路，却被管园神将知道，前来追赶。幸他腹中已有身孕，十月将满，因上天怜他报恩之义，历劫不变，特赐上等麟儿，将来合中状元，自有诸神保护。两方战到难分难解，白蛇看看支持不定，才由保护文曲星官的神灵，向对方神将说明原委，才得释放回家，救治许仙。更不料许仙因病愈身健，到金山寺中酬神。寺中住持法海，乃是有道高僧，知许仙现被妖人迷住。妖人虽为报恩而来，但久与妖接，将来仍当受他之害。因把许仙请入方丈，点明前生因果，劝他在寺出家，不必回去。许仙正因端阳之事，心怀疑惧，虽经白蛇再三讳饰，仍是疑多信少。

如今听法海一言道破，心中大惧。真个听了法海劝戒，不肯回家。这事被白蛇知道，带领三千妖兵，攻打金山，引水灌寺。论他的道术，如何比得上法海。也因他身怀六甲，且是凡世状元，无论道门佛门都存一种投鼠忌器之心。最后还是法海唤出许仙，吩咐他暂且回去，等你妻分娩之后，再来救你出家。许仙只得仍跟白蛇回家。白蛇临去时，得见龙王所书金山大字，知道这是和何仙姑有关系的，施展妖法，将这大石推入江中，借泄当年之愤。却有海中夜叉瞧见，忙去报与龙王。龙王大怒，也便发兵追逐，行兵金山，得法海通知，说白蛇未至遭灾时候。龙王没法，收了那块大石，自回水晶宫去。因此，这块大石，也便藏在龙宫，从此不得再现于人世了。

仙姑把话说完，向着吕祖笑道："道兄听清楚了吗？我们大家来评个道理。这是你岳母大人干的事情，况且我和令岳母一段怨孽，也还因你而起。不道你得了他一个女儿做情人，我反替你受灾。这从那儿说起！如今长话短说，是你岳母毁灭我的纪念古迹，你也该替他照样赔我损失才是，别躲在一旁装这马虎给人看。"吕祖笑道："你别逞刁了罢！可知我那情人白牡丹，现在修道将成，他还记起前生杀母之仇，正预备向你大兴问罪之师咧！那时候看在情人分上，少不得还要帮他和你为难咧！"几句话，说得众仙更是大笑。张果却放心不下那条白蛇，还在追问这事的结果。仙姑笑道："论理，这话你该去请教你那位老侄台。他们是亲戚，应该比你我都明白一些。他是势利得很，现在人家失了势，看他口中尽替他岳母报仇，其实他连这位岳母也早已不认了。既不认亲，自然更不知他们成败生死。还是我来告诉你一个大略，也免得你这位慈悲神仙，专替不相干的人发急。"

这仙姑一面笑，一面告诉大众说："白蛇生了儿子，他在坐蓐期内，法术是用不出来的。法海却认为机不可失，便把许仙悄悄约去。送他一个金钵，命他向着白蛇一照，就可除妖息祸，永无后患。许仙此时，又被白蛇迷恋得神智不清，况又生了孩子，夫妻情好，更形亲密。但想区区金钵，能有多大效用？既称可以辟邪，我妻既非妖人，当然不怕这些。还想拿上楼去，与白蛇赏玩笑谈。那知一到楼上，白蛇正好在那里梳洗。许仙一面走一面还笑说：'娘子，这法海和尚，忽然又来了，送这玩艺儿给我。'同时把钵儿一开。这白蛇一听法海二字，心中先就卜的一跳。忽地回转头来一瞧，一道灵魂，老早飞入钵内，马上变成一条寸许长的小蛇，在那钵中隐隐约约地显出来。许仙这一惊，就非同小可，身不由己的把钵一丢，掼下地来，自己便晕死在地。接着法海上来救活许仙，向他说明前因后果，便把许仙带回寺中出家。如今据说跟他师父云游去了。那白蛇呢，却被压在西湖雷峰塔下。这塔乃钱武肃王所造，内中所用砖瓦，全是加工定制。每砖块内还嵌藏一卷金刚经，借以镇压邪祟。白蛇一入塔底，当奉法海法旨，归为禅宗，究心梵典。据法海说，他能洗心革虑，刻苦勤修，将来可成正果。须知天心仁厚，佛门宏慈。白蛇虽列魔教，良心不坏。所以今日之灾眚，正为成功之基础也。后来他儿子得了状元，奉旨祭塔，一时传为佳话。他也奉旨得至塔外和儿子见一见面。其时，法海也驾云前来，考察他的工夫，很有进步，十分喜悦。这才正式收他为徒，并预言，照此一定程序，精进不懈，一千年内，必成正觉。须待塔倒之年，即尔升天之日。这是将来的事。大概白蛇存心厚善，看来没有不成功的。我且到将来再瞧罢！"

吕祖听了，略一推算。笑而点头道："此物成功之时，中原皇帝合该绝种。就是我们道家，也当小有变动。首当其冲者，是张天师，也该在彼时废斥。"张果听了接说道："一些不错，那年在龙虎山，曾对天师谈起过这一句话。他还很不开心似的。其实这都是一定之数，那能勉强得来呢？"吕祖道："天下无一成不变之事。天师以一凡人，而享此绝大权威，本来不免太轻易了。这等事情安能永久不变呢？"一语未了，铁拐、钟离都道："天机不宜轻泄。二位还以慎言为宜。"二仙听了，竦然道："师尊之言是也。以后大家都要缄口慎言方好。"当下大众离了金山，同至姑苏。闻苏人最信吕祖，每年四月十四吕祖圣诞之辰，他的庙中香火极旺。此时正当香汛之期，男女辐辏，热闹非凡。八仙都化成平民模样，前去观玩。到了寺中，只见殿内殿外，殿前殿后，都挤满了男女老幼。有求子的，有求方的，端的十分闹忙。八仙随意走了一回。吕祖以主人之谊，请大家进去用些茶点。众仙都笑说，大家随便一点倒好，不必这样酬应。稍许一览，便回了出来。

只见一个男子满面泪痕，手捧香灰，急急忙忙赶出寺门而去，却不向那条大路，反朝人迹罕到的庙后而去。八仙都道，这男子如此仓皇，看他满面晦气，必有极苦之事。而且手捧香灰，必是将去治什么人的病。我们何妨去探他一探。于是八仙都把身子隐起，暗暗跟他到了一处地方。那人四面一望，见没人过来，便急匆匆掳起右手袖子，左手取出利刃，咬定牙关，叫声："天爷爷在上，小人叶百民，家中只有一位八十岁的老父，恨小人生来无能，不能尽我孝心，害得他老人家起居不适，饮食不周。如今卧病在床，命在旦夕。小人既不能延请名医，又没钱买药，只有一点虔诚，割臂救父。如蒙天爷爷怜念小人一片诚心，庇佑我爹爹转危为安，此后我爹爹多活一年，小人情愿自减一年寿命，万望天爷爷见怜些个！"说毕泪如雨下，举左手利刃向右手臂膀就割。八仙已知其事，甚为太息。吕祖见他伸刀将割，立施妙法，在他膀子上轻轻一拂。这叶百民已把血淋淋一块肉割下，却不觉一些疼苦。这才略有笑容，把香灰涂在伤处，立刻结疤。百民心中奇怪，以为神佑。跪下连叩十七八个头，方才回转大路，彳亍而去。八仙同在原处议论了一回。对于叶百民割臂救父，大家非常嘉奖。吕祖因说："这等事情，在通人说来，称为愚孝。然无论如何，总是一片至忱之心，足回上天视听。我想，从今后通告各地土地，如遇有这等孝子，须用我这止痛免腐之法，随时替他调治，可以免得孝子吃苦。众位以为何如？"

此言一出，大众无不欢喜赞成。从此以后，吕祖和众仙每到一处，必将此法传与各该处土地及各地方日夜游神、值日值夜功曹，以及各家宅神道等，大家留意学习。所以如今相传，凡割股救亲者，并不十分痛苦，也不得腐烂，并非皮肉有异，实在还是吕祖传授土地等仙方，诸神耳目较近，得以随时随地，暗暗调护故也。未知百民之父，可能救治，却看下回分解。

第九十九回　轧神仙陆稿荐留姑苏佳话　度癞狗望仙桥为西子增光

却说叶百民回到家中,将余剩香灰拌入臂肉,煎汤进父。其时八仙已跟踪而来,一面召来当方土地日夜游神传授止痛免腐之方,一面查问叶百民平日行为。知他是一个一贫如水的寒士,兼通医道,替人治病。为他质性愚笨,读了二十年的书,连普通文字还做不像样。一半也因家中太苦,二十年之中,倒有三分之二的光阴,须费在诊病上头。得些蝇头薄利,将来孝敬父母。他今年四十多岁了,还不曾娶妻。他也不曾想到这些念头,只一味巴巴结结,规矩营生,孝顺父母。偏偏他娘又于前年去世。他把自己身子押与一家药店内悬牌应诊,说明三年之内,所得诊金统归店中,才得借五十两银子,办完了丧事。幸得这店中主人,也怜他是孝子,每年仍给些少薪水。他是一文舍不得用,全供他父亲的甘旨。不料新近他爹又得了一病,势将不起,因此跑到吕祖庙求了香灰,割臂救父,恰喜刚刚给八仙碰到。吕祖便替他调理刀伤,又送他到家。喷了口法水在他父亲面上,毛病顿时好了。

吕祖因见他如此清寒,当对众仙说道:“这人如此孝顺,偏又这般贫苦,我倒替他不平。”何仙姑笑道:“人家这样崇拜你,你不替人家想个法子,还算什么有道神仙么?”吕祖笑道:“那还不容易么。我们却在庙里坐地,看我来照应他一个发财的方法。”于是他便化成一个乞丐,前去叶家求乞,叶家房子本小,里面讲话,外面句句听得出。吕祖一面喊叫,一面静听里面,一个老头儿声气说道:“儿啊! 靠神仙老爷的庇佑,侥幸我的病又好了。须知往后的日月,全是仙爷爷赐给我的。你要格外做好人,做好事。虽说家中贫困,但是世上的贫人,也是比较不尽的。你我自谓苦到不堪,安知没有比我们更苦的呢? 你听着罢,外面不是有叫花子在那里求讨么? 这人就是比我们更不如的了,你可将我刚才吃剩下来的一碗冷饭,还有些咸菜鲜肉,全是你早上买回来的,一起都给了他罢!”又听一人答道:“爹爹放心。我一定要去照顾他的。”说罢便见一个中年男子出来,吕祖认得即是昨天割臂的男子,当即上前哀声求讨。

百民向他叹了一口气道:“大哥,不料你一表堂堂的人才,却比我父子更穷,这也真个可怜极了。你且等着,待我到灶下瞧瞧,替大哥设法点一点饥饿罢。”吕祖谢了一声。百民去不多时,果然拿了两碗饭、两块肉、一碟子咸菜,放在中堂,说道:“大哥来罢!我这舍下也就剩这两碗饭了。我俩各吃一碗罢!”吕祖便走了进去,大模大样的和他对面坐下。看看只有腐干大小的两块肉,不觉皱眉道:“我不信府上就这般省俭,怎么只有这些些肉。老实说,光这两小块儿,就是完全送给我吃,也还不够润一润我的枯肠咧!”百民见说,不觉呆了一呆道:“大哥怎说这话,你我都在穷苦头里,所以敢冒昧邀你同吃这些残肴剩饭。若如大哥所说,那不成了公子哥们的脾气了。休说小弟不敢屈邀,大哥你又怎么肯做这沿门托钵的生涯呢?”吕祖怒道:“你这人好没道理,我到你家,便是你的客人。你便真个为难,也要去想个法子,多少弄几个菜来大家对酌一回,才像个意思。何况你家中现藏着大锅子的肉,还有一罐子很好的白米饭,为什么不拿出来?倒向我说出这等极穷话来,岂是待客之道呢?”百民大诧道:“你这位大哥,倒说得好笑。我小弟穷到这个样子,连寻常蔬食都买不起,就是这些猪肉,因是我父亲大病初愈不耐蔬菜,才把我的一件小衫典了钱,买了二百文肉,烧来给他老人家开开胃的。那里还有什么大锅子的肉?就是米,有还有升把,留在晚上和明天上午吃的。现成的饭,就只这点儿。那里还有一罐子米饭?大哥这话,真是有意来寻我开心了。”

吕祖大笑道:“好,好!你便带我同到灶下瞧瞧看,我这话可是冤枉你不是。”此时百民有些不悦起来,便拉了他的衣服一同走到灶下一看,哈哈!这真奇事,一进灶间,就闻得一阵阵肉香,扑入鼻子管里。掀开锅子一瞧,可不是,还剩下一只大猪蹄,已经烧的稀烂的,正好吃咧!吕祖又替他揭起烧饭的罐子,里边也正好盛着热腾腾一罐子的饭。这一来才把个百民弄得目瞪口呆。吕祖指着他冷笑道:

“何如？我不冤枉你么！亏你口口声声还说顾恋我穷人呢？原来却在这里装穷给我看。”

也是百民福至心灵,忽的心中一清,扑翻身向吕祖就拜。口中说道:“大哥一定是天上的神仙,怜念弟子穷苦,特地前来搭救我父子的。还求大仙大发慈悲,速赐援手则个。”吕祖听了不觉大笑道:“原来你这个人不但是个啬鬼,还是一个笨人。怪不得你弄得这样穷苦。你几时见过世上有什么神仙？真个是神仙,又怎肯无缘无故跑到你贫苦的人家来,难道还想你些香火不成?”说罢,大踏步走到中堂,拍着台子,只叫快拿肉来大家受用。百民一面把锅中的肉装了一大盘,又把饭也换上热的。说也不信,盛出这些肉饭,那锅中的肉和罐中的饭,仍似照原样这么多,一点也不曾减少。百民益发深信,吕祖必是神仙。苏州人最信的是吕祖,再则昨天刚从吕祖庙中来,愈加容易想到吕祖身上去。百民于是又疑惑这位神仙,不要就是吕祖化身,前来试察我的心迹行事的。便战战兢兢,把肉和饭放在吕祖面前,恭恭敬敬的说声“大仙请用!”自己却跪在地上,替他添饭。吕祖也不去理他,总是碗到便完,一连吃了二十多碗。百民便替他添了二十多次的饭,又盛了五六次的肉。

吕祖笑道:“你这傻主人家,这样才算懂得一些主人家的道理了。我吃了这么多的饭和肉,你也不心疼么?”百民并不回言,只伏地叩头,哀求救援。吕祖也不理他,自顾吃饭和肉。一直吃到三十碗光景,方才立起身,打个懒腰,摸一摸肚子,仰天打个哈哈。口中说道:“好好,如今才有些意思了。主人家你也来吃一碗呀！恕我懒惰,我要休息一回儿。”说毕伏在案上,一霎时鼾声雷动,睡得个不省人事。

百民那敢起来,仍是一秉虔诚的伏在地上。一会儿他爹因不见儿子,也扶着拐杖出来。一瞧,见百民跪在叫化子面前,大为惊诧。百民忙对他说:“爹爹,这位真是吕纯阳祖师。”他爹听了,也不问清红皂白,也是咕咚一声,直挺挺跪在儿子旁边。吕祖醒了转来,见父子俩一同跪在身边,不觉哈哈大笑道:“你父子俩敢是问我要饭钱来了。有话便说,何必如此做作。”二人忙说:“求大仙照应,求祖师赐福。”吕祖几次唤他们起来，父子俩却老是跪着不肯起来。激得吕祖大怒道：“天下那有你们这样蠢才！这样长跪不起，敢是舍不得我吃你们的肉饭么？那么，我就还给你们。”一语未完，哇的一声，吐得满地狼藉。连父子身上头上，也沾染了许多。慌忙抬头一瞧，已不见了那个化子。只觉得一阵芬芳，闻得心醉。原来便是他所吐的东西。

父子俩叩头而起。百民把方才情形禀告父亲，父子俩只叹没有仙缘，互相太息而已。当下把他所吐的东西，扫了出去，丢在天井泥地上面。不料一转眼间，泥土中忽然生出一枝香草。满屋中全是清香，触入五官百骸，顿觉周身舒适，精神十倍。百民的父亲忽然白发转黑，眼耳清亮，步履如飞起来。百民自己也是灵府清明，身体愉乐。此事传将开去，远近数百里内，有病之人，都到百民这里来求诊。百民此时神知大启，头脑清灵。开的脉案，无不切合病情。每付药中，放下一撮香草，真是药到病除之效。一霎时间，叶百民神医之名，传颂遐迩。不上三年，顿成巨富。

因此人们都说吕祖现在苏州，无论何人，能够遇到了他，必能得财得福。大家到了四月十四这天，都要打扮一新，前去吕庙中烧香。地小人多，轧得不知所云，乡人以讹传讹，又称此举为轧神仙。据言，这天吕祖生日，每年要度一人或得福或得利。吕祖本身轧在众人之中，如遇有缘之人，和他轧在一处，便可如心满意，富贵双全。更可笑的，因传闻叶家仙草形状，宛如万年青。因此无识之徒，转辗附会，在吕祖生日前一天晚上，取万年青的叶子丢在门口，以为可以种出仙草，和叶家的仙草一样。这等传讹，几于尽人皆晓。但总不想到吕祖庇佑叶百民，是因他虔心行孝。如今这班人，却把这个主要原因丢开一边，专想得他这种发财赐福的果报。真可谓不揣其本而齐其末，天下可笑之事，再没比这更甚的了。

闲话丢开，再说一桩和这事相仿的事情。也是出于苏州城内，却在吕祖救应叶氏之后，相去不过数年工夫。其时苏州城中有一家专制酱肉酱鸡的铺子，姓陆，外号称为陆善人。因他每年所赚的利钱，自己舍不得用，都拿来施与贫苦人家，所以有这一个美名。这一年冬天，因乡间年岁不佳，穷人更多。闻得陆老喜欢施舍，这批穷苦乡人，扶老携幼的前来求讨。可奈这爿铺子本来并不甚大,这年也因年成不好,中下人家都取省俭主义,市面上顿受影响,尤其是这爿酱货店,更觉生涯清淡。陆老自己尚觉难以维持,那有余钱施舍。可是人家慕义而来,又断无拒绝之理。只得把祖遗几亩薄田、一所住宅都卖给人家,以做施舍之资。但是所得有限,求助者却日多一日,不上几时,早已罄其所有。有些远道而来,得不到他的帮助,反而归去不得。陆老对着他们,只有嗟叹流泪的分儿。

这日晚上,忽然又来了一个浑身烂疮,奄奄垂毙的拐脚叫化,走到他的门口,就躺了下来,不能行动。问他的话,也只能伊伊哑哑的,说的不明不白。不时还以手指着肚皮,表示饿极之意。陆老见他如此可怜,看看天色又变,似有雪意,便对一个伙计说:“看这个人苦到这般地步,今夜如再风雪一次,敢情不到明天,就得饥寒而死。我今虽在穷乡,焉有见死不救之理。你却将他搀了进来,着他睡在灶披间内取点暖意,然后给他喝点汤茶,吃点热饭。明儿还请对过叶先生来替他瞧瞧,给些什么药吃吃,将他医治好了,也是一件功德。”

原来陆老所说的叶先生便是吕祖所救叶百民,此时已经有了声名。凡是经他诊治的人,没一个不药到病愈。他因自己是仙人救援得有这般结果,所以对于贫苦之人,不但不取诊金,甚至把药钱也倒贴过去。所以索性在门口开了一家药材铺子,不求赚钱,但为积德。可是年终结账,每年总还有盈无亏。这时正是药材店新开之时,陆老和他向来要好,所以有此说话。谁知那个伙计,却嫌乞丐龌龊,不肯替他搀扶。陆老没法,只得亲自将他搀了进来。不料一经搀起,却便发现一件怪事。陆老鼻子中,只觉一阵阵的清香发自乞丐身上,钻入骨窍,浑身觉得舒服。陆老此时一心行善,又在计划如何打发一班求助的穷人,和救治这乞丐的方法,心头乱的什么似的,也就没有注意及此。这乞丐在他家一住多日,又请叶百民亲来诊视施药。大约旬日光景,方才精神复原,叩谢而去。临去时对陆老说道:“小人承老先生救治,起死回生,无可为报,只有一句话说,请老先生紧记勿忘。凡是小人用过的东西,和遗下什么物件,务须一一珍藏。发财升官,尽在此中。”说毕,一跛一拐告辞而去。

后伙计前来报称，这乞丐真不是人类。东家这样待他，临动身时，连他所睡的破席子，破被头，都没曾收拾收拾，还在灶下撒了许多秽粪。他那被头内，又尽是些疮痂发垢，这等下作的人，早知应该让他死在外面，却去救他作什么？一句话提醒了陆老，忙着他们不许动那乞丐的东西。自己跑去一看，果然席子被头，弄得一塌糊涂，还有许多粪秽疮痂。陆老心中想道："这乞丐举动，实在有些可怪。"低下头去一瞧，奇怪的事情又发现出来。只觉阵阵清香从这被窝中出来，就是那些粪痂之类，也闪闪发光。情知有异，伸手一摸，其硬如铁，其冷如冰。再一辨认，原来粪已成金，痂都成宝。这才知道乞丐是神仙变化，特来赐福于他。这陆老便一时变成富人。后来他用这破席烧肉，肉发异香。每一大锅肉，只要放入一根草，就会发出香来。因此这陆家酱肉，就驰名四远。人人都知道是神仙用过的稿荐所烧，所以有此异味。大家都称陆家酱货为陆稿荐三字，传得天下皆知，和叶百民的医术一样，传诵人口。陆家子孙，亦发了几世的财。还有那床被头，据叶百民说，可以和他的仙草有同样功用。无论什么重病，只要割下一方寸煎汤，便可立除病根。陆老因自己已经有钱，不肯再做这注生意，将这被头剪成无数方块，数年之间倒也救活了不少病人。后来有个什么王爷，他的一位爱妃，临产不下。诸医束手无策。有人说起陆稿荐酱肉店内有这般仙传异宝，着人要了一些去，服下肚子，即刻生产，大小均安。王爷大喜，奏明皇上，特加封赠。应了神仙升官发财之说。

这位神仙，据陆老对人说，当初疑心也是吕祖。便到吕祖庙中焚香答谢。经吕祖示明，乃铁拐李祖师。因此陆家世世崇奉这位李道祖。

这却慢表，单说八仙在姑苏游玩多时，方到杭州，在城隍山上游赏几天。这时的西湖，已不是从前荒烟蔓草的光景。苏白二堤横亘湖中，六桥三竺，宝塔奇峰，天然人工交相为用。真个成了天下第一胜景。诸仙流连多时，恋不忍去。闻得城隍山下涌金门内，有一家面馆。馆中有一伙计，为人正直慈厚，自己无家无眷，永不娶妻。每年所得工钱，完全资助贫人。还有一件好处，是客人吃剩之物，他总不肯糟蹋，收拾得干干净净，施舍一班乞丐。舍了完的，送在自己肚中。因此人家都称他是个积德的善人。吕祖听在耳中，心想这人倒有些憨气，如有仙缘，倒可度他一下。于是化个穷道人，前去问他讨些残肴剩饭。那人把客人吃剩的面装了一大碗与他。吕祖接在手中，嫌这面味不佳，吃进吐出的闹了一阵，一碗面，照旧满满的分毫不少，还给那人说道："你这面太不中吃。贫道不领你这个情，还了你罢。"那人也不动怒，笑收了回去。因嫌他弄得太肮脏了，实在吃不下去。凑巧一条癞皮狗跟了进来，咂嘴吮舌的，意在讨吃。那人便把面给他吃了，那知面入狗肚，这狗立时升天，变成一条金龙，摆头摇尾，如飞而去。那人才知所见是位神仙，慌忙追了出去。找这道人时，早已不知那里去了。那人从此发了心疾，生意也不做了，天天在门口小桥上昂头仰望，希望神仙再来。望了几年，神仙不见一个。他自己却狂得愈甚，落水而死，死后才得吕祖度为鬼仙。这是因为他没有仙缘之故，命中只有成鬼仙的福分，必要待他死后才能度他。至于那条癞狗，却便是吕祖幼年所害之狗。如今得了他的恩泽，解了一世之冤。这话上文早有表过。

读者大概还能记得，自从那面店伙计死后，后人因他为望仙而死，大家便都称这桥为望仙桥。这是应该交代清楚的。

再说八仙遨游尘世，又过了一百年多。恰值王母万寿之期，八仙公议前去祝寿，大家约齐了渡海而去。这日到了东海之上，蓝采和偶不小心，把手中所持白玉花篮坠入海中。龙王夫妇正在宫中和几位官吏议论海中政务。忽见一派白光，照耀满宫。龙王之孙摩昂、摩闰，年轻好奇，带了几名夜叉前来巡查，却才瞧见是只白玉花篮。两摩大喜，正要拿回宫去。这边采和已约着何仙姑，一同入海追来。见了两摩，便要向他索回花篮。二人大怒道："这是我兄弟拾来的，怎见得是你们的东西。"双方先是口角，继以相打。两摩不知利害，率领夜叉举兵相攻。二仙也抽剑还抗。你想两摩怎抵得过二仙法力，不上几合，都死于二仙剑下。未知此事如何解决，却看下回分解。

第一百回　八仙过海海面起战祸　二龙归天天府庆升平

却说龙王两个孙子摩昂、摩闰，因和蓝何二仙争抢花篮，被二仙飞剑斩死。带去的几名夜叉，也身受重伤，逃回龙宫，见了龙王夫妇，哭诉其事。龙王龙后得报，大叫一声："气死我也！"便命发起近海神兵一万，龙王亲自率领，前去追袭二仙。

二仙杀了摩昂兄弟，才知是龙王之孙。知道此祸不小，早已逃回海面和众仙相见，诉说其事。铁拐、钟离和纯阳三仙听了，大惊道："二位此祸闯的不小。素知龙王夫妇生有四子四孙，如今被你们杀了两个孙儿，他俩岂肯干休。"二仙都道："便闹起来时，究竟祸是他们先闯出来。我们失了东西，难道不该去找？找到了东西在人家手中，难道不该讨还？向他讨还，他先喝令夜叉攻打我等。难道他们斩杀，绝不抵抗？宝剑没有眼珠，杀伤二字，谁保得定。万一此时我俩被他们诛杀，冤情岂不更大了么。"众仙听了都道："话虽如此，但龙王夫妇，非易与者。况且我们几位当中，还有与他交谊很好的。见面之时，岂不太难为情。"二仙都道："看他们来势如何。要是大家讲理的，我俩可认个失手伤人之罪。委实我们也不知道这两个死坯是龙王孙子，我们懊悔也来不及了。但他们既是这般好出身，为什么做出这等事情来？再者他们要说自己的来历，凭我们怎样不忍，也得回来和各位商量一个办法，再定对付之计，这场祸事也不致闯出来了。我们把这层意思对龙王说，看他可能放过我们。万一他倒不问事由，前来厮杀，那么我们也断无束手受擒之理。只索打过一阵，且看胜负如何再做道理。众位以为何如？"此时吕、李、钟三仙已知此事因果如此，数有前定，龙王夫妻该应遭劫，便也不去责备二仙。但道："平和夫妇都是性刚心烈的硬货，眼见爱孙被杀，岂肯和平了结。这事须得预备一场大厮杀。二位也可放心。我们既是同道之人，自当共同祸福，决无叫你们独负责任之理。"二仙大喜称谢。

一言未了，只见海波汹涌，金光灿烂。一霎时间，涌出千军万马。龙王平和带同部下骁将，怒气冲天，杀奔半空中来。众仙忙推铁拐上前，和他答话。铁拐见了龙王，举手为礼。龙王一见铁拐等人，其中却有一半相识，而且多得过他的好处。不觉怒火中烧，指着铁拐先生喝道："原来是你们这班东西，伤我两个爱孙。你们既是我的老友，我也不薄待了你们。如今路过我的地界，不说下海来看望看望老友，反在海中逞凶，将我二孙杀死。这口恨气，怎生消得！如今长话短说，限你们一刻时间，速将行凶男女献出，听凭寡人处分，万事休提，让你们平安过境。要有一字支吾，哼哼！休说你们这几个不成气候的东西，那怕再来百万天兵，我夫妇也曾双闹天庭，并不曾丢什么脸给人看，何争你们这几个奴才！"

铁拐先生听他不讲道理，一味蛮骂，不觉笑起来道："别来几千年，原来你这老龙，还是这等夯脾气么？唉！我倒是可怜你安享王位，占尽厚福，到头来不免一场浩劫。还想替你计算计算，怎样可以逃过此劫，回去再做几年龙王，不道气数已满。真叫无可如何！瞧这等咆哮的样子，那里还像个海王身份。听你这等无赖的说话，直连妖兽都不如。亏你身为上帝大臣，爵封王位，不思戴德报恩，还敢夸称大闹天庭的蛮横手段。可知天下事有因有果，种什么因，得什么果。天理昭昭，丝毫不爽。你以为大闹天庭，上帝不加惩治，反优赐爵位，以为天上天下，再没有那位和你一样本领。殊不知这等都是大数注定，该你立这番治海之功。上帝之尊不能违逆定数，所以一直宽宥至今。但是大闹天宫一案，无论如何，总不得毫无报应。贫道已替你算定，眼前正是你受报应之时。这等报应，也正如你从前该为龙王一样的道理。以前不能不赐你为王，犹之今日之不能不显个报应。贫道等因和你都是夙有古谊，交情很称莫逆，所以大家商议，推贫道出面和你共同商量，怎样可度过这层关口，即使不能逃出惨劫，也许可以稍稍挽回一二，免得阖族同归于尽。不料你一见贫道，就肆口诋毁，甚至还拿从前种下恶果的原因，来相压制。可见你的大数已满，真是一点不能勉强的事情。倒可惜我一片好心，完全丢在你的大海中去，一点影子都没有了。"

龙王听了这阵笑骂，这可说是一次他有生以来未曾受过的奇耻大辱。但听他狂吼一声，率领兵将，掩杀前来。八仙也各执兵器，四面迎敌。这一场，直杀得天地都为之变色，日月都不免隐藏，从午后杀到黄昏。龙王口吐夜明珠，悬挂中天，照得比白天还亮，再行上前恶战。八仙中吕纯阳也取出一粒珠子，举在手中，不过黄豆大小，向上一丢，忽地放出万丈光明，比夜明珠更大更亮，倒弄得夜明珠暗然失色起来。吕祖笑道："兀那孽龙，如今大家黑夜交战，我们可不犯着叨你的光。瞧我这法宝，比你那龙丹何如？"谁知龙王那边的兵将，本来已被八仙兵器法宝，斗得头昏脑裂。此时被吕祖珠光一照，一个个眼花缭乱，反而对面不能相见。却被李铁拐揭开葫芦，呼呼几阵风响，一起吸入葫芦之中。海面之上，便只剩着龙王一身。只得化出原身，大啸一声，张开其大无比的龙口，向着八仙就吞。钟离笑道："这是我从前杀蛟的老顽意。"也把身子长，长得比龙身更厉害。一手拖住龙须，拼命的拔，拔得老龙满头是血。随后众仙一齐赶上，一个个把身子变得极长极大，向着龙身攒击。龙王正在为难，幸得龙后得知龙王被困消息，发倾海之兵，自己和两位王子督领着，赶来助战。

此时天色已经大亮。吕祖先把自己宝珠收回。龙王也想收回夜明珠，谁知这珠，好似儿子跟随父母一般，只随着吕祖的珠飞跑过去。龙后一见慌忙腾空来追。但听"砉"的一声，大小两珠，俱入吕祖掌中。龙王失去明珠，便似三魂少去一魂。一时神智模糊，又被钟离骑下猛虎咬伤颈项，大败而逃。钟离逐入海中，龙王只得变条小小泥鳅逃入水晶宫里。谁知已被采和湘子二仙趁他们大战之时，潜入龙宫，将宫中大门打碎，正在四处放火，烧他宫殿。龙王前进不能，后退不得。他是心刚气硬之人，如何受得这顿挫辱，不禁大啸一声，以首触宫，头碎脑裂，死于非命。

采和、湘子烧了几间宫殿，也便退回海面，再助铁拐等共御龙后。此时四海龙王敖广弟兄，听得父王有难，各率所部神兵赶来助战。敖广是龙王长子，他的计策最广，法术最多。当他带兵前来，已和三位兄弟说好，各人把所辖海水携来一半。等得交战剧烈之时，各人把带来海水放出，将八位天仙都浸在洪波巨浪之中。但见水连天，天连水,天水之间,宛如一道硕大无朋的瀑布。八仙虽都有避水之术,但在水中作战却不如他们利便。当下八仙都咬牙切齿,大怒起来,一个个腾入更上一层的天空。回顾下界,只见龙后和几个儿孙,正在那里耀武扬威,推波逐浪的寻找敌人。八仙相对太息道:“孽龙!劫报已至,还敢如此作威。这一下子,不知又要淹死多少人畜,冲没多少庐舍田地哩!”吕祖便道:“这厮既如此不仁,我们奉上帝诏旨,巡游三界为民除害,也顾不得什么利害,只好用推土掩水之法,将这大海填平,方好收伏此等孽畜也。”众仙问:“那里去找这许多泥土?”吕祖笑指泰山说道:“可把此山移入海中,便不能填平此海,至少可把那几个孽畜埋在里边。”众仙鼓掌称好。吕祖施出移山之法,伸手向泰山一撮,把全部泰山撮在手中。顺便向龙后等所在海中,劈空压下。可怜龙后和几个王子王孙,许多虾兵蟹将,一起压在里面,死于非命。后来泰山虽经移回原处,而剩下泥土,已不在少,存积海中,成为一批小岛。那地方原有几个岛屿,地势极低,也因此等土泥掩了上去,顿成许多高地,连着新成之岛。后人传说即是如今的琉球群岛。是否的确,因彼处海岛甚多,却也不能指定了。这是闲话,现在本书已要结束了,不便多说。

专说龙族之中,遭此浩劫,只剩敖广一身逃出性命,前至玉帝前泣诉去了。八仙仍把泰山收回,安置原处。按古人书中曾说:“登泰山而小天下。”可见古时泰山之高可称天下第一高山。但在今日,稍明地理学者,都知道泰山并不算得十分高峻。不说世界之上,就论中国境内比泰山更高的也很多很多。并非古人坐井观天,胡说瞎道。实因八仙撮山填海,到了收回泰山之时,不免将泥土狼藉了许多,剩在海中。上文所说成为一批岛屿,要知道这些岛屿,皆泰山之土,分裂出来。所以自从八仙过海之后,泰山便低了许多。这就是古今泰山不同的原因了。

八仙办完了屠龙之事,方才一齐同到瑶池祝寿。此时玉帝和几位仙祖都已先到。八仙面奏屠龙一节,玉帝最为仁厚,不念人家旧恶,这时早已把二龙前罪忘得干干净净。闻奏之下,圣心颇为不怡,似责八仙不应擅动干戈,诛戮有职仙员。当有元始老君率同大弟子火龙、缥缈二真人，说明二龙大闹天宫和截断地脉二事应得果报。当年上帝求贤为辅，原从此事而起。今龙族果遭惨劫于八仙之手，此皆前定之数，不足责也。

玉帝恍然大悟，因道："二龙虽有前罪，然治水之时不无功绩，以及治海多年，也无何种过举。如今遭此惨报，虽属咎由自取，数难幸免，朕心究有未安。"又着"火龙、缥缈两卿，仍将二龙并其子孙，一概度转人生，降生凡世良善富贵人家。平和长子敖广，既已脱难，闻他多才智广，颇有道法，况且治海多年，饶有阅历，即令继承乃父之职，以报伊父母多年效力之功，用示朕刑赏维均之至意。"众仙祖和王母等听了，无不称颂圣德。接着敖广已从灵霄宝殿赶到瑶池，叩见玉帝，哭奏冤苦。玉帝慰谕一番，并将此事因果谕知，旋复宣布种种德意。敖广又悲又感，叩谢圣恩。玉帝又召八仙和他相见，仍派火龙、缥缈二真人再为解说种种因果之理。着双方不得再行仇视，如有不遵，治以天条应得之罪。八仙和敖广，同诣玉帝王母和各仙祖前叩谢。自此天庭安宴，海宇澄清。天府既无事可记，本书也就此完结。

图书在版编目(CIP)数据

八仙全传/(清)无垢道人著. —长沙:岳麓书社,2019.12(2022.2 重印)
(中国古典小说普及文库)
ISBN 978-7-5538-1100-0

Ⅰ.①八… Ⅱ.①无… Ⅲ.①章回小说—中国—清代
Ⅳ.①I242.4

中国版本图书馆 CIP 数据核字(2019)第 066677 号

BAXIAN QUANZHUAN
八仙全传
作　　者:[清]无垢道人
责任编辑:曾　倩
责任校对:舒　舍
封面设计:浙江有观文化创意有限公司
特约插画:田刚强

岳麓书社出版发行
地址:湖南省长沙市爱民路 47 号
直销电话:0731-88804152　0731-88885616
邮编:410006

版次:2019 年 12 月第 1 版
印次:2022 年 2 月第 2 次印刷
开本:890mm×1240mm　1/32
印张:19.875
字数:572 千字
印数:5 001—8 000
ISBN 978-7-5538-1100-0
定价:44.00 元

承印:湖南天闻新华印务有限公司

如有印装质量问题,请与本社印务部联系
电话:0731-88884129